Zu diesem Buch

Juliette Benzoni, geboren in Paris, studierte an der d'Hulet-Universität, dann am Institut Catholique Philosophie, Jura und Literatur. Später arbeitete sie als Journalistin. Außer dem stürmisch-bewegten historischen Roman «Rose der Nacht» (rororo Nr. 5561) schrieb sie den überaus erfolgreichen und ebenfalls in der Reihe der rororo-Taschenbücher erschienenen Romanzyklus um Marianne: «Marianne – Ein Stern für Napoleon» (Nr. 4254), «Marianne – Das Schloß in der Toskana» (Nr. 4303), «Marianne und der Mann der vier Meere» (Nr. 4692) und «Marianne – Gesandte des Kaisers» (Nr. 4894) sowie den ebenso in aller Welt gelesenen Romanzyklus «Cathérine» (Nr. 1732), «Unbezwingliche Cathérine» (Nr. 1785), «Cathérine de Montsalvy» (Nr. 1813), «Cathérine und die Zeit der Liebe» (Nr. 1836) und «Cathérine im Sturm» (Nr. 4025).

Juliette Benzoni

Paradies der Dämonen

Roman

Aus dem Französischen
von Hans Nicklisch

rororo
Rowohlt

Die Originalausgabe erschien unter dem Titel
«Haute-Savane» bei Éditions de Trévise, Paris
Umschlaggestaltung Werner Rebhuhn
(Foto: Sammlung Jürgen Menningen)

Veröffentlicht im Rowohlt Taschenbuch Verlag GmbH,
Reinbek bei Hamburg, Juli 1987

Gesetzt aus der Sabon (Linotron 202)
Gesamtherstellung Clausen & Bosse, Leck
Printed in Germany
980-ISBN 3 499 12101 8

Inhalt

Erster Teil

Freies Amerika …

I. Kapitel

Rendezvous der Erinnerungen

Das Schiff schwenkte graziös wie eine Möwe, die das Wasser streift, bevor sie sich niederläßt, in seinen Ankerplatz an der Biegung des Flusses und zog seine Flügel ein. Die Kette glitt rasselnd durch die Klüse, der Anker tauchte in einer Garbe aufsprühender flüssiger Funken ins grüne Wasser des Potomac. Wie ein Hund an der Leine an seiner Halterung zerrend, kam der «Falke» nach und nach zur Ruhe. Er fierte seine Taue, begleitet vom Geräusch gereffter Leinwand und dem Geschrei der Mannschaft, die wie ein Volk von Affen Wanten und Masten bevölkert hatte, alles beherrscht von der Stimme Kapitän Malavoines, der seine Befehle durch ein Sprachrohr brüllte.

Auf der Brücke neben seinem Freund Tim Thocker stehend, der munter ein altes Trinklied pfiff, beobachtete Gilles de Tournemine, wie die großen weißen Segel, über die die Strahlen der sinkenden Sonne spielten, schlaff wurden und langsam herabglitten.

Malavoine legte sein Sprachrohr beiseite und wandte sich ihm zu:

«Wir liegen vor Anker, Monsieur. Wie lauten Eure Befehle?»

«Laßt ein Boot zur Leiter bringen, Kapitän. Monsieur Thocker geht an Land.»

Tim rutschte vom Geländer, auf dem er gesessen hatte, und stieß einen Seufzer aus, der die Segel hätte blähen können.

«Willst du mich wirklich als Kundschafter vorschicken?»

«Es scheint mir passender. Du bist einer der ständigen Boten General Washingtons. Du hast bei ihm deine großen und kleinen Zutritte...»

«Und du bist einer seiner Adjutanten gewesen!»

«Vielleicht, aber das war vor sechs Jahren. Ich halte es für besser, daß du mich anmeldest. Es ist schon spät, und es könnte so aussehen, als erwartete ich eine Einladung zum Souper.»

«Eine Einladung, mit der du rechnen kannst... und von der ich allein profitieren werde.»

«Es ist besser so. Und außerdem... der Abend ist schön. Ich habe Lust, an Bord zu bleiben und mir die Augen mit alldem zu füllen», fügte er hinzu, auf die herrliche Naturkulisse weisend, in deren Mitte sein Schiff verankert lag.

Der Fluß, an seiner Mündung drei Meilen breit, war hier noch immer majestätisch, obwohl schon viel schmaler, und seine bewegtere Oberfläche verriet deutlich genug, daß das Gebiet der Stromschnellen nicht mehr allzu fern war. Die Biegung, die er zwischen Indian Head und Mount Vernon beschrieb, war indessen noch breit genug, daß auch die größten Kriegsschiffe dort manövrieren konnten. Sie war wie eine große dunkelsmaragdene Mondsichel, in der sich die schon dichte Vegetation spiegelte, obwohl erst April war. Doch im milden Klima Virginiens waren solche vorzeitigen Frühlinge durchaus üblich, und überall in den Lichtungen im dichten Pelz der Zedern, Pinien und Eichen barsten die weißen oder rosigen Raketen der Kirsch-, Birn-, Pfirsich- und Mandelbäume.

«Immer noch das Rendezvous mit den Erinnerungen?» fragte Tim halb spöttelnd, halb gerührt. «Dann laß ich dich allein. Auf morgen! Ich werde zurückkommen, um dich zu holen.» Er trieb sich den Hut mit einem Faustschlag, der dessen Form kaum verbesserte, tiefer in die Stirn, versetzte seinem Freund einen Rippenstoß und steuerte martialisch das Fallreep an, wo er kurz darauf verschwand. Einen Augenblick später glitt das Boot dem Ufer zu, wo der Amerikaner bei der Herberge des Fährmanns, die zugleich als Poststation diente, sicher ein Pferd würde auftreiben können, und gelangte durch raschelndes Schilf zu einem kleinen Strand, auf den Tim sprang und sich sodann mit großen Schritten entfernte.

Als er ihn nicht mehr sah, wandte sich Gilles ohne Zögern, ja fast mit einer Spur von Hast dem zu, was sein Freund das «Rendezvous mit den Erinnerungen» nannte, denn es handelte sich um die schönsten, die nobelsten seines ganzen bisherigen Lebens.

Wie eine Horde Piraten waren sie auf sein Gedächtnis eingestürmt, als der mit dem die Flügel breitenden Jagdvogel geschmückte schwarze Vordersteven des «Falken» sich am Eingang zur Chesapeake-Bucht präsentiert hatte. Die Durchfahrt zwischen Cap Henry und Cap Charles war gegen Ende des Winters immer ein wenig delikat, da die Strömungen des Golfs von Florida dort Sandbänke anspülten, die größeren Kriegsschiffen den Zugang erschwerten. Doch der elegante Segler durchquerte die Enge genau dort, wo während der großen Schlacht die «Ville de Paris», das mächtige Flaggschiff des Admirals de Grasse, geankert hatte, und Gilles schien es, als kehre er, alle Segel gehißt, wieder in die Geschichte zurück.

Mit jedem Augenblick wurde sie ihm gegenwärtiger, während sein Schiff in die weite Bucht hineinglitt. Er sah von neuem die von der Sommersonne vergoldeten hohen Marssegel der französischen Flotte, die leuchtenden Farben und Vergoldungen der von Kanonen starrenden steilen Schiffsrümpfe, die wie eine blitzende Kette die vier Seemeilen der Durchfahrt sperrten.

Bald tauchten vor seinem die Küste durchforschenden Fernrohr ihre mit Seekiefern bestandenen Hügel, ihre Moore auf, entdeckte er Yorktown, wo sich nichts verändert zu haben schien bis auf die Flagge, die über der Festung am York-Fluß wehte: Das Banner mit den dreizehn Sternen hatte dort endgültig den Union Jack ersetzt. Und die Kanonen des «Falken» hatten mit einer weithin hallenden Salve dieses ruhmreiche Symbol der amerikanischen Unabhängigkeit gegrüßt. Dann hatte er ein Boot verlangt und war mit einem mysteriösen Paket unter dem Mantel allein an Land gegangen.

Am kleinen Hafen hatte er einige Mühe gehabt, sich zurechtzufinden. Vieles hatte sich in den sechs Jahren verändert. Das Antlitz des Friedens ist verschieden von dem des Krieges, und das Gras war auf den vom Kartätschenhagel verwüsteten Feldern wieder gewachsen. Die Leute hatten sich bemüht, die schlimmsten Verheerungen zu beseitigen. Zudem hatten sie sich pietätvoll um die Toten gekümmert, die in ihrer befreiten Erde ruhten. Die provisorischen Gräber nahe den von der Vegetation nun überwucherten einstigen Schützengräben waren hergerichtet, mit weißen Grabsteinen geschmückt, geharkt und mit Blumen bepflanzt worden. Nur die Schanzen hatte man in ihrem Zustand belassen, und ihre seit langem verstummten Kanonen reckten noch immer ihre nutzlosen Mündungen gen Himmel.

Es fiel Tournemine nicht schwer, die Stelle wiederzufinden, wo sein Vater lag. Der Name, der nun auch der seine war, prangte stolz auf dem Stein, dieser Name, den er in die reiche amerikanische Erde pflanzen wollte, damit aus ihm ein ebenso majestätischer, ebenso hoher Baum wie die Türme von La Hunaudaye wüchse.

Lange hatte er für die Seele dessen gebetet, der hier ruhte. Dann hatte er das unter seinem Mantel verborgene Paket geöffnet und ihm einen Strauß Heidekraut und getrockneten Ginsters sowie einen kleinen Sack mit Erde entnommen, die er am Fuß der Wälle von La Hunaudaye ausgegraben hatte. Die Erde hatte er, mit der fremden Erde mischend, über das Grab gestreut, das Heidekraut sanft gegen den Stein gelehnt, denn hatte er, Gott vergessend, ein weiteres Gebet an die irrende Seele gerichtet und sie um Schutz für die noch ungewisse Zukunft ihres letzten Abkömmlings angefleht.

Später, wenn er auf den tausend Ackern virginischen Bodens an den Ufern des Roanoke, die ihm der amerikanische Kongreß aus Dankbarkeit zum Geschenk gemacht hatte, sein Haus gebaut hätte, würde er dort auch eine der Größe und des einstigen Glanzes der Tournemine würdige Kapelle errichten, in der sein Vater seine letzte Heimstatt finden und seinen letzten Schlaf bei den Kindern und Enkeln schlafen sollte, die Gott vielleicht diesem Zufallssohn schenkte, den er in seiner letzten Stunde vor den Edelsten der französischen Armee auf diesem selben Schlachtfeld von Yorktown anerkannt hatte.

Von diesen Kindern gab es schon eins, wie Gilles wußte. Irgendwo im Tal des Mohawk, im Lager des Irokesenhäuptlings Cornplanter wuchs es auf, dieses Kind, das die schöne indianische Prinzessin Sitapanoki, die er während des Unabhängigkeitskrieges leidenschaftlich geliebt, vor ihrem Tode zur Welt gebracht und von dessen Existenz er erst im vergangenen Jahr erfahren hatte. Diesen kleinen Jungen, der nach Tims Bericht blond und helläugig war, diesen kleinen Jungen, den er schon liebte, ohne ihn gesehen zu haben, zu sich zu nehmen und als Edelmann und Amerikaner zu erziehen, war er fest entschlossen, auch wenn sich seine Beziehungen zu seiner Frau dadurch noch mehr verschlechtern sollten. So wie sie jetzt zueinander standen, schien eine Verschlimmerung ohnehin kaum möglich.

Seit dem Augenblick, in dem er die ohnmächtige Judith aus der brennenden «Folie Richelieu» getragen hatte, schien es Gilles, als schleppe er ein Geschöpf ohne Seele, einen schönen Automaten mit sich, dem das eiserne Korsett der Erziehung und der Gewohnheiten als Intelligenzersatz diente.

In der Reisekutsche, die sie mit der Schnelligkeit ihrer vier Pferde quer durch das verschneite Frankreich nach Lorient führte, aus ihrer Bewußtlosigkeit erwachend, hatte die junge Frau mit der angstvollen Miene derer um sich geblickt, die aus einem bösen Traum erwachen. Wortlos hatte sie einen Moment die erstarrte Landschaft betrachtet, dann war ihr müder Blick zu dem zurückgekehrt, der, wie sie nun nicht mehr bezweifeln konnte, ihr Gatte war.

«Wohin fahren wir?» fragte sie nur.

«Zuerst nach Lorient, wo uns mein Schiff erwartet. Dann nach Amerika. Wie fühlt Ihr Euch?»

«Gut, gut... ich danke Euch. Nur ein bißchen müde.»

«In kurzem werden wir halten, um die Pferde zu wechseln. Ihr werdet ein wenig ausruhen und etwas zu Euch nehmen können.»

«Oh, das verlohnt sich nicht. Ich brauche nichts.»

Und sich fester in ihren mit Fuchspelz gefütterten und gesäumten weiten Mantel aus schwarzem Tuch wickelnd, hatte sich Judith in ihre Ecke des Wagens gedrückt, den Kopf mit einem kleinen schmerzlichen Seufzer in die Kissen gelehnt und die Augen geschlossen.

Schlief sie wirklich oder tat sie nur so? Während der rund hundertfünfundzwanzig Meilen, die Paris von Lorient trennten, hatte sie so ihre Lider beharrlich geschlossen gehalten. In den Rastorten stieg sie folgsam aus und ließ sich in ein Gasthauszimmer führen, wohin ihr ihre Kammerfrau folgte. Im letzten Moment, kurz vor Verlassen der Rue de Clichy, hatte sich Gilles in der Tat entschlossen, die Zofe mitzunehmen. Es war die Tochter eines kinderreichen Bauern aus Aubervilliers. Sie schien einfach, ehrlich, aufrichtig ihrer Herrin ergeben und geradezu in Schrecken versetzt durch die Idee, sich wieder auf dem Pariser Pflaster zu finden. Sie hieß Fanchon und hatte ihn angefleht, sie nicht zurückzulassen.

Der Chevalier hatte unter der ausdrücklichen Bedingung eingewilligt, daß sie in wenigen Augenblicken reisefertig sein müsse und nur ihre eigenen Sachen mitnehmen dürfe, denn außer dem Mantel, in den man sie gehüllt hatte, und ihrem Kleid sollte Judith nichts aus diesem Haus mitnehmen, an das er sich noch lange mit Scham und Zorn erinnern würde.

Seines Entschlusses sicher, Judith mit sich ans Ende der Welt zu entführen, hatte er vorausblickend einen schweren Koffer in den ihnen folgenden Wagen schaffen lassen, der alles enthielt, was eine junge Frau brauchte. Mademoiselle Marjon hatte, wie schon einmal vor der Hochzeit ihrer jungen Freunde, die Auswahl getroffen und die Einkäufe besorgt.

Angesichts von Judiths seltsamem Verhalten hatte Gilles sich beglückwünscht, Fanchon mitgenommen zu haben. Das junge Mädchen – sie war kaum achtzehn – reiste im zweiten Wagen mit Kapitän Malavoine, der allen nicht zur See gehörigen Lebewesen unüberwindliches Mißtrauen entgegenbrachte, doch während der Etappen kümmerte sie sich mit unermüdlicher Hingabe um ihre Herrin, badete sie, brachte sie zu Bett, trug die Mahlzeiten herauf und wachte über sie wie eine gute Amme über ein Baby.

Am ersten Abend hatte Gilles seiner Frau angeboten, mit ihr im Speisesaal eines sehr komfortablen Gasthauses zu soupieren, aber sie hatte die Einladung in immer dem gleichen abwesend-freundlichen Ton abgelehnt.

«Nein, danke... Ich bleibe lieber in meinem Zimmer. Ich bin so müde...»

Er bestand nicht darauf, erstaunt über eine der herrschsüchtigen, hitzigen Natur der jungen Frau so entgegengesetzte Haltung. Er war auf zornigen Protest, Schreie, beißende Vorwürfe, auf eine wütende Verteidigung ihrer wahnwitzigen Liebe zu dem falschen Dr. Kernoa gefaßt gewesen, die Gilles maßlos, dumm und erniedrigend schien. Er erwartete, daß sie sich, kaum wieder zu Bewußtsein gelangt, wild auf ihn stürzen, laut ihr Recht auf Freiheit fordern und ihm seine angeblichen Schandtaten an den Kopf werfen würde... aber nichts von alldem war geschehen. Zum erstenmal in ihrem Leben zeigte sich Judith sanft, fügsam und völlig losgelöst von äußeren Dingen, als ginge sie das, was ihr geschah, nicht wirklich an. Niemals sprach sie den Namen ihres Gatten aus, nannte ihn nur «Monsieur», mit derselben höflichen Gleichgültigkeit, die sie jedem x-beliebigen Reisegefährten zugewandt hätte.

Nachts schloß sie sich mit Fanchon in ihrer Kammer ein. Tagsüber öffnete sie in der Kutsche nie den Mund und schlief mit einer Hingabe, die den jungen Mann allmählich aufregte. Beim Pferdewechsel in Mans überließ er Fanchon seinen Platz, bestieg Merlin und gesellte sich zu Pongo, der jede Art von Wagen haßte und die Reise zu Pferde machte. Er hatte genug von dem langen, stummen Eingeschlossensein mit dem Phantom seiner gestorbenen Liebe.

Als sie an ihrem Ziel angekommen waren, fuhr Judith im Gasthof «Zum königlichen Schwert» ganz natürlich in dieser Art von Existenz, die ihr zu gefallen schien, fort. Nur die Begegnung mit der alten Rozenn, Gilles' einstiger Amme, die sie gut kannte, entlockte ihr ein Lächeln und ein freundliches Wort. Sie umarmte die Bretonin sogar und versicherte ihr, sie sei glücklich, sie bei sich zu haben. Für die Familie Gauthier jedoch hatte sie nur einen eisigen Blick, in den sich ein seltsamer Ausdruck von Mißtrauen stahl, als ihre schwarzen Augen Madalens sanftes Antlitz streiften. Der schüchternen Reverenz des jungen Mädchens dankte sie nur mit einem kühlen Nikken.

Ihr abweisendes Verhalten hinterließ bei Anna Gauthier einen unerfreulichen Eindruck.

«Vielleicht sollten wir darauf verzichten, Euch zu folgen, Monsieur», erklärte sie Gilles. «Irgend etwas sagt mir, daß wir Madame de Tournemine nicht passen.»

«Ihr seid nicht in ihrem Dienst. Ihr seid meine Freunde, und wir werden zusammen einen Besitz, ein neues Leben aufbauen. Sie hat eine Kammerfrau, die Rozenn überwachen wird. Und drüben werdet Ihr Euer eigenes Haus haben. Es handelt sich also nur darum, die Reise gemeinsam zurückzulegen.»

Anna beruhigte sich. Während der Fahrt über den Atlantik gab es in der Tat so gut wie keine Kontakte mit Judith. Der «Falke» war ein feiner Segler, für solche Fahrten gebaut, und trotz schwierigen Wetters brauchte man nur etwas mehr als drei Wochen, um den großen Ozean zu überqueren, und diese drei Wochen verbrachte die junge Madame de Tournemine ganz und gar in der sehr komfortablen Kabine, die für sie eingerichtet worden war und die sie mit Fanchon teilte. Von den drei anderen Frauen, die sich an Bord befanden, hatte nur Rozenn das Recht, diese Kabine zu betreten, um der durch die Pflege ihrer Herrin ein wenig überforderten Fanchon zu helfen.

Kaum hatte das Schiff nämlich die Groix-Insel passiert, als sich Judith, von einer wütenden Seekrankheit heimgesucht, die sie während der ganzen Reise nicht verlassen sollte, in ihrer Kammer einschloß. Eine Seekrankheit übrigens, die bei diesem Mädchen der Küste, das seit frühester Jugend wie jedes gesunde Kind der Bretagne mit dem Dasein auf dem Meer vertraut sein mußte, völlig unerwartet kam. Daß die kleine Sirene, die Gilles eines Septemberabends aus der Strömung des Blavet hatte auftauchen sehen, die vertraute, lange Dünung in unbezwingliches Erbrechen übersetzte, war um so überraschender, als Fanchon, die Tochter des Landwirts aus Aubervilliers, die das Meer noch nie gesehen hatte, sich vom ersten Moment an so seefest wie ein alter Korsar erwies.

Jeden Morgen klopfte Gilles an die Tür seiner Frau, um sich nach ihrem Befinden zu erkundigen, aber was er von Rozenn oder Fanchon hörte, veränderte sich ebensowenig wie der Geruch von saurer Milch, der ihm beim Öffnen der Tür in die Nase stieg. Judiths Zustand blieb ein und derselbe.

Die junge Frau weigerte sich überdies beharrlich, sich auch nur für einen Augenblick sehen zu lassen. Sie legte dabei eine Hartnäckigkeit an den Tag, die die Rücksicht auf ihr Äußeres allein nicht erklärte. In ihrem Alter konnten bleicher Teint, dunkel umschattete Augen und eine niedergeschlagene Miene kaum eine so vollendete Schönheit wie die ihre beeinträchtigen, und während der langen Stunden der Nachtwachen, die er, zwischen dem schwarzen Himmel und den Wogen schwebend, am Steuer seines Schiffs zu verbringen liebte, beschäftigte sich sein Geist immer wieder mit den verschiedenen Aspekten des Problems, das sich Judith nannte.

Seit Paris hatte sie keine zwanzig Worte an ihn gerichtet. Zuerst hatte sie geschlafen, dann war sie so passend seekrank geworden, daß Gilles ohne Rozenns Zeugnis kein Wort von dieser Krankheit geglaubt hätte. Er gestand sich ein, daß sie einigen Anlaß hatte, ihm zu grollen: ihrer Entführung wegen und mehr noch vielleicht, weil er ihr so brutal die Augen über den Mann geöffnet hatte, dem sie so blind verfallen war, daß sie ihn monatelang mit dem unglücklichen Dr. Kernoa verwechselte, der doch am Abend ihrer Hochzeit vor ihren Augen unter den Schlägen ihrer Brüder Tudal und Morvan de Saint-Mélaine gestorben war.

Tournemine wußte, daß diese Liebe durch Hypnose entstanden und folglich so unnatürlich wie möglich war, und er bedauerte nun die Heftigkeit der Szene, in deren Verlauf er Judith ohne Möglichkeit einer Widerlegung die Niederträchtigkeit und Heuchelei ihres Pseudo-Gatten bewiesen hatte. Diese Enthüllung hatte die hochmütige junge Frau empfindlich in ihrer Selbstachtung treffen müssen, und da sie sich gedemütigt fühlte, verweigerte sie jeden Kontakt mit dem, der das Werkzeug dieser Demütigung gewesen war.

Was der Chevalier fürchtete, war, daß die Leidenschaft für den falschen Kernoa stärker als Judiths Vernunft, stärker als ihr Stolz sein könnte. In diesem Fall würde sie lange brauchen, um zu gesunden, wenn sie überhaupt eines Tages gesundete. Alles hing davon ab, wie tief das Gift eingedrungen war, und wenn sich das Übel als unheilbar erwies, würde es niemals Frieden, niemals Eintracht zwischen ihnen geben: Gilles und Judith würden ihr Dasein Rücken an Rücken in gegenseitigem Haß verbringen.

Es war Rozenn, die eines Abends, als sie fast die Hälfte der Überfahrt hinter sich hatten, auf ihre schroffe Art diesen Fragen ohne Antwort ein Ende machte. Sie gesellte sich im Kartenraum zu ihm, wohin er sich zurückgezogen hatte, um die Zugänge zur virginischen Küste zu studieren. Seit ihrem Aufbruch begeisterte er sich in der Tat für Navigation und bemühte sich, die Lücken seiner nautischen Kenntnisse aufzufüllen.

«Ich weiß», sagte sie, «warum deine Frau sich weigert, dich zu sehen.»

Er hob die Augen zu ihr und betrachtete sie einen Moment, die ruhig, mit über ihrer großen weißen Schürze gefalteten Händen im tanzenden Licht der Kerzen stand, einer heiteren häuslichen Gottheit ähnlich unter der weißen Musselinhaube, die wie ein Schmetterling auf ihrem zu einem Knoten verflochtenen grauen Haar thronte. Aber ihr von fröhlichen Fältchen gezeichnetes Gesicht lächelte nicht, und Gilles, der sie gut kannte, sah Besorgnis und Kummer in ihren graublauen Augen.

«Ich glaube, ich weiß es auch», seufzte der junge Mann. «Sie ist mir böse, weil ich ihrer Liebe ein Ende gesetzt habe, und verabscheut mich entsprechend. Das ist im Grunde nur natürlich.»

«Ihr Grund ist ebenso natürlich, aber es ist nicht der. Sie hat Angst vor dir.»

«Angst vor mir? Ich denke, ich habe ihr nie den geringsten Anlaß gegeben, mich zu fürchten. Was bildet sie sich da schon wieder ein? Daß ich vorhaben könnte, sie über Bord zu werfen, um meine beleidigte Ehre zu rächen, wenn wir weit genug von den Küsten entfernt wären? In diesem Fall müßte es schon geschehen sein, und wenn ich sie hätte töten wollen, hätte ich's vor sechs Monaten getan. Jetzt reimte es sich auf nichts mehr und brächte nur mein Seelenheil in Gefahr.»

«Zweifellos, aber es könnte sich vielleicht noch auf etwas reimen. Vielleicht ist deine Ehre noch mehr beleidigt worden, als du es dir vorstellst.»

«Was willst du damit sagen?»

«Daß deine Frau schwanger ist, und daß ich für dich nicht den geringsten Anlaß sehe, dich darüber zu freuen.»

Stille breitete sich aus. Gilles' Gesicht blieb ausdruckslos, aber der Stift zwischen seinen Fingern brach. Er warf die Stücke gereizt beiseite, angelte nervös nach einer Kartenrolle, die eine leichte Schlingerbewegung des Schiffs auf den Boden befördert hatte, dann wandten sich seine hellen, im Mondlicht wie Eis schimmernden Augen Rozenn zu: «Bist du dessen sicher?»

«Man kann nicht sicherer sein. In sieben Monaten wird Madame de Tournemine ein Kind zur Welt bringen, dessen Vater du nicht bist.»

Sie hatte die letzten Worte mit einer Art Wildheit hervorgestoßen, und Gilles begriff, was in ihr vorging. Abgesehen davon, daß Ehebruch immer ein Greuel für ihre persönliche Ethik gewesen war, empfand die alte Bretonin die sich daraus ergebende Demütigung des Jungen mit, den sie aufgezogen hatte und den sie liebte, als sei er ihr eigenes Kind.

«Was wirst du tun?» fragte sie endlich mit einer Stimme, die die zurückgedrängten Tränen leiser klingen ließen.

Die Ellbogen auf den Tisch gestützt, rieb Gilles mit den Fingerspitzen sanft seine plötzlich müden Augen, bevor er sie einen Moment mit seinen Handflächen bedeckte. Von neuem herrschte Stille, nur unterbrochen durch das Plätschern des Meeres gegen den Rumpf und das leise Knarren der Rippen des Schiffs.

«Ich weiß es nicht», sagte er, sich jäh erhebend, um einige Schritte durch den von Kartenschränken gesäumten Raum zu machen. «Und, ehrlich gesagt, ich sehe wirklich nichts, was ich tun könnte.»

«Soll das heißen, daß du ‹sie› ihren Bastard zur Welt bringen lassen wirst. Daß du ihm deinen Namen geben wirst?»

Die Heftigkeit des Tons überraschte Gilles. Er musterte seine Amme, als sähe er sie zum erstenmal.

«Was für ein Wort in deinem Mund! Bin ich nicht selbst ein Bastard?»

«Du bist es nur gewesen, weil dein Vater nichts von deiner Geburt ahnte. Du bist das Kind einer Liebe, nicht das eines Ehebruchs. Dein Vater war von guter bretonischer Rasse, deine Mutter auch, aber das Kind, das sie trägt, wird das Blut eines sizilianischen Wüstlings in sich haben. Du hast kein Recht, ihm den Namen zu geben, den dein Vater dir sterbend anvertraut hat.»

«Wer sagt dir, daß ich die Absicht habe, ihn ihm zu geben? Hältst du mich für einen Narren?»

«Nein, aber für einen Verliebten, das heißt, für einen, der zu den größten Dummheiten fähig ist.»

Sein Auf und Ab unterbrechend, blieb Gilles, der alten Frau den Rücken kehrend, an der Luke stehen und beobachtete die weißen Krönchen, die der Schaum den Kämmen der schwarzen Wogen aufsetzte.

«Verliebt?» seufzte er nach einer Weile. «Ich bin's ganz gewiß gewesen. Ich habe Judith mehr geliebt, als ich je glaubte, lieben zu können. Vielleicht, weil sie meine erste Liebe war. Jetzt weiß ich's nicht mehr. Zweifellos werde ich sie ihrer Schönheit wegen noch begehren, aber lieben...?»

«Du bist deiner Gefühle nicht mehr sicher», übersetzte Rozenn und fügte ruhig hinzu, «und das, seitdem du Madalen begegnet bist. Das hat dich verändert.»

Tournemine wandte sich um und betrachtete seine Amme mit einer Spur von Belustigung. Als ob er ihr jemals etwas hätte verbergen können, wenn er bei ihr war. Die Augen ihrer Zärtlichkeit waren die schärfsten von allen.

«Das weißt du auch?» murmelte er, trotzdem ein wenig geniert.

«Ich weiß, daß sie dich liebt: es springt in die Augen. Aber bei dir war ich nicht sicher.»

«Nun, jetzt bist du's... aber wenn's dir recht ist, werden wir nie mehr darüber reden. Zumal es nichts am Problem der Schwangerschaft meiner Frau ändert.»

«Glaubst du?»

Wie bei einem Sommergewitter wich Rozenns scheinbare Ruhe einem jähen Wutausbruch.

«Bei uns wurde früher die ehebrecherische Frau ins Meer geworfen. Und bei den Tournemine hat man der, die gegen die Ehre verstieß, nie erlaubt, mit der Frucht ihrer Schuld zu paradieren... falls man ihr überhaupt erlaubte, weiterzuleben.»

«Aber man zog die Bastarde des Herrn ziemlich nachsichtig auf. Rozenn! Rozenn! Ich erkenne dich nicht wieder! Mein Wort, du bist dabei, mir zu raten, Judith über Bord zu werfen!»

«Ich weiß wohl, daß du dazu nicht imstande bist», murrte sie. Ihr Zorn war ebenso schnell verraucht, wie er aufgeflammt war. «Und doch wäre es vielleicht das beste, was du tun könntest. Diese Frau hat dir immer nur Böses getan. Besser wär's zweifellos, sie daran zu hindern, damit fortzufahren.»

«Und dadurch Gottes Zorn heraufzubeschwören? Wär's dir lieber, wenn ich meine Seele verlöre? Hör zu, Rozenn», fügte er hinzu, die noch soliden Schultern der alten Frau mit den Armen umschlingend, «es sieht dir nicht ähnlich, das Verderben deines Nächsten zu wünschen, und du wirst mir versprechen, nichts zu versuchen, was das Leben Judiths... oder das ihres Kindes gefährden könnte.»

«Weil du ihm gestatten wirst, es zu behalten?»

«Ich weiß es noch nicht. Laß mir Zeit nachzudenken. Vor kaum zehn Minuten hast du es mir erst gesagt... aber ich werde meine Freiheit nie um den Preis eines Verbrechens erkaufen.»

«Du wirst tun, was du willst», erwiderte Rozenn dickköpfig, «aber komm niemals zu mir und bitte mich, den Sohn eines Wüstlings in meinen Armen zu wiegen.»

«Ich werde dich nie um dergleichen bitten, obwohl ich ziemlich sicher bin, daß du glänzend damit fertig würdest.»

«Wie?»

«Ich kenne dich, meine alte Amme: Du hast dem Lächeln eines Kindes nie widerstehen können. Du weißt schon viel zu lange, daß ein unschuldiges Baby für die Verbrechen seiner Eltern nicht verantwortlich gemacht werden kann.»

«Vielleicht... doch es kann durchaus ihre Fehler und Laster erben. Ich lasse dich nachdenken, Gilles, aber bevor du eine Entscheidung triffst, denke daran, wie wichtig sie für die Zukunft sein wird, die deine und die der anderen. Du hast eine Feindin auf diesem Schiff, und in einiger Zeit könntest du schon zwei haben, den Beginn einer Koalition...»

Mit diesem Partherpfeil entschwand Rozenn und überließ den Chevalier seinen Gedanken, die alles andere als erfreulich waren. Welch seltsame Familie würde er an die Ufer des Roanoke verpflanzen!

Was konnte es scheinbar Respektableres geben als diesen ehemaligen Soldaten des amerikanischen Krieges, diesen Offizier des Königs von Frankreich, der sich mit seiner jungen Frau, seinen alten Dienern... und seinen Kindern auf amerikanischer Erde niederzulassen gedachte. Doch nur dem Schein nach... Denn wenn man ein wenig am schönen Lack des Schiffes kratzte, stellte man fest, daß das aus einem Bastard und einer Schwester von Mördern bestehende noble Paar nicht weit davon entfernt war, einander zu hassen, daß zwischen den fraglichen Kindern keinerlei Verwandtschaft bestehen würde, da das eine der Sohn des Gatten und einer indianischen Prinzessin, das andere der Sprößling der Frau und eines sizilianischen Gauners war. Was die alten Dienstboten betraf, war wenigstens gegen sie nichts einzuwenden, doch unter ihnen befand sich ein reines, schönes junges Mädchen, das der noble Offizier des Königs wütend begehrte und in das sich hemmungslos zu verlieben er im Begriff war. Wahrlich eine hübsche Familie! Nicht einmal an Pittoreskem mangelte es ihr, denn der treueste der Diener war Gilles' Stallmeister: Pongo, einstiger Medizinmann der Onondaga-

Indianer, den er aus dem Delaware-Fluß gefischt hatte und der Tournemine praktisch nie verließ.

Unfähig, noch länger in dem für seine Gedanken und das unruhige Schlagen seines Herzens allzu engen Kartenraum eingeschlossen zu bleiben, trat Gilles kurz nach Rozenn in die scharfe Reinheit der Meeresluft hinaus. Vier Stufen auf einmal nehmend, sprang er die Treppe zum Kajütdeck hinauf, löste den Mann am Steuer ab, wie er es oft zu tun pflegte, und nahm die Führung seines Schiffs selbst in die Hand. Es war immer eine gleichsam animalische Freude für ihn zu spüren, wie der schöne Renner der Meere unter seinen Händen bebte und wie ein gut dressiertes Tier dem leisesten Anstoß des Steuerruders folgte.

Die Nacht war schwarz, der Himmel dunkel, das Meer ziemlich bewegt. Ein Weilchen überließ sich Gilles ganz dem intensiven Genuß des Einsseins mit seinem Schiff. Der «Falke» glitt glatt und geschmeidig dahin. Doch das Gift der von Rozenn berichteten dramatischen Neuigkeit tat trotz allem seine Wirkung, und plötzlich verspürte Gilles Lust, umzukehren, nach Frankreich zurückzusegeln, dort die Zukunft derer zu sichern, die sich ihm anvertraut hatten, denn dank des Schatzes der Tournemine war er ja ein reicher Mann, dann mit seinem Schiff und seiner Mannschaft allein von neuem aufzubrechen, ferne Meere zu durchstreifen, Korsar zu werden, Pirat vielleicht, wieder ein Vermögen zu machen, sein Leben voll zu nutzen bis zur Erregung des letzten Kampfes und bis zum endlichen Sprung in die unbekannte Ewigkeit.

Der Zwang wurde so stark, daß sein Blick die Männer der Wache an den strategischen Punkten des Schiffes suchte und dann das Sprachrohr, mit dessen Hilfe Kapitän Malavoine seine Befehle gab. Dabei bemerkte er Menard, den zweiten Offizier, der mit regelmäßigen Schritten zwischen Fock- und Besanmast auf Deck auf und ab ging. Er wollte ihn rufen und ersuchen, den Kapitän zu holen, um ihm seinen verrückten und im übrigen eines Mannes im vollen Besitz seiner geistigen Kräfte völlig unwürdigen Entschluß mitzuteilen, als plötzlich von den Kajüten der Frauen her eine neue Gestalt auf Deck erschien. Im Spalt des langen schwarzen Mantels gewahrte er das Aufblitzen eines weißen Kleides und über der zurückgeschlagenen Kapuze wie eine Blume ein leuchtendes Blond, das das Herz des jungen Mannes schneller schlagen ließ: Madalen hatte es zweifellos danach verlangt, noch ein wenig frische Luft zu schöpfen, bevor sie sich für die Nacht in die enge Kajüte zurückzog, die sie mit ihrer Mutter teilte.

Er sah sie einige Schritte tun, im Vorübergehen von dem zu den Sternen hinaufträumenden Pongo, dann von Pierre Menard gegrüßt, der ihr einen Moment mit den Augen folgte. Dann lehnte sie sich an die Reling, gegen die Schwankungen des Schiffs an eins der Haltetaue geklammert, und betrachtete das Meer.

Der bloße Anblick des blonden Kindes genügte, um wie ein jäh die Wolken vertreibender Windstoß Tournemines düstere Träumereien und Fluchtwünsche bis in den hintersten Winkel des Meers von China zu verjagen. Nach Frankreich zurückzukehren, seine Leute an Land zu setzen und allein wieder aufzubrechen, hieß, darauf zu verzichten, Madalen leben zu sehen, hieß, sich der bittersüßen Lust zu berauben, sich im vollen Bewußtsein, daß sie niemals ihm gehören würde, zu quälen. Doch sie hatte in seinem Leben solchen Raum eingenommen, daß es für den jungen Mann einem Existenzverlust gleichgekommen wäre, wenn er sie nicht mehr sehen, nicht mehr hätte hören können. Und zudem hatte er nicht das Recht, gegen sein Pierre Gauthier in der Nacht der Entdeckung des Schatzes gegebenes Wort zu verstoßen, immer über seine Familie zu wachen und sie stets bei sich zu behalten... Und so zog der «Falke» weiter seine Bahn, den Vereinigten Staaten entgegen, ohne daß seine Passagiere auch nur einen Moment ahnten, daß ihr Schicksal um ein Haar einen anderen Kurs genommen hätte.

Der Wind frischte unversehens auf, und das Schiff vollführte eine leichte Schlingerbewegung, logische Folge des Moments der Unachtsamkeit, während Gilles' Augen den zarten Schatten an der Reling verschlangen. Er richtete es sofort wieder auf, doch die Schwankung hatte Madalens Traum unterbrochen, die sich am Seil hatte festhalten müssen. Damit beschäftigt, das Schiff wieder auf Kurs zu bringen, mußte Gilles zusehen, wie Pierre Menard zu dem jungen Mädchen stürzte und ihr seinen Arm bot, um sie zu ihrer Kajüte zurückzuführen. Als der junge Mann zurückkam und in der offensichtlichen Absicht, den ungeschickten Rudergänger anzufahren, auf dem Kajütdeck erschien, entschuldigte sich Gilles, und Menard, der den Herrn des Schiffs erkannte, erwiderte seine Höflichkeit.

«Übernehmt das Ruder, mein Freund», sagte der Chevalier. «Ich bin heute nacht entschieden nicht in Form und werde Euch den Steuermann der Wache schicken.»

Die wenigen Worte kosteten ihn Überwindung, denn ihn verlangte vielmehr danach, diesem Burschen, der es gewagt hatte, Madalen seinen Arm zu bieten, das Gesicht plattzuschlagen. Aber kann man sich so benehmen, wenn man von einem Untergebenen bei einem Vergehen flagranter Unfähigkeit ertappt wird? Wütend kehrte er in seine Kajüte zurück, deren Tür er mit einem Fußtritt öffnete. Ein leiser Schrei antwortete auf den Krach der gegen die Holzwand schmetternden Tür.

«Oh, wie habt Ihr mich geängstigt, Monsieur le Chevalier!» flötete eine Vogelstimme, und Fanchon, die wartend auf einer der an der Wand befestigten Bänke saß, fuhr hoch. Ihre Miene verriet Unruhe.

«Was macht Ihr da?» bellte Gilles, für Kümmernisse anderer wenig sensibel.

Die Brutalität des Tons öffnete die Schleusen, und Fanchon begann zu schluchzen, während eine wahre Tränenflut ihr Gesicht überschwemmte – ein kleines, dreieckiges, von zwei recht schönen braunen Augen erhelltes und zwei rührenden Grübchen markiertes Gesicht, die den jungen Mann jedoch keineswegs rührten. Die Arme über der Brust verschränkend, musterte er das weinende Mädchen mit leisem Widerwillen. «Was ist das nun wieder für eine Geschichte? Warum, zum Teufel, flennt Ihr, mein Kind?»

«Weil ich... weil ich so Angst habe, Mo... Monsieur le Chevalier!»

«Angst? Wovor? Ein kleiner Windstoß hat uns geschüttelt, aber der hat sich längst beruhigt.»

«Oh, es ist nicht das Meer, es ist... Madame!»

«Madame? Was gibt's da? Geht es ihr schlechter? Vorwärts, sprecht, zum Donnerwetter, statt mich anzustarren wie eine Gans!»

«Nein, es geht ihr nicht schlechter. Sie schläft sogar. Aber sie spricht im Schlaf, und sie sagt schreckliche Dinge. Oh, ich habe Angst, ich habe Angst! Schützt mich, Monsieur le Chevalier, ich habe so Angst!»

Bevor er sie hätte hindern können, drängte Fanchon sich an ihn, schlang ihre Arme um seinen Hals und klammerte sich mit unerwarteter Kraft an ihn. Durch ihre ungestüme Bewegung glitt der sie umhüllende weite, dunkle Umhang von ihren Schultern, fiel zu Boden und ließ das weiße Nachthemd darunter sehen. Und als Gilles Hand an sie legte, um sie fortzuschieben und zu mehr Zurückhaltung zu ermahnen, spürte er durch das dünne Gewebe die Wärme und Festigkeit eines angenehm drallen Körpers. Das Gefühl war erfreulich, aber er verwahrte sich rühmlich dagegen.

«Laßt mich gefälligst los!» grollte er mit leicht forcierter Strenge.

«All das ist lächerlich! Warum, zum Teufel, solltet Ihr Angst vor einem Alptraum Eurer Herrin haben? Und wenn's so ist, braucht Ihr sie nur zu wecken. Ihr werdet ihr damit einen Dienst erweisen. Also laßt mich endlich los!»

Er vergeudete seine Worte. Fanchon tat nicht nur nichts dergleichen, es kam Gilles sogar so vor, als presse sie sich noch fester an ihn. Das Gesicht an die Schulter des jungen Mannes gedrückt, stammelte sie Sätze, die vielleicht erklären sollten, von denen er jedoch kein Sterbenswörtchen verstand, während ihr Körper sich an den seinen schmiegte, der mit einer weit mehr der Abstinenz mehrerer Wochen als dem persönlichen Charme der jungen Kammerfrau zu verdankenden Spontaneität reagierte. Wenn dieser Charme auch keineswegs zu verachten war.

Wütend, doch verlockt, gab er es auf, sich von ihr lösen zu wollen, da es ohnehin zu nichts führte. Zudem verabscheute er es, Frauen grob zu behandeln. Mit beachtlicher Promptheit eine Angst vergessend, die demnach nicht ganz so schlimm gewesen sein konnte, wie sie vorgab, begann Fanchon darauf wie eine zufriedene Katze zu schnurren. Gilles spürte es daran, daß sie mit sanft drängenden Bewegungen verstohlen ein Verlangen zu schüren begann, das dessen wahrlich nicht bedurfte.

Das Mädchen war frisch und duftete vage nach Gewürznelken, ein Duft, der ihr zweifellos nicht von Natur aus eigen war, den Gilles jedoch anziehend fand, wie letztlich dieses unerwartete kleine Abenteuer überhaupt, das, wie er meinte, für seine überreizten Nerven gerade das Rechte war.

Fanchon bei den Hüften packend, stieß er sie auf die schmale Pritsche, die ihm als Bett diente, und hob mit einem Griff das weite Nachthemd, einen rosigen Körper mit lieblichen Grübchen, apfelrunden Brüsten und ... blauen Seidenstrümpfen enthüllend, von rosafarbenen, schleifchenverzierten Strumpfbändern gehalten, die ihm einiges über die seltsamen Auswirkungen der Angst bei Mädchen zu denken gaben.

Der Kopf der jungen Kammerfrau war unter schaumigem Batistgefältel verschwunden, den interessierten Blicken des jungen Mannes nur eine so appetitliche Nacktheit überlassend, daß Gilles nicht länger zögerte, sich zur Tafel zu setzen. Sich gleichfalls auf die Pritsche werfend, ging er fröhlich daran, seiner Besucherin zu beweisen, daß er das Geschenk zu schätzen wisse.

Mit einem Schlag verwandelte sich die schnurrende Katze in

einen unter dem Batist buchstäblich fauchenden Panther, bis es ihr gelang, sich des Stoffs zu entledigen und ihren Mund auf Gilles' Lippen zu pressen. Ihre Angst schien überaus zählebig zu sein, denn nach dem ersten Ansturm provozierte sie einen zweiten, dann einen dritten, und das mit einer Raffinesse, die ihren Gefährten über die Art der Erziehung nachgrübeln ließ, die Weinbauern-Töchtern aus Aubervilliers offenbar zuteil wurde. Um jedoch nicht in Rückstand zu bleiben, beehrte er Fanchon noch ein viertes Mal, bevor er sie zu ihrer Herrin zurückschickte.

Leicht taumelnd, raffte Fanchon ihren Umhang auf, in den sie sich bis zu den Augen hüllte, dann fragte sie:

«Soll ich morgen wiederkommen?»

«Glaubst du, daß du wieder Angst haben wirst?»

«Bestimmt! Noch mehr als diese Nacht.»

Er lachte, dann schob er sie mit einem Klaps aufs wohlgerundete Hinterteil zur Tür.

«Komm also. Es war... sehr hübsch.»

Alleingeblieben, warf er sich wieder auf sein Bett und schlief wie ein Murmeltier mit beruhigtem Geist und wundervoll entspanntem Körper. Doch als sein Blick am nächsten Tag dem reinen, schönen Madalens begegnete, spürte er, daß ihm eine Blutwelle in die Wangen stieg, und entfernte sich, den Kopf abwendend, zum Vorderdeck, unfähig, diesen Blick länger zu ertragen, in dem er eine von leisem Vorwurf getönte Frage zu lesen glaubte. Doch was konnte dieses Kind von den physischen Bedürfnissen eines jungen, kraftvollen Mannes wissen?

Von nun an gesellte sich Fanchon jede Nacht in seinem Bett zu ihm. Sie war ein einfaches Mädchen ohne Komplikationen. Sie liebte die Liebe und liebte gut, ihrem Herrn fast stumme, doch belebende Umarmungen bietend, die einem so schönen Mann schenken zu können sie sich glücklich schätzte.

Gilles seinerseits bediente sich mit Vergnügen dieses entgegenkommenden Körpers, entdeckte jedoch nicht ohne ein gewisses Erschrecken, daß er nach Madalen um so stärker verlangte, je öfter er Fanchon besaß. Die Kammerfrau half ihm zweifellos, den Hunger zu betrügen, mit dem er Pierres anbetungswürdige Schwester begehrte, aber besänftigte ihn nicht. Und er wußte, daß dieser Hunger für ihn eine lange, unerträgliche Qual sein würde, wenn es ihm niemals gelang, ihn zu stillen. Oh, gewiß, er warf sich dieses soviel unschuldiger Reinheit gewidmete quälende Verlangen wie ein Sakrileg vor, absolvierte sich jedoch, indem er Gott vorwarf, einem Engel einen allzu sichtbarlich für Liebe und Wollust geschaffenen Körper verliehen zu haben.

Was Judith und ihre wachsende Frucht betraf, verbot er es sich, an sie zu denken, bis zwischen ihnen endlich die definitive Klärung möglich wäre, die über ihr Leben entscheiden würde, wie es sich auch verbot, Fanchon die kleinste Frage nach der Lebensführung Madame Kernoas in der «Folie Richelieu» zu stellen. Er konnte wohl aus einer hübsch gewachsenen Dienerin seine Geliebte machen, aber sich nicht zu nach Küchenduft riechendem Alkovenklatsch herablassen. Und in der Nacht, in der das Mädchen im Glauben, ihm damit einen Gefallen zu tun, eine Anspielung auf den zweifelhaften Baron de Kernoa wagte, beendete er kurzerhand ihre flüchtige Affäre, untersagte ihr, unter seinem Dach je wieder den Namen Kernoa zu erwähnen, ja überhaupt an ihn zu denken, wenn sie nicht sofort nach Europa zurückgeschickt werden wolle. Als sie darauf in Tränen zerfloß, schenkte er ihr einige Goldstücke, die die Landschaft augenblicklich wieder erhellten. Nichtsdestotrotz versuchte Fanchon zu disputieren.

«Warum soll's denn nicht weitergehen?» fragte sie schniefend. «Madame wird nie etwas erfahren, und ich schwör auf das Grab meiner Mutter, niemals wieder den Namen auszusprechen, der... den Monsieur le Chevalier nicht liebt.»

«Ohnehin müßte vor dem Ende der Reise Schluß damit sein. Amerika ist ein tugendhaftes, ja puritanisches Land. Ich will dort eine achtbare Familie aufbauen und keineswegs die Sitten eines Sultans einführen. Das soll mich aber nicht hindern, eine charmante Erinnerung an dich zu bewahren und zu versuchen, einen guten Gatten für dich zu finden.»

«Ich hätte es vorgezogen, meine Zärtlichkeiten weiter für Euch bewahren zu können», seufzte Fanchon, «aber da es nicht möglich ist, versucht bitte wenigstens, daß der erwähnte Gatte nicht allzu häßlich ist.»

Und nach einer überaus protokollarischen Reverenz, die mit einem Schlag die Distanz zwischen ihnen wiederherstellte, verließ sie die Kabine, deren Schwelle sie nicht mehr überschreiten sollte, nicht ohne die leise Hoffnung jedoch, daß ihr allzu verführerischer Herr eines Tages vielleicht Lust bekommen könnte, seine Meinung zu ändern. Wie könnte es auch in einem von Wilden bewohnten Land anders sein, in dem die Frauen rothäutig waren und sich mit

Bärenfett parfümierten? Die letztere Überlegung verdankte sie ganz und gar einer reservierten, doch aufmerksamen Beobachtung Pongos, des indianischen Stallmeisters Tournemines, für den Fanchon eine stark mit Furcht vermischte Abneigung empfand.

So setzte der «Falke» unter unterschiedlichen Umständen seine Fahrt fort und lief nach vier Wochen einer für die Jahreszeit alles in allem erträglichen Reise, alle Segel gehißt, in den Hafen New Yorks ein, das seit ungefähr zwei Jahren zur Bundeshauptstadt der Vereinigten Staaten Nordamerikas erhoben worden war.

Für Judith war es höchste Zeit, festen Boden zu betreten. Die junge Frau, deren empfindlicher Magen seit langen Tagen keine feste Nahrung geduldet hatte, war fast am Ende ihrer Kräfte.

Gilles hatte sie nicht wiedergesehen, seitdem sie an Bord gekommen war, und nach der vertraulichen Mitteilung Rozenns hatte er sich nicht mehr an ihrer Tür gezeigt und sich damit begnügt, die alte Amme oder Fanchon nach ihrem Ergehen zu befragen. Judith sollte erst im vollen Besitz ihrer Mittel sein, bevor er mit ihr über ihre gemeinsame Zukunft und die Vorkehrungen reden wollte, die ihr eheliches Dasein in Zukunft erträglich machen konnten. Es war nie seine Art gewesen, einem entwaffneten Gegner gegenüberzutreten, und als erstes war es nötig, sie ihre Kräfte wiederfinden zu lassen.

So ließ er sich, kaum daß die Segel gerefft waren, an Land bringen, um sich auf die Suche nach einer angemessenen Unterkunft zu machen, wo es möglich sein würde, eine Kranke einzuquartieren, ein zu mietendes Haus natürlich, denn die Gasthöfe boten in dieser in voller Expansion befindlichen Stadt vielleicht nicht den erforderlichen Komfort.

Damals, etwa dreißigtausend Einwohner zählend, wies New York nur eine entfernte Ähnlichkeit mit europäischen Städten auf. Seine gesamte Aktivität war auf den Hafen und die zahlreich in ihn mündenden Zuflüsse konzentriert, die als Verbindungswege zum Hinterland dienten. Außer einigen dem Hafen benachbarten, zumeist engen, schmutzigen Straßen an der Spitze der Manhattan-Insel war der Rest des Stadtgebietes absolut ländlich. Ein paar schöne Gebäude erhoben sich nahe Sümpfen, Feldern und Wäldern, die Bauernhöfe umschlossen. Mit Waren vollgestopfte Lagerhäuser säumten ungepflasterte, oft trottoirlose Gassen. Planken waren über die Gräben längs der Wege gelegt, und was die Broad Street oder Wall Street betraf, die das Nervenzentrum der Stadt darstellte, herrschte in ihr solcher Schmutz, daß sie selbst wenig empfindliche Nasen anekelte. Die Umgebung jedoch bestand aus einer reizvollen Landschaft mit kleinen Teichen, prachtvollen Bäumen und Hügeln, und vor allem waren die Ufer des Hudson von erstaunlicher Schönheit. New York war ein Teil jener großen, von einem Broadway genannten ehemaligen Indianerweg durchquerten Manhattan-Insel, dem man die Hügel Brooklyns hinzufügen mußte, eine Art Wohnbezirk auf der anderen Seite des East River, den man mittels der Boote eines Fährmanns erreichte.

Tournemine kannte New York bereits, wo er, an La Fayettes Seite kämpfend, mit einer Handvoll Männer einen kühnen Handstreich gegen das Fort Constitution unternommen hatte, in das General Benedict Arnold nach seinem Verrat von Westpoint geflüchtet war. Doch wenn er auch das die Bucht beherrschende Fort sofort wiedererkannte, hatte er Mühe, sich in der Stadt selbst zurechtzufinden. Sie schoß aus dem Boden wie ein leicht giftiger Pilz. Was den Hafen betraf, zweifellos einer der besten der Welt in seiner tiefen, so gut geschützten Bucht, quoll er so von Schiffen aller Art über, daß es dem «Falken» nicht gelang, einen Platz am Quai zu finden. Er mußte sich mit einem Ankerplatz im Schutz einer mit Nußbäumen bestandenen kleinen Insel, Nutten's Island, begnügen. Übrigens nicht als einziger, denn bei dieser Insel wie auch bei ihrer Nachbarin, Bedloe's Island, ankerten zahlreiche Schiffe, die notgedrungen diese Lösung gewählt hatten.

Völlig unerwartet war ihm das Glück an Land hold. Als er an der Ostseite Manhattans aus seiner Schaluppe auf das sprang, was eher einer Rampe als einem ordentlichen Quai ähnelte, war der erste Mensch, den er eine der zahlreichen Tavernen des Ortes verlassen sah, ein hochgewachsener, in grünliches Wildleder gekleideter und von einer Bibermütze gekrönter Mann: sein Freund Tim Thocker in Person, den die Begegnung im übrigen durchaus nicht zu überraschen schien.

«Zu Weihnachten hast du mir geschrieben, daß du hierher kommen würdest. Also hab ich, seitdem ich den Brief erhielt, jeden Morgen meine Tour durch den Hafen gemacht.»

«Jeden Morgen? Was für eine Idee! Ich hatte dir gesagt, daß ich dich bei dir zu Hause aufsuchen würde.»

«Das hab ich kapiert, aber im Moment bin ich hier zu Hause.»

«Wie das, hier? Und Stillborough? Und Miss Martha, die Tochter des Schiffsausrüsters von New Port, deine Braut?»

«Sie ist noch immer meine Braut, und sie wird's so lange sein, bis ich mich irgendwo solide etabliert haben werde.»

«Und dieses irgendwo ist New York?»

Tim zuckte die Schultern.

«Ja. Martha hat genug von New Port. Sie will in einer großen Stadt leben. Deshalb hab ich mich entschlossen, mich mit einem gewissen Robert Browne zusammenzutun, um mit ihm Geschäfte zu machen.»

Auf die Wildleder-Ausstattung seines Freundes weisend, begann Gilles zu lachen.

«Und du machst deine Geschäfte ausstaffiert wie ein Waldläufer?»

«Natürlich, da wir uns mit Pelzen befassen. Schließlich muß jemand losziehen und diese Pelze aus den Indianer-Territorien holen.»

«Und dieser Jemand bist du? Ich habe verstanden. Also ist Schluß mit der Politik? Du dienst General Washington nicht mehr als Kurier?»

«Aber ja... mehr als je. Der General, mußt du wissen, hat sich nach Mount Vernon auf seine Ländereien zurückgezogen. Er kultiviert seinen Garten, wie er sagt. Das hindert nicht, daß ihn die Politik nach wie vor interessiert, auch wenn er vorgibt, ihr seine Tür zu verschließen. Er hat Augen und Ohren in allen dreizehn Staaten... und ich bin ein Teil dieser Augen und Ohren. Aber wie wär's, wenn wir über all das bei einer Punschbowle redeten. Es herrscht ein teuflischer Wind in diesem Hafen...»

So also hatte Gilles seine Bekanntschaft mit Amerika wiederangeknüpft. Durch Tim waren natürlich alle Schwierigkeiten wie durch Magie gelöst worden. Innerhalb einer Stunde hatte dieser nicht nur einen Kübel kochenden Wassers mit der entsprechenden Menge Rum geschluckt, sondern sich auch entschlossen, selbst Tournemine zu Washington zu begleiten, und zudem noch für die Unterbringung des Hauspersonals seines Freundes ein passendes Domizil mit allem, was nötig war, um sein Funktionieren zu gewährleisten, gefunden.

Inmitten eines zum Harlem-Ufer sanft abfallenden Gartens gelegen, war das Haus ein ländlicher Herrensitz, Mount Morris nach dem Namen seines Erbauers genannt, eines gewissen Obersten Morris, der es 1765 errichtet hatte und als getreuer Untertan des Königs von England zu Beginn der Revolution, seinen Besitz der

Obhut eines Dienerehepaars überlassend, über den Atlantik zurückgekehrt war, in der Hoffnung, ihn bald wieder übernehmen zu können. Doch der Friedensvertrag hatte ihn für ihn unerreichbar gemacht.

Unsicher, was zu tun sei, hatten Mrs. Hunter und ihr Gatte, die Hüter des Hauses, Mount Morris provisorisch erworben, als alles englische Eigentum verkauft wurde, und waren in Erwartung dessen, wie der Wind sich drehen würde, auf die Idee verfallen, es samt ihrer Dienste zu vermieten, was ihnen erlaubte, sich auch weiterhin um die Erhaltung des Besitzes zu kümmern.

Da beide mehrere Jahre in Kanada verbracht hatten, sprachen die Hunters flüssig Französisch, ein unschätzbares Detail in den Augen Tournemines, der ihnen seine Leute für die Dauer der geplanten Reise zu Washington anvertrauen konnte, bei dem er seinen Besitzanspruch auf die Konzession am Roanoke River zu regeln gedachte. Danach wollte er sich auf die Suche nach seinem Sohn in den indianischen Lagern machen.

Dieses höchst angenehme Haus war es also, in das Judith von zwei Matrosen der Mannschaft auf einer Bahre gebracht wurde. Für Tournemine war es das erste Mal, daß er seine Frau seit der Abfahrt wiedersah, und er beglückwünschte sich, die unerläßliche Auseinandersetzung auf später verschoben zu haben: Der Anblick der jungen Frau hätte selbst ihrem schlimmsten Feind Mitleid eingeflößt, vorausgesetzt, sie hätte einen anderen als sich selbst gehabt. Bleich, abgezehrt und sichtlich von erschreckender Magerkeit, preßte sie ihre kleinen, an Vogelkrallen erinnernden Hände an die Brust. Bläuliche Ringe umgaben ihre dunklen Augen und schienen sie noch zu vergrößern, so daß der Rest des Gesichts verschwand.

Als man sie im grauen Licht eines Nebelmorgens auf das Deck des «Falken» brachte und Gilles dem Blick dieser Augen begegnete, spürte er, wie sein Herz sich verkrampfte. Mein Gott, in welchen äußersten körperlichen Zustand hatte er sie versetzt! Über diesem armseligen Bild glaubte er wieder die Königin der Nacht in ihrem frechen Glanz und auch das charmante jungfräuliche Phantom zu sehen, dem er im Schein der Kerzen in jener Nacht begegnet war, in der alle Toten aus ihren Gräbern auferstanden zu sein schienen. Etwas wie Gewissensbisse regte sich in ihm. Hatte er sie etwa zum Sterben hierhergebracht?

Sanft und mit unendlichem Mitleid nahm er eine ihrer so zerbrechlichen Hände. Sie war kalt, und um sie zu wärmen, behielt er sie einen Moment in den seinen, während sein ernster Blick fragend zu Rozenn abglitt, die in ihrem schwarzen Mantel düster wie ein Engel des Todes neben der Bahre stand. Die alte Frau mußte den schrecklichen Verdacht erraten, der in dieser Minute den Chevalier bewegte, denn sie zuckte die Schultern und murmelte:

«Fester Boden, gute Nahrung und Ruhe, und Madame wird sich bald ebenso fühlen wie Ihr und ich.»

«Ich hoffe es», sagte Gilles.

Und da Judith die Augen geöffnet hatte und einen Blick auf ihn richtete, aus dem tödliche Angst herauszulesen ihm nicht schwerfiel, beugte er sich über sie und sagte leise:

«Eure Leiden werden ein Ende nehmen, Madame. Ich habe ein angenehmes, schön gelegenes Haus in guter Luft für Euch gefunden. Ein Arzt erwartet Euch dort, um Euch zu helfen, wieder zu Kräften zu kommen.»

«Ich brauche keinen Arzt.»

«Ihr wißt sehr wohl, daß Ihr ihn braucht. Doch bevor ich Euch ihm anvertraue, will ich, daß Ihr während der Zeit meiner Abwesenheit, denn ich muß eine wichtige Reise unternehmen, in Frieden seid.»

«Ihr ... bleibt lange fort?»

«Ich weiß es nicht. Wißt nur, daß niemand Euch in diesem Land etwas Böses antun wird, in dem wir uns, wie ich hoffe, niederlassen können ... ganz einerlei, welcher Art das Übel ist, an dem Ihr leidet und über das wir nach meiner Rückkehr reden werden, wenn Ihr wiederhergestellt seid.»

Eine Blutwelle stieg in Judiths Wangen – eine Leistung, deren man sie nicht für fähig gehalten hätte –, aber sie sagte nichts, schloß lediglich die Lider, wie um anzudeuten, daß sie das Gespräch nicht fortzusetzen wünsche, doch Gilles konnte sehen, daß sich ihre Gesichtszüge mählich entspannten, während man sie davontrug.

Ebenfalls dank dem in New York offenbar allmächtigen Tim konnte der «Falke» am Quai anlegen, wo an der Landungsbrücke eines Reeders ein Platz für ihn gefunden worden war. Die Kranke wurde also ohne Schwierigkeiten an Land geschafft und in einem Wagen schnell zu ihrer neuen Behausung gebracht. Aber während der ganzen Zeit, die der Transport seiner Passagiere dauerte, untersagte es sich Gilles, seinen Blick auf Madalen ruhen zu lassen. Sie war nur, konnte für ihn nur die Schwester seines Verwalters sein, die Tochter derer, die auf der neuen Besitzung die Rolle der Haushälterin spielen würde, und in dem Augenblick, in dem das junge Mädchen in Gesellschaft ihrer Mutter, Rozenns und Fanchons den Fuß auf amerikanischen Boden setzte, war sie nur ein in einen dunklen Mantel gehüllter Schatten unter ebenso gekleideten Schatten. Und er sah nicht den verstohlenen, kummervollen Blick, mit dem das schöne Kind ihm folgte, als er davonschritt, um die Ausschiffung Merlins zu überwachen. Der prachtvolle Vollblüter hatte solche Angst vor dem Meer, daß sich das Unternehmen als schwierig erwies.

Erst als sein ganzes Völkchen in Mount Morris gut untergebracht war, kehrte Gilles mit Tim Thocker und den Männern, die beim Umzug geholfen hatten, an Bord zurück. Die fünf Frauen wußte er bei Pierre Gauthier (dem er die Geldmittel für einen ziemlich langen Aufenthalt übergeben hatte) und Pongo in guter Hut. Wie alle in voller Entwicklung befindlichen Städte und auch viele der Häfen war New York kein sicherer Ort. Korruption und Prostitution trieben üppige Blüten, vor allem in einem Viertel, das bizarrerweise Holy Land genannt wurde. Nahe dem Hafen wechselten dort Häuser des Lasters mit Kneipen ab, in denen es von zweifelhaften Gestalten jeder Art wimmelte, doch der Chevalier wußte, daß die Bewohner des Morris-Anwesens unter dem Schutz des Indianers in Sicherheit waren.

Noch am selben Abend verließ der «Falke» mit der Flut den Hafen New Yorks, um mit der Chesapeake-Bucht als Ziel südwärts die Segel zu setzen.

Eine Hand, die sich auf seine Schulter legte, riß Tournemine aus seinem langen Grübeln.

«Werdet Ihr mir nicht die Ehre erweisen, wie üblich mit mir zu Abend zu essen, Monsieur le Chevalier?» vernahm er die vertraute Stimme Kapitän Malavoines. «Die Glocke hat schon zweimal geläutet. Aber vielleicht komme ich ungelegen, und Ihr habt keinen Hunger.»

Gilles streckte sich wie aus einem Schlaf erwacht und lächelte dem blassen Fleck zu, in dem er das rauhe, bärtige Gesicht seines Kapitäns ahnte. Die Nacht war in der Tat völlig gesunken, und Dinge und Menschen hatten sich in Schatten verwandelt. Nur einige spärliche Lichter durchdrangen wie Glühwürmchen den dichten Pelz der Ufer, während die hinteren Signalfeuer des Schiffs eine goldene Bahn auf das schwarze Wasser warfen. Aber eingesponnen in das, was Tim «das Rendezvous mit den Erinnerungen» nannte, hatte Gilles weder gesehen, wie das Tageslicht erlosch noch wie die Lichter der Menschen aufglühten.

«Ich habe keinen Grund, Eurer Tafel zu schmollen», sagte er gutgelaunt. «Morgen wird, wie ich hoffe, ein großer Tag sein. Es gehört sich, ihn im voraus zu feiern, indem wir eine oder zwei staubige Flaschen miteinander leeren. Und laßt an die Mannschaft eine Runde Rum verteilen. Sie hat es wohl verdient, und die Nacht ist noch frisch...»

Seinen Arm unter den Malavoines schiebend, verschwand er mit ihm ins Innere des Schiffs.

2. Kapitel

Der Herr von Mount Vernon

Die Schiffsglocke läutete, alsbald gefolgt von der Pfeife des Bootsmanns, die die Morgenwache rief, als Tim die Fallreepleiter heraufkletterte und sich über die Reling aufs Deck schwang. Er stürzte zur Tür, die zu den hinteren Deckkabinen führte, und während er den Flur zu Gilles' Kabine folgte, pfiff er aus Leibeskräften, um sich anzukündigen.

Die Kabinentür flog unter seiner kraftvollen Hand förmlich auf und ließ Tournemine bei seiner morgendlichen Reinigungsprozedur sehen. Mit einem Rasiermesser bewaffnet, war der Chevalier eben dabei, methodisch den Seifenschaum abzuschaben, der seine Wange bedeckte. Tims stürmischer Eintritt ließ ihn eine falsche Bewegung machen. Er schnitt sich und fluchte ausgiebig, während er nach einem Handtuch suchte, um das Blut von der kleinen Wunde zu tupfen.

«Du hast eine merkwürdige Art, bei Leuten einzutreten», knurrte er, als sein reichhaltiges Repertoire erschöpft war.

«Du solltest es mit der Artillerie versuchen.»

«Ich bin wirksamer», scherzte der Waldläufer, «vor allem, wenn sich's darum handelt, jemanden in Trab zu bringen. Vorwärts! Beeil dich! Der große Chef erwartet dich! Er hat dir sogar seinen Wagen geschickt.»

Die Wirkung war magisch. Die Vorstellung, daß der große Washington ihn erwartete, und wäre es auch nur einen Moment zuviel, ließ Gilles schleunigst in seine Waschschüssel tauchen, und wenige Minuten später gesellte er sich, in ein strenges dunkelblaues Habit und schneeiges Linnen gekleidet, zu Tim in der an der Flanke des «Falken» liegenden Schaluppe.

In der Tat wartete ein Wagen auf dem sich längs des Flusses hinziehenden schmalen Weg. Es war eine Art Kalesche, bespannt mit zwei englischen Kutschpferden, die durch ihre Gangart dem Ruf General Washingtons als Pferdenarr alle Ehre machten. Das Verdeck des Wagens war zurückgeschlagen, denn das Wetter war an diesem Morgen frühlingshaft. Eine fröhliche Sonne durchleuchtete den Frühnebel und vergoldete den breiten Fluß. Der Himmel war von einem blassen Blau, das sich bald vertiefen würde, und dessen gedämpfte Tönungen das dichte Grün der umgebenden Wälder hervortreten ließen. Auf dem Maryland-Ufer läutete die Totenglocke einer kleinen weißen, inmitten blühenden Obstgärten liegenden Kirche und rief die Gläubigen zu irgendeiner Beerdigung, doch gelang es ihr nicht, die Heiterkeit dieses schönen, ruhigen Morgens zu verdüstern.

Neben Tim im Wagen sitzend, ließ sich Gilles den Hügeln entgegenfahren, hinter deren grünen Laubvorhängen sich Mount Vernon verbarg. An dieser Stelle bewahrte der den Tiefen der Zeiten entstammende alte Wald sein wildes, ursprüngliches Bild: Bäume, die nie die Axt des Holzfällers kennengelernt hatten, Dickicht, das kein Sonnenstrahl durchdrang. Der Wagen rollte in einem grünen, von Vogelgezwitscher erfüllten Tunnel dahin, einem Tunnel, an dessen Rand plötzlich ein weißer Grenzstein auftauchte.

«Wir sind jetzt auf dem Besitz des Generals», sagte Tim. «Dieser Stein markiert die Grenze.»

«Ist er groß, der Besitz?»

«Mehr als zehntausend Morgen.»

«Donnerwetter!»

Sie fuhren tatsächlich noch zwei oder drei Meilen, bevor sie das Häuschen des Pförtners und damit den Eingang des Parks erreichten. Um die Wahrheit zu sagen, ließ der durch eine ziemlich hügelige und sehr schöne Landschaft führende Weg kaum ein Zeichen von Kultur erkennen, und so weit das Auge reichte, war lediglich Natur zu bewundern.

Und dann erschien plötzlich, nachdem sie einen Bach und einen Hohlweg passiert hatten, das Haus, weiß, bezaubernd und majestätisch, wie ein kostbares Objekt auf den zartgrünen Samt einer gepflegten Rasenfläche gestellt, deren sanfter Hang zu einer Gruppe riesiger Bäume abfiel.

Mit einem amüsanten achteckigen Glockentürmchen versehen, das noch von dem Blitzableiter überragt wurde, der Benjamin Franklin zu Ruhm verholfen hatte, und mit kleinen Fliesen verziert, in denen sich die Sonnenstrahlen lustig spiegelten, wies die Residenz des großen Mannes, die durch hübsche Luken erhellten Mansarden inbegriffen, nur zwei Stockwerke auf. Eine weiße Säulenreihe stützte in der besten Tradition der Häuser des Südens den großen Portalvorbau, der die Fenster der Vorderfront und die nur mit einem dreieckigen Giebel geschmückte Eingangstür barg. Gebäude flankierten den schönen Herrensitz: Pferde- und Viehställe auf einer Seite, auf der anderen ein großes Gewächshaus und die Gebäude, in denen der Tabak gelagert wurde und wo Schwarze bei einem riesigen Hühnerhof voller Geflügel arbeiteten. Dahinter waren Hütten zu erkennen, die den Sklaven als Unterkunft dienten (fast zweihundert waren es), und jenseits der Hütten weitere baumbestandene Flächen, die den grünen Rahmen Mount Vernons vervollständigten.

Als der Wagen vor dem Eingang hielt, trat ein Majordomus, ebenso schwarz wie der Kutscher, der sie hergebracht hatte, an den Wagenschlag, öffnete ihn und teilte den Besuchern mit, daß der General sie auf der Terrasse erwarte. Und als Gilles vergebens die Umgebung nach irgend etwas mit einer Terrasse ähnlichem absuchte, nahm Tim ihn beim Arm und zog ihn über den Rasen.

«Danke, Gédéon! Hier entlang, mein Freund! Die Terrasse ist auf dieser Seite.»

Vom üppigen Laubgehänge der großen Bäume verborgen, war auf dem die Krümmung des Potomac beherrschenden Abhang eine von Säulen abgestützte lange Plattform errichtet worden, zu der sich der General gewöhnlich zwei- oder dreimal täglich begab, um mit Hilfe eines Fernrohrs die Bewegung auf dem Fluß zu beobachten.

Er war eben damit beschäftigt, als die beiden Männer sein Observatorium betraten. Ohne die Ankömmlinge zu beachten, als hätte er sie nicht kommen hören, spähte er, das lang ausgezogene Glas vorm Auge, mit unzufriedener Miene auf den großen, schimmernden, aus dieser Höhe majestätischen Halbmond hinunter, als habe er ihm persönlich irgend etwas vorzuwerfen, und murmelte Unverständliches vor sich hin.

In der Annahme, es sei vielleicht sein Schiff, das den Unmut des Generals erregt habe, näherte sich Tournemine der Balustrade, um zu sehen, was daran sei, aber er atmete auf. Eine große Fregatte, alle Segel gehißt, war eben dabei, einige Kabellängen vom «Falken» entfernt vor Anker zu gehen. Offenbar war sie nicht willkommen.

Plötzlich zuckte Washington die Schultern und wandte sich, das Fernrohr mit einer barschen Geste zusammenschiebend, seinen Besuchern zu.

«Das Diner heute könnte nicht so angenehm werden, wie ich es für Euch gewünscht hätte, mein lieber Chevalier», sagte er, Gilles die Hand reichend, die dieser respektvoll drückte. «Beeilen wir uns also, in aller Ruhe unser Frühstück einzunehmen. Danach werde ich mit Euch durch meinen Besitz reiten, wie ich es übrigens jeden Tag zu tun pflege.»

All das, als hätten sie sich erst am Abend zuvor gesehen, als seien nicht sechs Jahre seitdem vergangen.

«Ich stehe wie einst zu Eurer Verfügung, General», erwiderte Gilles, «und bin sehr glücklich, die Ehre zu haben, Euch wiederzusehen wie auch über den Empfang, den Ihr mir bereitet.»

Washington lachte, während er drei Schritte zurücktrat, um seinen Besucher von Kopf bis Fuß zu mustern.

«Hm! Ihr seid, wie man so sagt, wahrhaftig ein Edelmann geworden. Es ist wahr, Ihr hattet schon immer das Zeug dazu. Nichtsdestotrotz habt Ihr Euch verändert... seid vor allem älter geworden. Wie alt seid Ihr jetzt?»

«Vierundzwanzig am nächsten Sainte-Anne-Tag.»

«Ihr wirkt wie dreißig, aber das ist normal. Krieg und politische Kämpfe verjüngen die Menschen nicht.»

«Man käme nicht darauf, wenn man Euch betrachtet, General», sagte Gilles kühn. «Ihr habt Euch nicht verändert. Bis auf Eure Kleidung seid Ihr so, wie ich Euch zum letztenmal gesehen habe, als ich dieses Land verließ, um die Siegesnachricht nach Frankreich zu bringen.»

Es war keine Schmeichelei, sondern pure Wahrheit. In seinem schlichten, ein wenig altmodisch geschnittenen Zivil aus dunklem Stoff, das seine abgetragene Uniform ersetzte, bewahrte General Washington mit fünfundfünfzig Jahren noch immer seine jugendliche Erscheinung. Seine hohe Gestalt war ungebeugt, und unter seinem leicht gepuderten, im Nacken durch ein schwarzes Band zusammengehaltenen Haar zeigte sein zugleich leutseliges und majestätisches schönes Gesicht keine Falte.

Gilles' ehrliches Kompliment ließ ihn lächeln.

«Andersherum gesagt», bemerkte er gut gelaunt, «sind wir beide voneinander entzückt. Stärken wir uns also. Wir haben den ganzen Tag vor uns, um über Eure Angelegenheiten zu plaudern, bevor der unerträgliche Kapitän Beardsley mit seinen ewigen Beschwerden über uns herfällt.»

Und seinen Arm unter den seines Besuchers schiebend, zog ihn

Washington dem Haus zu. Tim folgte, mit zwei großen Hunden spielend, die ihm mit allen Zeichen überschäumender Zuneigung entgegenliefen.

Das Innere Mount Vernons war schlicht: ein Vestibül mit einer schönen Treppe, das zwei Gesellschaftsräume voneinander trennte, einen als Empfangszimmer bezeichneten Salon und einen Speisesaal, dessen Tafel gedeckt war. Und Tournemine stellte amüsiert fest, daß die drei Räume genau wie Botschafter Jeffersons Haus in Paris mit den Büsten großer Männer dekoriert waren: Alexanders und Cäsars natürlich, Karls XII. von Schweden und Friedrichs II. von Preußen (diese Büste war ein Geschenk des Modells), des englischen Generals Marlborough und des Prinzen Eugen.

Das Haus betretend, hängte Washington zunächst sein Fernrohr neben die Tür und zog seine Gäste sodann zu einem kleinen Waschraum, wo sie sich die Hände wuschen, bevor sie sich zu Madame Washington gesellten, die sie im Speisesaal erwartete.

Gleichaltrig mit ihrem Gatten, war Martha Dandridge, die Frau des Generals, eine kleine, eher rundliche Frau, doch von äußerster Würde und einer Höflichkeit voller Charme, die ihr den einmütigen Beifall aller Besucher Mount Vernons sicherte. Mit fünfundfünfzig war sie noch frisch, ihre Gesichtszüge waren angenehm, und sie kleidete sich mit geschmackvoller Einfachheit.

Der General und sie waren seit neunundzwanzig Jahren miteinander verheiratet, doch die beiden Kinder, die sie gehabt hatte, stammten aus ihrer ersten, mit zwanzig Jahren eingegangenen Ehe mit dem Obersten Custis, der einer der reichsten Grundbesitzer Virginiens gewesen war und sie schon bald als Witwe zurückgelassen hatte. Und Washington hatte die kleinen Custis mit ebensoviel aufmerksamer Zärtlichkeit erzogen, als wären es seine eigenen Kinder gewesen, denn Martha gehörte zu den Frauen, die eine Atmosphäre friedlichen Glücks um sich zu verbreiten verstehen. Die Soldaten ihres Mannes, die ihr während des Krieges eine Art Verehrung entgegenbrachten und sie Lady Washington nannten, hatten sich in ihr nicht getäuscht.

Der Empfang, den sie dem Franzosen bereitete, entsprach in jedem Punkt ihrem Charakter, und als Tournemine zu ihrer Rechten an der Tafel Platz nahm, hätte er nach fünf Minuten geschworen, daß er Martha Washington seit Jahren kenne und schätze.

«Bringt Ihr uns Nachricht von unserem lieben Marquis de La Fayette?» erkundigte sich der General, während das Gebäck und der Tee mit Honig, die das Frühstück darstellten, um den Tisch gereicht wurden. «Ich habe seit Monaten nichts von ihm gehört.»

«Leider nicht. Ich habe ihn lange nicht gesehen.»

«Wie das? Erscheint er nicht mehr bei Hofe?»

«Ich denke doch... obwohl die Königin ihn nicht sonderlich mag. Aber ich selbst habe den Hof schon seit Monaten nicht mehr gesehen.»

«Es ist wahr, Ihr habt ja ernstlichen Ärger gehabt. Ich habe es durch den braven Tim erfahren. Ihr seid also in Ungnade?»

«In keiner Weise, General. Ich bin es so wenig, daß ich Euch statt Nachrichten vom Marquis einen Brief des Grafen de Vergennes überbringe, den Ihr ja gut kennt.»

«Den ich gut kannte... durch unseren Briefwechsel wenigstens. Es ist also eine Art Testament, das er mir schickt, denn gestern erfuhr ich durch einen Eilkurier vom Tode Monsieur de Vergennes.’ Er ist am 13. Februar gestorben, wie es scheint.»

Tournemine war es, als presse eine eisige Hand sein Herz zusammen: Die Krankheit war also schneller gewesen, als er befürchtete. Und es war der beste Diener Ludwigs XVI., den sie dem Königreich entrissen hatte.

Vergennes gehörte zu jener viel zu seltenen und überdies im Verschwinden begriffenen Rasse wahrhafter Staatsmänner, derer, die ohne Zögern das Interesse des Vaterlandes der Sorge um das eigene Glück vorangehen lassen. Er war immer den Weisungen seiner großen Intelligenz und seines nicht weniger großen Herzens gefolgt. So hatte er nicht gezögert, während seiner Zeit als Botschafter in Konstantinopel eine junge Witwe nichtadliger Herkunft, Anna Testa, zu heiraten, die er seit langem liebte, und seine Karriere hätte daran scheitern können. Doch trotz seines lässig-langweiligen Gehabens wußte Ludwig XVI. einen Mann richtig einzuschätzen, und Vergennes konnte seine Aufgabe im Dienste des Königreichs fortsetzen.

In Versailles bewertete man ihn unterschiedlich. Der König liebte ihn und unterstützte ihn mit einer bei ihm seltenen Energie, wenn es sich darum handelte, Abneigungen der Königin zu bekämpfen, denn Marie-Antoinette liebte ihn nicht, und im Verlauf der dramatischen Halsband-Affäre war ihre Abneigung fast zu Haß geworden. Hatte Vergennes in seiner freimütigen Ehrlichkeit nicht zu sagen gewagt, daß seiner Meinung nach der Kardinal de Rohan an diesem schmutzigen Diebstahl unschuldig sei? Was den Hof betraf, für den die Neigungen der Königin maßgeblicher als die Freundschaften des Königs waren, bemäntelte er seine Geringschätzung des burgundischen Adligen kaum, im törichten Glauben, sich so an einer Macht zu rächen, die er nicht hatte verhindern können. Aber was würde jetzt mit einem Königreich geschehen, dessen Steuermann Vergennes nie mehr sein würde?

«Ihr scheint sehr bewegt, Chevalier?» ließ sich Washingtons ruhige Stimme vernehmen. «Seid Ihr dem Grafen de Vergennes so sehr verbunden?»

Tournemine zuckte zusammen und fand aller Augen auf sich gerichtet. Die dramatische Neuigkeit hatte ihn in der Tat mitten in der Bewegung erstarren lassen, mit der er die Teetasse an seine Lippen führen wollte. Er stellte sie mit leicht zitternder Hand zurück und wandte sich mit einem mechanischen Lächeln entschuldigend seinem Gastgeber zu.

«Ich war ihm sehr verbunden, General... aber nur durch den Respekt und die Bewunderung, die ich ihm entgegenbrachte. Das Königreich Frankreich verliert mit ihm seinen größten Diener. Vielleicht ist es sich dessen nicht einmal bewußt.»

Washington nahm aus einer Obstschüssel Nüsse und begann, sie von ihren Schalen zu befreien. Er liebte Nüsse und aß ein paar fast zu allen Mahlzeiten, aber diesmal erlaubte ihm die Beschäftigung mit ihnen, seinen Blick auf seine Finger gesenkt zu halten.

«Man hat mir berichtet, der König habe geweint, als er die Nachricht erhielt. Man hat mir auch gesagt, daß sich am Tage der Beerdigung eine Menge armer Leute längs der Straßen von Versailles versammelt habe, angesichts des vorbeifahrenden Leichenwagens niedergekniet und ihm dann schweigend, aber mit Tränen in den Augen bis zum Grabe gefolgt sei. Ich glaube, Frankreich hat die Bedeutung dieses traurigen Ereignisses gespürt.»

«Von seiten des Volks erhoffte ich nicht soviel, doch was den König betrifft, weiß ich seit langem, welch großes Herz sich unter seinen Ordensbändern verbirgt und welche Neigung er denen entgegenbringt, die ihm treu dienen. Weiß man, wer Monsieur de Vergennes in den Auswärtigen Angelegenheiten ersetzen wird?»

Washington hob eine Braue.

«Ihre Majestät die Königin befürwortete Monsieur de Saint Priest, doch der König hat Monsieur de Montmorin vorgezogen. Kennt Ihr ihn?»

«In keiner Weise...»

Es sah Marie-Antoinette ähnlich, als Ersatz für Vergennes einen

Mann vorzuschlagen, der stets sein Gegner gewesen war, aber es sprach für Ludwig XVI., daß er es verstanden hatte zu widerstehen und zugleich das Werk seines Ministers und Freundes gegen die Launen seiner Circe zu verteidigen. Was Montmorin, ganz zuletzt noch Gouverneur der Bretagne, anging, wußte Tournemine von ihm nur, daß er Botschafter in Spanien gewesen war, als er selbst in Aranjuez bei der zukünftigen Königin Spaniens seine Talente betätigte, wußte jedoch nichts von der politischen Linie, der er auf seinem neuen Posten folgen würde. Und etwas wie Besorgnis überkam ihn. Wie ihm bekannt war, wies Vergennes' Brief, dessen Papier er in der Innentasche seines Rocks knistern fühlte, in der Tat auf die riesigen Kriegsschulden der aufständischen Staaten bei Frankreich hin, Schulden, an deren Begleichung man jenseits des Atlantik seit der Unterzeichnung des Vertrags von Paris nicht mehr zu denken schien. Diese von der Freiheit eines Volkes verschlungenen Millionen belasteten nun nicht nur schwer das königliche Budget, sondern auch das großherziger Privatpersonen wie des Reeders Leray de Chaumont, Oberaufseher der Gewässer und Wälder Frankreichs und großen Freundes Franklins, oder die der Anteilhaber der Gesellschaft Rodrigue Hortalez. Würden die Amerikaner etwa Vergennes' Tod zum Vorwand nehmen, um die Rückzahlung weiterhin zu umgehen?

Das Frühstück war beendet. Auf ein unmerkliches Zeichen ihres Gatten erhob sich Martha Washington und begab sich zu ihren Mägden in die Küche, während der General Gilles in sein Arbeitskabinett zog und es Tim überließ, sich die Zeit nach Gutdünken zu vertreiben. Der Waldläufer zögerte nicht lange. Zu einem Waffenständer in einem kleinen Raum neben dem Büro tretend, wählte er ein Gewehr, stopfte Munition in seine umfänglichen Taschen und schlug, den Hunden pfeifend, als mit den Örtlichkeiten Vertrauter den Weg zum Wald ein.

Indessen übergab Gilles Washington auf dessen Bitte den Brief des verstorbenen Ministers der Auswärtigen Angelegenheiten Frankreichs. Der General näherte sich einem Fenster, las ihn sorgfältig, überlegte einen Moment, las ihn von neuem, schob ihn schließlich in eine seiner Taschen und kehrte zu seinem Gast zurück.

«Nach dem Frühstück», sagte er liebenswürdig, «ist es meine Gewohnheit, meine Pachthöfe zu besuchen. Gebt Ihr mir die Ehre Eurer Gesellschaft, Chevalier? Wir werden bis zum Diner reiten, aber Eure Kleidung dürfte nicht darunter leiden, denn das Wetter scheint mir prächtig.»

«Meine Kleidung wie ich selbst stehen zu Euren Diensten, General», erwiderte Gilles, der sich fragte, wie er die Angelegenheit der Kriegsschulden wieder aufs Tapet bringen könne, denn Washington schien nicht geneigt, darüber zu reden.

Sein Gesicht war während der ganzen Lektüre völlig ausdruckslos geblieben, und nach ihrer Beendigung hatte er keinen Kommentar geäußert.

Zwei sehr schöne Pferde wurden gebracht, deren Äußeres der Zucht von Mount Vernon alle Ehre machte, und die beiden Männer ritten in kurzem Trab im fröhlichen und schon warmen Sonnenschein davon, gegen dessen eventuelle spätere Glut der General einen großen Schirm in sein Pistolenhalfter geschoben hatte.

Den Besuch der Ställe auf später verschiebend, ließ Washington seinen Gast zuerst die Weiden bewundern, auf denen sich einige seiner Zuchtergebnisse tummelten. Aber das, worauf er vielleicht am stolzesten war, war ein Terzett von Eseln, ein Männchen und zwei Weibchen, denen man einen der schönsten Plätze der Zuchtanlage vorbehalten hatte.

«Diese drei Tiere», erklärte der virginische Gentleman, «sind Geschenke unseres lieben Marquis de La Fayette. Ich hatte ihn gebeten, mir einige zu schicken, um Maultiere züchten zu können, die äußerst interessante Zugtiere sind. Wir haben keine in Amerika. Die ersten müssen bald geboren werden, und ich erwarte viel von ihnen, denn dieser Esel ist zweifellos der schönste, den ich je gesehen habe. Er ist von maltesischer Rasse, und», fügte er ohne ein Lächeln hinzu, «deshalb haben wir ihn Malteserritter getauft.»

«Prächtig», bemerkte Gilles, der sich heimlich fragte, was der Komtur de Suffren oder die anderen Ordensritter wohl von solcher Patenschaft halten würden, wenn sie das Schicksal einmal nach Mount Vernon verschlüge.

Nach den Pferden und Eseln dirigierte Washington seinen Begleiter zu seinen Ländereien längst des Potomac und hielt sein Pferd auf einem Hügel an, der das weite, von dem breiten Fluß durchströmte herrliche Tal beherrschte. Auch dort hatte er etwas zu zeigen.

«Wir werden hier schon sehr bald mit großen Arbeiten beginnen, um die Gewässer des Potomac und des James-Flusses zu kanalisieren und mit dem des Ohio, des Mississippi und der Großen Seen zu verbinden. Es ist für die Zukunft der Vereinigten Staaten lebenswichtig, bequeme Verbindungen zwischen unseren Staaten und denen des Westens zu schaffen. Diese sind sozusagen auf einen Zapfen gesetzt. Die kleinste Bewegung genügt, um sie nach der einen oder anderen Seite schwingen zu lassen, und wenn die Spanier zu ihrer Rechten oder die Engländer zu ihrer Linken Neigung zeigten, ihren Handel und ein Bündnis mit ihnen zu suchen, hätten wir die vollständige Trennung zu fürchten.»

«Was nicht sein wird, da die Arbeiten, wie ich die Ehre hatte, von Euch zu hören, beginnen werden», sagte Gilles, der schon in der Pariser Botschaft Amerikas davon gehört hatte.

«Am James-Fluß haben sie schon begonnen. Wir haben Zeichnungslisten eröffnet, für die sich übrigens unser La Fayette sehr interessiert hat. Er weiß, daß junge Staaten nie reich sind, und gibt sich alle Mühe, uns nach Kräften zu helfen. So verdanken ihm die Fischer der Insel Nantucket einen äußerst interessanten Handel mit Walfischöl, und wir zweifeln nicht, daß er auch weiterhin im Interesse eines Landes wirken wird, das ihm teuer ist.»

Der Chevalier überlegte seine Antwort gründlich. Diese dem vielseitigen La Fayette gewidmete neue Weihwasser-Dusche wollte ihm ebensowenig gefallen wie das philosophische Sätzchen über die Finanzen junger Staaten. Doch er konnte diese Gelegenheit, das Gespräch zum Kapitel der amerikanischen Schulden zurückzuführen, nicht ungenützt vorbeigehen lassen.

«Man zweifelt in Versailles keineswegs an der Verbundenheit Monsieurs de La Fayettes mit Amerika im allgemeinen und Eurer Person im besonderen, General. Nur wäre es vielleicht wünschenswert, wenn diese Verbundenheit nicht völlig die ersetzte, die er Frankreich und seinem König schuldet.»

«Das könnte nicht geschehen, mein Freund. Als Mann von Herz wendet der Marquis seine Gefühle lediglich mehr dem der beiden Länder zu, das am meisten Hilfe braucht. Frankreich floriert, der König ist reich...»

«Nein, General», unterbrach Tournemine in sanftem Ton, der die kalte Deutlichkeit des Wortes mildern sollte, «der König ist nicht reich, und wenn das Königreich noch floriert, dann nicht mehr allzu lange, wenn gewisse Schuldforderungen weiterhin beharrlich verweigert oder nicht wenigstens durch besonders interessante Importe abgedeckt werden.»

Er wußte, wenn er das Thema so direkt anging, handelte er dem Rat Vergennes' zuwider, dessen geschickte Diplomatie in einem Satz zusammengefaßt werden konnte, den er zu zitieren liebte:

«Die sicherste Methode, um eine Verhandlung erfolgreich durchzuführen, ist, so weit wie möglich in Geist und Neigungen derer einzudringen, mit denen man verhandelt...» Aber er wußte auch, daß die französischen Forderungen wenn nicht freudig beerdigt, so doch wenigstens auf die lange Bank geschoben würden, wenn er Washington beipflichtete und anfing, sich durch die finanziellen Schwierigkeiten der Vereinigten Staaten rühren zu lassen.

Washington, der seinem Pferd die Zügel freigegeben hatte und sich nun im Schritt einem großen Pachthof zuwandte, dessen Dächer den Horizont einer weiten Prärie begrenzten, ließ ein kurzes Lachen hören, in dem nicht viel Freude mitschwang.

«Sagt mir, mein Freund, mit wem glaubtet Ihr selbst, Euer Minister und Euer König zu tun zu haben, als Ihr mir einen solchen Brief brachtet beziehungsweise schriebt?» fragte er, Vergennes' Schreiben halb aus seiner Tasche ziehend. «An den Kongreß müssen diese Forderungen gerichtet werden, nicht an mich, der... nur noch ein schlichter Bürger ist.»

«Ein schlichter Bürger? Ihr? Der Befreier?»

«Welch großes Wort! Ich habe in der Tat einen Krieg geführt, und Gott hat es gefallen, uns den Sieg zu geben. Aber der Krieg ist zu Ende, und seitdem ich am 4. Dezember 1783 in New York Abschied von meinen Truppen nahm, bin ich, ich wiederhole es, nur noch ein Bürger der Vereinigten Staaten unter vielen anderen, ein Pflanzer, ein Züchter...»

«Und Eure Truppen haben Euch so gehen lassen? Sie beteten Euch wie Gottvater an.»

«Sie konnten nichts anderes tun. Überdies gibt es keine Truppen mehr. Die Armee ist fast völlig demobilisiert. Wißt Ihr, aus wieviel Männern sie gegenwärtig besteht? Aus siebzig!»

«Ihr sagt...?»

«Ich sage siebzig», erwiderte Washington heiter. «Fünfundzwanzig, deren Aufgabe es ist, Waffen und Ausrüstungsgegenstände in Fort Pitt zu bewachen, und fünfundvierzig zur Bewachung West Points.»

Tournemine wurde es heiß unter dem Rock.

«Das ist erschreckend... und ein wenig lächerlich!»

«Warum? Wir haben keine Feinde mehr, infolgedessen brauchen wir auch keine Armee. Es war besser, jeden Mann nach Hause zu schicken, wo die Arbeit wartete, zumal wir sie nicht bezahlen konnten. Es war also nötig.»

«Ich sehe.»

Was er vor allem sah, war eine lange, düstere Sackgasse, in die die französischen Schuldforderungen zu geraten im Begriff waren, und da er vom subtilen Spiel der Diplomatie nur recht rudimentäre Begriffe hatte, sagte er deutlich, was er dachte: «Muß ich Euch also bitten, General, mir diesen Brief zurückzugeben, damit ich ihn den Herrn des Kongresses vorlesen kann? Denn ich muß eine Antwort nach Versailles schicken, wie sie auch sein mag.»

«Es gibt keinerlei Grund, warum Ihr meine Korrespondenz diesen... streitsüchtigen Persönlichkeiten vorlesen solltet, die im übrigen nicht viel davon begreifen werden.»

Es seinem Gesprächspartner überlassend, die kurze Pause, die er vor dem die Mitglieder des Kongresses charakterisierenden Beiwort hatte entstehen lassen, nach ihrem vollen Wert einzuschätzen, entfernte sich Washington ohne Eile, um das System der Verschlußvorrichtung eines Weidegatters zu überprüfen, dann kehrte er in kurzem Trab zu seinem jungen Begleiter zurück.

«Vorhin», sagte er mit einem dünnen Lächeln, «habe ich Euch gefragt, an wen Ihr Euch zu wenden dachtet, als Ihr mir die französischen Beschwerden brachtet. Jetzt werde ich Euch eine andere Frage stellen. Was ist Eurer Ansicht nach der Kongreß?»

«Aber... ist das nicht klar? Die harmonische Versammlung der Vertreter von dreizehn Staaten, aus denen zur Stunde die Vereinigten Staaten von Nordamerika bestehen, mit dem Auftrag, die Regierung des aus dem Siege geborenen neuen Staates zu sichern.»

General Washington brach jäh in ein dröhnendes Gelächter aus, ein Gelächter, das in krassem Widerspruch zu der natürlichen Würde des großen Mannes stand und Tournemine sich verblüfft fragen ließ, was an dieser alles in allem doch ziemlich klassischen Definition so unpassend sein mochte. Das Gelächter verstummte übrigens sehr schnell und abrupt, als habe man einen Hahn zugedreht. Washington war wieder ernst geworden.

«Verzeiht, mein Junge! Ich hatte keineswegs die Absicht, mich über Euch lustig zu machen», sagte er mit einem die unsicher fragende Miene seines Begleiters streifenden Blick. «Es sind die Worte ‹harmonische Versammlung›, die meine Lachlust weckten. Wo, zum Teufel, nehmt Ihr her, daß ein Kongreß eine harmonische Versammlung wäre?»

«Ist er es nicht, da er doch diejenigen versammelt, die die Wünsche und Hoffnungen eines Volkes tragen?»

«Nein. Bei uns jedenfalls ist er es nicht, und ohne es zu ahnen, habt Ihr selbst die Erklärung des Phänomens geliefert, das der Kongreß darstellt. Ihr habt gesagt: ein Volk. Nun, die dreizehn Staaten, die sich in den Befreiungskrieg gestürzt haben, bilden eben kein Volk. Ich möchte sogar sagen, daß sie sich mehr und mehr davon entfernen.»

«Ist das möglich?»

«Unglücklicherweise ja. Seht, die Staaten scheinen gegenwärtig so verschieden voneinander, wie einst Athen von Sparta und Argos von Theben. Oh, gewiß, es gibt etwas, das sie verbindet: die von allen akzeptierten Artikel der Konföderation. Doch was sehen diese Artikel vor? Einen Kongreß, in dem jeder Staat über eine Stimme verfügen wird und die Opposition eines einzigen Staates die Verabschiedung eines Gesetzes von allgemeinem Interesse verhindern kann. Der Präsident des Kongresses, General Saint Clair, hat nicht die geringste Macht, besitzt keinerlei legale Autorität, und das Land hat kein Oberhaupt. Übrigens existiert auch kein zur Erzwingung gemeinsamer Entscheidungen befähigter Gerichtshof. Die Bundesautorität ist im Innern ebenso in Verruf wie auswärts. Vergangenes Jahr haben wir in Massachusetts den Beginn einer Revolte erlebt, die in einen Bürgerkrieg hätte ausarten können, angeführt von einem Veteranen von Bunker Hill, einem gewissen Samuel Shays. Und wenn Ihr wirklich wollt, daß ich Euch die ganze Wahrheit sage, hört dies: Anarchie und Uneinigkeit sind so groß, daß man derzeit davon spricht, Amerika in mehrere Konföderationen oder gar dreizehn unabhängige Republiken aufzuteilen. So weit sind wir vier Jahre nach dem Friedensvertrag! Einen Krieg gewinnen ist nicht alles. Wenn man aus seinem Sieg nichts zu machen weiß, hat man seine Zeit verloren, und die Toten haben sich für nichts geopfert...»

Ein vor den Hufen seines Pferdes einschlagender Blitz hätte Gilles weniger betäubt als diese jähe, zornige Äußerung eines Mannes, den er zu Recht für einen der größten und ausgeglichensten Geister seiner Zeit hielt. Man war in Frankreich hundert Meilen davon entfernt, sich vorzustellen, daß die Dinge so schnell in einen Zustand des Zerfalls geraten könnten.

«Das ist erschreckend», seufzte er. «Wenn ich recht verstehe, ist der Kongreß unfähig, die kleinste Kriegsschuld zu bezahlen.»

«Unfähig. Er hat wohl eine Art Geld in Umlauf gebracht, das wir als kontinentalen Dollar bezeichnen, doch die Leute neigen eher dazu, ihre Küchen damit zu tapezieren.»

«Aber dieses riesige Land müßte doch reich sein!»

«Es ist reich... märchenhaft reich. Die Schäden des Krieges sind gering, die zu teilende Beute ist beträchtlich. Da ist der Besitz der englischen Krone und alle die Ländereien jenseits der Alleghanys, die England sich vorbehalten hatte. Da sind die Mieten, die man einst den Eigentümern oder der Krone zahlte. Da sind die Güter der Tories, die wir praktisch ins Meer geworfen haben... nur hindert das nicht, daß Handel und Industrie zusammenbrechen und daß ein Kaufmann aus New York weiterhin einem Pflanzer aus dem Süden wie der Pest mißtraut, weil der seiner Meinung nach unfähig ist, seine persönlichen Probleme zu verstehen... die einzigen, die ihn interessieren.»

Die beiden Männer ritten eine Weile schweigend nebeneinander her. Gilles fühlte sich in seiner Rolle als Gläubiger nicht wohl. Dennoch konnte er nicht umhin, die braven Leute Frankreichs, die aus purer Schwärmerei ihre Ersparnisse in den amerikanischen Schmelztiegel geworfen hatten, mehr zu beklagen als das unglaubliche Konglomerat von hemmungslosen Egoisten, aus denen der Kongreß von Annapolis im wesentlichen zu bestehen schien. Und er vermochte nicht zu begreifen, was die großen Männer, die mit soviel Energie die Freiheit für ihr Land erstrebt hatten, mit ihrer Zeit anfingen. Womit beschäftigten sich wohl in diesem Krabbenkorb die Franklins, die John Adams'... und die Washingtons?

«Was gedenkt Ihr jetzt zu tun?» fragte er unvermittelt.

Washington zog seine Uhr, warf einen Blick darauf und lächelte.

«Zurückzukehren und zu dinieren, mein Freund. Die Stunde nähert sich, und ich liebe es nicht, Madame Washington warten zu lassen. Um so weniger, als wir sicherlich auch andere Gäste haben werden. Kapitän Beardsley wird schon in Mount Vernon angelangt sein.»

Der General wirkte plötzlich so zufrieden, so heiter, daß in Tournemine ein leiser Verdacht aufstieg. Hatte ihm der große Mann etwa eine freundliche Komödie vorgespielt – übrigens hervorragend –, die ihn daran hindern sollte, sich selbst in Annapolis zu überzeugen, ob das Gras nicht grüner wäre? Deshalb nahm er sich vor, mit gespitzten Ohren auf all das zu hören, was in kurzem rund um die Tafel gesprochen würde. Vielleicht würde es ihm gelingen, während er den Gästen des Generals lauschte, sich eine Meinung von dem Mann zu bilden, der sein Chef gewesen war, die dem von ihm bewahrten Bild besser entsprach. Es war unmöglich, daß der Washington seiner Erinnerung nur noch ein friedlicher Viehzüchter sein sollte, der schmerzlich, doch ohne auch nur den kleinen Finger zu heben, zusah, wie der große Traum seines Lebens zerbröckelte...

Doch schon bevor man zu Tisch ging, ereignete sich etwas und ließ Tournemine ahnen, daß große Ereignisse im Werden sein mußten und daß das Schicksal der Vereinigten Staaten wie vielleicht auch sein eigenes noch lange nicht besiegelt waren.

Als der General und er geruhsam in kurzem Trab nach Mount Vernon zurückkehrten, gewahrten sie zwei Männer, die zwischen den Säulen des Portalvorbaus promenierten. Dieser Anblick schien den General auffallend zu erregen. Er spornte sein Pferd zu einem kurzen Galopp, sprang vor den Stufen mit einer Leichtigkeit aus dem Sattel, um die ihn mehr als ein junger Leutnant beneidet hätte, und stürzte sich buchstäblich auf einen der beiden, einen großen, stämmigen, fast beleibten Mann, unter dessen umfänglicher weißer Perücke sich ein hochmütiges Gesicht zeigte, dessen kräftige Züge etwas wie Aggressivität verrieten.

Gilles, der ihm mechanisch gefolgt war, hörte Washingtons Ausruf:

«Ihr? Ihr hier? Durch welch erstaunlichen Zufall? Seid Ihr zurückgerufen worden?»

«Nein. Niemand weiß, daß ich London verlassen habe. Ich habe diese lange Reise nur gemacht, um Euch zu sehen und Euch Eure Entscheidung zu entreißen, denn die Zeit drängt. Aber ich breche mit der Abendflut wieder auf.»

Während er sprach, waren die kalten, forschenden Augen des Unbekannten keineswegs Washington zugewandt, sondern musterten feindselig und mit offensichtlichem Mißtrauen Tournemine.

«Gehen wir in Euer Kabinett», fuhr er nervös fort. «Ich habe Euch gesagt, ich habe wenig Zeit, und ich wünsche, mit Euch allein zu sprechen.»

«Natürlich. Erlaubt mir nur, Euch einen meiner ehemaligen Adjutanten vorzustellen, den Chevalier de Tournemine, den, den man hier den ‹Falken› nannte.»

«Noch einer von Euren Franzosen!» bemerkte der andere, ein Lächeln andeutend, das mehr dem Zähnefletschen eines zum Beißen bereiten Hundes ähnelte. «Mir wäre lieber gewesen, ich hätte Euch allein angetroffen.»

Gilles lief ziegelrot an.

«Ich bin gekommen, um General Washington zu besuchen, Monsieur. Nicht Euch! Und ich denke, der General ist erwachsen genug, um mich wissen zu lassen, wenn ich aufdringlich bin. Ich bin bereit, mich jetzt zurückzuziehen, wenn...»

«Nichts dergleichen!» unterbrach Washington, der sich nicht ohne Schärfe der unerfreulichen Persönlichkeit zuwandte. «Ich bin glücklich, Euch zu sehen, mein Freund, aber ich wünsche, daß Ihr nicht vergeßt, daß Ihr hier bei mir seid, und daß ich das Recht habe, hier zu empfangen, wer mir gut scheint. Gehen wir jetzt also in mein Kabinett... wenn Monsieur de Tournemine einverstanden ist, sich solange zu Madame Washington im Salon zu gesellen. Nehmt auch unseren Freund Tim gleich mit», fügte er hinzu, als er den Waldläufer bemerkte, der eben von der Küche her erschien, wo er seine Jagdbeute abgeliefert hatte.

«Wer ist das?» fragte Gilles verstimmt, mit dem Kinn auf den Mann mit der weißen Perücke weisend, der Washington ins Innere des Hauses folgte, seinerseits gefolgt von seinem Begleiter, der ein Sekretär sein mußte.

«Der? Hör mal! Das ist John Adams!» erwiderte Tim. «Ein großer Mann auf seine Art und wie Thomas Jefferson Mitglied der mit der Abfassung der Unabhängigkeitserklärung beauftragten Kommission. Er ist ein ehemaliger Advokat und sehr beredt... aber ich glaube, er schätzt die Franzosen nicht.»

«Ich hab's erraten. Was tut er jetzt in London?»

«Er hat dort den Posten des Botschafters inne, was ihm wie ein Handschuh paßt, denn er hat sich am Hof von Saint-James große Sympathien bewahrt. Aber ich habe den Eindruck, daß er jetzt die Engländer ebensowenig schätzt wie die Franzosen.»

«Was macht er dann?»

«Keine Ahnung», erwiderte Tim und wandte sich ab, um einem der wieder aufgetauchten Hunde einen Stein zuzuwerfen. Er entfernte sich sogar einige Schritte, und Gilles begriff, daß er keine Lust hatte, sich weiter befragen zu lassen.

Seine Neugier sollte übrigens am Schluß des Diners, das wie gewöhnlich um drei Uhr serviert wurde, prompt befriedigt werden. Ein Dutzend Personen hatte rund um die gemütliche Tafel Platz genommen und tat der einfachen, aber reichlichen, größtenteils aus Fisch und Gemüse bestehenden Mahlzeit alle Ehre an. Nach dem Dessert, zu dem außer den üblichen Nüssen von Martha Washington eingemachte Erdbeeren serviert wurden, hob der General höflich sein Madeira-Glas, trank auf das Wohl des Königs von Frankreich, Alliierten und Freundes Amerikas, und brachte sodann einen weiteren Toast aus:

«Meine Freunde, es ist die neue Verfassung der Vereinigten Staaten, auf die ich nun trinken will. Nach reiflicher Überlegung und auf dringliches Ersuchen meines hier anwesenden Freundes John Adams habe ich mich entschlossen, meine ländliche Zurückgezogenheit wieder aufzugeben und die Leitung der Delegation Virginiens auf dem Bundeskonvent zu übernehmen, der sich in kurzem in Philadelphia versammeln wird, um mit allen Mitteln zu versuchen, die Union zu retten. Möge dieser Konvent Vorschläge annehmen, die eines großen, freien Landes würdig sind, und im Volk die Bereitschaft vorfinden, Glück und Würde der Vereinigten Staaten zu sichern.»

Eine Ovation grüßte die noblen Worte, und alle Anwesenden erhoben sich, um sich dem Toast anzuschließen. Dann erklang die tiefe Stimme John Adams', den Tumult übertönend wie die große Glocke einer Kathedrale das Geläute kleiner Kirchen:

«Möge der Konvent aus George Washington den ersten Präsidenten der Vereinigten Staaten von Amerika machen!»

Diesmal war es das Delirium, und die schüchternen Proteste des Gefeierten gingen in der allgemeinen Begeisterung unter. Einer Begeisterung, der Gilles sich ohne den leisesten Hintergedanken anschloß. Was konnte den künftigen französisch-amerikanischen Beziehungen, den französischen Schuldforderungen und auch ihm, Gilles selbst, der nach Amerika gekommen war, um dort zu bleiben, Besseres passieren, als wenn George Washington, dieser große, ehrliche Mann, dieser Soldat und Staatsmann, das höchste Richteramt erreichte?

Martha war es, der er seine Gefühle anvertraute:

«Ich wünschte von ganzem Herzen, Madame, daß Ihr demnächst die erste Dame dieses Landes würdet. Für meine eigene Frau wie für alle die anderen Frauen Amerikas könnte es kein besseres oder liebenswerteres Vorbild geben.»

Sie lächelte ihm reizend zu.

«Ihr seid also verheiratet, Chevalier? Wo habt Ihr in diesem Fall Madame de Tournemine gelassen? Sie erwartet Euch in Frankreich, nehme ich an.»

«Nein. Sie ist in New York, wo ich ein Haus gemietet habe. Ihre Gesundheit ist nicht die beste, und das Meer hat sie sehr mitgenommen.»

John Adams ließ ein kurzes, unfreundliches Lachen hören.

«Sind auch die Französinnen so vom Dämon des Abenteuers gepackt, daß sie ihren Gatten über die Ozeane folgen?»

«Die Französinnen, Herr Botschafter, pflegen dem Schicksal ihrer Gatten zu folgen und sich dort einzurichten, wohin diese sie zu führen belieben. Ihr wißt es zweifellos nicht, aber ich bin hierhergekommen, um hier zu bleiben. Der Kongreß der Vereinigten Staaten hat mir auf Veranlassung General Washingtons eine Konzession von tausend Äckern kultivierbaren Bodens längs des Roanoke-Flusses gewährt, und es ist meine Absicht, dort ein Haus zu errichten und mit meiner Familie zu leben.»

Der Botschafter hob überrascht und ironisch zugleich eine Braue.

«Am Roanoke-Fluß? Wirklich? Ihr erstaunt mich sehr.»

«Ich sehe nicht recht, warum.»

«Weil jene Ländereien, die bis zur Revolution von der britischen Krone abhingen, keinesfalls einem Ausländer zugeteilt werden können. Ihr müßt Euch irren, Monsieur.»

Obwohl unzweifelhaft ein bedeutender Mann, begann dieser John Adams dem Chevalier gewaltig auf die Nerven zu gehen. Daß er fast so alt wie der General Washington war, gab ihm noch lange nicht das Recht, ihn wie einen unzurechnungsfähigen kleinen Jungen zu behandeln, und Gilles schickte sich an, ihn unverblümt auf seinen Platz zu verweisen, als der Herr von Mount Vernon einfiel:

«Der Irrtum ist nicht dem Chevalier anzukreiden», sagte er, «sondern mir.»

Und da der junge Mann ihn verständnislos ansah, fügte er sichtlich geniert hinzu «Ich war im vergangenen Jahr guten Glaubens, daß diese Ländereien verfügbar seien. Unglücklicherweise habe ich seitdem erfahren, daß es nicht so ist, und ich bedauere, Euch sagen zu müssen, mein Freund, daß die Euch von Thomas Jefferson übergebenen Besitzurkunden wertlos sind, da die Ländereien am Roanoke schon vergeben waren. Aber beruhigt Euch, wir werden Euch andere geben. Gott sei Dank fehlt es uns nicht an Raum in Amerika.»

«Und», schloß Adams mit einem kurzen Lachen, «wenn Ihr den Geist eines Pioniers in Euch spürt, werdet Ihr Eure Talente ganz nach Eurem Belieben auf völlig jungfräulichem Boden entfalten können. Man wird Euch zum Beispiel im Nordwesten tausend Äkker schenken.»

«Anders ausgedrückt, indianisches Land, das Euch nicht gehört», fiel Gilles trocken ein. «Es ist leicht, Geschenke mit dem Besitz anderer Leute zu machen. Im übrigen seid versichert, Monsieur, daß ich keinerlei Geschenk vom Kongreß der Vereinigten Staaten erwarte. Ich habe ihm freiwillig gedient, und ebensowenig wie meinen Landsleuten, die hierherkamen, um ihr Blut für Eure Freiheit zu vergießen, ist mir je in den Sinn gekommen, die bestandenen Gefahren zu Geld zu machen.»

«Wir wissen es», sagte Washington warm, besorgt über die Wendung des Gesprächs, «und nicht weniger freiwillig gedenken wir, Euch Ländereien als Zeugnis unserer Dankbarkeit anzubieten. Ich bitte Euch, diese dumme Roanoke-Angelegenheit zu vergessen. Ich hätte daran denken müssen, daß das Tabakland sehr schnell wieder vergeben sein würde, aber wir werden gemeinsam studieren, was noch zur Verfügung steht.»

«Macht Euch keine Mühe, General. Ich erbitte nichts. Durch Gottes Hilfe besitze ich ein recht schönes Vermögen, und ich bin bereit, ganz gleich welchen Besitz in Virginien oder Maryland zu kaufen.»

«Aber es gibt da keinen verfügbaren Besitz, weder zu verschenken noch zu kaufen! Dagegen denken wir daran, die Nordwest-Territorien in zehn Staaten aufzuteilen, die zu uns in der Union stoßen werden, sobald ihre Bevölkerungsdichte es rechtfertigen wird.»

«Das Unglück ist nur, daß ich keine Neigung habe, zum Anwachsen der Bevölkerungsdichte menschenleerer Gegenden beizutragen. Madame de Tournemine könnte sich keinesfalls mit einem Dasein im Urwald befreunden. Ich lehne deshalb die Ländereien ab, die Ihr mir zuteilen möchtet, inmitten indianischer Stämme, wo es für die Meinen keine Sicherheit geben würde. Ich bedauere nur, feststellen zu müssen, daß in aller Form unterzeichnete Verträge so leicht für wertlos erklärt werden können.»

«Oh», rief John Adams aufgebracht, «wir können mit unserem Boden immer noch anfangen, was uns gefällt!»

«Und wem verdankt Ihr das?» knurrte Gilles, zitternd vor Wut. «Es ist noch nicht so lange her, daß Eure Anmaßung den König von England in Gelächter hätte ausbrechen lassen.»

Sich erhebend, verneigte er sich sodann vor der Herrin des Hauses, die ohnmächtig und bekümmert der Entwicklung des Streits gefolgt war.

«Erlaubt, daß ich mich zurückziehe, Madame. Ich werde nie die Liebenswürdigkeit Eures Empfangs vergessen.» Und sich Washington zuwendend, fuhr er fort: «Wie ich auch nie den Respekt und die

Zuneigung vergessen werde, die ich seit so langem für Euch empfinde, General. Ich habe begriffen, daß die Zeit nicht fern ist, in der die Erinnerung an die durch Frankreich geleistete Hilfe Amerikas eine Last sein wird, und daß es für die Franzosen besser ist, ihre Zelte woanders aufzuschlagen. In dieser Nacht wird mein Schiff wieder in See gehen.»

«All das ist lächerlich, Tournemine!» unterbrach ihn Washington. «Wohin wollt Ihr gehen?»

«Dorthin, wo Frankreich sich noch zu Hause fühlen kann. Statt in Virginien Tabak zu pflanzen, werde ich in Louisiana Baumwolle anbauen. Sicherlich werde ich keine Mühe haben, dort ein Stück Land ... zivilisiertes Land zu kaufen. Was die Schuld betrifft, die Ihr mir gegenüber zu haben glaubt, erlasse ich sie Euch gern.»

«Nein!» rief Washington. «Das ist völlig unmöglich. Wir schulden Euch tausend Acker Land, und wenn Ihr sie nur in Virginien annehmen wollt, werden wir Euch den Preis bezahlen, den das Land am Roanoke repräsentiert.»

Tournemine, der in die Runde gegrüßt hatte und sich der Tür zuwandte, die schon einer der schwarzen Diener öffnete, hielt an und drehte sich um.

«Geld? Mir? Ich glaubte, für die Franzosen gäbe es keins. Nein, General, ich will es nicht. Nicht für mich wenigstens. Schickt es lieber an Monsieur Leray de Chaumont oder an Monsieur de Beaumarchais. Es wird von dem abgezogen werden, was Ihr ihnen schuldet ... und zweifellos niemals bezahlen werdet. Ich wünsche Eurer Republik ein langes Leben, Messieurs!»

Und von Tim gefolgt, der auf ein Zeichen Washingtons wie ein eifriger großer Hund nachgestürzt war, verließ Gilles de Tournemine das Speisezimmer, in dem die zurückbleibenden Gäste das Vorgefallene auf unterschiedliche Art kommentierten. Das Echo der tadelnden Worte, die Washington an Adams richtete, klang nur undeutlich zu ihm heraus und tröstete ihn nicht. Er begriff nur zu gut, daß er wie ein Pflasterstein in den Froschpfuhl gefallen war, den die Politik einer Federation auf der Suche nach sich selbst darstellte. Er begriff auch, daß ihm die unglückseligen tausend Acker Land nur geschenkt worden waren, weil man fest gehofft hatte, daß er nie kommen würde, um sie zu fordern. Vielleicht, wenn er unter dem Namen John Vaughan gekommen wäre ... und selbst dann! Wie dringend hatte Jefferson ihm geraten, den ausgeliehenen Namen eines Mannes aufzugeben, dessen Gebaren, wenn auch noch so wenig, die puritanische Moral schockiert hatte. Und er erriet nun, daß er alle Mühe der Welt gehabt hätte, die amerikanische Nationalität zu erlangen, obwohl man ihm auch die geschenkt hatte. So war es nun mal! Diese Leute kannten nur ihr eigenes Interesse und verstanden sich bestens darauf, sich trotz scheinheiliger Bewunderung dieses Dummkopfs La Fayette ihrer Schulden samt einer unzeitgemäßen Dankbarkeit zu entledigen.

«Aber wohin rennst du so?» rief Tim, der ihn im Säulengang erwischte. «Willst du etwa zu Fuß zu deinem Schiff zurück?»

«Ich habe nichts dagegen, daß man mir ein Pferd leiht oder mich mit einem Wagen zurückbringt.»

«Was eben passiert ist, war dumm. Warum hast du dich geärgert? Konntest du nicht ein bißchen geduldiger sein?»

«Und mich von diesem John Adams lächerlich machen lassen? Soll er doch wieder seinen guten englischen Freunden nachlaufen, da er sie doch so liebt! Und ich frage mich wirklich, wozu wir alle hier herübergekommen sind ... und für was, für wen mein Vater in Yorktown gestorben ist?»

«Sei nicht bitter. Adams liebt Frankreich nicht, das stimmt, aber er repräsentiert nur sich selbst. Wir sind viele hier, die euch Freundschaft und Dankbarkeit bewahren, General Washington voran. Überdies liebt er dich sehr, und du hast dich an seiner Tafel benommen ...»

«... wie du dich an der Tafel des Königs von Frankreich benommen hättest, wenn er dir antäte, was man mir angetan hat. Nein, Tim, ich kann weder Adams' Provokationen hinnehmen – und nur aus Respekt vor Mrs. Washington sind wir in diesem Moment nicht dabei, uns da drin zu schlagen – noch die Art von Prellerei, deren Opfer ich geworden bin, und du weißt es besser als jeder andere, denn du hast ja Jefferson die berühmten Papiere gebracht. Ich habe niemals etwas verlangt, doch wenn man es für richtig hält, mir etwas anzubieten, lasse ich nicht zu, daß man es mir mit solcher Dreistigkeit wieder nimmt. Ein offizieller Akt ist ein offizieller Akt.»

«Ich weiß das alles. Das Unglück ist, daß wir noch keinen wirklichen amerikanischen Staat haben. Das ist der Grund, warum Washington, der immer der Führer und Vordenker gewesen ist, um jeden Preis offiziell Präsident werden muß. Daran arbeiten ich ... und andere seit dem Ende des Krieges, und wir hoffen sehr ...»

Gilles' Hand legte sich liebevoll, doch fest auf die Schulter des Waldläufers.

«Das betrifft mich nicht mehr, Tim. Du bist mein Bruder, und du wirst es immer bleiben, aber ich habe mit all meinen Hoffnungen gebrochen, meinen Namen und meine Familie je der amerikanischen Nation zu integrieren. Die Seite ist umgeblättert. Sobald ich die Aufgabe erfüllt haben werde, die mir noch bleibt, werde ich fortgehen, ohne noch einmal zurückzusehen.»

«Nach Louisiana?»

«Nach Louisiana oder sonst wohin. Es war die erste Idee, die mir auf dem Höhepunkt meines Zorns und meiner Enttäuschung durch den Kopf ging, aber schließlich ist diese Idee genauso gut wie jede andere.»

Tim schüttelte den Kopf, zog ein umfangreiches kariertes Taschentuch aus seinem Rock, versenkte seine Nase in ihm und schnaubte mehrmals kräftig, was seine höchst eigene Art war, seine Gefühle zu verbergen.

«Ich glaube, daß du unrecht hast. Warum tust du dich nicht mit mir zusammen? Der Pelzhandel ist der einträglichste, den ich kenne, und niemand hindert dich, um New York herum Land zu kaufen. Die Stadt bläht sich in einem irren Tempo auf, und bald wird ein Stück des ungesundesten Sumpfs ein Vermögen wert sein. Warum legst du soviel Wert auf Virginien? Du könntest ein Gentleman des Nordens und einer der reichsten Männer des ganzen Landes werden. Die Spekulation kann's mit dem Tabak bei weitem aufnehmen, glaub mir.»

«Du hast zweifellos recht, aber ich bin nicht für sie geschaffen. Wie viele Bretonen bin ich ein Mann der Erde, Tim. Von ihr will ich leben, und da ich mich nicht dort niederlassen kann, wo mein Vater ruht, ziehe ich's vor, fortzugehen.»

Sie schwiegen, bis das Geräusch rollender Räder das Nahen des Wagens für Tournemine verkündete.

«Was wirst du jetzt tun?»

«Cornplanters Lager suchen und ihm meinen Sohn entführen. Erst danach werde ich fortgehen.»

Tim schwang sich an die Seite seines Freundes, und mit den Fingern schnalzend, gab er dem schwarzen Kutscher das Zeichen zur Abfahrt.

«Dann gehe ich mit dir.»

«Was? Du hast dich nicht verabschiedet, soviel ich weiß!»

Tim zuckte lässig die Schultern.

«Ist ohne Belang. Man ist hier daran gewöhnt, mich ohne Pauken und Trompeten erscheinen und wieder verschwinden zu sehen. Und wenn dir wirklich daran liegt, Cornplanters Lager aufzusuchen, mit einigen Chancen, lebendig wieder herauszukommen oder nicht gegen ein Tönnchen Feuerwasser eingetauscht zu werden, brauchst du mich. Schon deshalb, weil ich weiß, wo der Maispflanzer seine Küchenfeuer etabliert hat und du nicht.»

«Eingetauscht gegen ein Tönnchen Feuerwasser? Bei wem?»

«Bei wem? Bei den Engländern natürlich, mein Sohn. Man hat sie vielleicht bei New York ins Meer getrieben, aber im Nordwesten sind sie noch immer solide verwurzelt. Laß dir erklären...»

«Im Nordwesten?» murmelte Tournemine überwältigt. «Da, wo mir, wenn ich recht verstanden habe, Mr. Adams eine Konzession anbot?»

«Genau!» erwiderte Tim mit einem breiten Lächeln. «Das haben die Reputationen eben so an sich. Der gute Mann dachte, der Falke müßte imstande sein, seinen kleinen persönlichen Krieg ganz allein zu gewinnen. Du hast über uns Amerikaner noch eine Menge zu lernen!»

3. Kapitel

Das Gesetz des «Maispflanzers»

Die beiden Männer folgten mit schnellen Schritten dem schmalen Pfad, der sich zwischen den Bäumen dahinschlängelte, und auf dem sich, wenn sie eine vom Mondlicht erhellte Stelle überquerten, ihre Schatten gespenstisch verlängerten und dehnten. Die Mokassins, die sie trugen, machten ihre Schritte lautlos. Die Luft war ruhig und kalt, mit leisem Erschauern die Morgenröte ankündigend. Endlich drang, vom schwachen Windhauch getragen, der Geruch von Holzfeuern zu ihnen.

«Wir sind nicht mehr weit entfernt», flüsterte Tim. «Ruhen wir uns einen Moment aus. Dieses Ende der Nacht ist teuflisch frisch. Ein ordentlicher Schluck Rum wäre willkommen.»

Am Rande des Wegs ihre Rucksäcke und Decken stapelnd, lehnten sie sich rücklings dagegen, um sich gegen den kühlen Wind zu schützen, und die Kürbisflasche, die Tim an seinem Gürtel trug, ging von Hand zu Hand.

Seitdem sie Mount Vernon verlassen hatten, waren sie ununterbrochen unterwegs. Kapitän Malavoine hatte sie zuerst nach New York gebracht, wo Gilles sich nicht hatte aufhalten wollen, dann war der «Falke» den Hudson bis Albany hinaufgesegelt, einem großen Marktflecken von viertausend Einwohnern, wo er für eine Wartezeit von unbestimmter Dauer Anker geworfen hatte, denn weiteres Vordringen war ihm unmöglich. Wie Waldläufer ausgerüstet, waren Gilles und Tim von Bord gegangen und hatten nordwestliche Richtung eingeschlagen.

Es war jetzt sieben Tage her, seit sie Albany hinter sich gelassen hatten. Zu Schiff oder zu Pferd waren sie dem Lauf des Mohawk bis Fort Stanwix gefolgt, wo der Fluß die Richtung wechselte. Dann hatten sie den Oneida-See überquert, bevor sie sich, nun im Kanu, auf den zum Ontario-See fließenden Oswego wagten. Nach Tim

Thockers Erkundigungen sollte Cornplanter an einem der Ufer des Flusses seit zwei oder drei Jahren den Mais anbauen, der die Nahrungsbasis seines Volks darstellte.

Wie Tim erklärt hatte, war es nicht ohne Gefahr, sich über die Grenzen des damaligen Staates New York hinauszuwagen, denn die Engländer waren in Amerika noch fest verwurzelt. Unter dem Druck der kanadischen Pelzjäger und der indianischen Stämme, ihrer einstigen Verbündeten, nachdem sie die der Franzosen gewesen waren, solange diese Kanada hielten, war die britische Regierung zynisch auf die im Friedensvertrag von 1783 unterzeichneten Verpflichtungen zurückgekommen und hatte sich, auf ihren soliden Rückhalt in Kanada gestützt, geweigert, nicht nur die längs des St. Lorenz-Stroms und der Großen Seen errichteten Forts zu evakuieren, sondern auch die von Oswegatchie, von Pointe-au-Fer und von Oswego, die einen drohenden Kreisbogen um Albany zogen. Falls es den dreizehn Staaten, die ihre Freiheit errungen hatten, nicht gelang, sich zu verständigen und unter einer starken Regierung zusammenzuschließen, würde der Engländer früher oder später zurücknehmen, was er als sein rechtmäßiges Eigentum ansah.

Am Vorabend waren die beiden Freunde mit ihrem Kanu etwa anderthalb Meilen von dem irokesischen Dorf entfernt gelandet. Eine von besonders üppiger Vegetation umwucherte kleine Bucht erlaubte ihnen, ihr Boot zu verbergen, sie selbst kampierten auf die übliche Art der Waldläufer: auf langen Birkenrindenstreifen, die, an einer von zwei Gabeln gehaltenen Stange befestigt, auf den Erdboden herabfielen. Als die Nacht ihnen weit genug vorgeschritten erschien, hatten sie sich auf dem am Fluß entlangführenden Waldpfad in Marsch gesetzt. Es war besser, zuerst zu beobachten, was bei Cornplanter vorging, bevor sie dort eindrangen.

«Das einfachste wäre doch», hatte Tim empfohlen, «den Versuch zu machen, das Kind zu stehlen und dann so schnell wie möglich zu verschwinden. Vergiß nicht, daß er der Sohn Sitapanokis ist und der Stamm ihn wegen seines sonnenfarbenen Haars als ein quasi göttliches Wesen betrachtet.»

«Deine Idee gefällt mir nicht sehr. Dieses Kind ist mein Sohn, und die Ehre gebietet, daß ich ihn mit der Waffe in der Hand fordere. Ich bin bereit, mein Leben gegen das Cornplanters einzusetzen.»

«Ich fürchte nur, Ritterlichkeit auf bretonische Art wird bei den Irokesen wenig geschätzt. Cornplanter wird uns beide abmurksen und unsere Skalps dem Großen Geist weihen. Wir werden vielleicht auf jeden Fall zum Kämpfen gezwungen sein, aber wenn wir können, sollten wir versuchen, den Schaden zu begrenzen.»

Tournemine hatte schließlich den Vernunftgründen seines Freundes nachgegeben, doch nun, da er sich dem Lager näherte, in dem das Kind lebte, konnte er sich einer seltsamen Erregung nicht erwehren, die sein Herz schneller schlagen ließ.

Sie blieben eine ganze Weile sitzen, lauschten auf die Geräusche ringsumher und erwarteten die Morgendämmerung. Der Mond erhellte nur noch schwach die Wipfel der Bäume. Dann verschwand das fahle Licht, das die Schatten auflöste, während alles schwärzer wurde. Irgendwo vor ihnen hörten die beiden Männer das heisere Krähen eines Hahns, dann begann in der gleichen Richtung ein Hund zu bellen.

Gilles fröstelte es in seiner Wildlederjoppe. Ihm war kalt, und er rieb sich die Hände, um sie zu erwärmen. Ihm wurde klar, daß der Tag anbrach.

Trägen Rauchspiralen gleich erhob sich mit dem schwachen grauen Licht, das die Nacht schwinden ließ, dünner Nebel vom Fluß, und Gilles sah, daß ihr Waldpfad in eine Wiese mündete, von der sie nur ein schmaler Waldstreifen trennte. Auf dieser Wiese erhob sich das irokesische Dorf, ein Dorf, das kaum mehr an die üblichen Nomadenlager erinnerte.

Hier und da waren noch einige Hütten aus Astwerk und Elenfellen zu sehen, aber in der Mehrzahl waren sie wie die Häuser der Weißen aus Knüppelholz errichtet. Sie verteilten sich längs der Uferböschung des Oswego diesseits und jenseits eines anspruchsvolleren Baus, der zugleich einem kleinen Fort und einer Kirche ähnelte, eines ihn überragenden Glockenturms mit einer Luke wegen, in der eine Glocke hing.

«Cornplanters Behausung», kommentierte Tim. «Dort muß das Kind sind.»

«Ich sehe nicht recht, wie man es durch Überrumpelung da rausholen könnte», bemerkte Gilles halb scherzend, halb ernst. «Aber eins wundert mich: Ich sehe keinen Wächter. Fühlt Cornplanter sich so sicher, daß er die Sicherheit seines Dorfs vernachlässigt?»

«Was sollte er fürchten? Das Fort Oswego, das seine Freunde, die Rotröcke, halten, ist nur zwei Meilen von hier entfernt. Die sechs irokesischen Nationen leben überdies in Frieden und Eintracht miteinander. Erst letztes Jahr sind die großen Häuptlinge, Sagoyewatha, Cornplanter und vor allem der große Mohawk Thayendanega, den man auch Joseph Brandt nennt, der in Kanada lebt und den alle als geistigen Führer der Nationen ansehen, an der Mündung des Detroit-Flusses zusammengetroffen, um die Friedenspfeife zu rauchen und ihren Bund und ihre Unabhängigkeit dem ungeliebten amerikanischen Staat gegenüber zu bekräftigen. Wenn die Engländer geschickt sind, werden die Vereinigten Staaten noch lange auf ihre gegenwärtige Zahl beschränkt bleiben», schloß Tim bekümmert.

«Sagoyewatha und Cornplanter?» murmelte Gilles, das «und» mit Bedacht betonend. «Hat der Häuptling des Stammes der Wölfe vergessen, daß Cornplanter ihm seine Frau genommen hat?»

«Der Häuptling des Stammes der Wölfe ist ein Weiser, der die Sicherheit seines Volkes nie von persönlichen Gefühlen abhängig machen würde. Das Bündnis der Sechs Nationen verweigern, hieße, die inneren Kriege wieder beginnen. Zudem hat Sagoyewatha Cornplanter nie für Sitapanokis Weggang verantwortlich gemacht. Er liebte sie, und weil er sie liebte, hat er ihr immer große Freiheit gelassen. Vielleicht auch, weil er in ihr das Blut des letzten Sagamore der Algonquins respektierte. Von dem Moment an, in dem sie einen anderen Mann wählte, war sie für Sagoyewatha in ihrem Recht. Und außerdem... jetzt, da sie tot ist, wäre jeder Streit völlig sinnlos.»

«Er ist in der Tat ein großer Weiser», murmelte Gilles, sich der hohen, gelassenen Gestalt des Seneca-Häuptlings erinnernd, seines klaren, ruhigen Blicks, seines von Adel geprägten Worts. Die Männer der Alten Welt hätten viel von diesem Mann zu lernen, in dem die meisten doch nur einen Wilden sehen würden.

Ein Knacken von Zweigen ganz in der Nähe ließ ihn schweigen, doch es war nur ein junger Damhirsch, der von der Tränke am Fluß zurückkam.

«Die Sonne wird bald aufgehen», flüsterte Tim.

Wirklich färbte sich der Nebel rosig, und es war bald hell genug, um vor den Häusern eine Reihe von Stangen unterscheiden zu können, an denen eine große Zahl von Skalps hingen. Vor dem Haus, das den Häuptling beherbergen mußte, breitete sich ein Platz aus festgestampfter Erde, in dessen Mitte sich ein ausgehöhlter, als Trommel dienender Baumstumpf und ein in krassen Farben bemalter Pfahl erhoben. Ein Pfahl. Ein Pfahl, an den eine schlaff in ihren Fesseln hängende menschliche Gestalt gebunden war.

Gilles und Tim sahen besorgt einander an. Die Anwesenheit des

Gefangenen am Marterpfahl erleichterte ihre Aufgabe nicht. Aus persönlicher Erfahrung wußten beide genau, was das bedeutete: Sobald die Sonne über den Horizont sprang, würde der Gefangene mehr oder weniger langsam umgebracht werden.

«Und außerdem ist er ein Weißer», murmelte Tim, die Gedanken seines Freundes zugleich mit den eigenen zusammenfassend. «Wenn wir uns in diese Angelegenheit einmischen, können wir unserem Plan, möglichst unauffällige Entführung des Kindes, gleich adieu sagen. Nur...»

«Nur hast du nicht den Mut, ruhigen Herzens einen deinesgleichen stundenlang unter den Messern oder in den Flammen brüllen zu hören.»

Seine Mütze aus Biberfell zurückschiebend, kratzte sich Tim kräftig den Schädel, was bei ihm ein Zeichen völliger Ratlosigkeit war.

«Es gibt natürlich die Möglichkeit, ihn zu töten, von weitem, mit einer gut gezielten Kugel, um ihm die Marter zu ersparen, aber das Resultat wäre das gleiche: Wir würden entdeckt.»

«Könnten wir nicht versuchen, ihn jetzt zu befreien? Es ist keine Menschenseele zu sehen. In diesem Dorf scheint alles zu schlafen.»

«Wenn der Gefangene für sie wichtig ist, müssen sie gestern abend getrunken haben, um ihren Fang zu feiern, aber wenn du meine Meinung hören willst, würde ich diesem stummen Dorf, diesen Häusern, die aussehen, als seien sie leer, nicht trauen.»

In der Tat ließ sich kein Geräusch vernehmen. Nichts rührte sich. Die Fenster der Hütten hatten keine Scheiben. Einige waren nur schwarze Löcher, andere waren durch Papierbögen geschlossen, auf die eine ziemlich geschickte Hand Fische, Vögel und symbolische Tierfiguren gemalt hatte.

«Was machen wir?» fragte Tim.

«Schleichen wir uns bis an die Waldgrenze heran. Das Gestrüpp von toten Bäumen, Lianen, Wurzeln und Pflanzen ist dicht genug, um uns ziemlich lange zu verbergen. Von dort können wir die Rückseite der letzten Häuser erreichen, wenn wir uns im Mais verbergen...»

«...und geduldig warten, bis ein Dutzend roter Teufel über uns herfällt? Vielleicht...»

Er kam nicht bis zum Ende seines Satzes. Das Dorf war mit einem Schlage wie auf ein geheimes Stichwort erwacht. Die Türen aus

Holz, Hirschfellen oder auch nur geflochtenem Zweigwerk öffneten sich und spien eine ganze Bevölkerung aus, die freudig zu diesem Fest des Todes stürzte, das aus dem endlosen Hinscheiden eines Gefangenen bestehen würde. Ein gewaltiges Geschrei durchschüttelte das ganze Dorf, während sich Männer, Frauen und Kinder auf dem Platz der festgestampften Erde in einem weiten Kreis rings um die Trommel und den Pfahl versammelten, an dem der gefesselte Mann sich aufrichtete. So unbehaglich seine Situation auch war, hatte ihn schließlich doch Schlaf übermannt, und jetzt zwinkerte er mit entsetzten Augen im sicheren Bewußtsein, daß die Stunde des Leidens gekommen war.

Die Leute, die ihn umgaben, ähnelten einer Horde Dämonen. Die fettglänzenden braunen Leiber der Männer waren nackt mit Ausnahme einer Art viereckigen, kleinen Schurzes, der vorn gerade das Schamteil und hinten das Steißbein bedeckte. Die Schädel waren rasiert, abgesehen von einer langen, mit bunten Bändern umwundenen schwarzen Strähne, die Gesichter schwarz, blau und rot in einem aus Vierecken, Kreisen und Rhomben bestehenden Muster bemalt. Ihre Füße staken in Mokassins aus geschwärztem Fell, die Beine in langen, gamaschenartigen Hüllen aus rotem oder blauem Stoff. Die Frauen waren mit einer Art Hemd bekleidet, das ihnen bis zu den Knien reichte, aber fast alle jungen trugen auf ihrem Rücken in einem Sack, dessen Tragbänder auf ihrer Stirn verknüpft waren, ein oder zwei Babies.

Der Himmel hatte eine hellrote Tönung angenommen, und die Rauchwolken, die von den Dächern der Hütten aufstiegen, hinter denen der Oswego bräunlich und glatt wie ein Spiegel dahinfloß, färbten sich rosig. Einen Moment noch, dann würde die Sonne die tragische Szene mit ihren Strahlen überfluten, die, obwohl Träger des Lebens, das Signal des Todes geben sollten.

Gilles' Faust umklammerte seine Muskete, von deren Ladung er sich überzeugt hatte. Er war fest entschlossen, wenn er nichts Besseres tun konnte, dem Unglücklichen, dessen mageren Körper und von pfeffer-und-salzfarbenem Bartwuchs überwuchertes Gesicht er jetzt deutlich zu erkennen vermochte, eine Kugel in den Kopf zu schießen. Es war ein schon älterer Mann, und er zitterte sichtlich angesichts des Schicksals, das ihn erwartete, was ihm gewiß nichts helfen würde, da die Irokesen die Folterungen um so länger auszudehnen pflegten, je mehr ihr Opfer Angst und Schrecken verriet. Wenn sie gelegentlich Gnade walten ließen, dann nur bei denen, die imstande waren, trotz ihrer Qualen außerordentlichen Mut zu beweisen.

Als die aufgehende Sonne alles mit ihrem Licht überstrahlte, öffnete sich plötzlich die doppelte Tür des Häuptlingshauses, und hinter einigen Kriegern erschien Kiontwogky, bekannter unter dem Spitznamen Cornplanter oder auch Handsome Lake, erschien so ähnlich dem Erinnerungsbild, das Tournemine von ihm bewahrte, daß ihm das Damals zurückgekehrt schien.

Fast ebenso groß wie der Bretone, war der Irokesen-Häuptling von außerordentlicher, zugleich wilder und gelassener Schönheit, was ihm den letzteren seiner Spitznamen eingetragen hatte. Sein Anblick war beeindruckend. Ein weiter purpurner Mantel drapierte auf gleichsam herrscherlicher Weise einen Körper von der Farbe hellen Kupfers, dessen mächtige Muskeln von zahlreichen silbernen Ornamenten unterstrichen wurden. Eine Art Krone, ebenfalls aus ziseliertem Silber, umschloß seinen rasierten Schädel, auf dessen Scheitelpunkt ein üppiger Strutz aus Haar und vielfarbigen Federn prangte. So, wie er aussah, konnte Cornplanter sechs- oder siebenundzwanzig Jahre alt sein.

Die Majestät dieses Mannes, dessen Grausamkeit und Haß gegen seine weißen Halbbrüder Gilles nicht unbekannt waren, war so außerordentlich, daß der Bretone, fasziniert, darüber fast zu atmen vergaß. Als Tim leise seinen Arm berührte, fuhr er zusammen.

«Das Kind!» wisperte der Amerikaner. «Sieh...»

Damit beschäftigt, das Äußere seines Feindes in allen Einzelheiten zu mustern, war es Gilles entgangen, daß halb durch die Falten des roten Mantels verdeckt, ein Kind ihn begleitete, und daß Cornplanters Hand sich leicht auf dessen Schulter stützte. Doch beim Anblick des kleinen Jungen, der fünf Jahre alt sein mußte, überkam ihn eine starke Erregung, während eine Aufwallung von Stolz ihm das Blut in die Wangen trieb: Niemals hatte er ein schöneres Kind gesehen. Es ähnelte einer goldenen Statue.

Von einem in lebhaften Farben bestickten Stirnband zusammengehalten, glänzten die langen, seidigen Strähnen seines Haars in der Sonne und verschmolzen, bis auf die Schultern fallend, fast mit der Tönung der Haut. In dem kleinen gebräunten Gesicht des Kindes, dessen zart modelliertes Profil sichtlich Ähnlichkeit mit dem Tournemines aufwies, hatten die Augen von blassem Azur nichts mit denen der anderen Kinder des Stammes gemein.

Wie sein Adoptivvater war der kleine Junge fast nackt, aber silberne Armreifen umschlossen seine Handgelenke, und in den Gürtel um seine Taille war ein kleiner Tomahawk geschoben. Er ging mit einer ein wenig hochmütigen Wichtigkeit, sichtlich sehr stolz, den Häuptling zu einer Zeremonie zu begleiten. Und Gilles, der ihn mit den Blicken verschlang, kämpfte mit aller Macht gegen das wahnwitzige Verlangen, sich zwischen all diese Leute zu werfen, seinen Sohn in die Arme zu reißen und mit ihm in die Tiefen des Waldes zu fliehen.

Es war ein seltsames Gefühl, primitiv, brutal und zugleich von einer erstaunlichen Zartheit, und Gilles hatte die eigenartige Empfindung, als gingen von dieser kleinen Gestalt lianengleich unsichtbare Fäden aus, die sich fest um sein Herz wanden. Herrlich glücklich und furchtbar eifersüchtig, das Kind Cornplanter so nah zu sehen, durchlebte er zugleich Paradies und Hölle und vergaß völlig den Unglücklichen, den auf die eine oder andere Weise zu erlösen er sich geschworen hatte.

«Es ist das schönste Kind, das ich je gesehen habe», murmelte hinter ihm Tim ehrlich. «Bist du glücklich?»

«Du kannst dir nicht vorstellen, wie sehr.»

«Ich seh's... Nur gibt's da noch diesen armen Typ da drüben, der es weniger sein dürfte als du. Was machen wir?»

«Alles, was man für ihn tun kann, ist, ihn töten, bevor er zu sehr leidet. Aber die Musketen machen Lärm. Könnte man nicht versuchen, in einer dieser Hütten einen Bogen und Pfeile zu finden? Es kann keine Katze mehr in ihnen sein. Nach der Größe der Menge zu schließen, muß sich das ganze Dorf auf dem Platz aufhalten.»

«Man kann's immerhin versuchen.»

So vorsichtig wie nur möglich verließen die beiden Männer ihre Deckung aus Gestrüpp und Unterholz und machten sich daran, durch das schon hohe Gras der Wiese und den Mais in Richtung des Dorfs zu kriechen. Je mehr sie sich ihm näherten, desto mehr füllte das Durcheinander von Schreien und Gesängen, rhythmisch untermalt vom frenetischen Wirbeln der Trommel, ihre Ohren, während ihnen der Geruch des Dorfs in die Nase stieg. Es war ein etwas säuerliches, jedoch nicht unbedingt unangenehmes Odeur, vermischt mit den Rüchen in Fett eingelegter Kräuter, von Moos und Holzfeuern.

Plötzlich übertönte ein entsetzlicher Schrei den Tumult.

«Großer Gott!» fluchte Tournemine. «Sie fangen schon an...»

Auf den Händen aufgestützt, mit gerecktem Hals, die Augen in

Höhe der Pflanzen, überblickten Tim und Gilles die Szene. Der Mann am Pfahl wand sich vor Qual, unablässig schreiend, während eine alte Frau ihm eine im Feuer erhitzte Pflugschar gegen den Leib preßte.

«Schnell», knurrte Gilles, dem nächsten Haus zulaufend. «Wir müssen sofort diesen Bogen finden, sonst schieße ich! Hör dir diese Teufel an! Sie lachen über die Qualen dieses Unglücklichen!»

Er wollte eben die Schwelle überschreiten, hielt jedoch plötzlich entsetzt inne: Cornplanter führte das Kind zu dem Mann am Pfahl. Er trug eine brennende Fackel, die er dem kleinen Jungen in die Hand gab, worauf er mit einem ermunternden Lächeln auf das Opfer wies. Das Kind gab durch ein Zeichen zu verstehen, daß es begriffen hatte, und trat, seinerseits lächelnd, mit festem Schritt zu dem Unglücklichen. Nur noch auf seine Wut hörend, stürmte Gilles los...

Wie ein Wahnwitziger rasend, mit Fausthieben jeden, der ihn behinderte, aus dem Weg räumend, schlug er wie ein Blitz in dem Moment bei dem Jungen ein, in dem er die Flamme dem wehrlosen Körper näherte, entriß seiner kleinen Hand die Fackel und trat sie wütend unter seinen Hacken aus. Dann zog er sein Jagdmesser und versenkte es mit fester Hand in das Herz des Gefolterten...

Tiefe Stille brach über die Versammlung herein. Der Überraschungseffekt hatte sich voll zugunsten des Franzosen ausgewirkt, aber nur für einen Moment. Rasch erhob sich empörtes Geschrei. Eine Handvoll Krieger bemächtigte sich Gilles', überwältigte ihn und schleppte ihn vor den Häuptling. Dieser musterte seinen neuen Gefangenen mit der amüsierten Verachtung, die man im allgemeinen Armen im Geiste vorbehält. «Ich nehme an, du gehörst zur Familie dieses mutlosen Schwächlings, den ich den Frauen und Kindern zu ihrer Belustigung ausliefern wollte. Es kann nicht anders sein, denn ihm einen schnellen Tod zu geben heißt, bereit zu sein, seinen Platz einzunehmen.»

Er hatte Englisch gesprochen, eine Sprache, die er ausgezeichnet beherrschte.

«Ich habe diesen Mann nie gesehen», erwiderte Gilles ruhig.

«Was hattest du es dann nötig, in sein Schicksal einzugreifen?»

«Abgesehen davon, daß er alt und sichtlich schwach war, interessierte mich sein Schicksal nicht. Andererseits bin ich absolut dagegen, daß du diesem Kind das entehrende Handwerk des Henkers beibringst», fügte er hinzu, auf den kleinen Jungen weisend, dessen große, den seinen so ähnlich blaue Augen ihn mit Strenge betrachteten.

Cornplanters Blick bewölkte sich.

«Wie kannst du es wagen, elendes Bleichgesicht, mir vorschreiben zu wollen, was ich meinem Sohn beibringen soll oder nicht?»

«Wenn er dein Sohn wäre, würde ich mich gewiß nicht in deine Erziehung mischen. Aber er ist nicht dein Sohn.»

Jäh riß der Irokese den an seinem Gürtel blitzenden Tomahawk heraus und schwenkte ihn wütend über dem Kopf des Unverschämten.

«Wer hat es gewagt, dir zu sagen, Tikanti sei nicht mein Sohn?»

«Niemand. Aber ich sage es. Er kann nicht dein Sohn sein. Er ist der Sohn Sitapanokis, der Tochter des letzten Sagamore der Algonquins, die du Sagoyewatha gestohlen hast. Und es ist auch der meine.»

Wie ein über brodelndes Wasser geschütteter Eimer Öl löschte die Überraschung Cornplanters Zorn. Der Arm mit der Waffe sank langsam herab.

«Dein Sohn...»

«Ja. Sieh ihn dir nur an... und sieh mich an! Fällt dir nicht auf, daß er mir ähnlich ist? Betrachte auch seine Augen!»

Die zurückstoßend, die ihn hielten, bückte er sich, nahm das Kinn des Jungen, der wie eine kleine wütende Katze zu spucken begann, in seine Hand und zwang ihn, den Kopf zu heben.

«Nun? Sieh genau hin!... Es gibt nicht viele bei den Irokesen, die Augen von dieser Farbe haben.»

Einen langen Augenblick prüfte der Indianer die beiden Gesichter, deren Ähnlichkeit die hellen Strahlen der aufgehenden Sonne unterstrichen. An der Enttäuschung, die sich auf seinen Zügen malte, erkannte Gilles, daß er überzeugt war. Seine Hand, die trotz allem noch possessiv auf dem Kopf des Kindes lag, das er Tikanti nannte, zögerte dort gleichsam liebkosend, was den Chevalier überraschte, da die Indianer nicht gerade als zärtlich galten. Endlich entließ Cornplanter mit einer mürrischen Geste und einem brutal gebellten Befehl die, die seinen Gefangenen bewachten.

«Komm in mein Wigwam. Wir haben zu reden. Bist du allein gekommen?»

«Nein. Ich habe Begleiter. Sie sind im Wald geblieben und erwarten dort friedlich meine Rückkehr.»

In der Tat hatte sich Tim gehütet, ihm zu folgen, als er Gilles blindwütig ins Dorf hatte stürzen sehen. Es war besser, von draußen zu beobachten, was geschehen würde, statt Cornplanter einen weiteren Gefangenen anzubieten.

Das von dem Irokesenhäuptling gebrauchte Wort Wigwam war unrichtig und zweifellos aus der Gewohnheit geboren, denn das einem kleinen Fort ähnelnde Bauwerk, das einen Hof und ein großes Blockhaus umschloß, in das er Tournemine hineinzog, glich in nichts dem üblichen Zelt aus Rindenstreifen oder über Stangen gelegten Hirschfellen, wie sie die Alten errichteten. Das Innere, ausgestattet mit von den Frauen gewebten Decken, symbolischen Tiermalereien und Pelzwerk, bot sogar eine gewisse Eleganz. Ein starker Kräutergeruch war zu verspüren, da Cornplanter selbst ein geschickter Medizinmann war.

Mit der Hand wies der Häuptling auf ein nahe dem zentralen Herd ausgebreitetes Bärenfell. Eine aus dem Schatten tretende Frau warf eine Handvoll Reisig auf das Feuer, das fröhlich zu der im Dach des Hauses ausgesparten Öffnung emporloderte. Gilles gewahrte flüchtig ein fein ziseliertes Profil, dann wich die Frau ins Dunkel zurück, aus dem sie gekommen war, doch Cornplanter rief sie mit einer gebieterischen Geste zu sich, warf ihr ein paar Worte zu, und der Bretone sah, daß sich die beiden großen dunklen Seen, in denen ihr Blick lebte, plötzlich mit Bangigkeit und jenen Reflexen füllten, die Tränen ankündigten. Sie hatte sich auf das Bärenfell gekniet, Gilles mit ihren großen, feuchten Augen betrachtend, in denen die Bangigkeit sich bald in Angst verwandelte. Sie murmelte einige Worte, auf die Cornplanter mit eigentümlicher Sanftheit antwortete. Geschmeidig sich aufrichtend, nahm sie darauf die Hand des Häuptlings, legte sie mit einer Geste von bezaubernder Anmut und Zärtlichkeit an ihre Wange und verschwand sodann, dem Fremden den Rücken kehrend, von neuem.

«Nahena dient Tikanti als Mutter, seitdem Sitapanoki zu ihren Ahnen heimgegangen ist. Sie liebt ihn, als wäre er aus ihrem eigenen Fleisch geboren», sagte der Indianer ruhig. «Sie hat gesagt, daß er dir in der Tat ähnlich ist... aber sie würde es nicht ertragen, wenn ein Fremder die Absicht hätte, ihn ihr zu nehmen. Ich habe sie, wie du hast heraushören können, völlig beruhigt.»

«Ich spreche deine Sprache... aber du hattest unrecht. Welchen anderen Grund könnte ich haben, mich deinen Lagerfeuern zu nähern, wenn nicht den, meinen Sohn zu mir zu holen?»

Ein dünnes, schnell verfliegendes Lächeln verzog für einen Moment die vollen Lippen des Irokesenhäuptlings, aber Gilles täuschte sich nicht über seine Bedeutung. Wenn Wölfe gelegentlich lächelten, mußte es so aussehen.

«Das ist es, was ich zu erraten glaubte. Aber wir werden später darüber reden. Fürs erste möchte ich von dir gewisse Dinge erfahren. Zunächst: wer bist du? Du bist nicht aus diesem Land. Dennoch scheint mir, als hätte ich dich schon gesehen.»

«Du hast mich gesehen, als du ins Lager Sagoyewathas kamst, um ihn in deinen Überfall auf die Siedler im Scoharie-Tal hineinzuziehen, die du ein wenig später ohne seine Hilfe bis zum letzten Mann ausgerottet hast.»

Cornplanter spuckte mit einem Höchstmaß von Verachtung auf den Boden.

«Sagoyewatha ist ein Feigling trotz des roten Rocks, mit dem er sich zu schmücken liebt. Seine vielgerühmte Weisheit dient vor allem dazu, seine Furcht vor Kämpfen zu verbergen, und seine Krieger leben in Untätigkeit.»

«Pflanzen die deinen nicht Mais, wenn ich deinem Namen glauben soll?»

«Die Frauen pflanzen den Mais», korrigierte Cornplanter hochmütig, «und wenn unsere Ernten gut sind, dann deshalb, weil unsere Frauen tüchtig sind. Aber die Waffen meiner Krieger sind niemals lange ohne Blut. Jetzt erinnere ich mich deiner. Du bist jener Gefangene, der aus Sagoyewathas Lager floh und Sitapanoki entführte...»

«Ich bin dieser Mann, aber deine Version der Tatsachen ist nicht richtig, und du weißt es sehr gut. Ich habe die von deinem Verbündeten, dem verräterischen Zauberer Bärengesicht, betäubte und wehrlos gemachte Sitapanoki nur zurückgeholt. Ich habe sie befreit, indem ich das Kanu zum Kentern brachte, in dem deine tapferen Krieger sie fortschafften, um sie dir auszuliefern.»

Jähe Wut verzerrte die gebieterische Maske des Häuptlings, und Tournemine hatte unversehens den Eindruck, sich einer zum Angriff bereiten Schlange gegenüber zu finden. Seine plötzlich zischende Stimme verstärkte noch die Ähnlichkeit, als er ihm zurief:

«Dann hast du sie vergewaltigt, nicht wahr?»

Das verächtliche Schulterzucken entsprach dem Zorn des anderen.

«Warum hätte ich's tun sollen? Sitapanoki gehörte nicht zu denen, die man vergewaltigt. Sie gehören zu denen, die sich töten, wenn sie sich einem Gesetz unterwerfen müssen, das sie nicht gewählt haben. Und sie war sehr lebendig, nicht wahr, als sie bei dir erschien? Freiwillig übrigens, wie sie zuvor zu mir kam. Ich habe sie geliebt... leidenschaftlich, und sie hat auch mich geliebt.»

«Warum», fiel der andere ein, «hat sie dann zu mir kommen wollen, obwohl der große weiße Häuptling befohlen hatte, sie zu Sagoyewatha zurückzubringen?»

Der ironische Ton nahm der Stimme des Häuptlings nichts von ihrer noch immer latent vorhandenen Bissigkeit.

«Was hat sie dir gesagt, als sie zu dir kam?» fragte der Chevalier.

«Daß sie Gefangene des großen weißen Häuptlings gewesen sei, daß man sie zu ihrem Mann habe zurückbringen wollen, daß sie es aber aus freien Stücken vorgezogen habe, zu mir zu kommen, weil sie nur noch dem größten Krieger der Sechs Nationen gehören könne. In all dem ist wenig Raum für die große Liebe, von der du mir erzählst.»

Gilles antwortete nicht sofort. Er ahnte, daß männliche Eigenliebe im Spiel war und daß er in dieser Minute vielleicht riskierte, das Kind zu verlieren, wie er einst die Mutter verloren hatte. Wie konnte er Cornplanter beibringen, ohne ihn zu beleidigen, daß sich die schöne Indianerin, statt damals zu Sagoyewatha, ihrem Gatten, zurückzukehren, ihm nur ausgeliefert hatte, um Blutvergießen zu vermeiden? Sie hatte sich geopfert, da es ihr nicht möglich war, mit Gilles das Leben zu führen, von dem sie träumte, wohl wissend, daß Sagoyewatha sich in seiner Güte jeder von ihr getroffenen Wahl beugen würde, ohne die Waffen sprechen zu lassen. Ganz anders wäre es gewesen, wenn sie sich Cornplanters Verlangen nicht ergeben hätte. Er, der sich nicht gescheut hatte, fast unter den Augen ihres Gatten einen Entführungsversuch zu wagen, hätte keine Sekunde gezögert, einen Stammeskrieg zu entfesseln, um sich ihrer zu bemächtigen.

Über die Flammen des Herdes hinweg gewahrte er zwischen halb geschlossenen Lidern die funkelnden Augen seines Feindes. Cornplanter ähnelte jetzt einer Wildkatze, dem Emblem seines Stammes, die Beute belauernd, auf die sie sich stürzen würde. Er zuckte enttäuscht die Schultern.

«Ich habe dir gesagt, daß sie mich geliebt hatte», seufzte er, «aber vielleicht liebte sie mich weniger. Sie war Tochter eines Häuptlings, Frau eines Häuptlings... und ich war nur ein zum Gehorsam verpflichteter Soldat.»

Cornplanters kehliges Lachen tönte wie die Trompeten des Triumphs. Befriedigte Eitelkeit fegte alles Mißtrauen beiseite. «Sie war die Schönste, es mußte darum der Größte sein!» verkündete er selbstgefällig. «Wie konntest du hoffen, sie zu halten, du Nichts?»

«Ich bin kein Nichts», warf Gilles trocken ein. «In meinem Land ist meine Familie eine der vornehmsten, und seit Angebinn der Zeiten hat sie viele große Krieger hervorgebracht.»

«Ich bin glücklich für dich, denn es wäre mehr als kühn gewesen, hierherzukommen und zu verkünden, ‹mein› Sohn trüge minderwertiges Blut in sich. Wie ist dein Name? Ich will dir die Befriedigung gewähren, ihn hier noch einmal erklingen zu lassen, bevor ich seinen Träger endgültig von der Oberfläche der Erde tilge.»

Gilles' Herz verfehlte bei dieser friedlichen, einem Todesurteil ähnelnden Erklärung einen Schlag, aber er verzog keine Miene, und ein liebenswürdiges Lächeln spielte um seinen Mund, als er fragte:

«Hast du vergessen, daß ich nicht allein gekommen bin?»

«Ich vergesse niemals etwas, aber deine Freunde werden keinen Grund zum Eingreifen haben. Von ihrem Beobachtungsposten aus haben sie feststellen müssen, daß du in Frieden und Freiheit dieses Haus betratest, nicht wahr?»

«Allerdings.»

«Und ich vermute, daß sie entschlossen sind, friedlich zu warten, bis unser Palaver beendet ist. Bei uns, den Irokesen, ist das Wort langsam und die Entscheidung noch langsamer. Das wird meinen Wildkatzen Zeit genug lassen, deine Freunde aufzustöbern... und einen nach dem anderen zu beseitigen. Aber du wirst dann schon lange tot sein.»

Gilles erhob sich, richtete sich langsam zu voller, Cornplanter beherrschender Größe auf.

«Glaubst du, daß ich mich schweigend töten ließe? Meine Stimme ist so kraftvoll wie meine Muskeln.»

«Dein Tod wird so schnell sein, daß du nicht einmal Zeit für einen Ruf haben wirst... Nahena!»

Die junge Frau erschien wieder und brachte auf einen Befehl einen ziemlich großen, aus einem Geflecht starker Fasern bestehenden Korb, dessen Deckel fest geschlossen war. Mit sichtlichem Widerwillen reichte sie ihn ihrem Herrn und Meister. Dieser schürzte die Lefzen wie ein zum Beißen bereiter Hund.

«Du hast mir noch immer nicht deinen Namen genannt.»

«Was ist in diesem Korb?»

«Ich werde es dir danach sagen… falls mir Zeit dazu bleibt. Ich will wissen, welchen Namen Tikanti getragen hätte, wenn ich dir erlaubte, ihn zu den Weißen mitzunehmen. Denn deshalb bist du doch gekommen, nicht wahr?»

Während er sprach, beobachtete Gilles den Korb. Es war irgend etwas darin, etwas, das lebte, und dieses Etwas war zweifellos eine der zahlreichen Schlangen, die man in den amerikanischen Wäldern fand, Klapperschlangen, Hornvipern oder andere gefährliche Schlangenarten, deren Biß augenblicklich tötete. In seiner Eigenschaft als Zauberer und Medizinmann mußte Cornplanter ohne Gefahr für sich selbst mit den furchtbaren Reptilien umgehen können. Wenn er den Inhalt des Korbs seinem Feind zuwarf, hatte dieser kaum die Möglichkeit, sich zu verteidigen.

Doch wenn es ihm glückte, einige Sekunden zu gewinnen, gelang es ihm vielleicht, wenigstens für den Moment sein Leben zu retten. Sein Anfall empörter Wut von vorhin konnte ihn entschieden teuer zu stehen kommen, und er hätte besser daran getan, auf Tims vernünftige Ratschläge zu hören. Aber wie konnte man gewissen Dingen gegenüber gleichgültig bleiben?

Er begann sich mählich, kaum merklich zurückzuziehen, während er mit bewußt bombastischer Stimme gewichtig rezitierte:

«Ich heiße Gilles de Tournemine, Herr von La Hunaudaye. Meine Familie ist so alt, daß sich ihr Ursprung in den Sternen verliert. Das Kind, das du Tikanti nennst, hätte den Namen Olivier erhalten…»

Sein Blick von der Farbe gefrorenen Wassers tauchte in den des Indianers, hielt ihn fest wie in einer Art Bann, während seine Füße langsam, langsam zurückwichen und seine am Gürtel ruhende Hand nach dem Griff seines Messers tastete, wobei er mit geschärftem Bewußtsein registrierte, daß die des Häuptlings sich dem Haken näherte, der den Korb verschloß. Im gleichen beschwörenden Ton fuhr er fast ohne zu atmen fort:

«…den alle ältesten Söhne der Familie tragen. Was mich betrifft, haben mich in diesem Land deine Brüder, die Oneida-Indianer, den ‹unerbittlichen Falken, der im Nebel zustößt› genannt…»

Er suchte nach etwas, was er noch hätte sagen können, aber statt den Haken zu lösen, hatten sich die Hände des Irokesen wieder fest um den Korb geschlossen, als fürchteten sie plötzlich, ihn fallen zu lassen. Noch ungläubig, fragte Cornplanter:

«Du bist der berühmte ‹Falke›, der Mann der kühnen Überfälle in den großen Wäldern des Südens?»

«Ja, gewiß. Ich bin geschmeichelt, daß dieser schon alte Ruf bis zu Cornplanter gedrungen ist.»

Bedächtig stellte dieser den Korb auf den Boden zurück, und Gilles unterdrückte mit aller Macht einen Seufzer der Erleichterung. Dann erhob sich der Irokese und maß seinen Feind mit einem ernst gewordenen Blick, der etwas wie Respekt verriet.

«Das verändert die Dinge. Des Unverschämten, der den Sohn des Maispflanzers als seinen eigenen zu fordern wagt, entledigt man sich wie eines lästigen Moskitos. Doch wenn dieser Unverschämte sich als ein so tapferer Krieger erweist wie du, kann nur der Kampf die Frage klären.»

«Der Kampf? Denkst du daran, dich mit mir zu messen, König der Wildkatzen?»

«Siehst du eine andere Lösung? Ich kann die Idee nicht hinnehmen, dich das Kind, das ich zugleich als Geschenk des Großen Geistes und als meinen Sohn ansehe, das Kind, das ich liebe, fortbringen zu lassen. Wenn du es mit dir nehmen willst, mußt du zuerst mein Leben nehmen. Bist du bereit, mit mir zu kämpfen?»

Gilles verneigte sich ernst.

«Es wird mir eine Ehre sein … eine Ehre, die ich erhoffte, denn ich bildete mir nicht ein, daß du, du, der furchtbare Cornplanter, ohne Kampf meiner Forderung nachgeben würdest. Ich nehme an!»

«Akzeptierst du auch, daß sich der Kampf auf die Weise abspielt, die ich wählen werde?»

Gilles verneigte sich von neuem.

«Du bist bei dir. Ich werde also dein Gesetz akzeptieren … und die Waffen, die du wählen wirst.»

Das Lächeln des Indianers war diesmal unverhüllt ironisch.

«Du bist sehr großmütig. Fürchtest du nicht, daß ich Waffen wählen könnte, die dir wenig vertraut sind?»

«Alle Waffen sind mir vertraut.»

«Auch … alle Elemente?»

«Was willst du damit sagen?»

«Folge mir!»

Gemeinsam verließen sie das Haus, durchquerten den Hof, durchschritten das Tor aus rohem Holz und fanden sich wieder vor den Bewohnern des Dorfs, die sich in Erwartung des Ausgangs des Palavers mit der unendlichen Geduld der Indianer nicht vom Fleck gerührt hatten. Majestätisch schritt Cornplanter bis zum Oswego, dessen schnelle Wasser dem Ontario-See zuströmen, und auf der

Uferböschung angelangt, wies er mit gebieterischer Geste hinunter.

«Der Fluß ist der Freund des Roten Mannes. Er macht seine Erde fruchtbar und trägt zu seiner Ernährung bei, indem er ihm die in seinen Gewässern reichlich vorhandenen Fische gibt. In ihm werden wir kämpfen, und unsere Waffen werden diese sein...»

Mit einer Hand zog er das in seinem Gürtel steckende Messer, die andere streckte er zu einem seiner Männer aus, der eine Art Dreizack, eine Harpune, hineinlegte, mit denen die Irokesen Forellen und Lachse in den Wildbächen aufspießten.

Einen Moment ließ er seinen Gegner in aller Ruhe die von ihm getroffene Wahl würdigen, dann fuhr er, wiederum lächelnd, fort:

«Du, dessen Wahrzeichen zur Sonne fliegt und ihr ins Antlitz sehen kann, bist du auch im Reich der Gewässer zu Hause?»

Gilles brach in Gelächter aus.

«Alle Indianer sind Poeten, ich wußte es seit langem. Dieser schöne Satz fragt mich schlicht, ob ich schwimmen kann. Sei ohne Sorge, ich werde dich nicht enttäuschen. Ich bin auf der anderen Seite des großen Salzmeers geboren, am Ufer selbst dieses Meers, und ich war weniger groß als Tikanti, als man mich zum erstenmal in seine oft stürmischen Wellen tauchte.»

Wenn der Irokesenhäuptling enttäuscht war, zeigte er es jedenfalls nicht. Er verneigte sich seinerseits, warf die Harpune beiseite und legte eine freundschaftliche Hand auf des Chevaliers Schulter.

«So werden die glücklich sein, die dem Kampf beiwohnen werden. Er wird stattfinden, wenn die Sonne unterzugehen beginnt. Bis dahin bist du mein Gast und wirst meine Mahlzeit teilen.»

Bei der Ankündigung des zu erwartenden auserlesenen Spektakels brach das Dorf in begeisterten Beifall aus. Die Trommeln dröhnten, die Krieger kehrten zu ihren Hütten zurück, um ihren prächtigsten Schmuck anzulegen und so würdig zu sein, diesem Kampf beizuwohnen, in dessen Verlauf ihr verehrter Häuptling sein Leben gegen einen Mann aufs Spiel setzen würde, dessen Ruf sogar bis zu ihnen gedrungen war. Die Frauen beeilten sich, Vorbereitungen für ein Galamahl zu treffen, denn dieses Ereignis mußte mit einem großen Fest begangen werden, da kein Irokese auch nur einen Moment am Ausgang des Kampfes zweifelte: Der Häuptling würde triumphieren, wie er stets triumphierte, und man würde seinen Ruhm noch lange, noch in kommenden Zeiten rund um die Lagerfeuer feiern.

Natürlich wurde die Mahlzeit der beiden Männer im Hause des Häuptlings von Nahena serviert: über erhitzten Steinen gebratene Fische und eine Brühe aus Kräutern und Mais. Während sie aßen, wahrten Cornplanter und Gilles völliges Schweigen, denn Nahrung ist eine geheiligte Sache, und es war, als seien zwei Brüder dabei, sich dasselbe Gericht zu teilen. Mit einer einzigen Ausnahme nur: Der mit einem hölzernen Rohr verbundene kleine Pfeifenkopf aus rotem Mergel des Calumets wurde nicht gestopft, denn von Frieden konnte zwischen den beiden Männern keine Rede sein.

Nach der Mahlzeit blieben sie ein Weilchen in friedlichem Gespräch beieinander, und Gilles erfuhr so, daß der an den Pfahl gebundene Mann ein wenig achtbarer Händler gewesen war, der versucht hatte, sich die schönsten Pelze der Indianer im Austausch gegen Feuerwasser anzueignen.

«Der Mensch wird wie ein wahnwitziges Tier, wenn er dieses schreckliche Wasser trinkt», erklärte Cornplanter. «Meine Krieger müssen besonnene Männer bleiben, klaren Blick und sichere Hand bewahren. So brauche ich sie. Dieser unehrliche Kaufmann verdiente nicht, daß du dich seinetwegen in Gefahr begabst, als du ihn vor meinen Augen getötet hast.»

«Vielleicht, doch ich erinnere dich, daß es noch einen anderen Grund für mein Kommen gab. Wirst du den in Frieden mit mir gehen lassen, den du Tikanti nennst und den ich Olivier de Tournemine nennen werde, wenn ich als Sieger aus dem Kampf hervorgehe?»

Das kurze Lachen des Irokesen verriet wenig Heiterkeit.

«Wenn du als Sieger hervorgehst, könnte ich zweifellos meine Stimme nicht mehr hören lassen. Du könntest also in Frieden mit ihm gehen. Doch jetzt, glaube ich, ist es Zeit, uns vorzubereiten.»

Mit der gleichen Feierlichkeit wie zuvor kehrten sie zum Ufer des Flusses zurück. Hinter den hohen Bäumen des benachbarten Waldes begann die Sonne zu sinken, und Gilles konnte sich nicht hindern, einen Blick zu den in Licht gebadeten Wipfeln hinaufzuwerfen. Tim mußte diese natürliche Deckung wieder erreicht haben, und sicherlich hatte er von der Höhe eines dieser Bäume aus unablässig beobachtet, was geschehen war. Für ihn bestimmt, machte er mit dem Arm eine große Geste, die vielleicht ein Lebewohl war, denn Gott allein konnte wissen, wer von ihnen, er oder sein Feind, lebend aus diesem schönen Fluß herauskommen würde, dessen kühle Fluten sich in der Weite des großen blauen Sees verloren.

Wirklich konnte man sich keinen schöneren Rahmen zum Sterben erträumen. Direkt vor sich sah Gilles die sich erweiternde Mündung des Oswego und die beiden sie bewachenden Forts, auf denen noch immer der Union Jack wie eine arrogante Herausforderung flatterte. Jenseits von ihnen breitete sich der mit Inseln gespickte glitzernde See, an dessen Ufern sich bald die indianischen Stämme und die aus Albany kommenden Händler zusammenfinden würden (unter ihnen Tim, falls er noch lebte). Der Himmel über alldem nahm hyazinthene und turmalinfarbene Tönungen an, und der junge Mann dachte, daß er selten ein schöneres Schauspiel gesehen habe. Unglücklicherweise war seine Zeit bemessen. Da war dieser Mann, mit dem er es in den kurzen, klaren Wellchen aufnehmen mußte, dieser Mann, der allen Grund hatte, ihn zu hassen. Und da war dieses Kind, dessen den seinen so gleichende blaue Augen ihn kalt betrachteten, und das zweifellos zu seinem barbarischen Gott betete, daß er unterläge.

Kraftvoll die schwächenden Gedanken zurückstoßend, begann er, sich zu entkleiden. Cornplanter tat desgleichen, und obgleich er fast nackt war, dauerte es beinah ebenso lange, der zahlreichen Silberschmuckstücke wegen, die er trug. Nicht weit von ihnen entfernt schrien die Bewohner des Dorfs ihre Begeisterung heraus, und Gilles konnte Nahena sehen, die mit zärtlich schützender Geste das Kind an sich zog. Auch sie betete sicherlich nicht um seinen Sieg.

Nackt wie am Tage ihrer Geburt wandten sich die beiden Gegner einander zu. Die Haut des Indianers hatte die patinierte Farbe alten Leders, die des Franzosen die warme Tönung gebräunten Elfenbeins, doch die eine wie die andere war von Narben gezeichnet, die davon kündeten, daß diese Männer tapfere Krieger waren und daß sie nicht zum erstenmal dem Tode gegenüberstanden.

Plötzlich hob Cornplanter beide Hände geöffnet zur Sonne in einer Geste der Opferung, vielleicht der seines Lebens. Gilles seinerseits murmelte ein schnelles Gebet, beschloß es mit einem Kreuzeszeichen und wartete.

«Vorwärts!» rief der Häuptling. «Und möge der Tapferere gewinnen!»

«Nein! Der Glücklichere möge gewinnen! Ich glaube, wir sind gleich an Mut, und ich hege keinen Haß gegen dich, Maispflanzer!»

Der schwache Abglanz eines Lächelns entspannte das ernste Gesicht des Irokesen. Mit einer Handbewegung den Weg weisend, stieg er in eins der mit zwei Kriegern an den Paddeln bemannten wartenden Kanus. Gilles stieg ins andere, und die beiden Boote trieben der Mitte des Flusses zu, jedes in seinem Bug eine Statue aus Bronze von unterschiedlicher Färbung tragend, die in der Sonne glänzte.

Jeder der beiden Kämpfer stützte sich auf einen Dreizack, und ein langes Irokesenmesser lag auf dem Dollbord des Boots zwischen seinen nackten Füßen.

An der gewählten Stelle angelangt, bückte sich Cornplanter, schob sich mit einer schnellen Bewegung das Messer zwischen die Zähne, dann tauchte er in jähem Absprung in den Fluß wie ein langer kupferner Aal. Gilles folgte ihm ohne Überlegung. Sofort trieben die Ruderer ihre Boote auseinander, zwischen sich einen theoretisch geschlossenen Kampfplatz schaffend.

Gilles war tief getaucht. Es lag ihm daran, die Dimensionen des Raumes zu erkunden, in dem er sich bewegte. Er hoffte, vielleicht einen Felsen zu finden, hinter dem er sich verbergen könnte, um seinen Feind zu beobachten. Das Wasser war trotz seiner leicht bräunlichen Färbung klar und durchsichtig genug dafür. Er bemerkte Cornplanter einige Meter entfernt. Der Irokese hatte dieselbe Idee gehabt und würde den Grund vor ihm erreichen. Sobald er Fuß gefaßt hätte, könnte er seinen Dreizack gegen seinen Gegner schleudern. Gilles kam ihm zuvor, glitt blitzschnell auf ihn zu, machte kurz vor ihm kehrt, und seine wie von einer gespannten Feder gehaltenen Füße schnellten gegen Cornplanters Magenpartie. Während der andere sich krümmte, stieß er sich vom Sand des Grundes ab und schoß zur Oberfläche empor, um Atem zu schöpfen. Sein Feind würde gezwungen sein, das gleiche zu tun.

Wirklich sah er gleich darauf den rasierten Schädel an der Oberfläche erscheinen, und alsbald tauchend, griff er Cornplanter mit vorgestrecktem Dreizack an. Doch wenig im Kampf mit dieser Waffe geübt, verfehlte er sein Ziel, und die Harpune blieb im Holz des Kanus stecken, neben dem der Häuptling aufgetaucht war.

Nun allein auf das Messer angewiesen, das er zwischen den Zähnen hielt, suchte er mit kraftvollen Stößen, in den Schutz des anderen Kanus zu gelangen. Cornplanter hatte sich schon an seine Verfolgung gemacht. Der Dreizack aus Stahl, hinter den der Irokese seine ganze Kraft und sein Gewicht an Knochen und Muskeln gelegt hatte, mußte ihn treffen, aber Gilles rollte sich um sich selbst, und die scharfen Spitzen bohrten sich, seine Kehle nur um wenige Zoll verfehlend, ihrerseits in die Bootswand hinter dem Franzosen, der nun von neuem mit erhobener Klinge seinen Gegner attackierte. Er brauchte Cornplanters Dreizack nicht mehr zu fürchten, denn durch die Heftigkeit des Stoßes gegen das Boot war sein Stiel gebrochen.

Er verletzte ihn an der Schulter, die Klinge ritzte nur die Kupferhaut, doch Blut rötete das Wasser. Er wollte den Stoß wiederholen, aber der Irokese war nicht der Mann, Verletzungen hinzunehmen, ohne mit Gleichem zu vergelten. Sein Messer bohrte sich in den Arm seines Gegners, der einen Schmerzenslaut ausstieß und zugleich die von neuem zum Stoß erhobene Faust blockierte. Mit übermenschlicher Anstrengung gelang es Gilles, das Handgelenk so weit umzudrehen, daß Cornplanter die Waffe loslassen mußte, die in den Tiefen des Flusses versank.

Aber selbst entwaffnet war der Häuptling noch nicht besiegt. Seine langen, harten und starken Arme umschlangen den Chevalier mit der Kraft eines Stiers und preßten ihm die letzte Luft aus den Lungen. Gilles glaubte zu ersticken und stieß fast blind zu.

Die Klinge drang in Cornplanters Rücken, dessen Umklammerung sich jäh löste. Gilles stieß ihn von sich und schoß zur Oberfläche empor, die er mit einem Triumphschrei durchbrach. Über ihm strahlte der Himmel im roten Glanz der untergehenden Sonne, und seine leuchtende Pracht füllte mit einem Schlag seine Augen, während zugleich das Wutgeschrei der Indianer an seine Ohren drang.

Aber ihm blieb keine Zeit, sich seines Triumphs zu freuen. Während die Ruderer des Häuptlings diesen aus dem Wasser bargen, sprang einer der beiden aus Gilles' Boot mit seinem Messer bewaffnet in den Fluß. Dem Franzosen wurde klar, daß er sterben würde, daß er es nacheinander mit allen Kriegern des Stamms würde aufnehmen müssen. Er konnte den ersten töten, auch den nächsten und vielleicht einen dritten, doch die Müdigkeit würde ihn schließlich übermannen, und ein vierter oder fünfter Gegner würde ihm den Rest geben. Dennoch entschlossen, seine Haut teuer zu verkaufen, kehrte er in den Kampf zurück. Der, der ihn angriff, war ein sehr junger Krieger, dem es noch an Erfahrung fehlen mußte, denn Gilles überwand ihn schnell, und bald trieb die Leiche des Unvorsichtigen langsam den Fluß hinunter der Mündung zu. Doch schon warf sich ein zweiter Indianer ins Wasser, während ein Kanu vom Ufer abstieß, um den Toten aufzufischen und ihn der normalen Bestattung zuzuführen, ohne die seine Seele den Weg zu den großen himmlischen Wäldern nicht zu finden wissen würde.

Der neue Kampf ließ sich weitaus gefährlicher an. Abgesehen davon, daß Gilles seine Müdigkeit zu spüren begann, schien der neue, Cornplanter an Größe fast gleiche Gegner, aus härtestem Granit gehauen. Ein grausamer Glanz funkelte in seinen kleinen schwarzen Augen, die rund wie die einer Eule waren.

Offenbar zählte er nur auf seine Kraft, denn er war ohne Waffe getaucht. Zuerst riß er das Messer aus Gilles' schon weniger fester Hand, dann packte er ihn mit der Schnelligkeit einer attackierenden Wildkatze an der Gurgel. Seine Finger waren ebenso hart wie Krabbenscheren, und der Franzose kämpfte verzweifelt gegen die tödliche Klammer, ohne daß es seinen Händen gelang, den Griff zu lockern. Er fühlte schon sein Leben entweichen, als er in einer letzten Anspannung aller ihm verbliebenen Kräfte sein Knie in den Unterleib des Feindes rammte. Der Mann brüllte auf und ließ den Hals seines Gefangenen los, um sich den Leib zu halten. Halb ohnmächtig vor Schmerz, rang er nach Luft. Gilles nutzte es, um ein Gleiches zu tun, und suchte dabei mit den Augen nach dem Nächsten, der zu ihm ins Wasser springen würde... doch nichts geschah.

Ein seltsames Schweigen lag über dem Flußufer, während er sich hastig in das nun von den Ruderern verlassene Kanu schwang. Halb erstickt, mit tränenden Augen, sog er mehrmals Luft ein, nachdem er sich gezwungen hatte, das geschluckte Wasser zu erbrechen. Dann strich er sich das nasse Haar aus dem Gesicht, verband sich den verletzten Arm mit einem Lappen und sah sich nach einem Paddel um, um zu versuchen, das andere Ufer zu erreichen, als eine nur allzu bekannte Stimme ihn in französischer Sprache anrief:

«Bring deinen Kahn hierher... und mach schnell!»

Und der Grund dieses so plötzlichen Schweigens wurde ihm klar. Von irgendwoher aufgetaucht, hatte Tim Thocker den Umstand, daß alle Blicke auf den Fluß gerichtet waren, genutzt, um sich auf Nahena zu stürzen und ihr das Kind zu entreißen, das er jetzt mit einer Hand an sich preßte. Die andere Hand hielt eine Pistole, und Gilles sah bestürzt, daß er sie auf den Kopf Tikantis richtete.

«Bist du verrückt?» schrie er. «Laß ihn los! Du wirst ihn doch nicht töten?»

«Gewiß nicht, aber diese Leute sollen es glauben. Vorwärts, komm! Es ist deine einzige Chance, lebendig hier herauszukommen... mit deinem Sohn!»

Niemand wagte sich in der Tat zu rühren. Auf die Knie gesunken, rang Nahena schluchzend die Hände. Gilles begriff, daß es wirklich keine andere Lösung gab und begann wie ein Wahnwitziger zu paddeln, um nahe der Stelle ans Ufer zu gelangen, wo sich Tim befand. Dabei sah er, daß das Boot mit Cornplanter gelandet war und daß die Ruderer ihn heraushoben und vorsichtig ins Gras legten, während die Schreie und das hysterische Schluchzen der Frauen losbrachen. Er mußte sich wahrhaftig beeilen. Wenn der Häuptling tot war, und die Indianer das Leben des Kindes nicht mehr für wichtig hielten, würden Tim und er bald an den Pfahl gefesselt sein, von dem er den Händler erlöst hatte.

Bevor der aufwärts gebogene Bug des Bootes noch die Erde berührt hatte, war Tim schon mit dem Kind unter dem Arm hineingesprungen, nicht ohne es leicht ins Schwanken zu bringen.

«Rudere!» zischte er. «Mach fix! Da drüben gibt's Pfeile, die nicht mehr lange auf sich warten lassen werden. Wir müssen die andere Seite erreichen!»

Trotz wütenden Paddelns einen Blick zum anderen Ufer werfend, spottete Gilles:

«Deine andere Seite ist nicht viel angenehmer. Schau nur mal rüber, was uns da erwartet.»

Tatsächlich zierte jetzt eine dichte rote Linie das andere Ufer. Sie bestand aus den Soldaten einer englischen Patrouille, die zweifellos dort angehalten hatte, um das Schauspiel zu beobachten.

«Um so schlimmer! Mir ist es lieber, in ihre Klauen zu fallen als in die der kleinen roten Brüder.»

«Wir haben die Chance, trotzdem in sie zu fallen. Meinst du nicht, daß unsere besten Feinde sich ein Vergnügen daraus machen werden, uns Cornplanters Erben auszuliefern?»

Er hatte den Satz noch nicht beendet, als eine durch ein bronzenes Sprachrohr verstärkte Stimme ihnen befahl, zurückzukehren.

«Was sagt er?» fragte Gilles, der die Sprache der Irokesen ziemlich gut verstand und sprach, den das lange Tauchen im Fluß jedoch ein wenig taub gemacht hatte.

«Das wäre das Beste», erwiderte Tim. «Man sagt uns, daß Cornplanter mit dir reden will.»

«Er ist also nicht tot?»

«Es sieht so aus. Schau hinüber!»

Sie konnten Cornplanter auf einer Art Bahre ausgestreckt am Ufer liegen sehen, und wirklich bewegte er nun den Arm, schwach freilich, doch deutlich zu erkennen.

«Was machen wir?» fragte Tim.

Doch schon wandte Gilles den Bug des Bootes.

«Wir drehen um. Ich ziehe die Indianer den Engländern vor. Außerdem sehe ich mich nicht splitternackt nach Albany zurückkehren.»

Der Maispflanzer lebte tatsächlich noch und hatte dank seiner außergewöhnlichen Konstitution vielleicht eine Chance, noch lange Jahre zu leben. Als Gilles den Fuß auf festen Boden setzte, fand er ihn auf dem Bauch liegend, Nahenas geschickten Händen ausgeliefert, die bereits ein dickes Kräuterpflaster auf seine Wunde legte. Sein Gesicht trug alle Anzeichen des Leidens, und seine Stimme klang schwach und keuchend, als er mühsam hervorstieß:

«Nimm deine Waffen wieder... und nimm auch in Frieden... meinen Sohn. Du hast gesiegt... aber ich schäme mich nicht... von dir besiegt worden zu sein.»

«Werden deine Männer mich das Kind mitnehmen lassen? Ihre Pfeile sind schon bereit.»

«Keiner wird von der Sehne schnellen... Geh! Ich weiß jetzt, daß du einen Mann aus ihm machen wirst! Geh! Geh schnell! Laß mir nicht die Zeit... mich zu erinnern, daß ihr nur zwei seid!»

Ohne ein Wort stürmte Gilles zum Fluß, raffte seine Kleidungsstücke und die auf der Böschung zurückgelassenen Waffen zusammen und sprang ins Boot, in dem Tim und das Kind in einem homerischen Kampf verstrickt waren. Der Kleine wehrte sich spuckend, aber stumm, mit Klauen und Zähnen wie eine wütende Katze.

«Ich zieh mich später an», sagte Gilles. «Flitzen wir jetzt! Und erzähl mir nicht, daß du ein Kind nicht ruhig halten kannst!»

«Versuch du's doch», knurrte der Waldläufer, «und laß mich rudern. Schließlich bist du ja auch sein Vater.»

Ohne zu antworten, zog Gilles seinen Sohn in seine Arme, und es gelang ihm, ihn zu bändigen.

«Nur ruhig», sagte er in der Sprache der Indianer. «Hör auf, dich zu wehren. Wir wollen dir nichts Böses tun.»

Es war das erste Mal, daß er diese Sprache benutzte, und der Kleine entspannte sich überrascht.

«Du sprichst... wie wir?» fragte er endlich, den fremden Mann mit seinen großen Augen von der Farbe gefrorener Seen musternd. «Wer bist du?»

«Ich bin dein Vater.»

Das bloße Wort genügte, die Wut des Kindes von neuem zu entfesseln.

«Das ist nicht wahr! Du bist nicht mein Vater! Mein Vater ist ein König! Mein Vater ist der mächtigste Häuptling aller Stämme, und meine Mutter ist...»

Plötzlich stockte er und begann wie alle kleinen Jungen der Welt in großen Schluchzern zu weinen, während er seine kleinen Arme nach dem schon fernen Dorf ausstreckte.

«Mutter!» schrie er durch seine Tränen. «Mutter, laß es nicht zu, daß sie mich fortbringen! Mutter! Komm! Komm!»

Etwas ereignete sich darauf. Gilles sah entsetzt, daß eine menschliche Gestalt, die bis zu diesem Moment im Ufergras gekniet hatte, sich plötzlich aufrichtete, sich in den Fluß warf und verzweifelt dem Boot nachschwamm.

«Nahena!» flüsterte Gilles. «Guter Gott, sie wird ertrinken! Die Strömung dieses verdammten Flusses ist zu stark, man kommt kaum mit den Paddeln gegen sie an.»

«Wem sagst du das?» knurrte Tim, der in der Tat mit aller Kraft paddeln mußte, um gegen die seltsam reißend gewordene Strömung anzukämpfen. «Es muß hier eine Quelle geben.»

Doch Gilles hörte nicht. Den kleinen Jungen an sich drückend, der noch immer weinend seine Mutter rief, beobachtete er mit wachsender Angst den in der Weite der Wasserfläche sich verlierenden dunklen Kopf, jenen dunklen Kopf, in dem ein zum höchsten Opfer bereiter Wille lebte. Diese Frau war nicht Tikantis Mutter, dennoch brach ihr Herz wie das einer wahren Mutter bei dem Gedanken, ihn zu verlieren...

Blitzartig sah Tournemine den kleinen blonden Wilden eingeschlossen in den Zwang westlicher Kleidung ein Dasein erdulden, für das er nicht geschaffen war, sich grenzenlos nach dem freien Leben und den Taten der Krieger sehnend, die er bewunderte, als Adoptivmutter eine Frau, die zweifellos für ihn nur eine Rabenmutter wäre. Judith, dessen war er sicher, würde das Kind dulden, aber niemals lieben, und vielleicht würde sie es ihn fühlen lassen...

Genau in diesem Augenblick hörte er Nahena einen Schrei voller Todesqual ausstoßen, den das Wasser erstickte. Sie war unter Aufbietung all ihrer Kraft geschwommen, nun war sie am Ende, sie würde versinken... würde ertrinken!

Gilles' Herzschlag stockte für einen Moment. Die Nacht kam. Gleich wäre es zu spät...

«Dreh um!» rief er Tim zu.

Und das andere Paddel packend, ruderte er wie besessen der Stelle zu, wo er Nahena zuletzt gesehen hatte. Dort angelangt, warf er die hölzerne Schaufel beiseite, tauchte von neuem, verschwand unter der Oberfläche und hatte das Glück, sofort den langsam versinkenden, leblosen Körper zu bemerken. Mit einem Stoß war er bei ihr, schob seine Hände unter ihre Achseln und trieb sich mit kraftvollen Beinschlägen aufwärts, um mit ihr atembare Luft zu erreichen.

Ihm war sofort klar, daß sie keine Zeit gehabt haben konnte, viel Wasser zu schlucken, falls sie völlig ohnmächtig gewesen war. Kaum an der Oberfläche, begann sie auch schon in kurzen, keuchenden, unregelmäßigen Zügen zu atmen.

«Es war Zeit», dachte er, während er dem Dorf zuschwamm, wo sich erneut Frauen und einige Männer sammelten. In wenigen Minuten hatte er es erreicht und rief die Frauen heran, um ihm zu helfen, Nahena aus dem Wasser zu ziehen.

Als er selbst danach das Ufer betrat, sah er, daß Tim und das Kind bereits mit dem Kanu gelandet waren. Die Frauen hatten die Verzweifelte auf ein Hirschfell gebettet. Eine trat mit einer Schale hinzu, in der etwas dampfte, und ließ sie trinken. Gleich darauf öffnete Nahena die Augen, ihr Blick streifte die über sie gebeugten Gesichter, dann begann sie zu weinen.

«Warum lebe ich noch? Tikanti ist fort! Er ist für immer fortgegangen!»

Doch schon hatte Gilles den kleinen Jungen aus Tims Armen genommen. Einen Moment preßte er ihn an sich und küßte ihn mit wilder Zärtlichkeit.

«Adieu!» murmelte er mit von Tränen heiserer Stimme.

«Adieu, mein Kleiner...»

Dann legte er ihn in die Arme der jungen Frau, deren Antlitz mit einem Schlage ein Glück überleuchtete, das ihm wehtat und ihn zugleich belohnte. Tikanti, der niemals Olivier sein würde, hatte sich mit dem zärtlichen Vertrauen der Kinder an sie geschmiegt. Es war zu spüren, daß dieser Platz von jeher der seine gewesen war.

Durch die Freudentränen, die nun über ihr sanftes Gesicht rollten, sah Nahena mit einer Art von Anbetung zu dem Fremden auf.

«Du gibst ihn mir zurück? Ist es wahr? Du bringst ihn nicht wieder fort?»

«Nein, Nahena. Ich habe nicht das Recht, das Herz einer Mutter zu brechen. Er wird dein Sohn bleiben. Sag dem Maispflanzer, deinem tapferen Gatten, daß ich Geschenke und Geld schicken werde, damit ihr, das Kind und du, im Überfluß lebt. Aber sag ihm auch, wenn ich ihn bitte, aus diesem Kind einen tapferen Krieger zu machen, was nicht schwierig sein wird, heißt das nicht, daß er ihm beibringen soll, seine weißen Brüder zu martern. Um diesen Preis nur lasse ich ihn dir.»

«Ich verspreche es!» sagte eine ernste Stimme, und Cornplanter selbst erschien, auf einer Bahre von Kriegern mit brennenden Fakkeln getragen, die das Licht zu dem schon von den Schatten der Nacht verdunkelten Ufer zurückbrachten. «Willst du heute nacht an meinen Lagerfeuern bleiben? Die Finsternis wird bald völlig hereingebrochen sein. Und du wirst immer als Freund empfangen, wenn es dir gefallen sollte, zurückzukehren.»

«Nein. Sei für die Gastfreundschaft bedankt, die du mir bietest, aber ich ziehe es vor, sofort aufzubrechen. Eines Tages komme ich vielleicht wieder. Ich werde meinen Gott bitten, daß deine Verletzung schnell heilt. Du bist ein großer Häuptling. Tikanti hat recht.»

Er wandte sich ab, und ohne noch einmal zu dem kleinen Jungen hinüberzusehen, den Nahena, strahlend vor Glück, in ihren Armen wiegte, lief er zu dem nun nutzlosen Kanu, das Tim aufs Ufer gezogen hatte, raffte seine Kleidungsstücke auf, die anzuziehen er sich beeilte, plötzlich seiner Nacktheit und der Kälte bewußt, die ihn bis auf den Grund der Seele durchdrang. Darauf packte er Beutel und Muskete und eilte mit großen Schritten dem Wald zu, sorgsam darauf bedacht, auch nicht den kleinsten Blick zum Dorf zurückzuwerfen, in dem er ein Stück seines Herzens ließ. Doch bevor er sich gänzlich entfernte, erreichte ihn noch die erschöpfte Stimme des Maispflanzers, durch das bronzene Horn mühsam verstärkt: «Geh in Frieden, Sohn des Vogels, der die Sonne betrachten kann. Das Kind wird erfahren, wessen Sohn es ist!»

Einen Moment hielt Gilles inne, als habe ihn eine Kugel getroffen, dann nahm er, seinen Beutel über die Schulter werfend, seinen Weg wieder auf, von Tim ungewöhnlich schweigsam gefolgt. Dieser hatte deutlich zwei Tränen über die unrasierten Wangen seines Freundes rinnen sehen, doch im rötlichen Widerschein der Feuer des Dorfs bemerkte er auch, daß darauf ein schwaches Lächeln den in seinen Zügen sich malenden Kummer dämpfte.

Eine ganze Weile gingen sie so, einer hinter dem anderen, ohne ein Wort zu sprechen, unter dem Laubdach der Bäume der vom Fluß kommenden diffusen Helligkeit folgend. Gilles bemühte sich, den bitteren Schmerz, den er empfand, gedanklich zu überwinden, ohne daß es ihm gelang. Konnte es sein, daß ein Kind, von dem er doch keinen liebenden Blick, kein Wort der Freundschaft empfangen hatte, sich in so wenigen Augenblicken in den empfindsamsten Bereich seines Herzens eingeschlichen hatte? Der Schmerz, den er verspürte, war nicht zu vergleichen mit dem Kummer der Liebe. Er war stärker und ernster: Für Gilles war es der Schmerz des Mannes, der die letzte Seite der Zeit unbekümmerter Jugend umblätterte. Er wußte, daß er den kleinen Wilden mit den blauen Augen, der sich geweigert hatte, in seinen Armen zu bleiben, nie vergessen würde.

Als die beiden an diesem Abend ihr Lager der vorangegangenen Nacht erreicht hatten und das Feuer wieder entzündeten, geschah dies ohne ein Wort. Sie aßen und wickelten sich in ihre Decken, um zu schlafen. Es gab auch in der Tat nichts mehr zu sagen…

4. Kapitel

Die Hügel von Harlem

Einige Tage später beendete der «Falke» in Gilles' Händen die Fahrt den Hudson hinab und näherte sich New York. Unter seinem Bugspriet sprangen fröhliche Störe und Tümmler, während über den Masten gewaltige Taubenschwärme den Himmel mit grauweißen Wolken füllten.

Zahlreiche kleine Segelschiffe, deren pralle Bäuche sie wie geschäftige Hennen aussehen ließen, glitten gleichfalls den Strom hinunter, fast Bord an Bord mit dem schönen Segler, Gemüse, Milch und Eier transportierend, die am nächsten Tag die New Yorker Mägen füllen würden. Hier und da lavierten mit Bauholz oder Fellballen beladene Schaluppen aus Albany. Die meisten von ihnen ließen von der Gaffel ihres Mastes holländische Fahnen in der sanften Maibrise flattern, denn die große Mehrzahl der viertausend Einwohner, die die kleine Stadt stromaufwärts von New York bevölkerten, setzte sich aus holländischen Händlern zusammen. Als New Amsterdam sich vor mehr als einem Jahrhundert in New York verwandelt und ein englischer Gouverneur den berühmten Peter Stuyvesant, den Mann mit dem Holzbein, ersetzt hatte, waren sie dorthin vertrieben worden.

Der kürzliche Krieg hatte nur schnell getilgte Spuren hinterlassen, und die Landschaft bot sich infolgedessen reizvoll dar. Ausgenommen da, wo sich die rote Sandsteinmauer der «Palisades» und die felsigen Hänge der «Highlands» erhoben, reihten sich an den Ufern des breiten Flusses saubere Farmen, von grünen Weizenfeldern und riesigen, noch blühenden Obstgärten umgeben, die dieses Ende eines schönen, sonnigen Tages mit ihren Düften erfüllten.

«Beim Bart des Propheten, Monsieur le Chevalier, Ihr seid ein ausgezeichneter Pilot geworden!» lobte Kapitän Malavoine, nachdem das Schiff die Spitze Manhattans umrundet hatte, ein Stück den

East River hinaufgesegelt und vor der Alten Werft mit Eleganz zur Ruhe gekommen war. «Bald werdet Ihr mich nicht mehr brauchen», fügte er mit einer Andeutung von Melancholie hinzu.

«Ein guter Untersteuermann ist eine Sache, ein guter Kapitän ist eine andere. Selbst wenn man mit den Füßen im Meer geboren ist, kann man es nicht in ein paar Wochen lernen, mein lieber Freund. Dieses Schiff ist Euer Schiff genauso wie das meine, und wenn ich Pflanzer sein werde, werdet Ihr viele Fahrten für mich zu machen haben. Wenn Ihr nicht etwa müde seid, den ‹Falken› zu führen...»

«Er ist das beste Schiff, das ich je in Händen hatte. Macht nur voran, Monsieur le Chevalier. Wenn's nur an mir liegt, werde ich auf Deck sterben.»

«Ich hoffe, bevor es zu diesem Äußersten kommt, werdet Ihr in meinem Dienst Euer Glück gemacht haben. Jetzt gehe ich an Land. Laßt an die Mannschaft eine doppelte Ration Rum verteilen und gebt einem Teil Gelegenheit, sich die Beine zu vertreten.»

Es Tim überlassend, das Ausladen einiger Ballen Felle zu überwachen, die er bei seinem Freund, dem schottischen Händler John Askin in Albany, erworben hatte, verließ Gilles das Schiff. Das Wetter war so milde, daß er Lust verspürte, ein wenig zu gehen, bevor er einen Wagen anrief, um sich nach Mount Morris bringen zu lassen.

Die Aktivität des New Yorker Hafens schien sich von Tag zu Tag zu steigern. Zahlreiche Schiffe waren zu sehen, manche vor Anker im Hafen, andere wie der «Falke» am Quai festgemacht. Ihre Masten, die gespannten Taue ihres Takelwerks, die Rahen mit ihren festgezurrten Segeln hoben sich vom Blau des Himmels ab. Möwen kreisten darüber, auf Nahrung lauernd, die von den Schiffen fallen konnte. Matrosen waren damit beschäftigt, mehrere Schiffe zu entladen, von denen eins, ein Sklavenschiff, die schwarze, entkräftete Flut ihrer jammervollen Ladung auf den Quai ergoß; man würde sie in ein Lagerhaus dirigieren, um sie für die nächste Auktion präsentabler zu machen. Andere, schon assimilierte schwarze Sklaven hantierten mit Ballen, Kisten und Körben, hoben Fässer und Tonnen, um Karren zu beladen. Auf dem Wasser beförderte eine mit zwei grün gekleideten schwarzen Ruderern bemannte Barke einen Mann, dessen soigniertes Äußeres und stattlicher Bauch deutlich besagten, daß es sich um eine angesehene Persönlichkeit handelte.

Geruhsam wie ein heimkehrender Bürger folgte Gilles ein Weilchen der Pearl Street und bog dann in die Wall Street ein, damals das

Verwaltungszentrum der Stadt, zugleich aber auch Wohnviertel dank einiger Wohnhäuser in georgianischem Stil, die ihre pfeilergeschmückten Fassaden der Sonne boten. Andere erinnerten mit ihren roten Ziegelmauern und hohen Giebeln nach flämischer Art eher an Holland. Im Hintergrund ragte der Glockenturm von Trinity Church über die Baumkronen der Gärten hinaus.

Um diese Stunde nahe dem Ende des Tages bot Wall Street mit einigen schönen Equipagen, englischer Herkunft zumeist, und einer zivilisierten Menge von Spaziergängern einen erfreulichen Anblick. Die Männer und Frauen, diejenigen wenigstens, die der guten Gesellschaft anzugehören schienen, trugen ebenso elegante, gut geschnittene Kleidung, wie man sie in London oder Paris bewundern konnte. Die Frauen zeigten sich in weiten Röcken aus Atlas oder Brokat und riesigen, mit Federn, Blumen oder Spitzen bedeckten Hüten. Was die Pferde betraf, waren alle sehr schön und gut gehalten.

Einen Moment liebäugelte Gilles mit der Idee, in dieser lebendigen, sicherlich einer großen Zukunft versprochenen Stadt Wurzeln zu schlagen. Warum schließlich nicht darauf verzichten, die Vereinigten Staaten zu verlassen? Warum nicht auf Tim hören, ein Stück Land am Rande des Broadway, zum Beispiel, zu kaufen und sich an jenen französischen Architekten zu wenden, von dem alle Welt in Amerika sprach, den Major L'Enfant, einen Veteranen des Unabhängigkeitskriegs, der gegenwärtig die City Hall, das Rathaus New Yorks, wieder errichtete, an deren Bauplatz Tournemine übrigens eben vorübergegangen war? Danach könnte er sich sowohl dem Pelzhandel wie dem aufregenden Spiel des Spekulierens widmen.

Vor dem im Bau befindlichen Gebäude hatten sich Menschen angesammelt, doch Gilles wandte sich mit Abscheu ab: eine Frau in zerrissener Kleidung stand an den Schandpfahl gefesselt, der mit dem Galgen und dem Pfahl zur Geißelung von Übeltätern zur Ausrüstung jedes normalen Rathauses gehörte. Welchen Unterschied gab es also zwischen der City Hall New Yorks und dem Grève-Platz in Paris? Dieses Land, das ein freies sein wollte, schien sich ebensogut wie die alten europäischen Monarchien darauf zu verstehen, den Menschen zu unterdrücken. Besser vielleicht sogar: an den Quais der Seine in Paris wurden keine Ladungen aneinandergeketteter Sklaven ausgeschifft. In Nantes allerdings sah man sie häufiger, aber da machten sie nur Station auf dem Weg zu den Karibischen Inseln, nach Louisiana oder sonst einem anderen amerikanischen Land. Die Welt war sich gleich, wohin man auch ging…

Endlich eine vorüberrollende Droschke anrufend, sprang Gilles hinein und befahl dem Kutscher, ihn zu den Hügeln von Harlem zu bringen. Es war höchste Zeit, sich zu überzeugen, wie sein Haushalt lief, selbst wenn er kein dringendes Bedürfnis danach empfand, wie es ihm sein plötzlicher Wunsch nach einem Spaziergang durch diese Stadt aus roten Ziegeln und weißem Stein, aus Holz und Staub bewiesen hatte.

Verglichen vor allem mit der unerfreulichen Szene, die er beobachtet hatte, erschien ihm die Landschaft besonders schön und rein. Er hatte Zeit, seine Augen mit ihr zu füllen, denn die Rückkehr nach Mount Morris stellte einen Weg von ungefähr sieben und einer halben Meile dar, und das Gefährt legte ihn auf seinen Befehl im geruhsamen Trott eines guten Pferdes zurück. Vom Staub verschont, sog er in aller Muße die Düfte des Heus und des Geißblatts ein, die nach Passieren der letzten Häuser der Stadt vorteilhaft die mit den Malzausdünstungen der großen Brauereien am Hudson und dem Odeur der Gerbereien am East River vermischten Fischgerüche ersetzten.

Es war fast Nacht, als die Droschke die Zufahrt zu dem Besitz erreichte und in die von Erlen und Linden gesäumte lange Allee einbog, die den Hügel hinaufführte und sich vor dem Haus zu einem großen Kreis teilte. Einem großen Kreis, der zur Zeit von allerlei Gespannen überfüllt war.

Mit gerunzelten Brauen musterte Gilles das schöne Gebäude aus rötlichen Ziegeln, in dem Washington während der Schlacht um die Höhen Harlems einige Tage gewohnt hatte und dessen Säulenreihe unter dem weißen Giebel ihm so viel Majestät verlieh. Aus den der milden Temperatur wegen geöffneten Fenstern ergossen sich Fluten von Licht, drang vielfältiges Stimmengewirr, untermalt von sanfter Musik.

«Sieht so aus, als ob da ein Fest stattfände, Mister. Was mach ich?» fragte der Kutscher, der einen abschätzigen Blick auf die Seemannskleidung seines Fahrgastes geworfen hatte und sie für eine solche Gelegenheit offenbar nicht geeignet hielt.

«Haltet an!» knurrte Gilles. «Ich steige aus.»

Zur Erde springend, warf er dem Mann ein Goldstück zu. Der fing es, entzückt über den unverhofften Gewinn, im Fluge auf, während Gilles sich dem Haus zuwandte, eine Aufwallung von Zorn verspürend, deren er Herr zu werden suchte.

Am Fuß der Freitreppe half David Hunter, der Hüter und Hausmeister der Besitzung, einer Dame beim Aussteigen aus einer Kutsche, deren winziger Fuß sich aus einem mächtigen Ballon aus rosigem Atlas hervortastete. Die Dame benahm sich, als sei sie aus Porzellan, und überhäufte Hunter und ihren Begleiter, einen prächtig in cremefarbene Seide über einer bezaubernden blaßblauen Weste gekleideten Herrn, mit Ermahnungen, ja auf die Empfindlichkeit ihres Kleides und die Zartheit ihrer Schuhe zu achten, während beide löbliche Anstrengungen unternahmen, die Montgolfiere von der Farbe der Morgenröte aus dem vielleicht ein wenig zu engen Kutschenschlag zu ziehen.

Keiner der Mitwirkenden dieser kleinen Szene beachtete Tournemine. Er sprang die Stufen hinauf und betrat das Vestibül, wo schwarze Diener mit Tabletts voller Gläser hin und her gingen, Diener, die er nie zuvor gesehen hatte.

Die erste bekannte Person, die er bemerkte, war Anna Gauthier. In einem schmucklosen Kleid aus schwarzer Seide mit Haube und Kragen aus weißen Spitzen stand sie nahe der Tür zur Anrichte und beaufsichtigte stumm die Bedienung. Ohne auch nur einen Blick in die Salons voller Menschen zu werfen, trat Gilles zu ihr.

«Was bedeutet das alles, Anna?» fragte er, mühsam den Zorn beherrschend, der seine Stimme zittern ließ. «Wer sind diese Leute?»

Sie stieß einen leisen Schrei aus, als sie ihn erkannte, und ihr Blick füllte sich mit einer Freude, in der er Erleichterung ahnte, aber ihre Stimme klang freundlich und ehrerbietig, als sie erwiderte:

«Es sind Freunde Madames. Sie empfängt heute abend...»

«Sie empfängt? Wirklich?... Sie liegt also nicht mehr im Sterben, wie es scheint?»

Ein kleines, trübes Lächeln glitt über Annas Züge.

«Es ist mehr als einen Monat her, daß Monsieur le Chevalier uns verlassen hat. Viele Dinge sind geschehen... leider!»

«Leider? Was soll das heißen? Und vor allem: Wo sind die anderen? Pierre, Pongo, Rozenn... und Madalen?»

Der Name kam ihm mit einer Zartheit über die Lippen, deren er nicht Herr war, getreuer Reflex des Glücks, das er plötzlich empfand, als er ihn aussprach.

«Im Gesindehaus. Madame hat Madalen als Wäscherin eingeteilt, und sie hat im Haus nichts zu tun, an einem festlichen Abend schon gar nicht. Pierre und Pongo sind im Stall. Madame meint, ein

Holzbein sei kein Anblick für zarte Damen, noch weniger ein Indianer, der ihnen Angst einjagen könnte.»

«Und Rozenn hat all diesen Unfug zugelassen? Das ist verrückt! Wo ist sie?»

Annas Augen füllten sich mit Tränen. Jäh den Kopf senkend, drehte sie sich zur Wand, um nach ihrem Taschentuch zu suchen.

«Nun? Rozenn?» beharrte Gilles, unversehens von Besorgnis gepackt.

«Sie ist tot, Monsieur! Vor fast drei Wochen... Man fand sie im Garten, nahe dem Fluß. Der Kopf ruhte auf einem großen, blutbefleckten Stein. Es hatte geregnet, die Erde war naß, glitschig. Sie muß gestürzt sein... Oh! Monsieur, kommt! Kommt hierher... kommt und setzt Euch!»

Er war plötzlich so bleich geworden, daß Anna fürchtete, ihn vor ihren Füßen zusammenbrechen zu sehen. Ihn am Arm packend, zog sie ihn durch die Anrichte zu einem kleinen Raum, der als Vorratskammer diente und direkt auf den Park hinausging. Er ließ sich wortlos führen wie ein unglückliches Kind, bedrückt durch die unerträgliche Last, die ihm das Herz abpreßte. Rozenn! Seine alte Rozenn, deren Wärme und Zärtlichkeit ihn reichlich für die nachtragende Kälte seiner wirklichen Mutter entschädigt hatten. Sie hatte ihn zu lieben, zu schützen gewußt, ihn, den kleinen Bastard, auf den man mit dem Finger gewiesen und nach dem man vielleicht mit Steinen geworfen hätte, wenn da nicht zwei schützende Mächte gewesen wären, die ihn unter ihre Fittiche nahmen: der Abbé de Talhouët und Rozenn. Auf einem Sack Kaffee sitzend, dessen würziger Duft die Kammer erfüllte, versenkte er sich mit schmerzlicher Wollust in seine Kindheitserinnerungen, über denen das mutige, fröhliche Gesicht seiner Amme schwebte. Er sah nichts, hörte nichts als das Schluchzen des kleinen Jungen, der in der Tiefe seiner Brust weinte. Er konnte nicht weinen, wie sehr ihn auch danach verlangte. In dieser Stunde, in der er eins der seltenen teuren Wesen verlor, wurde ihm die wohltuende Gabe der Tränen verweigert, als ob nichts das Bersten ausgedörrter Erde seines Herzens besänftigen sollte.

Ein brennendes Gefühl an seiner Hand brachte ihn in die Wirklichkeit zurück. Durch sein steinfarbenes Gesicht erschreckt, hatte Anna ihm eine Tasse Kaffee geholt, um die sie seine Hand geschlossen hatte, eine Hand, die sie zu seinem Mund führte.

«Trinkt, Monsieur Gilles, es wird Euch gut tun! Bei der heiligen Anna, Ihr seht aus wie ein Gespenst!»

Bei der heiligen Anna! Es war die übliche Anrufung vieler Frauen der Bretagne. Auch Rozenns. Wie viele Male hatte er sie von ihr gehört, in allen Tonarten übrigens, inbrünstig, zornig überrascht, voller Freude... Es war gut, sie wieder zu hören!

Dankbar hob er zu Anna einen toten Blick, in dem jedoch schon etwas zu leben begann. Eine Feuchtigkeit, die zur Träne wurde... eine einzige rollte langsam zum Mundwinkel hinab und befreite ihn von dem heimtückischen Verlangen zu sterben, das ihn beschlichen hatte. Er hatte Schlag auf Schlag seinen Sohn und die verloren, die ihm als Mutter diente, und er spürte in sich eine unendliche Müdigkeit.

Mechanisch schluckte er den Inhalt der Tasse. Sehr stark duftend und glühheiß, durchrieselte ihn der Kaffee wie ein wärmender Bach, der das Leben brachte. Dank ihm wurde er wieder empfänglich für das, was ihn umgab. Er lebte, er fühlte, er hörte von neuem. Die Klage des kleinen Jungen entfernte sich.

Anna sah ein wenig Farbe unter die gebräunte Haut zurückkehren, die grau geworden war, und stieß einen Seufzer der Erleichterung aus. Sie schlug etwas zu essen vor, was er mit einer Handbewegung ablehnte.

«Wo habt ihr sie beerdigt?» fragte er mit heiserer Stimme. «Doch nicht etwa in diesem fremden Garten?»

«O nein! In den Hügeln nicht weit von hier gibt es eine kleine katholische Kapelle, die ein alter Priester betreut. Ein Friedhof ist dort, und der Abbé ist zufällig auch noch Bretone. Rozenn wird sich ein wenig zu Hause fühlen.»

Er nickte. Sein Gehirn begann wieder zu arbeiten und stellte schon Fragen. Wie hatte die an die sandigen Strände, die Felsen der Bretagne gewöhnte Rozenn auf dieser scheinbar harmlosen Böschung ausgleiten und vor allem sich gegen einen Stein zu Tode stürzen können? Kein Zweifel, sie war alt, aber Gott wußte, daß sie gut zu Fuß war, gute Augen besaß. Sie hatte es während der rauhen Fahrt über den Atlantik mehr als reichlich bewiesen.

Die sich öffnende Tür der Kammer ließ einen Schwall Musik, die eines munteren Menuetts, herein, der wie eine Raspel über Gilles' gespannte Nerven glitt. Mit einer von koketten Bändern rieselnden Haube geziert, erschien Fanchons Kopf.

«Madame Anna», sagte sie vorwurfsvoll, «Madame läßt Euch sagen, daß sie nicht versteht, warum Ihr Euren Posten verlassen habt, und daß sie fordert...»

Sie verstummte mit plötzlich sich weitenden Augen. Zur Seite tretend, hatte Anna den Blick auf den noch immer auf seinem Sack sitzenden Chevalier freigegeben, der, als er sich nun erhob, den kleinen Raum mit seiner Gestalt zu füllen schien.

Ein freudiges Lächeln blühte auf dem Gesicht des jungen Mädchens auf.

«Oh, Monsieur le Chevalier!» rief sie. «Welches Glück!»

Er antwortete ihrem Willkommensgruß nicht. Schroff, einschüchternd in seiner noch unterdrückten Wut, befahl er: «Geht und holt mir Eure Herrin! Sagt ihr, daß ich sie hier erwarte!»

«Aber, Monsieur le Chevalier, das Fest ist in vollem Gange! Madame ist sehr beansprucht!»

«Ich habe Euch gesagt, Ihr sollt sie holen. Gehorcht, wenn Ihr nicht wollt, daß ich selbst gehe, und das auf eine Art, die, fürchte ich, einen schlechten Eindruck auf diese wer weiß woher gekommenen Freunde machen dürfte. Sie hat es verteufelt schnell fertiggebracht, sich eine solche Sammlung zuzulegen.»

«Oh, das war nicht schwer. Es genügte, einer Einladung Madame Livingstones zu folgen, die zu einem gutnachbarlichen Besuch gekommen war. Innerhalb einer Woche hatte Madame ganz New York zu ihren Füßen, genau wie...»

Sie biß sich auf die Lippen, da sie begriff, daß es eine Dummheit wäre, an die höchst zweifelhaften Zeiten der «Folie Richelieu» zu erinnern, aber Gilles hatte recht gut verstanden. Fanchon bei den Schultern packend, drehte er sich um sich selbst wie einen Kreisel und beförderte sie zur Tür.

«Ich habe Euch schon einmal gesagt, Ihr sollt Eure Herrin holen», knurrte er. «Eure Kommentare interessieren mich nicht! Schert Euch weg!»

Fanchon entschwand mit einem erschrockenen Laut, und einen Moment später füllte sich der nach Kaffee, Vanille und Zimt duftende kleine Raum mit Glanz: Judith war eingetreten in einem mit Perlen übersäten blaßgrauen, rosig schimmernden Atlaskleid, das prachtvolle rote Haar durch Perlenschnüre gehoben.

Nichts war von dem bleichen, erschöpften, so zerbrechlichen Wesen geblieben, das sechs Wochen zuvor vom «Falken» auf die Quais von New York gebracht worden war. Gilles sah ein Geschöpf des Lichts und der Anmut vor sich. Ihre herrscherliche Schönheit umgab sie mit einer stolzen Aureole, zu der sich die raffinierte Eleganz von Versailles fügte.

Sie hatte den vollen Glanz der Königin der Nacht wiedergefunden, nur in einer neuen Abwandlung. Es war der Tag in den milchigen Transparenzen der Mordendämmerung, wenn die rotgoldene Sonne sich am Horizont erhebt, den Judith nun beschwor, und es ließ sich leicht begreifen, wie die junge Frau so schnell zum Liebling New Yorks hatte werden können. Sie hatte nur zu erscheinen brauchen.

Seltsamerweise war Tournemine für diese Schönheit nicht empfänglich, die er doch einst so andächtig angebetet hatte. Ja, sie schockierte ihn sogar wie ein Verstoß gegen den guten Geschmack. Judith von den kleinen Satinschuhen bis zu den schimmernden Lokken ihrer Frisur kühl musternd, erklärte er nur:

«Ihr habt zehn Minuten Zeit, Madame, dieses Haus von den Leuten zu leeren, die sich in ihm drängen.»

Die Stimme war schneidend und so mit Verachtung geladen, daß Judith errötete. Sie warf den Kopf zurück, und Kälte mit Kälte, Verachtung mit Verachtung erwidernd, sagte sie mit einem Zucken der Schultern:

«Was für ein Unsinn! Die beste Gesellschaft New Yorks ist hier. Habt Ihr die Absicht, Euch weiterhin wie der Bauernlümmel zu benehmen, der Ihr wart, oder wie der Landsknecht, der Ihr geworden seid?»

Die Ohrfeige klatschte auf ihre Wange, die sich rötete, und gab ihr für einen Moment recht.

«Ich gedenke, mich zu benehmen», knurrte Gilles, «wie der Herr eines Trauerhauses. Wenn ich recht verstanden habe, sind seit dem Tode Rozenns erst drei Wochen vergangen.»

Judith gehörte nicht zu denen, die sich so leicht bändigen lassen. Sie hob nur ihre Hand zu der schmerzenden Wange, verlor jedoch nichts von ihrer hochmütigen Haltung. Ein kurzes Lachen begleitete ein neuerliches Zucken ihrer hübschen Schultern, die ebenso perlmutten schimmerten wie ihre Robe.

«Und was soll's?» fragte sie arrogant. «Seit wann versetzt der Tod einer Dienerin ein Haus in Trauer?»

«Rozenn ist in meinen Augen nie eine Dienerin gewesen. Sie hat mir die Mutter ersetzt. Ich liebte und respektierte sie genauso. Vielleicht bin ich wirklich ein Bauernlümmel, wie mich zu erinnern Euch gefällt, und das mißfällt mir keineswegs. Es riecht nach Erde, nach täglicher Mühsal, und alles in allem ist es wohl besser, ein Bauernlümmel als eine Hure zu sein. Ich weiß nicht, was Eure prächtigen... und so kürzlichen Freunde denken würden, wenn sie wüßten, welcher Art Tätigkeit sich diejenige widmete, die man in Paris die Königin der Nacht nannte.»

Die Beleidigung hatte sie erblassen lassen, und die Spur von Gilles' Fingern zeichnete sich sonderbar auf ihrer Wange ab. Ihre Augen füllten sich mit Tränen, doch keine Spur von Mitleid dämpfte Tournemines Zorn, einen Zorn, zu dem sich Enttäuschung gesellte, denn als er seine Frau nach Amerika mitnahm, hatte er aufrichtig gehofft, daß sie bereit sei, ehrlich das Spiel mitzuspielen, um ihnen zu erlauben, trotz Judiths ärgerlicher Erinnerungen vom Nullpunkt an neu zu beginnen. Er bemerkte nun, daß es nichts damit war und daß das Verhalten der jungen Frau unverändert blieb. Er hatte in ihr eine Feindin vor sich, die fest entschlossen war, ihn die Zerstörung ihres jämmerlichen Romans mit dem Pseudo-Doktor teuer bezahlen zu lassen.

So stieß sie hervor:

«Wie könnt Ihr mich auf solche Weise behandeln? Wenn ich wirklich Eure Frau bin, wie Ihr unablässig wiederholt, dann behandelt mich auch als solche!»

«Dann handelt als solche», erwiderte er, «und erinnert Euch daran, was Ihr wart, bevor Ihr die Inhaberin einer Spielhölle wurdet. In keinem bretonischen Hause, in dem man auf sich hält, würde man es wagen, drei Wochen nach dem Besuch des Todes ein Fest zu geben. Aus Furcht vor der Rache des Verstorbenen für den Mangel an Trauer über seinen Verlust. Solltet Ihr Eure große Angst vor Gespenstern verloren haben?» fügte er spöttisch hinzu.

Sich hastig bekreuzigend, sah sie ihn entsetzt an.

«Um der Liebe Gottes willen, schweigt!»

«Dann gehorcht! Wie ich Euch sagte, erwarte ich, daß diese lästige Ansammlung von Leuten in zehn Minuten das Haus geräumt hat. Ihr versteht es ja so gut, inmitten eines Salons mit Grazie in Ohnmacht zu fallen. Es wird nicht schwer sein.»

Aus den Spitzen ihres Ärmels ein winziges Taschentuch ziehend, betupfte Judith ihre Augen.

«Gebt mir ein wenig mehr Zeit, ich bitte Euch. Denkt doch, daß diese Leute die beste Gesellschaft der Stadt repräsentieren. Man muß sie rücksichtsvoll behandeln, wenn Ihr Euch hier niederlassen wollt.»

«Ich habe nicht die Absicht hierzubleiben. Dieses Haus ist gemietet. Ich habe es nicht gekauft. In einigen Tagen werden wir nicht mehr hier sein. Infolgedessen verringert sich die Wichtigkeit dieser Leute von Moment zu Moment, nicht wahr? Zehn Minuten also. Nicht eine mehr, sonst werde ich selbst die Räumung übernehmen, und etwas sagt mir, daß meine Methoden kaum Eure Zustimmung finden würden. Im übrigen seid Ihr heute abend sehr schön, Madame, und ich beglückwünsche Euch aufrichtig dazu, wie übrigens auch zu Eurer so schnellen Genesung.»

Sich mit vollendeter Galanterie verneigend, öffnete er die Tür vor der jungen Frau und fing im Vorbeigehen einen zugleich überraschten und beunruhigten Blick von ihr auf. Zweifellos dachte sie, daß die Abwesenheit von wenigen Wochen so manches in diesem Jungen verändert haben mußte, der einst ein so schüchterner Anbeter gewesen war…

Er fing zu gleicher Zeit auch den frischen und doch so sinnlichen Dufthauch eines Parfums ein, das er nicht an ihr kannte. Er streichelte köstlich seine Nase, als der umfängliche Atlasrock seine Beine streifte.

«Begleitet Ihr mich?» fragte sie mit einer Spur von Angst.

«Ganz gewiß nicht. Mein Äußeres ist der Eleganz dieses Abends nicht angemessen, und ich habe keine Lust, Eure Freunde kennenzulernen. Ich werde erst erscheinen, wenn niemand mehr da ist.»

«Ihr bleibt also hier?»

«Nicht länger. Ich werde mich dort zu meinen Freunden gesellen, wohin sie wie ich Eurer Meinung nach am besten passen: in den Stall!»

Er wartete indessen noch einige Minuten, um zu sehen, wie die Dinge abliefen, nachdem er Anna zur Beobachtung und Berichterstattung zur Tür des Salons geschickt hatte. Zweifellos würde man in Kürze aufgeregtes Stimmengewirr vernehmen, und dann würde man die ohnmächtige Judith wahrscheinlich zu ihrem Zimmer tragen…

Nichts dergleichen geschah, nur ein tiefes Schweigen entstand, gefolgt von unterdrücktem Geflüster und dem Geraschel von Kleidungsstücken einer sich entfernenden Menge, während draußen die üblichen Rufe erschollen:

«Die Leute Mrs. Livingstones… Der Wagen Mr. und Mrs. Brevoerts… Die Leute Mrs. van Cortlands…!»

Drei Minuten waren kaum vergangen, als Anna wieder erschien, die Andeutung eines Lächelns, das sie zu verbergen suchte, auf ihrem sonst immer ein wenig strengen Gesicht.

«Nun?» erkundigte sich Tournemine. «Ist Madame schicklich in Ohnmacht gefallen?»

«Keineswegs. Madame nimmt weinend die Tröstungen ihrer Freunde entgegen, bevor sie sich zurückziehen.»

«Tröstungen? Was hat sie ihnen gesagt?»

«Daß sie eben vom Tode eines ihrer Brüder erfahren habe. Das ist viel wirksamer als eine Ohnmacht, denn in diesem Fall hätten die Gäste gewartet, bis ihre Gastgeberin sich wohler fühlte, und inzwischen weiter Keller und Speisekammer geleert.»

«Laßt ihren Inhalt den Eingeborenen bringen. In der Hafengegend mangelt's an ihnen nicht.»

Befriedigt verließ Gilles durch eine Hintertür das Haus, um den Andrang der Wagen zu vermeiden, und wandte sich den aus roten Backsteinen und Holz errichteten Ställen zu, die sich seitwärts des Hauses gegenüber den Unterkünften erstreckten, die vor dem Krieg die der Sklaven gewesen waren. Die Dunkelheit, die Milde der Nacht und ihre Düfte nach frischem Gras erschienen ihm köstlich nach der Geschäftigkeit, dem Lärm und den Lichtern des Festes. In ihr fand er auch den Kummer des kleinen, verlassenen Jungen wieder, den der Zorn von eben nur ein Weilchen betäubt hatte. Zu ihm gesellte sich etwas, das einem Gewissensbiß ähnelte, dem, seine alte Rozenn ihrer geliebten Bretagne entrissen zu haben, Ursache zu sein, daß sie auf dieser fremden Erde eben zur Zeit gestrandet war, um dort zu sterben.

Ohne seinen Egoismus wäre sie noch am Leben, säße sie im Winkel irgendeines Kamins, endlos wollene Westen und Strümpfe strickend, dabei des Abends den Geschichten der Erzählerinnen lauschend, ja zuweilen selbst welche erzählend... Gewiß, seit Marie-Jeanne Goëlo ihr kleines Haus in Kervignac verschlossen und Rozenn mit schnöder Gleichgültigkeit verlassen hatte, um ins Kloster von Locmaria einzutreten, war sich die alte Frau trotz der Freunde, die sich ihrer angenommen hatten, oft recht einsam vorgekommen. Mit Begeisterung hatte sie den Vorschlag ihres einstigen Schützlings angenommen, mit ihm nach Amerika zu gehen, und Gilles hatte dabei hauptsächlich an die Erziehung jenes unbekannten, von den Indianern zurückgehaltenen Sohns gedacht, aber nun wollte es ihm scheinen, als sei er vor allem einer egoistischen Regung gefolgt. Es war seine Kindheit und die einzige Familie, die ihm blieb, die er hatte mitnehmen wollen.

Nun würde sich kein kleiner Junge mehr in Rozenns zärtlichen

Schoß schmiegen, aber vielleicht war es letztlich besser, daß es so war, denn Sitapanokis Sohn würde niemals der letzte Tournemine sein...

Mit dem Abrollen des letzten Wagens nahm die Stille nach und nach wieder Besitz von Mount Morris. Gilles sog einige Male nachhaltig die frische Nachtluft ein, dann verließ er, ärgerlich die letzten Tränenspuren von den Wangen wischend, den Schutz seines Baums und schlug entschlossen den Weg zu den Ställen ein.

In Merlins Box stieß er auf Pongo, und daß er die beiden zusammen fand, in denen er seine besten Freunde sah, ließ sein Herz leichter werden. Mit hingebender Sorgfalt bürstete der Indianer das golden schimmernde Fell des Pferdes, das beim Hören der Schritte seines Herrn den Kopf wandte und freudig wieherte, seine großen Zähne in einer Art Lächeln zeigend, das auf Pongos Gesicht sofort Widerhall fand.

«Herr endlich zurückgekommen!» rief er, auch er mit einer Spur Erleichterung in der Stimme. «Pongo sehr glücklich.»

Die beiden Männer drückten einander die Hand, während Gilles bemerkte:

«Soll das heißen, daß du es während meiner Abwesenheit nicht gewesen bist?»

«Weder glücklich noch unglücklich, aber viele Dinge schiefgegangen. Für Pongo schwer, einer Frau gehorchen.»

«Sei ohne Furcht, es wird nicht mehr vorkommen. Zunächst habe ich alle die Leute rausgeworfen, mit denen meine Frau das Haus gefüllt hatte. Sie haben nichts bei mir zu suchen, und ich habe nichts mit ihnen zu tun.»

Die Bitterkeit, die in Tournemines Stimme bebte, entging dem einstigen Medizinmann der Onondagas nicht. Er kannte seinen Herrn in- und auswendig und irrte sich nie, wenn es sich um seelische Stimmungen handelte.

«Mit Besuch bei Großem Weißen Häuptling nicht zufrieden?»

«Ganz und gar nicht. Die Konzession am Roanoke war nur eine Illusion, ein Traum. Wie es scheint, hatte man mir nicht mehr verfügbares Land gegeben. Oh, man bot mir anderes an... sehr weit entfernt, im Westen, da...»

«...wo schwierig, seinen Skalp auf Kopf zu behalten. Schade. Und... das Kind?»

Gilles berichtete kurz, was sich im Lager am Ufer des Oswego zugetragen hatte. Mechanisch und vielleicht, um sich zum Wachrufen jener noch immer schmerzlich empfundenen Stunden Mut zu machen, streichelte er sanft den seidigen Kopf Merlins, dessen große Augen ihn mit einem Ausdruck betrachteten, der an Zärtlichkeit erinnerte.

«Ich hatte nicht den Mut, das Herz jener Frau, Nahenas, zu brechen», schloß er. «Vielleicht war's unrecht...»

Pongos Hand legte sich fest auf seine Schulter.

«Nein», sagte er ernst. «Du haben recht gehabt. Schlecht, Kind denen fortnehmen, die es hält für seine Familie.»

«Jetzt glaube ich wirklich, daß ich recht hatte... jetzt, da Rozenn nicht mehr hier ist, um sich um ihn zu kümmern. Dafür hatte ich sie aus Frankreich mitgenommen. Und nun...»

Mit Mühe hielt er die Tränen zurück, die ihm wieder in die Augen stiegen. Pongo sah, wie sich seine Faust in der Mähne des Pferdes verkrampfte, während er zornig hervorstieß:

«Was für ein dummer, diabolischer Unfall! Trotz ihres Alters konnte Rozenn noch über Felsen klettern, im Schlamm laufen, Wäsche am Rand eines Flusses ausbreiten, ohne reinzufallen. Und hier, nur wegen ein bißchen Schmutz...»

«Schmutz nichts haben damit zu tun», unterbrach Pongo. «Stein auch nicht... wenigstens nicht der, wo alte Frau lag.»

«Was willst du damit sagen?»

«Kein Unfall. Mord.»

«Was?»

Das Wort sank mit seinem ganzen Schreckensgewicht in die Stille des Stalls. Im Schein der Laterne, die die Box erhellte, musterte Gilles, noch ungläubig, das bronzene Gesicht seines Freundes. Niemals war es ihm so düster erschienen. Er glaubte, auch etwas wie Mitleid in ihm zu lesen.

«Pongo», murmelte er mit flehender Angst, «machst du dir klar, was du eben gesagt hast? Ein... Mord? Das würde bedeuten, daß...»

«Alte Frau getötet wurde... ja!»

«Aber... das ist doch unsinnig! Wer hätte es tun können? Und warum sollte man sie umgebracht haben?»

Der Indianer schüttelte den Kopf.

«Wer? Warum? Pongo nicht wissen. Aber womit, Pongo wissen.»

«Nun, dann sag's!»

Statt zu antworten, tat Pongo, als setze er irgend etwas über seinem Kopf in kreisende Bewegung. Die Demonstration war klar, und Gilles begriff sofort.

«Eine Schleuder!»

«Pongo nicht kennen Namen in deiner Sprache. Es dient, um Stein zu werfen.»

«Das ist es. Aber wenn du nicht weißt, wer der Mörder ist, woher weißt du dann, was er benutzt hat?»

«Komm. Pongo dir zeigen.»

Eine der Stallaternen vom Haken nehmend, die er übrigens abblendete, bevor sie hinaustraten, um zu verhindern, daß der Schein vom Haus aus bemerkt würde, zog der Indianer Gilles ins Freie. Die Nacht war klar genug, um den Park ohne zusätzliche Beleuchtung durchqueren zu können, und die beiden Männer folgten dem langen Weg zum Harlem-Fluß hinunter durch den eigentlichen Park und danach über eine Reihe sanft abfallender Wiesen.

«Weißt du, was Rozenn am Fluß wollte? Wäsche waschen? Spazierengehen?»

«Spazieren vielleicht, aber nicht waschen Wäsche. Nichts gefunden... Hat müssen runtergehen sehr früh morgens. War noch warm, als man hat gefunden.»

«Wer hat sie gefunden?»

«Mädchen, die runtergehen zu waschen Wäsche... Hier! Hier ist Stelle!»

Die beiden Männer waren am Rande des Wassers angelangt. Eine Art kleiner Waschplatz, bestehend aus jenen hölzernen Kästen, in die sich die Wäscherinnen knien, war dort eingerichtet. Das Licht seiner Laterne aufblendend, zeigte Pongo Gilles einen großen, flachen, im Wege längs des Flusses festgetretenen Stein.

«Sieh», sagte er, sich danebenkniend, um besser erklären zu können. «Stein ganz flach. Wenn alte Frau auf ihn gefallen, alte Frau sich Schädel brechen.»

«Allerdings. Ist es nicht so passiert?»

«Nein. Alte Frau verletzt da.» An seinem eigenen Kopf zeigte er über dem Nacken eine Stelle am Kleinhirn. «Sie gezogen auf Stein, wo Blut fließen. Aber Blut fließen auch da», fügte er hinzu und wies auf eine andere, jenseits des Wegs gelegene, etwa zwei Meter vom Stein entfernte Stelle der Wiese.

«Du willst sagen», forschte Gilles, «daß man sie dort getötet und danach hierhergezogen und ihren Kopf auf den Stein gelegt hat?»

Pongo nickte, dann fuhr er fort:

«Gras aufgerichtet, Blut fortgewischt an Ort, wo Verbrechen, aber Pongo schwache Spuren bemerken und klein wenig Blut geblieben an Gras. Kein Zweifel!»

Ein Schweigen folgte. Bedrückt versuchte Gilles, Ordnung in seine Gedanken zu bringen, denn alle Dinge um ihn waren mit einem Schlage sonderbar und anomal geworden. Wie Pongo gesagt hatte, ließ seine Beweisführung keinerlei Zweifel an der Art zu, wie Rozenn gestorben war. Jemand hatte sie getötet. Aber wer mochte dieser Jemand sein? Was für einen Feind hatte sich dieses gute Geschöpf in so kurzer Zeit machen können? Oder war es das Verbrechen eines Vagabunden gewesen, aber dann zu welchem Zweck? Rozenn hatte nie auch nur einen einzigen Sou bei sich, und sie war nicht mehr in dem Alter, in dem eine Frau sich männlichen Unternehmungen ausgesetzt sieht. Ein Irrtum? Das war absolut unwahrscheinlich. Und überhaupt, was suchte sie bei Tagesanbruch am Ufer des Flusses, eine gute halbe Meile vom Haus entfernt?

Unfähig, beim gegenwärtigen Stand der Dinge eine Antwort auf diese Frage zu finden, stellte Gilles sie ganz natürlich Pongo, dessen Scharfsinn sich so glänzend enthüllt hatte. Sein Verbrechen als Unfall tarnend, hatte der Mörder den Beweis für seine totale Unkenntnis der Sorte von Genie bewiesen, die Indianer beim Verfolgen einer Spur entwickeln.

«Hast du», fragte er ihn, «eine Idee, wer diesen abscheulichen Mord begangen haben könnte? Ein Vagabund? Einer der Domestiken vielleicht, mit dem Rozenn einen Wortwechsel gehabt haben könnte? Sie trug ihre Zunge nicht in der Tasche, ihre Augen übrigens auch nicht. Vielleicht hat sie einen Dieb überrascht, der sie unter irgendeinem Vorwand hierhergelockt hat?»

Pongo schüttelte den Kopf.

«Ich nicht wissen. Wissen nur eins: Mörder sein Frau!»

«Eine Frau?» rief Gilles verblüfft. «Was veranlaßt dich, das zu sagen?»

Der ehemalige Medizinmann wies auf eine Baumgruppe in einiger Entfernung am Abhang des Hügels.

«Gesucht und gefunden Spuren dort hinter Bäumen. Nicht von Mann. Zu kleine. Und gefunden auch das... am Gebüsch hängengeblieben.»

Im Licht der Laterne sah Tournemine in der Höhlung der braunen Hand ein winziges Stückchen Spitze. Er nahm es, drehte es mit äußerstem Widerwillen hin und her, von einem Grauen erfaßt, das nicht weit von Panik war. Diese feine, zarte Spitze mußte für die Börse einer Dienerin zu teuer sein, doch der Gedanke, der dann in ihm aufstieg, war so entsetzlich, daß er ihn wütend zurückwies.

Den kleinen Spitzenrest in seiner Tasche bergend, knurrte er: «Gehen wir zurück. Ich habe für heute abend Aufregung genug gehabt. Morgen werde ich zu erfahren versuchen, wem dieses Stückchen Spitze gehört. Aber hab Dank, Freund Pongo! Mit dieser Hilfe werde ich die Mörderin Rozenns entdecken, und ich werde sie für ihr Verbrechen zahlen lassen, ja, bei meinem Leben, sie wird es bezahlen, und wäre es meine...»

Er verstummte. Nicht einmal an diesem dunklen, einsamen Ort, wo ihn nur Pongo hörte, wagte er den abscheulichen Verdacht auszusprechen, der sich in ihm regte.

Schweigend brachten die beiden Männer den Rückweg zum Haus hinter sich, doch während sie langsam den Hang des Hügels hinaufstiegen, den Mount Morris so anmutig krönte, arbeitete Gilles' Verstand mit äußerster Schnelligkeit. Das wunderbar registrierende Aufnahmegerät seines Gedächtnisses zeigte ihm Rozenn im Kartenraum des «Falken», ein Gesicht wie geschnitzt aus altem Holz, das das Licht der Kerzen mit unheimlichen Schatten durchzog, Rozenn mit verschränkten Armen, wie eine Priesterin aus der Zeit der Finsternis exemplarische Bestrafung für Judith fordernd, die schuldig war, am hellen Tage den Namen Tournemine und im Dunkel ihrer Eingeweide die Frucht ihres Verhältnisses mit einem Schurken zu tragen.

«Bei uns wurde die ehebrecherische Frau ins Meer geworfen, und bei den Tournemine hat man der, die gegen die Ehre verstieß, nie erlaubt, mit der Frucht ihrer Schuld zu paradieren... falls man ihr überhaupt erlaubte, weiterzuleben!»

Die Erinnerung war so deutlich, daß er im aufkommenden nächtlichen Wind die rauhe, so harte Stimme der alten Bretonin zu hören glaubte. Konnte es sein, daß sie trotz seines Verbots irgend etwas gegen Judith versucht und daß diese es bemerkt und beschlossen hatte, sich durch Vortäuschung eines Unfalls einer gefährlichen Weggefährtin zu entledigen? Wie er selbst – obwohl damals durch den unüberwindlichen Abgrund ihrer Herkunft voneinander getrennt, er ein Bastard, sie von Adel – hatte Judith de Saint-Mélaine im düsteren Herrenhaus von Frêne eine elende Kindheit verlebt. Aufgezogen zwischen zwei Jungen, die praktisch wieder zu Tieren geworden waren, hatte sie sich bis zu ihrem Eintritt ins Kloster von Notre-Dame de la Joie in Hennebont wie ein wilder Sproß entwikkelt. Sie war durch Felder und Wälder gestreift, war auf Bäume geklettert, und es konnte gut sein, daß jene beiden Tudal und Morvan genannten Bestien ihr den Umgang mit der Schleuder beigebracht hatten. Während des Rückwegs zum Haus, dessen Frontgiebel und Säulen von schneeigem Weiß die Vision eines griechischen Tempels in die Nacht zeichneten, fühlte Gilles sein Herz beschwert und eine körperliche Müdigkeit, als habe er acht Tage lang eine Galeere gerudert, denn mählich verankerte sich in ihm eine Halb-Überzeugung: Tudal und Morvan waren Schurken und Mörder gewesen; war es möglich, daß auch Judith ein wenig an einem von irgendwoher überkommenen Atavismus teilhatte? Es war schwer zu glauben, wenn man sich des jämmerlichen, aber so würdigen, so noblen und so schamhaften Todes ihres Vaters erinnerte, doch wer konnte mit Sicherheit sagen, welch seltsame Dunkelheiten ein aus der Nacht der Zeit gekommenes Blut überliefern konnte? Er selbst, in dem das wilde Blut der räuberischen Herren von La Hunaudaye lebte, war nicht immer Herr über gewisse Impulse, zu denen Gewalttätigkeit seltsamerweise nicht zu gehören schien.

Vor den Stufen trennte er sich von Pongo, da der Indianer es bei weitem vorzog, zum Stall zurückzukehren, wo er seine Kammer hatte, statt seinem Herrn ins Haus zu folgen, in dem allein die Frauen Stadtrecht besaßen. In der Vorhalle stieß Tournemine auf Hunter, der ihn erwartete.

«Gedenkt Monsieur le Chavalier noch auszugehen, oder können wir das Haus schließen?» fragte er respektvoll.

«Ihr könnt schließen. Aber sagt mir, mein Freund, ich habe Mrs. Hunter nicht gesehen. Ist sie nicht hier?»

«Nein, Monsieur... Sie hat sich für einige Tage nach Carmel zu ihrer Schwester begeben, die ein siebentes Kind bekommen hat. Madame hat ihr freundlicherweise erlaubt, sich ein Weilchen um die anderen sechs zu kümmern, da Mrs. Gauthier, die sich sehr gut auf die Dinge des Hauses versteht, sie ersetzen konnte.»

«Dann ist alles in bester Ordnung. Guten Abend, Hunter. Ich werde Euch also morgen bei einer gemeinsamen Prüfung der Rechnungsbücher sehen, da Mrs. Hunter nicht da ist.»

«Zu Diensten, Monsieur le Chevalier. Ich wünsche Monsieur eine gute Nacht. Mrs. Gauthier hat mich beauftragt, Euch zu sagen, daß Euer Zimmer bereit ist.»

Mit einem Leuchter bewaffnet, erwartete ihn Anna in der Tat auf dem oberen Treppenabsatz. Ohne ein Wort zu sagen, ging sie ihm zu einem großen, am Ende des Flurs gelegenen Eckzimmer voran, überzeugte sich durch einen Blick, daß alles in Ordnung war, dann stellte sie den Leuchter auf einen Tisch, der General Washington vielleicht als Schreibtisch gedient hatte, deutete eine Reverenz an und wandte sich zur Tür. Doch bevor sie die Schwelle überschreiten konnte, hielt Gilles sie zurück.

«Ein Wort noch, Anna. Welches Zimmer bewohnt meine Frau?»

«Dasselbe wie dieses, nur am entgegengesetzten Ende dieses Flurs.»

«Hat sie so entschieden? Ich meine, was meine Unterbringung betrifft?»

Sichtlich geniert, wandte Anna Gauthier die Augen ab, konnte sich die Antwort jedoch nicht ersparen:

«Es sind ihre Befehle.»

«Ausgezeichnet. In diesem Fall geht bitte zu ihr und sagt ihr, sie möge sich darauf einrichten, mich zu empfangen. Da ihre Gesundheit wieder so blühend ist, gibt es keinen Grund, daß wir... wie soll ich sagen?... weiter getrennt enthaltsam bleiben.»

Anna lief puterrot an. Das, worauf die arrogante Botschaft anspielte, mit der sie betraut worden war, schockierte sie und bereitete ihr Unbehagen, doch Gilles' Absicht war es, Judith eine quasi öffentliche Dressur aufzuerlegen, und er wußte nur zu gut, daß sie sich durch eine solche ultimative Aufforderung à la Ludwig XIV. gedemütigt fühlen würde. Da Anna nicht zu denen gehörte, die einen Befehl, so seltsam er auch sein mochte, verweigerten, begnügte sie sich mit einem gehorsamen: «Gut, Monsieur.»

«Eins noch, Anna. Wo wohnt Ihr? Im zweiten Stock?»

«Nein. Mrs. Hunter, die sich mit Madalen befreundet hat, beherbergt uns, meine Tochter und mich, in ihrem Haus. Es ist...»

«... viel angenehmer, ich zweifle keinen Moment daran», fiel Gilles mit einem gutmütigen Lächeln ein. «Nun, gute Nacht, Anna. Geht zur Ruhe.»

Alleingeblieben, zog er sich aus und machte sich an seine Toilette. Anna, die offensichtlich nichts vergaß, hatte die kupferne Badewanne, die den größten Teil des seinem Zimmer benachbarten Waschkabinetts einnahm, mit warmem Wasser füllen lassen. Diese Aufmerksamkeit, die er nicht gefordert hatte, ließ ihn lächeln: Er mußte noch genug indianischen Geruch an sich haben, um der Nase einer ehrsamen Frau zu mißfallen. Überdies stellte er, als er ins Wasser tauchte, fest, daß Anna der größeren Sicherheit wegen eine Portion Rosenessenz hinzugefügt hatte, ein Duft, den er bei einem Mann verabscheute, obwohl er ihn angenehm an den schönen Körper Anne de Balbis erinnerte.

Er blieb also nicht lange in diesem allzu femininen Bad, dessen Duft er mit Hilfe einer Seife aus Marseille und einer Havannazigarre bekämpfte, die er in Brand setzte, sobald er aus dem Wasser gestiegen war. Um das Maß vollzumachen, besprengte er sich reichlich mit dem «Eau admirable» Jean-Maria Farinas, des Parfumeurs aus Köln, und für den Atem genehmigte er sich großzügig einen vollen Becher Rum, dessen flüssiges Feuer ihn wie ein belebender Strom durchrann und sein erstarrtes Herz ein wenig wärmte. Der Duft des guten Tabaks erfüllte die Atmosphäre und verlieh diesem unbekannten Zimmer die Wärme und Intimität, die ihm trotz Annas Bemühungen gefehlt hatten.

So gestärkt, schwankte er einen Moment, welche Bekleidung wohl für die Annäherung an eine Gattin passend wäre, die sich, wie er ohne Mühe erriet, widerspenstig zeigen würde, entschloß sich schließlich für die einfachste Lösung, schlüpfte in einen prächtigen schwarzsamtenen Morgenmantel mit goldenen Schnüren und unterließ es sogar, den Verband seines im Kampf gegen Cornplanter verletzten Arms wieder anzulegen. Die Wunde hatte sich geschlossen und war befriedigend vernarbt. Die Füße in Pantoffeln, begann er sodann sein dichtes blondes Haar zu bürsten, das er im Nacken mittels eines schwarzen Seidenbandes zusammenhielt, und so hergerichtet, griff er nach einer Kerze und verließ sein Zimmer. Das kleine Spitzenfragment hatte er aus der Tasche seines Rocks genommen und zu sich gesteckt.

Der Flur war jetzt dunkel mit Ausnahme eines dünnen Lichtstreifens, der unter der Tür am entgegengesetzten Ende hervordrang. Tournemine steuerte ihm zu, klopfte kurz an und trat ohne die Antwort abzuwarten ein.

Noch im Ballkleid, saß Judith vor ihrem Frisiertisch und überließ ihr herrliches rotes Haar den Bemühungen Fanchons. Mit zwei Bürsten fuhr das Mädchen wieder und wieder über die langen, lockigen Strähnen, die von Mal zu Mal mehr glänzten.

Das Erscheinen des Hausherrn störte dieses intime Bild in keiner Weise. Die Augen auf ihrem Werk, die Hände von der Flut roten Goldes überspült, der sie ein ganz eigenes Leben verlieh, wandte

Fanchon nicht den Kopf, aber Gilles konnte ihre Lippen unter dem selbst auferlegten Zwang zittern sehen. Judith bewegte sich ebensowenig, sagte nur mit einem Lächeln um die sich öffnenden schönen Lippen:

«Wie Ihr seht, bin ich noch bei meiner Toilette. Seid also so gut, später wiederzukommen, mein Lieber... sehr viel später, denn meine Toilette ist eine lange Zeremonie. Es sei denn, Ihr habt nicht die Geduld zu warten und zieht es vor, schlafen zu gehen, was normal für einen Menschen wäre, der von einer Reise kommt.»

«Ihr solltet wissen, daß ich keine Geduld habe, Judith. Wenn es sich um Euch handelt wenigstens. Verschwindet, Fanchon!»

Diesmal wagte das junge Mädchen, zu ihm aufzublicken, und er konnte sehen, daß ihre Augen voller Tränen standen. Mit kaum hörbarer Stimme stammelte sie:

«Aber ich muß meine Arbeit beenden, Monsieur.»

«Genau!» fiel Judith schneidend ein. «Ich brauche die Dienste meiner Kammerfrau!»

«Es gab eine Zeit, in der Ihr Euch bestens ohne behelfen konntet. Überdies werde ich sie ersetzen. Wenn Euer Gedächtnis nicht so beklagenswerte Lücken aufwiese, würdet Ihr Euch meiner Talente als Kammerfrau erinnern. Gebt mir das, Fanchon, und geht hinaus, wenn Ihr nicht wollt, daß ich Euch vor die Tür setze!»

Die Hände des jungen Mädchens waren eisig, als er ihr die Bürsten nahm, aber sie gehorchte ohne ein weiteres Wort des Widerspruchs und wandte sich mit gesenktem Kopf in einer seltsam besiegten Haltung zur Tür, nachdem sie ihm einen Blick voller Vorwurf zugeworfen hatte.

Sehr gerade auf ihrem Schemel sitzend, hatte sich Judith nicht gerührt, als ihr Mann sich ihres Haars bemächtigt hatte, doch Gilles konnte in dem goldgerahmten, ovalen Spiegel sehen, daß ihre Augen wie schwarze Diamanten glänzten. Während er selbst nun wieder und wieder die langen, schimmernden Locken bürstete, preßte sie Zähne und Lippen zusammen, und ihre Hände krampften sich auf ihren Knien ineinander. Die Stille im Zimmer war vollkommen. Nur das leise Knistern des sich mit Elektrizität ladenden Haars war zu hören. Gilles hatte ursprünglich Judith sofort nach ihrer Version des Todes von Rozenn fragen wollen, aber beim Umgang mit dieser Mähne aus Seide und Feuer entdeckte er ein sinnliches Vergnügen, das ihn festhielt und seine Gedanken zu dem, was folgen würde, abirren ließ. Er war an diesem Abend als Gatte hierhergekommen, doch mehr, um Judith zu demütigen und sie seine Fuchtel spüren zu lassen, als um sie der ehelichen Pflicht zu unterwerfen. Jetzt wußte er, daß keine menschliche oder teuflische Macht ihn hindern würde, diese Göttin, die seine Frau war, zu besitzen, und wenn er sie vergewaltigen müßte, um das brennende Verlangen, das er in sich aufsteigen fühlte, zu stillen.

Doch als seine Finger, vom Bürsten ablassend, sich an die Häkchen wagten, die das Kleid im Rücken schlossen, sprang Judith von ihrem Sitz wie von einer Wespe gestochen und suchte Zuflucht hinter einem hochlehnigen Sessel.

«Schert Euch fort!» fauchte sie zwischen zusammengepreßten Zähnen. «Hinaus mit Euch! Ihr seid nicht mein Mann, und ich bin nicht Eure Frau!»

«Nicht doch! Ihr werdet mir doch nicht wieder von Eurem Pseudo-Kernoa erzählen. Seid Ihr so töricht, daß Ihr nicht begriffen habt?»

«Ich habe alles begriffen, und wenn ich sage, daß ich nicht Eure Frau bin, dann deshalb, weil ich es nicht mehr sein will, nie mehr, versteht Ihr? Was kümmert's mich, ob er ein Bandit, ein Vagabund oder dergleichen war! Ich liebe ihn, versteht Ihr mich? Ich liebe ihn, und Euch liebe ich nicht mehr... falls ich Euch überhaupt je geliebt habe. Ich habe mit Eurer Liebe nichts zu schaffen...»

«Wie kommt Ihr darauf, daß ich Euch noch liebe? Auch ich liebe Euch nicht mehr, meine Teure, macht Euch das in Eurem hübschen Köpfchen klar. Nur: keiner von uns beiden kann lösen, was vor Gott geschlossen wurde. Ihr seid also meine Frau... und es trifft sich, daß ich Euch begehre.»

Von diesem spöttisch-bitteren Ausfall hatte nur eins bei Judith gehaftet, das sie aufs höchste zu überraschen schien.

«Ihr liebt mich nicht mehr?»

«Nein. Ihr wißt aus Erfahrung, daß derlei Dinge passieren. Vor gar nicht so langer Zeit verwandelte mein Tod Euch in eine in Tränen zerfließende Witwe, so von Rachedurst erfüllt, daß sie selbst vor einem Königsmord nicht zurückschreckte.»

«Aber... wie ist das möglich?»

Soviel naive Eitelkeit lag in dieser Frage, daß Gilles lachen mußte.

«Auf die allereinfachste Art. Ich liebe Euch nicht mehr, weil ich eine andere liebe.»

«Wen? Eure kostbare Gräfin de Balbi, nehme ich an.»

Die ganze Frau ist in diesen wenigen Worten enthalten, dachte

Gilles bei sich. Judith verkündete in allen Tonarten, daß sie ihn nicht mehr liebe, was sie nicht hinderte, eine Bissigkeit zu entfalten, die verdammt nach Eifersucht roch, sobald es um eine eventuelle Rivalin ging.

«Erlaubt mir, Euch mit allem Respekt zu sagen, daß das Euch nichts angeht. Wie Ihr seht, sind wir zu zweit im Spiel, und die Gefühle sind auf beiden Seiten die gleichen... nur daß Ihr schwanger von Eurem Liebhaber seid und daß es mir schwerfiele, Euch auf diesem Gebiet einzuholen. Ich füge hinzu, daß Eure Taille trotz des Korsetts, in das man Euch unbarmherzig zwängt, schon weniger schlank ist. Eure Schwangerschaft beginnt sich zu zeigen, und es ist höchste Zeit, mich mit Euch zu beschäftigen, andernfalls könnten die Leute klatschen.»

«Euch mit mir beschäftigen? Was werdet Ihr mit mir tun?» rief sie, instinktiv beide Hände vor ihren Leib hebend, obwohl der aus Weidenruten geflochtene Käfig ihres Reifrocks ihn noch schützte.

«Euch tun? Ich? Aber ganz und gar nichts, meine Teure... es sei denn, mit Euch schlafen, solange die Sache noch möglich... und angenehm ist.»

«Niemals, hört Ihr! Niemals! Ich verbiete Euch, mich zu berühren!»

«Nun, das werden wir sehen...»

Sich in aller Ruhe zur Tür begebend, schloß er sie sorgfältig ab, schob den Schlüssel in die Tasche, dann riß er sich mit einer schnellen Bewegung, um die ihn ein Taschenspieler beneidet hätte, den Morgenmantel herunter. Das Erscheinen seines nackten Körpers entlockte Judith einen kleinen Schrei, verblüffte sie jedoch so, daß sie sonst keinerlei Reaktion zeigte. Schon war Gilles bei ihr, nachdem er den Sessel, der ihr als Schutzwall diente, beiseite geschleudert hatte, so daß er dumpf zu Boden polterte.

Erst als er sie packte, reagierte sie, verteidigte sich um so verzweifelter, als sie wußte, daß sie ihm weit unterlegen war. Kratzend, beißend, fauchend schlug sie sich wie eine rasende Katze, während er ihr Stück um Stück ihre prächtige, perlmuttschimmernde Robe vom Leibe riß und die sie garnierenden Perlen über das Parkett rollen ließ. Das Kleid verschwand in drei Stücken, dann die Unterröcke, die Weidenreifen, deren Bänder er flink mit einem auf dem Frisiertisch gefundenen kleinen Messer zerschnitt, das Korsett, dessen Schnüre das gleiche Schicksal teilten, all das, während er mit einer Hand die vor Wut halb wahnwitzige junge Frau in Schach hielt.

Weder Judiths kleine Hände noch ihre Zähne schienen seinen steinharten Muskeln etwas anhaben zu können, und sie hatte das Gefühl, sich gegen eine Statue zu wehren. Der letzte Schleier, ein entzückendes Hemd aus feinem, besticktem Linnen, flog endlich davon, ohne daß Judith aufhörte, zu spucken und zu beißen. Gilles' Schultern brannten von zahllosen Kratzwunden, und wütend über die Mühe, die es ihn gekostet hatte, zum Ziel zu kommen, schleppte er sie zu einer der Mahagoni-Säulen, die den großen Musselinbaldachin des Bettes trugen, löste dabei mit einem Griff eine der Vorhangschnüre und band Judiths Handgelenke hinter der Säule zusammen, dann öffnete er ihr mit einem Stoß des Knies die Schenkel und drang mit solcher Heftigkeit in sie, daß er sie vom Boden hob und ihr einen langgezogenen Klagelaut entriß, den sein eigenes Röcheln bald übertönte. Die Lust entlud sich in ihm mit der Gewalt eines Kataraktes und ließ ihn keuchend und mit gleich einem Glockenklöppel schlagenden Herzen zurück. Darauf löste er sich von ihr, sah sie an.

Sie ähnelte einer an den Marterpfahl gefesselten, die Raubtiere erwartenden jungen Christin. Die prunkende Fülle ihres Haars rieselte über ihr Gesicht und verbarg einen Teil ihres Körpers, dessen Schönheit ihn frappierte. Die Anfänge der Mutterschaft hatten ihre Brüste entfaltet, die nun, ein wenig schwerer, schönen Früchten glichen. Die Taille war weniger schlank, gewiß, aber der schon leicht sich rundende Leib hatte permuttfarbene Reflexe. Und wie anmutig ihre langen, von gekräuseltem Gold gekrönten Schenkel waren!

Im Grund seines Herzens einen Abglanz der alten Zärtlichkeit wiederfindend, verspürte er leise Scham, so brutal mit ihr verfahren zu sein, aber für ihre wütende Verteidigung verdiente sie wenigstens eine Lektion. Sich von neuem ihr nähernd, hob er die Flut ihres Haars, ein von Tränen überströmtes Antlitz entdeckend, und drückte, sie umarmend, seinen Mund sanft auf die Lippen der jungen Frau.

Als habe Judith nur diese Liebkosung erwartet, sank sie plötzlich schlaff gegen die Säule, und Gilles begriff, daß sie ohnmächtig geworden war. Sie hastig von ihrer Fessel befreiend, hob er sie auf, legte sie aufs Bett und lauschte, das Ohr an ihrem Herzen, auf dessen Schlag. Er war regelmäßig, vielleicht ein wenig zu schnell, aber er war beruhigt. Es konnte nur eine vorübergehende Schwäche sein. So glitt er neben sie, tätschelte sanft ihre Wangen, und als er sie seufzen hörte und sah, daß sich ihre langen, goldschimmernden Wimpern bewegten, begann er, sie sehr zart zu liebkosen.

Dank Sitapanoki und der leidenschaftlichen Gräfin de Balbi besaß er eine genaue Kenntnis des weiblichen Körpers und seiner erogenen Zonen, verstärkt noch durch seinen Instinkt. Dieser Frau, deren Augen beharrlich geschlossen blieben, obwohl er absolut sicher war, daß sie jede seiner Gesten registrierte, erwies er eine Fülle kundiger Liebkosungen. Seine Finger und Lippen waren überall, streiften von den sanften Hügeln der Brüste zu den zärtlichen Geheimnissen des Leibes, von schwellenden Lippen zu seidigen Achseln, und nach und nach begann Judith zu leben, zu vibrieren. Ihr Atem, kaum spürbar zuerst, begann zu keuchen, unterbrochen von kleinen, glücklichen Klagen, die er langsam, geduldig zu einem lauten Schrei animalischer Lust steigerte. Das schöne Instrument der Liebe, das Judith war, hatte wundervoll auf das wollüstige Concerto geantwortet, das er auf ihm gespielt hatte. Natürlich war beim Anblick dieses entzückenden Körpers, den die Lust auf dem zerwühlten Bett unablässig wechselnde schamlose und charmante Stellungen einnehmen ließ, sein eigenes Verlangen wieder erwacht, doch nun, da Judith reglos in seinen Armen lag, bemühte er sich, es noch zu unterdrücken, um ihr Zeit zu lassen, sich wiederzufinden, als er plötzlich eine Bewegung spürte. Eine zarte Hand tastete nach ihm, zog ihn näher, und es war Judith selbst, die ihn, noch immer ohne die Augen zu öffnen, in sich hineinführte, sich seines Mundes bemächtigte und ihn biß, während ihr Becken einen frenetischen Tanz begann.

Die Lust explodierte in ihnen im gleichen Moment, doch das glückliche Röcheln der jungen Frau wandelte sich plötzlich zu einem spitzen Schrei:

«Oh, ich habe Schmerzen! Es tut so weh!»

Beunruhigt sprang Gilles vom Bett, näherte eine Kerze. Auf dem weißen Laken war ein Blutfleck erschienen, dann ein zweiter...

Seinen Morgenrock überstreifend, brachte er hastig ein wenig Ordnung ins Zimmer, in dem ein Orkan gewütet zu haben schien, dann stürzte er in den Flur, um zuerst Fanchon, dann die anderen Dienerinnen zu rufen und Hunter nach einem Arzt zu schicken. Aber er brauchte nicht weit zu gehen. Kaum hatte er das Zimmer verlassen, als er schon auf Fanchon stieß, Fanchon, die dort geblieben war, in der Dunkelheit, auf einem zur Zimmertür gerückten Stuhl.

Sie war so bleich, daß er sie nicht sofort erkannte. Verstörte Augen zu ihm hebend, murmelte sie:

«Warum habt Ihr mir nicht gesagt, daß Ihr sie liebt? Ich war hier… ich habe alles gehört. Und ich war überzeugt, daß Ihr sie haßt, daß…»

«Ich sehe nicht recht, warum meine Gefühle Euch interessieren sollten, Fanchon, aber was Euch betrifft, nehmt zur Kenntnis, daß ich Kammerfrauen, die an Türen lauschen, verabscheue.»

«Ihr verabscheut mich? Auf dem Schiff habt Ihr das nicht gesagt!»

«Ich dachte, wir wären ein für allemal übereingekommen, daß auf dem Schiff nichts passiert ist, nichts Wichtiges jedenfalls. Jetzt lauft und weckt Mrs. Gauthier und eins der beiden Küchenmädchen. Ich fürchte, wir müssen bei Eurer Herrin auf eine Fehlgeburt gefaßt sein. Ich werde Hunter einen Arzt holen lassen.»

Jedes weitere Wort verwehrend, lief er zu seinem Zimmer, kleidete sich dort notdürftig an und sprang sodann die Treppe hinunter, um die Kordel der Glocke zu ziehen, die die Dienstboten im Bedarfsfall rief und während des Tages das Leben auf der Besitzung regelte.

Einige Minuten später kündete der Galopp eines Pferdes durch den Park, daß sich Hunter aufgemacht hatte, um den Arzt zu holen, während Anna in Haube und Morgenkleid herbeilief und in Judiths Zimmer stürzte. Sie kam augenblicklich wieder heraus und versperrte Gilles den Weg, der zurückgekehrt war, um zu sehen, wie die Dinge liefen.

«Nein, Monsieur Gilles. Was hier geschieht, ist jetzt Sache der Frauen. Seid ohne Furcht, ich verstehe mich darauf, wie Rozenn sich darauf verstand und viele Frauen in unserer Heimat.»

Rozenn! Für eine Weile hatte der Taumel der Liebe ihren Schatten verdrängt, aber er kehrte schnell zurück und würde so lange wiederkehren, bis ihre Mörderin entlarvt und bestraft worden war. Wenn sie sich nicht schon selbst der Bestrafung angenommen hatte, indem sie Gilles zu seinem rücksichtslosen Verhalten Judith gegenüber trieb, das vielleicht jenes Kind verjagte, gegen dessen Geburt sie sich wie gegen eine Beleidigung des Namens Tournemine zur Wehr gesetzt hatte.

Als der rosige Schein der Morgenröte durch die Fenster ihres Zimmers drang, in dem das Licht während der ganzen Nacht nicht erloschen war, verlor Judith die Frucht ihrer absonderlichen Liebe.

5. Kapitel

Ein Herr aus Santo Domingo

Die Stille, die das Haus umschloß, war weder die der toten Dinge noch die, die sich des Nachts einstellt, erfüllt von den Geräuschen der Dinge, dem Knacken des Parketts, dem Ächzen eines alten Möbels. Diese besondere Stille bestand aus einer Fülle kleiner, sorglich erstickter täglicher Geräusche. Es war, als habe sich das ganze Haus rund um das Zimmer mit den geschlossenen Läden und zugezogenen Vorhängen, in dem Judith ruhte, in Watte gehüllt. Die Schritte glitten kaum, die Stimmen flüsterten nur, um den Schlummer der jungen Frau nicht zu stören, der Dr. Higgins, ein alter Freund der Hunters, der im Dorf New Harlem nahe der Kirche wohnte, ein Opiat verordnet hatte. Die meisten Fenster waren trotz der Wärme dieses schon sommerlichen Junimorgens geschlossen.

Nur die von Gilles waren offen, in der Vorderfront wenigstens, und ließen den Gesang der Vögel, die Helligkeit des Tages und die Düfte des Gartens ein. Er hatte sich dort nach dem Frühstück eingeschlossen, das ihm im Speisesaal von einem schwarzen Diener serviert worden war, der sich auf einer Wolke fortzubewegen schien, so geräuschlos ging es vor sich. Selbst die silbernen Deckel des Tafelgeschirrs hatten vorübergehend ihren Wohlklang verloren.

Dies alles verlieh dem Haus eine seltsame Atmosphäre. Von Annas und Pongos abgesehen, wichen ihm die Blicke der ihm Begegnenden aus, glitten schräg von ihm ab. Eine Art stummer Mißbilligung lastete auf ihm. Er war ganz offensichtlich der Spielverderber, und vielleicht hatte Fanchon die andern über den genauen Anlaß der Fehlgeburt ihrer Herrin aufgeklärt. Für die meisten von ihnen war er ohnehin ein Unbekannter, denn er hatte Judith und die anderen Frauen nur hergebracht und war dann wieder in Richtung Virginien davongesegelt.

Er legte diesem Umstand übrigens keine Wichtigkeit bei. Sobald

Judith wieder auf den Beinen wäre, würden er und seine Umgebung New York wieder verlassen und den Bug des «Falken» südwärts zum Golf von Mexiko richten. Das Schiff war jeden Augenblick zum Aufbruch bereit, und Kapitän Malavoine erwartete nur den Befehl, die Segel zu setzen.

Eine Pfeife in Brand setzend, begann er im Zimmer auf und ab zu gehen. Auf einer Kommode lag das kleine Stück Spitze, das sein Geheimnis noch nicht preisgegeben hatte. Es würde noch einige Tage dauern, bevor er die Räume seiner Frau betreten könnte, um in ihren Spitzen zu wühlen.

Gereizt wandte er ihm schließlich den Rücken und trat zum Fenster. Die Arme über der von weißem Batist verhüllten Brust verschränkend, sog er an dem kleinen tönernen Pfeifenkopf und betrachtete die Baumkronen des Parks, über denen sich ein türkisarbener Himmel breitete. Dieser Garten war schön, dieses Land war schön, aber Gilles wußte jetzt, daß er ihm nie sein Herz würde schenken können und daß ein gut Teil dieses Herzens immer dem wilden Meer, dem dürren, mit Stechginster bewachsenen, windgepeitschten Heideland der heimatlichen Bretagne gehören würde. Gewiß, er wollte ein Pflanzer auf neuer Erde sein, Pionier der weiten Räume, und für seine Berufung war die bretonische Erde zu klein, aber er wußte, daß er eines Tages zu ihr zurückkehren würde, und wäre es nur zum Sterben.

Wie als Antwort auf diesen Gedanken gewahrte er plötzlich Pierre Gauthier, der in Begleitung eines unbekannten jungen Mannes die Hauptallee heraufkam, und seine düstere Stimmung schwand. Er liebte diesen mutigen, anständigen und loyalen jungen Burschen und wünschte von ganzem Herzen, einen glücklichen Menschen aus ihm machen zu können, trotz seines Gebrechens.

Amerika schien dem jungen Mann zu bekommen. Die durch die Zweige dringenden Sonnenstrahlen spielten über sein blondes, sorgfältig frisiertes Haar und sein rundes, vor Gesundheit strahlendes Gesicht, während er plaudernd und seinen schwankenden Gang mit zwei soliden Knüppeln stützend neben einem annähernd gleichaltrigen Burschen dahinschritt.

Bei einem Schnitzer von Galionsfiguren in Lorient hatte Tournemine ein leichtes, widerstandsfähiges Holzbein fertigen lassen, das in einer Art mit Fell gefüttertem und ausgepolstertem Trichter endete, in den sich der Schenkel des jungen Mannes einpaßte. Die Arbeit war perfekt ausgeführt worden, und abgesehen von der Steifheit dieses Beins wirkte Pierre fast normal, da er wie alle Welt Strümpfe und Schuhe trug. Er hatte sich überaus dankbar dafür gezeigt, um so mehr, als ihm dieses Hilfsmittel durch Herstellung eines gewissen Gleichgewichts erlaubte, ein Pferd zu besteigen.

Als die beiden jungen Burschen sich weit genug dem Haus genähert hatten, lehnte Gilles sich aus dem Fenster.

«Pierre!» rief er.

Der junge Mann hob den Kopf, und seine Miene erhellte sich.

«Ah, Monsieur Gilles! Welche Freude, Euch wiederzusehen! Ich wollte Euch gerade um eine kurze Unterredung bitten.»

«Dann erwartet mich. Ich komme hinunter. Bei diesem Wetter ist es im Garten besser als im Haus.»

Unversehens glücklich, ohne recht zu wissen, warum – es sei denn, weil Pierre Madalens geliebter Bruder war –, sprang Tournemine wie ein Junge, der es eilig hat, einen Kameraden zu treffen, immer mehrere Stufen auf einmal nehmend die Treppe hinunter und erschien im warmen Licht des Gartens.

Er kam noch zurecht, um den jungen Mann, der eben noch so heiter mit Pierre geplaudert hatte, sich in Richtung der Gesindeunterkünfte entfernen zu sehen.

«Habe ich ihn in die Flucht getrieben?» fragte er. «Wer ist es?»

«Es ist Ned Billing, der Neffe Mrs. Hunters. Er ist Schreiber bei einem Notar der Murray Street und ein netter Bursche. Aber es stimmt auch, daß er es vorzog, sich zu entfernen.»

«Und warum?»

«Weil er mich mit einer Aufgabe zugleich bei Euch, der Ihr unser aller Herr seid, und bei meiner Mutter betraut hat. Er ist in Madalen sehr verliebt und möchte sie heiraten, mit Eurer Erlaubnis, natürlich.»

Etwas verknotete sich in Gilles' Kehle, und zum erstenmal in seinem Leben empfand er etwas wie Panik. Er war so glücklich gewesen, daß das junge Mädchen und die Ihren einverstanden waren, ihm ans Ende der Welt zu folgen, daß er Gott dafür wie für eine besondere Gunst gedankt hatte, ohne daß ihn auch nur für einen Moment die Idee gestreift hatte, Madalens Schönheit könnten auch andere als er zum Opfer fallen. Und eben das war es, was sich ereignet hatte: Dieser junge Notariatsschreiber hatte sie gesehen und war besiegt.

Er fühlte sich so unglücklich, daß er kaum die Kraft zu einer Antwort fand:

«Ich habe keine Erlaubnis zu geben, Pierre. Madalen ist deine Schwester. Du bist das Haupt der Familie, und wenn du diese Heirat wünschst...»

«Ich weiß nicht. Ich glaube, ich würde sie nur wünschen, wenn Ihr zustimmt.»

Soviel vertrauende Freundschaft lag in diesen wenigen Worten, daß Gilles trotz des dumpfen Schmerzes, der sein Herz peinigte, lachen mußte.

«Wir disputieren im Leeren, Freund Pierre. Abgesehen von deiner Mutter gibt's nur eine Person, die im Kapitel Sitz und Stimme hat, und das ist die Beteiligte selbst. Was sagt Madalen?»

«Madalen sagt noch nichts, da sie nichts weiß. Ned ist so verliebt, daß er sie kaum anzusehen wagt. Und von da bis zum Mit-ihr-Reden...? Ich glaube, daß sie ihn nett findet, aber liebt sie ihn? Es ist schwierig, das Herz eines jungen Mädchens zu entziffern.»

«Dann ist es das, womit du anfangen mußt. Frag deine Schwester.»

«Glaubt Ihr?»

Wie seine zweifelnde Miene bezeugte, war Pierre von dem Vorschlag offensichtlich alles andere als hingerissen. Er zog ein so betretenes Gesicht, daß Tournemine von neuem zu lachen begann.

«Ist das denn so schwer? Sprich mit deiner Mutter, die wird sie fragen.»

«Meine Mutter ist wie ich. Sie wird diese Heirat nur billigen, wenn Ihr, unser Herr, von ganzem Herzen zustimmt.»

«Anders gesagt: Wenn sie euch allen dreien recht wäre und nur mir mißfiele, würdet ihr diesen Ned Billing abweisen?»

«Genau.»

«Aber, mein armer Freund, wie soll ich dir irgendeine Meinung sagen? Ich kenne diesen Burschen nicht. Ich habe ihn vorhin zum erstenmal gesehen. Daß er Mrs. Hunters Neffe und Notariatsschreiber ist, sind gute Dinge, aber, ich wiederhole, es kommt Madalen zu, zu entscheiden. Es handelt sich um ihr Leben, ihr Glück.»

Das Wort kam ihm nicht leicht über die Lippen. Daß ein anderer kommen und so einfach die entführen könnte, an die zu denken er sich verbot, diese Idee allein war ihm unerträglich, aber er fühlte, daß er nicht das Recht hatte, etwas anderes zu antworten. Seine einzige Hoffnung ruhte im Herzen des jungen Mädchens selbst: Wenn sie diesen Jungen nicht liebte, würde sie ihn abweisen. Aber wäre es, alles in allem, vielleicht anders nicht besser? Wäre es nicht besser, kurzen Prozeß zu machen, Madalen lieber in New York verheiratet zurückzulassen, als sie mit sich zu schleppen unter den vielleicht zu berauschenden Himmel von New Orleans, wo die Versuchungen unerträglich werden könnten? Aber verzichten, sie zu sehen, den Duft dieser kaum erblühten Blume in ihrer göttlichen Reinheit zu atmen, hieß das nicht, sich zu unendlichem Schmerz zu verurteilen?

Ein Seufzer Pierres riß ihn aus seinen bittersüßen Gedanken.

«Ihr meint also, daß ich mit Madalen sprechen muß?» fragte er mit einem Mangel an Begeisterung, der Tournemine überraschte.

«Natürlich. Würde dir diese Heirat mißfallen?»

«Als Heirat an sich, nein. Ich hab Euch gesagt, Monsieur Gilles, Ned ist ein guter Junge, arbeitsam und durchaus passend. Er hat eine gute Stellung, und ich glaube, Madalen könnte bei ihm glücklich sein, aber...»

«Aber?»

«Oh, es ist mein Egoismus, der sich sträubt. Wenn Madalen Ned heiratet, werden wir gezwungenermaßen getrennt sein. Ihr habt nicht die Absicht, in New York zu bleiben, nicht wahr? Wir werden nach Virginien gehen?»

«Nein. Wir werden nicht mehr nach Virginien gehen und nicht einmal in den Vereinigten Staaten bleiben, wo, wie ich mich überzeugte, unsere Anwesenheit nicht erwünscht ist. Ich denke jetzt daran, mein Zelt in Louisiana aufzuschlagen. Aber wenn Madalen diesen Ned gern heiraten wollte, bin ich bereit, euch allen dreien eure Freiheit zurückzugeben. Ich vergesse nicht, daß ich euch mein Vermögen verdanke, und wenn ihr, deine Mutter und du, es wünscht, euch hier niederzulassen, würde ich dafür sorgen, daß ihr hier würdig leben könntet. Was Madalen betrifft, erhielte sie eine Mitgift und...»

«Kein weiteres Wort, ich bitte Euch, Monsieur Gilles!» rief Pierre, dessen blaue Augen sich mit Tränen füllten. «Meine Mutter, meine Schwester werden tun, was sie möchten, aber ich werde Euch nie verlassen. Das ist der Grund, weswegen ich keine besondere Neigung habe, Neds Sache bei meiner Schwester zu vertreten. Wenn sie ihn nimmt, wenn sie ihn liebt, würde das unsere Trennung bedeuten. Darum... wenn es Euch nicht zu lästig wäre, wollte ich Euch bitten, Madalen statt meiner zu fragen. Ihr werdet ein unparteiischerer Botschafter als ich sein.»

«Glaubst du? Ich habe nicht die geringste Lust, dich unglücklich zu sehen», sagte Gilles ehrlich, da er sich schlecht vorstellen konnte, um die Hand derer, die er liebte, für einen Mann zu werben, den er nie gesehen hatte.

Pierre zuckte resigniert die Schultern.

«Früher oder später werden wir getrennt sein. Es wäre gut, wenn Madalen heiratet, und wenn Ihr nicht gekommen wärt, wäre sie jetzt in einem Kloster für arme Mädchen. Also wird man sich ohnehin damit abfinden müssen, aber heut wär's mir lieber, wenn Ihr mit ihr sprecht.»

«Und deine Mutter? Wäre es nicht ihre Rolle?»

«Normalerweise ja, aber glaubt Ihr, daß meine Mutter Lust hätte, sich von einem ihrer Kinder zu trennen? Wenn Ihr einwilligt, mir diesen Dienst zu erweisen, werdet Ihr ihr Befürchtungen, Ängste vielleicht ersparen... oder sie zumindest aufschieben.»

«Du hast auf alles eine Antwort», sagte Tournemine, liebevoll seine Hand auf die Schulter des jungen Mannes legend. «Ich werde Madalen aufsuchen. Weißt du, wo ich sie um diese Zeit finden kann?»

«Zweifellos in der Wäschestube. Abgesehen von der Kirche, wohin sie jeden Morgen geht, um die Messe zu hören, und den Mahlzeiten, die sie mit uns in der Küche einnimmt, verbringt sie dort den größten Teil des Tages. Es gibt da immer viel Arbeit, da Fanchon für die Wäsche Madames sehr anspruchsvoll ist.»

Gilles runzelte die Stirn. Ihm gefiel das ganz und gar nicht, und wenn Fanchon, auf ihre kürzlichen Beziehungen bauend, aus ihnen die Befugnis ableiten sollte, alle im Hause zu bevormunden, würde sie kürzertreten müssen. Er selbst hatte einen Fehler begangen, als er sich auf das leichte Vergnügen mit ihr einließ, und es war höchste Zeit, die junge Person ein für allemal auf ihren Platz zu verweisen.

«Ich gehe sofort zu Madalen», vertraute er Pierre an, ein wenig beschämt, unter dem Vorwand eines Dienstes sein glühendes Verlangen zu verstecken, sich dem Mädchen zu nähern.

Und ohne die Antwort des jungen Mannes abzuwarten, drehte er sich auf den Hacken um und begab sich ins Haus.

Wie er von einer kleinen schwarzen Magd erfuhr, die eine Kanne mit dampfender Schokolade trug, befand sich die Wäschestube im zweiten Stock direkt unter der Schräge des Dachs. Sie empfing das Tageslicht durch eine Luke, unter der Madalen saß, einen kleinen Stickrahmen zwischen den Fingern.

Das Bild, das sie Gilles beim Öffnen der Tür des kleinen Raums bot, war so hübsch, daß er sich das Vergnügen gönnte, sie einen Moment von der Schwelle aus zu betrachten. In einem weiten Kleid aus himmelblauem Leinen, dessen ziemlich tiefen Ausschnitt ein zu ihren Manschetten passender sittsamer Brustschleier aus Musselin verhüllte, eine kleine Haube vom gleichen Gewebe auf der seidigen Fülle ihres blaßgoldenen Haars, neigte sie über ihre Arbeit ein entzückendes, noch kindliches Profil, dessen sanfte Lider, wie Gilles wußte, herrliche, fast violette dunkelblaue Augen schützten. Sie war mit so viel Eifer bei ihrer Stickerei, daß sich ein kleines Stück der rosigen Zunge zeigte. Ein frischer Duft nach auf der Wiese gebleichtem Leinen und Kräutersäckchen, die in den offenen Schränken zwischen den Wäschestapeln lagen, erfüllte die Luft und schien von Madalen selbst auszugehen.

Die Tür hatte sich geräuschlos geöffnet und das junge Mädchen nicht aufgestört, aber als Gilles sich zum Eintreten entschloß, zuckte sie zusammen wie ein Schläfer, den man weckt, wandte den Kopf zu ihm und errötete jäh, als sie den Besucher erkannte. Sie wollte aufstehen, aber die Überraschung hatte sie ungeschickt gemacht, und der Stickrahmen entglitt ihren Händen.

«Guten Tag, Madalen», sagte Gilles und bückte sich, um das zerbrechliche Gerät aufzuheben und seiner Besitzerin zurückzugeben. «Ich fürchte sehr, ich habe Euch erschreckt. Verzeiht mir, ich hätte klopfen sollen.»

«Oh, ich hatte kein bißchen Angst», lächelte sie, die an ihrer weißen Schürze haftenden kleinen Seidenfädchen abklopfend. «Ich glaube, ich habe ganz einfach nur geträumt. Ich war überrascht. Solltet Ihr mich brauchen, Monsieur le Chevalier? Ich erwarte Eure Befehle.»

«Ich erwartete nur zu gern die Euren», dachte Gilles, angerührt von der Süße dieser frischen Stimme, und für Momente den Anlaß seiner Anwesenheit vergessend, füllte er seine Augen mit dem sich ihm bietenden reizenden Bild. «Was gäbe ich nicht dafür, sie einen Moment in meinen Armen zu halten, diesen hübschen Mund, diese Augen eines ängstlichen Rehs zu küssen! Ich möchte sie auf Knien anbeten können und muß sie fragen, ob sie ins Bett eines Notarschreibers steigen will. Was für eine Absurdität!»

Als ihm bewußt wurde, daß sie seine Antwort erwartete und überrascht zu ihm aufsah, lächelte er ihr zu.

«Ich habe Euch keine Befehle zu geben, Madalen, und wenn ich zu Euch gekommen bin, dann nur, um eine Frage zu stellen. Aber setzt Euch zuerst. Ich möchte, daß wir ein wenig miteinander plaudern.»

«Plaudern mit mir, die ich nur eine unwissende Bäuerin bin? Über was denn, großer Gott?»

«Über etwas sehr Wichtiges. Über Euch, zum Beispiel.»

«Über mich? Aber...»

Er spürte ihre wachsende Verwirrung, nahm ihre Hand und zwang sie sanft, sich von neuem zu setzen. Dann ließ er die Hand, die er nur zu gern in der seinen behalten hätte, wieder los und schwang sich auf eine Ecke des Bügeltischs.

«Habt keine Angst. Ich hab nichts Böses im Sinn, im Gegenteil, und bevor ich zu dem komme, was mich herführt, möchte ich, daß Ihr wißt, daß ich nur Euer Glück wünsche.»

Weit entfernt, sie zu beruhigen, schien diese Einleitung sie eher noch mehr zu beunruhigen.

«Mein Glück? Aber ich bin hier glücklich!»

«Ihr wollt sagen, daß Ihr Amerika liebt?»

«Ich glaube, ja. Es ist ein schönes Land, und die Leute scheinen mir liebenswert. Und dann sind alle diese Schwarzen so gefällig, so nett...»

«Das ist wahr. Und doch sind sie nur Sklaven. Ihr liebt also Amerika... auch die Amerikaner?»

«Aber... ja. Warum fragt Ihr mich das alles, Monsieur le Chevalier?»

«Hört auf, mich so zu nennen. Adelstitel bedeuten in Amerika nichts. Sagt wie Euer Bruder: Monsieur Gilles», erwiderte der junge Mann nervös.

«Oh, ich würde es nie wagen!» rief das junge Mädchen aus.

Aber sie war ganz rosig geworden, und ihre Augen glänzten wie Sterne. Ihre Schönheit bedrängte Gilles' Herz, und er entschloß sich, sofort zur Sache zu kommen. Wenn er sich weiter in Umschweifen verlor, würde er seinem verrückten Verlangen, sie zu küssen, bald nicht mehr widerstehen können, und das Leben würde unmöglich werden.

«Madalen», fragte er brüsk, «was haltet Ihr von Ned Billing?»

Die blauen Sterne erloschen. Madalen senkte den Kopf, nahm mechanisch ihre Arbeit zur Hand, als wünschte sie, das Gespräch dabei zu belassen, doch sie kam nicht um die Antwort herum:

«Warum fragt Ihr mich das?» murmelte sie, die Augen auf ihrer Stickerei.

«Weil er Euch zu heiraten wünscht. Was soll man ihm antworten?»

Die Augen, nun von der Farbe einer Sommernacht, hoben sich plötzlich mit einem Ausdruck, in dem sich Verblüffung und Entsetzen mischten.

«Und Ihr seid es, der es auf sich genommen hat, mir diese Frage zu stellen?»

Gilles wagte nicht zu analysieren, wieviel an Zorn und Entrüstung in der Stimme des jungen Mädchens schwang, aus Furcht zweifellos, für sich selbst eine allzu lockende Hoffnung zu finden.

«Warum nicht?» fragte er leise. «Euer Bruder meinte, Ihr würdet Euch nicht ohne meine Erlaubnis entscheiden. Ich wollte die Dinge nur vereinfachen, damit Ihr wißt, woran Ihr Euch halten könnt und in dieser Angelegenheit nur Euch selbst befragt.»

«Was besagen will, daß alle Welt einverstanden wäre, wenn ich annähme: Ihr selbst, Pierre und meine Mutter?»

«Genau... jedoch nur unter der Bedingung, daß Ihr selbst diese Heirat wünscht. Was ich Euch zu verstehen geben wollte, ist, daß Ihr frei seid, völlig frei, nach Euren Wünschen über Euer Leben zu verfügen. Nichts verpflichtet Euch, dem Schicksal der Meinen zu folgen. Antwortet mir jetzt! Wollt Ihr Ned Billing heiraten?»

Er hoffte von ganzem Herzen, mit allen Kräften, daß der blonde Kopf sich verneinend bewegen, daß das schöne Kind wiederholen würde, was sie erst vor kurzem gesagt hatte, daß sie nämlich so, wie sie lebe, völlig glücklich sei und keine Lust habe, ihr Geschick mit dem einer Mrs. Ned Billing zu vertauschen. Doch die Augen abwendend, begann Madalen mit ihrer Nadel in weißer Seide einen Apfelbaumzweig zu zeichnen.

«Ich danke Euch, daß Ihr Euch so mit meinem Glück beschäftigt, Monsieur le Chevalier, aber Ihr werdet leicht verstehen, daß ich nicht so schnell antworten kann. Ich werde überlegen...»

«Lange?» konnte er sich nicht enthalten zu fragen, denn er sah schon mit Schrecken einer Folge ungewisser Tage entgegen.

«Ich weiß nicht. Diese Hochzeit stellt eine große Veränderung der Gewohnheiten dar, aber ich glaube, Mrs. Hunter mag mich gern. Sie würde mir sicherlich helfen. Und dann muß ich Ned sehen. Bisher habe ich ihn niemals als möglichen Gatten betrachtet.»

Sie sprach, sprach jetzt, und Gilles wußte nicht, wie er diese Flut der Worte in Gestalt von Plänen, die ihm ans Herz griffen, aufhalten sollte. Er wählte die Flucht. Sich zur Tür wendend, sagte er nur:

«Es ist an Euch, das Für und Wider abzuwägen, Madalen. Aber... laßt diesen armen Burschen nicht allzu lange auf Eure Antwort warten. Es wäre grausam. Denkt daran, daß er Euch liebt», fügte er vor allem in Gedanken an sich selbst hinzu.

Trotz seines Entschlusses gelang es ihm nicht, diese verdammte Tür hinter sich zu bringen, aus der Nähe eines Menschen zu flüchten, der ihm so lieb war, und statt hinauszugehen, machte er einige Schritte in den Raum, den Inhalt der goßen Schränke aus Obstbaumholz, die Körbe, in denen das frischgewaschene Linnen wartete, den Ofen betrachtend, auf dem sich die Bügeleisen erwärmten... Jetzt und hier oder nie kam der Moment, die Lösung des Problems zu versuchen, das ihm neben seiner unmöglichen Liebe am meisten am Herzen lag. Das im Park gefundene kleine Spitzenfragment aus der Tasche ziehend, kehrte er zu Madalen zurück, deren Blicke ihm folgten.

«Alle Wäsche des Hauses geht durch Eure Hände, nicht wahr?» fragte er, den unpersönlichen Ton wiederfindend, der zwischen ihnen neuerlich Distanz schuf.

«Alle persönliche Wäsche, ja, Monsieur Gilles», erwiderte sie errötend, denn die Antwort bezog seine Wäsche wie die seiner Frau mit ein.

«Könntet Ihr in diesem Fall sagen, woher dieses Stück Spitze kommt?» fuhr er fort, den kleinen Überrest in ihre Hand legend. Sie warf kaum einen Blick darauf.

«O ja, ich kann's sagen», rief sie sofort. «Er stammt von einem der Unterröcke Madames. Ich war deswegen schon in Sorge, als ich nach dem Waschen merkte, daß da etwas fehlte, denn obwohl es nicht groß ist, ist es doch zuviel, um eine angemessene Reparatur zu erlauben. Jetzt werde ich's reparieren können. Seht!»

Sie förderte aus einem der Schränke einen umfangreichen, mit drei Spitzenvolants geschmückten Unterrock aus feinem Batist zutage und zeigte Gilles den Riß, der den unteren Volant verunzierte.

«Seht Ihr?» fügte sie hinzu, das Spitzenrestchen der Stelle nähernd. «Das ist es, nicht wahr?»

«Tatsächlich. Das ist es.»

«Darf ich fragen, wo Ihr es gefunden habt? Madame ist sehr heikel, was ihre Wäsche betrifft, und ich fürchte, sie oder Fanchon wird die Reparatur bemerken.»

«Ich habe es im Park gefunden. Offenbar ist Madame an einem Gebüsch hängengeblieben», antwortete er zerstreut, völlig von dem

Grauen vor dem beherrscht, was dieses unschuldige Restchen Flitterkram bedeutete, doch Madalens Einwurf brachte ihn auf die Erde zurück: «Im Park? Ich erinnere mich nicht, Madame jemals im Park gesehen zu haben, zu Fuß wenigstens, denn sie steigt gern zu Pferd oder fährt im Wagen aus.»

«Nun, man muß annehmen, daß sie doch einmal spazierengegangen ist. Dieses Stückchen Spitze hat sich gewiß nicht durch das Wirken des Heiligen Geistes dort angefunden.»

«Aber wo genau wurde es gefunden?»

«Ist das wirklich so wichtig? Vergeßt es, Madalen... und denkt nur daran, denen, die von Euch eine Entscheidung erwarten, bald Antwort zu geben.»

Er ging hinaus, ohne sich noch einmal umzusehen, stieg zu den Ställen hinunter und suchte dort Pongo, der sich, wie er wußte, nie weit von ihnen entfernte.

«Sattle mir Merlin und nimm ein Pferd für dich», befahl er. «Ich hab genug davon, in diesem Haus unentwegt auf der Stelle zu treten. Galoppieren wir ein bißchen durchs Land. Ah! Und wenn wir zurückkehren, wirst du deine Sachen ins Haus schaffen. In der Nähe meines Zimmers gibt's ein kleines Kabinett, in dem du gut aufgehoben sein wirst.»

«Aber Madame sagen...»

Er näherte sich dem Indianer, bis er sich fast Nase an Nase mit ihm befand.

«Hör mir gut zu, Pongo! Ich will nichts mehr davon hören, was meiner Frau gefällt oder nicht gefällt. Ich bin der Herr hier, und sie ist die erste, die mir Gehorsam schuldet. Es gibt keinerlei Grund für mich, was auch immer an meinen Gewohnheiten zu ändern, um ihr zu gefallen.»

Pongo entblößte seine großen Kaninchenzähne in einem skeptischen Lächeln.

«Merkwürdige Sprache für junges, verliebtes Ehemann», sagte er.

«Verliebt? Ich habe Judith in der Tat geliebt, aber ich glaube jetzt, daß nichts von dieser Liebe geblieben ist. Es sei denn, daß Liebe und Haß, wie der Dichter sagt, ein und dasselbe sind... Geh und hole Merlin!»

Pongo gehorchte begeistert. Ein paar Minuten später galoppierten beide quer durch den Park der Fähre zu, die sie über den Harlem-Fluß bringen würde.

In der Wäschestube unter dem Dach des Hauses weinte sich Madalen alle Tränen aus dem Leib...

An diesem Abend kehrte Gilles nach einem langen Ritt quer durch die Bronx und an den Ufern des East River entlang nur nach Hause zurück, um seine staubbedeckte Kleidung gegen einen eleganteren Anzug einzutauschen, dann stieg er von neuem in den Sattel und ritt mit der festen Absicht zur Stadt hinunter, die Probleme, die ihm sein Frauenanhang stellte, im Rum zu ertränken. Wie er zuvor das unwiderstehliche Bedürfnis verspürt hatte, sich Stiefel an Stiefel mit seinem getreuen Pongo wieder in der amerikanischen Landschaft zu finden, gelüstete ihn an diesem Abend nach ausschließlich männlicher Gesellschaft. Zum Teufel mit den Weibern für ein paar Stunden, mit ihren Umwegen und ihrem Getue, ihrer Verschlagenheit und ihren seltsamen Launen...

Wo Männer zu finden waren, wußte er von Tim. Er hatte die Wahl zwischen dem «Coffee House» am Oswego Market und «Fraunces Tavern» an der Ecke des Quais und der Broadstreet, die seit kurzem zum bevorzugten Versammlungsort der New Yorker Notabeln geworden war. Es gab auch das «Kennedy's», aber da man dort tanzte, waren Frauen dort ebenso zahlreich wie Männer.

Tournemine entschied sich aus mehreren Gründen für die «Tavern». Erstens, weil Tim Thocker, wie er ihm anvertraut hatte, es nie versäumte, dort zwischen zwei Reisen ins Indianerland einen oder auch zwei gegrillte Hummer zu verspeisen und einige Becher alten Martinique zu leeren, seiner Meinung nach das Beste, was man in New York finden konnte. Zweitens, weil die «Tavern», mehr oder weniger als maritime Börse dienend, der Ort war, zu dem Neuigkeiten am schnellsten gelangten, und schließlich, weil er, wenn er sich schon zu einem jener Räusche entschlossen hatte, die in die Erinnerung eines ordentlichen Mannes eingehen, sich mit Eleganz in guter Gesellschaft zu betrinken gedachte, jedenfalls in keiner Hafenspelunke oder vom Gestank benachbarter Gerbereien erfüllten Trapperkneipe.

Erst kürzlich war «Fraunces Tavern» in die Geschichte eingegangen, als George Washington und De Witt Clinton 1783 nach der Abfahrt von Rochambeaus Expeditionskorps und der Flotte des Admirals de Grasse dort das Siegesbankett organisierten, wobei man zugleich den Abschied des virginischen Generals von seiner Armee gefeiert hatte. Man würde noch lange von dem märchenhaften Menü und mehr noch von der eindrucksvollen Zahl der Flaschen sprechen, die Samuel Fraunces, alias Black Sam, ein Neger von den Antillen, französischer Zugehörigkeit, wie sein Name besagte, servierte. Eine beeindruckende Persönlichkeit, der Washington eine Art von Respekt bezeugte.

Vor einem Vierteljahrhundert etwa, 1762, hatte Sam, der Franzose, das hübsche Backsteinhaus in georgianischem Stil gekauft, das vierzig Jahre zuvor der französische Hugenotte Hugues de Lancey gebaut hatte, um in ihm seine Öfen und die Sorte Geist zu installieren, die er zu entfalten wußte, wenn es darum ging, Menschen um einen Tisch zu vereinen.

Als Gilles dort eintraf, fand er sie voller Leute und Lärm. Im großen Saal des Erdgeschosses saßen Gruppen von meist gutgekleideten Männern um große Tische, tranken Punsch mit Butter, lösten Muscheln aus ihren Schalen, die drei junge Schwarze unablässig öffneten, große Scheiben virginischen Schinkens dazu verspeisend. Durch die weit geöffneten Türen zur Küche drangen die Gerüche des großen Kamins, in dem Rindfleischstücke, Hühnchen, Truthähne oder die berühmten Gewürzhummer gegrillt wurden, die den Ruf Black Sams begründet hatten.

Er selbst befehligte, prächtig in apfelgrüne Seide gekleidet, eine ganze Armee von Serviererinnen, Dienern und Küchenjungen und wachte aufmerksamen Blicks über die Abwicklung der Bedienung wie über die völlige Zufriedenheit seiner Kunden, deren vornehmste er selbst empfing, um sie persönlich durch den Saal zu geleiten, dessen altes Getäfel aus Fichtenholz die warme, glänzende Farbe von Ahornsirup angenommen hatte, oder zu einem der Extrasalons.

Der Eintritt Gilles' und seiner sechs Fuß hohen lässigen Eleganz entging ihm nicht, und obwohl er den jungen Mann nicht kannte, trat er ihm mit allen Anzeichen seiner allseits rühmlich bekannten Höflichkeit entgegen.

«Es ist mir eine Ehre, Monsieur le Chevalier, einen Gast von solcher Qualität in meinem bescheidenen Haus zu empfangen», sagte er, sich ebenso tief verneigend wie nötig, «aber ich wage mir die Äußerung zu gestatten, daß ich mir diese Ehre erhoffte.»

Tournemine hob die Brauen.

«Ihr kennt mich?»

«New York ist noch keine so große Stadt, und die Besucher von Rang sind sehr schnell ausfindig gemacht, beschrieben und gewürdigt, unterschiedlich übrigens. Ich hatte den Vorteil, Monsieur le

Chevalier zu bemerken, als er gestern sein Schiff verließ, und erlaubte mir, Monsieur Timothé Thocker zu fragen, der ein alter Klient von mir ist. Deshalb also habe ich die Freude, Monsieur ohne Irrtum ein respektvolles Willkommen zu bieten.»

Black Sams Stimme war wie dunkler Samt, in dem von den Antillen herrührende Tonnuancen schillerten. Gilles lächelte, verbeugte sich leicht.

«Dann seid nun für diesen Empfang bedankt. Ich hoffte, Monsieur Thocker bei Euch zu finden. Ist er nicht da?»

Wie um sich zu überzeugen, daß er sich nicht täuschte, ließ Samuel seinen Blick durch den Saal schweifen.

«Ich habe ihn heute abend noch nicht gesehen. Wünscht Monsieur le Chevalier zu soupieren?»

«Ich würde es vorziehen, noch ein Weilchen zu warten, falls mein Freund sich noch zeigt. Ich soupiere nicht gern allein. Aber man sagte mir, daß Ihr einen Spielsalon hättet.»

«In der Tat. Monsieur John Waddell hält im Moment die Bank beim Pharao. Wenn Ihr ein wenig zu spielen wünscht, werde ich Monsieur Thocker verständigen. Hier entlang...»

Der Spielsalon befand sich in der ersten Etage. Es war ein Raum von schönen Dimensionen mit Wandtäfelungen aus hellem Holz in französischem Geschmack. Er war fast ebensogut besucht wie die eigentliche Taverne. Einige Männer beobachteten stehend die Tische der Whistspieler, die in tiefstem Schweigen ihrer Beschäftigung oblagen, wie es die Spielregel gebot, doch die Mehrzahl drängte sich um den großen Pharaotisch. Er bot ein weit faszinierenderes Spektakel dank der Gold- und Silberstücke und Banknoten, die sich vor vielen Spielern in kleinen Säulen oder unordentlichen Häufchen sammelten.

Der Bankier war ein kräftig gebauter Mann mit dichten Brauen und schwarzen Augen. Ein leichtes Zucken verzerrte von Zeit zu Zeit ein Gesicht, das ohne diesen Fehler fast schön gewesen wäre. Seine aus gefältelten Musselinmanschetten von makellosem Weiß ragenden Hände waren knochig, aber gepflegt. Sie handhabten die Karten mit einer Geschicklichkeit, die lange Übung verriet, während sein scharfer Blick über jeden der zu beiden Seiten von ihm sitzenden Spieler glitt.

Mit einer Handbewegung einen der Kellner rufend, bestellte Gilles bei ihm einen ersten Punsch und näherte sich dann mit dem Glas in der Hand dem Tisch. Da sich kein freier Platz fand, mußte er sich mit Zusehen begnügen. Durch die ängstlichen Blicke der Spieler und das herrschende Schweigen wurde ihm übrigens schnell klar, daß eine wichtige Partie im Gange war. Nur das leise metallische Geräusch der Münzen war zu hören, das ein wenig keuchende Atmen der Spieler und das schwache Rascheln der Karten.

Ein Mann vor allem zog Gilles' Aufmerksamkeit durch die auf seinen Zügen sich spiegelnde äußerste Beteiligung auf sich. Wenn sich Spielleidenschaft auf einem menschlichen Gesicht verriet, dann gewiß auf diesem.

In die untadelige Eleganz eines Gehrocks aus feinem Tuch nach englischem Schnitt gekleidet, war der junge Mann – denn er war kaum mehr als zwanzigjährig – von fast femininer Schönheit. Es lag vor allem an der Zartheit seiner elfenbeinfarbenen Haut, der Feinheit seines lockigen, seidig-braunen Haars und an der unwahrscheinlichen Länge der Wimpern, die seine nußbraunen Augen beschatteten, denn seine gut entwickelten Kinnladen hatten Festigkeit, und um seine schmalen Lippen war ein entschlossener Zug, der an Eigensinn grenzte. Schlank und nervös, hob sich der schöne junge Mann durch seine lässige Grazie von seiner aus stämmig gebauten, rotgesichtigen Amerikanern englischer oder holländischer Herkunft bestehenden Umgebung ab.

Das Glück lächelte ihm offensichtlich nicht. Die Goldstücke glitten eins nach dem anderen aus seinen aristokratisch feinen Fingern, die ihm verbliebenen, ohnehin nicht üppigen Stapel vor ihm auf dem Tisch bedenklich mindernd.

Mit scheinbar völligem Gleichmut sah er seinen Bestand schmelzen, während der des Bankiers anschwoll. Nur das leise Zittern seiner Hände verriet seine innere Nervosität. Plötzlich schob er mit einem Stoß das, was ihm blieb, in die Mitte des Tisches, musterte die ihm zugeteilten Karten, dann die beiden Zehner, die der Bankier zurückgegeben hatte. Darauf leerte er das neben ihm stehende Glas und erhob sich mit einem ärgerlichen Schulterzucken.

«Entschieden habe ich kein Glück», sagte er französisch.

Dabei begegnete er Gilles' Blick, der ihn unablässig beobachtet hatte.

«Wollt Ihr meinen Platz, Monsieur?» fragte er lächelnd. «Er ist nichts wert, aber vielleicht wirft er Euch etwas ab.»

«Versuchen wir's immerhin», versetzte Tournemine, sein Lächeln erwidernd.

«Oh, Ihr seid Franzose? Gehört Ihr auch zu denen, die für dieses verdammte Land gekämpft und sich danach entschlossen haben zu bleiben?»

«Ich habe hier in der Tat gekämpft, aber ich bin nicht geblieben. Um es genau zu sagen, bin ich erst vor kurzem zurückgekommen. Ihr erlaubt? Wir werden sehen, ob dieser Platz so schlecht ist, wie Ihr behauptet.»

Sich auf den Stuhl setzend, den der junge Mann verlassen hatte, zog er zwanzig Dollar aus der Tasche und warf sie auf den Tisch. Im nächsten Moment hatte er hundert gewonnen, bei deren Anblick sich die nußbraunen Augen des jungen Mannes jäh weiteten.

«Seht Ihr», sagte er nur, die ganze Summe von neuem setzend, die sich alsbald verfünffachte.

«Auf mein Wort!» rief der junge Mann. «Ihr seid ein Glücksvogel, Monsieur! Was ist Euer Geheimnis?»

«Keins, es sei denn, daß ich nur spiele, um mich zu amüsieren. Aber vielleicht glaubt Ihr nicht genug an Eure Chance.»

«Sie behandelt mich zu schlecht», erwiderte der junge Mann mit einer komischen Grimasse.

Gilles machte noch drei Spiele und gewann alle drei. Ein kleines Vermögen an Goldstücken und Scheinen häufte sich vor ihm und brachte ihm die neidischen Blicke der anderen Spieler ein. Er hätte vermutlich noch weitergespielt, doch er bemerkte zwischen den Zuschauern auf der anderen Seite des Tisches die stämmige Gestalt Tim Thockers, der ihm zuwinkte.

«Ich glaube, ich werde es dabei belassen», sagte er, den kleinen klingenden Hügel in seine Taschen gleiten lassend. «Darf ich Euch Euren Platz zurückgeben, Monsieur, oder meint Ihr, er sei noch nicht genügend exorzisiert?»

«Ich würde ihn mit Begeisterung wieder einnehmen... unglücklicherweise habe ich keinen Heller mehr. Es sei denn...»

Er verstummte. Plötzliche Röte überflackerte sein schönes Gesicht, während in seinem Blick die Flamme der Leidenschaft von neuem aufloderte.

«Es sei denn, daß ich Euch Geld leihe? Das war's doch, nicht wahr?» ergänzte Gilles, der seine Gedanken zu erraten glaubte.

«Nicht ganz, Monsieur, ich heiße Jacques de Ferronnet. Mit Ausnahme eines Junggesellenonkels und einiger hier und da verstreuter Kusinen verschiedener Grade habe ich keine Familie mehr, aber ich besitze in Santo Domingo eine Indigo- und Baumwollplantage. Ich verkaufe Euch diese Plantage für 5000 Dollar. Akzeptiert Ihr?»

«Sagen wir, Ihr verpfändet sie mir für fünftausend Dollar. Greift zu, Monsieur, hier ist die Summe!»

Und nun leerte Gilles seine Taschen wieder auf den Tisch, während der junge Ferronnet fieberhaft einen durch den Besitz auf Santo Domingo garantierten Schuldschein kritzelte. Als der Spieler dann mit glühenden Wangen zu seiner Leidenschaft zurückkehrte, schob Gilles das Papier in die Tasche und gesellte sich zu Tim. Gemeinsam kehrten beide in die Taverne zurück und nahmen an dem Tisch Platz, den Black Sam ihnen zuwies. Sie bestellten Austern, Hummern, mit Honig gebratenes Schweinefleisch und Bier. Das Intermezzo des Spiels hatte Gilles ein wenig von seinen melancholischen Ideen abgelenkt und seinen Entschluß ins Wanken gebracht, sich mit Rum bis zur völligen Bewußtlosigkeit zu durchtränken. Er entdeckte, daß sein langer Ritt ihm Appetit gemacht hatte, und während Tim für ihn die letzten Neuigkeiten des New Yorker Hafens und der Kontore von Albany abspulte, attackierte er nachdrücklich seine Pfefferaustern und beklagte nur, daß der amerikanische Geschmack sich mehr dem Bier zugewandt habe als den prachtvollen französischen Weinen. Seit dem Krieg hatte man Schwierigkeiten, ihn zu beschaffen.

Tim seinerseits plauderte munter. Seine Geschäfte prosperierten, und er zweifelte nicht daran, bald auf den Hügeln Brooklyns oder Harlems das schöne Haus errichten zu können, das Miss Martha Carpenter, seine ewige Braut, vielleicht dazu veranlassen würde, endlich ihren Schiffsausrüstungsladen auf den Quais von New-Port aufzugeben. Und natürlich hörte er nicht auf, den Freund zu beschwören, am künftigen New Yorker Wohlstand teilzunehmen.

«Was hast du es nötig, dich mit Politik abzugeben? Überlaß den Kongreß seinen Zwistigkeiten! Wenn Washington eines Tages Präsident wird, weißt du sehr gut, daß du trotz allem eine privilegierte Stellung einnehmen wirst. Du bist reich, du wirst es noch mehr sein.»

«Ich zweifle nicht daran, aber siehst du, Tim, ich bin Bretone, und meine Landsleute sind berühmt für ihre Dickköpfigkeit. Man hatte mir Land am Roanoke-Fluß gegeben, man hat es mir wieder genommen, und das ist etwas, was ich nicht hinnehmen kann, und ich will nicht in einem Land leben, das sein Wort mit solcher Leichtfertigkeit verleugnet. Deshalb sehe ich jedoch kein Hindernis, ganz im Gegenteil, Geld in deinem Geschäft anzulegen. Der Pelzhandel interessiert mich, und ich werde dir blind in allen Angelegenheiten folgen, selbst wenn du dich entschließt, meine Gewinne hier in Immobilien zu investieren. Wenn ich eines Tages Kinder haben sollte, werden sie mir dankbar sein, aber sprich mir nicht mehr davon, mich in den Vereinigten Staaten niederzulassen. Ich gehe nach Louisiana, wo ich dich und dein Geschäft auch als Korrespondent vertreten kann. Auch Nouvelle-Orléans ist eine interessante Stadt...»

Aber es stand geschrieben, daß die Tournemine nicht nach Louisiana gehen würden.

Die beiden Freunde hatten eben die restlose Umwandlung ihrer Austern in einen Berg leerer Schalen vollzogen, als der junge Ferronnet sichtlich auf der Suche nach irgend jemandem im Saal erschien. Als er sie entdeckte, strebte er ihnen so beschwingten Schrittes zu, daß er förmlich zu schweben schien. Aus seinen Augen strahlte eine Freude, die Gilles besser ins Bild setzte als Worte.

«Man möchte meinen, daß Ihr gewonnen habt», sagte er gutgelaunt.» Wollt Ihr bei uns Platz nehmen und mit uns soupieren?»

«Mit Freude, aber nur unter der Bedingung, daß Ihr einer wie der andere meine Gäste seid. Ich habe wahrhaftig gewonnen, Monsieur, und mehr, als ich zu hoffen wagte. Dank Euch werde ich in der Pariser Gesellschaft und vielleicht gar in Versailles würdig auftreten können.»

«Das freut mich sehr. Nehmt bitte Platz. Ich stelle Euch meinen Freund Tim Thocker vor, einen New Yorker Geschäftsmann. Tim, dies ist Monsieur de Ferronnet, Pflanzer aus Santo Domingo. Oh, apropos...»

Seine Tasche durchwühlend, zog er den Schuldschein hervor, den der junge Mann in aller Eile auf dem Spieltisch abgefaßt hatte.

«Hier ist Euer Besitz. Ihr seht, es wäre eine große Dummheit gewesen, wenn Ihr Euer Land zu diesem lächerlichen Preis verkauft hättet. Es war schon als Pfand mehr als genügend.»

Doch statt das Papier zu zerreißen, legte es Jacques de Ferronnet nur auf den Tisch. Sein fröhliches Gesicht war äußerst ernst geworden.

«Ihr seid sehr großzügig, Monsieur, aber ich habe Euch gesagt, daß ich meine Indigoplantage verkaufte. Ihr wart es, der das Wort Pfand gebrauchte. Ich habe es nicht so gemeint, und der Verkauf bleibt in Kraft.»

«Aber das ist ja lächerlich! Für fünftausend Dollar werdet Ihr doch keinen Besitz von...»

«...von 480 carreaux mit Indigo, Baumwolle und Kulturen der

Ernährung dienender Pflanzen, mit Wohngebäuden, Bewirtschaftungseinrichtungen und einem Bestand an Tieren und Menschen, der sich auf etwa zwanzig Maulesel und auf zweihundert Sklaven guter Rasse beläuft. Lest dieses Papier, das wir übrigens morgen vom Notar meines Freundes Samuel Wainwright, bei dem ich wohne, in Ordnung bringen lassen werden, und Ihr werdet sehen, daß dort deutlich das Wort ‹Verkauf› steht.»

«Das hat keinen Sinn. Zerreißt dieses Papier, Monsieur, gebt mir meine fünftausend Dollar zurück, und trinken wir gemeinsam auf unsere angenehme Begegnung.»

«Monsieur», sagte der junge Mann bedächtig, «ich habe Santo Domingo nicht mit dem Wunsch, eines Tages zurückzukehren, verlassen. Meine Ländereien sind in den Händen eines Verwalters, Simon Legros, eines sehr geschickten Mannes, der ein Maximum an Ertrag aus ihnen herausholt. Ihr habt also alles Interesse, den Handel so, wie er gedacht ist, zu akzeptieren. Ihr braucht nicht einmal dort unten zu leben, denn viele der Plantagenbesitzer, die in Frankreich leben, begnügen sich damit, ihre Einkünfte durch ihre Bevollmächtigten einzustreichen.»

«Darum geht's nicht. Ich bin mit der Absicht nach Amerika gekommen, ein Stück Land zu bewirtschaften, und wenn ich das Eure akzeptierte, würde ich mich persönlich darum kümmern, aber ich fürchte, Ihr treibt den Respekt vor einer eingegangenen Verpflichtung, die Ihr, ich wiederhole es, nur Euch gegenüber eingegangen seid, ein wenig zu weit.»

«Keineswegs! Und falls Ihr Euer Geld nicht sehr dringend braucht, wünsche ich, daß die Dinge bleiben, wie sie sind. Ihr werdet sehen», fügte er in einem anderen Ton hinzu, in den sich kaum merklich Heimweh stahl, «daß Ihr ‹Haute-Savane› lieben werdet. Es ist ein herrlicher Ort.»

«‹Haute-Savane›?» wiederholte Gilles, plötzlich von diesem Namen, der seine Phantasie anregte, verführt.

«Es ist der Name der Plantage. Das blaue Gras wächst dort im Überfluß. Das Haus ist eins der hübschesten der Insel, und das Meer, blau wie kein anderes auf der Welt, bildet mit der Schildkröten-Insel seinen Horizont. Und es lehnt sich an mit üppigster Vegetation bedeckte Hügel. Ja, es ist ein schöner Ort... wo es möglich sein müßte, glücklich zu sein.»

«Warum trennt Ihr Euch dann von ihm? Seid Ihr dort nicht glücklich.»

Über das Gesicht des Herrn aus Santo Domingo flog ein kleines, trauriges Lächeln, das seine Lippen nur einseitig anhob.

«Ich weiß nicht, Monsieur, ob es einen Ort auf der Welt gibt, wo ich glücklich sein könnte. Ihr müßt wissen, ich bin ein merkwürdiger Bursche, der sich immer wünscht, was er nicht hat. Seit Jahren wünsche ich mir, Amerika zu sehen, aber solange meine Eltern lebten, konnte keine Rede davon sein. Für meinen Vater gehörte ich lebenslang unserem Besitz. Er hat mir nicht einmal die Reise nach Europa bewilligt, die die meisten Pflanzersöhne machen, um ihre Manieren aufzupolieren. Ich bin hierhergekommen, und schon gefällt's mir hier nicht mehr. Die Leute sind rauh, und ich wünsche nichts mehr, als in Frankreich zu leben, den Hof zu sehen...»

«Und wenn Ihr entdeckt, daß es Euch auch dort nicht gefällt? Dann werdet Ihr glücklich sein, nach Santo Domingo zurückzukehren.»

«Nein! Nein, niemals!»

Er hatte die letzten Worte fast geschrien, und Tournemine, der in seinem unsteten Blick etwas entdeckte, das wie Angst aussah, gab es auf. Zudem begann die Idee, nach Santo Domingo, der reichsten der Karibischen Inseln, zu gehen, so reich, daß man sie mit Indien verglich – diese Idee begann ihm zuzulächeln. Doch das so schnell geschlossene Geschäft erschien ihm ein wenig zu gut, und instinktiv mißtraute er allzu guten Geschäften. Sich Tim zuwendend, der seit der Begrüßung Ferronnets kein Wort gesagt hatte, fragte er:

«Was denkst du darüber?»

«Daß eine Indigoplantage in Santo Domingo eine Plantage ist, die floriert, ein glänzendes Geschäft... und daß ich nicht verstehe, warum Monsieur so großen Wert darauf legt, sie loszuwerden.»

Er hatte englisch gesprochen, aber die Sprache bildete keinerlei Schwierigkeit für den jungen Mann, der jäh errötete.

«Ich suche sie nicht schlicht loszuwerden, Monsieur. Wenn der Chevalier sich dorthin begibt, wird er sehen, daß ‹Haute-Savane› wenigstens zehnmal den gezahlten Preis wert ist, und wenn ich einigen Nachdruck darauf zu legen scheine, sie ihm zu überlassen, dann nur deshalb, weil ich ihn, obwohl ich ihn nie zuvor gesehen habe, für fähig halte, Herr dieser Plantage zu sein, der Herr, der ich nie hätte sein können. Ich habe weder die physischen und moralischen Qualitäten... noch die Neigung dazu.»

«Ich glaubte», erwiderte Gilles, «daß Ihr dort einen tüchtigen Verwalter hättet.»

«Allerdings. Zu tüchtig, vielleicht! Simon Legros leitet ‹Haute-Savane› perfekt, wenigstens was den Ertrag betrifft, aber er neigt nur allzusehr dazu, sich selbst als Herrn zu sehen... und ich habe nicht die Statur, die nötig wäre, um der Seine zu sein, ihm mein Gesetz aufzuzwingen.»

Die sich ausbreitende Stille füllte die Ankunft der dampfenden Hummer, von neuen Krügen mit Bier begleitet. Ein Weilchen aßen die drei Männer schweigend, Gilles zudem ziemlich zerstreut. Sein Appetit hatte ein wenig gelitten, und er dachte auf seine Art nach, die meistens darin bestand, auf die Echos zu lauschen, die die Äußerungen seiner Gesprächspartner in ihm weckten.

Nach und nach entdeckte er so, daß er nie wirklich Lust verspürt hatte, in Louisiana Baumwolle zu pflanzen, daß er sich nach dem Nasenstüber mit dem Roanoke-Land im Grunde nur an die sich zuerst bietende Idee geklammert hatte. Wieso hatte der Bretone, der er war, nicht gleich an Santo Domingo, die Perle des Atlantik, die Königin der Antillen gedacht, die Insel, von der sich wie aus einem fabulösen Füllhorn nicht nur Indigo und Baumwolle, sondern auch Zucker, Rum, Kaffee und Tabak ständig nach Frankreich ergossen? Santo Domingo, für das in Nantes, in Saint-Malo und Lorient so viele Schiffe ausgerüstet wurden? Vor dem schillernden Hintergrund seiner Phantasie jagte ein Bild das andere, und bevor seine Gefährten noch die letzten roten Schalen ausgeputzt hatten, hatte Gilles schließlich den lebhaften Wunsch in sich entdeckt, der Herr dieses «Haute-Savane» genannten Besitzes zu werden. Seinen Stuhl zurückschiebend, rief er Black Sam mit einem leichten Schnalzen der Finger, dem der Gastwirt eilends folgte.

«Sollte sich», fragte er lächelnd, «wenn Ihr gründlich sucht, keine einzige Flasche Champagner im Hause Samuels des Franzosen finden?»

Der Schwarze entblößte schmunzelnd ein prächtiges Gebiß.

«Gewiß, aber zur Zeit sind mir nur fünf geblieben und...»

«Und Ihr denkt sie Euch mit Gold aufwiegen zu lassen. Bringt eine und macht Euch um den Preis keine Sorgen.»

Als der golden schimmernde Wein, den die Gäste an den anderen Tischen respektvoll betrachteten, in den von einer jungen Dienerin voller Andacht gebrachten kristallenen Sektkelchen schäumte, bot Gilles jedem seiner Tischgenossen einen an, hob sodann den seinen und sagte:

«Ich nehme den Handel an, Monsieur de Ferronnet... aber unter der Bedingung, Euch eine zusätzliche Summe für den Besitz Eurer Plantage zu zahlen. Es gefällt mir nicht, etwas billig zu kaufen, was Eurer Ansicht nach fünfzigtausend Dollar wert ist.»

Schon im Begriff, seine Lippen in den schillernden Wein zu tauchen, hielt Ferronnet inne und stellte das Glas zurück.

«Entweder bleibt der Handel, wie er war, Monsieur, oder ich werde ihn nicht mehr akzeptieren, da ich sonst vielleicht das Gefühl hätte, Euch zu bestehlen. Es ist immerhin ein Risiko dabei, und ich habe kein Recht, es Euch zu verheimlichen.»

«Ihr interessiert mich mehr und mehr!» rief Gilles mit einem breiten Lächeln.

«Lacht nicht. ‹Haute-Savane› ist wie ein Strauß Rosen, aber alle Rosen haben Dornen, und der Dorn, um den es geht, hat sich gewaschen. Er nennt sich Simon Legros... und wenn Ihr alles wissen wollt und auf die Gefahr hin, in Euren Augen als Feigling zu gelten: Ich habe die Insel so eilig verlassen, um nicht ermordet zu werden. Ich wollte Euch all das nicht sagen», fügte er traurig hinzu, «aber Ihr flößt mir Sympathie ein, und es würde mein Gewissen belasten, wenn Euch ein Unglück geschähe. Nun habe ich Euch alles gesagt... und Ihr könnt Eure Absicht noch ändern.»

«Ganz gewiß nicht! Ihr habt mir den Wunsch eingeflößt, Herr dieses Besitzes zu sein, auf dem das blaue Gras sprießt, und dieser Wunsch ist lebhafter denn je. Ich füge hinzu, daß ich beabsichtige, der einzige Herr dort zu sein, wenn das Fragen beantwortet, die Ihr stellt. Trinken wir jetzt, Monsieur de Ferronnet! Ich werde später einmal das Vergnügen haben, Euch Neuigkeiten über den Sieur Legros mitzuteilen.»

Diesmal leerte der junge Mann sein Glas mit Begeisterung und hielt es ihm sogar zu neuer Füllung hin.

«Unterschätzt ihn nicht. Er ist intelligent, mit einer dunklen, furchtbaren Kraft begabt. Er ist Raubtier und Schlange zugleich, wenn die Gerüchte, die man sich zuflüstert, stimmen. Olympe, seine Mätresse, soll die gefährlichste Hexe der Insel sein, und an denen fehlt es, weiß Gott, nicht. Ihr müßt Euch vor dem einen wie der anderen hüten.»

«Dank für den Rat, aber ein Raubtier läßt sich zähmen, und eine Schlange zertritt man.»

«Ich hoffe es von ganzem Herzen. Noch ein Rat: Falls Eure Familie Euch begleitet, wäre es vielleicht weise, sie einige Tage am Cap Français zu lassen, während Ihr von der Plantage Besitz nehmt.

Simons Verwaltungsmethoden könnten für Frauen und Kinder unerfreulich anzusehen sein.»

«Wenn er zu den Rohlingen gehört, die die Sklaven quälen, wird Euer Legros von mir weder Geduld noch Mitleid zu erwarten haben. Er wird sich unterwerfen, oder ich werde ihn töten.»

«Das ist das, was ich meinte. Ihr seid der Mann, der dort gebraucht wird. Ich, ich... habe niemals solchen Mut gehabt. Ich trinke auf Euern Erfolg und auf den Frieden von ‹Haute-Savane›!»

Ferronnet leerte sein Glas zum zweitenmal.

Im Gegensatz zu dem, was seine Absicht gewesen war, als er sich entschloß, den Abend in «Fraunces Tavern» zu verbringen, blieb Gilles nüchtern. Klaren Geistes und sicheren Fußes kehrte er spät in der Nacht nach Mount Morris zurück.

Mit Ausnahme zweier Lichtpunkte war das Haus in Dunkelheit getaucht. Eine Lampe brannte im Vestibül, wo irgendein Diener seine Rückkehr erwarten mußte, und im ersten Stock ließen die zugezogenen Vorhänge von Judiths Fenstern das Licht einer Nachtlampe durchsickern.

Während Gilles die Hauptallee im Trott seines Pferdes hinaufritt, hielt er die Augen auf dieses schwache Licht gerichtet, das dort oben den Schlaf seiner Frau beleuchtete. Denn sie war seine Frau für alle Ewigkeit, dieses Geschöpf, das, wie er nun fast sicher war, Rozenn getötet hatte...

Was würde er tun? Hätte er nur auf seinen Schmerz und Abscheu gehört, hätte er sie erwürgt, aber da regte sich in ihm eine heimliche Stimme, nur schwach zwar, aber gebieterisch, eine Stimme, die sagte, daß er nicht das Recht habe, selbst Gerechtigkeit zu üben, und daß dem heißen Verlangen, seine alte Amme zu rächen, vielleicht nur der Wunsch zugrunde liege, seine Freiheit zurückzugewinnen. Und frei, das war ihm völlig klar, hätte er keinen Ned Billing zwischen sich und Madalen geduldet.

Was also dann? Sollte er, weil er eines Tages in der Saint-Louis-Kirche zu Versailles dieser Frau Liebe, Halt und Schutz vor allem, was sie bedrohen konnte, geschworen hatte, es Gott überlassen, für Gerechtigkeit zu sorgen? Gewiß, Judith würde ihm in ein Abenteuer folgen, das sich als gefährlich erweisen konnte, und sie mußte ihren vollen Anteil daran übernehmen, aber würde diese Bestrafung genügen? Wirklich, besser war's vielleicht, Gott entscheiden zu lassen... für den Augenblick wenigstens.

Gestärkt durch diesen Entschluß, schob er das Bild seiner Frau und die zu schwarzen Schatten, die es enthüllte, weit von sich, ebenso das allzu reizvolle der blonden Madalen. Er mußte von nun an versuchen, nicht mehr an sie zu denken, und wer konnte überdies sagen, ob sie in seinen Augen nicht ein wenig von ihrem Zauber verlieren würde, wenn sie Mrs. Ned Billing geworden wäre? Sie würde nicht mehr das ein wenig mysteriöse kleine Mädchen sein, die Fee, deren Licht das kleine Haus von La Hunaudaye so sanft erhellte. Sie würde eine New Yorker Bürgersfrau werden, die er vielleicht rasch vergessen, in einen dunklen Winkel seines Herzens verbannen könnte, in dem sich bereits etwas Neues, Aufregendes Platz zu schaffen begann: ein großer Besitz, der den schönen Namen «Haute-Savane» trug.

Dieses Stück Erde im Herzen einer verzauberten Insel, bewacht von einem blutdürstigen Drachen namens Simon Legros wie eine an ihren Felsen gekettete Andromeda – Tournemine entdeckte, daß er nach ihm verlangte, als wäre es eine Frau. Ja, er liebte ihn schon, diesen Besitz, auf dem das blaue Gras zwischen dem Blau des Meeres und dem Blau des Himmels wuchs, denn in ihm verband sich die uralte Leidenschaft für die Erde, die jeden Bretonen guter Rasse erfüllt, und den Geschmack am Abenteuer, den drei Viertel von ihnen teilen. So versank Gilles, nachdem er Pongo kurz über die neue Richtung, die ihr gemeinsames Schicksal einschlug, verständigt hatte, in einen von Träumen bevölkerten Schlaf, Träumen, in denen Frauen ausnahmsweise völlig abwesend waren.

Er fand sie am Morgen wieder, als er vor seinem Treffen mit Feronnet beim Notar zum Frühstück hinunterging und dabei im Flur auf Mrs. Hunter stieß, die eben mit Madalen Judiths Zimmer verließ. Zwischen sich trugen die Frauen einen großen Korb mit schmutziger Wäsche.

Von der Rückkehr der Haushälterin nicht unterrichtet, begrüßte Tournemine sie höflich, erkundigte sich nach dem Befinden ihrer Schwester und des Neugebornen und informierte sie sodann über seine Entscheidung, New York vor Ende des Monats zu verlassen und die Miete der Besitzung nicht über dieses Ende zu verlängern. Die freundliche Frau schien enttäuscht.

«Was? So bald? Mein Mann und ich hofften, daß Monsieur le Chevalier Geschmack an diesem schönen Haus finden und sich endgültig hier niederlassen würde. Madame scheint es hier sehr zu gefallen.»

«Es ist nie die Rede davon gewesen, Mrs. Hunter, daß wir in New

York bleiben würden, und ich bin, glaube ich, sehr klar in diesem Punkt gewesen. Es handelte sich um eine vorübergehende Miete. Was meine Frau betrifft, hoffe ich, daß es ihr dort, wohin ich sie bringe, ebensogut gefallen wird. Ich habe eine Plantage auf der Insel Santo Domingo gekauft. Apropos, da Ihr gerade von ihr kommt, werdet Ihr mir sagen können, wie sie sich heute morgen fühlt.»

«Oh, sie braucht noch ein wenig Ruhe, gewiß, aber ich glaube, wenn man bedenkt, was der arme Engel gestern durchgemacht hat, geht es ihr so gut wie eben möglich. Die Nacht ist jedenfalls gut gewesen.»

«Ausgezeichnet. Grüßt sie bitte von mir und sagt ihr, daß ich die Ehre haben werde, ihr nach meiner Rückkehr einen Besuch abzustatten. Ich gehe jetzt in die Stadt hinunter, wo ich eine Verabredung habe.»

Und sich die Freude verwehrend, Madalen anzusehen, deren große, sanfte Augen ihm lange voller Traurigkeit folgten, ging er die Treppe hinunter und gesellte sich zu Pongo, der ihn im Speisesaal erwartete.

Zwei Stunden später waren die Verträge, die ihm den ausschließlichen Besitz der «Haute-Savane» benannten Plantage sicherten, vor dem Notar Edwards in dessen Büro in Wall Street unterschrieben, und die beiden Eigentümer, der ehemalige und der neue, begossen, flankiert von Kapitän Malavoine und Tim Thocker, die als Zeugen gewirkt hatten, ihr Übereinkommen bei Black Sam mit einem letzten Becher Punsch. Dann drückten sie einander auf der Schwelle der Taverne die Hand und trennten sich ohne Hoffnung, sich je wiederzusehen. Der Herr aus Santo Domingo begab sich zum Hafen, wo er an Bord eines zur Küste Frankreichs auslaufenden nantesischen Schiffs, der «Comte de Noe», Kapitän Raffin, zu gehen gedachte.

Tim und Malavoine, die sich in jäher Freundschaft gefunden hatten, in einer Händlerkneipe den Tag beschließen lassend, schlug Gilles den Weg nach Mount Morris ein. Es war Zeit, die, die seinen Namen trug, zu unterrichten. Doch bevor er zurückkehrte, beabsichtigte er, noch eine Wallfahrt zu machen.

«Kennst du den Weg zu der Kapelle, bei der meine alte Rozenn beerdigt ist?» fragte er Pongo, der ganz selbstverständlich seine Funktionen als Begleiter wiederaufgenommen hatte.

Ja, Pongo kannte diesen Weg, wie er überhaupt die Hügel Harlems so genau kannte, als sei er dort geboren, und bald die große

Straße verlassend, bogen die beiden Reiter in einen schmalen, sandigen Weg ein, der sich durch ein Wäldchen zog.

Es war der hübscheste kleine Wald, den Gilles je gesehen hatte. Tiefer Friede herrschte in ihm. Sich bis zum Fluß hinunterziehend, setzte er sich vor allem aus Erlen, Birken und mehr in der Nähe des Wassers, das über alles einen silbrigen Schimmer warf, auch aus Weiden zusammen.

Die Kapelle erhob sich auf einer weiten, sonnig überfluteten Lichtung. Es war eine kleine weiße Kapelle aus Fichtenbrettern, von einem Glockenturm überragt, in dem eine Glocke hing. Einige Gräber waren in der Umgebung zu sehen, so mit Blumen geschmückt, daß sie ebenso vielen rund um ein Kreuz angeordneten Sträußen ähnelten, und ein außerordentlicher Eindruck von Frieden ging von diesem im Herzen einer Welt voller Geschäftigkeit verlorenen kleinen Ort der Ruhe aus.

Als sie eben auf die Lichtung hinausreiten wollten, entdeckte Gilles, daß sie nicht verlassen war. Eine Frauengestalt irrte zwischen den Gräbern umher, ein blaßblaues, weißgestreiftes Kleid, das er ebenso wiederzuerkennen glaubte wie die Haube aus gefälteltem Musselin, die den blonden Kopf mit einer durchscheinenden Aureole umgab.

Aus dem Sattel springend, warf er Pongo Merlins Zügel zu.

«Erwarte mich hier», sagte er und eilte der Kapelle zu, in deren Nähe Madalen stehengeblieben war.

Gilles sah, daß sie einen kleinen Strauß purpurner Levkoien in Händen hielt, den sie, niederkniend, an den Fuß eines Kreuzes legte, dessen Weiße seine Neuheit bezeugte. Um ihre Andacht nicht zu stören, näherte er sich nur sehr vorsichtig auf dem gut geschnittenen und gepflegten Rasen der Lichtung.

Lange blieb er einige Schritte hinter dem jungen Mädchen stehen, selbst betend, aber abgelenkter vielleicht, als wenn er allein gewesen wäre, denn sein Blick kehrte recht oft zu der anmutigen Gestalt zurück. Madalens Antlitz, das sie in ihren Händen barg, zweifellos, um andächtiger beten zu können, sah er nicht, aber nach kurzem erriet er am leichten Zucken ihrer gebeugten Schultern, daß sie weinte. Nicht länger an sich haltend, trat er zu ihr und legte seine Hand auf eine ihrer zarten Schultern, die bei seiner Berührung erbebten.

«Warum weint Ihr, Madalen?» fragte er leise.

Noch immer kniend, hob sie ihr von Tränen glänzendes Gesicht zu ihm. In der Sonne schimmerten die stiefmütterchenfarbenen Augen wie Blumen unter Morgentau.

«Ich weine, weil ich Ned Billing heiraten muß und ihn nicht liebe. Ich bin gekommen, um Rozenn zu bitten, mir zu helfen. Sie war gut, und ich glaube, sie hatte mich gern.»

Trotz des Ernstes des Ortes ließ die jähe Freude, die er empfand, den jungen Mann lächeln.

«Warum müßt Ihr dann diesen Burschen heiraten? Habt Ihr das, was ich gestern sagte, so falsch verstanden? Ihr solltet nur Euer Herz befragen und...»

«Es war nicht das!» rief sie, sich brüsk erhebend. «Ich habe sehr gut begriffen, daß Ihr diese Heirat wünschtet, daß Ihr Euch vor Eurem Aufbruch meiner entledigen wollt. Warum hättet Ihr es sonst übernommen, mir diese Frage zu stellen? Meiner Mutter wäre es zugekommen, mit mir zu sprechen.»

«Das weiß ich sehr gut, Madalen. Wenn ich diese... unangenehme Aufgabe angenommen habe, dann nur, um Pierre zu helfen, der nicht das Herz dazu zu haben glaubte. Warum, mein Gott, sollte ich mich Eurer entledigen?»

«Weil Ihr sehr gut wißt, daß ich Euch liebe und Ihr mich nicht bei Eurer Frau haben wollt!»

Sie war außer sich, und die im Schmerz und Zorn gesprochenen Worte waren ihr schneller entwischt, als sie gewollt hatte, zu schnell, als daß sie sie hätte zurückhalten können. Ihr Echo brachte sie wieder zu sich. Gilles sah ihren plötzlich verstörten Blick, während sie entsetzt beide Hände auf ihren Mund preßte, zurückwich, sich von ihm entfernte. Mit zwei Schritten war er bei ihr, ergriff fast mit Gewalt ihre zitternden Hände und behielt sie in den seinen. Ein Glück, berauschend wie zu starker Wein, überflutete ihn. Die ganze Welt verschwand um ihn, die Welt und alle die, die sie bevölkerten. Es gab nichts Wirkliches, Lebendiges mehr außer diesem Kind, das seine Liebe herausgeschrien hatte, außer diesen beiden großen Augen voller Trostlosigkeit, außer diesen süßen, rosigen, zitternden Lippen. Er fühlte das Mädchen erschauern wie eine junge Weide im Wind.

«Madalen», murmelte er, und seine Stimme war die der Ekstase. «Madalen... meine Liebe... Ihr liebt mich? Ist es wahr?»

«Nichts ist je wahrer gewesen... Ich glaube, ich liebte Euch, bevor ich Euch sah, durch all das, was Großvater von Euch erzählte. Und dann seid Ihr gekommen...»

Auch sie sprach mit einer Stimme, die nicht die ihre war und die aus weiter Ferne zu kommen schien, unendlich süß und zärtlich, und Gilles dachte, daß der Engel der Verkündigung mit dieser Stimme Maria kundgetan haben mußte, daß sie einen Gott gebären würde. Etwas Übersinnliches, Strahlendes, eine Art magischer Kreis umgab sie, ihn und Madalen, trennte sie von der Realität und schloß sie ein in die wundervolle Welt der Liebe.

«Wenn du wüßtest, wie auch ich dich liebe», murmelte Gilles, die Lippen auf den Fingern des jungen Mädchens. «Seitdem ich dich in La Hunaudaye sah, bist du mein Licht geworden, meine süße und quälende Hoffnung. O nein, ich will dich nicht von mir entfernen. Im Gegenteil, ich möchte dich immer bei mir haben, ganz für mich...»

Von seiner Leidenschaft mitgerissen, nahm er sie in die Arme, beugte sich über sie. Ihr Duft war, zurückhaltend und frisch, der einer Frühlingsblume, aber er stieg Gilles zu Kopf wie der hitzigste Liebestrank. Mit der Gier eines Hungernden bemächtigte er sich ihres Mundes, spürte, wie er unter seinen geschickten Lippen schmolz, sich öffnete, sich ihm überließ, während sich die seidigen, dicht bewimperten Lider schlossen, und berauschte sich eine lange Minute daran. In dieser Minute war es, daß seine Hand, die das Gesicht des jungen Mädchens zu ihm gehoben hatte, abwärts glitt, ohne daß er sich dessen wirklich bewußt war...

Die Wirkung war blitzartig. Mit einem zornigen Aufschrei riß sich Madalen aus seinen Armen, flüchtete taumelnd zur Kapelle, an deren Wand sie Halt und Zuflucht suchte.

«Nein... nicht das!» rief sie mit einer von Schluchzern halb erstickten Stimme. «Es ist nicht wahr. Ihr liebt mich nicht! Ihr begehrt mich, das ist alles! Das... das ist nicht Liebe, oder wenn sie das ist, will ich sie nicht!»

Sie weinte nun, zeigte ihr tränenüberströmtes Gesicht unter der seidigen Fülle ihres in Unordnung geratenen Haars, das ihre Haube im Fallen befreit hatte. Sie fielen auf ihre Schultern bis zu der Brust, die Gilles zu streicheln gewagt hatte und über der sich Madalens zitternde Hand verkrampfte, wie um sie sich auszureißen. Verblüfft und bestürzt starrte Gilles die junge Furie an, ohne zu wagen, sich ihr zu nähern.

«Verzeih mir, Madalen, ich bitte dich! Verzeih mir! Es ist nicht meine Schuld! Es ist die Schuld meiner zu lange unterdrückten Liebe! Ich liebe dich! Ich schwöre dir, daß ich dich liebe!»

«Es ist nicht wahr! Ihr liebt nur Eure Frau. Fanchon hatte recht.»

«Fanchon? Was hat sie hiermit zu tun?»

«Mehr als Ihr glaubt. Sie ist ein braves Mädchen. Sie hat mich vor Euch, vor Euren Liebkosungen warnen wollen. Sie hat mir alles gesagt.»

«Was alles?»

«Das geht Euch nichts an... Ich hasse Euch!»

Zorn verjagte mit einem Schlag Gilles' Gewissensbisse. Auf das Mädchen zuspringend, das, an die Kapellenwand gedrückt, nicht zurückweichen konnte, packte er ihren Arm.

«Ich will wissen, Madalen. Du hast zuviel gesagt. Wenn man jemand anklagt, hat man bis zum Ende zu gehen. Was also hat Fanchon dir gesagt?»

«Alles, sage ich Euch, alles... Daß Ihr kein Mädchen sehen könnt, ohne es zu begehren, daß sie auf dem Schiff Eure Mätresse gewesen ist und auch...»

«Und auch was?» knirschte er zwischen zusammengepreßten Zähnen.

«Das, was geschehen ist... neulich nacht... im Zimmer Eurer Frau. Wie...wie Ihr sie geliebt habt.»

«Diese Hure!» dachte Gilles, rasend vor Wut. «Das wird sie mir bezahlen! Sobald ich zurück bin, werfe ich sie hinaus!»

Er ließ Madalen los, die hemmungslos schluchzend an der Kapellenwand lehnte, den Kopf auf die gekreuzten Arme gesenkt. Bemüht, zu seiner Ruhe zurückzufinden, holte er tief Atem. Seine Stimme klang kalt und glatt, als er wieder zu sprechen begann:

«Sehr gut. In diesem Fall, Madalen, werde ich versuchen, Euch zu erklären, was ein Mann ist, denn Ihr scheint nicht die leiseste Vorstellung davon zu haben. Er ist keine reine Seele, wie Ihr Euch einzubilden scheint. Er hat eine Seele, ja, aber er hat auch Körper und Herz, und selbst wenn das Herz nur für ein einziges Weib schlägt, kann der Körper auf so manche Forderung reagieren, denn er hat Bedürfnisse, Ansprüche sogar. Deshalb ist die erwiderte Liebe, die absolute, totale Liebe, die zwei Seelen, zwei Herzen und zwei Körper zu einem einzigen Wesen verschmilzt, auch wenn Ihr diese verschwiegene Facette nicht sehen wollt, die wundervollste Sache der Welt.»

Er ließ einen Moment der Stille verstreichen, dann fuhr er leiser fort:

«Während der Überfahrt kam Fanchon eines Nachts in meine Kabine, und ich nahm an, was sie mir bot. Was Judith angeht, ist sie meine Frau, und ich kann bei ihr die Rechte ausüben, die mir die Ehe verliehen hat. Ich habe sie heiß geliebt, bis ich Euch begegnete, doch nun seid Ihr es, die ich liebe, die zu lieben ich mich nicht hindern kann, mit meinem ganzen Sein, versteht Ihr? Meinem ganzen Sein, und ich schäme mich nicht, Euch zu gestehen, daß ich Euch ebenso begehre, wie ich Euch liebe.»

Sie hatte aufgehört zu weinen. Mit fiebrigen, ungeschickten Bewegungen hob sie ihr Haar, barg es von neuem in der Haft der leichten Haube.

«Ich glaube Euch nicht. Ich muß mich von Euch entfernen, muß aufhören, Euch zu lieben. Gott straft mich, weil Ihr ein verheirateter Mann seid, aber ich weiß, wie ich mich trennen kann. Ich werde meiner Mutter sagen, daß ich Ned Billing heiraten will.»

Eine rote Wolke glitt durch Gilles' Gehirn und weckte alle Gewalttätigkeit, die er dem Blut der Tournemine verdankte. Die eigensinnige Halsstarrigkeit dieses anbetungswürdigen Mädchens machte ihn toll. Jedes Maß verlierend, rief er:

«Haltet Ihr ihn etwa für eine reine Seele? Was glaubt Ihr, was Ned Billing am Abend Eurer Hochzeit mit Euch tun wird? Er wird Euch Eure Kleidung nehmen, Eure schöne weiße Robe. Er wird Euch nackt ausziehen. Er wird Euren ganzen Körper streicheln. Er wird sich gleichfalls nackt auf Euch legen, er...»

Entsetzt preßte sie ihre Hände auf ihre Ohren und begann, zwischen den Gräbern davonzulaufen, um dieser unerbittlichen Stimme zu entgehen, die sie schändete.

«Schweigt! Schweigt! Von alldem will ich nichts wissen! Ihr seid ein Ungeheuer...»

«Nein. Ich wiederhole es: ich bin ein Mann, ein Mann, der dich zum Sterben liebt. Und merk dir dies, Madalen: Wenn du Ned Billing heiratest, werde ich ihn töten!»

Er sah sie quer über die Wiese laufen, dem Saum des Wäldchens zu, wo Pongo mit den Pferden auf ihn wartete, sah sie endlich ganz in der Nähe des Indianers, der ihre Flucht verdutzt beobachtete, unter dem Laubdach der Bäume verschwinden. Alleingeblieben, trat Gilles langsam an Rozenns Grab, beugte die Knie und bückte sich, bis seine Lippen den mit Blumen geschmückten Erdhügel berührten, unter dem die ruhte, die er mehr als seine Mutter liebte.

«Verzeih mir, meine Rozenn. Du, die du mich immer zu verstehen wußtest...»

Er war ihrer Vergebung sicher. Rozenn wußte, daß das Blut ihres Pfleglings nicht das eines Gänschens war, und sie war einer gewissen Leidenschaftlichkeit nie abgeneigt gewesen. Gilles war überzeugt, daß sie die Szene, deren Schauplatz der kleine Friedhof gewesen war, voll genossen hätte, und sich erhebend, war ihm, als höre er sie in der vom Fluß kommenden Brise lachen.

Mit großen Schritten steuerte er Pongo zu, der tugendhaft die Augen abwendete, als er ihn herankommen sah, und ihm nur wortlos Merlins Zügel reichte. Dafür bekam er den Rest von Gilles' Zorn zu spüren.

«Mach kein so heuchlerisches Gesicht!» knurrte er. «Du hast alles gehört. Wir haben laut genug geschrien. Was tätest du mit einem Mädchen, das dich wie einen Satyr behandelt, nachdem es dir seine Liebe gestanden hat?»

«Ich ihr erklären, sie haben ganz recht», bemerkte Pongo unerschüttert. «Sie schreien viel zuerst, aber danach gurren wie Turteltäubchen. Hübscher kleiner Wald, sehr angenehm für lehren Liebe prüdem Mädchen.»

Verdutzt betrachtete Gilles seinen Freund und fragte sich, ob er etwa scherze, doch Pongo, der würdig und kerzengerade im Sattel saß, ließ keine Spur von Heiterkeit erkennen. Da brach der junge Mann jäh in Gelächter aus, und sein Lachen hallte fröhlich unter den Zweigen der Bäume wider, die den Himmel in kapriziöse Azursegmente zerlegten.

«Du hast recht», sagte er. «Ich werde versuchen, mich das nächste Mal daran zu erinnern. Aber jetzt zurück zum Haus. Ich habe etwas zu erledigen.»

Und Merlin die Sporen gebend, ritt er im Galopp den nach Mount Morris führenden Hang hinauf.

Anna Gauthier war es, die ihm Judiths Tür öffnete. Fanchon war zu den Hunters gegangen, um irgend etwas von Mrs. Hunter zu leihen. Gilles verschob also die Unterredung mit ihr auf später und trat bei seiner Frau ein.

In ihrem Bett sitzend, von zahlreichen spitzengesäumten Kissen gestützt, über die sich ihr prachtvolles rotes Haar ausbreitete, trank Judith eine Tasse Milch. Ihre schlanken Arme und ihr langer, graziöser Hals kamen aus einem unglaublichen Durcheinander von weißer Seide und grünen Bändern zum Vorschein. Noch sehr bleich mit breiten Ringen, die ihre dunklen Augen vergrößerten, wirkte sie sehr zerbrechlich und ein wenig wie verloren in der weißen Weite ihres großen Bettes, dessen schneeigen Baldachin schlanke Mahagonisäulen trugen, die Gilles trotz der wenig freundlichen Gefühle, die ihm seine Frau einflößte, nicht ohne leises Unbehagen wiedersah.

«Wie fühlt Ihr Euch?» fragte er, nachdem er sie höflich gegrüßt hatte.

Er war auf eine scharfe Entgegnung, eine kräftige Abfuhr gefaßt, auch auf Zorn nach der Behandlung, die er sie hatte erdulden lassen, doch zu seiner äußersten Überraschung antwortete Judith mit einem schwachen Lächeln.

«Besser, ich danke Euch. Man hat mich sehr sachkundig und hingebend gepflegt», sagte sie mit einem Blick zur Tür, die Anna im selben Moment leise schloß. «Bald wird all dies nur noch eine böse Erinnerung sein.»

Ein starker Apothekengeruch herrschte im Zimmer, und Gilles begann sich von ganzem Herzen nach dem scharfen, salzigen Meerwind zu sehnen. Er zwang sich zu einem Lächeln, erzielte jedoch nur eine unsichere Grimasse.

«Ich danke Euch für Eure Sanftmut», sagte er mit einem Hauch von Ironie.

«Sanftmut? Aber ... warum?»

«Mir ist bewußt, daß ich mich bei Euch für die ... ein wenig brutale Art entschuldigen muß, in der ich mich Euch gegenüber benommen habe. Ich fürchte, für das Unglück, das sich daraus ergab, verantwortlich zu sein.»

Judith errötete trotz ihrer Blässe, und die Augen senkend, begann sie, eine Locke ihres Haares abwesend um ihren Zeigefinger zu wikkeln.

«Ihr hättet tausendfach Schlimmeres tun können, ohne daß ich berechtigt gewesen wäre, den kleinsten Vorwurf auszusprechen», sagte sie mit belegter Stimme. «Ich denke, die Dinge sind jetzt viel klarer zwischen uns, und es ist gut so, daß es so ist.»

Verblüfft über die außerordentliche Veränderung, die in so kurzer Zeit mit der jungen Frau vorgegangen war, fand er nicht gleich eine Antwort. Wo war die arrogante Judith geblieben, die sich bei seiner Rückkehr vom Oswego funkelnd vor Stolz und Schönheit vor ihm aufgereckt hatte? Wo war die wütende Wildkatze mit ihren scharfen Krallen, die er in diesem selben Zimmer mit Gewalt genommen hatte wie ein Landsknecht in einer eroberten Stadt? Hatte das von der jungen Frau erlittene Trauma sie in diesem Maße verwandelt ...

oder war all das nur Komödie? Eine Kriegslist vielleicht, um sein Mißtrauen einzuschläfern und einen eventuellen Verdacht zu entkräften, der im Zusammenhang mit Rozenn in ihm aufgestiegen sein mochte?

Während er in Gedanken weiter solchen Erwägungen nachhing, hörte er sich fragen:

«Meint Ihr wirklich, daß zwischen uns alles zum Besten in der besten aller Welten steht?»

Diesmal hob sie den Kopf, und ihre dunklen Augen, ruhig wie nächtliche Seen, suchten die seinen.

«Seit zwei Tagen habe ich viel über den Sinn von all diesem nachgedacht. Vielleicht, weil ich einen Moment den Tod sich mir auf dem Wege des meinen Körper fliehenden Blutes nähern sah, habe ich in diesem Unglück eine Warnung des Himmels gesehen. Wir sind, ob wir es wollen oder nicht, aneinander gefesselt, und nichts kann uns voneinander lösen. Wir müssen hier zusammen leben.»

«Nicht hier! Ich kam, um Euch mitzuteilen, daß wir New York verlassen werden, sobald Ihr wiederhergestellt seid, um nach der Insel Santo Domingo zu gehen, wo ich eine Indigoplantage erworben habe. In der Hoffnung, daß dies Euren Plänen nicht allzusehr entgegensteht», fügte er spöttisch hinzu.

Sie ließ ein kleines, trauriges Lachen hören.

«Meine Pläne? Ich sehe nicht recht, was für welche es außer den Euren geben könnte. Meinethalben also Santo Domingo! Ich habe oft sagen hören, daß die Insel sehr schön sei. In einer Woche, denke ich, werde ich imstande sein, Euch zu folgen.»

«Ich danke Euch für Euer Verständnis, Judith», sagte er, lässig eine Verbeugung andeutend. «Im Austausch verspreche ich Euch, daß das, was neulich nacht geschehen ist, sich nicht wieder ereignen wird.»

Stille entstand, nur vom Schrei einer Schwalbe unterbrochen, die den Schutz des Dachs verließ, um zum Himmel aufzufliegen. Gilles beobachtete seine Frau, die wieder damit begonnen hatte, die rote Strähne um ihren Finger zu winden. Da sie schwieg, schickte er sich an, ihr einen guten Abend zu wünschen, als sie plötzlich die Lider hob, einen Blick enthüllend, glitzernd wie doppelter schwarzer Diamant.

«Ein solches Versprechen hat keinen Sinn», murmelte sie. «Ich verlange nicht soviel von Euch. Guten Abend, mein Freund.»

Und die Augen mit einem kleinen Seufzer von neuem schließend, drehte sie den Kopf zum Fenster, als beabsichtige sie zu schlafen. Einigermaßen verwirrt, verließ Gilles langsam das Zimmer. Nachdem er die Tür hinter sich zugezogen hatte, blieb er dort einen Moment und suchte zu verstehen, was in Judith vorgegangen sein mochte. War sie aufrichtig, oder spielte sie nur eine neue Rolle: die der reuigen, resignierenden Gattin? Aber der letzte Blick, den sie ihm zugeworfen hatte, wies durch nichts auf Sanftmut und Verzicht hin, und bei einer so unvorhersehbaren, so dem Wechsel ihrer Launen unterworfenen Frau könnte man sich auf alles gefaßt machen. Er wußte sie von ihrer Schönheit und ihrem Charme überzeugt. Zudem hatte er selbst ihr neulich nacht wie ein Dummkopf gezeigt, welche Macht ihre Schönheit noch über seine Sinne haben konnte. Vielleicht beabsichtigte Judith, ihn sich von neuem zu unterwerfen, um besser ihr Spiel mit ihm treiben zu können, wenn sie ihrer Macht erneut sicher wäre. Das konnte Teil eines dunklen Racheplans sein, dessen Ausführung mit Rozenns Tod begonnen hatte...

In Erwartung alles weiteren nahm Gilles sich vor, das Gebaren seiner Frau und sein eigenes Verhalten genauestens zu überwachen. Wenn Judith eines Tages seine Leidenschaft für Madalen entdeckte, geriet das junge Mädchen vielleicht in Gefahr, nicht aus Eifersucht, sondern um ihn im empfindlichsten Punkt zu treffen.

Annas Rückkehr riß ihn aus seiner Grübelei und erinnerte ihn daran, daß er noch etwas zu tun und im übrigen völlig vergessen hatte, Judith von seiner Absicht zu unterrichten, ihre Kammerfrau fortzuschicken.

«Wollt Ihr so gut sein», sagte er ihr, «Fanchon zu suchen und ihr mitzuteilen, daß ich sie unverzüglich in der Bibliothek erwarte?»

«Gewiß, Monsieur Gilles, ich gehe sofort.»

Zehn Minuten später kratzte Fanchon an der Tür der Bibliothek und trat, nachdem sie Erlaubnis dazu erhalten hatte, in den von Sonnenlicht überfluteten großen Raum, in dem Tournemine sie erwartete. Er stand, die Arme über der Brust verschränkt, neben einem Tisch, auf dem ein Brief und eine Börse lagen.

«Monsieur le Chevalier hat mich rufen lassen?» sagte sie, lächelnd eine Reverenz andeutend. Doch ihr Lächeln schwand vor dem eisigen Blick, der sie empfing.

«Ich habe Euch rufen lassen, ja. Um Euch zu sagen, daß Ihr nicht mehr zu meinem Haus gehört.»

«Daß ich...?»

Er ließ ihr nicht die Zeit zu einer längeren Unterbrechung.

«Heute abend verläßt ein französisches Schiff, die ‹Comte de Noe›, New York auf dem Weg nach Nantes. Hier ist Euer Lohn für ein Jahr, dem ich den Preis für Eure Überfahrt und einen Brief für Kapitän Raffin, der das Schiff kommandiert, hinzugefügt habe. Geht und packt Eure Siebensachen! In einer Viertelstunde wird Hunter Euch zum Hafen bringen.»

Sie war so weiß wie ihre Schürze geworden, und im Ausschnitt ihres Kleides konnte man ihre Brust sich erregt heben und senken sehen.

«Ihr... jagt mich fort?» stieß sie endlich hervor. «Das ist nicht wahr!»

«Allerdings. Ich entlasse Euch.»

«Aber man entläßt jemand nicht ohne Grund! Was habe ich getan?»

«Es trifft sich, daß ich Gelegenheit hatte zu erfahren, welch gute Meinung Ihr von mir habt und daß Ihr, nicht damit zufrieden, an Türen zu lauschen, auch noch über das klatscht, was sich im Zimmer Eurer Herrin ereignet. Ich will Euch nicht mehr sehen! Schert Euch fort!»

Während er sprach, konnte er auf dem Gesicht des Mädchens das Wachsen eines irren Zorns verfolgen. Es war, als sickere Galle in dieses normalerweise rosige, frische Gesicht und färbe es gelb. Statt sich dem Urteil, das sie traf, zu beugen, schien Fanchon sich aufzurecken, aufzublähen wie eine zum Biß bereite Schlange.

«Ich werde nicht gehen. Ihr habt kein Recht dazu. Nicht nach dem, was zwischen uns gewesen ist.»

«Es ist nie etwas zwischen uns gewesen! Ihr träumt, mein Mädchen.»

«Madame wird mich nicht gehen lassen.»

«Ich rate Euch, nicht zu ihr zu gehen und ihren Schutz zu fordern, wenn Ihr nicht wollt, daß ich ihr berichte, wie Ihr mit ihren Alkovengeheimnissen umgeht. Ich habe Euch eine Viertelstunde zur Vorbereitung auf Eure Abreise gegeben, und ich weise Euch darauf hin, daß fünf Minuten bereits verstrichen sind.»

«Es ist dieses kleine Weibsbild, nicht wahr? Diese Rühr-mich-nicht-an-Pute von Madalen, die Euch diese Greuelmärchen aufgebunden hat, und Ihr, Ihr habt sie geglaubt, weil sie verliebt in Euch ist!»

Angewidert von dieser unerfreulichen Szene wandte Gilles sich zur Tür.

«Da Ihr nicht gehen wollt, gehe ich, aber in zehn Minuten werden Hunter und Pongo kommen und Euch in den Wagen setzen, ob Ihr wollt und bereit seid oder nicht!»

«Gut! Ich gehe! Aber glaubt nicht, daß Ihr mich so leicht losgeworden seid. Auch ich liebe Euch... und wir werden uns wiedersehen.»

Sie lief aus dem Raum, nachdem sie Börse und Brief an sich gerafft hatte, stürzte zu ihrer Kammer, wo sie den größten Teil ihrer Habseligkeiten in ihren Reisesack stopfte und mit dem Rest ein großes Kopftuch füllte, dessen vier Zipfel sie verknotete. Ihre Hände zitterten vor Erregung und Wut, und sie dachte nicht einmal daran, sich die Tränen abzuwischen, die unablässig über ihre Wangen rollten. Die Demütigung, die Gilles ihr zugefügt hatte, brannte wie glühendes Eisen, und Haß stieg mit einem Geschmack von Galle erneut in ihr auf.

Wie hätte sie auch vermuten können, daß diese kleine Gans mit ihrer Madonnenmiene ihrem Herrn noch ganz warm die Vertraulichkeiten auftischen würde, die sie, Fanchon, ihr vielleicht unklugerweise erzählt hatte, in der Hoffnung, sie dadurch abzuschrecken. Als ob man ein verliebtes Mädchen abschrecken könnte, wenn man ihr von den Liebestaten des Mannes erzählte, den sie ins Herz geschlossen hatte? Fanchon hätte sich am liebsten geohrfeigt, weil sie sich so töricht benommen hatte. Ihre erste Idee war besser gewesen, als sie Gilles' Abwesenheit zu dem Versuch hatte nutzen wollen, Madalen zu vergiften, weil ihr deren leidenschaftliches Interesse für den Chevalier nicht entgangen war. Unglücklicherweise hatte diese alte Närrin Rozenn sie dabei ertappt, und sie hatte sie umbringen müssen, um nicht selbst denunziert zu werden, aber sie war vorsichtig genug gewesen, ein Stückchen Spitze aus Judiths schönstem Unterrock herauszureißen und in der Nähe des Ortes liegenzulassen, wo man die alte Frau finden würde. Aus dem Rock Judiths, die sie auch umbringen wollte, wenn es früher oder später an der Zeit wäre...

In Fanchons nicht sehr stabilem Gehirn hatte die Liebe, die sie für Gilles empfand, seitdem sie sich ihm gegeben hatte, sonderbare Verwüstungen angerichtet, seltsame Stollen gegraben. Durch sie war sie auf den Gedanken verfallen, daß sie die zwischen ihm und ihr stehenden Frauen nur umzubringen brauchte, um den, der nicht mehr ihr Liebhaber sein wollte, wieder an sich zu binden und zu den Wonnen zurückzulocken, die sie ihm zu schenken gewußt hatte.

Und sie hatte es ganz natürlich gefunden, gewisse Lektionen, gewisse Ratschläge, die sie den Männern verdankte, mit denen sie in der «Folie Richelieu» gelebt hatte, in die Praxis umzusetzen.

Dieser verfluchten Madalen wegen mißglückten alle ihre Pläne. Für den Augenblick wenigstens, denn sie dachte nicht daran, sich geschlagen zu geben, für immer auf den einzigen Mann zu verzichten, der je ihr Blut so in Aufruhr versetzt hatte. Nein, sie würde nicht nach Frankreich zurückkehren. Sie würde sich nicht wie Vieh oder wie eine Diebin aufs Schiff schleppen lassen, um ein paar Wochen später auf dem Quai von Nantes zu landen und ins Elend oder in die Prostitution zu gehen. Der Mann, den sie wollte, würde bald nach Santo Domingo absegeln? Nun gut, auch sie würde nach Santo Domingo gelangen, und sie würde nicht eher ruhen, bis sie das ausgeführt hatte, worin sie nun eine heilige Rache sah. Die Wonnen der Liebe würden danach schon von selbst kommen...

So bat Fanchon, als der von David Hunter gelenkte Wagen am Quai des East River angelangt war, er möge anhalten und sie aussteigen lassen.

«Ich bin groß genug, um ganz allein ein Schiff nehmen zu können», sagte sie ihm mit kümmerlich-tränenfeuchter Stimme. «Und außerdem geniert es mich schrecklich, daß man mich wie ein Bündel, das man loswerden will, auf die ‹Comte de Noe› bringt. Ich bitte Euch, Monsieur Hunter, laßt mich hier. Es ist... es ist eine Frage der Würde.»

Der Amerikaner zuckte die Schultern, hielt jedoch seine Pferde an. Er war sich bewußt, daß es ihm nie gelingen würde, diese Franzosen mit ihren stets so komplizierten Geschichten völlig zu verstehen. Zudem empfand er ein bißchen Mitleid mit diesem armen Mädchen, das während des ganzen Weges wie ein Springbrunnen geweint hatte. Schließlich war ihm nur befohlen worden, sie zum Hafen zu bringen, und er hatte sie zum Hafen gebracht. Für den Rest konnte sie selber sorgen, wie sie es eben verstand.

«In diesem Fall, Miss, seid Ihr angelangt», sagte er und beugte sich vor, um die Tür zu öffnen. «Ich wünsche Euch eine glückliche Reise.»

«Danke, Monsieur Hunter. Seid unbesorgt, sie wird glücklich sein.»

Auf dem Quai stehend, das Gepäck zu ihren Füßen, sah sie ihm zu, wie er die Pferde wendete und gleich darauf in der Broadstreet und einer Staubwolke zugleich verschwand. Da sie nicht weit entfernt das Schild einer der zahlreichen am Hafen verteilten Herbergen entdeckte, nahm sie danach ihren Reisesack und das Bündel auf, wandte entschlossen den am Quai liegenden Schiffen den Rükken und strebte leichten Fußes der von ihr gewählten Unterkunft zu.

Während der Wagenfahrt war ein kühner Plan in ihrem Gehirn gereift, ein Plan, zu dessen Verwirklichung ihr einige Tage bleiben würden: Der Schiffskoch des «Falken» war in sie verliebt, und sie wußte, daß sie für ein paar Liebesstunden von ihm erlangen würde, was sie wünschte. Wenn er sie zu seiner Mätresse machen wollte, würde dieser Einfaltspinsel sie heimlich aufs Schiff lassen müssen, bevor es zu den Antillen auslief. Und dort wäre es vielleicht noch leichter, ihre Absichten in die Tat umzusetzen...

Währenddessen erfüllte sich Gilles in Mount Morris den Wunsch nach einem friedlichen Abend. Fanchons Abfahrt hatte ihm zu einer Art zweifellos ein wenig egoistischen Erleichterung verholfen, denn selbst wenn das Mädchen sich nicht zu diesem Verrat infamer Vertraulichkeiten an die unschuldige Madalen hergegeben hätte, wäre es ihm peinlich gewesen, in ständiger Berührung mit einer Frau zu leben, die trotz ihres Versprechens nicht aufhörte, ihm nachzuspüren und die Erinnerung an ihre flüchtigen Beziehungen wie einen Wurfspieß zu schwingen.

An diesem Abend war alles gut, so gut wenigstens, wie man es an einem Ort erhoffen konnte, an dem eine Frau eine andere getötet hatte. Ihre Abreise stand bald bevor, und alle würden reisen, denn Pierre war kurz zuvor erschienen, um ihm rundherum glücklich zu sagen, daß seine Schwester zur großen Enttäuschung Mrs. Hunters Ned Billings Werbung abgewiesen habe.

Um seine Pfeife zu rauchen, begab sich Gilles nach dem Souper, von Pongo begleitet, in den in den letzten Strahlen der Sonne leuchtenden Park. Die Luft war wunderbar rein und von kristallener Durchsichtigkeit. Geruhsamen Schritts gingen die beiden Männer zu dem großen Magnolienbaum, dessen Blüten den Abend mit Duft erfüllten, und ließen sich unter ihm nieder. Ohne ein Wort zu sprechen, zufrieden, beieinander zu sein, blieben sie dort, bis die Nacht alle Sterne angezündet hatte.

Zweiter Teil

Eine Insel unter dem Wind

6. Kapitel

Moses

Der «Falke» war nicht mehr als zweihundert Seemeilen von den Turk-Inseln entfernt, der obligatorischen Passage durch die Bahamas auf dem Weg nach Santo Domingo, als Fanchons Anwesenheit im Vorratsraum des Schiffs von einem jungen Matrosen entdeckt wurde, den Kapitän Malavoine geschickt hatte, um ihm eine Flasche Rum zu holen.

Die junge Frau lag leblos mitten in dem zwischen Fässern und Säcken freigelassenen Raum, dort, wohin sie von dem wütenden Hurrikan geschleudert worden war, der das Schiff bei der Fahrt über den Wendekreis des Krebses durchschüttelt hatte. Es war Mitte Juli, das heißt, man hatte die «Winterzeit» erreicht, die Jahreszeit des Regens, die schlechte Zeit, die mit Stürmen und Nebel über dem Golf von Mexiko und der Karibischen See herrschte.

Fanchon befand sich in einem unerquicklich verschmutzten Zustand. Auf der Stirn schwoll ihr eine von einer Schramme gekrönte Beule, und als man sie aufhob, um sie an Deck zu schaffen, erwachte sie aus ihrer Ohnmacht, stieß einen lauten Schrei aus und verlor dann erneut das Bewußtsein. Da erst bemerkte man, daß sie sich auch einen Arm gebrochen hatte. Man konnte nichts anderes tun, als sie auf ein Lager zu betten und der Pflege der Frauen zu überlassen, die sich um sie bemühten und darüber fürs erste ihre natürliche Überraschung und Neugier vergaßen und nur daran dachten, ihr die Schmerzen zu erleichtern.

Unterstützt von Judith selbst, die sich diesmal während der Überfahrt hervorragend hielt, zogen Anna und Madalen den blinden Passagier aus, wuschen ihn, soweit möglich, und zogen ihm ein sauberes Nachthemd an, bevor sie ihn der Pflege Kapitän Malavoines anvertrauten, den die vielen auf See verbrachten Jahre mit gewissen medizinischen Kenntnissen ausgetattet hatten. Er richtete den verletzten Arm ein, nicht ohne seiner Patientin fürchterliches Geheul zu entlocken, legte Schienen an und verband das Ganze kräftig.

«Das wird in Ordnung sein, bis wir in Cap Français sind», vertraute er Judith an, die die Operation mitangesehen hatte. «Dort gibt es richtige Ärzte und sogar ein Krankenhaus. Eure Kammerfrau wird dort jede notwendige Pflege bekommen können.»

Judith betrachtete Fanchon mit träumerischer Miene. Sie war äußerst verärgert gewesen, als Gilles ihr eröffnet hatte, er hätte sie fortgeschickt, ohne sie auch nur zu benachrichtigen, eine Frau, deren Dienste sie schätzte und an die sie sich gewöhnt hatte. Die Erklärung, die er ihr gab, hatte sie zweifellos schockiert, denn keine Frau liebt es zu erfahren, daß ihre Bettgeheimnisse in den Küchen die Runde machen, aber sie hatte sich nicht einmal sonderlich beleidigt gefühlt, da sie sehr wohl wußte, daß die meisten Domestiken ihrer Herrschaft nachschnüffeln und untereinander über ihr Tun und Handeln reden. Sie hatte Fanchons Spionieren sogar als ein Zeichen von Interesse und selbst von Anhänglichkeit angesehen, und ohne auch nur einen Moment zu ahnen, daß ihre Kammerfrau auf sie eifersüchtig sein könnte, hatte Judith die beklagt, die sich mit Schimpf und Schande davongejagt sah, weil sie sich zweifellos über die brutale Behandlung entrüstet hatte, die ihr Herr einer schwangeren Frau zuteil werden ließ.

Seit ihrem schrecklichen Abenteuer am Abend ihrer Hochzeit mit Dr. Kernoa nahe dem Schloß von Trecesson hatte Judith Männern gegenüber instinktiv Furcht und Mißtrauen gehegt. Es hatte der ganzen magnetischen Kraft Cagliostros bedurft, um sie von den erdrückenden Alpträumen und nächtlichen Schrecken zu befreien, die sie verzehrten, doch als die Genesung endlich eingetreten war, hatte sich Judith entschlossen, nur noch ihren eigenen Impulsen zu folgen, ob sie nun gut oder böse waren: zu gehen, wohin es ihr gefiel, den zu schlagen, der sie beleidigte, ohne sich sonderlich durch philosophische, moralische oder religiöse Bedenken hindern zu lassen. So hatte sie bedauert, von Fanchon, die eins der wichtigsten Elemente einer Existenz gewesen war, die sie geliebt hatte, durch eine in ihren Augen recht eigenmächtige Autorität getrennt worden zu sein. Um so mehr, als sie bei dem Tausch nichts gewonnen hatte, denn die ernste und fleißige Anna Gauthier war nicht entfernt so amüsant wie Fanchon, die immer lustig, immer bereit war zu lachen und die, wie die Soubrette in der Komödie, eine recht verführerische Mischung aus anstelliger Dienerin, Spaßvogel und Vertrauter darstellte. Was Madalen betraf, hatte Judith dieses zu schöne, zu sanfte, zu fleißige Mädchen instinktiv sofort gehaßt, auch weil sie sie nie hatte lachen hören.

Das fast wundersame Wiederauftauchen ihrer Kammerfrau erschien ihr folglich als ein Geschenk des Himmels, und als der Kapitän mit seinem Werk fertig war, dankte sie ihm und ließ sich am Bett der Verletzten nieder, nachdem sie die anderen Frauen fortgeschickt hatte. So war es das Gesicht ihrer Herrin, das Fanchon als erstes sah, als sie dank der Wirkung eines unter ihren Nasenlöchern herumgeschwenkten Flakons mit Ammoniaksalz aus ihrer Ohnmacht erwachte und die Augen öffnete, die sich sofort mit Tränen füllten.

«Madame!... O Madame! Seid Ihr es wirklich? Oh, danke, mein Gott! Ich glaubte fest, ich würde weder Euch noch die Sonne jemals wiedersehen.»

Sie versuchte, sich aufzurichten, aber ihr verletzter Arm hinderte sie daran, und sie fiel mit einem Schmerzenslaut wieder auf ihr Kopfkissen zurück.

«Bleibt ruhig, Fanchon, Ihr seid in Sicherheit. Aber welch ein Wahnsinn, Euch in diesem Verschlag ohne Luft, ohne Licht und in dieser Hitze zu verstecken! Ihr hättet ersticken können.»

«Ich weiß, Madame, ich weiß, aber... aber ich mußte Euch wiedersehen, ich mußte Euch sagen... Monsieur le Chevalier hat mich davongejagt, ohne mir auch nur die Zeit zu lassen, mich zu rechtfertigen, ohne mir zu erlauben, Madame wiederzusehen... Es war unmöglich so fortzugehen! Und dann – wohin? Seitdem ich bei Euch lebe, habe ich mich Euch angeschlossen. Oh, ich habe wohl gelitten, aber ich wäre bereit, noch hundertmal mehr zu leiden. Und nun soll all dies vergebens gewesen sein...» Und Fanchon begann wie ein Brunnen zu weinen. Von Mitleid überwältigt, bot Judith ihr ihr Taschentuch an, das sie augenblicklich durchnäßte.

«Warum soll es vergebens gewesen sein?»

«Weil... weil Monsieur le Chevalier mich unfehlbar wieder fortschicken wird! Sobald wir an Land sind, wird er mich auf irgendein Schiff bringen lassen. Und das wäre nicht geschehen, wenn ich bis zum Ende ausgehalten hätte, ohne entdeckt zu werden. Da unten hätte ich's schon irgendwie geschafft, Madame wiederzusehen, mit ihr zu sprechen...»

«Kommt, Fanchon, beruhigt Euch! Ihr schadet Euch nur, und Ihr mutmaßt, ohne zu wissen, was die Reaktion meines Mannes sein wird.»

«Nein. Nein, ich weiß... Er haßt mich... und alles wegen dieses Mädchens, das mich auch haßt.»

Judith spitzte die Ohren und runzelte die Stirn.

«Dieses Mädchen? Welches?»

«Dieses kleine Dummerchen, diese Madalen, die nichts von dem verstanden hat, was ich ihr gesagt habe. Ich weiß, daß sie in den Herrn verliebt ist, und ich wollte ihr zu verstehen geben, daß sie nur ihre Zeit verliert... daß Monsieur nur Madame liebt und immer lieben wird. Das muß ihr bestimmt nicht gefallen haben, und sie hat, ich weiß nicht was, erzählt...»

Sie hätte noch lange weiterreden können – Judith hörte sie nicht mehr. Die Worte ihrer Kammerfrau hatten ihr einen unerwarteten Horizont eröffnet. Plötzlich erinnerte sie sich, was Gilles ihr ins Gesicht geschleudert hatte, als sie ihre Liebe zu jenem Mann bekannt hatte, von dem sie nicht einmal mehr wußte, mit welchem Namen sie ihn nennen sollte. Er hatte gesagt: «Ich liebe Euch nicht mehr, meine Teure. Behaltet das gut in Eurem hübschen Kopf...» Und in dem Augenblick hatte sie es nicht geglaubt, hatte sie eine von männlichem Stolz diktierte natürliche Reaktion darin gesehen. Jetzt jedoch gewannen diese Worte Gewicht, eine beunruhigende Bedeutung. Wenn er sie nicht mehr liebte, und das war noch nicht lange her, mußte er eine andere lieben. Judiths Instinkt sagte ihr, daß diese andere dieses hinreißende blonde, dem Boden der Bretagne entrissene und, Gott allein wußte warum, ans Ende der Welt entführte Mädchen war.

Je länger sie darüber nachdachte, desto mehr war die junge Frau davon überzeugt, des Rätsels Lösung gefunden zu haben. War es nicht aufschlußreich, daß Gilles auf eine einfache Denunziation dieses Mädchens hin Fanchon hinausgeworfen hatte, ohne sie auch nur anzuhören? Er mußte eine große Affäre daraus gemacht haben, und von da aus zu schließen, daß er sich verliebt hatte, bedurfte es nur eines Schritts. Judith tat ihn, ohne zu zögern.

Zwischen halbgeschlossenen Lidern verfolgte Fanchon, die verstummt war, auf dem Gesicht ihrer Herrin den wachsenden Zweifel, den sie ihr eingeredet hatte, aber als Judith aufstand, um hinauszugehen, begann sie, wieder zu jammern:

«Erbarmen, meine liebe Dame, laßt nicht zu, daß Monsieur le Chevalier mich fortschickt! Ich würde sterben! Es ist nicht meine Schuld, daß ich mich so sehr an Euch angeschlossen habe...»

«Seid ruhig, Fanchon. Man wird Euch nicht ein zweites Mal fortschicken. Ihr gehört mir, und ich gedenke, eine Grundsatzfrage daraus zu machen.»

Als sie die enge Kabine verlassen hatte, fand Fanchon sich neuerlich allein mit den Dämonen des steigenden Fiebers und den stechenden Schmerzen in Arm und Kopf, aber sie fühlte sich merkwürdig glücklich und segnete das Schicksal, das sie unter so beklagenswerten Umständen hatte entdeckt werden lassen. Wenn er nicht wollte, daß man ihn für den barbarischsten aller Tyrannen hielt, konnte der schöne Chevalier mit dem Raubvogelprofil und den Augen aus blauem Eis sie nicht aus seiner Nähe entfernen. Die Aussichten, die sich gegenwärtig vor ihr öffneten, belohnten sie reichlich für das, was sie in diesem fürchterlichen Zwischendeck gelitten hatte. Und sie mit der Zärtlichkeit der Hoffnung hätschelnd, gelang es ihr, Schlaf zu finden und schlief ein.

Als Judith den Fuß auf das noch von den wütenden Brechern des jüngst vergangenen Sturms glänzende Deck setzte, sah sie, daß die ganze Mannschaft sich am Fuß der Schanze versammelt hatte, auf der Gilles stand, flankiert von Kapitän Malavoine und Pierre Menard, dem Zweiten Offizier. Das Meer hatte sich besänftigt, die Sonne schien wieder, und das Schiff, von einem guten Wind getrieben, lief mit halber Fahrt auf die Reihe von Inseln zu, die sich am Horizont abzeichnete. Doch auf dem «Falken» war das Schweigen so vollkommen wie während eines Gottesdienstes. Nur der Schrei der Seemöwen und der Gesang des Windes in den Wanten war zu hören. Als Tournemine seine Frau erscheinen sah, widmete er ihr einen raschen Blick, dann stellte er noch einmal mit lauter Stimme die Frage, die er offenbar gerade schon gestellt hatte: «Nun? Kann mir niemand sagen, wie diese Frau an Bord kommen konnte?»

Die Männer sahen einander an, schüttelten mit unterschiedlichen Mienen die Köpfe, aber keine Stimme erhob sich.

«Es fällt mir schwer zu glauben», fuhr der Chevalier fort, «daß ihr niemand geholfen hat. Oder war das Schiff etwa schlecht bewacht, während es vor New York lag? Muß ich aufs Geratewohl strafen, damit der Schuldige sich meldet?» Da sich das Schweigen in die Länge zu ziehen drohte, beugte Pierre Menard sich zu Tournemine und murmelte, nachdem er sich geräuspert hatte:

«Verzeiht, Monsieur, aber sie muß an Bord gekommen sein, während wir am Quai waren. Trotz der Positionslampen ist es nachts schwarz. Eine junge Frau, geschmeidig und dunkel gekleidet, hätte sich unbemerkt auf das Schiff schleichen können...»

Der Blick, den Gilles ihm zuwarf, war voller Gewitter und Argwohn.

«Ihr seid ganz sicher, Monsieur Menard, nichts mit dieser Begebenheit zu tun zu haben? Mir scheint, Ihr wißt genau, wie die Dinge sich zutrugen.»

Der junge Mann lief ziegelrot an, aber es war Empörung, die sich in seinem Gesicht ausdrückte.

«Oh, Monsieur de Tournemine!» rief er entrüstet. «Wie könnt Ihr annehmen, daß ausgerechnet ich mich genügend für eine Kammerzofe interessiere, um sie heimlich auf das Schiff zu bringen, das als Zweiter Offizier zu kommandieren ich die Ehre habe. Meine Bestrebungen zielen denn doch höher.»

Gilles hob die Schultern und wandte ihm den Rücken zu. Es war ihm nicht entgangen, daß dieser junge Schwachkopf einen Narren am Adel gefressen hatte, Ansprüche in dieser Hinsicht zu haben glaubte und bestrebt war, sich Menard de Saint-Symphorien nennen zu lassen, was Kapitän Malavoine gewaltig reizte, der sich die größte Mühe gab, seinen Namen nie richtig auszusprechen und ihn Benard oder Panard nannte, falls es nicht Monsieur de Saint-Truc oder Saint-Machin war.

Aber im Grunde war das alles recht harmlos, und Gilles sah nichts Nachteiliges darin. Dagegen schätzte er die schmachtenden Blicke ganz und gar nicht, mit denen der junge Mann Madalen jedesmal, wenn er sie sah, bedachte. Madalen, deren schöne Augen sich ihm niemals mehr zuwandten, Madalen, die ihn fast offensichtlich floh, Madalen, die niemals mehr ein Wort an ihn gerichtet hatte, außer, um ihn zu grüßen.

Andererseits hielt sie sich gern in Menards Nähe auf, wenn sie an Deck kam, um Luft zu schöpfen, und der wütende Tournemine wäre nicht böse gewesen, wenn Fanchons Abenteuer ihm einen annehmbaren Vorwand geliefert hätte, den jungen Mann zum Abmustern zu zwingen. Offenbar war es für diesmal noch nichts damit, aber Gilles tröstete sich mit dem Gedanken, daß die Ankunft nicht mehr fern sei und daß Madalen, einmal in Santo Domingo, kaum noch Gelegenheit finden würde, an Bord des «Falken» zu kommen, der übrigens im Dienste der Plantage oft auf See sein würde.

Da die Mannschaft noch immer schweigend wartete, näherte sich Judith ihrem Gatten.

«Ich möchte mit Euch über diese unselige Angelegenheit sprechen», sagte sie. «Ich glaube nicht, daß Ihr aus diesen Männern was immer es auch sei herausholen werdet, denn sie sehen nicht so aus, als wüßten sie darüber mehr als Ihr und ich...»

«Wie Ihr wollt. Kapitän, laßt die Mannschaft auseinandergehen! Schließlich handelt es sich nicht um ein Kapitalverbrechen, und es ist möglich, daß dieses Mädchen allein gehandelt hat. – Ich höre, Madame», fügte er hinzu, indem er der jungen Frau seinen Arm bot, um ein paar Schritte zu tun.

Sie stiegen zum hinteren Deck hinauf und blieben bei den Hecklaternen stehen. Von dort aus konnten sie das ganze Schiff überblikken, auf dem die Mannschaft wieder an die Arbeit oder zur Ruhe ging, doch der immer noch lebhafte Wind blähte das geblümte Kattunkleid, das Judith trug, wie einen Ballon, und sie mußte ihren weißen Musselinschal festhalten, den sie um den Kopf gewickelt hatte.

«Wollt Ihr, daß wir hineingehen?» schlug Gilles vor. «Dieser Wind belästigt Euch.»

«Habt Ihr vergessen, daß ich ebenso wie Ihr aus der Bretagne bin?» sagte sie mit einem Lächeln. «Ich liebe den Wind, besonders hier. Er hilft, diese drückende Hitze zu ertragen.»

Und den Ton wechselnd, fuhr sie fort:

«Gilles, was werdet Ihr mit Fanchon tun?»

«Was wollt Ihr, daß ich mit ihr tue? Wenn wir in Cap Français ankommen, werden wir sie ins Krankenhaus bringen lassen, damit sie dort kundigere Pflege als die Bemühungen Malavoines erhält, und sobald sie genesen ist, werden wir sie an Bord eines guten, nach Frankreich bestimmten Schiffs schaffen. Gottlob fehlt es nicht an solchen, denn der Verkehr zwischen Santo Domingo, der reichsten der Kronkolonien, und der Hauptstadt ist sehr rege.»

«Sie zurückschicken nach allem, was sie erduldet hat und noch erduldet? Ist das nicht übertrieben grausam für ein so kleines Vergehen? Ich weiß nicht», sagte sie mit einem Lächeln, «wo Ihr Personal zu finden hofft, das das Tun und Treiben ihrer Herrschaft nicht belauert und nicht untereinander darüber redet? Seht Ihr, wir beurteilen die Dinge nicht auf die gleiche Art, und ich für meinen Teil wäre eher geneigt, einen Denunzianten zu bestrafen. Es ist ein Mangel an Gemeinschaftssinn, hinzugehen und dem Herrn die Dinge zu wiederholen, die man sich in der Gesindestube oder in der Küche erzählt.»

Schockiert zu hören, daß Judith Madalen irgendwelchen Bediensteten gleichsetzte, öffnete Gilles den Mund zu einer vielleicht etwas zu lebhaften Antwort, beherrschte sich jedoch und schloß ihn wieder. Judith kannte den Namen derjenigen nicht, die ihn informiert hatte, und es wäre dumm, wenn nicht gar gefährlich gewesen, sie über diesen Punkt aufzuklären. Zudem gestand er sich willig ein, daß er Fanchon nie für eine so geringfügige Verfehlung hinausgeworfen hätte, wäre nicht seine Liebe im Spiel gewesen, und daß in jedem Fall Judith recht hatte.

«Gut!» seufzte er. «Sagt mir, was ich tun soll.»

«Laßt sie mir, ich bitte Euch. Ich habe Euerm Entschluß nicht widersprochen, als Ihr sie mir in New York genommen habt, aber ich habe Euch nicht verhehlt, daß es mich bedrückte und schmerzte, gezwungen zu sein, auf Fanchons Dienste zu verzichten. Ich weiß sehr wohl, daß Ihr sie nicht mögt, daß sie Euch nicht gefällt...»

«Warum, zum Teufel, wollt Ihr, daß sie mir mißfällt? Muß ich Euch daran erinnern, daß ich keinerlei Schwierigkeiten machte, sie mitzunehmen, als wir Frankreich verließen?»

Mit einem kleinen, enttäuschten Schulterzucken wandte Judith leicht den Kopf, ihren Gatten die Feinheit ihres vom Indigo des Himmels sich abhebenden Profils voll würdigen lassend. Dabei konnte er sehen, daß ihre Lippen ein wenig zitterten.

«Es kann kaum anders sein. Dieses arme Mädchen kann Euch nur an den Ort erinnern, an dem es seinen Dienst bei mir antrat... und an die, die dort wohnten. Aber ich flehe Euch an zu glauben, daß meine Anhänglichkeit an sie nicht aus gemeinsam gewobenen Erinnerungen besteht. Fanchon ist fröhlich, mutig und anstellig. Sie kennt meine Neigungen, meine... Narrheiten, wenn Ihr so wollt, und ich habe sie sehr gern. Und dann...»

«Und dann?»

Plötzlich den Kopf wendend, hob Judith ihren wunderbaren dunklen Blick zu ihrem Gatten.

«Sie ist alles, was mir von Frankreich und von Paris geblieben ist auf dieser Reise zu so vielen unbekannten Ländern. Ich fürchte... ich habe ganz und gar nicht den Geist eines Entdeckers und brauche das Gefühl, in meiner Nähe jemanden zu haben, mit dem ich von der Heimat sprechen kann.»

Etwas regte sich in Gilles' verschlossenem Herzen. Mein Gott, wie schön sie in diesem Augenblick war mit ihren zurückgehaltenen Tränen, die ihre Augen funkeln ließen, mit den schönen, zitternden Lippen, mit dieser köstlich goldenen Haut, die ihr die Sonne und das Meer verliehen hatten! Einen Augenblick sah er seine kleine Sirene der bretonischen Flüsse wieder und dachte, wie dumm doch das Leben sei. Er hatte sie so sehr geliebt, und es war noch nicht so lange her! Warum mußten jetzt so viele Hindernisse zwischen ihnen sein? Das Gespenst des falschen Dr. Kernoa, das quälende Madalens und mächtiger noch als die anderen, die der Lebenden, der teure Schatten Rozenns? Warum mußte er in dieser Stunde, in der sie beide nach so vielen Widerwärtigkeiten endlich zusammenleben könnten, für dieses bewunderungswürdige Wesen nur noch Mißtrauen, beladen mit Groll empfinden... und ein Verlangen, das zweifellos erst mit ihnen selbst sterben würde. Wären die Dinge anders gewesen, wäre diese Reise nach Westindien mit ihren Luftspiegelungen in den Farben des besonnten Himmels die wundervollste Hochzeitsreise gewesen, ein Eintauchen in ein unendliches Fest von Zärtlichkeit und heidnischer Leidenschaft. Warum mußten die Dinge, die wir am meisten wünschen, immer zu spät eintreffen?

Er zuckte zusammen, als er spürte, wie Judiths kleine Hand sich sanft auf die seine legte.

«Gilles», flehte sie ganz leise, «laßt mir wenigstens dies! Laßt mir Fanchon...»

Er konnte sich nicht enthalten, diese Hand zu nehmen, sie schnell an seine Lippen zu führen, bevor er sie wieder fallen ließ.

«Behaltet sie, ich willige ein. Aber daß sie von Stund an ihre Zunge hüte. Ich werde keinen zweiten Verstoß dulden.»

In herrischen Ton verfallend, löschte er das Gefühl, das einen Augenblick zwischen ihnen geschwebt hatte. Judith straffte sich, zog ihren Schleier fester, in dem sich der Wind verfing, wandte sich ab und ging der Treppe zu.

«Ich danke Euch», sagte sie kalt. «Ich werde selbst darauf achten, daß sich dergleichen nicht wiederholt. Man wird Euch nichts mehr von Fanchons Reden berichten.»

Plötzlich unzufrieden, ohne recht zu wissen warum, denn Fanchons Anwesenheit war ihm letztlich gleichgültig, vielleicht jedoch, weil er aus Judiths letzten Worten eine gewisse Drohung herauszuhören glaubte, kehrte Gilles in seinen gewohnten Zufluchtsort, den Kartenraum, zurück und versenkte sich in eins der Bücher, die er dort aufgehäuft hatte. Es war *‹Die Kunst des Indigobereitens›* von Beauvais-Raseau, das ein New Yorker Buchhändler ihm hatte besorgen können, und er zwang sich, seinen Geist auf die Art und Weise der Kultivierung des blauen Krauts zu konzentrieren, die er seit seiner Abfahrt unablässig studierte. Doch ohne den geringsten

Erfolg. Die Pflanzzeiten, die Arten der Bewässerung, die Krankheiten, die die kostbare Pflanze befallen konnten, hatten gegenwärtig an Interesse verloren. Die so unerwartete Rückkehr Fanchons quälte ihn mehr, als er zugeben wollte, und mehr noch vielleicht Judiths Anhänglichkeit an diese lebende Erinnerung an eine abscheuliche Vergangenheit.

Er war fast glücklich über den plötzlichen Windstoß, der das Schiff sich ducken ließ, das Tintenfaß umwarf, seine Bücher und Papiere zu Boden schleuderte und ihm so einen unschätzbaren Vorwand lieferte, seine Arbeit zu unterbrechen. In der Tat war der «Falke» auf einen neuen Sturm gestoßen und stürzte sich hinein. Den Kartenraum verlassend, streifte Gilles einen Wachstuchmantel über und ging zu Kapitän Malavoine an Deck.

Wenig Zeit war verstrichen, seitdem er hinuntergegangen war, aber der Himmel, eben noch so blau, war jetzt von einem häßlichen Eisengrau dank riesiger Wolken, die wie gepeitscht von einem Ende des Horizonts zum andern stoben. Das Schiff verfolgte seinen Weg durch hohe quecksilberfarbene Wellen mit weißen Schaumkämmen, in die der Bugspriet und die elegante Galionsfigur krampfhaft zitternd tauchten, während in den Rahen die Mannschaft barfuß wahre Seiltänzerkunststücke vollführte, um die Segel zu streichen.

Gilles stürzte sich in den tobenden Wind, ließ sich von ihm den Dunst aus dem Schädel blasen und genoß geradezu den Sturm, wie er ihn in seiner Kindheit so oft mit der schönen Unbekümmertheit erster Jugend genossen hatte. Das Schiff schien allein inmitten dieser vom Orkan gepeitschten, kochenden Meeresunermeßlichkeit, allein zwischen hohen Schaumbrechern, die sich auf es stürzten und ständig zu verschlingen schienen, doch Gilles empfand nicht die geringste Furcht. Er konnte diesen gewaltigen Wogen, die den «Falken» verfolgten, den Rücken kehren in der ruhigen Gewißheit, daß er ihnen widerstehen würde.

Und dann, lauter noch als das Krachen der Planken und das Heulen des Winds, war das Gebrüll Kapitän Malavoines. Mit seinen großen Füßen auf der Brücke festgewurzelt, ein Sprachrohr an die blauroten Lippen gepreßt, schien der alte Seewolf über die entfesselten Elemente zu herrschen wie ein rothaariger Neptun.

Als Gilles neben ihm auftauchte, schenkte er ihm ein breites, zufriedenes Lächeln, aus dem Gilles schloß, daß der Seemann, seines Schiffes sicher, diesen jähen Sturm mindestens ebenso wie er selbst genoß.

«Vorhin war's der Warnschuß», rief er. «Jetzt sind wir mittendrin. Das Dumme ist, daß wir Zeit verlieren werden: der Sturm bringt uns ab von unserem Kurs.»

«Uns eilt es nicht, Kapitän. Ich hoffe nur, daß die Damen die Sache gut überstehen.»

«Sie sind Bretoninnen, Monsieur. Das sind Töchter des Meeres. Was die Pariserin betrifft, habe ich ihr genug Opium gegeben, daß sie vor ein paar Stunden nicht aufwachen wird, selbst wenn die Decke der Kajüte auf sie fiele. Übrigens dürfte dieses Wetter nicht von Dauer sein.»

«Bis wann, Eurer Meinung nach?»

Malavoine zuckte die Schultern.

«Längstens bis morgen früh. In den Tropen sind die Stürme heftig, aber verhältnismäßig kurz.»

In der Tat ließ der Wind noch vor Tagesanbruch nach, die See beruhigte sich, und als die ersten Sonnenstrahlen die Grenzenlosigkeit des Atlantiks erhellten, erschien er wie ein endloser See, glatt und schimmernd wie ein atlasfarbener Taubenflügel. Die Brise war so schwach, daß der «Falke», obwohl voll besegelt, nur noch mit geringer Geschwindigkeit vorankam. Doch der beginnende Tag verriet, daß das Meer nicht gänzlich leer war, denn backbords vom «Falken» war ein anderes Schiff aufgetaucht. Anfangs noch ziemlich entfernt, brachte jeder Windhauch es näher, und bald konnte Malavoines Fernrohr Einzelheiten ausmachen.

«Eine italienische Brigantine», knurrte er, «aber nach dem, was über der Wasserlinie sichtbar ist, könnte ich schwören, daß sie sich in irgendeiner englischen Werft aufgehalten hat. Was nicht daran hindert, daß sie unter spanischer Flagge segelt...»

Gilles, der ebenfalls ein Fernrohr ergriffen hatte und es auf den Neuankömmling richtete, runzelte mit einer Grimasse des Ekels die Stirn.

«Spürt Ihr diesen Geruch? Ich sollte sagen, diesen Gestank, der mit jedem Windhauch zu uns dringt?»

In der Tat verpesteten abscheuliche Ausdünstungen seit einigen Augenblicken die Seeluft, noch durch die steigende Hitze verstärkt. Es roch nach einer fürchterlichen Mischung aus Unrat, Schweiß, Fäkalien und Urin, die ekelerregend war. Malavoine hob ergeben die Schultern.

«Ein Sklavenschiff, Chevalier, das wahrscheinlich nach Florida, Saint-Augustin oder Fernandina unterwegs ist. Nach ein paar Reisen zwischen Afrika und Amerika kann kein Scheuern mehr den Geruch beseitigen, der von diesen schwimmenden Höllen ausströmt. Bedenkt, daß in seinem Zwischendeck, ebenso wie in denen seiner Kollegen, fünf- oder sechshundert schwarze Leiber zusammengepfercht sind – je nach der Klugheit oder der Gier des Skippers –, einer an den anderen gepreßt wie Heringe im Faß. Und unser Spanier ist am Ende seiner Reise. Er hat seinen Dufthöhepunkt erreicht.»

«Fünf- oder sechshundert, sagt Ihr?» murmelte Gilles, die Augen auf dem Schiff, wo er im Moment nur undeutliche Gestalten sich auf Deck bewegen sah. «Das ist unmöglich, nicht in so engem Raum.»

«Wenn Ihr Euch eine Weile in Santo Domingo aufgehalten und gesehen habt, wie einige dieser bedauernswerten Frachten an Land kommen, werdet Ihr verstehen, daß der Habsucht der Sklavenskipper keine Grenzen gesetzt sind. Nichts kommt ihrer Grausamkeit gleich, und, so möchte ich hinzufügen, ihrer Dummheit. Wenigstens der des größten Teils von ihnen, denn die Schiffe, die vernünftig und einigermaßen gesund beladen sind, bringen eine wohlbehaltene, intakte Ladung her. Die anderen überlassen manchmal bis zur Hälfte ihrer Sklaven den Fischen. Wußtet Ihr denn nicht», fügte er hinzu, als er sah, wie sich das Gesicht des jungen Mannes verzog, «daß Ihr voll in die Welt des Menschenhandels einsteigen würdet, als Ihr diese Indigo- und Baumwollplantage kauftet?»

Von dem spanischen Schiff fasziniert, antwortete Gilles nur mit einer verneinenden Kopfbewegung. Dort drüben auf dem ruhigen, schimmernden Meer war das Sklavenschiff in seine weißen Segel gehüllt wie eine Braut am Hochzeitstag. Aber der Gestank, der von ihm ausströmte, verstärkte sich von Minute zu Minute. Es war vergleichbar einer schönen Frucht, deren Schale allein erhalten ist und das heimtückische Werk der Würmer und der Fäulnis verdeckt.

Als er Gilles' verkniffene Nasenflügel sah, rief Malavoine mit einer Handbewegung einen Matrosen herbei, der ihm einen mit Essig gefüllten kleinen Eimer brachte, in den einige Lappen getaucht waren, nahm einen heraus und bot ihn Gilles an.

«Nehmt! Haltet ihn Euch unter die Nase.»

Doch mit einer zornigen Bewegung stieß Gilles den scharf riechenden Lappen zurück.

«Laßt sie den Damen bringen. Sie müssen in ihren Kabinen schon halb ohnmächtig sein ...»

Wie um ihm recht zu geben, erschienen im gleichen Augenblick Anna und Madalen, grün wie Oliven und sich nur mühsam aufrecht haltend. Pierre Menard und zwei Matrosen sprangen hinzu, aber weder Gilles noch der Kapitän rührten sich. Ganz von dem Sklavenschiff in Anspruch genommen, auf dem nach und nach Einzelheiten deutlich wurden, hatten sie nichts gesehen. In der Tat begann sich dort etwas zu ereignen...

Sich nähernd, konnten sie feststellen, daß das Bild weißer Reinheit nur eine der Entfernung und den hellen Strahlen der Morgensonne zu verdankende Illusion war und daß zahlreiche Makel sich an ihm zeigten: schadhafte Segel, zerfaserte Taue, zersplittertes Holz und unter den Speigatten schauerliche purpurfarbene Flecken frisch geronnenen Bluts. Aber das Drama, das sich an Bord des Menschenhändlerschiffs abgespielt haben mußte, war noch nicht zu Ende, oder falls erst der erste Akt beendet war, begann der zweite, womöglich noch tragischere.

Mit Schrecken sah Gilles, wie an einer der Rahen des Schiffes eine schauerliche schwarze Frucht erschien, die sich mit einem Rest von qualvoll-krampfhaftem Leben bewegte: ein Gehenkter, dann ein zweiter... und noch ein dritter. Zugleich begannen langschwänzige Peitschen einen wilden Tanz auf nackten Körpern, die mit den Fäusten zu hoch an den Masten aufgehängt waren.

«Es muß einen Aufstand an Bord gegeben haben», erklärte Malavoine. «Das ist die Bestrafung.»

In der morgendlichen Stille übertönten das Geheul der Gemarterten und das Klatschen der Riemen aus geflochtenem Büffelleder das Gekreisch der Seevögel. Und plötzlich geschah noch Schlimmeres.

Vom Grauen an ihre Plätze gebannt, konnten die Männer des «Falken» – denn man war jetzt ziemlich nahe – deutlich die schwarze Masse der aneinandergeketteten und von mit Musketen bewaffneten Matrosen bewachten Sklaven sehen. Mit wütenden Rufen zerrten sie an ihren Ketten, während jeweils zwei der Männer der Besatzung einige von ihnen, die mit gefesselten Händen und Füßen an Deck lagen, packten und über Bord warfen.

Die Schreie dieser Unglücklichen, ihr Sichwinden, um einem entsetzlichen Schicksal zu entgehen, machte klar, daß es sich nicht um Leichen handelte, sondern um lebendige Wesen, und diese Schreie wurden zum Geheul, als das unheilkündende graue Dreieck einer Haifischflosse, gleich darauf einer zweiten, das so ruhige Wasser dieses schönen Morgens teilte.

«Das ist ungeheuerlich!» knurrte Gilles. «Wir werden diesem Massaker nicht mit verschränkten Armen zusehen. Ein Boot zu

Wasser und sechs mit Musketen und Säbeln bewaffnete Männer zu mir!» rief er.

Er machte sich bereit, sich in die Barkasse zu schwingen, doch Kapitän Malavoine trat dazwischen.

«Ich bitte Euch! Wir können nichts tun. Das hier ist nur die Ausübung – beklagenswert, räume ich ein – des normalen Gesetzes auf der Route des Menschenhandels. Jeder Aufstand an Bord muß bestraft werden.»

«Nicht so! Das ist ein Blutbad!»

«Bedenkt, daß diese Männer vielleicht andere getötet haben...»

«Na und? Kann man diese Unglücklichen dafür bestrafen, daß sie versuchen, ihre Freiheit wiederzugewinnen, oder wenigstens lieber kämpfend zu sterben als unter der Peitsche eines Aufsehers?»

«Sie haben das Risiko auf sich genommen. Jetzt bezahlen sie dafür. Gebt gleichwohl zu, daß mit Euren Ideen kein Menschenhandel mehr möglich wäre.»

«Ihr habt zweifellos recht, Kapitän, aber ich glaube nicht, daß ich unrecht habe. Ist es soweit?»

Von Pongo gedrängt, hatten sechs bewaffnete Matrosen inzwischen eine Barkasse zu Wasser gelassen. Ebenfalls bewaffnet, sprang Gilles hinein. Über die Reling gebeugt, beschwor der Kapitän ihn noch einmal:

«Guter Gott! Was gedenkt Ihr zu tun?»

«Versuchen, einige dieser Unglücklichen zu retten.»

«Aber sie werden von dort oben auf Euch schießen. Wollt Ihr Euch für das hier töten lassen?»

«Das hier? Das sind Geschöpfe Gottes wie Ihr und ich. Was das Mich-töten-Lassen betrifft – darf ich Euch daran erinnern, daß Ihr Kanonen habt... und vorschlagen, sie feuerbereit zu machen? Ihr seht sehr wohl, daß es jetzt Frauen sind, die sie den Haifischen vorwerfen.»

Tatsächlich hatten sich zwei dieser armen Kreaturen zu ihren Leidensgenossen in dem entsetzlichen roten Strudel gesellt, der unter dem Fallreep des Spaniers schwappte. Aufrecht im Boot stehend, schulterte Gilles seine Muskete und schoß auf einen der Haie.

Aber sein Tun und Treiben war der Aufmerksamkeit derer auf der «Sante Engracia» nicht entgangen, so beschäftigt sie auch mit ihrem Gemetzel waren. Das Sprachrohr des Kapitäns trat in Aktion.

«Was mischt Ihr Euch ein, Señor? Geht Euren Geschäften nach und überlaßt uns den unseren.»

Er hatte Spanisch gesprochen, doch seit seinem langen Aufenthalt bei der Leibgarde Seiner Allerkatholischsten Majestät hatte Gilles sich mit dieser Sprache vertraut gemacht.

«Das nennt Ihr Geschäfte? Ich habe den Eindruck, Ihr seid dabei, Euern Reeder viel Geld verlieren zu lassen. Was mich betrifft, habe ich das Recht, den Hai zu jagen, wann und wo es mir beliebt.»

«Jagt ihn anderswo. Wer seid Ihr übrigens? Einer dieser verfluchten Franzosen?»

«Ihr seid nicht gerade höflich mit Euern Verbündeten, Kapitän. Wer ich bin?»

Eine Art Dröhnen schnitt ihm das Wort ab. Kapitän Malavoines Sprachrohr begann zu donnern.

«Ich glaube, wer wir sind, steht deutlich an unserem Hauptmast geschrieben... oder braucht Ihr etwa eine Brille, Señor Capitano?»

Instinktiv drehte Gilles sich um und erstickte einen Ausruf der Bestürzung. Schauerlich frech wehte in der sanften Brise die schwarze Flagge mit dem Totenkopf und den beiden gekreuzten Knochen dort, wo sich normalerweise die Lilien Frankreichs hätten ausbreiten sollen, aber der Chevalier hatte kaum Muße, sich zu fragen, wo Malavoine sie herhatte, denn der Spanier brüllte:

«Ein Pirat! Und der will uns Moral beibringen! Entfernt Euch, Monsieur Haifischjäger, oder ich schicke Euch auf den Meeresgrund. Die Musketen sind auf Euch gerichtet...»

«Schießt, wenn es Euch Spaß macht!» rief Gilles, der gerade einen weiteren Haifisch getötet hatte – unglücklicherweise waren die unheilkündenden Flossen zahlreicher geworden, da sich die Vielfraße in Scharen zum Schmause drängten.

«So werden wir also die Ehre haben, Euch auf den Meeresgrund zu senden», donnerte Malavoine. «Oder habt Ihr unsere geöffneten Geschützluken und feuerbereiten Kanoniere nicht bemerkt?»

Tatsächlich zeigten die Kanonen des «Falken» ihre Mündungen, und das um so drohender, als neben jeder von ihnen die Bedienungsmannschaft mit brennenden Fackeln stand.

«Schert Euch zum Teufel!» brüllte, diesmal in ausgezeichnetem Französisch, der Herr der «Santa Engracia», deren Kanonen viel weniger zahlreich als die des Pseudo-Piraten waren. «Aber ich bin noch nicht fertig mit diesem Lumpengesindel, und Ihr werdet mich nicht daran hindern!»

Zwei seiner Männer hatten ein prachtvolles schwarzes Mädchen zum Fallreep geschleppt. Völlig nackt mit Ausnahme des Eisenrings der ihren Hals umschloß, und den eine Kette mit ihren auf dem Rücken gebundenen Händen und einer an ihre Knöchel geschmiedeten Kugel verband, war sie selbst in dieser barbarischen Herrichtung von einer solchen Geschmeidigkeit und Anmut, daß Gilles einen gefangenen Panther zu sehen glaubte. Ihr Gesicht mit den eigenwilligen Zügen zeigte nur Verachtung, und sie sagte kein Wort.

«Ihr seid wahnsinnig», brüllte Gilles. «Ihr werdet diese Frau nicht töten. Ich kaufe sie Euch für zehn Goldstücke ab!»

«Und wenn Ihr mir tausend bötet, würde ich nein sagen. Sie war es, die den Aufstand angezettelt hat, indem sie sich einige kleine Vergünstigungen zunutze machte, die ich ihr gewährte. Zehn meiner Männer sind ihretwegen gestorben... Vorwärts, ihr da...»

Bevor Tournemine auch nur ein Wort hätte hinzufügen können, war die glänzende Gestalt aus poliertem Ebenholz wie ein dunkler Pfeil ins brodelnde Wasser gestürzt worden, in dem sie, von dem an ihre Füße geschmiedeten Gewicht hinuntergezogen, augenblicklich verschwand.

Ein ungeheuerliches Geheul wurde laut.

«Yamina... Yamina!»

Verblüfft sahen die Männer auf der Barkasse einen riesigen Neger auftauchen. Mit einem verzweifelten Dehnen seiner gewaltigen Brustmuskeln riß er die Eisenkette los, die seine Handgelenke fesselte, sprang wie eine Katze über die Reling und stürzte sich ohne zu zögern dem Mädchen nach.

«Rudert!» befahl Gilles, der seine Muskete wieder geladen hatte und mitten unter die Haifische feuerte, unterstützt von Pongo und zwei anderen Matrosen. «Geht näher heran! Ich werde versuchen, diese beiden zu retten!»

«Wir werden kentern, Monsieur», wagte einer der Ruderer einzuwerfen. «Diese dreckigen Biester machen einen wahren Sturm.»

«Kümmert euch nicht darum! Schneller!» knurrte Gilles, der seine leere Muskete weggeworfen hatte und, über das Dollbord gebeugt, mit dem Säbel drauflosschlug, um die Stelle freizubekommen, an der das Mädchen und der Riese verschwunden waren. Das Wasser rund um die Barkasse war rot von Blut, aber es beruhigte sich, die Bestien waren zweifellos in die Tiefe gestoßen, um ihre Mahlzeit zu vollenden. Schmutzige Überreste tauchten hier und da auf, schnell aufgeschnappt von einem gierigen Rachen. Es war unmöglich, etwas zu sehen, unmöglich auch, sich vorzustellen, daß es dort unten noch ein einziges lebendes menschliches Wesen geben konnte…

Ein hämisches Lachen ließ ihn den Kopf heben. Über ihm war der Kapitän der «Santa Engracia» zu sehen, den er nicht eben sehr beeindruckend fand. Es war ein kleiner Mann mit gebräunter Haut, der der Sonne dieses Todesmorgens eins jener länglichen Gesichter bot, wie El Greco sie zu malen liebte, sowie schmächtige Glieder, die sich in der Pracht eines roten, goldbestickten Seidenrocks verloren. Sein schwarzes, glattes und glänzendes Haar schimmerte wie ein See im Mondschein, und sein Mund mit den breiten, sinnlichen Lippen unter aufwärts gedrehten Schnurrbartspitzen öffnete sich über blendenden Zähnen. Edelsteine glitzerten an seinen Fingern und an seinem Säbelgriff.

«Ich fürchte, Ihr werdet unverrichteter Dinge von Eurer Jagd zurückkehren, mein teurer Monsieur», rief er Gilles zu. «Diese Tiere lassen sich kaum fangen…»

«Wenn wir an Land wären», erwiderte der Bretone wütend, «würde es mich lebhaft freuen, Euch die Ohren abzuschneiden. Wenigstens könntet Ihr dann nicht sagen, ich kehrte unverrichteter Dinge zurück. Doch wenn man's bedenkt, gehört Ihr wahrhaftig nicht zu den Stieren, die so tapfer sind, daß man sich ihre Ohren wünscht!»

«Wartet ein wenig! Wenn Gott will, werden wir uns vielleicht eines Tages wiedersehen. Don Esteban Cordoba de Quesada grüßt Euch bestens! Und verspricht Euch, daß wir uns eines Tages wiederbegegnen…»

Etwas Wind erhob sich, und die «Santa Engracia» schien entschlossen, ihre Fahrt fortzusetzen. Wütend liebäugelte Gilles einen Augenblick mit dem Verlangen, eine Salve auf diesen Elenden abfeuern zu lassen, aber dann sagte er sich, daß die ersten Opfer, wenn er das Sklavenschiff auf den Meeresgrund schickte, die Unglücklichen wären, die unter dem Deck des Schiffes eingesperrt waren. Er wollte eben Befehl geben, zum Schiff zurückzukehren, als Pongo murmelte:

«Sieh! Da! Etwas sich bewegen!»

Tatsächlich war einige Kabellängen entfernt hinter dem Bootsheck auf halbem Wege zum braungoldenen Rumpf des «Falken» etwas an der Meeresoberfläche erschienen, ein langer, schwarzer, im nächsten Moment von einer Welle überspülter Körper, dann ein in tragischem, unbewußtem Hilferuf aufgereckter Arm. Aber schon flog, von der befehlenden Stimme des Chevaliers getrieben, die Barkasse übers Wasser. Denn die Haifischgefahr war ja noch nicht ganz beseitigt: Von neuem waren Flossen zu neuer Beute unterwegs. Aber das Boot war schon angelangt.

«Ist großer Schwarzer», sagte Pongo, der so weit über den Bootsrand hing, daß er jeden Augenblick über Bord zu gehen drohte. «Er noch leben, aber er verwundet...»

Es war wirklich der Riese. Er bewegte sich noch schwach, mühte sich sichtlich, sich an der Oberfläche zu halten, aber er wurde von Augenblick zu Augenblick schwächer. Blutspuren tauchten um ihn herum auf, Blut, das die Haie so gut anzulocken vermochte.

«Man muß ihn an Bord holen, solange es noch Zeit ist», befahl Gilles.

Ihre Anstrengungen mit denen der beiden starken Ruderer vereinend, gelang es Pongo und ihm, den leblosen Körper aus dem Wasser ins Boot zu ziehen, auf dessen Boden er sich wie nasse Wäsche ausbreitete und einen guten Teil des freien Raums einnahm. Der Mann war wirklich sehr groß, entsprechend gebaut, und die Ruderer betrachteten ihn mit einer Art abergläubischer Furcht. Einer von ihnen wagte sogar zu sagen:

«Ich frag mich, ob es wirklich klug ist, einen solchen Burschen aufzufischen. Vielleicht wär's besser gewesen, die Haie ihr Werk vollenden zu lassen...»

In der Tat hatte der Schwarze am Oberschenkel einen ziemlich langen Riß, aus dem unaufhörlich Blut floß. Gilles riß sich das Hemd herunter und warf es Pongo zu, der verzweifelt nach einer Möglichkeit suchte, das Blut zu stillen.

«Mach einen Tampon daraus und drücke ihn fest auf die Wunde. Zum Schiff! Und falls jemand sich mutig genug fühlen sollte, den Haifischen zuzusehen, wie sie vor seinen Augen einen anderen Menschen verschlingen, braucht er nur diesen Mann wieder ins Meer zu werfen... aber er muß wissen, daß ich ihn unverzüglich hinterherschicken werde!»

Während die «Santa Engracia» sich unter dem stärker aufkommenden Wind entfernte, lag der Gerettete, der völlig das Bewußtsein verloren hatte, ausgestreckt zu Kapitän Malavoines Füßen. Der betrachtete ihn mit bewunderndem Erstaunen.

«Noch nie ein menschliches Exemplar von solcher Größe gesehen», erklärte er nach einer kurzen Musterung. «Ihr habt den Riesen Atlas geangelt, Chevalier. Er brächte auf dem Markt von Cap

Français, Port-au-Prince oder welcher Stadt der Karibik auch immer ein Vermögen. Euer Spanier ist ein gewaltiger Dummkopf, sich seiner zu entledigen, ganz zu schweigen von dem Mädchen, das verdammt schön war.»

«Dieser Unglückliche hat ihn nicht nach seiner Meinung gefragt, denn er hat sich selbst ins Meer gestürzt. Jetzt muß man ihn pflegen und zu retten versuchen. Seid so gut, seine Wunde zu untersuchen, dann wird man ihn in eine Hängematte tragen...»

«In Ordnung, aber das hier müssen wir auszubessern versuchen!» brummte der Kapitän und berührte die Bruchstücke der zerrissenen Kette, die an den Fäusten des Mannes hingen. «Obwohl er so aussieht, als wüßte er sich ihrer zu entledigen...»

«Wir werden das nicht nur nicht ausbessern, sondern ihm auch diesen schrecklichen Halsring und das sonstige Eisenzeug abnehmen. Ein Mann, der imstande ist, sich in dieses gefährliche Wasser zu stürzen, um zu versuchen, die Frau zu retten, die er liebt – denn nur Leidenschaft kann eine solche Tat hervorgebracht haben –, dieser Mann, sage ich, verdient, völlig frei zu sein...»

«Im Prinzip stimme ich mit Euch überein. Aber wenn er das Schiff zusammenschlägt...»

«Er scheint mir kaum in der Verfassung, das zu tun. Gleichwohl bin ich mir darüber im klaren, daß man ihn bewachen muß und sich ihm nicht ohne Waffen nähern darf, solange man noch nicht weiß, wie er reagiert.»

«Pongo das tun!» erklärte der Indianer, der, neben dem Mann kniend, dabei war, den aus Gilles' Hemd hergestellten behelfsmäßigen Verband abzunehmen, damit der Kapitän die Wunde untersuchen konnte.

Sie blutete kaum noch, aber der Neger mußte viel Blut verloren haben, denn seine Haut, vorhin noch tiefschwarz und glänzend trotz der schlecht vernarbten Male, die die Peitsche auf seinem Rükken hinterlassen hatte, hatte eine merkwürdige graue Färbung angenommen. Der Kapitän schüttelte den Kopf.

«Er hat Schwein gehabt. Die Arterie sieht nicht verletzt aus. Man wird alles ausbrennen. Laßt das Pech heiß machen.»

Doch Pongo trat dazwischen. «Kapitän wollen Wunde brennen?»

«Natürlich. Das ist die einzige Art, sicher zu sein, daß es nicht mehr blutet...»

«Aber vielleicht Brennen schlimmer. Machen manchmal größeren Schaden als Wunde. Bei uns das niemals tun.»

«Trotzdem muß man etwas drauf tun», brummte Malavoine ärgerlich.

«In Wein oder Öl getauchte Kräuter. Pongo haben Kräuter in Medizinsack.»

Der Dialog wurde durch Schläge gegen die zu den Kabinen führende Tür unterbrochen. Man hörte Judiths Stimme, die forderte, man möge ihr öffnen. Kapitän Malavoine kratzte sich den Kopf.

«Muß ich Eurer Frau öffnen, Monsieur le Chevalier?»

«Warum? Hattet Ihr sie eingeschlossen?»

«Ich hatte alle Damen eingeschlossen. Ich dachte, daß das, was sich auf der ‹Santa Engracia› zugetragen hat, kein Anblick für sie wäre. Dem Himmel sei Dank, daß Madame de Tournemine keinen Ausblick nach Backbord hat.»

«Ihr hattet durchaus recht, aber jetzt könnt Ihr ihr öffnen.»

«Es ist nur... dieser Mann ist noch weniger ein Anblick für eine Dame, wenn man das völlige Nichtvorhandensein von Kleidung bedenkt.»

Gilles begann zu lachen.

«Das kleinste Stückchen Segeltuch wird die Sache in Ordnung bringen und Pongo nicht daran hindern, seine Kräuter aufzulegen.»

Im nächsten Augenblick stürmte Judith in einem rosa-weißen Leinenkleid mit einem elegant auf ihrem Haar sitzenden, von einem rosa Schal gehaltenen breiten Strohhut auf Deck und beklagte sich bitter, daß sie während der ganzen Zeit fast erstickt wäre. Um sie zum Schweigen zu bringen, klärte Gilles sie mit einigen Worten über das, was sich ereignet hatte, auf und wies abschließend auf die «Santa Engracia», die, wieder auf Kurs nach Florida, in der Ferne von neuem zu dem Bild reiner Schönheit geworden war, das sie bei Tagesanbruch geboten hatte.

«Sie entfernt sich jetzt, und auch wir haben unseren Kurs wieder aufgenommen. Zürnt Kapitän Malavoine nicht, der nur Eure Empfindsamkeit schützen wollte. Jetzt rate ich Euch, in Eure Kabine zurückzukehren, bis wir diesen Unglücklichen in einer Hängematte untergebracht haben.»

Der Blick, den ihm die junge Frau zuwarf, gehörte ganz der alten Judith an, stolz und jederzeit kampfbereit.

«Glaubt Ihr, ich sei aus dem gleichen Holz geschnitzt wie Eure kostbare Madalen, die allen Ernstes halb ohnmächtig auf ihrem Bett liegt, während ihre Mutter ihr die Hände hält und sie Riechsalz riechen läßt? Ich fürchte mich nicht vor dem Anblick eines Verwundeten oder gar eines Toten, und der Gestank Eures Sklavenschiffs hätte mich auch nicht umgeworfen. Muß ich Euch daran erinnern – oder befinde ich mich im Irrtum? –, daß ‹Haute-Savane› eine Plantage ist, und daß auf dieser Plantage einige zweihundert Sklaven leben? Es wird sehr nötig sein, mich daran zu gewöhnen, toten oder lebendigen, kranken oder gesunden Negern zu begegnen. Also werden wir gleich damit anfangen. Laßt mich durch!»

Er trat zurück, um ihr den Weg freizugeben, und hielt mit knapper Not eine vielleicht ungeschickte Entgegnung zurück. Aber es war das erste Mal, daß seine Frau, wenn sie von Madalen sprach, diesen bissigen Ton gebrauchte. Woher, wenn nicht von Fanchon, konnte sie wissen, daß das junge Mädchen ihm «kostbar» war? Er nahm sich folglich vor, in Zukunft auf der Hut zu sein... Inzwischen war Judith mit ihrem leichten, tänzelnden Schritt bei Pongo angelangt, war neben ihm niedergekniet, unbesorgt darum, daß sie ihr frisches Kleid beschmutzen könnte, und nahm ihm den Scharpie-Tampon aus den Händen, mit dem er sich anschickte, die Wunde mit ein wenig Nußöl zu reinigen.

«Bereitet Pflaster vor, Pongo», riet sie ihm. «Für das hier bin ich gut genug. Wenn einer dieser Herren so nett wäre, uns Wein, Rum oder was auch immer zu bringen, könnten wir danach versuchen, diesen armen Mann wieder zum Leben zu erwecken...»

Langsam erhob sich Pongo, ohne die Augen von der knienden jungen Frau zu lassen. Dann blickte er zu Gilles hinüber, fügte ein halbes Lächeln hinzu und murmelte, als er an ihm vorbeiging:

«‹Feuerblume› vielleicht gute Squaw sein können und nicht nur sperriges Bündel!... Was du darüber denken?»

Die Schultern hebend, machte sich Gilles daran, seiner Frau zu helfen, die ihr Werk vollendet hatte, und der der Kapitän eben eine Kalebasse mit Rum reichte. Er richtete die schweren Schultern des Schwarzen auf, während Judith den Flaschenhals an die violetten Lippen führte. Die bernsteinfarbene Flüssigkeit floß darüber, und wie durch Zauberei kehrte der Gerettete ins Leben zurück. Hustend, spuckend zuerst, dann gierig in langen Zügen trinkend, schluckte er gut die Hälfte des Inhalts der Flasche, bevor er seine großen, feuchten Augen öffnete, deren Weißes rot geädert war.

Doch was diese Augen spiegelten, war das rosa-goldene Bild Judiths, ihr aufmerksames Gesicht, das ein Lächeln erhellte, als sie feststellte, daß der Verletzte wieder ins Leben zurückfand, und der Mann hörte auf zu trinken, um dieses Bild zu betrachten.

«Jetzt ist genug getrunken», sagte die junge Frau und gab das Trinkgefäß dem Kapitän zurück. «Ich glaube, man müßte ihm etwas zu essen geben.»

Sie erhob sich, schüttelte ihren rosafarbenen Rock und entfernte sich. Der Schwarze, sichtlich fasziniert, machte einen Versuch, sich aufzurichten. Aber er hatte zuviel Blut verloren, und der Versuch überstieg seine vorhin noch so eindrucksvollen Kräfte. Mit einem Schmerzenslaut ließ er sich auf die Deckplanken zurückfallen und leistete keinen Widerstand, als Pongo und drei Männer der Besatzung ihn forttrugen, um ihn bequemer unterzubringen. Gilles folgte. Dieser zweifellos noch völlig wilde Riese, der für eine Frau hatte sterben wollen, machte ihn neugierig und zog ihn auf eine gewisse Weise an, und als man ihn auf einem improvisierten, aus zwei Strohsäcken, einem Laken und einer Decke bestehenden Bett niedergelegt hatte – keine Hängematte war groß genug, um den gewaltigen Körper aufzunehmen –, versuchte er, in Kontakt mit ihm zu treten.

«Ich hoffe, du wirst bald wieder gesund», sagte er. «Du hast nichts zu fürchten auf diesem Schiff, wo es nur freie Männer gibt. Wir werden dich pflegen, so gut wir können.»

Der Mann hatte die Augen wieder geschlossen, und sein unbewegtes, wie aus Basalt geschnittenes Gesicht ließ nicht erkennen, ob er verstand, was man ihm gesagt hatte. Tournemine wiederholte daraufhin seine Worte auf Englisch, dann auf Spanisch, ohne ein anderes Ergebnis zu erzielen.

«Ich fürchte sehr», sagte Kapitän Malavoine, der auch heruntergekommen war, «daß Ihr nur Eure Zeit verliert. Dieser Mann dürfte keine Christen bekannte Sprache verstehen. Von seiner Gestalt her gesehen kann dieser Bursche ein Kongolese sein, ein Bambara vom Niger oder ein Arada von der Sklavenküste. Auf jeden Fall muß er geradewegs aus irgendeinem Dorf im Busch gekommen sein, in dem man kaum die Sprache der Weißen praktiziert. Vielleicht haben wir mit Arabisch Glück!»

Und vor dem leicht überraschten Gilles wiederholte Malavoine seine Worte in der Sprache des Propheten, dann, um volles Maß zu geben, auf Portugiesisch, aber der Mann reagierte ebensowenig.

«Er schlafen muß!» trat Pongo dazwischen. Ich ihm geben, was er braucht.»

Den Indianer seiner selbstgewählten Aufgabe überlassend, kehrten Tournemine und der Kapitän an Deck zurück und machten gemeinsam ein paar Schritte. Der Wind hatte aufgefrischt, und das jetzt voll besegelte Schiff hatte seinen Kurs nach Süden fortgesetzt, während die Wellen seidenweich gegen seinen Rumpf schlugen.

Gilles ließ die Brise einen Augenblick sein Gesicht umschmeicheln mit der Freude dessen, der aufwacht und nach einem Alptraum das Licht wiedersieht. Er war glücklich, daß er den Schwarzen hatte retten können, dem er im Geiste schon den Namen Moses gegeben hatte, da es nicht möglich war, mit ihm zu sprechen und seinen wirklichen Namen zu erfahren. Er sah darin eine Art Zeichen des Himmels am Vorabend des Tages, an dem er, der Freiheitskämpfer, in den Besitz einer Plantage gelangen würde, auf der einige zweihundert Sklaven, der Farbe nach Brüder des Riesen, sich abmühten und zweifellos litten.

Und als Kapitän Malavoine ihn fragte:

«Was wollt Ihr mit ihm machen? Ich kann mir nicht vorstellen, daß Ihr ihn nach Afrika zurückschicken werdet. Wenn Ihr einmal in Santo Domingo seid, werdet Ihr Euch entscheiden müssen: ihn verkaufen oder behalten», antwortete Gilles:

«Warum könnte ich ihn nicht einfach sein Leben leben lassen, wie er es versteht?»

«Ganz einfach, weil das dort nicht möglich sein wird. Es gibt in der Tat Freigelassene, aber das sind Leute, die schon eine Erziehung, eine Ausbildung genossen haben. Dieser Unglückliche, der gerade aus dem Busch kommt, der keine anständige Sprache spricht, wird jeden ‹Ebenholzhändler› reizen, sobald er seinen Fuß auf den Quai von Cap Français gesetzt hat. Wenn Ihr ihn nicht verkaufen wollt, müßt Ihr ihn für Euch selbst behalten. Auf ‹Haute-Savane› werdet Ihr sicherlich Verwendung für diesen Riesen haben.»

«Vielleicht hat er keine Lust, auf einer Plantage zu arbeiten? Ich liebe den Gedanken nicht, ihn seine Rettung damit bezahlen zu lassen, daß ich ihn zwinge, für mich zu arbeiten. Vielleicht werde ich Euch damit beauftragen, ihn bei einer der Fahrten, die Ihr für mich machen werdet, auf afrikanischen Boden zurückzubringen?» fügte er lächelnd hinzu, boshaft die Empörung genießend, die nach und nach das gebräunte Gesicht seines Kapitäns dunkelrot färbte. Er wartete auf die Explosion, und sie blieb nicht aus.

«Monsieur le Chevalier», rief Malavoine aus, «ich habe eine Menge Hochachtung vor Euch, obwohl ich älter bin als Ihr. Wenn Ihr gestattet, füge ich hinzu, daß ich auch Zuneigung für Euch empfinde. Ich hätte gern einen Sohn gehabt, der Euch ähnlich wäre...

Aber wenn Ihr die Absicht habt, mit diesen schönen humanitären Theorien, die eine Meile weit nach Jean Jacques Rousseau riechen, Plantagenbesitzer zu werden, dann sage ich Euch auf der Stelle, daß Ihr einer Katastrophe entgegengeht. Ihr tätet viel besser daran, Euch damit zu begnügen, die Erträge Eurer Plantage einzuziehen und dann in die Bretagne zurückzukehren, dort ein Gut zu kaufen und Euch dem Glück Eurer Bauern zu widmen, die davon vielleicht etwas verstehen. Was übrigens nicht sicher ist... Aber diesen armen Wesen von Freiheit sprechen, die in den meisten Fällen nichts als große Kinder sind, das ist der reine Wahnsinn. Behandelt sie gut, darin stimme ich mit Euch überein, aber laßt Euch nicht einfallen, ihnen die berühmte Erklärung der Menschenrechte vorzulesen, die uns die Amerikaner ins Nest gelegt haben und die meiner Ansicht nach nicht aufhört, Schaden zu stiften. Eure Schwarzen werden Euch nicht nur für einen Narren halten, sie werden sich auch nicht genieren, Euch fröhlich niederzumetzeln...»

Außer Atem nach seinem langen Diskurs, holte der normalerweise eher wortkarge Malavoine tief Luft, tastete dann nach der Rumflasche, die nie weit von ihm entfernt war, und genehmigte sich einen langen Zug. Gilles sah ihm zu.

«Sagt mir, Kapitän», fragte er nach einem Weilchen, «für einen Mann, dem soviel an der Disziplin der Leute liegt, habt Ihr zuweilen seltsame Überraschungen parat, sogar für die, die Euch gut kennen. Könnt Ihr mir verraten, woher Ihr diese erstaunlich schwarze Flagge habt, die so unvermutet an unserer Mastspitze prangte... und die allmählich einzuholen vielleicht jetzt an der Zeit wäre?»

Tatsächlich hatte man völlig das schwarze Tuch mit den schauerlichen Ornamenten vergessen, das immer noch frech in den Himmel flatterte.

Malavoine brach in Gelächter aus und rief einem Mastwächter zu, die ungewöhnliche Flagge einzuholen und ihm zu bringen.

«Ich habe sie aus meiner Kiste. Ich reise nie ohne sie, und Ihr könnt Euch nicht vorstellen, wie nützlich sie sein kann. Nehmt heute: Euer Einschreiten gegen ein alliiertes Schiff hätte das Kabinett in Versailles und den Marineminister in Verlegenheit bringen können. Dieser Don Dingsda hätte sich womöglich beschwert und den frechen Franzosen ausfindig zu machen versucht. Aber wer würde in diesen Gewässern, wo die Freibeuterei ihre Adelsbriefe schreibt, einen Streit mit einem unschuldigen Piraten suchen? Man ist daran gewöhnt...»

7. Kapitel

Ein ungewöhnlicher Arzt

Es war der 15. Juli 1787 gegen neun Uhr morgens, als den Leuten des «Falken» die Insel Santo Domingo backbords wie eine Landspitze erschien. Man war noch etwa vierzig Seemeilen entfernt, aber die Annäherung an das von Inselreihen und mehr oder weniger sichtbaren Klippen verteidigte vormalige Hispaniola war nicht so einfach, und erst am übernächsten Tag bei Sonnenuntergang ließ Kapitän Malavoine, seinen geflügelten Bug dem Eingang zum Fahrwasser von Cap Français zuwendend, die Kanone abfeuern, um den Lotsen zu rufen. Der übrigens nicht kam.

«Muß mit einem anderen Eimer beschäftigt sein!» brummte Malavoine. «Außerdem haben sie's in diesem Land nie sehr eilig. Es wird morgen werden. Bis dahin werden wir auf See kreuzen.»

«Ihr könnt nicht allein einfahren?» fragte Tournemine, verstimmt über diese Verzögerung, denn er hatte Eile, seinen schwarzen Riesen der Pflege eines guten Arztes anzuvertrauen.

Trotz der ständigen Pflege Pongos, der seinen Patienten kaum verließ, war das Bein dessen, den alle jetzt Moses nannten, nämlich nicht besser geworden. Ein Fremdkörper, ein Knochensplitter oder Gott weiß was, mußte in der Wunde verblieben sein, denn wenn sie sich auch normal zu schließen schien, hatte das Bein sich entzündet und eine ziemlich häßliche aschgraue Färbung angenommen. Das Fieber hatte nicht aufgehört zu steigen, und es war ersichtlich, daß der Mann trotz der Beruhigungsmittel, die Pongo ihm großzügig verabreichte, litt. Und Gilles fürchtete, daß dieser Stand der Dinge auf eine dramatische Amputation hinauslaufen würde.

Der Kapitän zuckte nicht eben sehr schonend die Schultern. «Das ist unmöglich! In den Tropen fällt die Nacht über einen wie eine Decke. In zehn Minuten ist sie da, aber selbst am Tage würde ich das Abenteuer nicht wagen, obwohl ich schon zweimal hierhergekommen bin. Man muß das Fahrwasser sehr genau kennen, wenn man nicht auf irgendein verstecktes Riff geraten will, muß das Horn des Großen Hammels vermeiden und die Klippen, die sich bis zu den Inseln der Werft hinziehen. Aber vor allem ist da eine, die ‹Täuscherin›. Die trägt ihren Namen zu Recht, glaubt mir, denn es muß schon sehr schlechtes Wetter sein, damit das Meer auf sie aufmerksam macht, wenn es sich an ihr bricht. Wenn Ihr also unbedingt wollt, daß Euer Schiff sich an einem unsichtbaren Felsen den Bauch aufschlitzt, ist das Eure Sache.»

In dieser Nacht ging Gilles nicht schlafen. Unfähig, in dem stikkigen, engen Raum seiner Schlafkoje zu bleiben, sah er unablässig zu dem unbekannten Land hinüber, das er in wenigen Stunden in seinem Glauben, seinem Mut und seinem tiefen Verlangen, in ihm heimisch zu werden, betreten würde. Wie konnte man auf der Schwelle zu einer neuen Welt schlafen, besonders wenn man Bretone war und die Träume von Generationen Abenteuerlustiger in sich trug?

Noch immer waren seine Empfindungen die gleichen wie die des sechzehnjährigen Knaben, der, voller Leidenschaft an die Reling der «Duc de Bourgogne» geklammert, die amerikanische Küste aus dem Nebel aufsteigen sah, wo ein Volk dafür kämpfte, unabhängig zu leben. Damals hatte er sich im Geiste wie Jacques Cartier vor den Mündungen des Sankt-Lorenz-Stroms gefühlt. In dieser Nacht fühlte er sich ein wenig wie Christoph Columbus, als der sich 1492 nach vielen Tagen der Fahrt übers Meer dieser von ihm für Indien gehaltenen großen, gebirgigen Insel genähert hatte, die die Arawak-Indianer, ihre ersten Bewohner, «Ayti» nannten, was hohes und wildes Land bedeutet.

Doch das, was der Genuese im Dienst der Katholischen Isabella mit sich brachte und für Zivilisation hielt, war in Wirklichkeit finsterste Barbarei. Für die unschuldige Bevölkerung der Insel erwiesen sich die Wohltaten dieses Helden als Sklaverei, stumpfsinnigste Arbeit zur Gewinnung von Gold, nach dessen Besitz diese Männer mit der blassen Haut gierten, Deportation und schließlich fast völlige Vernichtung der Rasse.

Dieser Massenmord war so schnell, so grausam gewesen, daß er das Mitleid eines jungen spanischen Priesters, Bartolomé de Las Casas, Sohn eines der Gefährten des Columbus, der sich auf der Insel niedergelassen hatte, erregte. Um das, was von diesen unglücklichen Indianern übriggeblieben war, zu retten, hatte Bartolomé getan, was er konnte, und vorgeschlagen, andere, dem tropischen Klima besser angepaßte Arbeitskräfte zu verwenden und mit deren Hilfe dieses Volk vor der Vernichtung zu bewahren. Warum nicht ein paar Afrikaner kommen lassen?

Aber Bartolomé hatte nichts gerettet. Die Arawaks waren weiter bei der Arbeit oder unter der Peitsche gestorben. Dafür hatte seine Idee Erfolg gehabt, und noch drei Jahrhunderte später, in diesem letzten Viertel dessen, was man das Zeitalter der Aufklärung nannte, durchpflügten Schiffe, beladen mit Verzweiflung und Gestank, den Atlantik und entluden auf die Zuckerinseln, in der gesamten Karibik, in Mexiko, Florida und schließlich in Amerika Fluten dieses schwarzen Goldes, dessen Schweiß und Blut ihre fruchtbare Erde reichlich tränkte und den Herren äußersten Überfluß und ungeheuren Reichtum brachte, ohne dafür Anerkennung oder auch nur einfachstes Mitleid zu ernten. 1517 traf auf der Insel, die Santo Domingo werden sollte, ein erstes Kontingent von viertausend Negern aus Guinea ein. Viele andere folgten.

Als das Gold der Minen jedoch erschöpft war, suchten die Spanier nach anderen Quellen. Von Kuba und Hispaniola, seiner Nachbarin, brachen die Konquistadoren nach Mexiko und Peru auf, um sie zu unterwerfen, aber die Fluten von Gold, die sie herausholten, lockten wie Honig die Fliegen Korsaren und Freibeuter an, die ihren Stützpunkt auf der von Hispaniola nur durch eine schmale Meerenge getrennten Schildkröten-Insel hatten.

Die große Insel Ayto leerte sich, wurde wieder zur Wüste. Es gab keine Indianer mehr und nur noch wenige Spanier. So überquerten die Freibeuter die Meerenge, betrieben anfangs noch Seeräuberei, ließen sich nach und nach nieder, wurden Ansiedler, Pflanzer. Die meisten waren Franzosen, und ihnen wurde ein erster Gouverneur, Bertrand d'Ogeron, gegeben. Spanien protestierte natürlich, aber der Frieden von Ryswijk im Jahre 1697 sprach den östlichen, wieder Santo Domingo genannten Teil endgültig Frankreich zu, der Rest blieb von Spaniern besetzt. Der französische Name wurde allgemein auf die ganze Insel angewendet. Die Plantagen entwickelten sich, und die Sklavenschiffe ankerten immer zahlreicher auf der Reede von Cap Français, der großen Stadt im Norden, oder von Port-au-Prince, der im Westen, um die für die großen Kulturen Santo Domingos nötigen Arbeitskräfte zu bringen: Rohrzucker, Indigo, Baumwolle und Kaffee. Riesige Vermögen wurden durch den intensiven Handelsverkehr zwischen Afrika, der Hauptstadt und der Insel begründet, die sich zur reichsten der Kronkolonien entwikkelt hatte.

All dies hatte Gilles kürzlich gelernt, einiges von Jacques de Ferronnet, viel aus Büchern, die er mitgenommen hatte. Indes, je mehr er die schwarze Linie des Gebirges betrachtete – die Hügel, wie man sie hier zu nennen pflegte –, die sich gegen die dunkle Tiefe des gestirnten Himmels abhob, um so mehr spürte er, wie ihm das bloße Buchwissen entglitt. Er wußte, daß er an der Schwelle eines Wissens stand, das er nur aus sich selbst beziehen konnte, aus seiner eigenen Erfahrung, aus seinen Sorgen bisweilen. Er mußte lernen, nicht nur die Besitzung zu lieben, die ihm gehörte und die er schon liebte, sondern auch das ganze Land. Nur um diesen Preis würde seine Liebe erwidert werden, und die Insel würde sich ihm vielleicht öffnen wie eine willige Frau und ihn an ihre schrecklichen, in der Tiefe ihrer dunklen Wälder verborgenen Geheimnisse herankommen lassen, Zufluchtsorte der alten afrikanischen Götter, die die Sklavenschiffe, ohne es zu ahnen, mitgebracht hatten. Götter, die, wenn sie schon nicht geruhten, ihr Volk zu verteidigen oder zu schützen, sich manchmal einzigartig darauf verstanden, es zu rächen.

«Dieses Land ist nicht wie die anderen», hatte der Gentleman aus Santo Domingo mit jener gedämpften Stimme gemurmelt, deren man sich bedient, wenn man befürchtet, gehört zu werden. «Der Tod verkriecht sich hier hinter unschuldigen Erscheinungsbildern, aber er löst nichts auf. Bei uns geschieht es, daß die Toten noch leben.»

Und als Gilles, neugierig gemacht, versuchte, ihn diese seltsamen Worte präzisieren zu lassen, hatte Ferronnet sich geschüttelt wie jemand, der aus einem bösen Traum erwacht, hatte mit einem Zug sein Glas Rum ausgetrunken und, sein Lächeln wiederfindend, vielleicht noch etwas blaß, gestanden:

«Wenn ich anfinge, Euch all die in den Hügeln umgehenden Geschichten der alten Weiber zu erzählen, würde es tagelang dauern. Wißt lediglich, daß die Sklaven eine Religion haben, an der die katholischen Priester sich die Zähne ausbeißen und über der sie das bißchen Latein vergessen, das sie wissen. Es stimmt, daß ihre Phantasie nicht immer sehr weit geht, aber einige von ihnen haben schon zu ihrem Schaden bemerken müssen, daß es nicht gut war, die Götter des Woodoo offen zu bekämpfen.»

«Die Götter des Woodoo? Was ist das?»

«Ich kann es Euch nicht genau sagen. Ein seltsamer, animistischer

Kult, übrigens stark vermischt mit Zauberei. Versucht nicht, mehr darüber zu erfahren. Haltet Euch heraus, soweit Ihr könnt, und wenn es geschieht, daß Ihr in den fernen Tiefen der Nacht das Schlagen der Buschtrommeln hört, hütet Euch davor, hinzugehen, um zu sehen, was vor sich geht. Mein Vater hat immer so gehandelt, und er ist sehr gut dabei gefahren. Folgt seinem Beispiel...»

Doch der zutiefst christliche Bretone, der immer in Gilles' Innerem schlummerte, sträubte sich.

«Ein heidnischer Kult! Wie konnten die Christen ihn tolerieren und weiterhin gestatten?»

«Weil sie nichts dagegen tun können. Zumal das Woodoo sehr großzügige Ansichten hat und keinerlei Nachteil darin sieht, Christus seinen Göttern hinzuzufügen. Seht, Chevalier, ich bin genauso gläubig wie Ihr, aber ich halte es für klüger, das, was mich nichts angeht, nicht zu ergründen. Das Woodoo hilft den Sklaven, ihr Elend zu ertragen, und im Interesse der Gesundheit von Körper und Geist ist es ganz einfach besser, nicht daran zu rühren. Was Euch betrifft, wollte ich Euch nur unterrichten, um Euch unwissentlich begangene Fehler zu ersparen, die für Euch und die Euren bedauerlich sein könnten.»

Es wurde für den Reisenden Zeit, sich von seinen amerikanischen Freunden zu verabschieden, und Gilles war es nicht gelungen, mehr zu erfahren, aber jetzt, während der «Falke» träge vor der Insel kreuzte, kamen die Worte des jungen Mannes zu ihm zurück mit dem Duft von Vanille und Pfeffer, den der Wind ihm wie eine Art Willkommensgruß in die Nase blies, sein heftiges Verlangen verstärkend, endlich dieses magische Land zu betreten, das zweifellos der Circe ähnelte, das er aber nicht fürchtete.

Die Stunden vergingen im Flug, unterbrochen von der Schiffsglocke, die den Wachwechsel anzeigte. Die Nacht ging zu Ende. Gilles sah, wie sich die Farbe des Meers mit der ersten fahlen Ankündigung der Morgenröte von Schwarz zu Grau wandelte, und begab sich in seine Kabine, um Toilette zu machen. Er, der sich sonst ziemlich wenig um seine Erscheinung kümmerte, wollte für diese erste Zusammenkunft mit seinem neuen Land schön sein. Er beabsichtigte, es zu begrüßen, wie er die Königin begrüßen würde.

In seiner besten Uniform eines Offiziers der Leibgarde Seiner Majestät erschien er wieder unter der tropischen Sonne. Der rauchblaue Rock mit scharlachfarbenen Revers und Kragen, großzügig mit Silbertressen besetzt, die Hosen aus weißem Hirschleder, in hohen Lackstiefeln verschwindend, prunkten triumphierend inmitten der bewundernden Verblüffung der Mannschaft.

Mit hochgezogenen Brauen, die Fäuste in die Hüften gestemmt und für einen Moment der Sprache beraubt, betrachtete ihn Kapitän Malavoine, wie er da auf Deck einherstolzierte, bevor er ausrief:

«Heiliger Gott, Monsieur le Chevalier! Geht Ihr auf den Ball oder gedenkt Ihr, gleich nach der Ankunft den Gouverneur von Santo Domingo zu besuchen?»

«Nichts dergleichen, Kapitän. Aber ich glaube, es ist höflich, das Land, das uns aufnehmen wird, angemessen zu begrüßen. Es ist ein wenig mühsam bei der Hitze, die wir später haben werden, aber Ihr würdet mich zu Dank verpflichten, wenn Ihr festlich flaggen lassen würdet, desgleichen auch bei Euch selbst und der Mannschaft. Selbstverständlich werden wir bei der Einfahrt mit einem Kanonenschuß salutieren.»

Malavoines Augen wurden noch runder.

«Ihr wollt, daß ich mich anziehe?»

«Aber ja. Ihr, Monsieur Menard... de Saint-Symphorien und die ganze Mannschaft. Seht nur...»

Pongo war erschienen. Als er gesehen hatte, daß sein Herr Toilette machte, hatte er es für richtig erachtet, ein Gleiches zu tun, und dem Beifall der Mannschaft nach war es ihm bestens geglückt.

Prachtvoll in seinem Habit aus weißem Hirschleder – Tunika und Hose –, rot und schwarz befranst und bestickt, das bronzefarbene Gesicht vom traditionellen Kopfputz der Adlerfedern umrahmt, wirkte er eindrucksvoll und hieratisch wie ein barbarisches Götzenbild, so daß er sogar Malavoine in Bewegung brachte. Seine bronzene «Schnauze» packend, stürzte er seiner Kajüte zu, während er aus vollem Halse brüllte:

«Klarmachen zum Hissen der großen Flagge!... Und danach umziehen in die Galauniform! Überwacht das, Monsieur Menard! Danach zieht Euch selbst an!»

Nie war ein Befehl mit größerer Geschwindigkeit ausgeführt worden von einer Mannschaft, die, da sie Gilles kannte, mühelos erraten hatte, daß die Feierlichkeit sich nicht nur auf Äußerlichkeiten beschränken, sondern während der ersten Stunden an Land sicherlich fröhlich werden würde. In kürzester Zeit war der «Falke» mit all seinen Wimpeln und Flaggen bedeckt, die dem Protokoll entsprechend in der herkömmlichen Reihenfolge von Mast zu Mast gehängt wurden. Am Bugspriet wehten die Lilien von Frankreich, die man am Hauptmast und am Heck wiederfand, während am Fockmast die Flagge der Tournemine, blau und gold geviertelt, lässig tanzte. Und wie ein hübsches Mädchen an einem Festtag näherte sich das Schiff unter dem Kommando eines Kapitäns in marineblauer und roter Galauniform wieder der Einfahrt und rief nach dem Lotsen.

Diesmal erschien er augenblicklich. Zweifellos alarmiert vom Fort der Pointe de Limonade, wo das Verhalten des Ankömmlings offenbar beobachtet worden war, sowie vom Schuß des Vorabends, steuerte sein Boot wenige Minuten, nachdem der Mündungsrauch der Signalkanone verflogen war, dem «Falken» zu.

Der Lotse stammte aus Marseille. Er war ein kleiner Mann und braun wie eine Kastanie, voller Energie wie Schießpulver, geschwätzig wie eine Elster... und ein Dreckfink dazu. Ein gewaltiger roter Gürtel drapierte seine Taille und verband eine rot und grau gestreifte Hose mit einem ehemals weißen Hemd, dessen Ärmel bis über die Ellbogen aufgekrempelt waren und die Unterarme freigaben, die aussahen, als seien sie aus einem alten Olivenbaum geschnitzt, und überdies reichlich behaart waren. Ein Prophetenbart mit mehreren Zipfeln und ein Dreispitz mit ausgefransten Goldborten vollendeten diesen seltsamen Aufzug, den Kapitän Malavoine streng musterte.

«Ihr seid wirklich der Lotse?» fragte er und dachte bei sich, daß dieser gute Mann weit eher einem Freibeuter der guten alten Zeit glich als einem ehrbaren Schiffsführer.

Der andere nahm die Dinge gutgelaunt.

«Und wer glaubt Ihr, bin ich wohl? Der Geist Ritter Blaubarts? Natürlich bin ich der Lotse dieses gottverdammten Fahrwassers dieser gottverdammten Insel! Und der beste, den es je gegeben hat, das steht fest! Fünfundzwanzig Jahre im Geschäft! Ich sage Euch, ich habe den Grafen d'Estaing in den Hafen gebracht, als er 63 Gouverneur der Inseln Unter dem Wind wurde. Und dann den Prinzen de Rohan und dann den Marquis d'Argout und dann...»

«Gut, gut! Es ist in Ordnung. Wenn Ihr alle Eure Bekanntschaften der letzten fünfundzwanzig Jahre hersagt, sind wir morgen früh noch hier», brummte Malavoine. «Geht, nehmt das Steuerruder, und sprechen wir nicht mehr davon.»

Während er Malavoine über das weißgescheuerte Deck des «Falken» folgte, dessen Messingbeschläge in der Sonne funkelten, ließ der Lotse einen bewundernden Pfiff vernehmen. «Ein verdammt hübscher Eimer, Euer Schiffchen, Käpt'n. Und bestens in Schuß! Aber sagt mir, habe ich Euch nicht schon einmal gesehen? Wer seid Ihr? Woher kommt Ihr...»

«Wenn Ihr gestattet, mein Guter, werde ich das alles den Hafenbehörden sagen, falls Ihr überhaupt einwilligt, uns hinzubringen.»

«Schon dabei! Schon dabei!»

Plötzlich die sechs Fuß hohe Pracht Tournemines gewahrend, der sich, immer von Pongos Adlerfedern flankiert, auf dem Kajütendeck aufhielt, erstarrte er jedoch in einer Art Habtachtstellung.

«Mutter Gottes!» stieß er halblaut hervor. «Konntet Ihr nicht gleich sagen, daß Ihr eine hohe Persönlichkeit mitführt? Doch nicht ein neuer Gouverneur? Die wechseln alle fünf Minuten.»

«Nein, beruhigt Euch. Der Chevalier de Tournemine, Offizier der Leibgarde Seiner Majestät, kommt nur, um eine Indigoplantage in Besitz zu nehmen, die er hier gekauft hat. Dieses Schiff gehört ihm, und ich rate Euch, es gut zu behandeln, denn Ihr werdet bestimmt Gelegenheit haben, es mehr als einmal hereinzubringen.»

«Keine Angst! Ich werde Euch zeigen, was ich kann.»

Nachdem er den amüsierten Gilles mit soviel Hochachtung gegrüßt hatte, als sei er der König von Frankreich selbst, und Judith, die eben erschien – himmelblaue Musselin-Robe und breitrandiger Hut, verziert mit Schleifen der gleichen Farbe –, die ihrer Schönheit zukommende Begeisterung gezollt hatte, ergriff der Lotse Boniface Besitz vom Steuerruder mit der ein wenig feierlichen Autorität eines Hohenpriesters, der die Messe lesen will. Es fiel ihm nicht schwer zu zeigen, daß er nicht geprahlt hatte, als er sich als den besten Lotsen aller Antilleninseln, der großen wie der kleinen, bezeichnet hatte. Mit unendlicher Anmut glitt der «Falke» in den Wind und bog, von seinen dreitausend Quadratmetern Segeln geschoben, mit außergewöhnlicher Sicherheit in das gefährliche Fahrwasser ein, während seine Kanonen Santo Domingo ihren ersten Gruß entgegendonnerten...

Die Bucht von Cap Français säumte das endlose Weiß eines von Palmen begrenzten Strandes, das einen kräftigen Trennungsstrich zwischen dem blaugrünen Spiegel des Meers und dem es beherrschenden dunklen Gebirgsmassiv zog. Im Hintergrund dieser Bucht, zu Füßen dieser Berge, breitete sich die Stadt aus, weiß, rosa, gelb, blau, ähnlich einem Blumenstrauß inmitten von Laubwerk.

Von weitem hatte sie einen schläfrigen Zauber, der im Gegensatz zu der wilden Mächtigkeit der Berge stand, die sich so hoch über ihr erhoben, daß ihre Gipfel sich in den weißen Wolken verloren, aber je tiefer das Schiff, versteckten Klippen und Riffs mit der Sicherheit langer Gewohnheit ausweichend, unter Bonifaces kundigen Händen in die Reede eindrang, desto mehr verblaßte der Eindruck eines trägen Paradieses, denn die Reede wimmelte von Betriebsamkeit.

Handelsschiffe, Kutter, Schaluppen und Brigantinen übersäten die Bucht rund um ein stattliches Linienschiff, das Tournemine auf den ersten Blick zu erkennen glaubte. Tatsächlich, es war die «Diadème», vormals Teil der Flotte des Chevaliers de Ternay, die das Expeditionskorps des Grafen Rochambeau auf der Fahrt zur Unterstützung der amerikanischen Aufständischen befördert hatte.

Die Anwesenheit des mächtigen Schiffs erschien dem Herrn des «Falken» als ein gutes Zeichen. Er sah in ihm etwas wie ein Blinzeln des Schicksals, eine bekannte Präsenz angesichts des Unbekannten, und mit Begeisterung ließ er eine zweite Salve feuern, die das Fort Français und das Fort de Limonade höflich erwiderten, während das Schiff mit verminderter Geschwindigkeit seinen Kurs verfolgte, von einer Unzahl von Booten umgeben, die einen mit Segeln, die anderen mit Rudern, die zwischen der Stadt und den Schiffen hin- und herpendelten und Ware und Passagiere beförderten. Einige, die zweifellos nichts zu tun hatten, nahmen Kurs auf den Ankömmling.

Boniface wies auf eine ziemlich gut betakelte Schaluppe, die sich in rascher Fahrt näherte.

«Ihr bekommt Besuch. Der Hafenarzt kommt, um zu sehen, ob Ihr kein ‹Ebenholz› befördert.»

«Sehen wir vielleicht aus wie ein Sklavenschiff?» protestierte Gilles verärgert. «Riechen wir so schlecht?»

«Nicht wegen so einer Kleinigkeit beleidigt sein, Monseigneur. Der gute Mann tut nur seine Pflicht. Es ist Vorschrift. Und da Ihr keine Neger an Bord habt, sagt Ihr's ihm ganz einfach. Das Wort eines Herrn wie Ihr wird man nicht in Zweifel ziehen. Außerdem hat man im allgemeinen keine schönen Damen auf diesen dreckigen Kähnen.»

«Ich habe einen einzigen, und er ist schwer verletzt. Er muß sofort behandelt werden. Ist Euer Hafenarzt ein richtiger Arzt?»

Der Lotse verzog eine ebenso Zweifel andeutende wie gekräuselte Lippe.

«Könnt ich Euch nicht sagen. Man braucht übrigens kein großer Gelehrter zu sein, um eine Ladung fürs Ausschiffen zu ‹parfümieren›.»

«Parfümieren?»

«Das heißt, durch Essig ziehen. Danach bringt man die Neger an Land und schließt sie in die Baracken ein, die Ihr dort unten bei der Faussette seht, an der Mündung des Galiffet, um sie vor dem Verkauf ein bißchen auf neu herzurichten. Weiß Gott, sie sind meist nicht sehr frisch nach Tagen und Tagen im Zwischendeck. Also brauchen sie ein bißchen Lack und ein paar Lumpen. Aber es ist besser, wenn Ihr den Euren dem Hafenarzt deklariert. Die da unten sind von einer sonderbaren Reizbarkeit... Manchmal hat man Neger hereingeschmuggelt, und die Behörden haben ihre paar Prozente nicht zu sehen gekriegt.»

«Das ist durchaus meine Absicht!» sagte Gilles kühl.

Der Hafenarzt, eine lange, lymphatische Gestalt, dessen gelber Teint und bleifarbene Augensäcke von einer zerrütteten Gesundheit zeugten, zeigte sich voller Ehrerbietung dem Herrn dieses Schiffs gegenüber, unbezweifelbares Zeichen eines schönen Vermögens, aber genau, wie Boniface vorausgesagt hatte, begehrte er, Moses zu sehen, den vier Männer mit unendlicher Behutsamkeit heranschleppten und für einen Augenblick auf dem Oberdeck im Schatten eines ausgespannten Segels niederlegten.

Der riesige Schwarze, angetan mit einem weißen Hemd, das die Frauen ihm in aller Eile genäht hatten, damit er nicht mit einem Sklaven verwechselt würde, war sichtlich sehr krank. Fast ohnmächtig, zuckte er jedesmal auf der Matratze seines Lagers schwach zusammen, wenn sein entzündetes Bein sich auch nur ein wenig bewegte, und selbst auf dieser schwarzen Haut waren die roten Vorboten des Todes sichtbar. Selbst für einen völlig Unwissenden verkündete dieses entstellte Glied im Verein mit dem wild schlagenden Puls und dem glühenden Gesicht nichts Gutes. Die Diagnose des Gesundheitsbeamten kam unverzüglich.

«Es riecht noch nicht schlecht, aber der Brand ist bestimmt nicht fern. Er muß amputiert werden. Und selbst dann... Die ursprüngliche Wunde sitzt sehr weit oben. Wer hat sie ihm beigebracht?»

«Unwichtig. Könnt Ihr ihn behandeln?»

Die entrüstete Miene des Mannes machte Gilles plötzlich Lust, ihn zu ohrfeigen.

«Wer? Ich?... Aber, Monsieur, ich behandle keine Sklaven.»

«Das ist kein Sklave.»

«Sei er, wer er wolle, er ist ein Schwarzer... und da ich niemals eine Amputation vorgenommen habe... wenigstens nicht so weit oben, und die letzte mehr als zehn Jahre zurückliegt...» fügte er hinzu, offensichtlich versuchend, den schlechten Eindruck zu berichtigen, den er mühelos von Tournemines Gesicht ablesen konnte.

«Es ist gut. In diesem Fall werden wir ihn an Land bringen. Ich weiß, daß es in dieser Stadt mindestens zwei Krankenhäuser gibt.»

«Zweifellos, aber ich rate Euch, die Verlegung zu vermeiden. Das Krankenhaus der Charité ist ebenso wie das der Providence für das Militär, für Seeleute und durchreisende Fremde reserviert... auch für Bedürftige, aber von weißer Rasse. Außerdem haben wir die schlechte Jahreszeit, und die Krankenhäuser sind voller Leute, die von der Ruhr befallen wurden, von Anginen, von Brustentzündung, nicht gerechnet die Masern, die Fälle von Pocken und andere Garstigkeiten. Ungewöhnlicherweise haben wir noch keinen einzigen Fall von Gelbfieber verzeichnet, aber...»

«Erzählt mir nicht», unterbrach ihn Tournemine gereizt, «daß auf dieser Insel niemand die Schwarzen behandelt, obwohl sie zahlreicher als die Weißen sind!»

«Man behandelt sie, wenn es Platz gibt... und wenn sie frei sind. Sklaven werden grundsätzlich auf den Plantagen behandelt, auf denen sie arbeiten. Sie haben ihre Altweiberarzneien, ihre Amuletts, ihre Zauberer. Es gibt wohl auf dem Cap einen weißen Arzt, Doktor Durand, der für sie ein kleines Krankenhaus für Sklaven eröffnet hat, aber wir mußten sein Haus unter Quarantäne stellen, denn es werden dort drei Fälle von Cholera behandelt. Ich verstehe, daß Euch das mißfällt, Monsieur...» fügte er angesichts der finsteren Miene Tournemines hinzu, «und daß Ihr den Wunsch habt, diesen Mann wiederherzustellen. Er ist ein prachtvolles Exemplar und brächte, wäre er bei guter Gesundheit, ein kleines Vermögen...»

«Ich habe Euch schon gesagt, daß er kein Sklave ist!» brüllte Gilles, nur allzu glücklich über die Gelegenheit, seinem Zorn freien Lauf zu lassen. «Folglich keine Rede von Verkauf oder Preis! Was die Aufgabe betrifft, jemanden zu finden, der ihn behandelt, seid gewiß, daß ich mich selbst damit befassen werde. Euer Diener, Monsieur! Kapitän Malavoine, ich möchte ein Boot, Männer und eine Bahre. Ich nehme Moses mit.»

Und sich seiner Frau zuwendend:

«Sobald ich einen Arzt gefunden habe und er diesen Unglücklichen behandelt hat, werde ich ihn an Bord bringen, damit er Eure Fanchon untersucht. Wartet also auf mich!»

«Aber... gehen wir nicht an Land? Warum begeben wir uns nicht direkt zur Plantage? Wenn wir einmal zu Hause sind...»

«Die Plantage liegt zehn Meilen entfernt, liebe Freundin, und Moses bedarf dringend der Behandlung. Außerdem muß ich, bevor ich ‹Haute-Savane› kennenlerne, noch den Notar aufsuchen, damit er die in New York ausgestellten Dokumente hier registriert. Aber wenn Ihr vom Schiff genug habt, könnten wir uns vielleicht einige Tage im besten Hotel der Stadt einrichten. Es müßte doch eins geben...»

Der Hafenarzt, von Gilles völlig vergessen, nachdem er ihn so grob behandelt hatte, räusperte sich, um sich zum Wort zu melden, und murmelte:

«Wenn ich mir erlauben darf... Es wäre wesentlich besser, wenn Madame auf diesem Schiff bliebe. Es ist gewiß viel komfortabler als das beste Hotel, das nicht viel taugt. So gut wie nichts. Die Pflanzer der Umgebung haben im allgemeinen ihre Stadthäuser hier, oder sie steigen bei Freunden ab, wenn sie in Geschäften zum Cap kommen.»

«Da wir hier überhaupt niemanden kennen, ist die Angelegenheit damit erledigt. Dank für Euern Rat, Monsieur. Ich gehe jetzt an Land. Kapitän, ich vertraue Euch die Damen an. Pongo, du kommst mit mir.»

Einige Minuten später trieben kraftvolle Ruderschläge das Boot des «Falken» im Gefolge der Sanitätsschaluppe der Stadt entgegen, und als sie erreicht war, tauchten seine Insassen in ein unbeschreibliches Durcheinander von Geräuschen, Farben und Geschäftigkeit. Da die Abwechslungen nicht eben sehr zahlreich waren, hatte sich ein guter Teil der Einwohner des Caps zur Begrüßung der Ankömmlinge aufgemacht. Die Eleganz dieses unter großer Beflaggung und Kanonensalut eingefahrenen schönen Schiffs, das stattliche Aussehen seiner Insassen, das mehr als ein Fernrohr von weitem ausgemacht hatte, machten alle diese Leute neugierig. Sie liefen die Mole entlang und füllten die Landungsbrücken in einem betäubenden Wirbel von grellen Farben, die sich fröhlich von den den Hafen umgebenden weißen Gebäuden und dem dichten Grün abhoben, das fast überall zwischen den Mauern hervorquoll.

Der größte Teil dieser Menge war schwarz, milchkaffeefarben oder von unbestimmtem Olivbraun, je nach dem Grad der Blutmischung. Die Weißen waren vornehmlich durch Soldaten in weißen Uniformen mit blauen Revers und einige Bauern in grobem Leinen mit Strohhüten auf den Köpfen vertreten. Die Schwarzen trugen Lumpen, wenn es sich um Sklaven handelte, oder Kattunzeug in lebhaften Farben mit blau-weiß- oder rotscheckigen Kopftüchern. Die Kinder, deren Haar an das Fell schwarzer Lämmer erinnerte, gingen ganz nackt und trugen ihre kleinen, runden Bäuche zur Schau.

Auf der durch eine Veranda geschützten Terrasse eines schönen Hauses tranken Offiziere und Beamte in Hemden mit Spitzenjabots, seidenen Hosen und weit offenstehenden Röcken mit eckigen Schößen geeisten Punsch, während sie das Schauspiel betrachteten und die Damen grüßten, die, angetan mit Musselinen und großen Hüten, in Kutschen vorüberfuhren oder gar zu Fuß gingen, gefolgt von einer oder zwei Dienerinnen in gestreiften Röcken und prachtvoll drapierten Kopftüchern.

Während Gilles, der der Neugier, die er erregte, kaum Aufmerksamkeit schenkte, darüber wachte, daß seine Matrosen Moses so behutsam wie möglich an Land brachten, erschien ein Offizier in prächtiger rot-goldener Uniform, dem zwei Soldaten voranschritten und ohne viel Federlesens die Menge vor ihm auseinandertrieben, beim Boot und grüßte den Ankömmling höflich.

«Graf de La Luzerne, Gouverneur der Insel Unter dem Wind, hat mich beauftragt, Monsieur, Euch willkommen zu heißen. Ich bin Baron de Rendières, sein Adjutant.»

«Sehr erfreut! Chevalier de Tournemine de La Hunaudaye», sagte Gilles und erwiderte seinen Gruß.

«Offizier, wie ich sehe, bei der Leibgarde Seiner Majestät? Wir fühlen uns sehr geehrt, und ich habe vom Herrn Gouverneur den Auftrag, Euch zu sagen, daß er glücklich wäre, Euch auf der Stelle zu empfangen. Zweifellos bringt Ihr Briefe aus Versailles, und der Herr Gouverneur...»

«Sprecht nicht weiter, Baron! Es wäre unnütz, Euch weiter auf Irrwege geraten zu lassen. Ich habe keinerlei Briefe aus Versailles – für wen auch immer. Einer der Pflanzer dieser Insel, Monsieur Jacques de Ferronnet, hat mir seine Plantage ‹Haute-Savane› verkauft, und ich komme ganz einfach in Gesellschaft meiner Gattin, Madame de Tournemine, und einiger Diener, um von ihr Besitz zu ergreifen. Wenn ich, um in Santo Domingo zu landen, diese Uniform angelegt habe und auf meinem Schiff die große Beflaggung hissen ließ, dann nur aus dem Grund, das Land, das das meine sein wird, so zu grüßen, wie es ihm zukommt. Weiter nichts! Würdet Ihr also dem Herrn Gouverneur für seine Fürsorglichkeit danken und ihm sagen, daß ich, falls er es wünscht, die Ehre haben werde, ihm meine Aufwartung zu machen, sobald ich eine dringende Angelegenheit erledigt habe.»

«Aber... warum kommt Ihr nicht sofort? Ich glaube, gesagt zu haben, daß der Herr Gouverneur Euch erwartet?»

«So wollt ihm mein Bedauern ausrichten, aber ich habe hier einen Verletzten in sehr schlechtem Zustand, der dringend der Behandlung bedarf.»

Die erstaunte Miene des Adjutanten wich einem unverhüllt entrüsteten Ausdruck.

«Wollt Ihr sagen, daß Ihr beabsichtigt, den Gouverneur warten zu lassen... wegen eines Negers?»

«Sollten meine Worte mißverständlich gewesen sein? Ich glaubte doch, mich sehr klar ausgedrückt zu haben. Dieser Mann wird sterben, wenn er nicht sehr schnell behandelt wird, und wenn Ihr gestattet, bin ich der Meinung, daß die Hautfarbe im Angesicht des Todes keine große Rolle mehr spielt. Wenn Ihr mir also den Weg zum Hospital der Charité zeigen wolltet...»

Der Baron hob geringschätzig die Schultern.

«Die Krankenhäuser sind zu dieser Jahreszeit voll, Chevalier, und ich fürchte, Ihr würdet schwerlich einen Platz dort finden, besonders für einen Schwarzen...»

«So gebt mir die Adresse eines kompetenten Arztes. Das Bein dieses Mannes muß wahrscheinlich amputiert werden, und ich kann es schließlich nicht selbst tun, noch dazu auf einem öffentlichen Platz. Ihn zu meiner Plantage mitzunehmen, ist unmöglich. Außerdem weiß ich nicht, ob es dort einen Arzt gibt.»

Ganz von seiner Diskussion mit dem Abgesandten des Gouverneurs in Anspruch genommen, hatte Gilles einem ziemlich sonderbaren Mann keine Beachtung geschenkt, der sich der Krankentrage genähert hatte, die die Matrosen in Erwartung eines Entschlusses einstweilen abgestellt hatten.

Auf den ersten Blick war es unter einem alten, ausgefransten Strohhut, aus dessen durchlöcherter Mitte einige Halme gen Himmel standen, ein erstaunliches Gemisch von Bart und Haaren, von dem man nicht hätte sagen können, ob die überwiegende Farbe blond oder grau war. Unter dem Bart war ein gestreiftes, einigermaßen schmutziges Matrosenhemd, zu sehen und darunter eine zu kurze Drillichhose, die an zwei oder drei Stellen Löcher aufwies und stramme Waden erkennen ließ, die in großen, nackten, staubbedeckten Füßen endeten. Das Ganze strömte einen kräftigen Geruch nach Rum aus.

Mit lässiger Hand hatte der Mann die Leinwand angehoben, die Moses bedeckte, nachdem er mit einem grimmigen Knurren den Respekt des Matrosen erlangt hatte, der ihn daran hindern wollte. Man konnte sehen, wie er sich über den Kranken beugte, der mit allen Dämonen des Fiebers rang, und wie er seine langen, schmalen Finger mit erstaunlicher Leichtigkeit über das erkrankte Bein gleiten ließ. Dann richtete er sich auf.

«Wenn Ihr diesen Mann amputiert, Monsieur, macht Ihr ihn für sein ganzes Leben zu einem unglücklichen Krüppel.»

Die von einem handfesten irischen Akzent gefärbte Stimme war heiser, aber nicht ordinär.

Rendières seinen Erklärungen überlassend, daß es alle Mühe der Welt kosten werde, einen Arzt zu finden, der einwilligen würde, sich mit dem Verletzten abzugeben, wandte Gilles sich mit einer Mischung aus Ärger und Überraschung dem zerlumpten neuen Gesprächspartner zu, den man nach seinen Ausdünstungen, ohne einen Irrtum zu riskieren, für einen Gewohnheitstrinker halten konnte.

«Und wenn man ihn nicht amputiert, stirbt er. Das ist die Meinung des Hafenarztes, der mein Schiff besuchte. Das ist auch die Meinung des Kapitäns besagten Schiffs…»

«Es ist nicht die meine», sagte der Mann ruhig.

Aus dem Schatten des Hutes und eines wahren Gestrüpps von Augenbrauen traf Tournemine der Blick zweier Augen, grün wie junge Frühlingstriebe. Trotz des wenig einnehmenden Anblicks des Mannes vermittelte ihm dieser Blick nach der leicht steifleinenen Pracht des Adjutanten einen angenehmen Eindruck von Frische.

«Darf ich, ohne Euch zu beleidigen, fragen, ob diese Meinung maßgebend ist?» fragte er höflich.

«Vielleicht… und vielleicht auch, weil Ihr keine Wahl habt. Abgesehen vom guten Doktor Durand, der sich mit der Cholera herumschlägt, wird niemand hier Euren Sklaven versorgen.»

«Es ist kein Sklave, und ich verstehe nicht, warum man die Behandlung verweigern sollte, wenn ich dafür bezahle. Mein Gold hat keine schwarze Haut.»

«Das stimmt, und ich wäre entzückt, seine Bekanntschaft zu machen, denn seit einiger Zeit grüßen wir uns nicht einmal mehr. Was die Ärzte hier betrifft, würdet Ihr vielleicht einen finden, der sich überreden ließe, aber er wird amputieren, und dieser Mann, das schwöre ich, würde dabei mit der gleichen Sicherheit sterben, als wenn man den Brand gewähren ließe. Auf jeden Fall habt Ihr nichts zu verlieren. Auch wenn ich nicht so aussehe, ich bin Arzt... und nicht schlechter als andere.»

Ein Sturm von Gelächter und Anzüglichkeiten empfing diese Erklärung, die die komischste Sache zu sein schien, die man seit langem im Hafen des Caps gehört hatte. Monsieur de Rendières beschränkte sich für sein Teil darauf, seine goldenen Epauletten zu zucken.

«Laßt Euch von diesem Mann nicht beschwatzen, Chevalier! Er ist der schlimmste Trunkenbold, der jemals durch die Hafenspelunken gezogen ist. Man nennt ihn den ‹Schwamm›.»

«Nie behauptet, daß ich kein Trunkenbold bin», gab der andere würdevoll zu. «Jeder holt sich sein Vergnügen, wo er es findet. Aber das hat nie bedeutet, daß ich nicht auch Arzt bin. Also, Monsieur, habt Ihr Euch entschieden? Wenn man nichts unternimmt, wird Euer Neger in ein oder zwei Tagen tot sein.»

«Was schlagt Ihr vor?»

«Das Bein öffnen und sehen, was darin ist.»

«Welche Torheit!» rief Rendières aus. «Und wo wollt Ihr diese schöne Operation vornehmen, guter Mann? Auf einem Kneipentisch zwischen einem Glas Rum und Fischabfällen?»

Der sonderbare Arzt hob seine knochigen Schultern, die das schmutzige Trikotzeug seines Hemdes beulten.

«Auf dem Schiff. Es macht einen viel saubereren Eindruck als irgendeine Baracke in dieser Hure von einem Hafen. Das Wasser ist glatt wie Seide, und vor heute abend wird's keinen Sturm geben...»

Statt einer Antwort drehte Gilles sich zu Pongo um, der wortlos die Szene verfolgt hatte.

«Wie der Mann sagt, wir haben keine Wahl. Was sagst du dazu?»

«Bei uns größte Zauberer oft sein am dreckigsten!»

«Also zurück, aufs Schiff!»

Dann wandte er sich wieder dem Adjutanten zu:

«Ich will es darauf ankommen lassen, Monsieur! Ganz Euer Diener... und der des Herrn Gouverneurs. Kommt Ihr, Doktor... eh?...»

«Liam Finnegan, Monsieur! Wartet nur einen Augenblick.»

Bevor Gilles antworten konnte, strebte er eilends einer zwischen zwei mit Palmblättern gedeckten Hütten, offensichtlich Schenken, eingezwängten Gasse zu, verschwand in einer von ihnen, kam fast augenblicklich wieder heraus, eine Tasche aus schwarzem Leder unter einen Arm geklemmt, kehrte zur Schaluppe zurück und sprang hinein. Er ließ sich am Heck nieder, neben dem Verletzten, dessen Puls er nahm, dann hob er die kleinen grünen Blätter seines Blicks zu Gilles, der ihm neugierig zugesehen hatte.

«Diese Verletzung», sagte er und wies auf den langen Riß, dessen Ränder geschwollen waren, «wie ist sie zustande gekommen?»

Gilles erzählte ihm kurz von seiner Begegnung mit der «Santa Engracia» und dem Drama, dessen Zeuge er gewesen war. Finnegan hörte wortlos zu, den Kopf zwischen den Schultern, den Rücken gekrümmt, als laste der Fluch, der auf dem Sklavenschiff gelegen hatte, noch immer auf diesem sonnigen Morgen. Erst als das Fallreep erreicht war, richtete er sich auf.

«Jeder, der sich an der Freiheit von seinesgleichen vergreift, ist von Gott verflucht!» knurrte er. «Das Unglück ist nur, daß es unmöglich ist, dem größten Teil der weißen Rasse beizubringen, daß die schwarze Rasse ihr gleich ist... Laßt uns jetzt gehen!»

An Bord überprüfte er mit einem Blick das von Sauberkeit blitzende Deck, verlangte einen mit Schmierseife gewaschenen Holztisch, der unter einem Zeltdach aus Segeltuch aufgestellt wurde, um den Verletzten vor den Sonnenstrahlen zu schützen. Dann forderte er von dem über die schnelle Rückkehr leicht verwundert herbeigeeilten Kapitän Malavoine kochendes Wasser, Scharpie, eine Kalebasse mit Rum und vier seiner kräftigsten Matrosen, die den Patienten auf dem Tisch festhalten sollten, wenn er dessen Bein aufschneiden würde.

Sein Hemd ausziehend, das einen mageren, aber muskulösen Oberkörper freigab, begann er sodann, sich mit Hilfe von Seife und einem Eimer Wasser sorgfältig zu waschen, besonders die Arme und Hände. Endlich öffnete er den kleinen Ledersack und entnahm ihm verschiedene chirurgische Instrumente, deren untadeliger Stahl in der Sonne funkelte. Er wählte einige aus, ließ sie in den Topf mit kochendem Wasser gleiten, den ihm der Schiffsjunge brachte, dann prüfte er mit dem Daumen die Klinge eines Skalpells mit kurzem Griff.

Währenddessen hatte man den durch einen kräftigen Schluck

Rum, dem Finnegan eine kleine schwarze Pille beigefügt hatte, praktisch betäubten Moses auf den Tisch gelegt, an dessen vier Ecken vier der kräftigsten Matrosen des «Falken» standen. Der größeren Sicherheit wegen fesselte ihn noch ein mitten über den Körper gezogener Gurt an den Tisch.

Mit erstaunter Neugier hatte Gilles alle Bewegungen des sonderbaren Arztes verfolgt. Nie zuvor hatte er ein solches Schwelgen in Waschen und Sauberkeit gesehen und konnte sich einer Bemerkung darüber nicht enthalten. Der Mann, den er im Hafen aufgefischt hatte, war so schmutzig, daß diese plötzliche Leidenschaft für Wasser und Seife etwas Verwirrendes hatte.

Inmitten des noch von Wasser triefenden Gestrüpps von Haar und Bart glitzerten Finnegans grüne Augen ironisch.

«Da ich für gewöhnlich nichts anderes zu tun habe, als in der Sonne umherzuziehen und Rum zu trinken, wenn ich ein bißchen Geld habe, sehe ich nicht ein, wofür oder für wen ich mich waschen sollte», sagte er. «Aber ich habe festgestellt, daß peinlichste Sauberkeit auf dem Gebiet der Chirurgie zu guten Ergebnissen führt. Wenigstens für die Kranken, denn was mich betrifft, hat es mir nur die Verjagung von der medizinischen Fakultät in Dublin eingebracht! Ich hatte einen Professor mit Schwein und Mörder tituliert, der eine Frau operierte, nachdem er im Hörsaal eine Leiche seziert hatte, ohne auch nur einen Moment vor einer Waschschüssel haltzumachen...»

«Aber wie seid Ihr hierhergekommen? Und warum bleibt Ihr hier?»

«Wie ich hierhergekommen bin? Mit Admiral Rodney, an Bord der ‹Formidable›. Wir haben uns getrennt... hm, gütlich, nach der Schlacht bei den Saintes-Inseln, bei der Euer großer Häuptling, Admiral de Grasse, geschlagen wurde. Ein Punkt im Protokoll, über den wir uns nicht einig waren. Ich bin nach Guadeloupe gegangen und habe die Inseln als freier Reisender besucht. Und wenn ich hierbleibe, dann ganz einfach, weil es mir hier gefällt. Jetzt laßt uns gehen und das Bein öffnen. Ich glaube, der Kranke ist bereit...»

In der Tat war alles vorbereitet, dank Pongo, der die Anweisungen des Arztes auf den Buchstaben genau ausgeführt hatte. Moses stöhnte nicht mehr, aber er atmete schwer und ließ ein leises Schnarchen hören.

Mit einem Finger hob Finnegan eines seiner Augenlider an und sah dann mit einem Blick, der plötzlich so scharf wie die Klinge war, die er in der Hand hielt, die vier Männer nacheinander an.

«Er schläft, aber er kann sich im Schlaf beim Einstich des Messers bewegen. Nehmt Eure Kräfte zusammen, Jungs, und haltet ihn mir fest.»

Vier Paar Hände packten gleichzeitig die Arme und Beine des Riesen, während der Arzt, über seinen Patienten gebeugt, einen ersten langen Einschnitt durchführte. So tief schien der Schlaf, in den Moses verfallen war, daß er kaum erzitterte, als die Klinge ins Fleisch eindrang.

Fasziniert verfolgte Gilles mit dem Blick das präzise Spiel der schlanken Finger, die ohne übertriebene Eile das Bein öffneten, Muskelbündel beiseite schiebend, das sickernde Blut abtupfend. Plötzlich stieg ein Gestank von dem Körper auf, den die schwitzenden Männer nun mit mehr Mühe hielten, und füllte für einen Moment den von dem Zelttuch überdachten Raum, während ein grünlicher Ausfluß sich aus dem Einschnitt ergoß, schnell fortgewischt von Pongo, der, ebenfalls halbnackt, sich in den Dienst des Chirurgen gestellt hatte und dessen mechanisch erteilten Befehlen augenblicklich nachkam.

Er wischte lange, der Vorrat an Eiter in diesem schwarzen Bein schien unerschöpflich. Endlich färbte der übelriechende Ausfluß sich rot, dann war er nur noch rot und hörte endlich ganz auf, während Finnegan am Ende einer Zange eine Bleikugel hochhielt...

«Dieser Mann war verwundet, bevor er ins Wasser sprang», erklärte er ruhig. «Es war kein Hai, nehme ich an, der ihm eins mit der Pistole aufgebrannt hat. Es ist sogar so gut wie sicher, daß er diese Verwundung ein oder zwei Tage vor seinem Sprung erhalten hat, wahrscheinlich im Verlauf des Aufstands. Die Wunde, die Ihr behandelt habt – und nach allem, was man sagen kann, sehr gut –, hat sie verborgen. Im übrigen glaube ich, daß sie durch den Aufprall auf einen Fels unter Wasser entstanden ist und nicht durch einen Hai. Diese Art Viecher begnügt sich meist nicht mit einer so bescheidenen Kostprobe...»

Während er sprach, legte Finnegan eine Kanüle an, vernähte die Ränder seines ersten langen Einschnitts mit der Sorgfalt einer guten Hausfrau und wickelte endlich das jetzt völlig reglose Bein in ein sauberes, in breite Streifen gerissenes Tuch.

«Bringt ihn auf sein Lager und laßt ihn schlafen», sagte er schließlich und wandte sich ab, als habe sein Patient plötzlich jedes Interesse für ihn verloren. «Er wird dank der Opiumpille, die ich ihn vorhin schlucken ließ, eine Zeitlang schlafen. Dann, glaube ich, wird alles gut gehen.»

Er griff nach der Rumflasche, von der er Moses einen Teil hatte trinken lassen, leerte sie bis auf den letzten Tropfen, wischte sich den Bart mit dem Handrücken und seufzte:

«Wenn Ihr zu Eurer Plantage aufbrecht, wird es das beste sein, diesen Schwarzen an Bord zu lassen. Wunden vernarben in der Nähe des Meeres besser. Wenn Ihr mich jetzt zum Quai zurückbringen wollt...»

Er war schon dabei, sein gestreiftes Trikot wieder anzuziehen, als Gilles ihn aufhielt.

«Moses war nicht der einzige Kranke an Bord. Ich habe Euch noch jemanden zu zeigen. Die Kammerjungfer meiner Frau hat sich während eines Sturms den Arm gebrochen. Kapitän Malavoine hat sie behandelt, aber ich hätte gern die Meinung eines... sehr kompetenten Arztes.»

Finnegan nahm dieses Kompliment mit einem bitteren Lächeln hin und folgte Gilles die zu den Kabinen führende Treppe hinunter. Ihrer beider Eintritt ließ Judith sich erheben. Sie hatte am Fußende des schmalen Bettes gesessen, auf dem Fanchon ruhte. Ihr weites Kleid nahm fast den ganzen freien Raum ein, und sie zog sich mit einem entschuldigenden Lächeln zurück, nicht ohne dem einen überraschten Blick zu widmen, den man ihr als ausgezeichneten Arzt vorgestellt hatte.

Dieser, sichtlich geblendet, konnte sich nicht enthalten, der blauen, parfümierten Wolke ihres Kleides mit dem Blick zu folgen, ohne seiner eventuellen Patientin zunächst Beachtung zu schenken, und er entschuldigte sich dafür.

«Madame de Tournemine ist zweifellos eine der schönsten Damen, die ich je zu Gesicht bekommen habe», sagte er. «Außerdem ist es sehr lange her, daß ich die Freude hatte, eine rothaarige Frau zu sehen. In Irland sind es viele unserer Frauen...»

«Sie ist keine Irin, sondern Bretonin wie fast alle hier. Wir sind also Geschwisterkinder.»

Fanchons Arm, von Malavoine nach Finnegans Worten bestens behandelt, stellte keinerlei Problem dar. Das Aussehen der jungen Frau war übrigens wieder halbwegs zufriedenstellend, und der Arzt beschränkte sich darauf, ihr den Verzehr von frischem Obst und Ziegenkäse zu verordnen, die auf der Insel leicht zu finden waren und zur Knochenbildung in ihrem Arm beitragen würden.

«In einigen Tagen», schloß er, «werden alle Eure Leute zu Euch nach ‹Haute-Savane› kommen und sich dort auskurieren können.»

«Kennt Ihr das Gut?» fragte Gilles, überrascht durch die Geläufigkeit, mit der der Ire den Namen des ihm selbst noch unbekannten Ortes ausgesprochen hatte.

«Ich bin zu Zeiten des alten Monsieur de Ferronnet ein- oder zweimal dort gewesen. Er war eines Morgens beim Sklavenmarkt vor meinen Füßen vom Pferd gefallen, als er ein bißchen zu schnell zur Versteigerung gekommen war. Ich habe ihn hergerichtet, so gut ich konnte, und er hatte mich ein wenig angenommen... als Arzt wenigstens. Ich gestehe, daß ich ihn recht gern hatte: er hatte den besten Rum der ganzen Insel.»

Die gedehnte Stimme mit dem irischen Akzent schien Gilles noch gedehnter als sonst zu klingen, als habe Liam Finnegan das Bedürfnis verspürt, noch etwas hinzuzufügen. Ebenso wie Moses durch seinen leidenschaftlichen Heldenmut sein Interesse geweckt hatte, zog ihn dieser struppige Mann mit den Wunderhänden, der eine Welt von Bitternis und Enttäuschung hinter sich herzuziehen schien, mehr an, als er vielleicht gewünscht hätte.

«Ist es wirklich nur der Rum, der Euch auf dieser Welt interessiert?»

«Warum nicht? Er bringt Wärme, Vergessen, sanfte Euphorie...»

«Und fürchterliche Kopfschmerzen, wenn man ihn mißbraucht. Ihr seid ein wertvoller Mann. Warum Euch so zum Spaß zerstören? Denn Ihr seid Euch nicht im unklaren darüber, nicht wahr, daß Ihr Euch zerstört?»

Er sah Zorn in den grünen Augen des Arztes aufflackern und glaubte einen Augenblick, daß er sich auf ihn stürzen würde. Auch wenn er etwas kleiner war als er, hätte Finnegan, wäre er weniger mager gewesen, zweifellos über große Kraft verfügt, und instinktiv spannte er die Muskeln, den Angriff erwartend. Aber der Ire beruhigte sich ebenso schnell, wie er sich aufgeregt hatte.

«Was kann Euch das schon angehen?» fragte er patzig. «Ich habe Euern Neger behandelt, ich habe Eure Kammerfrau untersucht, also guten Abend! Gebt mir je nach Wahl ein Fäßchen Rum oder zwei oder drei Silberstücke, und wir sind quitt.»

«Warum kommt Ihr nicht mit uns nach ‹Haute-Savane›? Bestimmt gibt's dort keinen Arzt, und ich bin bereit, Eure Dienste sehr hoch zu honorieren.»

Zum erstenmal, seitdem er ihm begegnet war, hörte Gilles Finnegan lachen, und er sah im Gestrüpp seines Bartes seine festen weißen Zähne.

«Was ist an meinem Vorschlag so komisch?»

«Daß ich da oben leben sollte, auf demselben Längengrad wie Simon Legros. Nein, mein lieber Herr. Ich hänge zu sehr an meiner Haut, so schlecht sie auch erhalten sein mag.»

«Was sollte ich von ihm zu fürchten haben?»

Finnegan antwortete nicht gleich. Einen Augenblick lang, der Gilles wie eine Ewigkeit vorkam, musterte er seinen Gesprächspartner, wie um sich ein Urteil über das genaue Ausmaß seiner Muskeln, seiner Energie und seiner Intelligenz zu bilden.

«Ihr kennt ihn nicht, nicht wahr? Ihr habt ihn nie gesehen?»

«Wie könnte ich? Vor nur zwei Monaten wußte ich noch nicht einmal, daß ich ‹Haute-Savane› kaufen und meine Zelte in Santo Domingo aufschlagen würde. Ich hatte damit gerechnet, mich in Louisiana anzukaufen.»

«Ihr hättet zweifellos besser daran getan. Wenn Ihr noch allein wärt. Aber bei Euch sind weiße Frauen, und die Eure ist außerordentlich schön.»

«Worauf wollt Ihr hinaus? Erklärt Euch. Euer Simon Legros ist doch nicht etwa der Teufel?»

«Nicht der Teufel in Person, nein ... aber eine ziemlich gute Nachahmung. Ich werde Euch nur folgendes sagen, Monsieur le Tournemine: Simon verbreitet dort oben Schrecken. Er peinigt die Schwarzen, die er bis zur völligen Erschöpfung ausnützt. Niemand erneuert seinen Bestand so oft wie er. Aber, was noch mehr ist, er duldet keinen Weißen in dem, was er sich nach und nach angewöhnt hat, als sein Reich zu betrachten. Der junge Jacques de Ferronnet ist nicht fehlgegangen, als er es vorzog, nach dem ... vielleicht ein klein wenig zu raschen und zu schnell aufeinanderfolgenden Tod seines Vaters und seiner Mutter das Hasenpanier zu ergreifen. Wenn ich Ihr wäre, würde ich ‹Haute-Savane› schnellstens zum Verkauf anbieten, auf der Stelle wieder in See gehen und meine Projekte in Louisiana wiederaufnehmen.»

«Nur seid Ihr nicht ich», sagte Gilles mit einer Sanftheit, die eine unerschütterliche Festigkeit nicht ausschloß. «Ich habe an der Seite La Fayettes, Washingtons und Rochambeaus gekämpft, Doktor. Ich habe in Spanien und in Frankreich gekämpft, gegen mindestens ebenso gefährliche Feinde gekämpft wie dieser Legros, denn sie waren viel höhergestellt und hielten sich mehr im Verborgenen, und selbst in meiner Kindheit hatte ich nie Angst vorm Schwarzen Mann. Aber ich bin erstaunt, daß die Behörden dieser Insel einem solchen Zustand nicht ein Ende gemacht haben. Schließlich ist Legros nur der Verwalter einer Plantage. Man könnte ihn bestrafen, wie mir scheint.»

«Man könnte in der Tat, aber man hat's nicht getan. Auf dieser Insel, Monsieur, deren Plantagenbesitzer oft einen Teil oder gar das ganze Jahr über in Frankreich leben, sind die Verwalter eine Macht, mit der man rechnen muß. Unser Mann... oder vielmehr der Eure, ist bei Hof nicht so schlecht angesehen, ob beim Gouverneur oder gar beim Generalverwalter, Monsieur de Barbé-Marbois. Er beherrscht die Kunst sinnvoller Geschenke, und wenn Ihr Streit mit ihm beginnt, werdet Ihr das zu spüren bekommen. Zwischen einem Neuankömmling, einem Unbekannten... der noch dazu damit beginnt, eine Einladung zum Palast auszuschlagen, weil er einen Neger behandeln lassen will, und einem willfährigen Mann, der die Hierarchie anerkennt und in der Lage ist, gewisse Dienste zu erweisen, wird man, fürchte ich, nicht lange zögern. Was mich betrifft, zögere ich überhaupt nicht: Dank dafür, daß Ihr Euch mit meiner Rettung befassen wolltet, indem Ihr mir einen ehrenvollen Posten anbotet, aber ich gehe lieber barfuß, als an einem Fleischerhaken im Strafschuppen Simon Legros' zu verfaulen. Darf ich jetzt hoffen, daß Ihr mich an Land bringen laßt?»

Ohne zu antworten, wühlte Gilles in seiner Tasche, zog seinen wohlgefüllten Geldbeutel heraus und legte ihn, ohne auch nur seinen Inhalt zu überprüfen, in die Hand des Arztes, der ihn unverzüglich an dem Bindfaden befestigte, der seine Hose hielt.

«Wie Ihr wollt, Doktor», sagte er endlich. «Ihr könnt zurückfahren, das Boot erwartet Euch. Ich danke Euch nochmals für Eure Bemühungen. Werdet Ihr zurückkommen und die Kranken aufsuchen?»

«Bei der Frau ist es unnötig. Zu dem Schwarzen komme ich morgen früh. Vielleicht werdet Ihr nachgedacht und Eure Meinung geändert haben...»

«Ich glaube nicht. Ich sage Euch also Adieu, denn morgen werdet Ihr mich nicht mehr sehen. Ich habe vor, bei Tagesanbruch nach ‹Haute-Savane› aufzubrechen.»

Ohne etwas hinzuzufügen, verbeugte sich Liam Finnegan und stieg, von seinem Gastgeber gefolgt, wieder an Deck. Er wandte sich zum Fallreep, an dessen Fuß ihn das Boot erwartete, als ihm unversehens Anna Gauthier und ihre Tochter über den Weg liefen, die eine Weile das so farbenfrohe Treiben im Hafen betrachtet hatten und nun zum Heck des Schiffes zurückkehrten, wo das Läuten zum Mittagessen nicht länger verschoben werden durfte.

Sie sprachen miteinander und schenkten dem Mann keinerlei Beachtung, der ebensogut ein Hafenarbeiter wie ein Vagabund hätte sein können, gingen, ohne ihn zu sehen, dicht an ihm vorbei und entfernten sich.

Gilles sah, wie Finnegan auf der Stelle erstarrte und sich dann langsam, ganz langsam umdrehte, um den beiden Frauen mit dem Blick zu folgen. Und erst, als sie verschwunden waren, nahm er wie ein Mann, der aus einem Traum erwacht, seinen Weg wieder auf, aber mit viel langsamerem Schritt, fast zögernd.

Er hatte begonnen, die an der Schiffswand hängende Strickleiter hinunterzuklettern, als er plötzlich den Kopf hob, Tournemine suchte, der ihn, neben dem Hauptmast aufgepflanzt, die Hände auf dem Rücken, die Beine gespreizt, beobachtete.

«Wenn Ihr mich noch braucht», rief er, «sucht die Bude von Monsieur Tsing-Tcha, dem chinesischen Apotheker auf dem Kräutermarkt. Da wohne ich.»

«Selbst wenn es in ‹Haute-Savane› sein sollte?» spottete Gilles.

«Selbst dann. Wenn ein Verrückter einem begegnet, der noch verrückter ist als er, dann ist er's sich schuldig, ihm zu Hilfe zu kommen. Ich wünsche Euch viel Glück, Monsieur le Chevalier...»

«Auch Euch viel Glück, Doktor Finnegan.»

Die Sonne im Zenith brannte auf Meer und Land. Die Hafengeräusche verstummten nach und nach und überließen das Wort dem leichten Geplätscher der Wellen gegen die Rümpfe der ankernden Schiffe.

8. Kapitel

Der erste Tag

Irgendwo stand geschrieben, daß Gilles de Tournemine trotz seiner Eile, die Bekanntschaft seines neuen Besitzes zu machen, gezwungen sein würde, seinen Aufbruch zu verzögern. Als er sich nämlich am frühen Nachmittag vor dem schönen ockerfarbenen Haus mit den spanischen Balkons einfand, das in der Rue Dauphine die Praxis und das Familienleben des Rechtsanwalts Maublanc, Notars der Familie Ferronnet, beherbergte, um die in New York beim Rechtsanwalt Hawkins ausgefertigten Dokumente legalisieren zu lassen, gelang es ihm nicht, empfangen zu werden. Ein großer Neger, mit wichtiger Miene, angetan mit einer Livree aus blauer Seide und einer Perücke, erklärte ihm, daß «Missié Notar» mit Fieber fest im Bett liege, eine starke Angina, und daß es ihm absolut verboten sei, sich zu rühren oder gar zu empfangen.

Von der Anwesenheit dieses bedeutenden Besuchers wie vom Zweck seines Besuchs unterrichtet, ließ er jedoch einen kleinen gelben Salon vor ihm öffnen, in dem ein prachtvoller Ara seinen ständigen Wohnsitz inmitten einer Fülle von Blumen aufgeschlagen zu haben schien, und schickte ihm seine Frau. Auf diese Art konnte Gilles zum erstenmal eine jener berühmten Kreolinnen von nahem sehen, die in Europa ziemlich häufig Gegenstand von Herrengesprächen waren.

Diese war nicht mehr ganz jugendlich, und die reiferen Jahre, geprägt von einem im wesentlichen trägen, vor einer allzu brennenden Sonne beschützten Leben hatten sie mit rundlichen Formen und einer noch frischen Haut von zarter Elfenbeinfarbe ausgestattet, wie das großzügige Dekolleté ihres «Déshabillé» aus indischem Musselin im Übermaß enthüllte. Ins mahagonifarbene, «ungezwungen» frisierte Haar gesteckte Jasminzweige verliehen ihr obendrein, Gilles' persönlichem Schicklichkeitsgefühl zufolge, eher das Aussehen einer wenig tugendhaften Dame als das der Gattin eines Notars, so wie man sie sich in Frankreich vorstellte. Der reichliche Goldschmuck, Ketten, Armbänder, Ringe und Halsbänder, machten jedoch dem Vermögen ihres Gatten alle Ehre.

«Ah! Monsieur le Chevalier, wie schade, wahrhaftig! Welch entsetzliches Mißgeschick, daß mein Mann von dieser unglücklichen Krankheit befallen wurde. Wir erwarten Euch mit soviel Ungeduld, seit Monsieur de Ferronnet uns schrieb und den Verkauf seiner Ländereien bekanntgab! Er hat Euch mit so schmeichelhaften Worten bedacht, daß wir darauf brannten, Euch zu empfangen. Es ist so angenehm, neue ‹Anwohner› von Rang zu haben! Die Plantagenbesitzer haben nur zu sehr die Tendenz, in Frankreich zu bleiben und uns unseren mageren Ressourcen zu überlassen...»

«Ich bin hier, um zu bleiben, Madame, und da ich jetzt die Ehre habe, Euch zu begrüßen, bedaure ich es weniger, Rechtsanwalt Maublanc nicht begegnet zu sein.»

«Zumal Ihr nicht sehr lange werdet warten müssen. Mein Mann hat mich beauftragt, Euch zu sagen, daß er sich bemühen werde, Euch übermorgen am späten Nachmittag zu empfangen, wie auch immer sein Gesundheitszustand sein wird. Natürlich müßt Ihr Eile haben, Euch zu Eurem Besitz zu begeben...»

«Natürlich. Ich habe vor, mich schon morgen zu einem ersten Kontakt aufzumachen und meine Frau mit dem größten Teil meiner Leute auf dem Schiff zu lassen.»

«Schon morgen? Welch eine Eile! Warum nicht einige Zeit hierbleiben? Wir wären glücklich, Euch aufzunehmen, um nähere Bekanntschaft zu machen. Dies Haus ist so groß! An Platz fehlt es nicht, und...»

«Madame, Madame! Ich weiß Euch unendlichen Dank für eine so liebenswürdige Einladung, die Euch nur Ungelegenheiten machen würde... unnötige übrigens, denn wenn wir beabsichtigten, einige Tage hierzubleiben, wäre unser Schiff bequem genug. Was mich angeht, habe ich, wie Ihr so richtig sagtet, größte Eile, ‹Haute-Savane› kennenzulernen, und deshalb werde ich morgen...»

Die Dame klapperte mit den Augenlidern und schüttelte ihre kleinen fleischigen Hände, daß die Armbänder wie ein Miniatur-Glokkenspiel klimperten.

«Oh! Wie es mich verdrießt, Euch gleich bei unserem ersten Zusammentreffen so widersprechen zu müssen», seufzte sie mit ihrer leicht lispelnden Stimme. «Mein Mann meint, es sei vorzuziehen zu warten, bis Ihr Eure ordnungsgemäß unterzeichneten und gegengezeichneten Papiere in der Hand habt. Seht... der Verwalter Eurer Plantage, ein Mann, der seiner Herrschaft außerordentlich ergeben ist, wird sehr bekümmert sein, sich von ihr trennen zu müssen. Er... ist ein schwieriger Mann.»

«Ich weiß. Es ist nicht das erste Mal, daß ich von diesem Sieur Simon Legros höre. Monsieur de Ferronnet hat mich gewarnt...»

«Vielleicht ein wenig zu sehr? Monsieur Legros ist hart, sogar brutal, aber er ist ein großer Ehrenmann und äußerst ergeben!... Die Ankunft eines neuen Herrn entzückt ihn gewiß nicht, und so wie wir ihn kennen, wird er niemanden die Schwelle des ‹Hauses Ferronnet› überschreiten lassen, ohne ganz sicher zu sein, daß er der rechtmäßige Eigentümer ist. Also müssen, wenn schon Rechtsanwalt Maublanc selbst nicht anwesend ist, wenigstens die Papiere in Ordnung sein. Nehmt es mir nicht übel. Später werdet Ihr entdekken, wie kostbar ein so treuer Diener ist...»

«Wir werden es im Umgang sehen, Madame. Gut», fügte er hinzu und zwang sich, seine Enttäuschung hinter einem höflichen Lächeln zu verbergen, «ich werde also auf das Zusammentreffen mit Rechtsanwalt Maublanc warten, dem Ihr bitte meine Wünsche für eine baldige Genesung überbringen wollt...»

Eulalie Maublanc klatschte in die Hände wie ein kleines Mädchen, dem man ein neues Kleid versprochen hat.

«Wie gut, so vernünftig zu sein! Wie glücklich ich bin! Wir werden uns sehen, hoffe ich. Aber wie bin ich doch dumm und ungehobelt. Ich lasse Euch in dieser Hitze stehen, ohne Euch die geringste Erfrischung anzubieten! Fifi-Belle, Fifi-Belle! Bring sofort Erfrischungen, Faulpelz! Setzt Euch doch, Chevalier! Nehmt Ihr Orangeade, Traubensaft, einen Punsch?... Zuckerbranntwein schlage ich Euch erst gar nicht vor, das wäre Eurer unwürdig.»

Eine kleine Negerin, kokett mit einem roten Seidenunterrock unter einer weißen, mit kleinen Blumen bestickten «Candale» angetan, ein Tuch um den runden Kopf geschlungen und große Kupferringe in den Ohren, war mit einem Tablett voller Gläser eingetreten, die sie Tournemine anbot, während Madame Maublanc sich mit wiegenden Hüften zu einem Sofa begab, auf dem sie sich halb ausstreckte, den Musselin ihres Kleides zurückschiebend, um ihrem Besucher Platz an ihrer Seite zu schaffen.

«Setzt Euch, und plaudern wir einen Augenblick. Es wird für eine arme, sehr einsame junge Frau eine Wohltat sein. Ich langweile mich so!... Ihr, Ihr kommt aus Frankreich, Ihr könnt es nicht wissen. Hier ist das Ende der Welt... und Ihr, Ihr kommt aus Frankreich. Aus Paris, vielleicht sogar aus Versailles? Man sagt, Ihr seid Offizier bei der Leibgarde?»

Die «Man sagt» schienen ziemlich schnell die Runde zu machen, dachte Gilles. Unschlüssig, wie er sich dieser aufdringlichen Frau entledigen sollte, nahm er auf gut Glück ein Glas, dessen Inhalt sich als ein süßliches Getränk entpuppte und ihm faulig vorgekommen wäre, wäre es nicht angenehm eisgekühlt gewesen. Mit dem Glas setzte er sich nur mit einem halben Schenkel ganz ans Ende des Sofas, um sich bei der Enge des ihm gelassenen Platzes so wenig wie möglich dieser Frau zu nähern, deren schweres Jasminparfum ihm zu Kopf zu steigen begann. Schon von dort, wo er saß, gestattete ihm seine Größe genugsam Einblick in das weite Dekolleté, dessen Inhalt ihm plötzlich merkwürdig zu wogen schien. Aber er konnte nicht verhindern, daß eine zu weiche und leicht feuchte Hand sich auf die seine legte.

«Nun, Bösewicht, laßt Euch nicht bitten! Sprecht mir von Versailles. Kennt Ihr die Königin?»

«Ich hatte schon die Ehre, mich Ihrer Majestät nähern zu dürfen, aber diese Ehre liegt mehrere Monate zurück, und ich könnte Euch keine Neuigkeiten aus Versailles geben. Bevor ich mich einschiffte, habe ich ziemlich lange Zeit in der Bretagne verbracht, meinem Geburtsland, und gegenwärtig komme ich aus New York.»

«Nun, erzählt mir trotzdem von der Königin. Ist sie so schön, wie man sagt? Und wer ist augenblicklich ihr Liebhaber?»

Scheinheilig segnete er den groben, ungeschickten Satz, der ihm erlaubte, sich ein wenig aufs hohe Roß zu setzen... und sich würdevoll zu erheben. In der Tat hatte die Dame, da es ihr nicht gelungen war, ihn dichter an sich heranzuziehen, es unternommen, sich selbst auf den Weg zu machen, und näherte sich bereits gefährlich.

«Madame», sagte er ernst, «ich kann nicht glauben, daß eine Dame Eures Ranges solchem Klatsch ihr zartes Ohr leihen kann. Ich bin Ihrer Majestät sehr ergeben, und ich habe niemals sagen hören, daß sie einen Liebhaber hätte. Sie und Seine Majestät der König sind ein einträchtiges Ehepaar. Ich bitte Euch, mir zu gestatten, mich zu verabschieden... zu meinem Bedauern, wie Ihr Euch wohl vorstellen könnt, aber ich muß mich jetzt zur Intendanz begeben.»

Der Seufzer, der sich Eulaliens Brust entrang, hätte genügt, einen Ballon aufzublasen.

«Oh! Schon? Wir haben uns kaum gesehen. Aber Ihr kommt wieder, nicht wahr?»

«Gewiß, Madame. Übermorgen...»

Ein weiterer Seufzer wurde ihm zuteil, tiefer womöglich noch als der erste. Und besorgt die Möglichkeit erwägend, ob sie ihm wohl gar noch an den Hals springen könnte, beeilte er sich, die fleischige Hand zu küssen, die ihm noch feuchter als zuvor erschien, und zog sich sodann zur Tür zurück, die das Negermädchen ihm öffnete. Einen Augenblick später betrat er erneut das staubige Pflaster der wie mit einem Lineal gezogenen breiten Straßen von Cap Français mit dem tröstlichen Gefühl, einer Falle entgangen zu sein.

Die Hitze war drückend, dennoch hatte er das Gefühl, besser atmen zu können als im kühlen Haus des Notars. Dieser schlechte Eindruck rührte zweifellos von dem ein wenig zu gefühlvollen Empfang durch Eulalie Maublanc her und vielleicht von dem lobrednerischen Ton, den sie anschlug, wenn sie von Simon Legros sprach. Der Notar selbst war sicherlich ein sehr ehrenwerter Mann, und Gilles war versucht, ihn zu bedauern, an eine solche Frau gebunden zu sein.

Wenn er nur seinem hitzigen Temperament gefolgt wäre, hätte er sofort seine Papiere gefordert (schließlich hätte jeder Schreiber sie ihm geben können), oder er hätte wissen lassen, daß er dann eben ohne sie von seinem Eigentum Besitz ergreifen würde, aber er zwang sich zu etwas Geduld. Als Neuling schien es ihm richtig, einige Konzessionen an die örtlichen Sitten und Gebräuche zu machen und sich von Anfang an den zwangsläufig langsameren Lebensrhythmus einer tropischen Stadt zu gewöhnen. Hier zählte die Zeit vermutlich nicht, und eine Wartefrist von zwei Tagen mehr oder weniger hatte keinerlei Bedeutung...»

Da er aus diesem Grunde Zeit übrig hatte, nahm er sich die Muße, zu Fuß einen Gang durch die Stadt zu machen, denn es war wichtig, daß sie ihm schnell vertraut wurde. Für seinen Besuch beim Notar hatte er natürlich die Kleidung gewechselt und seine prunkvolle, aber schwere Uniform mit einem jener Pflanzeranzüge aus weißem Drillich vertauscht, die gleichzeitig leicht und haltbar waren, und die er in New York hatte machen lassen: Rock mit eckigen Schößen und Goldknöpfen, weit geöffnet über einem Hemd aus feinem Batist und einer einfach geschlungenen Krawatte, die dazu passende Hose in weichen Stiefeln verschwindend. Ein Hut aus feinem Stroh, leicht auf einer Seite hochgeschlagen, und ein Stock mit goldenem

Knauf vervollständigten diesen ebenso eleganten wie gefälligen Anzug. Aber falls Tournemine geglaubt hatte, unbeachtet zu bleiben, wenn er sich der Mode des Landes anpaßte, täuschte er sich. Trotz seiner von Ost nach West verlaufenden siebenunddreißig Straßen und der neunzehn, die sie kreuzten, trotz eines mit Plantagen gespickten Hinterlandes war das Cap in Wahrheit eine ziemliche Kleinstadt, in der jeder jeden kannte, und zahlreiche Augenpaare verfolgten den Spaziergang dieses im eigentlichen wie im übertragenen Sinne ansehnlichen Fremdlings.

Unbekümmert um alle Blicke fand er Vergnügen daran, in diese lärmende, lebhafte bunte Menge einzutauchen, die unter den feurigen Ästen der Flamboyants oder den blauen Trauben des Jacarandabaums ständig Kirmes zu feiern schien. Die Schwarzen waren in der Mehrzahl, aber bei weitem nicht alle in Lumpen. Die «Hausklaven», fast alle auf der Insel geboren und mit einer gewissen Erziehung versehen, trugen helle, geblümte oder gestreifte, meist weiße, blaue, rote oder gelbe Baumwollkleidung zur Schau, hohe Hauben aus Musselin, Gaze oder buntbedruckten Foulards für die Frauen. Die Freigelassenen, Schwarze oder Mulatten, unterschieden sich von den Weißen nur durch ihre Hautfarbe und einen ausgesprochenen Hang zu lebhaften Farben. Einige bewiesen sogar höchsten Luxus in der Wahl ihrer Kleiderstoffe und ihres Schmucks. Neben diesen Männern und Frauen, deren vermischtes Blut ihre Züge oft bis zu außerordentlicher Schönheit verfeinert hatte, boten die gerade eingetroffenen Neger, die «Bozales», einen auffälligen Gegensatz, den der Wildheit und des Elends an der Seite von Wohlstand und Zivilisation.

Die exotische Schönheit der ihm begegnenden Frauen zog Tournemines Blick oft an. Er kreuzte den Weg von Schwarzen, die hochmütigen, aus glattestem Ebenholz geschnitzten Götzenbildern glichen, Mulattinnen, goldfarben wie reife Früchte, deren Haut Sinnlichkeit ausstrahlte. Er grüßte weiße Frauen, die er an ihrer vielleicht ein wenig hinter der Mode von Versailles zurückgebliebenen Eleganz, wettgemacht durch die anmutige, auf den Antillen übliche Lässigkeit, als Damen der Gesellschaft erkannte. Mit breiten, schwingenden Hüten, in strahlendem Weiß oder in zarten Farben, entliehen allen Nuancen des Regenbogens, fuhren sie lässig im Trab ihrer offenen Kutschen dahin oder ließen sich in ihren mit hellen Seidenbändern geschmückten Sänften aus Mahagoni vom rhythmischen Schritt kräftiger schwarzer Träger schaukeln.

Bei jedem Schritt ein wenig mehr verführt, wanderte Gilles durch enge, von charmanten zweistöckigen Häusern gesäumte Gäßchen, träumte auf kleinen, schattigen Plätzen, auf denen Springbrunnen plätscherten, verweilte im eleganten Cours Villeverd, der vornehmsten Straße dieser Kolonialstadt, deren Grazie, Raffinement und fröhliches Leben ihr zu dem Spitznamen «Klein Paris» verholfen hatten. Ein unendlich heitereres Paris, weniger schmutzig und viel sonniger als sein europäisches Modell.

In der Rue de la Joaillerie trat er in ein kleines, kühles, nach Zimt riechendes Ladengeschäft, kaufte für Judith ein bewundernswertes Kollier, ein breites Halsband aus spitzenartig ziseliertem Gold, verziert mit schimmernden Perlen, dazu ein schönes, goldenes Kreuz für Anna und für Madalen ein reizendes Armband aus kleinen Perlen und schmalen Goldblättchen. Als er das Geschäft verließ, vom Inhaber mit einer tiefen Verbeugung gegrüßt, war der gute Mann weit davon entfernt, sich vorzustellen, daß nur das Armband in den Augen seines noblen Kunden zählte und daß das Kreuz und das Halsband nur als Alibis dienten.

Seine Geschenke tief in seine großen Taschen versenkend, stieg Gilles die drei Stufen hinauf, die von dem tiefer gelegenen Laden zur Straße führten, als sich ein vielleicht zwölf Jahre altes Negermädchen buchstäblich in seine Arme warf, zappelnd wie ein kleiner Hund, und ihn um ein Haar zu Boden gerissen hätte.

«Wohin läufst du so schnell?» fragte er und stellte sie wieder auf ihre nackten Füße, die aus einem weiten, über einem gestickten Unterrock gerafften Röckchen aus gelber Seide ragten.

Das Mädchen hob sein kleines Gesicht zu ihm auf, das rund war wie ein dunkler Mond, und von einem breiten, schneeweißen Lächeln gespalten wurde.

«Du hüb's Sachen gekauft, Missié? Du 'eich? Du g'oßzügig?»

«Du bist ziemlich neugierig? Was kann dich das angehen?»

«Oh, nicht mich, abe' do't, hüb'se Dame will sehen dich...»

Dort, das war im Schatten eines riesigen Flamboyant eine große Sänfte, deren sorgfältig zugezogene gelbe Seidenvorhänge mit goldenen Quasten verziert waren.

«Es gibt dort eine Dame, die mich sehen will? Warum? Sie kennt mich nicht.»

«Dich gesehen, dich beme'kt!»

Ein wenig mißtrauisch, denn die abgestellte Sänfte wurde von vier Schwarzen bewacht, deren glänzende Brustmuskeln etwas

Beunruhigendes an sich hatten, zögerte Gilles. Wie um ihn aufzumuntern, zwinkerte das Negermädchen mit einem Auge und flüsterte mit Komplizenmiene:

«Wenn sie Missié lieben, du zuf'ieden.»

Ehrlich amüsiert, strich er mit den Fingerspitzen über das krause Haar des Mädchens. Wenn das der Stil der örtlichen leichten Damen war, hatte er zumindest den Vorzug der Originalität und noch den, sich zu gelegener Stunde einzufinden. Bei dieser drückenden Hitze mußte die Liebe wunderbar erfrischend und belebend sein.

Er warf dem Negermädchen eine kleine Münze zu, die sie mit der Gewandtheit eines Affen auffing, dann ging er entschlossen auf die Sänfte zu. Als er sich bückte, um einen der Vorhänge beiseite zu schieben, kam eine schlanke, bronzefarbene, mit schweren Ringen bedeckte Hand daraus hervor wie eine Natter, ergriff seine Hand und zog ihn mit einer für eine Frau erstaunlichen Kraft ins Innere. Die Vorhänge fielen hinter ihm zusammen, und Gilles fand sich auf den Knien inmitten einer Ansammlung gelbseidener Kissen, auf denen eine Frau ausgestreckt lag.

Im Halbdunkel der geschlossenen Sänfte sah er, daß sie bis auf ein barbarisches Sklavenhalsband aus massivem Gold, an dem eine Rubinträne wie ein Blutstropfen hing, völlig nackt war. Sie mußte die weite schwarze Seidenrobe abgestreift und in eine Ecke geschoben haben und beobachtete nun, in ihre Kissen gedrückt, ihren Besucher durch unwahrscheinlich lange Wimpern, die bernsteinfarbene Augen verbargen, ähnlich denen von Katzen. Der dreieckige Schnitt ihres Gesichts mit den feinen Zügen hob diese Ähnlichkeit noch hervor. Nur der aufgeworfene Mund und die mächtige Aureole ihres dichten schwarzen Kraushaars betonte das Negroide dieses Wesens, dessen wilde Schönheit wie die eines Panthers war... Ohne ein Lächeln, ohne ein Wort, aber ohne aufzuhören, ihn mit ihren merkwürdigen Augen anzusehen, zog die Frau Gilles auf ihren Körper, dessen spitze Brüste, fest wie heißer Marmor, unter seinem Gewicht nicht nachgaben. Ein unbekanntes Parfum, pfeffrig und süß zugleich, stieg dem Chevalier in die Nase, während die schlanken Finger der Frau über ihn hinglitten, doch er brauchte nicht zur Liebe gereizt zu werden. Diese schöne Mulattin strahlte eine starke Sinnlichkeit aus, und ein einziger Blick genügte, sie zu begehren.

Sie liebten einander schweigend und trennten sich, ohne ein einziges Wort gewechselt zu haben. Das Mädchen nahm das Goldstück an, das Gilles ihr bot, dann schob sie ihn sanft hinaus. Erst in diesem

Augenblick sah er sie lächeln, ein rätselhaftes Lächeln, dessen Deutung sich ihm entzog.

Kaum hatte er den Fuß auf den Boden gesetzt, als die Träger die Sänfte aufnahmen, die sich langsam entfernte und in einer der zum Hafen führenden Straßen verschwand. Gilles folgte ihr in einiger Entfernung, ohne im geringsten daran zu denken, herauszufinden, wo sie verschwand. Es war einfach auch sein Weg, wenn er zu seinem Schiff wollte, aber er fühlte sich außerordentlich wohl, der Körper entspannt, der Geist klar, amüsiert übrigens durch die Tatsache, daß man sich in diesem erstaunlichen Land auf der Straße lieben konnte, ohne daß jemand sich darum kümmerte. Tatsächlich hatte er, als er die Unbekannte mit dem bronzenen Körper verließ, erstaunt festgestellt, daß in diesen Straßen fast keine Menschen mehr waren.

Die Erklärung wurde ihm geliefert, als er den Hafen erreichte oder sich wenigstens bemühte, ihn zu erreichen und zu den Landungsbrücken zu gelangen, wo das Boot des «Falken» ihn erwartete. Fast die ganze Stadt war da, wie sie es schon am Morgen gewesen war. Diesmal ging es darum, das Auslaufen des Schiffs der Königlichen Marine zu sehen. Die «Diadème» stach in See, und auf der Mole winkte eine von offiziellen Persönlichkeiten strotzende Gruppe mit Taschentüchern und Schals den Schaluppen zu, die den Kommandanten und seinen Stab an Bord zurückbrachten. Alle zum Hafen hinausgehenden Fenster waren von Frauen in lichten Roben besetzt, von denen manche weinten, während die Querpfeifen und Trommeln des in guter Ordnung vor den Warenhäusern des Quai Saint-Louis aufmarschierten Infanterieregiments der Miliz ertönten. Offensichtlich hinterließen die, die davonfuhren, schmerzliche Empfindungen.

Nicht ohne Mühe gelang es Tournemine, in das unentwirrbare Gewühl von Männern, Frauen, Kindern, Hunden, Schafen und selbst Schweinen einzudringen, durchsetzt mit Karren, die Fässer mit Melasse oder Zucker transportierten, die bald den Weg zur Metropole nehmen würden, denn seit Beginn des Monats war die Rohrzuckerernte in vollem Gange. All dies war von einem Geruch überlagert, der nichts Paradiesisches an sich hatte, noch verstärkt durch das drückende Wetter und das heranziehende Gewölk, das das zu dieser Jahreszeit tägliche Gewitter ankündigte. Und mit einem Seufzer der Erleichterung sprang Gilles endlich in die Schaluppe und ließ sich an Bord rudern.

Um dort eine eheliche Auseinandersetzung über sich ergehen zu lassen.

Am Fallreep stehend, erwartete ihn Judith, schmollend und finstereren Blicks denn je.

«Darf ich erfahren, wie lange Ihr uns noch hier festhalten wollt, als wären wir eine verdächtige Ladung, die der Quarantäne unterliegt? Warum gehen wir nicht an Land?»

«Ich habe keine Bedenken, Euch gehen zu lassen, aber nur in Begleitung. Eine Dame von Rang geht in einer Stadt wie Cap Français nicht allein. Und ich kann Euch kaum raten, Fanchon mitzunehmen. Ihrem geschienten Arm wird der Kontakt mit der Menge nicht guttun, aber Ihr könnt mit Madame Gauthier und ihrer Tochter gehen, die zweifellos ebenfalls wünschen, den Fuß an Land zu setzen. Leutnant Menard könnte Euch begleiten...»

«Geht nicht um den heißen Brei. Warum gehe ich nicht mit Euch? Ihr hättet mich vorhin mitnehmen können, statt Euch während der Mittagsruhe auf Englisch zu empfehlen...»

Gut gelaunt durch sein kleines Abenteuer trotz des Mißgeschicks, das ihm beim Notar widerfahren war, begann Gilles zu lachen.

«Ich habe Euch beim Frühstück gesagt, daß ich den Notar aufsuchen müsse. Dorthin konnte ich Euch nicht mitnehmen. Wir hätten wie ein Spießbürger-Ehepaar ausgesehen.»

«Und Ihr habt die ganze Zeit beim Notar verbracht?» entgegnete Judith scharf. «Es fällt mir schwer, das zu glauben, denn vorhin ist mir eine Botschaft mit der dringenden Einladung Madame Maublancs überbracht worden, bei ihr Logis zu nehmen, während wir hier sind.»

Diesmal schwand Gilles' gute Laune. Er liebte keine Indiskretionen, und die Beharrlichkeit dieser Frau war unerfreulich. Lud man Leute zu sich ein, wenn man einen Kranken im Haus hatte?

«Das ist lächerlich! Diese Madame Maublanc ist verrückt. Ihr Mann hat Angina. Habt Ihr Lust, Euch bei ihm anzustecken und acht Tage bei einem Notar festzuliegen? Also, Judith, macht nicht so ein Gesicht! Morgen führe ich Euch an Land, da ich meine Papiere nicht vor übermorgen bekommen werde.»

«Das sagt mir noch immer nicht, was Ihr nach Euerm Besuch beim Notar gemacht habt.»

Er sah sie an, ohne daran zu denken, sein Erstaunen zu verbergen.

«Erweist Ihr mir etwa die Ehre, mein Tun und Treiben zu überwachen und eifersüchtig zu sein?»

«Ich eifersüchtig? Was für eine Albernheit! Ich möchte nur nicht wie all diese Leute behandelt werden, die Ihr mitgebracht habt, und denen Ihr vorschreiben könnt, zu gehen oder hierzubleiben, wie und wann es Euch gefällt. Ich bin Eure Frau.»

«Niemand hat je das Gegenteil gesagt... Übrigens, das hier wird, hoffe ich, Euch beweisen, daß ich Euch während dieser ersten Kontaktaufnahme mit dem Cap nicht vergessen habe.»

Die größte der drei Schmuckschachteln aus der Tasche ziehend, reichte er sie der verblüfften jungen Frau. Sie errötete unvermittelt.

«Für mich?»

«Aber natürlich! Wie Ihr Euch erinnert habt, seid Ihr meine Frau... und Ihr habt nicht sehr viel Schmuck. Es ist Zeit, diesen Stand der Dinge zu ändern, wenn Ihr Euren Rang in der Gesellschaft halten wollt.»

Mit kindlicher Freude öffnete sie das seidengefütterte Etui, nahm das Schmuckstück heraus und streichelte es mit den Fingerspitzen.

«Wie schön es ist! Und wie gut es zu dem weißen Kleid passen wird, das ich heute abend anziehen werde. Danke, Gilles, Ihr seid ein Schatz! Dank Euch kann ich sicher damit rechnen, heute abend beim Souper des Gouverneurs die Eleganteste zu sein...»

In ihrer Freude drehte sie sich um sich selbst, als wollte sie zu tanzen beginnen, ohne aufzuhören, das in ihrer Hand liegende Halsband zu betrachten. Gilles hielt sie an.

«Was sagtet Ihr da? Das Souper des Gouverneurs?»

«Oh! Es ist wahr, Ihr seid nicht auf dem laufenden. Der Bote ist nämlich vor weniger als einer Stunde gekommen: Der Gouverneur der Insel Unter dem Wind lädt uns heute abend zum Souper in den schönen Palast ein, den Ihr dort hinten auf dem Hügel seht.»

«O nein!» stöhnte Gilles, der nicht die geringste Lust verspürte, an diesem Abend noch einmal an Land zu gehen. «Und Ihr habt angenommen?»

«Was hätte ich sonst tun sollen? Der Bote ist gegangen, ohne eine Antwort zu verlangen. Offensichtlich kommt es mehr einem Befehl gleich als einer gewöhnlichen Einladung, aber es wäre vielleicht gut, Eure Ungeniertheit von heute morgen vergessen zu machen. Um neun Uhr erwartet uns eine Kutsche am Quai.»

«Nun», brummte er, «ich sehe, es gibt keine Möglichkeit, sich dem zu entziehen. Jetzt tut Ihr besser daran, wieder hineinzugehen. Der Himmel wird schwarz, und es kommt Wind auf.»

Wie um ihm recht zu geben, prasselte plötzlich ein sintflutartiger

Regen auf den Hafen, die Reede, wo die «Diadème», Sklavin der Ebbe, die sie zum Auslaufen gezwungen hatte, das Ende des Gewitters erwartend kreuzte, und die ganze Insel nieder, deren Umrisse seltsam unwirklich verschwammen.

Während Judith in ihre Kabine zurückkehrte, stieg Gilles hinab, um nach Moses zu sehen, und fand Pongo bei ihm. Der riesige Schwarze schnarchte mit erfreulicher Hingabe. Seine Haut, an diesem Morgen noch grau, hatte ihre schöne, dunkle Kastanienfarbe wiedergefunden, und als er leicht die Hand auf seine Stirn legte, auf der Schweißtropfen perlten, stellte Gilles fest, daß seine Temperatur unter Anrechnung der im Raum herrschenden Hitze normal war. Die schnelle Veränderung seines Zustands war ebenso erstaunlich wie spektakulär.

«Ich beginne zu glauben, daß dieser Ire eine Art von Genie ist», sagte er.

Pongo hob die Schultern.

«Kein Wunder er von seiner Schule verjagt. Schlimm, Genie unter Unwissenden zu sein. Viele Leute noch sterben, bevor Dummheit und Faulheit werden Wissen. Schwarzer Riese haben Glück...»

«Er hat noch immer nicht geredet?»

«Im Schlaf, ja, aber unbekannte Sprache.»

Das Gewitter dauerte eine gute Stunde und hinterließ, als es sich legte, außer einer weniger drückenden Hitze eine frisch gewaschene Landschaft, in der alle Dinge, von Tropfen rieselnd, in den Strahlen der untergehenden Sonne funkelten. Es war fast kühl, als Gilles und Judith auf dem Quai Saint-Louis zu der offiziellen Kutsche gingen, die sie erwartete. Die Nacht war unvermittelt hereingebrochen, aber ein prachtvoller runder Mond ging auf und verteilte sein silbriges Licht über der Stadt, in der Hunderte von kleinen Lichtern aufgeflammt waren wie Leuchtkäfer.

An der Flanke des Berges, der sich über dem Meer erhob, strahlte die Residenz des Gouverneurs wie ein Leuchtfeuer und erhellte die buschigen, duftenden Gärten, die sie umgaben.

Dieses alte Haus der Jesuiten, von ihnen verlassen, nachdem der Orden im Jahre 1762 aufgelöst worden war, hatte der Graf d'Estaing als offizielle Residenz übernommen, nachdem er im Jahre 1763 zum Gouverneur der Inseln Unter dem Wind ernannt worden war. Ein Freund des Prunks, hatte der neue Stellvertreter des Königs in dem alten Haus beträchtliche Arbeiten vornehmen lassen, die Gärten neu angelegt und die Räume mit einem Luxus möbliert, der die

Bürger verblüffte. Doch Monsieur d'Estaing, dessen imposante Garderobe aus nicht weniger als hundert Hemden und fast ebensovielen Röcken bestand, und der ein märchenhaftes Silberzeug mitgebracht hatte, war entschlossen, auf großem Fuße zu leben, um die Ansiedler zu beeindrucken, von denen die Mehrzahl, wie wohl gesagt werden muß, in ziemlich bescheidenen Verhältnissen lebte.

Es war ihm jedoch nur gelungen, sich eine bösartige Opposition heranzuziehen, die sich zu sagen unterstand, daß er die Gelder des Staates doch ein wenig zu üppig vergeude, und als er die Insel drei Jahre später entnervt verlassen hatte, zog sein Nachfolger, der Prinz de Rohan, es vor, sich in Port-au-Prince niederzulassen. Danach war die Residenz wieder zum Cap zurückverlegt worden, und die nachfolgenden Gouverneure hatten Vergnügen daran gefunden, dieses prächtige Haus zu bewohnen, von dem aus sich ein bewunderungswürdiges Panorama bot, und wo man von einer leichten Brise erfrischt wurde, die die drückende Hitze der Stadt angenehm milderte.

Aber die Salons mit ihren vergoldeten Holztäfelungen, die mit kostbaren Seidenstoffen bezogenen Möbel und die Blumen, die fast überall prangten, retteten die Tournemine nicht vor einem tödlich langweiligen Abend. Dem Grafen de La Luzerne, Generalleutnant der Armeen des Königs und erst im vergangenen Jahr auf diesen Posten berufen, gefiel es in Santo Domingo, an dessen sinnliche, lässige Atmosphäre er sich nur schwer gewöhnen konnte, nicht sonderlich. Er war in erster Linie Soldat und Seemann, einer jener kalten und höfischen, etwas puritanischen Normannen, deren Rasse sich so gut in England eingewöhnt hat, und er trug arrogant den Vornamen César, gemeinsam übrigens mit seinen beiden Brüdern, dem Bischof von Langres und dem Malteserritter, der das überseeische Frankreich zur Zeit der ersten Erhebungen der Aufständischen vertreten hatte. Gebildet zudem, teilte er seine Bewunderung zwischen seinem Onkel Malesherbes, dessen großzügige Ideen über die Erstellung von Zivilstands-Registern für Protestanten er lobte, und den großen Männern der griechischen Antike.

Offensichtlich erfüllte La Luzerne nur eine lästige Höflichkeitspflicht, wenn er diesen Neuling empfing, dessen mangelnden Eifer, sich bei ihm einzufinden, er nicht sehr geschätzt hatte, und der ihn ohnehin nicht interessierte, seitdem er wußte, daß ihn kein offizieller Auftrag zu ihm führte. Allein Judiths strahlende Schönheit in einem weißseidenen, diskret mit Gold bestickten Kleid, ihr schlanker Hals, eingefaßt von dem breiten Kollier, das Gilles ihr geschenkt hatte, brachten einiges Licht in eine im großen Speisesaal servierte, im wesentlichen protokollarische Mahlzeit. Die Dienerschaft war dabei in der Überzahl, zumal hinter dem Stuhl jedes Gastes zu dessen ausschließlicher Bedienung auch noch ein schwarzer Lakai in blaugoldener Livree stand. Die einzige Frau außer Judith, Madame de La Luzerne, war völlig farblos.

Das Gespräch bestand hauptsächlich aus einem langen Monolog des Gouverneurs, der die Kriege des antiken Griechenland behandelte. Er arbeitete an einer Übersetzung des *‹Rückzugs der Zehntausend›* und ersparte seinen mehr oder weniger ermatteten Gästen keine Einzelheit. Das so erzwungene lange Schweigen gestattete es Gilles, sich über die offensichtliche Bewunderung klarzuwerden, die seine Frau bei Baron de Rendières erregte. Der forsche Adjutant bedachte die junge Frau nicht nur mit einem mörderischen Blickgeplänkel, er ließ seine Augen auch unverfroren abschätzend über ihre nackten Schultern oder die Rundungen ihres Busens schweifen.

«Eines Tages», dachte Gilles ärgerlich, «werde ich ihm einen oder zwei Säbelhiebe verpassen müssen, um ihm Lebensart beizubringen. Dieser Schuft zieht sie mit den Augen aus, als wäre sie eine Sklavin auf dem Markt.»

Als Rendières sich nach dem Essen obendrein buchstäblich darum riß, Judith eine Tasse Kaffee anzubieten und danach mit selbstgefälliger Miene vor ihr aufgepflanzt blieb, verließ Gilles Madame de La Luzerne, die einen Vortrag über den Verfall der Kirche auf den Inseln begonnen hatte und überdies nichts von seinem Verschwinden bemerkte, und trat zu seiner Frau. Der leichten Grimasse des Barons, entnahm er, daß er nicht eben willkommen war, aber Rendières machte notgedrungen gute Miene zum bösen Spiel. Wie hätte er auch mit einem Gatten dieser Statur Streit suchen können?

«Madame de Tournemine sagt mir, daß Ihr vorhabt, Euch sofort auf Eurer Plantage niederzulassen? Ich hoffe, sie irrt sich?»

«Und warum sollte sie sich irren?»

«Ihr werdet doch nicht, kaum angekommen, das Cap der schönsten Frau berauben, die man dort seit langem gesehen hat? Das wäre nicht freundlich. Außerdem ist die Jahreszeit kaum geeignet, um auf dem Lande zu leben...»

«Baron, wir sind nicht nach Santo Domingo gekommen, um hier ein intensives Gesellschaftsleben zu führen, sondern um Indigo und

Baumwolle anzupflanzen. Madame de Tournemine hat mich nie wissen lassen, daß dieses Programm so, wie es ist, ihr nicht gefällt.»

«Weil sie die Abgeschiedenheit einer Plantage noch nicht kennt. Hier lebt man wenigstens. Wir haben angenehme Gesellschaft, Theater, Konzerte. Wir haben die Bälle des Gouverneurs und die des Generalintendanten...»

«Richtig», sagte Gilles, nicht sehr förmlich das Gespräch abbrechend, «ich bin in der Hoffnung hergekommen, Monsieur de Barbé-Marbois hier zu treffen. Ich wollte ihm einige Fragen wirtschaftlicher Natur stellen...»

Rendières' etwas vergilbtes Lächeln bekam wieder Glanz.

«Der Herr Generalintendant hält sich für einige Tage in Port-au-Prince auf. Ihr seht, daß Ihr hierbleiben müßt.»

«Warum bleiben? ‹Haute-Savane› ist nur etwa zehn Meilen vom Cap entfernt... und ich habe gute Pferde. Madame, ich bin untröstlich, Euch einer so angenehmen Gesellschaft entreißen zu müssen», fügte er hinzu und bot Judith seinen Arm, «aber ich möchte mich verabschieden. Es scheint mir, daß das Wetter sich wieder verschlechtert, und ich ziehe es vor, an Bord zurückzukehren...»

Die beleidigte Miene des Adjutanten übersehend, den er etwas murmeln hörte, das wie «ungehobelter Mensch» klang, zog er die über seine Eile etwas überraschte junge Frau mit sich zu den Gastgebern, verabschiedete sich und verließ den Regierungspalast.

«Wird man uns nicht für etwas unhöflich halten?» fragte Judith, während die Kutsche auf einer angenehmen, von blühenden Mahagonibäumen gesäumten Straße zur Stadt hinunterfuhr.

«Hättet Ihr so großen Wert darauf gelegt, Euch von diesem dünkelhaften Kerl noch eine oder zwei Stunden den Hof machen zu lassen? Ich persönlich wollte den Abend nicht damit beschließen, ihm ein paar Ohrfeigen zu verpassen, um ihn zu lehren, wie man eine anständige Frau anzusehen hat.»

Ein kurzes Schweigen trat ein, dann brach Judith plötzlich in ein vielleicht ein wenig zittriges Gelächter aus.

«Auf mein Wort, das sieht fast wie eine Eifersuchtsszene aus.»

Er begann seinerseits zu lachen.

«Eifersucht? Das ist ein Wort, das man in unserer Welt kaum anwendet, wenn es sich um ein verheiratetes Paar handelt. Das setzt Liebe voraus, und Liebe ist von letzter Spießigkeit in einem Ehestand, wie Ihr wohl wißt. Nein. Ich lege einfach Wert darauf, daß man Euch respektiert. Mir scheint, Ihr tragt meinen Namen.»

«Ich glaube, wenn ich noch irgendwelche Illusionen über die Gefühle, die Ihr mir entgegenbringt, hätte bewahren können, dann hätten sie in diesem Augenblick aufgehört zu existieren. Klarer kann man es einer Frau nicht sagen, daß man sie nicht liebt... oder daß man sie nicht mehr liebt.»

«Ist das wirklich von irgendwelcher Bedeutung für Euch? Ihr habt mich nicht im unklaren darüber gelassen, daß ein anderer den Platz in Euerm Herzen eingenommen hat, den ich für den meinen hielt. Was sprecht Ihr also von meinen Gefühlen?»

Sie schwieg einen langen Augenblick, und er wagte nicht, sie anzusehen. Sie war neben ihm wie ein weißer Schatten, seidig und parfümiert, eine Gegenwart, deren Zauber und Weiblichkeit er kannte, und dennoch fühlte er sich merkwürdig gleichgültig trotz der Unmutsaufwallung von vorhin. Nein, er war nicht eifersüchtig auf Judith. Dessen war er sicher, ebenso sicher wie der Unmöglichkeit, sich zurückzuhalten, wenn Rendières' entkleidende Blicke etwa Madalen gegolten hätten. Da hätte er ganz gewiß rot gesehen, und das langweilige Abendessen wäre zweifellos mit einem Duell zu Ende gegangen...

Plötzlich fühlte er, wie eine leichte und sanfte Hand sich auf die seine legte.

«Gilles», flüsterte Judith, «habt Ihr daran gedacht, daß dies das erste Mal ist, daß wir zusammen ausgehen? Es ist das erste Mal, daß wir vor den Augen der Welt als Paar erscheinen.»

«In der Tat, und es ist nicht das letzte Mal, nehme ich an. Wir werden uns daran gewöhnen müssen, Seite an Seite zu leben, gemeinsame Besuche zu machen, zu empfangen, und ich werde glücklich darüber sein.»

«Wirklich? Meint Ihr das ernst?»

«Warum sollte ich nicht? Ihr seid sehr schön, Judith, und jeder Mann von Geschmack könnte nur stolz sein, Euch zur Gefährtin zu haben.»

Sie stieß das kleine, traurige Lachen aus wie vorhin und betrachtete vor dem hellen Hintergrund der Nacht das hochmütige Profil ihres Mannes.

«Wenn ich recht verstehe, eine rein ästhetische Befriedigung? Bin ich also dazu verurteilt, für Euch nichts als ein... dekorativer Gegenstand zu sein? Habe ich alle Macht, Euch zu rühren, verloren?»

Diesmal wandte er sich ihr zu, und die Vollkommenheit ihrer Schönheit traf ihn wie ein Schlag. Sie war erregt, und diese Erregung stand ihr gut. Ihre Augen sprühten wie schwarze Diamanten, und ihre schönen, feuchten Lippen zitterten leicht, während ihr Busen in seinem Nest aus Spitzen sanft wogte. Für einen Augenblick verschwand das blonde Traumbild Madalens. Mit Schrecken entdeckte Gilles eine jener Anwandlungen wilder Leidenschaft wieder, die Judith einst in ihm ausgelöst hatte. Er wollte sie in seine Arme nehmen, sie mit Küssen verzehren, mit Zärtlichkeiten überhäufen um der rasenden Freude willen, ihre Augen sich schließen zu sehen und sie vor Wollust schreien zu hören.

Schon beugte er sich zu ihr, zu diesem zarten Mund, dem dargebotenen Busen, als ein Schatten zwischen ihre einander verlangenden Körper glitt, der der feige erschlagenen Rozenn, Rozenn, die ihren letzten Schlaf jetzt fern der bretonischen Erde schlief, weil diese betörende Sirene, die seinen Namen trug, sie eines Morgens bei Tagesanbruch getötet hatte, mit einem Stein, wie ein Tier, das man jagt. Diese Frau war eine Mörderin. Er kannte ihre gefährliche Fähigkeit, einen Mann in ihr Netz zu locken. Sie war eine vollendete Schauspielerin, und dieser Augenblick des Gefühls, den sie ihm bot, war zweifellos nur eine kunstvoll gespielte Szene...

Der gefährliche Zauber, der ihn einen Augenblick gefangen gehalten hatte, verging. Gilles richtete sich wieder auf.

«Habe ich Euch nicht... vielleicht ein wenig zu nachdrücklich bewiesen, daß ich immer für Eure Schönheit anfällig bin?»

«Wie Ihr es zweifellos für die jeder beliebigen anderen Frau sein könntet?»

«Ihr seid nicht jede beliebige andere Frau.»

«Keine Heuchelei, ich bitte Euch. Lieber die Wahrheit als falscher Schein. Ihr begehrt mich, nichts weiter...»

Ihre Stimme wurde lauter, und er konnte jetzt sehen, wie der Zorn Judiths Augen aufflammen ließ. Gilles lächelte.

«Mir scheint, das ist schon viel? Viele Frauen können das nicht sagen. Warum sollte ich leugnen, daß ich Euch manchmal heftig begehre? Euer Körper gehört zu denen, denen ein normaler Mann nicht widerstehen kann.»

Die Kutsche hatte den Cours Villeverd erreicht und rollte schneller dahin. Ein leichter, frischer Wind umwehte die beiden jungen Menschen; doch als sei es ihr zu heiß, hatte Judith ihren Fächer entfaltet und bewegte ihn in einem nervösen Rhythmus. Er war in ihren Fingern wie ein flimmernder Schmetterling. Sie biß sich auf die Lippen und wandte den Kopf ab.

«Wahrhaftig, welche Anmaßung!» murrte sie zwischen ihren Zähnen. «Kommt Ihr nie auf die Idee, daß ich diese Rolle als Haremsfrau, die Ihr mir so großzügig anbietet, zurückweisen könnte? Ich nehme doch an, daß man hier den Gebrauch von Schlössern und Riegeln kennt...»

Unvermittelt ergriff Gilles die Hand, die den Fächer bewegte, hob mit der anderen das Kinn seiner Frau und zwang sie, ihn anzusehen.

«Ich rate Euch nicht, davon Gebrauch zu machen, meine Liebe! Wir sind uns einig, daß Ihr Euch in meinem Haus verhalten werdet, wie eine normale Ehefrau sich zu verhalten hat. Wir sind uns einig, daß ich mit Euch eine Familie gründen werde. Ich will Söhne, Töchter. Wißt außerdem, daß keine noch so feste Tür, kein noch so gut vorgeschobener Riegel mich daran hindern werden, zu Euch zu gehen, wenn ich Euch begehre. Jetzt dämpft den Zorn, der Eure schwarzen Augen so wundervoll zum Strahlen bringt, denn wir sind am Ziel, und ich glaube, Ihr wünscht nicht, mir auf offener Straße eine Szene zu machen.»

Tatsächlich bog die Kutsche um die Ecke des Quais und hielt am Anfang des Bollwerks an, an der Stelle, wo das Boot die Tournemines abholen sollte, um sie an Bord zurückzubringen. Schnell zur Besänftigung die Hand küssend, die er noch immer hielt, zog Gilles eine Schiffspfeife aus der Tasche und pfiff dreimal kurz und dreimal lang, um die Schaluppe zu rufen. Die Entfernung war gering. Der «Falke», auf dem alle Lampen brannten, spiegelte seine elegante Silhouette nur einige Kabellängen entfernt im ruhigen Wasser des Hafens.

Zu Boden springend, bot Gilles seiner Frau die Hand, um ihr beim Aussteigen behilflich zu sein, doch die junge Frau stieß die Hand verächtlich beiseite und stieg ohne seine Hilfe aus. Die weiße Wolke ihres Kleides glitt rasch bis zum Beginn der Treppe, wo man sie abholen würde, während die vom Gouverneur gesandte Kutsche kehrtmachte und zurückfuhr.

Mit Ausnahme von einer oder zwei Tavernen, aus denen Gelächter und Lieder ertönten, schien der Hafen zwischen seinen alten Forts à la Vauban, deren graue Mauern der Mondschein silbern färbte, zu schlafen. Außer auf dem «Falken», von dem das Boot ablegte, war alles ruhig.

In der Annahme, es sei besser, Judith allein zu lassen, ging Gilles einige Schritte auf eine Pyramide von Fässern zu, die in der Nähe eines Zollhäuschens abgestellt waren. Und plötzlich kam der Angriff... und Judiths Schrei, die sich umgewandt hatte, um zu sehen, was Gilles tat, und blitzartig erkannte, was geschah.

«Achtung, Gilles!»

Hinter den Fässern auftauchend, von denen eins aufs Pflaster stürzte und vor ihnen herrollte, warfen sich sieben oder acht Männer auf Tournemine, Knüppel und Macheten schwingend, jene furchtbaren Buschmesser, scharf wie Rasierklingen, die zum Schneiden des Zuckerrohrs dienten. Es waren fast alles Schwarze, nackt bis zum Gürtel, die mit wilden Grimassen ihre weißen Zähne zeigten. Fast, denn zwei Weiße befehligten den Angriff, doch sie waren maskiert, um zu verhüten, erkannt zu werden.

Allein dieser Horde gegenüber, wich Gilles bis zu einem Stapel Holz zurück. Der Degen, den er an der Seite trug, war nur eine Paradewaffe und konnte ihm gegen die Säbel seiner Angreifer kaum nützlich sein, aber zum Glück lag ein langer Bootshaken auf dem Quai. Er packte ihn und begann, nach allen Seiten um sich zu schlagen, ein bißchen auf gut Glück, nur hier und da durch einen Schmerzensschrei über die Wirkung seiner Schläge unterrichtet. Wäre er allein gewesen, hätte er sich nicht sonderlich beunruhigt, da er sich stark genug wußte, um es mit dieser Bande bis zum Eintreffen seiner Matrosen aufzunehmen, aber drüben waren drei andere Männer erschienen, überwältigten Judith und versuchten, sie trotz ihrer Schreie fortzuschleppen, und Gilles sah keine Möglichkeit, seiner Frau zu helfen.

Ein Schuß ertönte, dann ein zweiter, während, von zwei Laternenträgern geleitet, eine Kutsche auf den Kampfplatz rollte. Einer der Männer, die Judith hielten, brach zusammen.

«Haltet durch, Monsieur!» rief eine Männerstimme. «Meine Diener und ich kommen Euch zu Hilfe!»

«Kümmert Euch um meine Frau. Ich kann durchhalten», entgegnete er, während unter seinem schrecklichen Bootshaken der Schädel eines seiner Angreifer zersplitterte.

Auch die Männer im Boot hatten gesehen, was sich abspielte, und legten sich in die Ruder. Zwei der Matrosen sprangen auf die Treppe der Mole und warfen sich auf die, die Judith in eine dunkle Gasse zu zerren versuchten. Unglücklicherweise fiel der eine, von einem Messerstich getroffen, und den anderen hätte vielleicht das gleiche Los ereilt, wenn die Pistole des Mannes in der Kutsche nicht von neuem abgefeuert worden wäre. Die Partie verloren gebend, ließ der Übriggebliebene Judith los und warf sich mit einem Fluch in den dunklen

Schatten der Gasse, wo er verschwand, alsbald gefolgt von den beiden maskierten Männern, die es vorzogen, ihre inzwischen auf vier Schwarze reduzierte Truppe verlassend, zu fliehen.

Diese vier sahen sich verloren. Die Schüsse hatten den Hafen aufgeweckt. Türen und Fensterläden öffneten sich. Von der in der Mitte des Quais gelegenen Milizwache liefen, noch ihre Koppel befestigend, Männer herbei. Die restlichen Angreifer wählten die Flucht. Zur Stadt hin, wo die Rue du Gouvernement und die Rue de Penthièvre lebendig wurden, war es unmöglich, es blieb nur das Meer, und so ließen sie ihre Waffen fallen, rannten bis zum Ende der Mole und warfen sich dort ins schwarze Wasser, ohne daß jemand sie hätte hindern können. Auf dem Kampfplatz blieben nur Verwundete und ein Toter zurück. Ein Hieb mit dem Bootshaken hatte ihm den Kopf gespalten.

Aus der Kutsche war eine Dame zu Judith gelaufen, die, einer Ohnmacht nahe, an einem der Karren lehnte, die dem Transport von Waren zwischen den Lagerhäusern und den Schiffen dienten, während ihr Mann zu Gilles neben seinem Holzstoß trat.

«Mein Dank ist Euch gewiß, Monsieur», keuchte der letztere und warf den Bootshaken beiseite, von dem er so nachhaltig Gebrauch gemacht hatte. «Wahrhaftig, ich weiß nicht, wie ich Euch danken soll. Ohne Euer Dazwischentreten wären wir, meine Frau und ich, sicher verloren gewesen.»

Der Unbekannte hob lässig die Schultern. Er war ein Mann in den Vierzigern, groß und kräftig gebaut, mit vollem Gesicht, dessen freundlicher Ausdruck und blaue, gutmütig-fröhliche Augen einen lebensfrohen Menschen verrieten, ohne aber eine gewisse Energie auszuschließen, die unter Umständen zur Härte werden konnte. Untadelig in graue, silberbestickte Seide gekleidet, trug er keine Perücke, sondern hatte sich damit begnügt, sein pfeffer-und-salzfarbenes Haar, das zu bändigen übrigens einige Mühe zu machen schien, durch ein im Nacken geknotetes Band aus schwarzer Seide zusammenzuhalten.

«Ihr habt Euch ziemlich gut verteidigt, scheint mir», sagte er lachend. «Und Ihr hättet zweifellos bis zum Eintreffen dieser Matrosen durchgehalten. Die Eurigen, ohne Zweifel?» fügte er hinzu, als er sah, daß der Ruderführer des Boots sich ihnen näherte, die Mütze in der Hand.

«Die meinen, in der Tat. Ich heiße Gilles de Tournemine, und meine Frau und ich wollten nach einem Souper beim Gouverneur zu unserem Schiff zurück, das Ihr dort draußen seht, als wir angegriffen wurden. Erweist mir die Ehre, mir zu sagen, wem ich soviel schulde.»

«Ihr schuldet mir überhaupt nichts, wenn nicht im Notfall eine Revanche. Mein Name ist Gérald Aupeyre-Amindit, Baron de La Vallée. Ich bin Kaffeepflanzer an der Nordküste, beim Gros Morne. Der Zufall wollte es, daß ich, aus dem Theater kommend, hier vorbeifuhr, um zu sehen, ob ein Schiff, an dem ich interessiert bin, und das man vor dem Gewitter heute abend angekündigt hatte, im Hafen oder wenigstens auf der Reede eingetroffen ist. Aber ich denke, Ihr könnt mir vielleicht Auskunft darüber geben? Habt Ihr eine große Brigantine namens ‹Marquis Noir› einlaufen sehen?»

«Ich habe nach dem Gewitter kein einziges Schiff einlaufen sehen, wenigstens bis ich gegen neun Uhr von Bord gegangen bin. Was gibt es, Germain?» setzte er hinzu und wandte sich dem Mann zu, der herangekommen war.

«Es ist Petit-Louis, Monsieur. Er hat einen bösen Messerstich abbekommen. Man müßte sich drum kümmern.»

«Damit es nicht zu lange dauert», sagte La Vallée, «tragt ihn in meine Kutsche. Man wird ihn ins Hospital der Charité bringen.»

«Ihr seid die Liebenswürdigkeit in Person, und ich hoffe, Ihr nehmt es mir nicht übel, wenn ich Euch sage, daß ich nicht viel Vertrauen zu diesem Hospital habe. Wenn Ihr mir dagegen sagen könntet, wo sich der Kräutermarkt befindet und das Geschäft eines Chinesen namens Tsing-Tcha?...»

Er hatte nie mit solcher Wirkung gerechnet. Von einem Hustenanfall gepackt, warf der Baron einen ängstlichen Blick zu der Gruppe hinüber, die von seiner Frau, Judith und einer dicken, zur Hilfe herbeigeeilten Negerin gebildet wurde. Dann, beruhigt, weil die Damen ihm offensichtlich keinerlei Aufmerksamkeit schenkten:

«Sprecht leiser, bitte! Natürlich kenne ich Tsing-Tcha... wie alle Männer der Insel. Dieser alte Seeräuber verkauft geniale Arzneien und vor allem gewisse Aphrodisiaka, mit deren Hilfe ein Eunuch die Wüste wieder bevölkern könnte. Unglücklicherweise kennen unsere Frauen ihn auch... wenigstens dem Namen nach, und lieben es nicht sehr, wenn man seinen Namen in ihrer Gegenwart ausspricht. Aber sagt mir, glaubt Ihr, Euer Verwundeter braucht so etwas?»

Gilles hatte ein Lachen nicht unterdrücken können.

«Nein, gewiß nicht, aber wenn Ihr Germain den Weg dahin sagen würdet, wäre ich trotzdem glücklich. Germain, geht zu dem Chinesen und holt mir Dr. Finnegan.»

Doch Germain blieb nicht einmal mehr Zeit, sich in die von La Vallée angegebene Richtung aufzumachen, denn schon erschien ein zweiter Matrose und meldete, daß der Mann gestorben sei. Zur rauhen Wirklichkeit zurückgebracht, konnten Tournemine und sein Gefährte nur feststellen, daß in der Tat nichts mehr zu machen war.

«Tragt ihn aufs Schiff», befahl der Chevalier. «Morgen werden wir einen Priester holen, und wir werden ihn auf der Reede versenken. Bringt ihn jetzt fort, dann kommt wieder und holt Madame de Tournemine und mich. Ja, Sergeant, ich bin der Eure...»

Die letzten Worte waren an den Chef der Milizwache gerichtet, der mehr der Form halber als aus anderen Gründen und im übrigen nur, weil es sich sichtlich um Standespersonen handelte, gekommen war, um einige Fragen zu stellen. Tournemine berichtete ihm rasch, was sich ereignet hatte, und fügte hinzu, daß er, da er am gleichen Morgen erst angekommen sei, nicht verstehe, warum man ihn angegriffen habe, es sei denn, es habe sich um Leute gehandelt, die seinen Geldbeutel wollten.

«Ich kann's kaum glauben, denn zwei maskierte weiße Männer befehligten die Gruppe und sind geflohen, als die Dinge sich zum Schlechten für sie wendeten», fügte er hinzu.

«Wir haben einen Gefangenen. Einen Verwundeten. Aber er kann noch sprechen und lange genug leben, um gehängt zu werden.»

Der Mann, ein Schwarzer mit sehr dunkler Haut, saß inmitten der ihn bewachenden Soldaten auf der Erde. Er stöhnte leise und preßte seinen Oberschenkel zusammen, den ein Hieb des Bootshakens aufgeschlitzt hatte. Er rollte die Augen, aus denen eine unaufhörliche Flut von Tränen strömte, und schien von den an ihn gerichteten Fragen nichts zu verstehen.

«Es kann noch nicht lange her sein, daß er aus Afrika gekommen ist», sagte La Vallée. «Auf den ersten Blick würde ich ihn für einen Agoua von der Goldküste oder einen Mina halten.»

«Ich bewundere Euch, daß Ihr Euch so gut auskennt. Für mich ist ein Schwarzer ein Schwarzer, mehr oder weniger dunkel, das ist alles!»

«Ich habe vor meiner Heirat ein bißchen Sklavenhandel betrieben und kenne die afrikanische Küste gut. Ich kann versuchen, ihn zu befragen.»

Er begann schnell, in einer ziemlich gutturalen Sprache zu sprechen, Worte ausstoßend, die wie Gebell klangen. Die Tränen des Sklaven versiegten wie durch einen Zauber, während ein Hoffnungsschimmer in seine verzweifelten Augen stieg. Er antwortete mit rührendem Eifer.

«Es ist wirklich so, wie ich dachte», sagte der Pflanzerbaron. «Er ist vor etwa einem Monat hier angekommen. Der Mann, der ihn und seine schwangere Frau gekauft hat, ist ein erbarmungsloser Weißer, der ihn, wenn ich recht verstanden habe, auf eine Indigo-Plantage gebracht hat, die in einer gewissen Entfernung von hier liegen muß. Heute abend kurz vor Sonnenuntergang haben dieser Weiße und sein ‹Kommandeur› aus den neu Eingetroffenen einige der kräftigsten ausgesucht und ihnen schlimme Mißhandlungen angedroht, wenn sie die Arbeit, zu der man sie brächte, nicht befriedigend ausführten. Diesem hier hat der Besitzer gedroht, er würde seine Frau von den Hunden zerreißen lassen. Man hat sie in einen Karren gepfercht und hierhergebracht. Es war Nacht. Der, der sie führte, hat beim Eintreffen am Hafen mit einem Schwarzen gesprochen, der, so scheint es, ein schönes Seidenkostüm und weiße Haare trug, die eine Perücke gewesen sein dürften. Man hat sie aufgestellt, und Ihr wißt, was folgte. Es sieht ganz so aus, als hätten wir's hier mit einem regelrechten Hinterhalt zu tun. Da sie ganz frisch aus der Savanne geholte ‹Bohales› nahmen, brauchten diese Leute nicht zu fürchten, im Fall eines Mißerfolgs denunziert zu werden. Habt Ihr denn schon einen Feind in Santo Domingo? Das ist seltsam, da Ihr nur auf der Durchreise seid?»

«Kennt Ihr in der Gegend des Limbé eine ‹Haute-Savane› genannte Indigo-Plantage? Ich bin der neue Besitzer …»

«Ihr seid … Oh! Das erklärt alles! Dieser Teufel Simon Legros hat gewiß keinen Grund zu wünschen, Euch lebend da oben ankommen zu sehen. Er ist ein furchtbarer Mensch, wißt Ihr? Wahrscheinlich hat er, als Ihr kaum Anker geworfen hattet, von Eurer Ankunft erfahren. Ihr werdet Euch mit ihm schwer tun, und ich kann Euch nicht genug raten, Eure Gattin in der Stadt zu lassen, bis Ihr diesen Menschen zur Vernunft gebracht habt. Aber laßt uns zu den Damen gehen …»

«Einen Augenblick noch, bitte.»

Die Milizsoldaten waren dabei, den Gefangenen fortzubringen, der wieder angefangen hatte zu weinen. Tournemine hielt sie auf.

«Befreit diesen Mann, Sergeant. Nach dem, was ich von Monsieur de La Vallée erfahren habe, der hier zugegen ist, gehört er zu meiner Plantage, also mir. Meine Männer werden sich um ihn kümmern.»

Ein Goldstück, das in die Hand des Soldaten glitt, half, die letzten Bedenken zu zerstreuen, die ihm geblieben sein mochten, und der Sklave wurde befreit. Auf Befehl La Vallées setzte er sich auf die Treppe der Mole und wartete, daß auch er aufs Schiff gebracht würde, während der Chevalier und sein neuer Freund zur Kutsche zurückgingen, in der die beiden Damen saßen und wie alte Freundinnen plauderten. Die Folgen von Judiths Schock schienen völlig geschwunden.

Madame de La Vallée war eine sehr hübsche Frau, blond, elegant und zierlich. Ihre Augen waren von blauestem Blau, und sie hatte ein zauberhaftes Lächeln. Sie wußte schon alles von ihrer neuen Freundin. Sie hatten schon untereinander ausgemacht, daß Judith sich für einige Zeit in dem Haus niederlassen würde, das die La Vallées auf dem Cours Villeverd besaßen, und das ihnen als Absteigequartier diente, wenn sie in Geschäften oder zum Vergnügen zum Cap kamen, da ihre Plantage, «Trois Rivières», noch weiter von der Stadt entfernt war als «Haute-Savane». Jetzt waren sie für einige Tage gekommen, da Gérald die Ankunft des erwarteten Schiffs und die Verladung eines Teils seiner Kaffee-Ernte für Nantes beaufsichtigen wollte.

«Es ist viel besser, wenn Ihr Euern Gatten ohne Euch zum Einrichten vorangehen laßt», versicherte Denyse de La Vallée. «Mit diesem Simon Legros könnten einige unerfreuliche Dinge geschehen, die eine Dame nicht sehen sollte. In der Zwischenzeit werdet Ihr das Cap besichtigen, und ich mache Euch mit der guten Gesellschaft bekannt. Ihr werdet dort mit offenen Armen aufgenommen werden. Ich werde Euch auch ins Theater führen, wir werden die Geschäfte besuchen. Es gibt hinreißende, und...»

«...und der arme Chevalier wird ruiniert sein, bevor er seine erste Ernte eingebracht hat!» sagte La Vallée lachend.

Gilles zwang sich, an der Unterhaltung teilzunehmen, aber es gelang ihm nicht. Sein Geist versuchte, alle Ereignisse dieses seltsamen Tages Stück für Stück zusammenzusetzen. Wer konnte der Schnüffler gewesen sein, der Simon Legros von seiner Ankunft in Kenntnis gesetzt hatte? Außer dem Gouverneur und seiner Umgebung, die zwangsläufig ausgeschlossen waren, gab es nur zwei Möglichkeiten: den so kranken Notar... oder das Mädchen mit den Katzenaugen, das ihn so feurig in den lasterhaften Freuden der Liebe auf den Antillen unterwiesen hatte. Aber wer nun von beiden?

9. Kapitel

Das Haus im blauen Gras

Hätte er nicht so grüne Augen und einen so schleppenden irischen Akzent gehabt, hätte Gilles den Mann, der am frühen Morgen munter das Fallreep erkletterte, nie erkannt. Offensichtlich hatte Liam Finnegan von seinem Geldbeutel besseren Gebrauch gemacht, als ihn in ein Meer von Rum umzusetzen.

Angetan mit einem Nanking-Anzug und einem weißen Leinenhemd, rasiert, gekämmt, wenn auch mit nichts anderem parfümiert als mit seinem Lieblingsgetränk, dessen Aroma ständig spürbar war, zeigte der Ire ein wie aus Holz geschnitztes Gesicht, dessen tiefe Furchen von vergangenen Leiden erzählten und mehr als seine achtunddreißig Jahre andeuteten, aber auch einen sensiblen Mund, der eigenartigerweise seine jugendliche Frische bewahrt hatte. Seine magere, fast schlottrige Gestalt hatte in den ordentlichen Kleidern eine gewisse Eleganz erlangt, und Gilles machte ihm ein Kompliment deswegen.

«Habt Ihr Euch, alles wohl bedenkend, entschlossen, den Doktor Finnegan wieder zum Leben zu erwecken?»

«Vielleicht... aber ich bin überrascht, Euch anzutreffen. Hattet Ihr mir nicht gesagt, daß ich diese Ehre nicht haben würde?»

«Der Mensch denkt, und Gott lenkt», erwiderte Gilles tugendhaft, konnte aber nicht umhin, eine leichte Enttäuschung in der Stimme des Iren zu bemerken. Hatte er sich etwa in diesen Toilettenaufwand gestürzt, um sich gewissen Damen des Schiffs in Abwesenheit von dessen Herrn zu nähern? «Ich hoffe», fügte er hinzu, «meine Gegenwart bringt Euch nicht in Verlegenheit?»

«Mich in Verlegenheit bringen? Warum? Im Gegenteil, ich bin sehr glücklich, Euch zu begegnen. Ich wollte mit Euch reden.»

Ein Meer von Treuherzigkeit und Heiterkeit lag in Finnegans Blick, und Gilles bereute seinen Argwohn.

«Nun, laßt uns Euern Verletzten ansehen, dabei können wir reden. Ich sollte übrigens Eure Verletzten sagen, denn seit gestern gibt es noch einen mehr.»

«Noch einen? Habt Ihr die Absicht, dieses schöne Schiff in ein Lazarett zu verwandeln? Oder habt Ihr eine Belagerung hinter Euch?»

«Beinah. Als ich in Gesellschaft von Madame de Tournemine heute nacht vom Souper des Gouverneurs zurückkam, bin ich überfallen worden.»

Während Finnegan mit aufgekrempelten Ärmeln den mächtigen Verband um Moses' Bein auseinanderwickelte, erzählte Gilles von dem Überfall auf dem Quai Saint-Louis, und wie er den einzigen in den Händen der Miliz verbliebenen Gefangenen an Bord gebracht und in Erwartung des Arztes unverzüglich denen Pongos übergeben hatte.

Finnegan antwortete nicht gleich. Mit begeisterter Miene schnüffelte er sorgfältig an den Kompressen, die er von einer Wunde genommen hatte, die für sich selbst sprach. Sauber und rosig schloß sie sich auf höchst zufriedenstellende Weise, die Ränder tadellos zusammengefügt durch mittels Peitschenschnur-Fasern verfertigte Nähte. Befriedigt das etwas befleckte Leinenzeug beiseite werfend, zog er aus seiner Tasche einen Napf und entnahm ihm eine etwa nußgroße Portion unangenehm riechender Salbe, die er unter den interessierten Blicken des mit einer für seinen Kranken bestimmten Schale Milchkaffee wiedererschienenen Pongo auf die Wunde zu streichen begann.

«Was das?» fragte der Indianer.

«Etwas sehr Kostbares, lieber Kollege. Ein Balsam, den mein Freund Tsing-Tcha aus verschiedenen Bestandteilen zusammenstellt, vor allem aus dem Harz einer hiesigen Pflanze, die die Arawak-Indianer Guayacan nannten. Er führt in vielen Fällen zu ausgezeichneten Ergebnissen. Kräftig, wie er ist, dürfte dieser Bursche in ein oder zwei Tagen wieder auf den Beinen sein. Er sieht übrigens aus, als ob er sich bei Euch sehr wohl fühlte.»

In der Tat bot Moses ein Bild der Zufriedenheit. Sein Blick, der jetzt klar war, hatte jeden Ausdruck des Leidens oder des Zorns verloren, und als er die Schale nahm, die Pongo ihm anbot, lächelte er kurz, Pongo lächelte zurück, und Gilles hatte plötzlich den Eindruck, als ob sich etwas Unausgesprochenes und dennoch Dauerhaftes zwischen den beiden Männern angesponnen hätte, die, himmelweit voneinander entfernt geboren, von verschiedener Hautfarbe, sich mit Worten nicht verständigen konnten und sich dennoch verstanden.

«Laßt uns jetzt von Euch sprechen», sagte Finnegan, der seine Ärmel wieder herunterrollte und seine Tasche zu packen begann. «Ich werde unverzüglich einen Eurer Zweifel über die gestrige Angelegenheit ausräumen. Maître Maublanc war vielleicht zu krank, um Euch zu empfangen, aber gestern abend bei Lallie-Fleurie, der Mestizenhure, die seine Geliebte ist und für einige Offiziere der Garnison ein Souper gab, hat er bei der Flasche und im Bett sehr wohl seinen Mann gestanden. Lallie, eine Freundin, ließ mich sogar spät in der Nacht noch rufen, um eins ihrer Mädchen zusammenzuflikken, dem er weh getan hatte. Es ist wahr, daß Maublanc am späten Nachmittag Césaire, seinen Diener für alles, zu Tsing-Tcha geschickt hat, um seiner Form sicher zu sein...»

Je länger er sprach, desto mehr hellte sich das Dunkel in Gilles' Kopf auf. Es war der Notar, der Legros gewarnt hatte. Er war es auch, der seinen Diener beauftragt hatte, den Trupp zu erwarten, der ausersehen war, ihn bei seiner Ankunft am Cap zu ermorden. Die beiden Männer zogen am gleichen Strang! Daher die Verzögerung, ihm die endgültigen Papiere auszuhändigen. Unnötig, sie einem Mann zu geben, der, wenn es nach dem Notar ging, nicht mehr lange zu leben hatte... Danach würde man sich nicht viel Mühe machen, nach den Erben der Plantage zu suchen, deren Herr Legros de jure werden würde, wie er es de facto bereits war. Und das alles, ohne in den Geldbeutel greifen zu müssen...

«Wenn ich Ihr wäre», sagte die schleppende Stimme des Arztes, «würde ich etwas Kühles trinken und versuchen, mich zu beruhigen. Ihr seid so rot, daß ich fürchte, Euch zerspringen zu sehen... Was habt Ihr im Sinn?»

«Das solltet Ihr Euch denken können. Ich gehe auf der Stelle zu diesem Teufelsnotar, um ihm den Denkzettel zu verpassen, den er verdient, wonach ich mich, Papiere oder keine Papiere, zu meinem Besitz begeben werde, versteht Ihr? Ich gehe nach ‹Haute-Savane›!» brüllte er wütend. «Man hat sich hier genug über mich lustig gemacht. Jetzt ist es an mir zu lachen. Was diesen Legros betrifft, von dem ich bis zum Überdruß gehört habe, werde ich noch vor dem Abend mit ihm fertig sein. Pongo! Sag Kapitän Malavoine, daß er zehn Männer und Pierre Menard bewaffnen und sie in einer Stunde vor das Haus Maître Maublancs in der Rue Dauphine schicken soll.

Dann bereite für mich und dich selbst einen Reisesack für drei oder vier Tage vor!... Doktor, wir sehen uns bald wieder. Man wird Euch den anderen Kranken zeigen...»

«Einen Augenblick, wenn Ihr gestattet.»

«Was noch?»

«Euer Angebot, Arzt auf Eurer Plantage zu werden – besteht es noch? Ich bin bereit, es anzunehmen.»

«Sieh einer an! Sollte Simon Legros in Euren Augen seine unheilvolle Macht verloren haben?»

«In keiner Weise, eher im Gegenteil. Aber was sich dort oben abspielen wird, sieht aus, als könnte es interessant werden, und Ihr wißt, wie sehr ich es liebe, mich zu bilden.»

«In diesem Fall bin ich einverstanden. Neunhundert Pfund im Vierteljahr, Kost und Logis. Seid Ihr einverstanden?»

«Kost... und Getränke?»

«Soviel Ihr wollt unter der Bedingung, daß Euer Fuß fest bleibt und Eure Hand sicher.»

«Seid beruhigt. Ein Ire, der nicht zu trinken versteht, ist kein richtiger Ire. Ich werde Euch ebenfalls vorm Haus des Notars treffen.»

Während Finnegan sich mit dem schwarzen Sklaven beschäftigte, der am Abend zuvor an Bord gebracht worden war, stieg Gilles an Deck. Dort aber fand er die Mannschaft in Reih und Glied vor einer in ein Segeltuch gehüllten Leiche angetreten. Ein Priester im Chorhemd, flankiert von einem Chorknaben und einem Weihrauchfaß, hatte auf dem Oberdeck Aufstellung genommen. Die Stunde war gekommen, Petit-Louis, den tapferen Matrosen, der am Abend zuvor bei Judiths Verteidigung getötet worden war, die letzte Ehre zu erweisen, und Gilles dachte angesichts dieses Leinenbündels, das darauf wartete, dem Meer übergeben zu werden, daß Simon Legros' Rechnung sich außerordentlich erhöhte, daß ein Einvernehmen zwischen ihm und dem Verwalter von «Haute-Savane» nicht mehr möglich war und daß nur der Tod den Streit entscheiden konnte. Vielleicht wäre es die beste Lösung, bei seinem Anblick gleich zu feuern, ohne ein Gespräch zu beginnen...

Eine nach der anderen erschienen die vier Frauen, die auf dem Schiff wohnten, die Köpfe mit dunklen Schleiern bedeckt. Sie nahmen ihren Platz zur Linken des Leichnams ein und knieten nieder.

Es war das erste Mal, daß Fanchon wieder unter der Sonne erschien, aber Gilles nahm keinerlei Notiz davon. Die Kammerfrau folgte Judith wie ein Schatten, offensichtlich besorgt über den Empfang, den er ihr bereiten würde, doch der Chevalier war entschlossen, dieses Mädchen zu übersehen, bis ihre zügellose Sprache ihm Gelegenheit geben würde, sich ihrer endgültig zu entledigen. So sah er nicht den halb flehenden, halb beklommenen Blick, den sie ihm zuwarf. Er beobachtete Madalen, die mit gefalteten Händen und niedergeschlagenen Augen artig neben ihrer Mutter kniete. Seitdem das Schiff vor Anker gegangen war, hatte das junge Mädchen viele Stunden damit verbracht, mit auf der Reling gestützten Ellbogen die erstaunliche, für sie so neuartige Szenerie zu betrachten und vor allem dieses blaue Meer, so blau, daß es schwerfiel zu glauben, daß seine indigofarbenen Wellen etwas mit den hohen grünen oder grauen Wogen zu tun hatten, deren wütende Gischt so oft die bretonische Erde peitschte. Sie schien ständig die Gesellschaft Kapitän Malavoines zu suchen, und Gilles hatte wütend feststellen müssen, daß sie sich jedesmal mit einer schüchternen Entschuldigung entzog, wenn er versuchte, sich ihr zu nähern.

Auch hier hatte sie nicht einen Blick für ihn gehabt, und Gilles wußte sehr wohl, daß sie das absichtlich tat, weil sie in ihm eine ziemlich gelungene Nachahmung des Teufels sah. Dennoch liebte sie ihn, sie hatte es ihm gesagt, doch offensichtlich war diese Liebe nicht bereit, alle Zugeständnisse zu machen, sich ganz hinzugeben, und recht oft hatte Tournemine seit der Abfahrt die Anwesenheit Anna Gauthiers verflucht, die ständig wie ein Bollwerk zwischen ihrer Tochter und der Liebe stand, die er für sie empfand. Aber vielleicht war es letzten Endes besser, daß es so war. Wenn da nur Pierre gewesen wäre, der völlig mit der Mannschaft lebte, glücklich, wie ein Bretone es auf dem Meer sein kann, hätte keine Macht der Welt, soviel wußte Gilles, ihn daran gehindert, eines Abends Madalens Kabine zu betreten. Nur der Teufel wußte, was sich dann zwischen ihm und einem Mädchen abgespielt hätte, für das die normalen Sehnsüchte des menschlichen Körpers Todsünden waren.

Im gegenwärtigen Augenblick, kniend in ihrem einfachen blauen Leinenkleid, dessen Ausschnitt schamhaft von einem weißen Tuch verhüllt war, brachte sie es fertig, noch begehrenswerter zu sein als das Mädchen aus der Sänfte in seiner völligen Nacktheit, was Gilles den Gebeten des Priesters nur recht zerstreut lauschen ließ, während sein Blick Freude daran fand, die süße kniende Gestalt zu liebkosen. Und nicht einen Augenblick kam ihm der haßerfüllte Blick Fanchons zum Bewußtsein, mit dem sie Madalen umfing...

Der Gottesdienst ging seinem Ende zu, und die Weihrauchwolken stiegen auf. Der Leichnam wurde in ein Boot hinabgelassen, in dem die Kanonenkugel wartete, die man ihm an die Füße binden würde. Sechs Matrosen und Pierre Menard begleiteten ihn, und das kleine Boot steuerte in den Wind und erreichte den Hafenausgang, während der Priester ihm seinen letzten Segen mitgab.

Die Anwesenden gingen schweigsam auseinander. Die Frauen gingen ihren Kabinen zu, doch Gilles hielt Judith zurück.

«Ich habe nicht die Absicht, noch länger zu warten, um das, was mir gehört, in Besitz zu nehmen», sagte er zu ihr. «Ich werde auf der Stelle zu diesem Notar gehen, ihn zwingen, mir meine Papiere zu geben, und mich dann mit zehn Mann zur Plantage aufmachen. Es ist an der Zeit, daß dieser Simon Legros erfährt, wer der Herr auf ‹Haute-Savane› ist...»

«In diesem Fall gehe ich mit Euch!»

«Ich halte nichts davon, und ich verbiete es Euch. Die La Vallées erwarten Euch, Ihr werdet Euch mit Eurer Kammerfrau zu ihnen begeben. Madame Gauthier und ihre Tochter bleiben bei den Verwundeten an Bord unter dem Schutz von Kapitän Malavoine. Ich hoffe, daß auf der Plantage alles gutgeht, aber falls mir etwas zustößt, vergeßt nicht, daß Ihr meine Frau seid und daß alle meine Güter die Euren sind. Ihr braucht nur vom Gouverneur Gerechtigkeit zu verlangen, falls Ihr mich rächen wollt. Jetzt wünscht mir Glück für die Inbesitznahme einer Domäne, die entschlossen scheint, sich heftiger als eine Festung zu verteidigen.»

Er nahm die Hand der jungen Frau, führte sie an die Lippen, drückte einen schnellen Kuß darauf und wandte sich dann ab, um in seine Kabine zu gehen, seine Waffen zu holen und ein kurzes Testament aufzusetzen, das er Kapitän Malavoine anzuvertrauen gedachte. Er hatte die Treppe erreicht, als Judiths Stimme ihn zurückrief:

«Gilles!»

«Ja, meine Liebe...»

Unter dem leichten Schatten der schwarzen Spitzen, mit denen die junge Frau für die traurige Feierlichkeit ihren Kopf bedeckt hatte, glaubte er, ihre Augen vom dunklen Glanz zurückgehaltener Tränen schimmern zu sehen.

«Gebt auf Euch acht, ich bitte Euch. Kommt mir lebend zurück... wenigstens um der Liebe Gottes willen!»

Er verzog die Mundwinkel zu einem Lächeln voller Skepsis und Ironie.

«Seid gewiß, daß ich mein Bestes tun werde, und nicht nur um der Liebe Gottes willen. Sagen wir... um der von ‹Haute-Savane› selbst.»

Schnell entwarf er das Dokument, das seine Frau zu seiner Universalerbin machte, aber das Leben der Familie Gauthier, Pongos und Kapitän Malavoines reichlich sicherstellte. Währenddessen führte der «Falke» einige Manöver durch, die es erlaubten, die Pferde an Land zu bringen, Merlin und zwei Gefährten, die die Reise auf die bequemste Art der Welt in einem belüfteten und gepolsterten Stall gemacht hatten, der nach dem Modell der Stallschiffe der Königlichen Marine eingerichtet war.

Eine halbe Stunde später setzte Tournemine, mit einem Entersäbel, zwei Pistolen und einem auf Merlins Sattel geschnallten Karabiner bewaffnet, in Pongos Begleitung den Fuß auf den Quai, genau im gleichen Moment, in dem die Kanone das Einlaufen eines Schiffes in den Hafen verkündete. Es war eine große Brigantine, die während der langen Überfahrt ein wenig gelitten zu haben schien.

Unter dem sich bewölkenden Himmel wehte der aus Nordost kommende Wind denen, die zum Hafen eilten, und den Soldaten, die den Zugang zu den Molen bewachten, jenen schauderhaften Gestank entgegen, den Gilles, das wußte er jetzt genau, niemals vergessen würde. Es war ein Sklavenschiff, das mit majestätischer Langsamkeit, die der Chevalier sich nicht enthalten konnte, unheilverkündend zu finden, auf seinen Ankerplatz zulief. Die Gespräche um ihn herum bestätigten es. Es war die «Marquis Noir».

Offensichtlich hatte der gute Gérald Aupeyre-Amindit, Baron de La Vallée, der vor seiner Heirat «ein wenig Sklavenhandel betrieben hatte», nicht ganz auf die üppigen Gewinne des «Ebenholz-Handels» verzichtet... und man würde lernen müssen, sich der Denkart jener anzupassen, die aus dieser bezaubernden Insel gleichzeitig ein Paradies und ein Zuchthaus gemacht hatten. Aber La Vallée war sympathisch, freundlich und hatte ihm wie Judith das Leben gerettet.

Er zuckte die Schultern und sprang in den Sattel, ließ Merlin, der närrisch vor Freude war, endlich wieder die Beine bewegen zu können, wenden und machte sich, von Pongo gefolgt, im leichten Trab auf den Weg in die Rue Dauphine. Ihm schien es die höchste Zeit, mit einem eingebildeten Kranken Abrechnung zu halten, dessen moralische Gesundheit bestimmt weitaus mehr gefährdet war als seine körperliche.

Als Césaire, der schwarze Diener, in seiner blauen Seide und schneeigen Perücke noch genauso prächtig anzusehen, ihm die kupferfunkelnde Tür öffnete, schickte ihm Tournemine, der entschlossen war, alle Gespräche kurz zu fassen und die Eintrittsformalitäten auf ein Nichts zu reduzieren, seine Faust mitten ins Gesicht und sah ihn rücklings schwer auf die schwarz-weißen Fliesen der Vorhalle fallen.

Dieser Sturz, von einem fürchterlichen Gebrüll begleitet, ließ ein kreischendes Grüppchen in zarten Farben gekleideter junger Negerinnen herbeieilen, die sich wie ein Schwarm von Schmetterlingen auf den großen, hingestreckten Körper stürzten, und das mit einem Klagegeschrei, das das ganze Ausmaß ihrer Bestürzung zeigte. Der große Césaire war allem Anschein nach der Hahn im Korbe und von diesem hübschen Hühnerhof hoch geschätzt.

Ohne sich weiter um sein Opfer zu kümmern, begab sich Gilles auf die Suche nach dem Notar und hatte keinerlei Mühe, ihn in einer Art von verglastem Wintergarten zu finden, der zur Rückseite des Hauses und einem Gewirr von Rosen und Jasmin führte. In Gesellschaft seiner stattlichen Gemahlin war er dabei, ein ausgiebiges Frühstück einzunehmen. Die Luft duftete nach Kaffee, Schokolade und heißen Brioches, und Maître Maublanc, bequem in einem mit Kissen versehenen Rohrsessel sitzend, war dabei, Guajaven-Konfitüre auf einer großen Brioche-Scheibe zu verteilen und dabei mit seiner Gattin zu plaudern, die, sichtlich noch in der Aufmachung einer eben erst dem Schlaf entrissenen Schönheit, einen ähnlichen Sessel innehatte, in dem ihr üppiger Körper, mangelhaft bedeckt von einer Flut äußerst durchsichtiger Spitzen, für die Ewigkeit hingegossen schien.

Trotz seiner heißen Nacht schien der Notar frisch wie ein Fisch. Er war ein kleiner, vierschrötiger Mann, dessen olivfarbener Teint und breite Lippen einige Tropfen schwarzen Blutes anzeigten. Unter den spitzwinkligen Augenbrauen zwinkerten kleine, lebendige braune Augen, rund wie die einer Eule, während sein bis zur Taille offenes Hemd aus feinem, mit Spitzen besetzten Batist die Fettfalten eines behäbigen Bauches zeigte. Daß dieser Mann fähig gewesen sein sollte, einem Mädchen dermaßen zuzusetzen, daß man sich der Künste Finnegans hatte bedienen müssen, stürzte Gilles in einen Abgrund von Nachdenklichkeit. Er glich weit eher einem Eunuchen als einem Kriegshelden in Spitzen...

Auf seiner vergoldeten Sitzstange beherrschte der blaue Ara die Szene.

Tournemines stürmischer Eintritt und sein plötzliches Erscheinen unter einem Bogen von Rosenlorbeer ließ die Bewegung des Notars erstarren. Er verharrte einen Augenblick so, das Brot in der einen, den Löffel voll Konfitüre in der anderen Hand.

«Aber wer... wer seid Ihr?»

Eulalie hatte den Besucher augenblicklich erkannt und erhob sich ohne Rücksicht auf ihre dürftige Aufmachung aus ihren Kissen, um zu gurren:

«Monsieur de Tournemine, wie liebenswürdig von Euch... Vor weniger als einem Augenblick sprach ich von Euch, ich sagte, daß...»

Gilles' eisiger Blick streifte sie kaum und bohrte sich dann in die Augen ihres Gemahls, die eine gewisse Bestürzung erkennen ließen.

«...daß es sehr schade wäre, daß die von Euerm Freund Legros auf mich und meine Frau gehetzte Mörderbande ihre Absicht verfehlt hat? Was wollt Ihr, man kann nicht immer gewinnen... Jetzt, Herr Notar, habt die Güte, mir sofort meine vorschriftsmäßig ausgefertigten Besitzdokumente auszuhändigen!»

«Aber das geht nicht so schnell!» rief der andere mit einer Fistelstimme, die seine Angst verriet. «Ich hatte Euch gebeten, morgen wiederzukommen, damit...»

«...Ihr die Zeit hättet, vielleicht mein Schiff in die Luft fliegen zu lassen, zum Beispiel?»

Seine Uhr hervorziehend, stellte er fest, daß sie genau die gleiche Zeit anzeigte wie die auf einer Konsole stehende elegante Pendeluhr aus vergoldeter Bronze.

«Ihr habt genau fünf Minuten, um alles zu erledigen, Maublanc! Um genau acht Uhr fünfundzwanzig verwandle ich Euch in ein Sieb, wenn ich meine Papiere nicht habe.»

Und seine Uhr wieder in die Tasche versenkend, nahm er eine seiner Pistolen, die er ruhig lud, und mit deren Laufende er die ungestüme Eulalie abwehrte, die sich auf ihn stürzen wollte.

«Seid vorsichtig, schöne Dame. Meine Pistole ist sehr empfindlich und könnte leicht von allein losgehen. Kommt, Maublanc, geht voran und führt mich in Euer Arbeitszimmer. Währenddessen wird mein Stallmeister hier aufpassen, daß Eure Frau nichts Unbesonnenes tut.»

Der Anblick Pongos, der ihr eine furchterregende Grimasse schnitt, entlockte der Dame Schreckensschreie.

«Mein Gott, was ist das? Wer ist dieser Mann?»

«Ein Irokese, teure Dame... und ein großer Zauberer. Wenn ich Ihr wäre, würde ich zu seinen Ehren einen Schal oder etwas weniger Durchsichtiges umlegen.»

«Ihr wollt doch nicht sagen, daß er mich... mich vergewaltigen könnte?»

Pongo übernahm die Antwort.

«Ich Mann von Geschmack! Ich niemals vergewaltigen Walfisch!»

«Du bist wirklich nicht galant», sagte Gilles lachend. «Vorwärts, teurer Landnotar! Ihr habt schon eine Minute verloren.»

Das wirkte Wunder. Dreißig Sekunden später, in seinem Arbeitszimmer, dessen Jalousien noch nicht hochgezogen worden waren, gegenzeichnete Maître Maublanc fieberhaft den Inhalt eines Umschlags, der sich übrigens allein auf seinem Schreibtisch befand.

Vor ihm stehend, sah Gilles ihm zu, seine Pistole immer in der Hand, und wartete darauf, die offiziellen Papiere seinerseits mit seinem Namenszug zu versehen. Ein unbestimmtes Mitleid, dessen Ursprung er nie hätte sagen können, überkam ihn für diesen dicken Mann, der vor Angst ebenso schwitzte wie vor Hitze.

«Wie konntet Ihr, ein Mann des Gesetzes, Euch zum Komplizen eines Banditen wie dieses Legros machen?» fragte er nach einem Augenblick.

Durch die Milde des Tons überrascht, hielt Maublanc einen Augenblick mit der Feder inne. Er sah seinen seltsamen Klienten zweifelnd an, dann schweifte sein unruhiger Blick zur Tür, als ob er fürchte, belauscht zu werden. Endlich seufzte er tief und murmelte zwischen den Zähnen:

«Ihr seid hier gerade angekommen, Monsieur, und Ihr kommt aus Frankreich, wo die Dinge so sind, wie sie zu sein scheinen... oder wenigstens ungefähr. Hier gleichen die Dinge nicht immer ihrem Erscheinungsbild... und eine noch so reiche und angesehene Standesperson, zum Beispiel, kann sich unversehens schlimmer unterjocht finden als irgendein Sklave.»

Er streute Sand auf sein Schriftstück, tauchte die Gänsefeder erneut in die Tinte, aber statt sie Tournemine anzubieten, ließ er sie einen Moment im Tintenfaß. Er schien eine Art inneren Kampf gegen die Worte zu führen, die er brennend gern auszusprechen wünschte.

«Hört, Monsieur de Tournemine, Ihr scheint mir ein braver

Mensch zu sein, und ich kann Euch die Brutalität Eurer Reaktionen auf das, was Euch zugestoßen ist, nicht verübeln.»

«Ihr seid sehr freundlich.»

«Ich flehe Euch an, laßt mich sprechen. Es ist schon so recht schwierig, aber ich möchte, daß Ihr Vernunft annehmt. Ihr seid durchaus rechtmäßiger Eigentümer von ‹Haute-Savane›... dennoch bitte ich Euch flehentlich, darauf zu verzichten.»

«Wie? Ihr wollt, daß...»

«Daß Ihr einen angemessenen Verkaufsvorschlag annehmt. Ich kaufe Euch die Plantage im Namen von Simon Legros ab. Das wäre, glaubt mir, unendlich klüger. Ihr seid jung, Ihr seid adlig, Ihr seid reich, Ihr seid schön. Ihr habt eine junge Frau, von der man bereits sagt, daß sie von seltenster Schönheit ist. Verliert das alles nicht in diesem Höllentiegel von Plantage, die vielleicht die schönste der Insel ist, wo es sich zweifellos sehr gut leben ließe, wenn sie nicht in der Macht...»

«...eines Mannes wäre, den auszuschalten es höchste Zeit ist. Und das werde ich tun, ohne einen Augenblick zu verlieren.»

«Ihr habt mich meinen Satz nicht zu Ende sprechen lassen. Ich wollte sagen: die in der Macht der Woodoo-Götter ist und auf der der schlimmste Fluch ruht. Der junge Ferronnet hat sehr weise gehandelt, als er nach dem Tod seiner Eltern floh. Damballa, der Schlangengott, und seine schrecklichen Teufelskünste herrschen dort, und Simon Legros ist durch eine Mittelsperson sein ergebener Diener.»

Seine schaudernd gedämpfte Stimme war kaum hörbar, aber es glückte ihm nicht, seine Angst auf Tournemine zu übertragen, im Gegenteil, das Zimmer füllte sich plötzlich mit einem gewaltigen, unbändigen Gelächter, das den buchstäblich zusammenknickenden Gilles auf einen Stuhl warf.

«Ein Schlangengott, heute!» rief er, als es ihm endlich gelang, sein Gelächter zu mäßigen. «Das hat uns noch gefehlt! Und natürlich schwitzt er Teufelskünste aus wie ein durchlöchertes Dach im Regen. Nein, wirklich, wofür haltet Ihr mich?»

Seine Heiterkeit wich kalter Wut. Den Notar beim Hemd pakkend, zwang er ihn, aufzustehen und begann ihn so kräftig zu schütteln, daß besagtes Hemd keinen Widerstand leisten konnte.

«Ich habe langsam genug von all diesem Narrengeschwätz. Auf mein Wort, es ist eine Verschwörung! Ich gebe zu, daß meine Ankunft hier niemandem gefällt, und Euerm Legros noch weniger als allen anderen, aber wißt ein für allemal, ich bin kein kleiner Junge, den man mit Geschichten von Zauberinnen und Gespenstern in die Flucht jagt. Habt Ihr verstanden? Also sprechen wir von ernsthaften Dingen. Gebt mir diese Feder und laßt uns Schluß machen. Ich habe zu tun.» So brutal, wie er ihn gepackt hatte, ließ er Maublanc zurückfallen, so daß der Notar einen Moment brauchte, um wieder zu Atem zu kommen. Wortlos nahm er dann die Feder und wies mit der anderen Hand auf die Stellen, wo Tournemine seine Unterschrift leisten mußte.

Als der Herr von «Haute-Savane» endlich die Feder wegwarf, begann er von neuem:

«Ihr glaubt mir nicht, Chevalier, und Ihr habt unrecht. Was wißt Ihr wirklich von Simon Legros?»

«Daß er ein brutaler Mensch und sehr wahrscheinlich ein Mörder ist, denn man hat mir gesagt, daß Monsieur und Madame de Ferronnet keines ganz natürlichen Todes gestorben sind, daß er ein Sklavenschinder ist und der Schrecken derer, die ihm mißfallen. Und schließlich, daß er eine gewisse Olympe als Geliebte hat, die als Zauberin gilt...»

«Die eine Zauberin der schlimmsten Sorte ist. Wer in ihre Macht gerät, tot oder lebendig, entgeht ihr nicht, denn alle Dämonen der Nacht, der Wälder und der Abgründe gehorchen ihr. Treibt keinen Scherz damit, Monsieur, das ist eine wirkliche Gefahr, und Wahnsinn befällt die, deren Geist schwach genug ist, sich vom Schrecken überkommen zu lassen.»

«Mein Geist ist äußerst stark. Aber was habt Ihr gesagt: Tot oder lebendig? Was meint Ihr damit?»

«Daß auf dieser Insel die Toten wieder erscheinen können... daß Monsieur de Ferronnet wirklich ermordet und höchst christlich beerdigt wurde. Dennoch kenne ich Leute, die ihn mit eigenen Augen auf dem Land einer alten Negerin in einem verlorenen Winkel des Gros Morne wie einen Sklaven haben arbeiten sehen.»

Verdutzt betrachtete Gilles den Notar, als ob er verrückt geworden wäre, aber er zeigte keinerlei Spuren von Irrsinn. Dieser Mann glaubte jedes Wort, das er sagte, und seine Angst war keine Verstellung. Der Chevalier begriff, daß seine Warnung echt war. Auf irgendeine Art hatten Legros und seine Zauberin ihn in ihrer Gewalt, und er war zur Zeit selbst den einfachsten Vernunftschlüssen nicht zugänglich. Er empfand Mitleid mit ihm und verzichtete darauf, ihn auch nur mit Worten zu mißhandeln.

«Tote kehren in allen Ländern wieder, mein armer Maublanc. Santo Domingo hat die Gespenstermode nicht eingeführt...»

«Es sind keine Gespenster wie Geister oder Phantome. Es sind aus ihren Gräbern gestiegene und durch höllische Praktiken in eine Art rein vegetatives Leben zurückversetzte Leichen. Und ich, der nicht an Gespenster glaubt, Chevalier, ich schwöre Euch, daß ich an Zombies glaube, denn so nennt man diese der Ruhe des Grabes beraubten Unglücklichen. Geht nicht dort hinauf, Monsieur. Ihr werdet dort das Leben und vielleicht auch Eure Seele verlieren.»

Sein Hemd öffnend, holte Gilles das silberne Kreuz hervor, Abschiedsgeschenk seines Paten, des Abbés de Talhouet, das an seiner Brust hing.

«Meine Seele hat nichts zu fürchten, Notar. Ich werde Legros mit meinen irdischen Waffen bekämpfen und die Teufelskünste seiner Hexe hiermit! Seid Ihr ein Christ?»

Der andere hob die schweren Schultern.

«Soweit man es hier sein kann. Wir haben kaum Priester hier, und sie gelten nicht viel. Gott scheint so weit von uns entfernt...»

Er wurde von einem heftigen Donnerschlag unterbrochen, der lange über die Stadt rollte und um ein weniges einem grünlichen Blitz und Fluten von Wasser voranging, die der berstende Himmel verströmte. Ruhig schloß Gilles sein Hemd.

«So weit fort nun doch nicht! Auf mein Wort, man könnte sagen, er hätte Euch geantwortet. Was mich angeht, schwöre ich bei meinem Namen, daß ich meinen Besitz von diesen angeblichen Teufelskünsten säubern werde, notfalls mit Eisen und Feuer. Auf bald, lieber Notar. Geht und setzt Euer Frühstück fort. Ihr habt es äußerst nötig...»

Gilles raffte seine Papiere zusammen, die ihn endgültig in den Besitz der Plantage brachten, griff nach dem Schlüsselbund, das Maublanc dazugelegt hatte, schob alles in die Innentasche seines Rocks, befestigte seine Pistole wieder am Gürtel, und seinen Hut aufsetzend, rief er nach Pongo und verließ das Haus inmitten des verstörten Geflüsters der kleinen Dienerinnen, die ihn hinter den Türen versteckt vorbeigehen sahen. Césaire war verschwunden und blieb unsichtbar.

Unter dem Balkon nach spanischer Art, wo sie ihre Pferde angebunden hatten, fand er Pongo, Liam Finnegan, Pierre Menard und nur drei Männer der Mannschaft, darunter Germain.

«Ihr hattet zehn verlangt, Monsieur», erklärte der Zweite des

«Falken», «aber wir hatten nur noch ein einziges Pferd im Stall des Schiffs, und ich habe nur vier kaufen können. Ich dachte, es wäre zwecklos, wenn die anderen kommen, falls Ihr nicht wünscht, daß sie zehn Meilen zu Fuß gehen...»

«Natürlich nicht, und Ihr habt gut daran getan. Jetzt, Messieurs, in den Sattel. Ihr kennt, glaube ich, den Weg, Doktor?»

«Auswendig. Es ist übrigens nicht besonders schwierig, Eure Ländereien liegen am Limbé, angelehnt an den Morne Rouge, nicht weit vom Meer und von Port-Margot. Jeder könnte Euch den Weg zeigen.»

Im Regen, der kleine Wildbäche in die inmitten der Straße liegende Abflußrinne sprudeln ließ, setzte der kleine Trupp sich in Marsch. Blitz folgte auf Blitz, und der Donner schien wie ein rasender Höllenwagen um Cap Français zu rollen. Die Straßen waren leer. Nur ein paar Bettler, schlecht geschützt unter den Flamboyants oder Balkons, ließen die Sintflut stoisch über sich ergehen. Das Grau des Himmels schien sich für die Ewigkeit eingerichtet zu haben...

Bald hatten sie die letzten Häuser der Stadt hinter sich gelassen.

Hier draußen war das Land prächtig. Zuerst die Ebene, in der «Zuckergärten» und Baumwollplantagen miteinander abwechselten, große, niedrige, meist weiß gekalkte Wohnhäuser umgebend, die mit ihren Nebengebäuden, ihren Werkstätten, Zuckermühlen oder Vorratsschuppen an den Kreuzungen der Bewässerungskanäle ebenso viele winzige Dörfer bildeten. Trotz des Gewitters arbeiteten schwarze Sklaven auf diesen Feldern; die Rücken unter die Wassergüsse gebeugt, schnitten sie die hohen, blättrigen Zuckerrohrstauden, die mit dem Geräusch knisternder Seide niederstürzten, und trugen sie zu den Mühlen. Dann kam Wiesenland, auf dem auch das Vieh gleichmütig die Dusche über sich ergehen ließ, und endlich dicht mit Wäldern bedeckte Hügel, wo Zeder und Mahagonibaum Nachbarn von Fächerpalmen, Orangen- und Bananenbäumen waren.

Trotz des scheußlichen Wetters, das die Umrisse verwischte wie auf einer zu nassen Tuschzeichnung, dachte Gilles, der, den Hut auf der Nase, voranritt, daß er nie ein Land gesehen hätte, das mehr als dieses den Eindruck eines irdischen Paradieses erweckte. Seine Fruchtbarkeit brachte unschätzbare Reichtümer in Hülle und Fülle hervor, die eine große Zahl von Menschen zufriedenstellen konnten. Warum mußte es sein, daß sie nur einigen wenigen nutzten?

Einigen, von denen er einer sein würde, ohne jemals – wenigstens hoffte er das – einer der ihren zu sein, denn die tiefe Freiheitsliebe, die er seit seiner Kindheit in sich trug, empörte sich ganz selbstverständlich gegen die grausame Ausbeutung des Menschen durch den Menschen, so wie sie hier existierte.

Er nahm diesen so neuen Beruf des Pflanzers auf – aber war der Pflanzer nicht die größere Form des Bauern, der er gewesen war? – mit einem neuen Geist, großmütigem Herzen und mit Augen, die klar sehen wollten. So war es den verschiedenen Warnungen, die seinen Weg nach «Haute-Savane» begleitet hatten, nicht gelungen, seinen Mut und sein Vertrauen auf seinen guten Stern zu dämpfen. Legros war nur ein Mann von Fleisch und Blut, und das tödliche Kriegsspiel hatte ihn gelehrt, wie anfällig Männer aus Fleisch und Blut sein können. Was die Flüche anging, die im Abendnebel umgehenden Hexenkünste, so rechnete er damit, ihnen dank seines Glaubens an Gott ruhig die Stirn bieten zu können. Und wenn sein bretonisches Erbe, durchaus dem Wundersamen und Phantastischen zugewandt, ihm diese wunderliche Geschichte von lebenden Toten auch unwillkürlich nahebrachte, ließen ihn doch sein angeborener Mut und seine strikte Ablehnung jeder Form von Terror, wie immer er auch geartet war, einem Kampf mit dem Unmöglichen ruhig ins Auge sehen.

Satan, das wußte er, denn in seinem noch kurzen Leben war er ihm mehrmals begegnet, konnte sich hinter einer Menge von Gesichtern verbergen. Gilles hatte ihn im strengen Äußeren und der gierigen Frömmelei der Mönche der spanischen Inquisition gesehen, in der mitleidlosen Roheit eines Tudal de Saint-Mélaine, in den unzüchtigen Begierden einer zukünftigen Königin von Spanien und sogar in dem gelassenen Gesicht, dem feinen Geschmack und den gesitteten Manieren eines königlichen Bruders. Ob er hier wie ein weißer Sklavenschinder oder wie schwarze Zauberer aussah, war von geringer Bedeutung. Der Kampf blieb der gleiche, und mit Gottes Hilfe würde er, Tournemine, ihn zu seinem Vorteil zu wenden wissen. Am Ende würden vielleicht seine besten Waffen Güte, Barmherzigkeit und Großmut all diesen unglücklichen, entwurzelten und entsetzlichen Bedingungen unterworfenen Wesen gegenüber sein, die, wenn sie ihre dunkle Magie anriefen, um gegen ein grausames Los anzukämpfen, schließlich nichts anderes taten als sich zu verteidigen und sich zu rächen...

Der Regen, der zu einem Wolkenbruch geworden war, unterbrach seinen Gedankengang. Schwerer Schlamm klebte an den Hufen der Pferde, und der kleinste Bach war zum tosenden Gewässer angeschwollen, das die Hänge herabstürzte und das Überqueren erschwerte. Als sie den Limbé erreichten, mußten sie fürs erste auf die Überquerung des Flusses verzichten, der zu einem wahren Strom geworden war und die Pferde in Schwierigkeiten gebracht hätte.

«Wir sind nicht mehr sehr weit entfernt», sagte Finnegan. «Laßt uns ein Weilchen anhalten und etwas trinken, während wir auf das Ende des Regens warten.»

«Seid Ihr sicher, daß er aufhören wird? Ich habe mir sagen lassen, daß er zu dieser Jahreszeit mehrere Tage dauern kann.»

«Zweifellos, aber heute dürfte er nicht von Dauer sein. Das war nur ein sehr starkes Gewitter.»

An der Flußbiegung stand eine halb zerfallene «Ajoupa», die vormals irgendeinem Seeräuber gedient haben mochte und es offenbar noch tat, wenn man den sichtbaren Spuren eines großen Feuers glauben wollte. Der kleine Trupp hielt im Schutz dessen an, was vom Dach übriggeblieben war. Man aß an Ort und Stelle gepflückte Bananen, und man nahm einen tiefen Schluck aus den Kalebassen mit Rum, die an Tournemines und Pierres Sätteln hingen. Die Wärme des Alkohols erlaubte es jedem, zu vergessen, daß er naß wie ein Pudel war.

Und dann hörte der Regen plötzlich auf, wie es der Arzt vorhergesagt hatte. Wie ein aufgehender Vorhang enthüllte der Himmel die glühende Sonne, die mit einem Schlag das Land versengte und die starke Mittagshitze zurückbrachte. Der Fluß beruhigte sich nach und nach, die Wasserlachen in den ausgefahrenen Wagenspuren begannen zu dampfen und allmählich zu trocknen. Den Männern wurde es zu heiß in ihren durchnäßten Leinenjoppen, und ihre Hüte, die noch kurz zuvor von Wasser getrieft hatten, wurden wieder zu Sonnenschirmen. Unter dem blau gewordenen Himmel traten die mit dichten Wäldern bewachsenen Hügel wieder deutlich und klar hervor. Die Landschaft hatte plötzlich ihren ganzen Zauber wiedererlangt.

Hintereinander überquerte der kleine Trupp den von Bambus und Kokospalmen gesäumten Fluß, als eine Gruppe schwarzer Mädchen mit hochgeschürzten Röcken erschien, die auf den Köpfen große Körbe mit Wäsche trugen. Eine große, dickbäuchige Negerin führte sie, und ohne einen Blick auf die Reiter zu werfen, packten sie ihre Arbeit an und begannen, die Wäsche mit kräftigen

Schlägen auf flache Steine zu waschen. Liam Finnegan wies auf eine sich weiter flußaufwärts über das Wasser neigende hohe Kokospalme und auf einen weißen Stein neben seinem Fuß.

«Dies markiert die Grenze Eures Teils des Flusses», sagte er zu Gilles. «Alles zu unserer Linken gehört zu ‹Haute-Savane›. Hinter dieser Hecke könnt Ihr Eure ersten Felder mit ‹blauem Gras› sehen…»

Tatsächlich säumten jetzt durch Bambushecken verstärkte hölzerne Gatter die linke Seite des Wegs. Gilles näherte sich, bog die raschelnden Zweige auseinander und entdeckte lange, sorgfältig nach der Schnur ausgerichtete Reihen kleiner Stauden mit gefiederten Blättern von hübschem, zartem Grün, verziert mit rosafarbenen, kegelförmigen Blüten. Eine Hecke von Zitronenbäumen, von Bewässerungskanälen durchzogen, trennte dieses Feld von anderen Kulturen der Plantage.

«Das ist kein Gras, und es ist auch nicht blau», sagte Gilles, der trotz allem, was er hatte lesen können, dachte, die Indigofarbe müsse sich doch wenigstens etwas an der Pflanze zeigen.

Finnegan brach in Gelächter aus.

«Hier ist alles, was kein Baum ist, Gras, ich glaube, sogar das Zuckerrohr. Was das prächtige Blau betrifft, an das Ihr denkt, erscheint es erst beim Anfeuchten der Blätter. Sagt nicht, daß Ihr enttäuscht seid.»

«Ihr würdet es nicht glauben, und Ihr hättet recht. Was ich weniger liebe, ist das…»

«Das» waren an die zwanzig schwarze Sklaven, größtenteils Alte und Frauen, die in schmutzigen Lumpen unter der Aufsicht zweier mit langen Peitschen bewaffneter Mulatten das Unkraut jäteten. Deren flinke Augen glitten von einem zum anderen, dieser unglücklichen Arbeiter, die geringste Schwäche, die kleinste Verlangsamung wahrnehmend. Dann entfaltete sich die Peitsche, geschwungen von einem muskulösen Arm, und schlug grausam auf einen Rücken, um ein Paar Beine…

Mit Schrecken sah Gilles, daß diese Leute furchterregend mager waren und alles, was ihnen an Kraft geblieben war, aufbringen mußten, um ihre mühsame Arbeit fortzusetzen.

«Ich dachte», knurrte Gilles, «der ‹Code Noir› verpflichte die Pflanzer, ihre Sklaven angemessen zu ernähren oder ihnen freie Zeit zu lassen, um selbst kleine Stückchen Land bebauen zu können.»

«Das steht in der Tat auf dem Papier… aber nicht im Gehirn

gewisser Pflanzer und schon gar nicht in dem von Simon Legros. Sein System ist es, seinen Bestand allmählich zu erschöpfen und bei jeder Ankunft eines Sklavenschiffs zum Teil zu ersetzen. Die Sklaven hier bekommen kaum Essen. Jedenfalls haben diese hier lange keins mehr bekommen, aber das gerade eingetroffene Schiff wird die Ersatzleute bringen. He! Was macht Ihr da?»

Die Frage war überflüssig. Die Bambushecke auseinanderbiegend, war Tournemine auf das Feld gesprungen. Einer der Aufseher, der damit beschäftigt war, wütend den abgezehrten Rücken einer über eine Staude gestürzten alten Frau zu peitschen, war ganz nahe. Im Nu hatte der Chevalier ihm die mörderische Peitsche entrissen und ihn mit einem meisterhaften Faustschlag in den Staub geschickt.

Von der Heftigkeit des Schlags benommen, blieb der Mann einen Augenblick liegen, doch schon kam sein Gefährte mit erhobener Peitsche gelaufen, bereit, sie den Unvorsichtigen spüren zu lassen, der es wagte, zwischen sie und ihr grausames Strafgericht zu treten. Gilles zog kalt die Pistole, richtete sie auf den sich nähernden Mann.

«Wirf das fort!» befahl er. «Wenn nicht, jage ich dir eine Kugel zwischen die Augen.»

Der Aufseher blieb auf der Stelle stehen, als hätte ihn die angekündigte Kugel bereits getroffen. Die Peitsche fiel aus seiner Hand. Währenddessen schüttelte sich der andere und versuchte, wieder zu klarem Verstand zu kommen und aufzustehen.

«Was mischt Ihr Euch ein?» knurrte er. «Wartet nur, bis der Herr erfährt, daß ein fremder Narr es gewagt hat...»

«Der Herr bin ich! Ich bin der neue Besitzer dieser Plantage, und ihr werdet sehr schnell lernen, daß ich ein Herr bin, der es gewöhnt ist, daß man ihm gehorcht. Wie heißt ihr?»

Die beiden Männer sahen sich an. Der, der stand, half dem auf der Erde aufzustehen, aber die Pistole war noch immer auf sie gerichtet, und Gilles sah, wie Angst in ihre Augen stieg.

«Ich bin Labroche, das ist Tonton... Ihr seid wirklich der neue Herr?»

«Darüber gibt es keinen Zweifel», erklärte die schleppende Stimme Finnegans, der ebenfalls die Hecke übersprungen hatte. «Ihr habt vor euch den Chevalier de Tournemine, und er ist auf die rechtmäßigste Art der Welt der Besitzer von ‹Haute-Savane›. Ich rate euch also, ihm zu gehorchen.»

Der, der sich Labroche nannte, hob die Schultern und zog seinen Hosengürtel hoch.

«Man verlangt nichts Besseres, aber man versteht nicht, warum der Herr Tonton geschlagen hat. Wir tun nichts anderes als unsere Arbeit, genau wie M'sieur Legros, der Verwalter, befiehlt. Es sind alles Schafsköpfe, diese Schwarzen. Die kennen nur die Peitsche.»

«Sagt lieber, daß ihr nichts anderes kennt! Diese Unglücklichen können sich kaum auf den Beinen halten. Werft doch einen Blick auf diese Frau, Doktor... Sie muß behandelt werden.»

Finnegan brauchte nur einen Augenblick für die Untersuchung.

«Es ist zwecklos! Sie ist tot. Das Herz hat ausgesetzt.»

«Also ihr zwei, bringt diese Arbeiter zu ihren Hütten, laßt sie ausruhen und gebt ihnen zu essen. Versteht ihr? Zu essen, und das sofort!»

«Und das Jäten?» wagte Labroche frech zu fragen. «Wer soll das machen? Wir?»

«Warum nicht? Genau das könnte geschehen, wenn meine Befehle nicht auf den Buchstaben genau ausgeführt werden. Geht! Bringt diese Alten und die Frauen zurück! Morgen werdet ihr kräftigere Leute zum Ausjäten schicken. Und keine Rede mehr davon, sie mit Peitschenschlägen anzutreiben, verstanden? Laßt sie mit dieser Arbeit aufhören...»

In ihrer ständigen Angst hatten die Sklaven nämlich trotz des Interesses, das die eben stattgefundene Szene für sie hatte, nicht einen Augenblick ihre Arbeit unterbrochen. Die, die hinter der erschlagenen Frau gingen, waren einfach über ihren Leichnam hinweggestiegen. Aber beim Pfiff des Aufsehers erstarrten alle, unbeweglich wie Statuen. Und es bedurfte eines zweiten Befehls, damit sie sich zu ihren Quartieren in Marsch setzten, zwischen sich die sterbliche Hülle ihrer Leidensgenossin tragend.

Die eingesammelten Peitschen in der Hand, sah Gilles dem von den beiden Aufsehern geführten bejammernswerten Zug nach, bis er hinter dem Vorhang des Zitronenwäldchens verschwand. Dann sagte er zu Pongo, während er ihm die langen Lederriemen reichte:

«Schaff das fort! Man wird diese Greuel verbrennen. Ich werde nur gut behandelte Diener haben.»

«Ich hoffe», sagte Finnegan, «Ihr geht nicht mit dem Gedanken um, Eure sämtlichen Sklaven zu befreien? Das wäre eine Torheit, denn viele sind für völlige Freiheit nicht bereit. Es sind größtenteils verängstigte Kinder, aber manche sind echte Wilde, Bestien, die nach Rache dürsten und blutgierig sein können.»

«Jeder wird nach seinem Verdienst und nach seinen Fähigkeiten behandelt werden. Glaubt mir, ich werde jeden bestrafen, der Ordnung und Ruhe auf der Plantage gefährdet. Ich werde sogar noch mehr Sklaven kaufen, wenn die Bedürfnisse der Pflanzung es verlangen, aber sie werden weder die Peitsche noch die Folter kennenlernen. Andererseits werde ich gefährliche Bestien mitleidslos niederschlagen. Ist es nicht möglich, pflichtbewußte Arbeiter zu haben?»

«Doch. Es gibt ein Statut, das die Pflanzer auf ihre besonders intelligenten und ergebenen Sklaven anwenden. Es ist eine Halb-Freiheit, die es ihnen gestattet, auf ihre Art zu leben, vorausgesetzt, daß sie bei der Plantage bleiben. Man nennt sie die ‹Freien der Savanne›. Die Befreiung hingegen erlaubt ihnen zu gehen, wohin sie wollen, und ihr Leben so zu gestalten, wie sie es wollen. Die Aufseher und ihr ‹Kommandeur›, ihr Chef also, sind im allgemeinen ‹Freie der Savanne›, und wie alle unmündigen Wesen mißbrauchen sie ihre Macht.»

«Ich werde das alles in Muße studieren. Jetzt ist es an der Zeit zu sehen, wie der Sieur Legros aussieht. Ich nehme an, das Wohnhaus ist nicht mehr sehr weit.»

«Hinter der Wegbiegung dort hinten werdet Ihr fast vor dem Eingangsportal stehen. Macht Euch auf eine Überraschung gefaßt: Das Haus ist eines der wenigen sehr schönen der Insel. Der alte Ferronnet hatte ein bißchen Heimweh nach seinem Anjou, und er hat sein Haus mit einer gewissen Eleganz bauen lassen. Graf d'Estaing hatte ihm den Architekten geliehen, der für ihn an der Residenz gearbeitet hat. Es war keine sehr gute Idee, denn der arme Ferronnet hat dort sein Leben verloren. Nicht nur Simon Legros wäre übrigens vielleicht imstande zu töten, um diesen kleinen Palast zu besitzen.»

Die Erwähnung des einstigen Besitzers erinnerte Gilles wieder an die sonderbaren Mitteilungen des verschreckten Notars, und er erzählte dem Iren die seltsame Geschichte, die er gehört hatte. Da Finnegan seiner Meinung nach zur Sorte der Skeptiker gehörte, erwartete er, ihn lachen zu hören. Doch ganz im Gegenteil sah er ihn erblassen und sich sogar rasch bekreuzigen.

«Sagt nicht, daß Ihr diese Altweibergeschichten glaubt. Ihr doch nicht!»

Finnegan wandte ihm zwei ausdruckslose Augen zu, die grünen Kieselsteinen ähnelten.

«Warum nicht ich? Ich bin Ire, vergeßt das nicht. Hier ist alles möglich, sogar das Unwahrscheinliche... In jedem Fall muß diese Geschichte aufgeklärt werden, koste es, was es wolle, denn sie ist sehr ernst. Bisher sind diesen Praktiken, soviel ich weiß, nur Schwarze oder wenige ‹Kleine Weiße› zum Opfer gefallen. Wenn das hier bewiesen ist, stirbt Legros auf dem Rad, und seine Zauberin könnte es sehr wohl erleben, daß für sie die Flammen eines sehr mittelalterlichen Scheiterhaufens wieder auflodern... Seht, hier ist der Eingang!»

Verdutzt glaubte Gilles sich durch einen Zauber für einen Moment nach Frankreich zurückversetzt. Vor ihm, hoch auf elegant geformten Säulen thronend, bewachten zwei steinerne Löwen eine majestätische, von hohen Eichen gesäumte Allee, an deren Ende sich auf einem Hügel ein langgestrecktes blaßrosa Haus ausbreitete, umgeben von Veranden, deren Bögen elegante Pfeiler stützten. Ein großes Dach, dessen feine Schieferplatten in der Sonne in bläulichem Glanz strahlten, deckte die einzige Etage, deren hohe Fenstertüren sich mit schmiedeeisernen, wie Spitzen gearbeiteten Geländern schmückten.

Es war kein Schloß, eher ein Herrenhaus, aber von einem so hinreißenden Zauber, daß Gilles spürte, wie sein Herz ihm entschlüpfte und diesem bezaubernden Haus zuflog. Eine tiefe Freude ergriff ihn und gleichzeitig eine Art Scheu. Hier war er, am Eingang einer langen, schattigen Allee, wie in alten Zeiten ein Hebräer an der Schwelle zum Gelobten Land. Er umfaßte es mit dem Blick, ohne sich entschließen zu können, es zu betreten.

«Schönes Wigwam!» kommentierte Pongos ruhige Stimme. «Schade, daß von stinkenden Bestien bewohnt!»

Gilles wandte ihm sein vor Freude strahlendes Gesicht zu und rief:

«Wir werden sie verjagen, Pongo! Wir werden sie sogar sofort verjagen. Vorwärts!»

Und seinen Hut vom Kopf reißend und frenetisch schwenkend, sprengte der neue Herr von «Haute-Savane», wie ein Comanche seinen Schlachtruf heulend, in gestrecktem Galopp durch den dichten, kühlen Tunnel, den die hohen Eichen bildeten. Die anderen sprengten hinter ihm her, und rasch erreichte der kleine Trupp, wieder in strahlender Sonne, ein großes, rundes Wasserbecken, in dem ein Springbrunnen plätscherte, und eine breite Treppe, die zu einem gerundeten Vorplatz anstieg.

Clematis, Rosen und Jasmin rankten sich um die glatten Säulen der Veranda, und um das ganze Haus herum wucherte in dem vernachlässigten Garten die üppige tropische Vegetation in entfesselter Freiheit. Orangen-, Bananen- und Feigenbäume, weißer und roter Lorbeer mischten sich mit dem rosa Schnee der Kakaobäume und den blühenden Ranken der Vanillepflanzen. Alles hier verkündete die Überfülle des Lebens, und dennoch schien alles tot. Das Haus mit den geschlossenen Fensterläden lag stumm im Vogelgezwitscher. In seiner Einsamkeit hatte es etwas Abweisendes und Feindseliges, und trotz seiner Blumen, seiner Anmut strahlte es eine tiefe Traurigkeit aus, die vielleicht daher kam, daß sich nicht ein einziges menschliches Wesen sehen ließ.

Finnegan runzelte die Stirn.

«Was soll das heißen? Die Felder scheinen in bester Ordnung zu sein, aber das Wohnhaus scheint verlassen...»

«Man mußte es schließen, als Jacques de Ferronnet es verließ», sagte Gilles. «Glaubtet Ihr, Legros hätte die Kühnheit besessen, sich hier einzunisten?»

«Aber er hat diese Kühnheit besessen, seid davon überzeugt, und das mit der festen Absicht, hier zu bleiben. Ich wußte es.»

«Das ist möglich, aber er hat sich davonmachen müssen, als er erfuhr, daß die Plantage verkauft war. Wo wohnt er normalerweise?»

«In der Nähe des Flusses, ziemlich weit entfernt von den Hütten der Sklaven. Aber daß er nicht mehr hier ist, erklärt nicht alles. Dieses Haus hatte Haussklaven. Mindestens zehn. Wo ist die dicke Célina, die alles im Haus regierte? Wo ist der alte Saladin, der Milchbruder des alten Monsieur de Ferronnet? Wo sind Zélie und Zébulon und Charlot und Gustin und Thisbé... und die anderen?»

«Wo sollen sie schon sein? Auf den Feldern zweifellos... Legros wird sie nicht unbeschäftigt gelassen haben.»

«Bestimmt nicht. Legros ist niederträchtig, aber er kennt den Wert von Dienern wie diesen. Célina ist vielleicht die beste Köchin der Insel, und der alte Saladin könnte einem König dienen.»

«Dann hat er sie verkauft. Wenn sie so sind, wie Ihr sagt, muß er einen guten Preis herausgeschlagen haben. Wollen wir jetzt nicht hineingehen? Kommt, Messieurs, ich hoffe trotzdem, daß in diesem Haus etwas übriggeblieben ist, womit wir uns erfrischen und wo wir unterkommen können. Zweifellos werden wir uns unsere Betten selbst machen müssen, aber das ist nicht so wichtig...»

Den Schlüsselbund, den der Notar ihm überlassen hatte, aus der Tasche ziehend, stieg Gilles die Freitreppe hinauf und näherte sich der schönen, verzierten Mahagonitür, die matt war wie dunkle Seide und deren Kupferbeschläge prächtig glänzten, ein sichtbarer Beweis dafür, daß man sie noch vor nicht allzu langer Zeit liebevoll gepflegt hatte.

Die Tür öffnete sich geräuschlos in eine große, durch die geschlossenen Fensterläden verdunkelte Vorhalle, die mit weißem, von schwarzen Sternen unterbrochenem Marmor ausgelegt war. Eine Vorhalle, die mit Ausnahme einer schönen Treppe mit schmiedeeisernem Geländer völlig, absolut, dramatisch leer war. Es gab weder ein Möbelstück noch ein Bild, und durch eine offene Doppeltür zur Linken zeigte sich eine ganz ähnliche Leere. Offenbar war das Haus vom Keller bis zum Dachboden ausgeräumt worden...

10. Kapitel

Eine Trommel in der Nacht...

Die Stiefel der sieben Männer hallten unheimlich auf dem Parkett des «großen Gesellschaftszimmers», das allein fast die Hälfte des Erdgeschosses einnahm. Je mehr Fensterläden die drei Matrosen, Germain, Lafleur und Moulin, öffneten und das helle Mittagslicht die Dunkelheit verjagte, desto deutlicher zeigte sich die tragische Öde dieses prächtigen Raums. An den mit sonnengelber Seide bespannten Paneelen der Wände gab es nur noch graue Spuren, die die hellen Zonen von Bildern, Spiegeln und Wandteppichen umrandeten. Keine Kronleuchter mehr an der Decke, nur noch Spuren dort, wo sie gehangen hatten.

Wie er die Litanei der verschwundenen Diener hergebetet hatte, begann Finnegan nun die der verschwundenen Möbel: «Es ist nicht zu glauben! Hier, in der Nähe dieses Fensters, stand ein Martin-Klavier, auf dem Madame de Ferronnet sehr hübsch spielte. In der Nähe dieses Kamins ein Ruhebett à la Duchesse und der große Sessel, in den ihr Gatte sich setzte, um die langen Havanna-Zigarren zu rauchen, die er so liebte, während er die Inselzeitung las, die die Schwarzen das ‹sprechende Papier› nannten... Unter diesen beiden Paneelen waren Zwillingskonsolen, dort eine prächtige, von Riesener signierte Kommode. Dort ein großer Spiegel, dort Familienportraits in ovalen Rahmen. Es gab auch Yunan-Teppiche und andere, die aus Frankreich stammten. Wo kann das alles hingekommen sein?...»

«Wo soll es hingekommen sein? Der Sieur Legros muß sich bedient haben, wenn er nicht alles verkauft hat, so wie er die Diener verkauft haben muß. Ich fange an zu begreifen, warum er so sehr darauf aus war, mich nicht bis hierher gelangen zu lassen...»

«Der junge Ferronnet hat viel gespielt. Seid Ihr sicher, daß Euch das Haus möbliert verkauft wurde?»

Gilles zog die ihm von Maublanc übergebenen Papiere aus der Tasche und zuckte die Schultern.

«Lest selbst! Es muß ziemlich alles hier sein, was Ihr eben beschrieben habt. Laßt uns den Rest des Hauses besichtigen... nur der Ordnung halber übrigens, denn ich könnte schwören, daß alles im gleichen Zustand ist.»

In der Tat: das große Zimmer, das das der alten Ferronnets gewesen sein mußte, war genauso leer wie der Gesellschaftsraum. Dagegen wartete die Bibliothek mit einer Überraschung auf. Sie hatte alle ihre Bücherregale bewahrt, und die Bücherregale hatten alle ihre Bücher bewahrt. Zweifellos hatte der, der das Ausräumen übernommen hatte, von Lektüre nicht viel gehalten. Aber der gesamte Rest des Mobiliars war verschwunden, und es war ein seltsamer Eindruck, die langen Reihen verblaßter alter Einbände in ihren an Kupferschnüren aufgehängten Mahagonirahmen buchstäblich in einer Wüste ausgesetzt zu sehen.

Ein anderer Raum, der vielleicht ein Boudoir gewesen war, öffnete sich neben dem Zimmer, ebenso ein Bad, sämtlicher Utensilien beraubt, sowie in der Nähe des Hinterausgangs eine Anrichtekammer, in der nur noch leere Wandschränke verblieben waren. Die erste Etage war im gleichen Zustand: kein Bett mehr, keine Möbel mehr, nicht die kleinste Kleinigkeit mehr...

«Zum Glück Frauen nicht gekommen», ließ Pongo sich verlauten. «Was wir tun in leerem Haus?»

«Das fragt man sich in der Tat», knurrte Gilles. «Ich habe nie etwas so sorgfältig ausgeräumt gesehen. Nicht mal Staub hat man zurückgelassen...»

Das war in der Tat das Merkwürdigste. Das Haus war leer, aber es war völlig sauber, und offensichtlich war es vor kurzem erst ausgefegt worden. Diese Sauberkeit verlieh ihm etwas Kaltes, fast Feindseliges, was bei einer staubigen Behausung voller Spinnweben, die davon kündeten, daß lange niemand dort gewohnt hatte, nicht der Fall gewesen wäre. Es war, als habe sich das Haus in dem Augenblick, indem es in die Hände eines Fremden überging, entschlossen, alle seine Erinnerungen zu entfernen, um sie vor dessen Augen, dessen unreinen Händen zu schützen.

Dennoch fand man schließlich etwas. Unter den zwei Stufen, die zur Dienstbotentür auf der Rückseite des Hauses führten, wo sich ein durch Lorbeerbüsche begrenzter Hof befand, an dessen Ende sich das aus Holz und Stein errichtete Küchengebäude erhob, entdeckte einer der Matrosen zwei durch einen roten Faden verbundene angesengte Holzstückchen und zeigte sie lachend Menard.

«Das muß das Geschenk des Ausräumers sein. Damit man nicht sagt, er hätte überhaupt nichts zurückgelassen.»

Aber schon hatte Finnegan ihm seinen Fund entrissen und lief davon, um ihn so weit wie möglich vom Haus entfernt hinter den Küchen zu verscharren. Gilles sah, daß er unterwegs die dünnen Späne anzündete, um sie vollends zu verbrennen.

«Was ist in Euch gefahren?» fragte er, als der Arzt schwitzend zu ihm zurückkam. «Hat dieser Schnickschnack irgendwelche Bedeutung?»

«Ich glaube schon. Es ist alles andere als ein Willkommensgruß. Was mich erstaunt, ist, daß wir es nicht auf der Freitreppe gefunden haben.»

«Dort hat auch so etwas gelegen», sagte Germain, der das Haus von außen umkreist hatte und genauso einen Gegenstand in den Fingern hielt.

Wie beim erstenmal riß Finnegan ihn an sich und verurteilte ihn zum gleichen Geschick.

«Aber was soll das heißen?» fragte Gilles ungeduldig.

«Es ist das Zeichen eines Fluchs der Toten. Das Haus weist Euch zurück, und wenn Ihr es wagt, Euch darin einzurichten, wird es dem Feuer zum Opfer fallen.»

Die Welle des Zorns, die ihm zu Kopf stieg, ließ Gilles krebsrot werden.

«Und Ihr nehmt solche Gaukeleien ernst? Ihr, ein Mann der Wissenschaft?»

«Ich habe Euch schon gesagt, daß hier das Unmögliche möglich wird, aber in diesem Fall räume ich ein, daß es nichts Übernatürliches ist. Einfach eine Warnung, hingelegt von einer sehr menschlichen Hand, mit der man aber dennoch rechnen muß.»

«Rechnen muß? Mit anderen Worten, darauf verzichten, in diesem Haus zu wohnen? Rechnet nicht darauf. Wenn ich mit diesem Sieur Legros fertig bin, kehre ich zum Cap zurück und kaufe dort alles, um das Haus vom Keller bis zum Dachboden wieder zu möblieren. Und dann werden wir sehen, ob irgend jemand es wagen wird, Feuer zu legen. Jetzt zeigt mir den Ort, an dem sich der merkwürdige Verwalter meiner Ländereien aufhält. Es sieht nicht so aus, als ob dieser Herr es sehr eilig hätte, mir seine Aufwartung zu machen… Haltet Eure Waffen bereit, Messieurs. Es kann sein, daß man uns einen Hinterhalt gelegt hat und daß wir von ihnen Gebrauch machen müssen, aber feuert nur, wenn ich's befehle. Zeigt mir den Rest des Anwesens, Doktor!»

«Wenn Ihr die Absicht habt, alles zu sehen, müssen wir wieder die Pferde nehmen. Es ist ziemlich ausgedehnt.»

Rechts vom Haus, halb verdeckt von hohen Fichten und Gruppen von Lorbeerbäumen, lagen langgestreckte Gebäude.

«Das sind die Pferde- und Viehställe und die Quartiere der Hausdienstboten», erklärte Finnegan. «Die Hütten und die Pferche der Feldsklaven sind zur Linken, verdeckt durch diese hohen Feigenkakteen, die Agaven und die Dornenhecken. Auf dieser Seite hat man die Natur dazu benutzt, das Haus zu schützen, und da die Hütten tiefer liegen, sieht man sie nicht, es sei denn, man stiege in den ersten Stock.»

Die für die Feldsklaven bestimmten Hütten umgaben eine weite, viereckige Fläche, die, in kleine Gärten aufgeteilt, mit Yamwurzeln, Gurken, Bananenbäumen, auch mit großen, mehligen Erbsen bepflanzt war, aber nur die Bananenbäume schienen hier zu gedeihen, denn unter Legros' Prokonsulat konnten diese kleinen Gärten, die ursprünglich jeder Sklavenfamilie oder jedem Sklaven zugeteilt worden waren, nur sonntags bearbeitet werden. Das war der einzige Ruhetag für diese Zwangsfeldarbeiter, und die Gärten waren in einem bejammernswerten Zustand, da die Unglücklichen am Ende jeder Woche zu erschöpft waren, um die Kraft aufzubringen, auch dieses Stück Land noch zu bearbeiten. Die Wände der Hütten bestanden aus mit Lehm und Zuckerrohrasche beworfenem Holz, die Dächer, von denen viele Löcher aufwiesen, aus Blättern von Fächerpalmen. Das schwere Gewitter von vorhin mußte dort leichtes Spiel gehabt haben. Zusätzlich umgab ein hoher Zaun aus Baumstämmen die Sklavenquartiere, dessen Tor ein weiterer Baumstamm während der Nacht verschloß.

Diesem Tor gegenüber umgaben die Behausungen der Aufseher und Kommandeure einen Platz, der als Versammlungsort der Sklaven und als Züchtigungsstätte dienen mußte, dem großen, mit Ketten ausgerüsteten Pfahl in seiner Mitte nach zu schließen. Andere Ketten hingen an einem Baum, dem einzigen, der in diesem Hof wuchs. Einem großen Birnbaum ziemlich ähnlich, trug er runde rote Früchte, die appetitlich aussahen. Finnegan betrachtete ihn jedoch mit Schrecken, und als Pongo in seiner Leidenschaft für Pflanzen und Gärtnerei sich ihm näherte, riß er ihn mit einem Schrei zurück.

«Vor allem geht nicht nah heran! Man nennt ihn den Baum des Todes oder den Giftbaum...»

«Früchte schlecht?»

«Nein. Es ist höchst ungewöhnlich: Die Früchte sind das einzig Gute an diesem Teufelsgewächs. Es ist ein Manzanillabaum, und er scheidet ein Harz aus, das verbrennt und vergiftet. Bindet einen Mann unter einen Manzanillabaum, und er wird unter fürchterlichen Qualen sterben. Legros muß eine Menge Unglücklicher geopfert haben, da er ihn hier aufgepflanzt hat.»

Als er eben geendet hatte, kam der Zug Sklaven, dessen Rückkehr von Gilles befohlen worden war, unter der Führung der entwaffneten Aufseher auf dem Platz an. Der Chevalier trieb sein Pferd auf sie zu.

«Wo ist dieser Legros? Ich will ihn augenblicklich sehen.»

Der, der sich Tonton nannte, zuckte ängstlich die Schultern und sah ihn von unten an. Seiner Meinung nach befand sich die Hand des neuen Herrn viel zu nahe an einem Pistolengriff.

«Ich weiß nichts davon, M'sieur! Ich schwör's. Monsieur Legros ist der Herr... will sagen, war der Herr. Er hält uns nicht auf dem laufenden über das, was er tut... Stimmt's nicht, Labroche?»

«Klar! Wir sind nur Aufseher.»

«Absolut exakt», mischte sich eine liebenswürdige Stimme ein. «Es ist nicht Monsieur Legros' Gewohnheit, seine Sklavenführer zu unterrichten. Aber ich werde das Vergnügen haben, Euch zu unterrichten, Messieurs.»

In grobem, gebleichtem Leinen, aber mit festen Stiefeln an den Füßen, einen Peitschenriemen um den Hals, war ein kleiner brauner Mann auf der Treppe des großen Aufseherhauses erschienen und kam ohne Eile auf die Reitergruppe zu. Auf den ersten Blick ähnelte er einem schnupftabakfarbenen Maulwurf, so behaart war er, und erst von nahem gesehen, waren seine Züge zu erkennen.

«Wer ist der da?» fragte Gilles Finnegan zwischen den Zähnen.

«José Calvès, auch Maringouin genannt. Er ist der Kommandeur der Aufseher und Legros' willenloses Werkzeug. Ebenso schäbig und hartnäckig wie die Tierchen, deren Spitznamen er trägt.»

Als er ganz nahe war, sah Gilles, daß er granitfarbene Augen und schlechte Zähne hatte, was nicht dazu beitrug, ihn sympathisch zu machen, ebensowenig wie die ölige Höflichkeit dieses Menschen, der sehr wohl erriet, mit wem er es zu tun hatte, und sich mit höchst blumiger Redekunst vorstellte.

«Wenn ich recht verstehe», sagte Tournemine und schnitt Maringouins Phrasen kurz ab, «seid Ihr nach dem Verwalter die wichtigste Person des Betriebs?»

«Ich habe diese Ehre, und ich habe mich ihrer nie mehr erfreut als heute, da ich die Ehre haben werde, Euch zu dienen.»

«Monsieur Calvès, ich liebe weder Phrasen noch Phrasendrescher. Ich habe Euch im gegenwärtigen Augenblick zwei Fragen zu stellen. Die erste ist die: Wo ist Simon Legros?»

«Im Augenblick abwesend, Monsieur le Chevalier. Das ist das Pech! Er ist gestern morgen nach Kenscoff abgereist... auf der anderen Seite der Insel. Der Graf von Kenscoff, der seine großen Kenntnisse auf landwirtschaftlichem Gebiet besonders schätzt, will ihn um Rat fragen einer Krankheit wegen, die seine Baumwollfelder befallen hat. Wie ich gerade sagte, das ist das Pech. Por Dios! Wenn er nur hätte ahnen können, daß der neue Herr heute eintrifft... Der arme Simon! Er wäre lieber zu Fuß vor Euch hergegangen! Er war so glücklich, als Maître Maublanc ihn über den Verkauf von ‹Haute-Savane› unterrichtete. Denn es ist eine schwere Bürde...»

«Wirklich? So glücklich?»

«Noch glücklicher. Monsieur kann mir glauben.»

Nicht genug damit, daß der Mann log; seine Lügen schienen ihm auch noch boshaftes Vergnügen zu bereiten. Er haspelte sie mit einem seligen Lächeln herunter, das in Gilles das wütende Verlangen weckte, ihn durchzupeitschen. Aber er war hier auf feindlichem Gebiet, und Vorsicht war geboten. Es gab zehn Aufseher auf «Haute-Savane», Calvès inbegriffen... die Sklaven nicht gerechnet, von denen man noch nicht wissen konnte, ob einige von diesen Banditen nicht angeworben waren. Außerdem hatten diese Leute Waffen.

«Wir werden auf ihn warten! Laßt ihm eine Nachricht zukommen, damit er schnellstens zurückkehrt. Er sollte die große Freude, die er sich von unserer Begegnung verspricht, nicht allzu lange hinausschieben. Er wäre imstande, deswegen zu weinen, und ich auch. Das wäre bedauerlich.»

«Ich... ich werde es auf der Stelle tun», stotterte Calvès, leicht aus der Fassung gebracht durch die eisige Ironie seines Gesprächspartners. «Und... und die zweite Frage?»

«Noch einfacher: Wo sind die Möbel des Hauses hingekommen, die Bilder, die Teppiche und der ganze Rest?»

Die steinfarbenen Augen schmückten sich mit der zarten Farbe der Unschuld.

«Ihr habt gesehen? Es ist entsetzlich, nicht wahr? Wir sind beraubt worden, Monsieur le Chevalier. In einer einzigen Nacht ist alles verschwunden. Niemand stellte sich vor, daß sich Derartiges ereignen könnte: Da das Haus unbewohnt war, hatte man es sorgfältig verschlossen, um auf die Rückkehr des Herrn zu warten, und dann, eines Morgens, fand man es überall geöffnet... die Tür, die Fenstertüren der Veranda, sogar die Fenster, als sei der Windgott eingedrungen und habe alles mitgenommen.»

«Sieh einer an! Welch poetischer Schwung plötzlich! Und Ihr habt natürlich nicht die geringste Ahnung, wer ein so stattliches Haus so ausgeräumt haben kann.»

«Wer? Welche, Monsieur le Chevalier! Es bedarf einer Bande, um in einer einzigen Nacht solch eine Tat auszuführen. Bestimmt sind es die entflohenen Sklaven vom Gros Morne oder vom Morne Rouge gewesen...»

«...die plötzlich das dringende Bedürfnis verspürten, in Louis-XV-Möbeln zu wohnen mit Familienportraits an den Bäumen?»

Sich unvermittelt über seinen Sattel beugend, packte Tournemine den Maringouin bei seiner Weste aus grobem Leinen und hob ihn ohne sichtbare Anstrengung vom Boden bis fast zu seiner Höhe.

«Seit einer Viertelstunde, Calvès, macht Ihr Euch über mich lustig, und das widert mich an! Ich rate Euch, dieses Spiel nicht fortzusetzen, denn Ihr kennt mich nicht. Ich kann ebensogut Euern Kopf mit einem Pistolenschuß in die Lüfte jagen wie Euch der Behandlung meines Stallmeisters Pongo anvertrauen, der hier anwesend ist. Die Irokesen sind noch tüchtiger als Ihr, wenn es darum geht, einen Mann eine Ewigkeit von Qualen aushalten zu lassen. Und jetzt hört dies: Ich werde den zu finden wissen, der mich beraubt hat, und auch die Diener des Hauses, die Euer Freund Legros wahrscheinlich verkauft hat. Was Euch angeht, werdet Ihr zunächst dafür sorgen, daß alles, was wir brauchen, um uns provisorisch einzurichten, ins Haus getragen wird.»

So unvermittelt, wie er ihn gepackt hatte, ließ er ihn los, und der Mann rollte in den Staub. Ein Schimmer von Haß glomm kurz in seinen Augen auf, und seine Hand suchte instinktiv unter seiner Weste nach einem Pistolengriff, aber schon war Pongo über ihm und senkte die Spitze eines Dolchs auf seinen Hals.

«Du das geben... langsam», riet er, «ganz langsam.»

Calvès gab ihm seine Pistole, und Pongo gestattete ihm, wieder aufzustehen.

«Wenn ich mir erlauben darf», sagte er, sich oberflächlich abstaubend, «man wird Mühe haben, das Nötige zu finden, aber für drei oder vier Tage wäre es das beste... wenn diese Herren sich vielleicht in Monsieur Legros' Haus einrichten würden, in der Nähe des Flusses. Es ist nicht groß, aber Ihr werdet dort besser aufgehoben sein als auf hingeworfenem Stroh in einem leeren Haus. Und dann kann Désirée, das schwarze Mädchen, das sich darum kümmert, für Euch sorgen. Sie ist eine ziemlich gute Köchin...»

Er redete, redete, schien völlig zu vergessen, was vorgefallen war, schien einzig und allein besorgt, sich wie ein guter Diener zu benehmen.

«Was denkt ihr davon?» fragte Gilles, sich an seine Gefährten wendend.

«Es scheint mir eine ganz gute Lösung zu sein», sagte Pierre Menard. «Es wird langsam spät.»

In der Tat brannte die Sonne weniger heiß, und auf dem Meer, das man in der Ferne sehen konnte, ließen ihre nicht mehr so senkrechten Strahlen die Umrisse der Schiffe und Inseln deutlicher werden.

«Und außerdem», raunte Pongo, «Haus kleiner, leichter zu verteidigen.»

Offensichtlich brachte der Indianer diesem behaarten Mann, der ihn mit beträchtlichem Widerwillen zu erfüllen schien, keinerlei Vertrauen entgegen, und sein wacher Sinn für Gefahr machte ihn empfänglich für die eigenartige Atmosphäre, die auf der Plantage herrschte.

«Gut!» sagte Gilles. «Wir werden es so machen, aber zunächst möchte ich das Gut besichtigen. Nehmt also irgendein Pferd, Monsieur Calvès, und führt uns. Ich will alles sehen.»

Wenigstens dem Anschein nach gebändigt, willigte der «Kommandeur» ein.

«Wenn Ihr einen Augenblick auf mich warten wollt...»

Er brauchte kaum eine Minute, um im Sattel eines kräftigen Maultiers wieder zu erscheinen.

«Was wollt Ihr zuerst sehen?»

«Die Einrichtung zur Zubereitung des Indigos, die Baumwoll-Auskörnmaschine, danach die Felder. Ah! Da ich gerade daran denke: Ich will morgen diese beiden Todeswerkzeuge nicht mehr sehen», fügte er hinzu und wies mit seiner Peitsche zuerst auf den Pfahl, dann auf den Manzanillabaum. «Schafft den einen fort, verbrennt den anderen, aber daß die Sonne sie nicht mehr sieht...»

Die Besichtigung dauerte lange und konnte auch nicht vollständig sein, aber Gilles hatte keinerlei Mühe, sich von der Bedeutung dieses Besitzes zu überzeugen, den ein Spielabend in «Fraunces Tavern» ihm eingebracht hatte. Hinter den Unterkünften der Aufseher befanden sich die «Indigo-Mühlen», jede aus vier in Etagen übereinandergestellten Steinwannen bestehend. Die erste diente als Reservoir, die zweite als Weichküpe, in der die Gärung der Pflanzen stattfand, die dritte war die «Batterie», in der der blaue Brei Stunden hindurch von den kräftigsten Sklaven geschlagen wurde, und die vierte schließlich war das Ruhebecken, wo der Indigo abtropfte, bevor er zum Trocknen in kleine Leinensäcke gefüllt wurde.

Eine Weile beobachtete Gilles die bei den «Batterien» beschäftigten Männer. Es war eine sehr schwere Arbeit, und die Sklaven, besser in Form als die, die er bisher gesehen hatte, schienen sich sehr anzustrengen. Sich an das erinnernd, was er gelesen hatte, wandte er sich an Calvès.

«Wie kommt es, daß Ihr hier noch diese veraltete Technik anwendet? Der Besitz ist reich. Es ist höchste Zeit, eine von einem Maultier in Bewegung gehaltene Mühle einzurichten, statt Männer den Indigo schlagen zu lassen. Ihre Kraft wird besser bei der Bebauung der Äcker eingesetzt.»

«Das ist eine große Geldausgabe, und Monsieur Legros...»

«Bis ich selbst von ihm spreche, will ich von dieser Person nicht mehr reden hören. Laßt uns jetzt die Felder ansehen...»

Sie besichtigten zunächst die Baumwollfelder, die sich zum Meer hin erstreckten. Die Ernte war auf ihnen in vollem Gange, während beim Indigo der größte Teil der Pflanzen noch nicht reif war. Gilles sah dort eine große Anzahl seiner Sklaven, Männer, Frauen und sogar Kinder über zehn Jahre, alle in Lumpen, alle Säcke voll des weichen Schnees zu den Karren schleppend, die sie zur Weiterverarbeitung in die Werkstätten bringen würden. Die Regenzeit hatte gerade begonnen, und man mußte sich beeilen. Deshalb war die Arbeit hart.

Diesmal mischte Gilles sich nicht ein und behielt sich vor, diese Frage gleich am nächsten Morgen zu regeln. Er begnügte sich damit, zu Calvès zu sagen:

«Eure Untergebenen haben Euch zweifellos vorhin gesagt, daß ich den Gebrauch der Peitsche verboten habe. Es ist eine grausame und feige Waffe.»

Maringouins Augen wurden rund.

«Keine Peitschen mehr? Aber wie glaubt Ihr, bringt man sie zum Laufen?»

«Ihr werdet es schon sehen. Ich behaupte, daß gut behandelte und gut verpflegte Arbeiter weit besser arbeiten und mehr einbringen werden. Wir werden das morgen früh regeln.»

«Übrigens», mengte Finnegan sich ein, «habt Ihr Kranke?»

«Ja... ich glaube. Es sind immer drei oder vier in der Isolierhütte. Aber nichts Ernstes. Ich kenne Euch, Doktor Finnegan. Bildet Euch nicht ein, daß man hier Fälle von Pest oder Gelbfieber versteckt.»

«Ihr werdet sie uns trotzdem zeigen», sagte Tournemine. «Danach werde ich mir ansehen, wie Ihr die Leute verpflegt, denn die Stunde ist gekommen, in der sie in ihre Hütten zurückkehren.»

Man ritt wieder zu den Betriebsgebäuden und den Hütten zurück, die wie ein großer grauer Fleck das fröhliche Grün der Hügel verunzierten. Der Schmutz, der dort herrschte und auch auf die Person des «Kommandeurs» abfärbte, hatte Tournemine betroffen gemacht. Es war höchste Zeit, die Gebäude zu kalken und den Menschen Seife zu geben. Dies alles mußte voller Ungeziefer sein. Wie konnte man menschliche Wesen gesund erhalten, wenn man ihre Behausungen nicht in gesundem Zustand erhielt? Und Gilles versprach sich, gleich am nächsten Tag die Hütten zu besichtigen, in denen jene Menschheit wohnte, die nun von ihm abhing.

Immer vom Maringouin geführt, näherte sich der kleine Trupp einer ziemlich großen Hütte, deren Dach jedoch baufällig war, und die sich hinter dem von Gilles verurteilten Manzanillabaum befand.

«Hier ist der Ort, zu dem wir die Kranken bringen», sagte er und öffnete mit einem Fußtritt eine Lattentür.

So abgehärtet Tournemine auch war, er fühlte, wie sein Magen sich umdrehte bei dem Gestank, der ihm entgegenschlug. Selbst der Arzt verzog sein Gesicht zu einer Grimasse des Ekels. Reglos wie Schlangen in ihrem Nest, bewegten sich die fünf schwarzen Insassen bei ihrem Eintritt nur schwach und blickten mit Augen voller Jammer zu ihnen auf. Ihr Blick ermöglichte es Finnegan festzustellen, daß drei von ihnen im letzten Stadium der Ruhr waren und daß für sie der Tod nur noch eine Frage von Stunden war. Die beiden anderen schienen nicht ganz so schwach, auch wenn sie nicht den geringsten Versuch machten, den Kopf zu heben, als der Arzt sich zu ihnen beugte, um sie zu untersuchen.

«Die beiden hier könnte man unter der Bedingung retten, daß sie sofort isoliert werden. Seit wann sind diese Männer nicht behandelt worden?»

Die Frage mißfiel Calvès sichtlich.

«Seit Ihr hier wart, hat man keinen Arzt mehr geholt. Monsieur Legros meint», fügte er mit einem unruhigen Blick in Richtung auf Tournemine hinzu, «daß ein gewisser Prozentsatz von Verlusten durch Krankheit unvermeidlich sei...»

«Ich weiß», sagte Finnegan. «Legros kauft Sklaven zweiter Wahl und benutzt sie, bis sie verbraucht sind. Ein Arzt und Pflege würden die Kosten vermehren. Dieser Dummkopf wird nie begreifen, daß Arbeiter in gutem Zustand viel mehr einbringen und letzten Endes weniger kosten.»

«Jeder hat das Recht zu denken, wie er will», sagte der Maringouin säuerlich, «und wenn...»

«Genug davon!» unterbrach Tournemine grob. «Gibt es hier ein Gebäude in gutem Zustand, versteht sich, und ohne geborstenes Dach, das als Krankenstube dienen könnte?»

«Eins der Lagerhäuser ist im Augenblick leer, aber...»

«Das wird es tun, bis man eine Art kleines Hospital gebaut hat.»

«Ein Hospital? Für das...»

Die Peitsche des Kommandeurs wies auf den jämmerlichen Haufen der Kranken. Gilles entriß sie ihm.

«Für eben das, ja! Laßt Strohsäcke ins Lagerhaus legen, laßt die Kranken hinüberbringen und gehorcht den Befehlen Doktor Finnegans. Was die Sterbenden betrifft...»

«Ich werde ihre Qualen durch Opium lindern. Der Tod wird sie in dieser Nacht ereilen, und sie werden ihn nicht kommen sehen. Morgen wird man diese Schändlichkeit verbrennen, die Ihr eine Hütte nennt, mit allem, was darin ist.»

Während einer Stunde entfaltete der Arzt, von Pongo unterstützt, eine aufreibende Tätigkeit, und es gelang ihm, seine Kranken ziemlich anständig unterzubringen. Er erreichte es sogar, daß man ihnen eine Gemüsesuppe kochte. Währenddessen zwangen Gilles, Menard und die drei Matrosen Calvès und seine Aufseher zu einer Verteilung von Maniokwurzeln und Trockenfleisch, denn die wöchentliche Verteilung von Lebensmitteln, zu der der Code Noir die Pflanzer verpflichtete, war fünf Tage her, und da sie viel knickeriger gewesen sein mußte, als der Code vorschrieb (zweieinhalb Töpfe Maniokmehl, zwei Pfund Salzfleisch und drei Pfund Fisch pro Kopf, den Rest der Verpflegung sollten die einzelnen Gärten liefern), war auf dem Hüttengelände absolut nichts Eßbares aufzutreiben, von ein paar Bananen und einer Handvoll Yamwurzeln abgesehen.

All diese Unternehmungen brauchten Zeit, und als die Nacht einbrach, reichte sie nicht mehr aus, um den Rest der Plantage zu besichtigen sowie das zweite Sklavengelände, das sich fast an der Grenze der Plantage in Richtung auf den Morne Rouge zu befand, um eine zu große Ansammlung von Negern in der Nähe des Wohnhauses zu vermeiden.

Sichtlich erleichtert führte Calvès seine unbequemen Besucher zum Fluß, an dessen Ufer sich Simon Legros' Haus erhob.

An einer Biegung des Limbé gelegen, nicht weit von seinem Zusammenfluß mit der Marmelade, und von Fächerpalmen und blauen Jacarandabäumen geschützt, war es ein niedriges, aus Holz und Lehm errichtetes, weiß gekalktes Bauwerk. Ein zweites kleines Gebäude, offenbar Nebengelasse enthaltend, zeigte sich, von einer schmalen Veranda umgeben, dahinter. Der Rahmen war charmant, und das Haus wäre es auch gewesen, wenn nicht dicke, massive Holzläden mit Ritzen, die sichtlich dazu bestimmt waren, Gewehrläufen Durchlaß zu gewähren, an den Pfeilern der Veranda angebracht gewesen wären. Allem Anschein nach legte Simon Legros Wert darauf, in Ruhe zu schlafen und sich nicht überraschen zu lassen.

Die Ankunft des Trupps hatte eine schwarze Frau auf die Schwelle gelockt, die nun eine Laterne hob. Es war ein kräftiges Mädchen mit sehr dunkler Haut, deren unbewegliches Gesicht wie aus Basalt geschnitten schien. Ein weißer Rock, über einen roten, an der Seite geschlitzten Unterrock drapiert, der bis zum Schenkel das muskulöse Bein eines Vollblutpferds zeigte, hing an ihrer Taille unter einem so tief ausgeschnittenen und so locker geschnürten Mieder, daß es kaum die üppigen Brüste bedeckte, die bei jeder ihrer Bewegungen wogten. Große kupferne Ringe hingen an ihren Ohren unter dem weißen Turban, der ihren Kopf umhüllte.

«Désirée», sagte Calvès, «hier ist der neue Herr. Er wird bis zu Simons Rückkehr hier wohnen. Die Männer, die ihn begleiten, sind seine Diener. Sieh zu, daß du sie gut bedienst.»

Mit ungezwungener Anmut verneigte sie sich sehr tief, dann richtete sie sich wieder auf und ging den Ankömmlingen geschmeidig ins Innere des Hauses voran, wo sie zu ihrer Überraschung sahen, daß auf einem großen Tisch aus Kampeschenholz, der die Mitte des

«Gesellschaftszimmers» einnahm, ein Abendessen angerichtet war. Drei Zimmer mündeten in diesen Raum, dazu eine Art Anrichte, deren Trennwand nicht bis zur Decke reichte. Der Rest der Möbel war einfach, leichte Korbstühle, ein Ruhebett aus gleichem Material, mit roten Kissen versehen, und ein Gewehrständer, in dem sich seltsamerweise keine einzige Flinte befand. Eine von der Decke herabhängende große Öllampe erhellte den Tisch und die auf ihm stehenden Teller.

Gilles' Blick wanderte von dem leeren Gewehrständer zu noch sichtbaren Spuren von Hundepfoten auf dem Fußboden des Hauses.

«Ist Legros fort, um einer Belagerung standzuhalten?» fragte er lässig. «Ich sehe hier einen Gewehrständer ohne Waffen und Hundespuren ohne Hund...»

Désirée, an die die Frage gerichtet war, wandte den Kopf ab, ohne zu antworten, doch nicht schnell genug, daß Gilles nicht Zeit gehabt hätte, die Angst in ihrem Blick zu lesen. Sie verschwand in der Anrichte, und Calvès antwortete mit einem breiten Lachen:

«Der Weg nach Kenscoff ist lang und der geflohenen Sklaven wegen, die sich auf den Hügeln und in den Wäldern herumtreiben, nicht immer sicher. Monsieur Legros trennt sich nie von seinen Hunden. Sie wittern den schlechten Neger auf eine Meile Entfernung. Und natürlich hat er seine Flinte mitgenommen. Niemand käme auf die Idee, ohne Waffen in diesem verfluchten Land herumzuspazieren.»

«Seine Flinte? Wenn ich den Spuren in diesem Ständer glauben kann, ist er mit einem ganzen Arsenal aufgebrochen. Ich werde ihn fragen müssen, wie er es macht, mit fünf Flinten zugleich zu feuern. Nun, mir bleibt jetzt nur noch, Euch für die Bemühungen zu danken, die Ihr unseretwegen auf Euch genommen habt. Morgen bei Tagesanbruch werde ich bei den Wirtschaftsgebäuden sein. Ich hoffe, Ihr habt bis dahin meine Befehle ausgeführt.»

Der Maringouin zog sich zurück, indem er versicherte, daß alles getan werde, wie man ihm gesagt habe, und verschwand geräuschlos wie eine Katze in der Nacht.

«Pongo nicht lieben häßlichen Mann», erklärte der Indianer, der ihm nachsah. Dann, leiser und nur für Gilles bestimmt: «Nicht lieben auch letzten Blick auf schwarzes Mädchen... Unklare Sache sich spinnen hier!»

«Glaubst du, ich bin mir dessen nicht bewußt? Ich kann mir gut denken, daß man hier etwas mit uns vorhat, aber was? Wollen wir essen, Messieurs?» fügte er lauter hinzu, sich an seine Gefährten wendend, die mit Ausnahme Finnegans neugierig die Zimmer des Hauses besichtigten. Der Arzt hatte sein Augenmerk sofort auf die im Fluß gekühlten Weinflaschen gerichtet, die von der Dienerin vor kurzem auf den Tisch gestellt worden waren, und nachdem er den Korken mit den Zähnen gezogen hatte, trank er gierig gleich aus der Flasche.

Im ersten Moment herrschte ein wenig Unschlüssigkeit, da die drei Matrosen gegen die Ungebühr protestierten, am gleichen Tisch wie Tournemine Platz nehmen zu sollen, doch dieser fegte ihre schüchternen Einwände beiseite.

«Keinerlei Illusionen, Freunde. Wir befinden uns hier im Kriegszustand. Oder glaubt ihr, daß man im Schützengraben Umstände macht? Nehmt Platz. Der Tisch ist übrigens für sieben Personen gedeckt, was bedeutet, daß der Sieur Calvès einen Boten hergeschickt hat, während wir die Plantage besichtigten. Und hier bringt man uns schon den ersten Gang.»

Tatsächlich war Désirée eben aus der Anrichte erschienen. Sie trug mit unendlicher Vorsicht in beiden Händen eine große Schüssel, in der ein appetitliches Ragout aus Huhn, Yamwurzeln und süßen Kartoffeln dampfte, und stellte sie mitten unter die schon auf dem Tisch stehenden Früchte und Kompotte.

Die Blicke der Matrosen folgten ihren Bewegungen mit einer Gier, die Gilles verblüffte, denn sie galt weit mehr dem Mädchen selbst als der Nahrung, die sie brachte. Er konnte sich eines Lächelns nicht enthalten, denn auch er wußte den genauen Wert der wilden Sinnlichkeit zu schätzen, die von Désirée und dem sanften Wogen ihrer Brüste ausging, die jeden Augenblick aus ihrem leichten Baumwollgefängnis auszubrechen drohten, während sie die Teller füllte, ohne darauf zu achten, für wen. Am leichten Zittern von Germains Fäusten, die artig auf dem Tisch lagen, während sein linker Arm die Hüfte der Schwarzen streifte, erriet er, daß es seinem ersten Maat in den Fingern juckte...

Das Schweigen hatte etwas Drückendes. Man hörte nur das Geräusch des großen Löffels auf dem Steingut der Schüssel und Teller und das etwas schwere Atmen der Männer. Aber als Gilles nach einem Kreuzeszeichen und einem kurzen Gebet das Signal zum Beginn des Essens geben wollte, indem er selbst damit begann, mischte Pongo sich ein.

«Warte!» sagte er nur.

Dann rief er durch ein Zeichen Désirée herbei, tauchte den Löffel in die Sauce und gab ihn ihr.

«Iß!» befahl er.

Sie lehnte mit einer Kopfbewegung ab, wollte in ihre Anrichte zurück, doch Pongo hielt sie fest am Arm.

«Wir nicht essen, wenn du nicht kosten Gekochtes. Wir dich nicht kennen. Nur wissen, du Dienerin schlechter Mann...»

Etwas in Désirées Blick trübte sich, während sie in die Runde dieser rauhen Gesichter sah, die plötzlich so reglos geworden waren, als wären sie aus Holz geschnitzt. Dann glitten ihre Augen zu dem rundheraus drohenden Blick Pongos zurück, aber nur für einen Moment. Sie verzog etwas geringschätzig den Mund, nahm den vollen Löffel und schluckte den Inhalt hinunter. Dann drehte sie sich achselzuckend um und verschwand in die Anrichte.

Ihr Verschwinden, obwohl sie ständig hinter der Holzwand zu hören war, entspannte die Atmosphäre.

«Nun?» fragte Pierre Menard. «Können wir anfangen?»

Gilles hatte sich noch nicht entschlossen. Mit einem fragenden Blick auf Pongo und Finnegan, der sich über seinen Teller beugte, um den Inhalt zu beschnuppern, schob er schließlich den seinen zurück.

«Wenn ich euch raten darf, werden wir uns heute abend mit Käse und Früchten begnügen. Diese Frau hat gezögert, bevor sie tat, was Pongo von ihr verlangte.»

«Aber sie hat es getan», sagte Germain, der sichtlich noch unter ihrem Zauber stand. «Also ist kein Gift darin...»

Finnegan stellte die Flasche zurück, die er geleert hatte.

«Nein, aber es kann etwas anderes darin sein, und ich stimme auch dafür, daß wir diesen Gang beiseite lassen, so gut er auch riecht. Holla! Désirée! Nehmt das alles hier fort und bringt saubere Teller.»

Doch niemand antwortete. Kein Geräusch war mehr von der anderen Seite der Wand zu hören.

«Sie muß sich durchs Fenster davongemacht haben», sagte Gilles, erhob sich unvermittelt und stürzte zur Anrichte.

Das Fenster war geschlossen, und anfangs sah er niemand. Ein Buffet war da, Wandbretter mit Töpfen, Einmachgläsern, Zwiebelbündeln und getrockneten Früchten. Auch einen Tisch gab es, und erst, als er um ihn herumging, fand er Désirée: Gekrümmt auf dem

Fußboden liegend, den Kopf auf dem angewinkelten Ellbogen, schlief sie so tief, daß sie keinerlei Reflexe zeigte, als Tournemine, über sie gebeugt, sie zu wecken versuchte.

«Kommt herüber und seht!» rief er. «Man könnte sagen, daß Pongo uns einen großen Dienst erwiesen hat, als er sie zwang, ihr Ragout zu kosten.»

Liam Finnegan kniete neben Désirée nieder, zog eins ihrer Augenlider hoch und fühlte ihren Puls. Sich erhebend, sagte er:

«Sie hat nur einen Löffel davon gegessen. Wenn wir die großzügigen Portionen verspeist hätten, die man uns serviert hat, hätten wir zweifellos lange und tief genug geschlafen, um erst in der Ewigkeit wieder aufzuwachen. Man hätte uns auf chinesische Art in Stücke zerschneiden können, ohne daß wir auch nur den kleinsten Finger gerührt hätten.»

«Eine Droge, um uns einzuschläfern», sagte Gilles. «Warum nicht gleich ein Gift?»

«Wer immer diesen Befehl gegeben hat, muß eine ganz bestimmte Vorstellung gehabt haben. Etwas sagt mir, daß wir Besuch bekommen werden, und daß es wichtig gewesen wäre, uns schlafend und nicht tot vorzufinden...»

Viel später würde sich Tournemine der drohenden Leere, des drückenden Schweigens erinnern, das den letzten Worten des Doktors gefolgt war und etwas zu erwarten schien, etwas, das im nächsten Augenblick eintrat.

Aus der Richtung des Gebirges ließ sich eine Trommel vernehmen, die in unregelmäßigem Rhythmus in der Nacht zu schlagen begann. Eine andere antwortete ihr, viel näher am Fluß.

Finnegan fluchte zwischen den Zähnen.

«Die verdammten Buschtrommeln! Ich hätte ihre Sprache lernen sollen, als ich die Möglichkeit dazu hatte. Jetzt kann meine Unwissenheit uns das Leben kosten.»

«Eine Sprache? Wollt Ihr damit sagen, daß diese unregelmäßigen Schläge etwas bedeuten?»

«Ich glaube schon, und sogar etwas ganz Bestimmtes. Diese Kalbsfelle, die unter den Händen der Menschen ertönen, sprechen genauso deutlich wie Ihr und ich. Hört, wie sie einander antworten...»

In der Tat klang es, als unterhielten sich zwei grollende Stimmen durch die Nacht miteinander, und im ungeheuren Schweigen des Landes war die Wirkung erschreckend.

«Was... was kann man tun?» flüsterte Moulin, der jüngste der drei Matrosen.

«Unsere Waffen bereithalten und dann das tun, was man von uns erwartet», sagte Tournemine. «Dieses Ragout sollte uns einschläfern, also laßt uns so tun, als ob wir tief schliefen, aber wir halten uns für jede Eventualität bereit. Wie der Doktor gesagt hat, wir werden zweifellos Besuch bekommen. Laßt uns damit anfangen, daß wir die Schüssel und die Teller leeren.»

Sie warfen alles in einen Eimer, der für Haushaltsabfälle in der Anrichte stand, stellten jedoch die leeren Teller und die Schüssel auf den Tisch zurück, an dem jeder wieder seinen Platz einnahm, nachdem sie die Zündhütchen der Pistolen und Musketen sorgfältig überprüft hatten und dabei in aller Eile Brot und Käse verschlangen und mit einem kräftigen Schluck hinunterspülten.

Auf dem prallen Fell der Trommeln hatten die Schläge ein wildes Crescendo erreicht, dann hörten sie unvermittelt auf. Ihre Botschaft war beendet. Wenig später war in der wieder eingetretenen Stille deutlich das Knarren der Achsen eines näherkommenden Karrens zu vernehmen.

Trotz seines Mutes spürte Gilles, wie ein unangenehmer Schauer ihm den Rücken hinunterlief. War das der Gespensterkarren des Todes, der Leichenwagen Ankous, der ihn während seiner Jugend in schreckenerregenden Geschichten verfolgt hatte, die noch immer durch die bretonischen Lande geisterten? Kam er jetzt zu ihm in diesem Lande am Ende der Welt? Er bekreuzigte sich rasch und sah, daß der Ire, dieser Rassenbruder, ein wenig blaß geworden war und das gleiche tat.

«Messieurs», sagte er, «es ist Zeit, die Stellungen zu beziehen. Daß sich niemand rührt, bevor ich das Signal gebe... und daß Gott euch schütze! Ich kann euch nur aus tiefstem Herzen danken, daß ihr mir bis hierher gedient habt...»

In schöner Eintracht ließ sich jeder auf den Tisch fallen, mittten zwischen die Gläser und Teller, bis auf Gilles, der sich neben seinem Stuhl auf die Erde legte, und Pongo, der es vorzog, sich auf das Ruhebett nicht weit von der Tür zu werfen. Aber in ihren Händen, die alle verbargen, waren teils Messer, teils geladene Pistolen. Und dann warteten sie...

Nicht lange. Das Knarren des Karrens näherte sich dem Haus, entfernte sich ein wenig und verstummte. Man hörte unterdrückte Stimmen, die auf Gewimmer antworteten, dann das Geräusch sich öffnender Holztüren. Das Gewimmer klang gedämpfter, schrillte zu entsetzlichen Schreien auf, die jäh abbrachen.

«Das geschieht in der Scheune hinter dem Haus», flüsterte Gilles. «Achtung! Jetzt geht's gegen uns.»

Gestiefelte Füße ließen die Bretter der Veranda knarren, dann traten sie in Gilles' Gesichtsfeld, der sich so plaziert hatte, daß er den Eingang beobachten konnte. Er zählte vier Füße, hob ein Augenlid und erkannte Labroche und Tonton. Der erstere brach in lautes Gelächter aus.

«Man könnte sagen, das hat geklappt! Sieh nur, Tonton, das schläft wie die Engel! Sogar der schöne Herr, der vorhin noch so laut geredet hat. Jetzt sieht er gut aus, platt auf der Erde wie ein Fetzen... Dreckige Weiße!... Hier, du Attrappe...»

Sein Fuß in grobem, staubbedecktem Leder stieß in Richtung Tournemines, kam aber nie ans Ziel. Dieser packte ihn in der Luft, brachte den Mann aus dem Gleichgewicht und schickte ihn zu Boden, während Pongo mit einem Tigersatz auf den anderen sprang, ihn zur Erde riß und ihm sein Messer an die Kehle drückte. Gilles erhob sich rasch und richtete seine Pistole auf Labroche.

«Bindet ihn, wie sich's gehört!» befahl er seinen Männern. «Aber laßt ihm die Beine frei. Das gleiche für den anderen, Pongo.»

Einen Augenblick später saßen die beiden Aufseher, zur Machtlosigkeit verurteilt, Seite an Seite auf dem Ruhebett, vor dem Gilles sich aufgepflanzt hatte.

«Ich glaube, es ist jetzt an der Zeit, daß ihr mir die Komödie erklärt, die sich hier abspielt. Warum wollte man uns einschläfern? Und was wolltet ihr beide hier? Uns ohne Risiko erschlagen?»

Labroche wollte prahlen.

«Schert Euch zum Teufel! Wir haben Euch nichts zu sagen. Man führt die Befehle aus, die man uns gibt, und das ist alles.»

«Das ist die Eigenart guter Diener. Aber ich habe auch einen ausgezeichneten Diener, der alle meine Befehle bis auf den Buchstaben genau ausführt. Pongo, willst du diesen Herren erklären, was du mit ihnen machst, wenn sie sich nicht sehr schnell entschließen, uns ihre kleine Geschichte zu erzählen?»

Sofort stieß das Knie des Indianers in Labroches Magen, während er mit einer Hand sein Haar packte, den Kopf nach hinten riß und mit der anderen die Spitze seines Messers auf eins seiner Augen richtete.

«Was zuerst?» fragte er gelassen. «Skalp oder Augen?»

«Skalp? Was... was ist das?» stotterte sein Opfer.

«Es besteht darin», erklärte Tournemine liebenswürdig, «die Haut rings um den Kopf einzuschneiden und den Haarboden mit einem Ruck abzureißen. Was die Augen angeht, erklärt sich das von selbst... Wem gebt Ihr den Vorzug?»

«Hört auf!» schrie Tonton, der sah, was man mit seinem Kameraden zu tun gedachte und mühelos sein eigenes Los voraussah. «Wir werden reden!»

«...unter einer Bedingung», röchelte Labroche. «Ihr... Ihr laßt uns laufen, wenn... wenn Ihr alles wißt.»

«Das werden wir sehen. Im Augenblick seid Ihr kaum in der Lage, Bedingungen zu stellen.»

Bedrohlich, doch noch weit entfernt, ließ sich Geschrei vernehmen, das aus so zahlreichen Kehlen stieg, daß es unmöglich war, sie zu schätzen. Gleichzeitig dröhnte schwach eine Explosion, und über den Hecken und Bäumen, die die Indigofelder begrenzten, schoß eine hohe Flamme zum Himmel auf, als wollte sie die Nacht vertreiben...

«Seht, Monsieur! Man hat in den Wirtschaftsgebäuden etwas hochgehen lassen. Es brennt da drüben... und es sieht aus, als ob sich das Feuer teuflisch schnell ausbreitet!» rief Pierre Menard, der von einem Fenster aus die Umgebung absuchte. Rasch wandte sich Gilles Tonton zu.

«Du redest, und das schnell, sonst jage ich dir eine Kugel in den Schädel, während Pongo deinen Kumpan in Streifen schneidet. Was ist mit dieser Explosion? Und diesem Geschrei? Und diesem Feuer?»

«Man wird reden... und danach laßt Ihr uns gehen. Alles, was da drüben los ist, sind die Sklaven. Legros hat befohlen, sie freizulassen, sobald Ihr hier angekommen seid. Sie sind dabei, die Gebäude zu verbrennen und warten nur darauf, daß die vom Morne Rouge zu ihnen stoßen.»

«Wo sind die Aufseher?»

«Alle sind fort, allen voran der Maringouin. Es geht darum, sich von diesen entfesselten Bestien nicht fangen zu lassen.»

«Wo ist Legros?»

«Darüber weiß ich nichts. Ich schwör's. Er ist diesen Morgen fort. Man weiß nicht, wohin. Er hat irgendwo ein Versteck, aber nur der Maringouin kennt es.»

«Und ihr? Warum seid ihr nicht verschwunden? Was wolltet ihr hier?»

«Zunächst sehen, ob Désirée ihre Arbeit gut gemacht hat... und dann, um etwas zu bringen, das die Aufrührer hierher ziehen muß. Man sollte Euch auch mit Rum begießen und Flaschen zerschlagen, damit die Neger glaubten, Ihr hättet Euch besoffen, nachdem Ihr...»

«Nachdem wir was?»

«Das getan hättet, was im Gebäude nebenan ist. Dort hat Legros immer seine schlimmsten... Bestrafungen vorgenommen. Man hat zwei Schwarze hingeschafft... und gesagt, es sei auf Euern Befehl geschehen, weil Ihr Euch hier niedergelassen habt und ein bißchen lachen wolltet...»

«Pongo! Du paßt hier auf! Doktor! Mir nach!»

Gilles und Finnegan liefen zu dem Gebäude, das sie für eine Scheune gehalten hatten, stürzten hinein, und der Anblick, den die vom Doktor gehobene Laterne ihnen enthüllte, entriß ihnen einen verzweifelten Schreckensschrei. Zwei gefesselte und geknebelte Schwarze, ein Mann und eine Frau, hingen, von entsetzlichen Qualen gekrümmt, in der Dunkelheit an der Wand, von Fleischerhaken gehalten, die man in ihre Flanken gerammt hatte. Dazu hatten beide Verbrennungen erlitten. Die Frau hatte kein Fleisch mehr an den Beinen, und der Körper des Mannes war eine einzige Wunde. Trotzdem lebten beide noch, ein grauenhaftes, krampfhaft zuckendes Leben, das wie eine bösartige Bestie an ihnen hing.

«Mein Gott!» ächzte Gilles, von Entsetzen übermannt. «So etwas kann es unter Euerm Himmel geben?»

Zweimal bellte eine Pistole barmherzig, dann beugte er sich vor, von einem nicht zu unterdrückenden Brechreiz gepackt, und erbrach sich. Der abgehärtetere Finnegan erbrach sich nicht, aber sein grünliches Gesicht und sein schwerer Atem sagten genug über sein Mißbehagen.

«Ihr habt das einzige getan, was zu tun war!» sagte er mit klangloser Stimme. «Jetzt müssen wir die beiden Unglücklichen von hier entfernen und zu verstecken versuchen. In weniger als zehn Minuten kann die Horde hier sein, und ich fürchte, wir sind nicht stark genug. Versuchen wir wenigstens, den Schaden in Grenzen zu halten... aber die Falle war gut gestellt.»

«Das ist Wahnsinn!» knurrte Gilles, während er mit zusammengebissenen Zähnen dem Arzt half, die beiden noch warmen Leichen abzuhängen. «Menschen freizulassen, die zu diesem Punkt von Verzweiflung gelangt sind, die getrieben sind von blinder Wut, das heißt, das Todesurteil der Plantage unterschreiben. Nichts wird übrigbleiben... als Asche. Seht da drüben, das Feuer breitet sich aus.»

«Aber es breitet sich nicht in unsere Richtung aus, nicht in der des Hauses. Langsam begreife ich Legros' Plan. Er wußte, was er tat, als er es vom Keller bis zum Boden ausräumte, es völlig unbewohnbar machte und Euch dadurch zwang, Euch bei ihm niederzulassen. Gewiß, er verurteilt sein eigenes Haus, aber es ist ihm gleich, wenn das Wohnhaus intakt bleibt. Er läßt die Sklaven, unter denen er drei oder vier Drahtzieher haben muß, die schmutzige Arbeit machen, sein Haus verbrennen, Euch ermorden, und dann kommt er wieder mit seinen Waffen, seinen Männern und schlägt mitleidlos alles nieder, was übriggeblieben ist, seine Drahtzieher zweifellos inbegriffen. Nun braucht er nur noch alles wieder instandzusetzen, nachdem er Euch ein prunkvolles Begräbnis ausgerichtet hat, und sich endgültig einzurichten.»

«Das ist teuflisch, und das Risiko ist gewaltig.»

«Nicht so sehr. Was bedeutet Legros eine verlorene Ernte, zerstörte Anlagen, wenn er der Herr von ‹Haute-Savane› ist. Er braucht nicht einmal dem Gouverneur oder dem Generalintendanten irgendwelche Rechenschaft zu geben: das Unglück wollte es, daß während seiner Abwesenheit ein Aufstand ausbrach, dessen Opfer Ihr seid.»

Während sie sprachen, hatten die beiden Männer die Leichen nach draußen gebracht. Mit den Augen den Horizont absuchend, sah Gilles, daß das Feuer sich in der Tat auf alle Wirtschaftsgebäude und die Hütten ausbreitete, von denen einige wie Fackeln brannten. Stimmen stiegen aus dem dicken roten Rauch auf, dessen beißenden Geruch der Wind herbeitrug. Es war wie ein heiseres, tonloses Gebrüll in tiefem Baß, das von Augenblick zu Augenblick mächtiger wurde. Vor dem Hintergrund der Flammen konnten seine scharfen Augen ein Wogen von schwarzen Köpfen erkennen, aus dem sich mit Macheten, Spießen und momentan zum Rang von Kriegswaffen beförderten Erntegeräten bewaffnete Arme erhoben.

«Wir haben keine Zeit, sie zu beerdigen», sagte er. «Das beste ist, wir werfen sie in den Fluß. Dann holen wir die andern und fliehen mit ihnen. Der Weg, der zum Cap führt, ist nicht weit, jenseits des Wassers.»

Einige Augenblicke später waren die beiden gemarterten Körper dem Frieden der schwarzen, spiegelnden Flut des Limbé anvertraut, in der sie langsam dem nahen Meer zutrieben.

«Nun vorwärts zu den anderen», drängte Gilles. «Es ist keine Schande, lebend aus einem...»

Er brachte seinen Satz nicht zu Ende. Am anderen Ufer, genau dem Haus gegenüber, füllte sich das Dickicht der Bäume mit Leben, wurde von leuchtenden Punkten durchbrochen, die wie Fackeln waren. Der Wald, der vom Hügel bis an die Straße reichte, war dabei, lebendig zu werden...

«Zu spät!» sagte Finnegan. «Die vom entferntesten Lager müssen, von ihren Anführern gut geleitet, weiter oben den Fluß überquert haben, um das Haus von der Flanke und von hinten zu nehmen und jede Flucht zu vereiteln. Kehren wir rasch zurück und versuchen wir, uns zu verteidigen.»

Sie liefen zum Haus und schlossen hastig die dicken, hölzernen Läden, in deren Schlitzen die Waffen Platz finden würden.

«Laßt uns den Himmel anflehen, daß sie keine Feuerwaffen haben», sagte Gilles. «Die sind unsere einzige Überlegenheit.»

«Legros ist bestimmt nicht verrückt genug gewesen, welche für aufständische Sklaven zurückzulassen. Außerdem dürften die, die diese Unglücklichen hierher geschleppt haben, sicher sein, uns schlafend vorzufinden. Was unsere Überlegenheit angeht... sie wird nur so lange dauern wie unsere Munition.»

Wieder im Haus, heftete sich Gilles' Blick nacheinander auf jeden seiner Gefährten.

«Wir sind in der Falle, meine Freunde, und ich bitte euch unendlich um Vergebung, daß ich euch mit mir in diese Klemme gebracht habe, denn wir haben kaum eine Chance, lebend hier herauszukommen. In wenigen Augenblicken wird die Masse der aufständischen Sklaven, die dabei sind, die Einrichtungen der Plantage zu verbrennen, hier sein. Wir können nicht einmal mehr über den Fluß fliehen, denn das andere Ufer ist bereits besetzt. Hört!»

Von neuem begann eine Trommel zu schlagen, diesmal schrecklich nah, eine Art lange, grollende Klage skandierend, die fast wie die Stimme der Bäume klang. Die Hände, die sie schlugen, waren gewiß nicht weiter vom Haus entfernt, als der Limbé breit war. Aber selbst ein Nichteingeweihter konnte sich über die Bedeutung der durch das gespannte Fell verbreiteten Nachricht nicht täuschen: Es war schlicht und einfach der Aufruf zum Sturm, eine Art Halali, das die gespannten Nerven der Männer wie ein Reibeisen anrührte.

«Ich... ich sehe Fackeln, die sich dem Wasser nähern...» sagte Moulin bebend, die sich heroisch um Festigkeit bemühte.

«Bereite dich also zum Feuern vor», erwiderte Gilles und legte seine Hand beruhigend auf die Schulter des jungen Mannes. «Aber tu's nur, wenn du jemanden zu nahe herankommen siehst, und nicht, ohne es mich vorher wissen zu lassen. Mut! Man wird uns vielleicht zu Hilfe kommen.»

«Wer denn?» knurrte Finnegan. «Die von den anderen Plantagen? Lenormand oder Guillotin? Die werden genug damit zu tun haben, auf ihren eigenen Ländereien Ordnung zu halten. Ein Aufstand irgendwo ist immer eine Gefahr für die Nachbarn.»

«Aber», wandte Pierre Menard ein, «es gibt doch ein Fort in Port-Margot hier ganz in der Nähe? Wer Fort sagt, sagt auch Soldaten. Der Feuerschein muß eine gute Meile weit auf dem Meer zu sehen sein.»

«Es gibt in der Tat dort an die dreißig Männer und einen Hauptmann, aber selbst, wenn sie um diese Stunde nicht total betrunken sein sollten, werden sie sich hüten, mitten in der Nacht herzukommen, um zu sehen, was hier vorgeht. Abgesehen davon, daß sie das Fort zu bewachen haben, sind sie keine Narren. Morgen früh wird man zweifellos ein paar Männer herschicken, um die Trümmer aufzusammeln.»

«Na gut», seufzte Gilles, «ich sehe, daß wir nur auf uns selbst zählen können. Messieurs, stellt Euch auf, jeder an einem Fenster, und Gott möge uns beistehen...»

Mit einem Schreckensgeheul waren Labroche und Tonton aufgesprungen.

«Nicht wir! Laßt uns fliehen! Wir flehen Euch an! Laßt uns abhauen! Man kann sich vielleicht noch retten. Aber wenn sie uns lebend erwischen, werden sie uns...»

«Was?» unterbrach Gilles kalt. «Das, was ihr diesen Unglücklichen angetan habt, die wir nebenan gefunden haben? Nein. Ihr bleibt hier, und rechnet nicht darauf, von uns das Almosen einer barmherzigen Kugel oder eines Messerstichs zu erhalten. Das heben wir für uns selbst auf, wenn nichts anderes mehr möglich ist.»

«Nein!» brüllte Tonton, fast wahnsinnig vor Angst. «Ich will nicht...»

Seine Augen waren vorgequollen, und seine Haare standen ihm fast senkrecht zu Berge. Gilles wandte sich angewidert ab, während Pongo ihn mit einem meisterhaften Faustschlag zu Boden und zugleich ins einstweilige Vergessen seiner Ängste schickte. Doch Labroche hatte den Moment von ihm abgelenkter Aufmerksamkeit genutzt, war zur Tür gestürzt, die er mit einem Kopfstoß öffnete, und schoß nach draußen, sich verzweifelt bemühend, die Fesseln um seine Arme abzustreifen.

Gilles sprang ihm nach, um ihn einzufangen, hielt jedoch auf der Schwelle an und schloß, hastig sich bekreuzigend, rasch die Tür, denn im gleichen Moment, in dem der Aufseher die Stufen der Veranda hinuntersprang, brach die schwarze Horde mit ihren Fackeln schreiend und schon dem einsamen Haus zustürmend aus der Nacht hervor.

Der Anblick des Mannes mit den gefesselten Armen, allein mitten auf dem leeren Vorplatz des Hauses, ließ sie jäh haltmachen. Und plötzlich entstand ein Schweigen...

Hinter seiner Schießscharte sah Gilles, wie die Fackelträger einen großen Halbkreis wie eine Arena bildeten. Zwischen jedem von ihnen erschienen dürre, fürchterliche Männer, deren Augen fast ebenso flammten wie die harzigen Knorren in den Fäusten ihrer Gefährten, Frauen, von denen einige rohe Fleischstücke in den Händen hielten, in die sie gierig bissen. Die Aufrührer mußten einige Tiere abgeschlachtet haben, um ihren Hunger zu stillen. Einige Männer hatten Flaschen mit Rum, aus denen sie in langen Zügen tranken. Andere waren schon völlig betrunken.

«Ich hätte nie geglaubt, daß es so viele Sklaven auf diesem Gut gibt», flüsterte Finnegan bedrückt. «Es ist eine Riesenanzahl. Niemals werden wir durchkommen...»

Das Schweigen war jetzt so tief, daß man das Prasseln der Fackeln und den keuchenden, schreckerfüllten Atem Labroches hören konnte, der in der Mitte des Flammenhalbkreises an der Mauer lehnte.

«Was tun sie?» fragte Gilles gedämpft. «Warum greifen sie nicht an?»

«Weil sie Zeit haben, soviel sie wollen», antwortete Finnegan. «Sie wissen sehr gut, daß wir ihnen nicht entkommen können, und da sich ein erstes Opfer ihnen entgegengestürzt hat, werden sie mit dem anfangen. Es ist schrecklich, es zu sagen, aber dieser Schurke verschafft uns einen Aufschub, der kostbar sein kann. Alles hängt davon ab, wieviel Zeit sie sich nehmen, ihn umzubringen.»

«Wollt Ihr damit sagen, daß wir dem zusehen müssen?»

«Dem Tode Labroches? Ja. Und laßt Euch nicht einfallen, diesen Tod durch eine wohlgezielte Kugel zu verkürzen. Das wäre das Signal zum Massaker an uns.»

«Verlangt das nicht von mir.»

«Trotzdem verlange ich's ... im Namen aller derer, die hier sind. Bedenkt, wenn wir bei Tagesanbruch noch am Leben sind, haben wir vielleicht noch die Chance, daß Soldaten kommen. Die Nacht ist in diesem Land eine grausame Zauberin, aber der Tag zwingt sie immer in ihr Schlupfloch zurück. Dieser Mann ist ein Sklavenschinder von der schlimmsten Sorte. Wenn die Erinnerung an die beiden Unglücklichen, die wir dem Fluß anvertrauten, Euch nicht genügt, verstopft Eure Ohren und schließt die Augen.

Doch Gilles wußte sehr wohl, daß er es nicht über sich bringen würde, nicht hinzusehen, denn es gibt eine Faszination des Grauens wie übrigens auch der Furcht. Labroche, an dieses Haus gelehnt, zu dessen Tür er nicht einmal mehr zu flüchten versuchte, bewegte sich nicht mehr. Mit aufgerissenen Augen sah er wie aus der Tiefe eines Alptraums vier Männer aus dem Kreis hervortreten und auf ihn zugehen. Erst als ihre Hände ihn ergriffen, schüttelte er den Zauber ab und begann zu brüllen.

Das, was folgte, war von der Art jener entsetzlichen Dinge, die noch lange Zeit die Alpträume der Menschen heimsuchen können. Während vier Männer Labroche die Kleider vom Leib rissen, häuften andere unter der Leitung eines großen Schwarzen, der mit einem weißen, schon reichlich befleckten Umhang angetan war, Holz und Zweige auf, dann trieben sie vier Pflöcke an den vier Ecken des improvisierten Scheiterhaufens in die Erde, auf den man den ständig brüllenden Aufseher legte und seine Hände und Füße sorgfältig an den Pflöcken festband. Eine Frau, die einen kleinen Krug auf dem Kopf trug, trat aus der Menge hervor und begann, den Inhalt über den Körper auszugießen. Es mußte Öl sein, denn die milchkaffeefarbene Haut Labroches begann zu glänzen.

«Sie ihn kochen wollen», erklärte Pongo, der mit völlig unerschüttertem Blick diesen Vorbereitungen folgte. «Öl verhindern Braten verbrennen!»

Verstört starrte Gilles den Indianer an. Es gab Augenblicke wie diesen, in denen das irokesische Blut sich wieder zeigte. Für ihn war diese Art von Vergnügen ganz selbstverständlich von dem Moment an, wo es um einen Feind ging.

«Du sprichst davon, als ob es sich um ein Kochrezept handelte», warf er ihm vor.

«Ist Kochrezept! ... Rituelle Küche, denn wenn Feind tapfer stirbt, Fleisch gut zu essen, um Mut der Krieger zu stärken. Aber hier schlechtes Essen. Mann feige. Er schreien!» fügte er hinzu und spuckte voller Ekel auf den Boden.

Fackeln waren in den unteren Teil des Holzstoßes geworfen worden, Flammen schlugen heraus und leckten jetzt an dem geölten Körper, von dem ein unerträgliches Geheul aufstieg. Trotz seines Muts wandte Gilles den Kopf ab.

«Du nicht Gesicht verstecken!» schalt Pongo grob. «Nur Frau kann Gesicht verstecken. Du Mann, und Mann, der viel ausgehalten hat. Du das ertragen können!»

«Würdest du es ertragen, wenn ich an der Stelle dieses Mannes wäre?»

«Du nie an der Stelle. Pongo dich vorher töten, weil... Pongo dich lieben. Aber dieser Mann nicht verdienen Mitleid, weil er nicht haben gehabt Mitleid mit anderen!»

Schweigend tastete Gilles nach der Hand seines Freundes und drückte sie.

«Auch du bist mir teuer, Pongo. Wenn die Stunde kommen wird, werde ich glücklich sein, mit dir zu sterben.»

Und auf wunderliche Art getröstet, heftete er kühl seinen Blick auf das entsetzliche, jetzt wie eine Theaterszene beleuchtete Schauspiel. Der Mond war aufgegangen, und obwohl er nur eine rötliche Kugel über den Baumwipfeln war, spendete er ein zusätzliches, tragisches Licht. Aber die unfreiwilligen Zuschauer dieser Alptraumszene hatten den Höhepunkt des Schreckens noch nicht erreicht.

Labroche lebte noch, als man die Fesseln durchschnitt, die ihn über der Glut hielten, aus der man ihn mit einem Bootshaken zog. Dann kniete der Mann im weißen Umhang neben dem Körper nieder, der kaum noch menschliche Gestalt hatte, öffnete ihm mit einem Machetenhieb die Brust, schob seine Hand in die Öffnung, riß das Herz heraus und warf es den Hunden zu, die von dem Gestank angelockt, erschienen waren. Labroche hatte ausgelitten, doch seine Henker waren noch nicht fertig mit ihm. Schnell von dem Mann im weißen Umhang gehandhabt, spaltete die große, dreieckige Klinge seinen Körper in Stücke, die man an etwa zwanzig Männer und Frauen verteilte, die sich offenbar kaum aufrecht zu halten vermochten und deren Körper Spuren von Mißhandlungen aufwiesen. Sie bemächtigten sich ihrer und bissen mit Gier hinein.

«Zweifellos die letzten Opfer dieser Bestie», begann Finnegan mit heiserer Stimme, die zu klären er sich bemühte. «Die Justiz dieser Unglücklichen ist schrecklich, aber oft richtig.»

Gilles wischte sich den Schweiß von der Stirn. Jetzt, da die unmenschlichen Schreie verstummt waren, erschien ihm das greuliche Schauspiel erträglicher.

«Mir scheint, wir sehen in die Hölle», murmelte er. «Was machen die anderen?» fügte er hinzu und drehte sich zu den drei Matrosen um, die den Fluß beobachteten und nichts von dem gesehen hatten, was geschehen war. Um auch nichts hören zu müssen, hatte der junge Moulin ein Kissen zerschnitten und sich mit Fetzen des Bezugs die Ohren verstopft.

«Niemand rührt sich», antwortete Germain. «Offensichtlich sind sie da, um jede Flucht zu unterbinden. Mit all diesen Fackeln und diesem Mond können sie uns so deutlich sehen wie am hellichten Tag, und ich sehe dort Pfeile, Bögen und Äxte. Sie sehen aus, als erwarteten sie ein Signal.»

«Das wird dann uns gelten», seufzte Gilles. «Uns bleibt nur, unsere Haut teuer zu verkaufen. Auf jeden Fall laßt euch nicht lebend gefangennehmen. Um keinen Preis...»

Das Signal kam jedoch nicht sofort. Zunächst liefen einige Männer zu dem Haus, in dem Tournemine und Finnegan die beiden Körper gefunden hatten, ein Beweis, daß sie genau unterrichtet waren, und kehrten nach einer Minute natürlich mit leeren Händen zurück. Etwas wie Unschlüssigkeit, Unentschiedenheit wurde erkennbar. Gilles sah die Augen der Menge fragend auf das schweigsame, verschlossene Haus gerichtet.

«Guter Gott!» fluchte er. «Wenn ich nur fähig wäre, mich ihnen verständlich zu machen!»

Sein Blick fiel auf Tonton, der noch immer auf dem Boden lag, aber schon lange das Bewußtsein wiedererlangt hatte, und den Mann bei den Fesseln packend, stellte er ihn auf die Beine.

«Du bist einer der Aufseher, du mußt die afrikanische Sprache verstehen.»

Die aufgerissenen Augen glotzten verschreckt.

«Ich? ...Nein! Nein! Nein! Ich... ich spreche nicht... ich verstehe nicht. Nur der Maringouin und... und Monsieur Legros, ganz bestimmt. Ich... ich flehe Euch an... geht nicht raus...»

«Was kann dir das ausmachen? Es gibt da vielleicht eine Gelegenheit. Sie zögern, und es müßte schon mit dem Teufel zugehen, wenn von dieser Menge nicht wenigstens die Hälfte Französisch verstünde.»

«Ich sehe nicht ganz, wo sie es gelernt haben könnten», brummte

Finnegan. «Ich erinnere Euch daran, daß Legros seinen Bestand oft erneuerte. Der größte Teil der Sklaven hier hat Afrika vor weniger als einem Jahr verlassen. Wenn man unter der Peitsche in der Erde scharrt, kann man sich nicht mit der Sprache Voltaires befassen.»

«Um so schlimmer! Ich werde es trotzdem riskieren. Es sind zweifellos welche darunter, die mich heute nachmittag gesehen haben, als ich Labroche die Peitsche entriß. Sie können mich wiedererkennen.»

«Rechnet nicht zu sehr damit! Ihr habt gesehen, selbst in diesem Moment haben sie nicht aufgehört zu arbeiten...»

«Hört, Finnegan! Wenn es auch nur eine einzige Chance zum Unterhandeln gibt, muß man sie wahrnehmen. Ich werde hinausgehen, allein...»

«Nein», unterbrach Pongo. «Nicht allein! Ich gehe mit...»

«Wenn du willst. Du wirst mir Deckung geben. Aber es muß getan werden. Diese Leute suchen den neuen Herrn, und sie wissen bestimmt nicht, wie viele hier sind. Wenn es mir nicht gelingt, werdet ihr immer die Möglichkeit haben, mich zu töten, bevor man... mich kocht, und vielleicht vergessen sie auch, dem Haus einen Besuch abzustatten.»

«Rechnet nicht damit! Wenn sie Euch getötet haben, werden sie Feuer legen...»

Draußen schienen die Palaver ein Ende gefunden zu haben. Der große Schwarze mit dem weißen Umhang näherte sich allein dem Haus und blieb fast genau in der Mitte des Vorplatzes stehen. Beide Arme zu dem Rauch des feuererfüllten Himmels erhebend, begann er eine Art beschwörenden Singsangs, dem es, so unverständlich er auch war, nicht an Großartigkeit mangelte. Die tiefe Stimme des Mannes hatte eine dunkle Resonanz, die an die schweren Trommelschläge von vorhin erinnerte. In die Nacht hineinragend, die er zu beschwören schien, ähnelte er einem langen, schwarzweißen Pfeil, der wie eine Drohung vor diesem Haus aufgepflanzt war. Denn es konnte keine Täuschung über den drohenden Ton seines Gebetes geben. Er war dabei, seine zukünftigen Opfer den blutdürstigen Göttern anzubieten...

Dennoch trat Gilles hinaus.

Damit die, denen er gegenüberstand, ganz sicher sein konnten, daß er unbewaffnet war, hatte er seinen Rock und sogar sein Hemd abgelegt. Sein plötzliches Erscheinen oben auf den hölzernen Stufen brachte die Menge zum Erstarren. Sogar der Mann mit dem Zaubergesang schwieg und blieb dort stehen, die Arme noch immer gen Himmel gestreckt, seine rächenden Beschwörungen jedoch vergessend, um diesen weißen Mann anzustarren, der ebenso groß war wie er, aber durch nichts das gewohnte Bild des verhaßten Pflanzers wachrief.

Seine bronzefarbene Haut, auf der Spuren alter Verletzungen von seiner Tapferkeit sprachen, hatte die lederne Farbe derer, die seit langem an Witterungsunbilden und starke Sonne gewöhnt sind, aber der kalte Glanz seiner stahlfarbenen Augen und die Helle seiner Haare, die ein stolzes, schönes Gesicht mit hochmütigem Profil rahmten, die Tatsache zudem, daß dieser neue Mann sich, von Hose und Reitstiefeln abgesehen, nackt vorstellte, brachte für diese elende Menge eine merkwürdige, verwirrende Note ins Spiel. Sie war ja fette, mit Peitschen und Pistolen geharnischte Herren gewohnt. Und alle sahen ihn so begierig an, daß niemand die dunkle Gestalt Pongos im Schatten der Veranda bemerkte, auch er ausgezogen, aber bis an die Zähne bewaffnet.

Das völlige Schweigen zeigte Gilles, daß er Eindruck gemacht hatte, aber er spürte, daß er es selbst brechen mußte und die Initiative nicht den Aufständischen überlassen durfte.

«Einige von euch müssen meine Worte verstehen und sie den anderen übersetzen können», sagte er, indem er seiner Stimme alle Kraft verlieh, in der Hoffnung, auch die letzten Reihen zu erreichen. «Ich bin euer neuer Herr, und ich bin gekommen, euch zu bitten, die Waffen abzulegen, denn ich will euch nichts Böses, ganz im Gegenteil. Ich weiß, wie sehr ihr auf diesem Land, das das meine geworden ist, gelitten habt. Ich weiß, wie ihr mißhandelt worden seid, schlecht ernährt, gedemütigt durch die Grausamkeit derer, die euch kommandieren unter elenderen Bedingungen, als Tiere sie haben, die wenigstens die Freiheit haben, sich selbst ihre Nahrung suchen zu können. Ich will nichts mehr davon, niemals wieder! Bei dem Gott, dem ich diene, schwöre ich's... Heute abend habt ihr Gerechtigkeit geübt, eure Gerechtigkeit, und niemand wird euch dafür bestrafen. Sobald Simon Legros zurückkehrt, wird er sich unter meiner Gerichtsbarkeit für seine Verbrechen verantworten müssen, deren schwerstes heute abend begangen wurde, denn er ist es, der euch durch die Stimmen seiner Anführer zum Aufruhr angestiftet hat. Ihr könnt mich töten, und dort, wo er ist, hofft er, daß ihr es tut, denn ich bin der Herr von ‹Haute-Savane›, und ich bin es, der ihn daran hindert, selbst Besitzer zu werden. Aber seid versichert, daß er nach meinem Tode wiederkommt. Er wird mit Männern und Waffen wiederkommen... und dem Gesetz auf seiner Seite. Und ihr werdet gegeißelt, ihr werdet bis zum letzten Mann massakriert werden. Was macht es ihm aus? Er wird andere Sklaven kaufen, die er noch schlimmer behandeln wird.

Ich biete euch an, unbeschadet fortzugehen. Ihr werdet mit mir gegen diesen Mann kämpfen, wenn er wiederkommt... und dann setzen wir diese Pflanzung wieder instand, aber euer Leben hier wird ganz anders sein als vorher. Jeder von euch wird würdig leben, anfangs als ‹Freier der Savanne›. Die Besten werden mit Befreiung belohnt...»

Nie zuvor hatte Gilles eine so lange Rede gehalten, und noch nie hatte er weniger geglaubt, etwas bewirkt zu haben. In dieser Nacht angesichts der Hunderte von Augenpaaren hatte er den niederschmetternden Eindruck, zu wilden Tieren mitten im Herzen eines wüsten Waldes zu sprechen, und daß keins seiner doch mit soviel Überzeugung und Herzblut herausgeschrienen Worte sein Ziel erreichte. Konnte es wirklich sein, daß keiner dieser im roten Licht der Fackeln versammelten Leute seine Sprache verstand?

Er endete, rang nach Atem und nach etwas, was er noch sagen könnte, als mitten im Herzen der Menge eine heisere, zänkische Stimme einige unverständliche Worte hervorstieß. Der Mann mit dem weißen Umhang, der die ganze Zeit, während Tournemine gesprochen hatte, reglos wie eine Statue stehengeblieben war, drehte sich leicht um und suchte mit den Augen den, der gesprochen hatte. Gilles begriff, daß er zögerte. Vielleicht verstand er Französisch...

Er wollte für ihn allein wieder beginnen, aber jetzt antworteten andere Stimmen auf die erste, und weitere noch. Es war wie ein Anschwellen von Haß und Wut, das stieg und stieg...

«Zurück!» rief Pongo gedämpft. «Muß hineingehen. Sie werden angreifen...»

«Das ist noch nicht sicher.»

«Ich sagen doch... Kennen gut wilde Menge, wenn Wut ausbrechen. Rot oder Schwarz... selbe Sache! Schnell!»

Tatsächlich landete eine Machete, von einer ungewöhnlich kraftvollen Hand geschleudert, schwirrend über ihnen und grub sich mit bedrohlichen Schwingungen in den Pfeiler der Veranda. Die Zeit des Redens war vorüber. Nur die Stimmen der Waffen konnten sich noch vernehmen lassen. Rasch sprang Gilles ins Innere, schloß die Tür hinter sich, ergriff seine Flinte und nahm seinen Posten wieder ein.

«Ihr seid ein mutiger Mann», knurrte Finnegan, «aber das war eine Torheit. Genau wie einen Sturm zur Vernunft bringen wollen... Jetzt Gott befohlen! Ich hoffe nur, daß man im Paradies Rum kennt.»

Ein gewaltiges Gebrüll erfüllte die Nacht. Die Trommeln begannen wieder in rasendem Rhythmus zu schlagen, und die Erde zitterte unter Hunderten von Füßen. Die Horde stürzte sich auf das Haus. Es war wie eine sich brechende Welle.

«Was machen die am Fluß?» fragte Gilles.

«Sie... sie setzen über, Monsieur», flüsterte Menard mit trockener Kehle.

«Feuert nach Gutdünken...»

Eine erste Salve streckte, wohlgezielt, vier der Männer nieder, die an der Spitze der Menge dem Haus zuliefen, aber das hielt die, die folgten, nicht auf. Sie sprangen über die leblosen Körper hinweg.

«Wir werden überrollt», rief Gilles.

«Nein», berichtigte Finnegan. «Wir werden verbrannt.»

Tatsächlich waren es Männer mit Fackeln, die den Angriff anführten. Als sie auf sechs oder sieben Meter herangekommen waren, begnügten sie sich damit, ihre Fackeln fortzuschleudern, dann flohen sie, um den Kugeln zu entgehen.

In diesem Augenblick geschah so etwas wie ein Wunder. Eine Stimme ließ sich vernehmen, eine gewaltige, ungeheure Stimme, die aus den Eingeweiden der Erde selbst oder aus den Wipfeln der Bäume zu kommen schien. Eine Stimme, so mächtig wie die Glocke einer Kathedrale, die in einer zweifellos afrikanischen Sprache über das Land hallte, und die überraschte und irgendwie eingeschüchterte Menge machte jäh halt. Zog sich sogar, Leichen auf dem Sand hinterlassend, die wie große schwarze Kieselsteine aussahen, einer zurückfließenden Welle gleich, auf ihre frühere Position zurück.

«Was ist das?» fragte Moulin mit zitternder Stimme. «Was ist diese Stimme? Die Gottes?»

«Wenn sie uns rettet, würde ich gern sagen, daß es die Stimme Gottes ist», sagte Gilles. «Seht! Öffnet einen Fensterladen! Es verlohnt die Mühe...»

Ein Mann war in dem von der Menge wieder freigegebenen Halbkreis erschienen, ein gigantischer Schwarzer, dessen mächtige Muskeln im Licht glänzten, das sich über seine ganze animalische Pracht ausbreitete, denn dieser Mann trug nur einen einfachen Schurz aus weißem Leinen... und einen großen Verband um den Oberschenkel. Dieser Mann war Moses, und seine Stimme war es, die man vernommen hatte, verstärkt durch den bronzenen «Schreier», den er von Kapitän Malavoine geliehen haben mußte.

Wie eine Eiche vor dem Haus aufgepflanzt, die Beine gespreizt, ohne eine andere Waffe als seine außergewöhnliche Gestalt und seinen tiefen Baß, war er es jetzt, der zu der Menge sprach, einer Menge, die sich unter seinen Worten zu neigen schien wie das Gras der Felder unter der Wut des Sturms.

«Und ich dachte, er wäre stumm!» murmelte Gilles. «Wie ist er hierhergekommen? Es ist ein Wunder... ein richtiges Wunder! Ich wüßte gern, was er ihnen sagt.»

«Er sagt, Seigneur, daß du gut und gerecht bist, daß du ein Weißer bist, wie er noch nie einem begegnet ist, daß du ihn aus dem Meer gerettet hast, vor den Haifischen und von einem Sklavenschiff, daß du dich für ihn schlagen mußtest, daß du ihn gepflegt hast wie einen Bruder... Er sagt, daß du von den Göttern gesandt worden bist, und daß ihr Fluch auf den fallen wird, der dich tötet.»

Es war Désirée, die, aus ihrem Schlaf erwacht, wieder erschienen war. Sie ging auf Gilles zu, beugte das Knie vor ihm, nahm seine Hand und drückte ihre Lippen darauf.

«Verzeiht mir, Seigneur! Ich wußte nicht... und ich mußte gehorchen.»

«Du hattest keinerlei Grund, nicht zu gehorchen. Steh auf, Désirée. In Zukunft wirst du mir, oder vielmehr meiner Frau dienen...»

«Wenn sie dir ähnelt, wird es eine Freude sein...»

«Glaubt Ihr, er wird es schaffen?» fragte Finnegan, der aufmerksam die großartige Szene verfolgte, deren Zuschauer sie waren. «Es gibt Anführer unter ihnen, die sich nicht leicht überzeugen lassen werden... Und außerdem ist Euer Geretteter für sie ein völlig Unbekannter.»

«Vielleicht», sagte Désirée. «Aber er spricht wie sie und wie die großen Häuptlinge in Afrika sprechen. Er hat die Macht, die von den Ahnen kommt.»

Dennoch ließen sich, wie Finnegan vorausgesehen hatte, die gleichen zornigen Stimmen wie vorhin vernehmen und versuchten, den Zauber zu durchbrechen, in dem der schwarze Riese die Menge gefangenhielt. Wenn ihr Einfluß sie mitriß, würde auch Moses, so gewaltig seine Kraft auch war, weggefegt werden. Die Sklaven der ersten Reihe, die sich unter dieser bronzenen Stimme gebeugt hatten, hoben schon wieder die Köpfe. Man konnte ihre Unsicherheit, ihr Zögern ahnen. Im nächsten Moment schon würde vielleicht das Wunder, das die Rettung in Aussicht gestellt hatte, zu nichts zusammengeschrumpft und ein Opfer mehr dem Holocaust ausgeliefert sein...

Und dann, plötzlich, wurde es von neuem still. Die Menge öffnete sich, teilte sich wie einstmals das Meer vor den Hebräern, und aus der Lücke zwischen ihren gedrängten Reihen traten zwei junge Mädchen in weißen Kleidern hervor, jede eine brennende Kerze in der Hand. Hinter ihnen marschierte majestätisch eine imposante schwarze Frau, groß und kräftig, mit einem langen roten Gewand bekleidet, ein hohes, barbarisches Diadem auf dem Kopf, das aus roten und schwarzen Federn bestand und sie noch größer erscheinen ließ. Sie stützte sich auf einen langen Stab aus Ebenholz, ähnlich einem Bischofsstab, dessen Kopfmotiv jedoch eine auf dem Schwanz aufgerichtete Schlange darstellte. Und die rote Frau kam näher. Und die Menge verneigte sich vor ihr...

Tournemine hatte keine Zeit, Désirée zu fragen. Finnegan hatte sie schon erkannt.

«Aber das ist Célina!» rief er. «Ich habe immer geahnt, daß sie eine ‹Mamaloï› ist.»

«Was ist eine ‹Mamaloï›?» fragte der Chevalier.

«Eine Priesterin der Woodoo-Götter.»

«Célina ist die größte», erklärte Désirée leise. «Es gibt keinen Sklaven auf der Insel, der sich nicht vor ihr verneigt. Wenn sie auf den Herrn zugeht, ist er gerettet.»

«Aber wo war sie? Wenn ich mich dessen erinnere, was der Doktor sagte, war sie Köchin im Haus?»

«Sie war versteckt. Sie ist geflohen, als Legros die Haussklaven verkauft hat. Er hatte nicht das Recht, sie zu verkaufen, denn sie ist eine ‹Freie der Savanne›. Ebensowenig hatte er das Recht, den alten Saladin zu verkaufen, und dennoch hat er es getan... und Saladin hat sich erhängt.»

Den gebieterischen Blick ihrer schokoladenfarbenen Augen über die diesmal endgültig gebändigte Menge schweifen lassend, war Célina bei Moses angelangt, auf dessen Schulter sie eine wahrhaft herrscherliche Hand legte, dann sagte sie mit lauter Stimme einige rasche Worte, die eine merkwürdige Wirkung hatten: Die so ruhige, schweigende Menge wurde plötzlich wieder unruhig, hier und dort zeigten sich seltsame Strudel, dann stieß sie wie ein Schlacke speiender Vulkan vier Gruppen von Männern aus, in deren Mitte sich je ein Schwarzer wand, den seine Gefährten der Mamaloï zu Füßen warfen...

Das, was folgte, geschah so schnell, daß man es kaum wahrnehmen konnte. Célina sagte ein einziges Wort, und es war kaum verklungen, als vier Säbel wirbelten und zuschlugen. Vier Köpfe rollten in den Sand, der sich so rot färbte wie das Kleid der Priesterin. Aber Célina sah sie nicht einmal an. Jetzt wandte sie sich dem Haus zu.

«Komm», sagte Désirée und nahm Gilles' Hand. «Sie erwartet dich.»

Sie führte ihn bis zur Tür, dann ließ sie ihn allein hinausgehen. Langsam stieg er zu den beiden Schwarzen hinab, die ihn kommen sahen, aber nur Moses beugte das Knie, als er zu ihnen trat.

«Morgen», sagte Célina ernst, «werde ich mich vor dir verneigen und wieder deine Dienerin sein. Heute abend mußt du zu deinem eigenen Wohl einwilligen, an meiner Seite zu gehen, um in dein Haus zurückzukehren.»

«Du hast mich gerettet», sagte Gilles. «Wie könnte ich das ablehnen? Es wird mir eine Ehre sein, Célina.»

Sie entblößte lächelnd große, feste weiße Zähne.

«Du kennst meinen Namen? Wer hat ihn dir gesagt?»

«Doktor Finnegan, der zusammen mit fünf anderen meiner Freunde in diesem Haus war.»

«Dann», sagte Moses ruhig, «muß man sie herauskommen lassen und mit ihnen alles, was in diesem Haus dir gehört, denn es wird verbrannt. Die paar Fackeln, die man darauf geworfen hat, haben es nicht entzündet, denn das Dach ist aus Stein.»

Tournemine sah den Riesen mit amüsierter Überraschung an. «Du sprichst also meine Sprache? Ich dachte, du wärest stumm.»

«Ich kannte dich nicht, als du mich aufgenommen hast. Das war ein Vorteil, den ich bewahren wollte.»

«Wie bist du hergekommen?»

«Das werde ich dir nachher sagen, wenn du erlaubst. Jetzt müssen wir die anderen herauslassen.»

«Komm!» sagte Célina. «Es ist Zeit, daß du diesen verfluchten Ort verläßt. Dennoch möchte ich ein Versprechen von dir.»

«Welches?»

«Wirst du vergessen, was sich heute nacht hier zugetragen hat? Alles, was geschehen ist?»

«Du willst wissen, ob diese Unglücklichen bestraft werden? Ich habe ihnen gerade versprochen, daß es das nicht geben wird. Du hast selbst Gerechtigkeit geübt. Es gibt dem nichts hinzuzufügen.»

«Dann laß uns gehen! Dein Haus erwartet dich. Es ist leer, aber intakt, und du wirst dort besser aufgehoben sein als in der Wohnung eines Sklaventreibers.»

Seite an Seite, die beiden Mädchen mit den Kerzen immer voran, schritten sie auf die Menge zu, die sich wie vorhin vor ihnen öffnete. Pongo und Moses, die sich umarmt hatten, und die anderen folgten mit ihren Waffen und den Pferden, die man aus den Ställen geholt hatte...

Gefolgt von Hunderten von Augenpaaren, in denen jetzt erwas schimmerte, das wie Hoffnung aussah, gingen Gilles und Célina querfeldein auf die noch rauchenden, in Glut und Trümmer verwandelten Gebäude zu. Keiner von beiden sprach.

Doch plötzlich erhob sich mit dem Geprassel von Feuer ein großer Lichtschein. Auf der Kuppe des Hügels hielt der kleine Zug an und drehte sich um: Legros' Haus flammte wie eine Fackel, aber hinter dieser riesigen Fackel konnte man auf der anderen Seite des Limbé viele kleine Lichtpunkte marschieren sehen, die Fackeln derer, die die Wache gesichert hatten, und die sich nun so ruhig zurückzogen, als hätten sie einem Fest beigewohnt.

«Weißt du, wo Legros ist?» fragte Gilles Célina.

Sie schüttelte ihren federgeschmückten Kopf.

«Nein. Bei Olympe vielleicht. Ich weiß, daß sie ein Haus in Cap Français hat. Ich mußte mich verstecken, als ich geflohen war, denn er ist ein Dämon, dem ein weiblicher Dämon dient, der noch viel stärker ist als er. Ich konnte ihm nichts antun. Ich zog es vor, ihn zu vergessen. Warum tust du das nicht auch?»

«Glaubst du, er läßt sich vergessen? Nein. Sein Schlag ist danebengegangen. Das heißt nicht, daß er keinen Anschlag mehr auf mich oder die Meinen versuchen wird. Ich will ihn finden... und in Frieden schlafen.»

«Ich werde versuchen, es zu erfahren...»

Im Osten begann der Himmel heller zu werden. Die schreckliche Nacht war zu Ende. In wenigen Minuten würden die Strahlen der aufgehenden Sonne die Ruinen und die tiefen Spuren des Feuers beleuchten, dessen Verheerungen groß waren. Aber als Gilles, von Célina geführt, den Vorhang aus Kakteen und Fächerpalmen erreichte, der das große Haus schützte, vergoldete sich die Himmelskuppel mit allen Feuern der Morgenröte, und ihr Schein liebkoste die Mauern des Hauses, das noch immer leer war wie eine Muschel, deren Perlmuttfarbe es hatte, das aber von diesem Tag an zu einem neuen Leben erwachen würde.

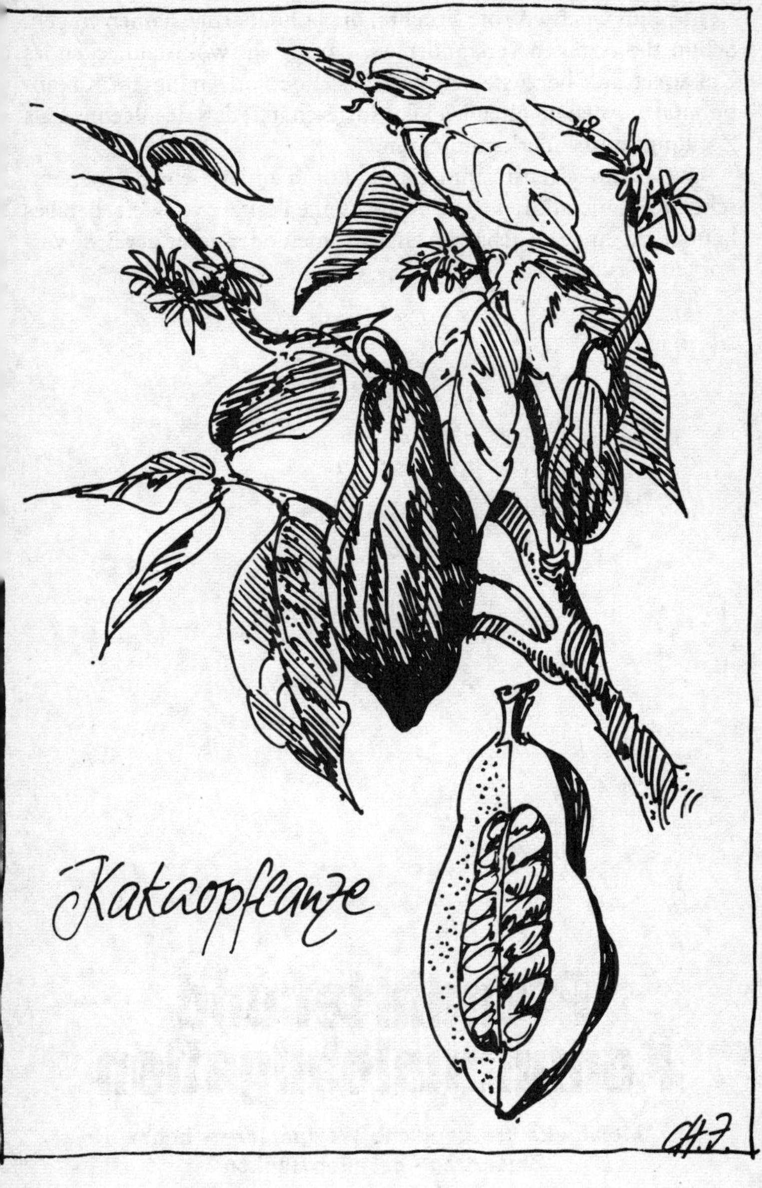

«Der rosa Schnee der Kakaobäume…»

... aus ihm wachsen rote Früchte, die bohnenartige Samen tragen. Schon die Azteken verstanden es, daraus ein wohlschmeckendes Kakaogetränk herzustellen, das sie «chokolatl» nannten. Kakaobohnen wurden im alten Mexiko so geschätzt, daß sie allgemein als Zahlungsmittel anerkannt waren.

«Welch ein segensreiches Geld», kommentierte einer der spanischen Konquistadoren, «es bewahrt seine Besitzer vor Geiz, denn es kann nicht lange zu Schätzen angesammelt oder unter der Erde verborgen werden.»

Dritter Teil

Die Sanduhr

11. Kapitel

Ball beim Gouverneur

Das Echo der Geigen klang Gilles und Judith über den Rasen entgegen, und bevor sie noch die zierliche Anlage des Rosengartens umschritten hatten, konnten sie die zahllosen Kerzen schimmern sehen, die die Salons der Residenz erleuchteten. Nie zuvor war der von einem ein wenig zu prunksüchtigen Gouverneur dem Zeitgeschmack entsprechend hergerichtete alte Jesuitenpalast schöner erschienen. Sein Weiß glänzte in der Nacht wie die Blüte einer riesigen Magnolie.

Trotz der Musik, trotz der duftenden Süße der Nacht jedoch (die Regenzeit war eben zu Ende gegangen), trotz des Schimmerns der Ballroben und Juwelen, das man durch die weit geöffneten Fenster wahrnehmen konnte, trotz der leichtfüßigen Anmut der Menuette schien dieses bezaubernde Bild für Gilles seltsamerweise jeder Fröhlichkeit zu entbehren.

Zu diesem Abschiedsball, den Monsieur de La Luzerne vor seiner Abfahrt nach Frankreich gab, wo er das Portefeuille der Marine übernehmen würde, auf das der Marschall de Castries verzichtet hatte, war hier in den geräumigen Salons die ganze Blüte Santo Domingos vereint, eine Art Zivilisation vielleicht, wenn man bereit war, diesen Begriff nicht allzu sehr zu vertiefen, denn die meisten dieser Leute lebten auf die denkbar arroganteste und ungerechteste Weise. Unter der Pracht dieser Blüte hatte Tournemine seit drei Monaten ihr von Menschenfleisch sich nährendes Wurzelwerk zu sehen gelernt. Und dieses Fest wirkte plötzlich wie ein Ball von Schatten auf ihn, denn ein solcher Stand der Dinge in so geringer Entfernung von jenem Amerika, wo das schöne Wort Freiheit geboren war, konnte nicht ewig dauern, und diese Leute tanzten vielleicht schon vor ihren offenen Gräbern.

Während er sich den erleuchteten Salons näherte, konnte er die

Sklaven in ihren prächtigen Livreen und weißen Perücken beobachten, die sich mit Tabletts voller Champagnerkelchen oder Gläsern unter großen Kosten eingeführten französischen Weins zwischen den Gästen bewegten. Und er hatte plötzlich den seltsamen Eindruck, daß nur sie wirklich seien, sie allein die Realität der Zukunft repräsentierten.

Doch da er im Augenblick noch ein Teil dieser dekadenten Zivilisation war, zwang er sich, seine schlechte Laune abzuschütteln, und machte sich innerlich Vorwürfe. Was hatte er plötzlich, und woher kamen diese pessimistischen Gedanken? Lief bei ihm nicht alles zum besten, da «Haute-Savane», vom Schrecken befreit, kraftvoll noch größerem Wohlstand entgegenging?

Nein, genaugenommen lief nicht alles zum besten, wenigstens was seine Beziehungen zum weiblichen Element des Hauses betraf. Und die düsteren Gedanken, die ihn überkommen hatten, rührten vielleicht von einem Anflug von Vorahnung her, der ihn seit dem Aufstand, aber weit spürbarer noch seit der Szene heimsuchte, die ihn kurz vor dem Aufbruch zur Residenz gegen Judith aufgebracht hatte und seit Stunden in ihm schwelte.

An diesem Morgen hatte er, während er zusammen mit Zébulon, seinem Kammerdiener, die Kleidungsstücke auswählte, die er beim Ball und während der beiden Tage, die die Tournemine am Cap zubringen würden, zu tragen gedachte, auf dem Grund der Tasche eines seiner Röcke zwei vergessene kleine Päckchen wiedergefunden: das Kreuz und das Armband, die er am Tag ihrer Ankunft auf der Insel für Anna und Madalen gekauft hatte. Während der drei vergangenen Monate war so viel zu tun gewesen, daß er nicht mehr daran gedacht hatte. So viel war auf ihn eingestürmt, daß der Gedanke an seine Liebe zu dem jungen Mädchen ihn nur selten gestreift hatte... Entschlossen, die Übergabe seiner Geschenke nicht länger zu verschieben, hatte er alles in die Tasche gesteckt und sich auf die Suche nach den beiden Frauen gemacht.

Die Familie Gauthier bewohnte ein kleines Haus am Ende des Parks in der Nähe der Baumwollfelder, das noch bis vor kurzem Privatbesitz Jacques de Ferronnets gewesen war. Gilles hatte es instand setzen und einrichten lassen, so daß drei Personen dort bequem leben konnten.

Da er wußte, daß Anna und Madalen die Gewohnheit hatten, sich jeden Morgen zu einer kleinen Kapelle zu begeben, die am Ufer des Limbé auf halbem Wege nach Port-Margot lag, um dort die

Messe zu hören, und daß dies die Stunde war, in der sie zurückkommen würden, ging er dem kleinen weißen Haus zu, dem ein mächtiger Flamboyant einen prächtigen Rahmen verlieh, aber fast schon auf halbem Wege traf er den ihm zu Pferd entgegenkommenden Pierre. Der junge Mann schien ebenso sorgenvoll wie in Eile, aber trotzdem hielt er an, um Tournemine zu begrüßen.

«Du machst ein betrübtes Gesicht, Pierre. Was ist nicht in Ordnung?» fragte dieser.

«Meiner Mutter geht es heute morgen nicht gut. Ich will Doktor Finnegan holen.»

«Nichts Ernstes, hoffe ich?»

«Ich glaube nicht. Als sie heute morgen aufstand, fühlte sie sich nicht wohl und hat sich wieder hingelegt und Madalen allein zur Messe gehen lassen. Sie dachte, ihr Zustand würde sich bessern, wenn sie länger ruhte, aber sie hört nicht auf, sich zu erbrechen, und ich hole lieber den Doktor.»

«Du hast recht. Mach schnell.»

Er wollte erst hinzufügen: «Ich folge dir...», aber er hielt sich zurück, denn erstens war es wirklich nicht der geeignete Augenblick, ein Schmuckstück zu übergeben, und zweitens hatte das, was Pierre ihm gesagt hatte, sein Herz ein wenig schneller schlagen lassen. Madalen war allein zur kleinen Kirche gegangen, und das bedeutete, daß es möglich war, ihr allein zu begegnen. Die Lust, ihr entgegenzugehen, war unwiderstehlich, und Gilles machte auch nicht den geringsten Versuch, ihr zu widerstehen: Es war so lange her, daß er Gelegenheit gehabt hatte, einen Moment mit der, die er liebte, allein zu sein...

Pierre verschwand hinter einem hohen Windfang von zitterndem Schilfrohr, und Gilles schlug langsam den Weg ein, der zum Fluß und zur Kapelle führte. Bald entdeckte er Madalen. Auf einem grauen Esel sitzend, der ihr fast nur für den langen Weg zum Gotteshaus diente, ritt sie langsam unter den purpurnen Bäumen dahin. Sie hatte die Zügel auf dem Hals ihres Reittiers gelassen und betrachtete träumerisch einen dünnen Jasminzweig, den sie von Zeit zu Zeit an die Nase führte. Angetan mit einem weiten Kattunkleid von jenem zarten Blau, das sie liebte, eine leichte weiße Musselinhaube auf der silbrigen Seide ihres blonden, über der Stirn zu schwerer Fülle aufgesteckten Haars, aus dem sich eine lange, weiche Locke gelöst hatte, die gegen ihren Hals wehte, war sie entzückend und hell wie ein Frühlingsmorgen.

Als sie Gilles mitten auf ihrem Weg stehen sah, zuckte sie zusammen und wurde sehr rot, aber sie hielt ihren Esel an. Ihre blauen Augen blickten verwirrt und suchten sichtlich nach einem Ausweg, einem Loch, durch das sie der drohenden Gefahr entfliehen konnte. Aber er ließ ihr keine Zeit, diesen von der Vorsehung erhofften Ausweg zu finden, und schnell auf sie zugehend, ergriff er die Zügel des Esels.

«Es gibt keinen anderen Weg, Madalen», sagte er lachend, «noch eine andere Möglichkeit, nach Hause zu gelangen.»

Sie wandte den Kopf ab, verwehrte ihm die Begegnung ihres Blicks.

«Ich suche keine, Monsieur le Chevalier, ich versichere es Euch.»

Er bemerkte, daß sie wieder zu der zeremoniösen Anrede zurückgekehrt war, die nicht zu benutzen er sie inzwischen gebeten hatte, aber er sagte nichts dazu. Er war noch nie einem Mädchen begegnet, mit dem es sich so schwer umgehen ließ.

«Es ist sehr häßlich, wißt Ihr, zu lügen, wenn man von der Messe kommt», sagte er.

Aber da er sie schon den Tränen nahe sah, änderte er den Ton. «Madalen», sagte er sanft. «Habt Ihr solche Angst vor mir?»

«Aber ich habe keine Angst...»

«Warum flieht Ihr dann vor mir? Werdet Ihr mir nie vergeben, was auf dem kleinen Friedhof in Harlem geschah? Kommt, habt wenigstens den Mut, mich anzusehen.»

Der Blick, den sie auf ihn richtete, war so angstvoll, daß er Mitleid mit ihr empfand, aber als sei schon der Anblick des jungen Mannes ihr unerträglich, wandte sie ihn wieder ab und murmelte:

«Nicht Euch muß ich vergeben: mir... Ich hätte Euch nie gestehen dürfen, daß... daß...»

Sie stolperte über das Wort, wie sie über den bloßen Gedanken an Liebe in ihrem ganzen Ausmaß stolperte. Er ergänzte für sie:

«Daß Ihr mich liebt? Aber das ist kein Verbrechen, Madalen.»

«Doch, es ist eins, denn Ihr gehört einer anderen. Ihr seid verheiratet, und ich habe kein Recht, Euch zu lieben...»

«Recht, Recht! Das Herz allein hat Rechte. Man ist für seine Empfindungen nicht verantwortlich, und Ihr könnt nichts dagegen tun. Das ist nicht Euer Fehler, und es ist ebensowenig der meine, wenn ich meine Frau nicht mehr liebe... die mich übrigens auch nicht mehr liebt.»

«Das ändert nichts an der Tatsache, daß sie vor Gott und den

Menschen Eure Frau ist. Nichts ist zwischen uns möglich, Monsieur Gilles, nichts! Sicherlich wäre es das Klügste, wenn ich fortginge, aber ich kann nicht allein gehen, und die Meinen sind glücklich hier...»

«Ihr habt wirklich Lust fortzugehen? Sagt mir die Wahrheit, Madalen, Ihr habt wirklich Lust, Euch von mir zu entfernen?»

Sie schüttelte verzweifelt den Kopf, und er sah Tränen ihre Wange hinunterlaufen.

«Nein... nein! Ihr wißt genau, daß es nicht so ist! Ich bitte Euch, versucht nicht mehr, mich allein zu sehen, wie Ihr es jetzt getan habt. Das ist grausam... Wenigstens wenn Ihr mir nichts Wichtiges zu sagen habt.»

«Ich sage Euch, daß ich Euch liebe, und Ihr denkt offensichtlich, das sei nicht wichtig», sagte er bitter. «Na, gut... heute morgen habe ich zwei kleine Dinge wiedergefunden, die ich für Eure Mutter und für Euch am Tage unserer Ankunft hier kaufte. Eine Art Willkommensgeschenk. In den Ereignissen, die wir hier inzwischen durchlebten, hatte ich sie ein wenig vergessen, und ich wollte sie Euch bringen, als ich Pierre begegnete. Nehmt! Das kleinere ist für Eure Mutter, das andere für Euch...»

Trotz ihrer extremen Frömmigkeit und ihrer strengen Lebensauffassung war Madalen nichts weniger als eine echte Evastochter und vermochte der Anziehungskraft des kleinen, in Seide gewickelten Päckchens nicht zu widerstehen. Einen Augenblick später schimmerte das hübsche Armband aus Goldblättern und kleinen Perlen an ihren zitternden Fingerspitzen in der Sonne.

«Das ist nicht möglich!» flüsterte sie. «Das kann nicht für mich sein! Das ist viel zu schön... ich kann es nicht tragen.»

Aber ihre blauen Augen waren voller Sterne, und Gilles sah, daß sie glücklich war.

«Nichts ist zu schön für Euch, Madalen», sagte er mit einer Zärtlichkeit, die sonst nicht seine Art war. «Bald, wenn wir mit den Arbeiten auf der Plantage und am Haus fertig sind, geben wir ein großes Fest. Dann könnt Ihr Euer Armband tragen, und ich werde glücklich sein, ein ganz kleines bißchen dazu beigetragen zu haben, Euch noch schöner zu machen...»

Gilles sollte nie erfahren, was eine errötende Madalen, deren Augen plötzlich voller Zärtlichkeit für ihn waren, geantwortet hätte, denn genau in diesem Moment tauchte Judith plötzlich auf ihrer weißen Stute hinter der den Weg säumenden Zitronenhecke auf. In einem dunkelgrünen Reitkleid, auf das die flammende Fülle ihres roten Haars offen hinunterfiel, bot sie ein prachtvolles Bild gekränkten Stolzes. Von der Höhe ihres Reittiers herab ließ sie ihren zornfunkelnden Blick auf dem Paar ruhen.

«Bauern finden sich immer wieder zusammen!» warf sie mit einem Höchstmaß von Verachtung hin. «Gleich und gleich gesellt sich gern. Wenn das da –» und mit dem Ende ihrer Reitpeitsche wies sie auf das Armband – «der Preis für Eure Tugend ist, mein Kind, schätzt Euer Verführer sie nicht sehr hoch ein. Die schönen Mulattinnen vom Cap würden dafür kaum eine Nacht gewähren. Ihr solltet Eure Preise revidieren...»

Und bevor Gilles ihr hatte antworten können, hatte sie mit der zierlichen goldgefaßten Ledergerte die Kruppe ihres Pferdes berührt, das sie im Galopp in Richtung des Hauses entführte.

Madalen war bleich geworden bis zu den Lippen. Als versenge es ihre Hand, warf sie Gilles das Armband zu und brach in Schluchzen aus. Auch sie trieb ihren Esel an, ohne die Entschuldigungen und Trostworte hören zu wollen, die Gilles ihr bot. Er wollte ihr folgen, aber als er Pierre zwischen den Bäumen erscheinen sah, der in Gesellschaft Liam Finnegans zurückkehrte, blieb er stehen, mit einigem Recht der Meinung, daß es lächerlich aussehen müßte, so einem Esel hinterherzulaufen. Auf einem Umweg gelangte auch er zum Haus, entschlossen, Judith die ganze Schwere seiner Empörung über die einer Unschuldigen angetanen Beleidigungen fühlen zu lassen, aber als er vor der Tür seiner Frau anlangte, weigerte sich diese zu öffnen.

«Madame läßt Monsieur sagen, daß sie um keinen Preis gestört werden will», sagte ihm Fanchon, die in diesem Augenblick erschien, halb versteckt hinter einem Arm voll Satin und Musselin. «Sie ist mit ihren Vorbereitungen im Rückstand.»

«So teilt ihr mit, sie möchte versuchen, diesen Rückstand aufzuholen», sagte Gilles trocken. «Wir brechen in einer Stunde auf. Nicht eine Minute später, denn ich habe am Cap Geschäfte mit Maître Maublanc.»

In der Tat hatte sich der Rechtsanwalt seit der dramatischen Nacht, die «Haute-Savane» erlebt hatte, plötzlich in einen ebenso zuvorkommenden wie nützlichen Mitarbeiter verwandelt. Als er sicher war, daß eine Rückkehr Simon Legros', der so gründlich von der Oberfläche der Insel verschwunden war, als habe sich die Erde unter ihm aufgetan, kaum noch zu befürchten war, hatte Maublanc sich mit einem Eifer in Tournemines Dienste gestellt, der einen großen Teil Erleichterung zu enthalten schien. Es mußte zwischen den beiden eine oder mehrere Leichen gegeben haben, und der Notar war nicht böse, seinen Komplizen außer Gefecht zu sehen. Der neue Herr von «Haute-Savane» hatte in der Tat gleich am Morgen nach der Revolte Klage wegen Aufwiegelei zum Aufstand, versuchten Mordes durch eine Mittelsperson und schweren Vergehens gegen den Code Noir eingereicht. Der Gouverneur La Luzerne hatte in den Städten und Dörfern einen Aushang anschlagen lassen, der den Sieur Legros betraf. Wenn dieser es wagen sollte, wieder aufzutauchen, hatte er alle Chancen, auf dem Schafott zu enden, eine Möglichkeit, die seinen ehemaligen Verbündeten mit Wohlgefallen zu erfüllen schien. Und Maublanc leistete seitdem gute Arbeit für seinen neuen Klienten.

So war es ihm zu verdanken, daß «Haute-Savane» wieder möbliert worden war. Er hatte Gilles nach Port-au-Prince begleitet, um ihm dabei behilflich zu sein, die besten Stücke einer großen Versteigerung von Möbeln und anderen Gegenständen zu erwerben, die nach dem Tode eines ohne Erben verstorbenen Mitglieds des Magistrats stattfand. Aus dem gleichen Nachlaß hatte Tournemine ein Haus kaufen können, klein aber anmutig, am Cours Villeverd gelegen, das dem Verstorbenen als Absteigequartier gedient hatte, wenn er zum Cap kam.

Und er war es auch, der den Rückkauf der Haussklaven des ehemaligen Ferronnet-Besitzes aus den verschiedenen Häusern, in die sie verkauft worden waren, betrieben hatte. So waren die Zwillinge Zélie und Zébulon, der imposante Charlot, der so etwas wie Hausmeister gewesen war, und das Ehepaar Justin und Thisbé, letztere übrigens die Tochter Célinas, alle miteinander zurückgekommen.

Justin und Thisbé waren ein schon reifes Paar, und die Trennung (denn sie waren von Legros verschiedenen Käufern überlassen worden) war für sie sehr schmerzlich gewesen. Gerührt über ihre Wiedersehensfreude, hatte Gilles de Tournemine sie augenblicklich freigelassen und ihnen wie freien, regelrecht besoldeten Dienern sein neues Haus am Cap anvertraut, wo beide ihr Bestes gaben.

In dieses Haus begaben sich jetzt die Tournemine, um sich für den Ball des Gouverneurs herzurichten. Aber wenn Gilles gehofft hatte, sich unterwegs mit Judith aussprechen zu können, wurde er enttäuscht: die junge Frau hatte sich dafür entschieden, den Weg zu Pferd zurückzulegen. So entschloß er sich, ein Gleiches zu tun und die Kutsche Fanchon, Zébulon und dem Gepäck zu überlassen.

Höflich überließen er und Merlin die Führung des kleinen Zuges Judith und ihrer Stute Viviane, einem schönen Tier, das mit dem Hengst des Chevaliers ein wenig kokettierte, und während der ganzen Reise sah er dicke rote Zöpfe auf Judiths Rücken und Vivianes weißen Schwanz vor sich her hüpfen, ohne daß die beiden Eheleute ein einziges Wort miteinander wechselten. Madame de Tournemine hatte ihren Gatten nicht einmal eines Blicks gewürdigt, als er im Augenblick des Aufbruchs den Steigbügel gehalten hatte, um ihr in den Sattel zu helfen.

Ebenso war es bei der Ankunft. Kaum im Garten des Hauses, ließ Judith sich zur Erde gleiten, warf die Zügel einem Negerkind zu, das Thisbé adoptiert hatte, und die lange Schleppe ihres Reitkleids zusammenraffend, stieg sie die Freitreppe hinauf und betrat die Vorhalle, ohne etwas von ihrer Haltung einer beleidigten Königin einzubüßen. Mit einem Seufzer sah Gilles sie auf der Treppe, die zu ihrem Zimmer führte, verschwinden, auf ihren Fersen Fanchon mit der Parfumtasche und dem Schmuckkoffer. Der Abend versprach angenehm zu werden, wenn es ihm nicht gelang, den gefährlich geschwollenen Abszeß zum Platzen zu bringen, bevor sie beide die Salons des Gouverneurs betraten. Da er die oft heftigen Reaktionen seiner Frau kannte, hatte er keineswegs die Absicht, sich von ihr vor der feinsten Creme der dominikanischen Gesellschaft wie ein Bauer behandeln zu lassen. Wenn es Sturm geben mußte, dann sollte er ausbrechen, bevor man fortging. In dieser Absicht beeilte er sich mit seiner Toilette, und ein paar Minuten vor der geplanten Abfahrtszeit klopfte er an die Tür seiner Frau.

«Seid Ihr fertig, Judith? Ich habe mit Euch zu reden.»

Niemand antwortete, aber da er auf der anderen Seite der Tür das Flüstern zweier Stimmen zu vernehmen glaubte, drückte er auf die Klinke und trat ohne weitere Voranmeldung ein.

«Ich habe Euch nicht gestattet, einzutreten», rief Judith, die hinter einem hohen Paravent aus bemalter Seide verborgen war.

«Schlimm genug. Ihr hättet nur zu antworten brauchen, als ich Euch fragte. Fanchon, tut mir den Gefallen und geht hinaus. Ich habe gesagt, daß ich mit Eurer Herrin reden muß.»

«Es mangelt Euch nicht an Verwegenheit!» sagte Judith mit einer so heftigen Bewegung, daß der Paravent mit einem dumpfen Geräusch auf den Teppich fiel.

Beim Anblick seiner Frau unterdrückte Gilles einen Fluch, während sein sonnenverbranntes Gesicht in einem Anfall von schwer zurückgehaltener Wut blutrot wurde: die Judith, die ihm gegenüberstand und arrogant den feinen, von rotem Gold gekrönten Kopf hob, glich genau der, die sie gewesen war, als er sie in der Rue Clichy wiedergefunden hatte, wo sie die Männer durch den Glanz und die Vollkommenheit ihrer Schönheit in ihren Spielsalon zog. Das Kleid, das sie trug, ganz aus schwarzer Spitze, war das genaue Abbild dessen, in dem Gilles sie im Verlauf jenes Abends gesehen hatte, an dem er wirklich glaubte, verrückt zu werden. Wie an jenem Abend ließ der weite, knapp bis zur Erde reichende Rock die außerordentliche Schlankheit ihrer Taille zur Geltung kommen, und ihre blendenden Schultern und ihr Busen hoben sich aus dem weichen schwarzen Gewoge wie Orchideen über dunkler Erde.

«Euch mangelt's ebensowenig an Verwegenheit», grollte er. «Ich glaubte, Ihr hättet aus Paris kein anderes Kleidungsstück als Euren weiten Mantel mitgenommen?' Offensichtlich habt Ihr auch Eure abgelegten Kleider einer ausgehaltenen Frau mitgebracht!»

Er verspürte das grausame und bittere Vergnügen, sie erblassen zu sehen, aber auf dem langen, schlanken Hals blieb Judiths Kopf noch immer ebenso stolz erhoben, ihr schwarzer Blick noch immer genauso gebieterisch.

«Es ist immer leicht für eine gute Schneiderin, ein Kleid zu kopieren, wenn man es ihr nur gut genug beschreiben kann, und in New York hatte ich eine ausgezeichnete Schneiderin», sagte sie mit unerwarteter Ruhe. «Ich gestehe, daß ich dieses Kleid liebte, und ich glaubte nicht, daß ein Mann wie Ihr solchem Putzkram irgendwelche Aufmerksamkeit schenken könnte. In meinen Gedanken war also keine kränkende Absicht Euch gegenüber, aber ich gestehe, daß es heute abend ganz anders aussieht. Von dem Augenblick an, da mein Mann seine Gunst einer Dienerin vorbehält, ist es höchste Zeit für mich, mir einen Liebhaber zu suchen, und das am hellichten Tag.»

«Madalen ist weder eine Dienerin noch meine Geliebte.»

«Diese zweite Möglichkeit wird nicht lange auf sich warten lassen. Ich würde übrigens gern wissen, was ihre genaue Stellung in unserem Haus ist. In New York war sie für die Wäsche zuständig. Hier hat sie dank Zélie, die eine unübertreffliche Wäschereiaufseherin ist, nicht mehr viel zu tun. Aber nach allem, was ich heute morgen sah, stelle ich mir vor, daß Ihr sie für die angenehme Rolle einer

Konkubine vorgesehen habt, in Ermangelung der Möglichkeit, sie wie die Muselmanen oder Chinesen als zweite Frau zu nehmen?»

«Wir verdanken unser Vermögen ihrem Großvater. Das wenigste, was ich tun kann, ist, mich um sie zu kümmern wie um den Rest ihrer Familie, und unter diesen Umständen sehe ich keinerlei Grund, sie wie eine Dienerin zu behandeln noch ihr irgendeine Funktion zuzuschreiben. Sagt Euch, daß die Gauthiers hier nur arbeiten, weil sie es so wollen. Aber offensichtlich gibt es Dinge, die Ihr nie verstehen werdet.»

Plötzlich verdunkelten sich die großen schwarzen Diamantenaugen.

«Was soll ich verstehen, wenn der Mann, dessen Namen ich trage, in drei Monaten nicht ein einziges Mal die Schwelle meines Zimmers überschreitet? Ich weiß, daß Ihr seit drei Monaten eine gewaltige Arbeit geleistet habt, und daß Ihr beim Souper vor Müdigkeit fast in Euren Teller gefallen seid. Jetzt glaube ich, daß es sich um eine Komödie handelte, und daß Ihr woanders fandet, was Ihr bei mir nicht mehr sucht...»

Der fast schmerzliche Ton ihrer Stimme überraschte Gilles und brachte ihn in Verlegenheit, ohne jedoch sein Gewissen zu belasten, denn in der Tat hatte er mit Pongo, Moses und Pierre Gauthier härter gearbeitet als seine Sklaven und jeden Abend nur daran gedacht, sein Bett aufzusuchen, in das er sich meist hatte fallen lassen, ohne zuvor noch ins Bad zu gehen. Nur als er zu der Versteigerung in Port-au-Prince gegangen war, hatte er ein paar Stunden in der Gesellschaft einer prachtvollen Mestizin zugebracht, die ihm gewisse Feinheiten der Liebe nach Art des Landes beigebracht hatte. Doch davon abgesehen war sein Leben das eines Mönchs gewesen.

«Seht keine Beleidigung darin», sagte er. «Ich gebe Euch mein Wort, daß keine Frau unseres Haushalts meine Zuneigung erfahren hat, und Ihr habt vollkommen recht, wenn Ihr meine Enthaltsamkeit meiner Müdigkeit zuschreibt. Aber wenn es Euch recht ist, kommen wir nach der Rückkehr vom Ball auf das Thema zurück. Ihr habt kaum Zeit, das Kleid zu wechseln.»

Die leichte Entspannung, die Judiths Verhalten hatte erkennen lassen, schwand vor diesem Befehl.

«Das kommt nicht in Frage. Es tut mir leid um Eure Erinnerungen, aber ich habe nichts Eleganteres. Außerdem glaube ich nicht, daß Ihr heute in der Position seid, eheliche Autorität geltend zu machen.»

Sie nahm von einem Sessel ein weites leichtes Cape aus gleichen Spitzen, legte es sich um die Schultern und verließ das Zimmer, es Gilles überlassend, ihr zu folgen oder zu bleiben. Er folgte ihr …

Auf der Schwelle der Salons, nach den Eintrittsbegrüßungen, trennte sich das Paar. Sofort von einem Hofstaat von Offizieren und Honoratioren umgeben, entfernte sich Judith am Arm eines blauroten Schiffskapitäns, der sie um eine Kopflänge überragte und höchst verwundert schien über sein Glück, erwählt worden zu sein. Gilles sah, wie sie sich heiter, lachend und scherzend durch die Menge bewegte, mit Anmut und Geist auf die Komplimente antwortend, die ihr zuflogen.

«Ihr macht ja ein fürchterliches Gesicht!» sagte hinter ihm eine herzliche Stimme. «Erzählt mir nicht, daß Ihr einer dieser bürgerlichen Ehemänner seid, die schmollen, sobald ihre Frau Erfolge erringt. Diese Sorte verdient allenfalls, ein kleines, häßliches Frauenzimmer zu heiraten.»

Damit trat Baron de La Vallée in Erscheinung, und Gilles schüttelte warm die freundschaftliche Hand. Seit er in Santo Domingo lebte, hatte er den festen, fröhlichen und durchaus gescheiten Charakter des Kaffeepflanzers und Sklavenhändlers schätzen gelernt, und die wenigen Besuche, die er hatte machen können, sei es im Haus am Cap, sei es auf der Plantage «Trois Rivières» zählten zu den guten Augenblicken, die er auf der Insel erlebt hatte.

Er nahm den Champagnerkelch, den Gérald von einem vorbeigetragenen Tablett geangelt hatte, und tauchte seine Lippen hinein, was ihm gestattete, nicht gleich antworten zu müssen. Doch La Vallée, der Judith und ihrem Kavalier, die jetzt mit den komplizierten Figuren des Menuetts beschäftigt waren, mit den Blicken folgte, griff erneut an.

«Madame de Tournemine ist heute abend von unwiderstehlicher Schönheit! Und welch himmlische Anmut! Wenn Ihr ein wenig eifersüchtig seid, habt Ihr da allerlei Gründe …»

«Ich bin nicht eifersüchtig», unterbrach Gilles, der sich für aufrichtig hielt und sich das leise, quälende Nagen, das er verspürte, nicht zu erklären vermochte. «Nicht mehr als Ihr … und ich sehe Madame de La Vallée nicht neben Euch. Es könnte unvorsichtig sein, nicht besser auf eine so schöne Frau aufzupassen? …»

La Vallée stieß eins jener homerischen, unwiderstehlichen Gelächter aus, die ihn meist zu einem durchaus anregenden und erquicklichen Gefährten machten.

«Um nichts in der Welt. Seitdem sie die Freuden des Whist kennengelernt hat, verachtet meine Frau das Tanzen von ganzem Herzen, und ich verspüre im Gegenteil ein gewisses Vergnügen dabei, ihre üblichen Tänzer vor Ungeduld vergehen zu sehen, während sie darauf warten, ob sie geruhen wird, sich ihrer zu erinnern... was nicht oft geschieht, denn sie ist wirklich mit Leidenschaft bei den Karten, wo sie sich übrigens ganz gut schlägt. Nein, wenn Denyse sich für einen anderen Mann interessieren sollte, könnte es nur ein außergewöhnlicher Spieler sein. Ich gestehe, daß mich während unserer letzten Reise in Frankreich die Tatsache ein wenig beunruhigte, daß ein arabischer Prinz, ein großer Liebhaber von Pferden und Karten, obendrein noch sehr schön, den sie bei Madame de Polignac kennengelernt hatte, eine etwas... überhandnehmende Bewunderung für sie zeigte. Ich befürchtete sogar, daß er sie entführen würde, und zog es vor, sie selbst zu entführen: Wir nahmen früher als vorgesehen ein Schiff. Hier bin ich unbesorgt...»

Er unterbrach sich. Der Generalintendant von Santo Domingo kam direkt auf sie zu.

«Ich habe Euch gesucht, Monsieur de La Vallée», sagte er kalt. «Man hat mir berichtet, daß ein Euch gehörendes Schiff, bis an die Luken mit Kaffee beladen, vor zwei Nächten heimlich die Mole von Saint-Nicolas mit Kurs auf Neu-England verlassen hat. Ist das wahr?»

Niemals waren La Vallées Augen von so treuherzigem Blau gewesen. Sein Gesicht verschleierte sich mit schmerzvoller Trauer.

«Wie kann ich auf eine solche Frage antworten, Herr Intendant? Meine Schiffe sind Euch bekannt. Ich habe nur zwei Transportmöglichkeiten für meinen Kaffee: die ‹Trois Rivières›, die vor einer Woche in Nantes eingelaufen sein muß, und die ‹Fleur de Mai›, die in der Werft liegt. Man wird mich wieder verleumdet haben.»

Der Marquis de Barbé-Marbois hätte trefflich für einen Engländer gelten können, seines Äußeren wegen, das das eines Nordländers war, schlank, elegant und kühl, wie auch wegen seines eisigen Humors. Er musterte das Meisterwerk verunglimpfter Unschuld, das das Gesicht seines Gesprächspartners bot, mit einem Lächeln aus den Augenwinkeln.

«Es scheint, daß man Euch in letzter Zeit viel verleumdet... Euch und übrigens gewisse andere auch. Ihr könnt Euch nicht vorstellen, wie oft man mir sagt, ein Schiff habe die Insel mit einem ganz anderen Ziel als Frankreich verlassen.»

«Ich kann's mir im Gegenteil sehr gut vorstellen», sagte La Vallée plötzlich scharf. «Viele von uns wünschen, auch Versailles könnte sich das von Zeit zu Zeit vorstellen. Das System der zwangsweisen Verschiffung nach Frankreich ist seit der amerikanischen Revolution, in der die Insel durch Schwächung der englischen Seestreitkräfte eine strategische Rolle spielte, nicht mehr tragbar. Es ist nicht mehr tragbar, daß die Aktivität von fast tausend Zuckerplantagen, zweitausend Kaffee- und dreitausendfünfhundert Indigopflanzungen nicht das Recht auf andere Absatzmärkte als unsere Hauptstadt haben soll. Jetzt, da wieder Frieden ist, könnten wir unseren Markt mühelos auf die jungen Vereinigten Staaten ausweiten. Ich weiß, daß Monsieur de Vergennes einer Revision unserer Charta ziemlich geneigt war, und daß...»

«Monsieur de Vergennes ist tot», unterbrach Barbé-Marbois sanft, «und es scheint, als sei der neue Minister für Auswärtige Angelegenheiten wie auch immer gearteten Veränderungen kaum geneigt. Zumal die Insel nicht zu seinem Ressort gehört, sondern zu dem des Marineministers. Auch Marschall de Castries war ein Mann, der Ideen gegenüber offen war... intelligenten Ideen. Unglücklicherweise ist er zurückgetreten, und es ist Euch nicht unbekannt, daß Monsieur de La Luzerne seinerseits fest auf der ausschließlichen Verschiffung nach Frankreich beharrt. In der Tat war er es, der mich gebeten hat, auf die Schmuggler Jagd zu machen, zweifellos um bei seiner Ankunft in Versailles eine bessere Figur zu machen. Es ist nicht einfach, Nachfolger des Marschalls zu sein!»

«Wenn ich recht verstehe», mischte Gilles sich ein, der der Unterhaltung der Männer aufmerksam zugehört hatte, «hat die Insel augenblicklich wenig Glück. Der Tod Vergennes', die Demission Monsieur de Castries? ...! In der Tat, warum verläßt er seinen Posten?»

«Er kann kaum etwas anderes tun. Der Krieg zwischen ihm und dem Finanzminister Calonne ist nicht mehr zu schlichten. Letzterer macht den Marschall fast öffentlich für das finanzielle Defizit Frankreichs verantwortlich, was falsch ist. Seit Jahren bemüht sich der Marschall, dem König begreiflich zu machen, was für das Interesse des Königreichs gut ist, und daß der Weg nicht über die Verkleinerung des Budgets einer Marine führt, die so tatkräftig zur Wiederaufrichtung Frankreichs in der Welt beigetragen hat. Aber bei der Königin stößt er auf Widerstand... er ist es leid, Kassandra zu spielen. Außerdem steht es mit seiner Gesundheit nicht zum besten. Ich gestehe gern, daß wir ihn vermissen werden.»

Die Königin! Immer wieder sie! Wann nur würde Marie-Antoinette müde werden, unter ihren und des Königs Füßen einen Abgrund zu graben, der sie verschlingen konnte, und von dessen ersten Anfängen sie in der Abgeschlossenheit ihrer kleinen Clique und der Ziererei Trianons nicht einmal etwas ahnte! Offensichtlich hatte sie aus dem Drama der Halsband-Affäre nicht nur nichts gelernt, sondern es hatte nur ihren Hochmut gereizt und sie dazu gebracht, sich mehr als je zuvor als Beraterin des Königreichs aufzuspielen.

«Wir mehr als alle anderen!» seufzte La Vallée. «Ich frage mich, ob die Regierung eines Tages einwilligen wird, uns als vollwertige Mitsprecher und erwachsene Teilhaber anzusehen. Warum versteht sie nicht, daß die Ausschließlichkeitsklausel, die Frankreich mit unnützen Gütern überschwemmt, ihr ebenso schadet wie uns? Wenn wir direkt mit anderen Staaten Handel treiben könnten...»

«Ich zweifle nicht, daß Eure Finanzen sich dabei beträchtlich vermehren würden», unterbrach ihn der Generalintendant mit seinem seltsamen, spöttischen Lächeln, «aber bei aller Gerechtigkeit, Monsieur de La Vallée, würdet Ihr nicht vergessen, den rechtmäßigen Anteil davon dem Fiskus zu übergeben? Ihr beweint Euer Elend. Dennoch ist der größte Teil der Pflanzer der Insel skandalös reich. Und der König ist es nicht... Seid Ihr noch immer auf der Suche nach Euerm Verwalter, Monsieur de Tournemine?» fügte er, das leicht peinliche Gespräch abbrechend, hinzu und wandte sich unmittelbar an Gilles, um La Vallée anzudeuten, daß das Thema für den Augenblick abgeschlossen sei.

«Das ist eine Frage, die ich Euch stellen wollte, Herr Generalintendant. Haben die Nachforschungen des Gouverneurs keinerlei Spur entdeckt?»

«Keinerlei, und ich glaube, es würde schwierig sein, welche zu finden ... selbst wenn man wirklich suchen würde. Ihr könnt Euch nicht vorstellen, wie leicht es für einen Mann in Santo Domingo ist zu verschwinden. Da sind die einsamen Hügel, auf denen die geflohenen Sklaven hausen, da sind die wilden Inseln, die uns umgeben: die Gonave, besser noch die Tortue, auf die sich kein halbwegs vernünftiges Kommando wagen würde, auch wenn die Zeiten der Flibustier vorbei sind, denn man weiß nicht allzuviel darüber, was sich da herumtreibt. Schließlich ist da noch der östliche Teil der Insel, der dem König von Spanien gehört... und der gern die aufnimmt, die mit uns nicht zufrieden sind. Nein, wirklich, Monsieur, wenn er nicht von selbst in Erscheinung tritt, haben wir kaum eine Chance,

Legros zu finden. Messieurs, ich wünsche Euch einen angenehmen Abend und... Monsieur de La Vallée, achtet doch ein bißchen besser darauf, daß Eure Schiffe nicht allzu oft die Schule schwänzen.»

Der Marquis entfernte sich, die Damen grüßend, hier und da mit einem der Herren ein paar liebenswürdige Worte wechselnd. Gilles folgte seiner eleganten Gestalt mit dem Blick, dann wandte er sich wieder zu seinem Freund.

«Wie habt Ihr es gemacht?» fragte er lächelnd. «Ich bin überzeugt, Ihr habt tatsächlich diese Ladung Kaffee ausfahren lassen. Trotzdem sind Eure Schiffe da, wo Ihr gesagt habt. Seid Ihr ein Zauberer?»

«Keineswegs! Die Sache ist höchst einfach, man muß nur außerhalb von hier zuverlässige Vertraute haben. Die ‹Fleur de Mai› hat einen Zwilling, ihr völlig ähnlich, der auch den gleichen Namen trägt, aber es ist immer nur einer von ihnen auf See. Währenddessen liegt der andere in der Werft oder in Ruhe. Die ‹Fleur de Mai› Nummer zwei erscheint in Santo Domingo nur zum Beladen. Zwischen zwei Reisen verstecke ich sie in einer sicheren Bucht von Cuba. Zu Euern Diensten übrigens, wenn der heimliche Handel mit Neu-England Euch reizt...»

Gilles brach in Gelächter aus.

«Ich sage nicht nein. Wir werden später sehen. Auf alle Fälle, Dank für das Angebot... Was machen wir jetzt?»

«Meiner Treu, ich glaube, ich werde tanzen. Ich sehe da hinten die hübsche kleine Le Normand, die mir zulächelt. Ich liebe es, meine Blicke beim Tanz in ihr Dekolleté zu versenken. Sie hat die hübschesten Brüste der Welt, und ich gebe die Hoffnung nicht auf, sie nachher hinauszuführen, um die Sterne zu betrachten! Es fängt an, verdammt heiß hier zu werden...»

Das war genau Gilles' Meinung. Der Duft der Blumen, die Parfums der Tanzenden und die Dichte der Menge, die die Salons füllte, machten die Luft trotz der weit in die Nacht geöffneten Fenster in zunehmendem Maße unerquicklich. Er verstand nicht, warum die Leute bei dieser Hitze, die die Schminke verlaufen und große Schweißflecken auf der Seide der Kleider entstehen ließ, so sehr darauf aus waren, sich zu bewegen.

Er suchte Judith in der Menge der Tanzenden und sah sie nicht. In der Annahme, sie habe vielleicht ihre Freundin Denyse im Spielsalon aufgesucht oder sei dabei, sich an einem der Buffets zu erfrischen, verspürte er keine Unruhe.

Nichtsdestoweniger machte er sich auf die Suche nach ihr, wenn auch nur, um nicht allein wie ein Zaunpfahl in seiner Saalecke zu bleiben, als er Madame Maublanc auf sich zukommen sah, die er bis vor kurzem trotz ihrer Aufmachung, die für tropisches Klima so ungeeignet wie möglich war, unter den eifrigsten Tänzerinnen beobachtet hatte.

Eulalie schleppte eine gewaltige Rockblase aus lachsrosa Seide nach, die ihr bedenkliche Ähnlichkeit mit einem im Aufgehen begriffenen roten Mond verlieh. Ihre Taille, weit entfernt von der Schlankheit derer Judiths oder Denyses, war in ein mitleidloses Fischbeinkorsett gepfercht, das das, was es unten zusammenpreßte, nach oben verdrängte. Ihr an sich schon üppiger Busen hatte so doppelten Umfang angenommen und drohte jeden Augenblick aus seinem schimmernden Seidengefängnis auszubrechen. Ihr war sichtlich sehr heiß, und unter der hohen, gepuderten, mit Blumen und Vögelchen gezierten Frisur glänzte ihr lebhaft gerötetes Gesicht, aus dem die Schminke verschwunden war, in reiner Auflösung.

Da er sie mit der Entschlossenheit einer zum Anlegen bereiten Fregatte auf sich zusteuern sah und wenig Lust verspürte, mit der imposanten Notarsgattin in engeren Kontakt zu treten, zog Gilles sich rasch in den Schutz einer Grünpflanze zurück, die glücklicherweise nahe bei einer Fenstertür stand, so daß er mühelos auf die Terrasse gelangte, die er eilends überquerte, um die in den Garten führende Treppe zu erreichen. Er trat eben in den schützenden Schatten eines mächtigen Orangenbaums, als der rosa Ballon, vor dem er floh, auf der Schwelle des Tanzsaals stehenblieb, heftig sich fächelnd und mit inquisitorischem Blick die Terrasse absuchend. Leise trat er einen Schritt zurück, als fürchte er, noch zu sichtbar zu sein, dann einen weiteren. Durch das schwarze Netz der Zweige und Blätter waren die erleuchtete Terrasse, die Frau im rosa Kleid nur noch ein Puzzle, aus dem einige Stücke fehlten...

Er befand sich jetzt in einer Allee aus Rosenlorbeer und Jasminsträuchern, die direkt zu einem Rasenplatz führte, über dem sich majestätisch die Äste eines riesigen Wollbaums ausbreiteten. Im Gegensatz zum Rosengarten bezog dieser Gartenteil sein Licht nur von den Sternen und wenigen Lampen. Es war still und mild. Der Gesang der Geigen entfernte sich, je weiter Gilles schritt, und nach der Gluthitze des Balls fand er diese Stille, diese duftende Frische der Nacht köstlich. Zu seinen Füßen dehnte sich die Stadt mit ihren Lichtern und, weiter entfernt, das Dunkelblau des Meers...

Da er nicht die geringste Lust verspürte, zur Menge zurückzukehren, setzte er langsam und friedlich seinen Spaziergang über den geräuschlosen Sandboden fort und bedauerte nur, daß es sich nicht schickte, seine Pfeife zu Gesellschaften mitzunehmen. Es wäre so angenehm gewesen, sein Flanieren vom vertrauten Geruch des Tabaks begleiten zu lassen.

Ein leichtes Stimmengeräusch, gefolgt von einem Frauenlachen, ließ ihn stillstehen. Zu seiner Rechten öffnete sich eine kleine Allee, nur dürftig vom Widerschein eines in den Tiefen einer Weinlaube versteckten rosafarbenen Lampions erhellt. Der sehr schwache Lichtschein war wie ein Nachtlicht: gerade ausreichend, um einen Sturz zu verhindern, aber der Nacht ihr Geheimnis lassend.

Er wollte sich diskret entfernen, als das Frauenlachen erneut hörbar wurde: ein süßes Lachen wie das Gurren einer Taube, ein Lachen, das er gut zu kennen glaubte. Einen Schritt weiter in die kleine, überdachte Allee vordringend, sah er undeutlich neben zwei sehr männlichen, mit weißen Seidenstrümpfen und Schuhen mit goldenen Schnallen bekleideten Beinen die schwarze Fülle eines Frauenkleids.

Nur einen Augenblick zögerte er. Von einem plötzlichen Wutanfall erfaßt, überwand er mit drei Sätzen die Strecke, die ihn von dem Paar trennte. Um zu entdecken, daß sein in der zuverlässigen Schule der Indianer geübtes Ohr ihn nicht getäuscht hatte: Es war tatsächlich seine Frau, die dort halb auf einer mit Kissen versehenen Bank in den Armen des Vicomte de Rendières lag, der sie gierig umarmte, während er mit einer Hand eine ihrer Brüste liebkoste, die frech aus ihrem Gefängnis aus schwarzen Spitzen entwichen war.

Nur einen Augenblick brauchte Tournemine, um das Paar zu trennen. Rendières beim Kragen seines Rocks packend, riß er ihn von seiner Frau hoch, wie ein Gärtner eine Schmarotzerpflanze ausreißt, und ließ ihn in den Sand fallen. Aber merkwürdigerweise reagierte Judith überhaupt nicht, machte nicht die geringste Anstrengung, ihre nackte Brust zu bedecken und blieb auf den Kissen ausgestreckt liegen, ein trotziges Lächeln auf den Lippen.

«Was soll ich jetzt tun? Vielleicht in Ohnmacht fallen, nachdem ich ausgerufen habe ‹Himmel! Mein Gemahl?› ... Rechnet nicht damit. Schließlich bekommt Ihr nur, was Ihr verdient...»

Er ergriff ihren Arm und zwang sie, sich aufzurichten.

«Bringt Euch wieder in Ordnung! Man könnte kommen. Aber ich fange an zu glauben...»

Er konnte seinen Satz nicht beenden. Rendières war aufgesprungen und warf sich, wenn auch noch etwas benommen, auf ihn, sichtlich rasend vor Wut.

«Elender Lümmel! Ihr werdet mir Genugtuung geben, und das auf der Stelle.»

Mit einem Hieb, der den Adjutanten des Gouverneurs beinahe wieder dorthin beförderte, woher er kam, wehrte Tournemine seinen Angreifer ab.

«Euch Genugtuung geben? Ihr träumt, Monsieur. Mir scheint, daß Ihr es seid, der mir Satisfaktion schuldet. Muß ich Euch daran erinnern, daß die Dame, an die Ihr Hand zu legen wagtet, meine Frau ist? Ich schätze kein Hirschgeweih auf einem Männerkopf.»

«Was macht's! Schlagen wir uns!»

Rendières hatte seinen leichten Paradedegen gezogen, den er an der Seite trug und den Gilles verächtlich zurückstieß.

«Damit? Ihr seid es, der träumt, Vicomte! Wenn ich mich schlage, bediene ich mich richtiger Waffen, denn ich beabsichtige nicht, mich mit einer Schramme zu begnügen. Ich habe vor, Euch eine Lektion zu erteilen, die Euch einen Augenblick nachdenken lassen wird, wenn nicht gar eine endgültige Lektion. Sich hier zu schlagen, kommt nicht in Frage. Wir sind beim Gouverneur. Er würde weder dem einen noch dem anderen verzeihen, und ich will seinen Abschiedsabend nicht mit Blut beflecken. Laßt uns in die Salons zurückkehren, Ihr wählt Eure Zeugen, ich wähle die meinen, und sie werden die Bedingungen des Treffens aushandeln, wie sie es verstehen. Kommt Ihr, Madame?» fügte er an Judiths Adresse gerichtet hinzu, die sich inzwischen wieder gebührend hergerichtet hatte.

«Wie Ihr wünscht», kreischte Rendières, «aber es ist an mir, die Waffen zu wählen, denn mich habt Ihr geschlagen, und ich verlange Pistolen. Versteht Ihr? Ich will mich mit Pistolen duellieren!»

«Warum?» fragte Gilles spöttisch. «Könnt Ihr mit einem Säbel oder einem Degen nicht umgehen? Aber ich persönlich sehe darin keinerlei Nachteil. Ihr könntet ebenso das zweihändige Schwert, die Lanze, die Geißel oder den Enterhaken wählen, ohne daß ich sonderlich in Verlegenheit geriete. Nehmen wir also Pistolen. Das wird mir das Vergnügen verschaffen, Euch zu der Stunde und an dem Ort, den unsere Zeugen aussuchen werden, mit einer Kugel zu erledigen… aber nicht später als Sonnenaufgang. Ich bin ein sehr beschäftigter Mann. Auf Wiedersehen, Monsieur.»

Und höflich seiner Frau den Arm bietend, die eine dennoch etwas zitternde Hand darauf legte, kehrte er mit ihr in die Salons zurück, wo er sich auf die Suche nach La Vallée machte, den er davon unterrichtete, was er von ihm erwarte, ohne jedoch ins Detail zu gehen. La Vallée zog eine Augenbraue hoch.

«Pest! Schon ein Duell? Und es ist nicht viel mehr als eine Stunde her, daß Ihr hier seid? Wahrhaftig, Ihr verliert keine Zeit!»

«In der Tat», stimmte Gilles ihm bei und warf einen Blick auf Judith. Wir sind eine Familie, in der man nie Zeit verliert. Könnt Ihr mir einen zweiten Zeugen finden?»

«Wie denn nicht? Meinen Schwager, Henri de Sélune. Ich suche ihn, und wir werden Euch zu Diensten sein. Bleibt Ihr hier?»

«Nein. Wir gehen nach Hause. Ihr findet mich dort. Entschuldigt uns bei Madame de La Vallée.»

Zehn Minuten später fuhren Judith und Gilles in ihrer offenen Kutsche zur Stadt hinunter, in völligem Schweigen, das in seltsamem Gegensatz zu dem überschäumenden Leben stand, das jetzt, da die Regenzeit vorüber war, auf dem Cap toste. Die Straßen waren noch belebter als am Tag. Man drängelte sich in den Schänken, den Wirtshäusern, beim Tanz im Freien der Schwarzen, denn für sie war der Tanz ein Ausdruck des Lebens selbst und die beste Art, zu den Göttern zu beten. Die Theater waren erleuchtet, Empfänge ließen die Fenster zahlreicher Kurtisanenhäuser erstrahlen, und auf den Straßen boten die Kleider ein erstaunliches Kaleidoskop lebhafter Farben. Selbst die Läden der Rue des Capitaines oder der Rue de la Joaillerie waren noch geöffnet, um den Wünschen der glücklichen Spieler gerecht werden zu können. Was die öffentlichen Mädchen anbetraf, machten sie sichtlich goldene Geschäfte.

All diese Fröhlichkeit, all dies Treiben betonte noch das freudlose Schweigen des Paars, dessen Weg mehr als ein neidischer Blick verfolgte, und das dennoch aus zwei Fremden zu bestehen schien, aus zwei Wesen, zwischen denen keinerlei Verbindung bestand. Nur als die Kutsche vor der erleuchteten Freitreppe des Hauses hielt, sagte Gilles, Judith die Hand reichend, um ihr beim Aussteigen behifllich zu sein: «Sobald La Vallée mir die Bedingungen des Treffens mitgeteilt hat, komme ich zu Euch. Wartet bitte auf mich.»

Sie antwortete nur mit einem Neigen des Kopfes, dann ging sie, ihre weiten Röcke zusammenraffend, die ein leichter Wind einer schwarzen Wolke gleich anhob, in ihr Zimmer hinauf.

Eine halbe Stunde später geleitete Gilles Gérald de La Vallée und seinen Schwager Henri de Sélune, einen Ladestock in der Uniform der Königlichen Marine, die gekommen waren, ihn mit den Bedingungen des Duells bekanntzumachen, zu ihrer Kutsche. Der Ort des Treffens war ein kleines Wiesenstück hinter dem Fort Picolet. Die Zeit: eine halbe Stunde vor Sonnenaufgang, damit die Offiziere, die den Duellanten assistierten, bei Tagesanbruch wieder auf ihren Posten sein konnten. Die gewählte Waffe war die Pistole... aber das Protokoll des Treffens ließ den wirklichen Grund des Duells unerwähnt, um Judiths Ehre zu schützen. Der Vorwand war eine Ableugnung, gefolgt von einem Streit.

Als die Kutsche sich entfernt hatte, befahl Gilles Justin, das Haus zu verschließen, ging dann in sein Zimmer und schraubte die Flamme seiner Nachtlampe höher, die neben dem großen Himmelbett stand. Aus einem auf einer Kommode stehenden Mahagonikasten nahm er seine Pistolen. Sie waren schon lange in seinem Besitz, und er hatte volles Vertrauen zu ihnen, denn sie lagen ihm gut in der Hand. Er sah, daß sie zündfertig waren, überprüfte jedoch den Abzug, bevor er die Kugeln einschob. Dann legte er sie auf ihren Platz zurück und schloß wieder den Kasten, den er einen Augenblick mit fast zärtlicher Hand streichelte.

Rendières, das wußte er, war ein ausgezeichneter Schütze, aber er sorgte sich nicht sehr um sein eigenes Geschick, denn seit dem Unabhängigkeitskrieg hatte er nie aufgehört, fast täglich zu üben, um sich die Schärfe seines Blicks und die Sicherheit seiner Hand zu erhalten. Selbst zu Pferde konnte er jedes beliebige Ziel in der Reichweite seiner Waffe treffen... Nachdem diese Vorbereitungen getroffen waren, ließ er sich, den Kopf in den Händen, einen Augenblick in einen Sessel nieder und genoß die tiefe Stille des Hauses, in dem alle bis auf ihn und Judith schlafen mußten, denn gleich nach seiner Rückkehr hatte er Zébulon ins Bett geschickt. Vor dem dunklen Hintergrund seiner Handflächen zeichnete sich noch einmal die Szene im Garten ab, irritierend wie ein juckender Insektenstich. Er sah Judith zurückgelehnt, mit nacktem Busen und geschlossenen Augen in den Armen dieses unerträglichen Gecken Rendières und versuchte zu verstehen. Er hatte ihre Drohung von vorhin, sich einem anderen Mann hinzugeben, nicht ernst genommen, und er hatte Unrecht gehabt. Wäre er ein paar Minuten später gekommen, hätte er zweifellos seine Frau dabei gefunden, das Verlangen ihres Liebhabers zu befriedigen... und vielleicht auch das eigene. Seltsamerweise empfand er keinerlei Zorn gegen sie. Auf sich selbst war er wütend. Auf sich, der, absorbiert von der sinnlosen Liebe zu einem achtzehnjährigen Kind wie von dem entsetzlichen Zweifel, den er seit Rozenns Tod mit sich herumschleppte, eine junge, eine sehr schöne Frau allen Begierden, allen Versuchungen einer Insel ausgeliefert hatte, auf der die Wollust ebenso Stadtrecht hatte wie auf Kythera und sich fordernd an allen Straßenecken erhob. Eine Frau, die die Liebe liebte, und die, zu kurz gekommen, vielleicht auf dem Weg war, Nymphomanin zu werden…

Langsam legte er seinen Rock aus weißer Seide ab und warf ihn über einen Stuhl, zog sich vollends aus und schlüpfte in ein weites, schwarzes chinesisches Gewand, das er bei Tsing-Tcha gefunden hatte, dem weisen und betriebsamen Freund Liam Finnegans. Dann trat er zu einem Wandschrank, nahm ein Glas heraus, eine Flasche mit schwarzem Rum, goß das Glas voll und leerte es.

Vielleicht würde er morgen sterben, denn der geschickteste Schütze vermochte nichts gegen den Ratschluß des Schicksals. Aber da er keine Geschäfte zu ordnen hatte, denn seine Verfügungen für den Fall seines plötzlichen Todes waren seit langem getroffen, hatte er keine Lust, sich noch länger damit aufzuhalten, bittere oder bedrückende Gedanken wiederzukäuen. Die einzige Art, die Stunde geziemend zu erwarten, in der er seine Brust den Kugeln Rendières bieten mußte, war außer Schlafen, was sich von selbst ausschloß, da er nicht müde war, lange und wollüstig die Süße eines Frauenleibs zu genießen. Und keine Frau war schöner als Judith…

Er verließ sein Zimmer durch die Fenstertür, überquerte die von Geißblatt und Kletterrosen überdachte Terrasse, die wie ein Bindestrich seine Räume mit denen Judiths verband, erreichte Judiths Fenster und öffnete, ohne zu klopfen, leise den Fensterflügel.

Auch das große weiße Zimmer war nur von einer Nachtlampe erhellt, die ein perlmuttfarbenes Licht auf die weißen Seidentapeten warf. Judith stand mitten im Zimmer in einem weiten Musselin-Hauskleid, das ihren Körper mehr zur Schau stellte als verhüllte. Ihr üppiges rotes, lose über die Schultern fallendes Haar umgab sie mit einem rotgoldenen Glorienschein. In ihren großen schwarzen Augen lag der furchtsame, flehende Ausdruck eines Tiers, das den Todesstoß erwartet.

Einen Augenblick blieben beide einander gegenüber stehen, nur die Breite des chinesischen Teppichs zwischen sich. Wie immer, wenn er sich allein ihr gegenüber befand, rührte die Schönheit seiner Frau an sein Herz, und er war unfähig, etwas von der widersprüchlichen Verwirrung seiner Gefühle zu begreifen. Vorhin hatte er rot gesehen, als er sie mit Rendières gefunden hatte. Hätte er sei beim Akt der Liebe ertappt, hätte er sie vielleicht getötet. Er hatte sie so sehr geliebt, und sie war so schön! Konnte es sein, daß sie noch immer eine Macht über ihn hatte, die über das bloße Begehren hinausging? Er sah plötzlich, daß sie trotz der Milde dieser schönen Nacht zitterte...

«Komm!» sagte er und öffnete die Arme. Sie warf sich hinein, nachdem sie mit einer geschmeidigen Schulterbewegung den weißen Musselin ihrer Robe hinter sich hatte fallen lassen. Von ihren langen weichen Schenkeln bis zu ihrem feuchten Mund, dessen Atem nach Nelken dufteten, hielt er sie an sich gepreßt. Seine Hände schlossen sich über ihrem Rücken, der seidig war wie der eines Füllens, während die Hände der jungen Frau ungeduldig seinen chinesischen Schlafrock öffneten, um seinen Körper besser zu fühlen. Ihr unglaublich gieriger Kuß ließ ihn schwindeln, doch als er Tränen an seinen Lippen spürte, begriff er, daß sie weinte.

Die Tränen wurden zu fast krampfartigem Schluchzen. Die nervöse Spannung preßte den Körper der jungen Frau gegen den seinen. Er trug sie aufs Bett, schmiegte sich an sie und versuchte, sie mit seinen Liebkosungen zu beruhigen.

«Ich will nicht...» wiederholte sie. «Ich will nicht, daß du dich schlägst! ... Nicht für mich! Nicht für eine Dirne!»

«Schweig!» befahl er. «Ich verbiete dir, diese Worte zu sagen!»

Sie stieß ein verzweifeltes Lachen aus. «Warum? Weil ich mich nicht bezahlen lasse? Aber ich bin wie jede der schwarzen Sklavinnen, die für dich arbeiten. Ich brauche die Liebe, ich brauche einen Mann. Warum läßt du mich immer allein? Warum kommst du nie zu mir? Weil du dieses Mädchen liebst?»

«Sprich keinen Unsinn. Du bist meine Frau, und ich habe nie aufgehört, dich zu begehren.»

«Aber du liebst mich nicht... aber du liebst mich nicht mehr. Mein Gott, ich möchte sterben.»

Das Schluchzen wurde stärker. Im rosigen Schein der Nachtlampe wand sich der bezaubernde Körper und offenbarte dem Licht bald ihre festen Brüste, bald ihren rotgold beschatteten Leib. Die junge Frau war am Rand einer Nervenkrise. Da bemächtigte Gilles sich ihrer gewaltsam, legte sich auf sie, drang in sie ein...

Judith stieß einen heiseren Schrei aus, aber wunderbarerweise entspannte sie sich, ließ sich treiben und von der glühenden Woge mitreißen, die wundervoll, barmherzig brach...

12. KAPITEL

Die Drohung

Die graue Kälte des Tagesanbruchs färbte sich rosa, erhellte die spiegelglatte, wie ein Taubenhals perlmuttfarbene Seide des Meers. Eine leichte Brise erhob sich, kräuselte die Seide und bewegte die hohen schwarzen Kokospalmen vor dem wechselnden Himmel. Der scharfe Pulvergeruch verwehte und ließ die Düfte der feuchten Erde und des noch schlafenden Meers zurückkehren. Ruhig reichte Gilles dem heranlaufenden La Vallée seine Pistole, dann zog er seinen Rock wieder an. Drüben, am Ende des im Schutz der Mauern des alten Forts à la Vauban gelegenen Feldes, umgab eine Gruppe von Uniformen sein neuestes Opfer, eine Gruppe, aus der Stöhnen zu vernehmen war.

«Niemals einen Schuß wie diesen gesehen», keuchte La Vallée ein wenig außer Atem. «Ihr habt ihm die Pistole in der Hand zerspringen lassen. Es wird eine Weile dauern, bis er wieder eine Waffe halten kann...»

«Oder eine Frau streicheln!» warf Tournemine spöttisch hin. «Es ist sehr gut so. Ich glaube nicht, daß er Lust hat, weiterzumachen. Es sei denn, er könnte mit beiden Händen schießen.»

«Wenige Männer können mit beiden Händen schießen.»

«Ich kann es. Ihr habt keine Ahnung, zu welchen Kunststücken einen der Krieg gegen Indianer zwingt. Nun, da diese Angelegenheit geregelt ist, können wir vielleicht frühstücken gehen? Ich sterbe vor Hunger. Ihr nicht?»

«Natürlich! Aber kommt wenigstens und unterzeichnet das Protokoll... und erkundigt Euch ritterlich nach dem Ergehen Eures Gegners. Das schickt sich unter Ehrenmännern... und dann», fügte La Vallée lachend hinzu, «es ist immer erfreulich, die Grimassen eines Mannes zu sehen, mit dem man abgerechnet hat.»

Die letzten Formalitäten waren rasch erledigt. Gilles beugte sich einen Moment über einen Rendières, der, weiß wie sein Hemd, im blutfleckigen Gras lag, während der Marinechirurg, den seine Zeugen mitgebracht hatten, seine Hand oder das, was davon übriggeblieben war, verband.

«Ich hoffe, Monsieur, daß Euch das eine Lehre sein wird», erklärte Gilles mit süßsaurer Miene. «Ich erkläre mich meinerseits für zufriedengestellt und wünsche Euch baldige Genesung... und eine ausgezeichnete Reise nach Frankreich, da Ihr ja mit Monsieur de La Luzerne abreisen werdet. Ihr Diener, Messieurs!» fügte er hinzu und grüßte die Runde.

Seinen Arm unter den seines Freundes schiebend, kehrte er sodann zu der Baumgruppe zurück, wo sie die Pferde gelassen hatten, gefolgt von Henri de Sélune, der trotz seines eisigen Naturells fast herzlich einem Mann gegenüber geworden war, der sich mit solcher Meisterschaft einer Pistole zu bedienen wußte.

«Ich habe große Lust, den neuen Gouverneur, Monsieur de Vincent, zu bitten, Euch zum Generalausbilder der jungen Offiziere zu ernennen», rief er. «Wahrhaftig, ich kenne viele, die es nötig hätten, sich in Eure Schule zu begeben.»

«Um Himmels willen, schont meine Bescheidenheit, lieber Monsieur! Meine kleinen Talente sollen verborgen bleiben und nur meinen Feinden zur Verfügung stehen. Jetzt laßt uns im ‹Brûlot Mercadier› einen guten Kaffee trinken. Ich habe nie besseren getrunken.»

«Das glaube ich wohl», sagte Gérald. «Ich versorge den ‹Mercadier› damit.»

Auf der von einer mit Weinlaub bewachsenen Pergola geschützten Terrasse, die den Hafen überblickte, nahmen die drei Herren ein ausgiebiges Frühstück ein, begossen mit mehreren Tassen jenes «Café-brûlot», der dank der Großzügigkeit und Stärke des Rums, mit dem man ihn flambierte, den Ruf des «Mercadier» begründet hatte. Gilles fühlte sich dank dieses ruhmreichen Morgens wunderbar wohl in seiner Haut. Nichts läßt einen die Gerüche und den Geschmack des Lebens intensiver schätzen als ein Augenblick, in dem man dem Tod gegenüberstand. Die in Judiths Armen verbrachte Liebesnacht hatte ihm einen ziemlich guten Begriff davon gegeben, was Glück sein konnte. Zu seiner Überraschung hatte er die Wonnen ihrer ersten Nacht noch lebendig gefunden, damals in Versailles, nur mit dem Unterschied, daß er in jener Nacht ein unerfahrenes Mädchen zur Liebe erweckt hatte. Aber die Frau, die unter seinen Liebkosungen gefiebert hatte, war keine Novizin mehr gewesen, sondern eine heißblütige Frau, ein wunderbares Instrument der Liebe, ebenso leidenschaftlich, so glühend wie die schöne Gräfin de Balbi, die verrückte Geliebte, die er in Frankreich zurückgelassen hatte.

Als er sich vorhin zum Kampfplatz begab, hatte sein inneres Auge das anbetungswürdige Bild der schlafenden Judith vor sich gesehen, inmitten der charmanten Unordnung ihres zerwühlten Bettes, ihres gelösten, fast bis auf den Teppich hängenden Haars. Ihr von zu vielen Küssen geschwollener Mund war von einem leichten Lächeln halb geöffnet, während ihre Hand sanft wie ein Seestern auf der süßen Rundung ihrer Brust ruhte. Gegen Rendières hatte er sich mit scheinbarer Kälte geschlagen, die seinen ungeduldigen Zorn gut verbarg. Er würde gewiß nicht auf solche Freuden verzichten dieses Dummkopfs wegen, der es wagte, danach lüstern zu sein...

Während er achtlos an der entspannten Unterhaltung seiner Freunde teilnahm, dachte er, daß er sie mit ein wenig Glück noch schlafend antreffen würde, sie wecken und mit ihr die Lebensglut teilen könnte, die er in sich sieden fühlte... Nach dieser Nacht begann er zu glauben, daß Judiths Körper zweifellos das beste Gegengift gegen seine unmögliche Liebe zu Madalen war...

Plötzlich hatte er es eilig, dieses Stückchen Paradies wiederzufinden. Das ausgiebige Frühstück und die Hitze des «Brûlot» ließen neue Glut in ihm aufwallen, und eine Verabredung vorschützend, kürzte er die träge Ruhepause ab, die in Santo Domingo im aromatischen Duft der Zigarren jeder Mahlzeit des Tages folgte. Die beiden Schwäger im kühlen Schatten des Weinlaubs mit dem Blick auf den Hafen nach ihrem Belieben weiter faulenzen lassend, sprang er mit einem Satz auf Merlin und ritt in Richtung des Cours Villeverd.

Eine stattliche Havanna im Mundwinkel, sah La Vallée ihn mit gutmütigem Mitgefühl davonreiten.

«Diese Neulinge fühlen sich immer zu fieberhafter Tätigkeit verpflichtet», seufzte er. «Ich frage mich, wieviel Zeit der da brauchen wird, um zu begreifen, daß man hier vor allem das Leben genießen und es nie eilig haben sollte... in nichts. Es sei denn allenfalls beim Bestellen der Getränke. Noch einen Brûlot?»

Henri de Sélune, dessen ganze Steifheit verschwunden und der sichtlich vollkommen glücklich war, stimmte mit einem Augenzwinkern zu und setzte sich noch bequemer zurecht, um einer Reihe Sklaven nachzusehen, die gerade aus den Hütten, in denen sie nach der Überfahrt halbwegs hergerichtet worden waren, herauskamen und augenscheinlich vor Gesundheit strotzend gelassen dem Versteigerungsgebäude zugingen, wo sie verkauft werden würden...

Zu Hause angelangt, traf Gilles nur Zébulon an, der mit Hilfe Justins die Koffer in die Kutsche zurücktrug. Mit seiner lispelnden Stimme erklärte der junge Schwarze, daß die Herrin bereits weggeritten sei, nachdem sie ihn, Zébulon, fortgeschickt hatte, um sich diskret über den Ausgang des Duells zu informieren.

«Sie hat nichts gesagt?»

«Nein, nichts! ... Ah! Doch! ... sie sagen: Es ist gut...»

Enttäuscht und unzufrieden zuckte Gilles die Schultern und ging dann auf gut Glück zu seiner Frau hinauf, in der Annahme, daß sie vielleicht ein Wort für ihn hinterlassen habe. Doch abgesehen von Fanchon war das Zimmer leer. Durch die großen, offenen Fenster strahlte voll die Morgensonne, aber nur der Gesang der Vögel war zu hören. Die Kammerjungfer stand reglos vor dem verwüsteten Bett. Sie hatte ihren Herrn, der sich immer mit der den Indianern eigenen Leichtigkeit bewegte, nicht eintreten hören, und sie blieb da stehen, verloren in eine Betrachtung, die bitter sein mußte, denn Tränen rollten über ihre Wangen...

«Nun, Fanchon? Was macht Ihr da?»

Sie zuckte zusammen und wandte ihm ein von Tränen glänzendes Gesicht zu, dessen Augen sich mit Furcht füllten.

«Ich? ... Aber nichts... Ich...»

«Ihr weint. Ist Euch nicht wohl?»

Sie nahm die Gelegenheit wahr, fuhr mit zitternder Hand über ihre Stirn.

«Ich... ja. Monsieur möge mich entschuldigen, ich habe heute morgen etwas Migräne.»

Sie log, und er wußte es. Niemals hatte sie so gesund ausgesehen. Der Aufenthalt auf der Insel bekam ihr gut. Ihr Gesicht hatte sich leicht gebräunt, und sie war nicht mehr so mager wie eine hungrige Katze wie damals, als man sie im Zwischendeck des «Falken» gefunden hatte. Im viereckigen Ausschnitt ihres geblümten Kattunkleides war ihr Busen appetitlich wie ein Korb gerade richtig reifer Pfirsiche, und Gilles erinnerte sich nicht ohne Vergnügen an gewisse Nächte auf See...

Er trat ins Zimmer und schloß mit fast mechanischer Geste die Tür.

«Madame ist fort?»

«Ja... Sie hat Zébulon auf einen Botengang geschickt, und als er zurückkam, hat sie befohlen, Viviane zu satteln, und mir gesagt, ich solle mit dem Gepäck zum Hause nachkommen. Sie hat auch gesagt, daß sie heute morgen galoppieren müsse. Wie an anderen Morgen übrigens auch. Es kommt oft vor, daß Madame um diese Zeit ausreitet... Sie muß Lust verspürt haben, ihre Hütte zu sehen...»

Seitdem sie in «Haute-Savane» eingezogen war, hatte Judith in der Tat eine wahre Leidenschaft für Ausritte entwickelt. Auch für das Meer, und sie hatte bei Gilles erreicht, daß er ihr ein kleines Haus bauen ließ, eine Art Bootshaus aus Holz und Palmzweigen in einer kleinen, einsamen Bucht in der Nähe von Port-Margot. Sie begab sich fast jeden Tag dorthin, ohne je zu gestatten, daß man ihr folgte.

«Laßt mir diese Laune, Gilles», hatte sie zu ihrem Mann gesagt. «Ich bin eine Tochter der See, Ihr wißt es, und dort unten habe ich das Gefühl, wieder meiner wilden Kindheit zu begegnen, als ich noch durch die Heide lief und im Blavet badete...»

Mit der Beschwörung der Erinnerung an ihre erste Begegnung hatte sie eine empfindliche Stelle bei Gilles berührt, und er hatte gern dieser Laune zugestimmt, doch da die Bucht mehr als eine Meile vom Wohnhaus entfernt war, hatte er Moses damit beauftragt, heimlich die Besuche zu überwachen, die seine Frau dort machte. Der riesige Schwarze war Judith wie ein treuer Hund ergeben, und Gilles wußte, daß er im Falle von Gefahr imstande war, sie gegen ein Dutzend Männer zu verteidigen.

«Na gut», sagte er. «Ich werde gleichfalls zurückreiten. Ihr werdet mit Zébulon die Kutsche benutzen, wie bei der Herfahrt...»

Er sprach in unpersönlichem Ton, wie in einem Traum und ohne die mählich errötende Fanchon aus den Augen zu lassen. Die unvorhergesehene Abreise Judiths hatte ihn enttäuscht. Er mußte diese Glut loswerden, die ständig in ihm brannte, und er verspürte ein heftiges Verlangen nach diesem Mädchen, ein Verlangen, das ihn vergessen ließ, daß er eine Unvorsichtigkeit beging, wenn er auch nur für einen Moment die Bande erneuerte, die er so entschlossen durchschnitten hatte.

Etwas wie Hoffnung glomm jetzt in den braunen Augen der jungen Frau auf, während er sich ihr langsam näherte. Und wurde zur Freude, als er seine Hände auf ihre runden Schultern legte, das Mieder herunterstreifte und sie an sich zog. Einen Augenblick später rollten beide ineinander verstrickt auf dem Bett, das noch die

Spur von Judiths Körper trug. Gilles mußte die neuerwachte Lebensglut löschen, die durch die überstandene Gefahr entfacht worden war, und Fanchon die Leidenschaft langer Monate neiderfüllten Hungers. Es war fast Mittag, als sie endlich wieder den Türriegel öffneten...

«Recht bedacht», sagte Gilles, als er Fanchon verließ, «kehrt ohne mich zurück und sagte Madame, daß ich erst morgen komme. Ich werde die Nacht bei Monsieur de La Vallée verbringen.»

«Warum nicht hier?» wagte die junge Frau, die sich zwang, ihren triumphalen Jubel zu verbergen.

Aber Gilles, ernüchtert, hatte nicht die Absicht, ihr Hoffnung auf Erneuerung ihrer Beziehungen zu machen.

«Ich glaube nicht, daß ich Euch Rechenschaft schuldig bin, meine Teure», sagte er sanft. Dann zog er seinen Geldbeutel und warf ihn ihr zu.

«Nehmt! Kauft Euch irgendwelchen Firlefanz und kehrt dann zurück. Und Dank für diesen angenehmen Augenblick. Bis morgen.»

Sie nahm den Geldbeutel mit einer Art Wut und schob ihn in ihre Schürzentasche. Alle Freude war in ihren Augen erloschen, und der hinausgehende Gilles sah nicht, daß glühender Haß in ihnen entbrannte...

Vor Tagesanbruch aufgebrochen, erreichte Gilles «Haute-Savane», als die Sonne schon ziemlich hoch stand. Nach Hause zurückzukommen war eine immer wieder erneuerte Freude für ihn. Er liebte es, im Galopp mit Merlin die lange, majestätische Allee unter den Eichen entlangzureiten, die vor hundert Jahren mit großen Kosten aus Frankreich importiert worden waren. Er liebte es, das langgestreckte rosa Haus wiederzusehen, besonders wenn es, wie an diesem Morgen, mit all seinen weitgeöffneten Fenstern der Sonne zulächelte und die artige Schar der kleinen Dienerinnen sehen ließ, die unter Charlots, des Majordomus', Leitung eben bei einem gründlichen Hausputz war.

«Haute-Savane» hatte sein abweisendes, trauriges, hinter Brombeerhecken verstecktes Dornröschenaussehen verloren. In dem großen, sorgfältig gereinigten Bassin blitzte die mit viel Arbeitsaufwand polierte bronzene Fontaine fast genauso wie der glitzernde Strahl, den sie in der Sonne explodieren ließ. Neuerlich von seiner in Versailles erworbenen Leidenschaft für Pflanzen ergriffen, hatte sich Pongo zum Chef der Gärtner ernannt, die im Park wahre Wunder wirkten und wechselnd mit leuchtenden Büschen tropischer

Pflanzen sanfte Rasenflächen unter hohen Bäumen entstehen ließen, wo man so gut während der heißen Jahreszeit Punsch oder Kaffee trinken und abends eine Zigarre rauchen konnte, die vom Meer herüberkommende Frische atmend.

Noch immer gleich neben Gilles' Zimmer wohnend, erschien Pongo dort erst zur Nacht. Einen Teil des Tages befaßte er sich jetzt mit den Gärten, pflanzte, rodete, setzte Stecklinge oder machte sich im Gewächshaus zu schaffen, das Gilles ihm zu bauen aufgetragen hatte, und war bemüht, sich an die Lehren zu erinnern, die ihm der alte Gärtner Mademoiselle Marjots so reichlich hatte zuteil werden lassen. Eine Schar von Negerkindern, seine «Schüler», folgte ihm gleich Schatten, eine niedliche Gruppe schwarzer Lämmer, genauso ernst und genauso bereitwillig wie ein Zug Chorknaben, die dem Offizianten zum Hochamt folgen.

Seine Abende verbrachte Pongo größtenteils mit Moses, mit dem ihn jetzt eine schweigsame, aber so echte Freundschaft verband, daß sie in Gilles' Herz manchmal ein wenig Eifersucht weckte.

Pongo war der düstere, blutige Weg, der den Stammeshäuptling Loango – das war Moses' wirklicher Name –, Herrscher über ein nördlich von Cabinda gelegenes kongolesisches Gebiet, bis aufs Boot des «Falken» geführt hatte, in allen Einzelheiten bekannt. Besser noch als Tournemine wußte er, daß Loango lange Zeit die Kapitäne der Sklavenschiffe, die vom Senegal bis zum Kongo und weiter noch die afrikanische Küste auf der Suche nach jenem lebendigen schwarzen Gold durchstreiften, das ihnen ein Vermögen garantierte, mit seinen Kriegsgefangenen versorgt hatte. Er wußte, daß er gewisse Sprachen der weißen Männer kennengelernt hatte und auch den weißen Mann selbst von seiner schlechtesten Seite: wenn er seinen Goldhunger egal um welchen Preis stillen wollte.

Und König Loango, der große Krieger und unerbittliche Rächer, hätte vielleicht noch lange Zeit einen Handel, der ihn bereicherte, fortgeführt, wäre Yamina, seine eigene Frau, nicht von dem Spanier Don Esteban Cordoba de Quesada, einem der guten Kunden ihres Mannes, in eine Falle gelockt, entführt und mit Gewalt auf die «Santa Engracia» gebracht worden. Loango liebte Yamina mit unendlicher Leidenschaft, und alles hinter sich lassend, hatte er sich entschlossen, zu ihr ins stinkende Zwischendeck des spanischen Sklavenschiffs zu gehen, wo ihn die Ketten erwarteten. Aber sie waren nicht zusammengeblieben. Yamina war schön, und Don Esteban wollte sie in seinem Bett. Da hatte Loango den Aufstand angezettelt, dessen dramatisches Ende die vom «Falken» miterlebt hatten.

«Loango ist mit Yamina gestorben», hatte der Gerettete zu Gilles gesagt. «Der Mann, den du aus dem blutigen Wasser des Ozeans gezogen hast, ist ein anderer. Deshalb möchte ich den Namen behalten, den du mir gabst. Ich bin Moses. Der andere ist nur noch eine Erinnerung.»

Auf «Haute-Savane» hatte Moses den Platz des «Kommandeurs» eingenommen, der zuvor der des Maringouins gewesen war. Genau wie sein Herr Legros war der Mann gleichzeitig mit den anderen Aufsehern verschwunden. Was Tonton betraf, den Gilles im Haus am Flußufer vergaß, hatte er von der Rettung der anderen nicht profitiert. Désirée hatte sich seiner angenommen und ihn regelrecht erstochen, bevor irgend jemand hatte dazwischentreten können, und als Grab hatte er das brennende Haus gehabt.

Als wahrer Menschenführer war der ehemalige Kongo-König eine unschätzbare Hilfe beim Wiederaufbau der Plantage gewesen. Von Liam Finnegan auf gesundheitlichem Gebiet unterstützt, hatte er jeden Sklaven geprüft, sie lange befragt, um entsprechend der Mentalität und der Bedürfnisse jedes einzelnen diesen Unglücklichen dabei zu helfen, den besten Weg zu finden, wieder als Menschen zu leben. Seine Gestalt, seine Ruhe und Tiefe einer behexenden Baßstimme sicherten ihm bei seinen elenden Brüdern einen unwiderstehlichen Einfluß, und Gilles erriet, wenn er ihn bei der Arbeit sah, daß der ehemalige Loango auf «Haute-Savane» versuchte, einige der auf dem fieberheißen Kongo geschlagenen Wunden zu heilen. Der am schwersten zu bekämpfende Feind war die Jahreszeit der Hurrikane gewesen. Die behelfsmäßigen Unterkünfte, die man errichtet hatte, um die verbrannten Hütten zu ersetzen, leisteten kaum Widerstand, und man hatte die Frauen und Kinder vorübergehend in den Quartieren der Diener und in den Ställen untergebracht, während man auf den Wiederaufbau neuer Hütten durch die Sklaven selbst wartete, Sklaven, bei denen Moses Talent für Tischler- und Maurerarbeiten entdeckt hatte. Denn Tournemine forderte massive Häuser statt der Hütten aus Palmzweigen oder leichtem Holz, die schon eine glühende Kohle in Fackeln verwandelte oder der kleinste Sturm fortblies. Jede Familie verfügte jetzt über einen Garten und eine Hütte, groß genug, um sich in ihr vermehren zu können, und für die Junggesellen hatte der Herr aus Nouvelle-Orléans neue Teile großer, präfabrizierter Hütten kommen lassen, die den Vorteil boten, daß man sie, den Bedürfnissen der Kulturen folgend, leicht versetzen konnte (Felder, die man ruhen lassen mußte, bevor man sie auf eine andere Bepflanzung umstellte). Wenn ein Mann sich eine Frau nahm, verließ er die große Hütte, in der eine «Haushälterin» wirtschaftete, und erhielt sein eigenes Haus, sein eigenes Stück Erde.

Für seine Sklaven, die die bestgehaltenen der Insel sein sollten, hatte Tournemine keine Kosten gescheut. Ihre Lebensverhältnisse sollten wieder in Ordnung sein, bevor er sein eigenes Haus herrichtete. So war auch das erste wieder aufgebaute Gebäude Liam Finnegan für das von ihm gewünschte Hospital übergeben worden.

Auch der irische Arzt war nicht müßig gewesen, und wenn er sich in diesen drei Monaten die von ihm bevorzugte Entspannung in Gesellschaft einer kleinen Flasche Rum gönnte, dann war es spät in der Nacht. Der Gesundheitszustand der Sklaven war ziemlich kläglich, besonders derer, die in den dem Wohnhaus am nächsten gelegenen Hütten gehaust hatten. Die der zweiten Gruppe von den Hängen des Hügels, wo Legros seine Stoßtrupps zusammengezogen hatte, waren in besserem Zustand, doch bei den ersteren war Unterernährung allgemein, oft noch verschlimmert durch Folgen schwerer Mißhandlungen, die den Arzt vor ernste Probleme stellten. Glücklicherweise für ihn, denn er war zweifellos von der Aufgabe überfordert, hatte er in Pongo einen wertvollen Helfer gefunden, dem es Vergnügen bereitete, seine eigenen, zumeist auf heilkräftigen Pflanzen beruhenden Behandlungstechniken einzuführen. Er ließ es sich angelegen sein, sie selbst in einem strikt bewachten Stück des Gartens zu züchten, zu dem seine kleinen Schüler keinen Zutritt hatten.

Dank der Bemühungen aller hatte «Haute-Savane» die Katastrophe erstaunlich schnell überwunden. Die fabelhafte Fruchtbarkeit der Insel hatte das übrige getan, und Üppigkeit kehrte in die kleinen Gärten und auf die Plantage zurück. Vor einem Monat war Kapitän Malavoine mit einer Ladung Indigo nach Nantes abgesegelt, und ein anderes Schiff aus Nantes, die «Solide», hatte die Baumwolle mitgenommen, die man vor dem Feuer hatte retten können. Das Ergebnis ihres Verkaufs hatte es Tournemine erlaubt, die tiefen Breschen auszuwetzen, die die Wiederherstellung «Haute-Savanes» und seiner Arbeiter seinem Vermögen zugefügt hatten.

Als er Cupidon, dem jungen Stallknecht, der beim Geräusch des Galopps herbeigelaufen war, seine Zügel zuwarf, fing er Pongo, der die Freitreppe mit allen Anzeichen einer bei ihm völlig ungewohnten Aufregung herunterstürzte, fast in den Armen auf.

«Du endlich gekommen? Höchste Zeit!» rief er. «Komm schnell.»

«Wohin? Was ist los?»

«Zu Medizinmann! Du sehen!»

«Ins Hospital?»

Pongo bejahte mit einem Zeichen, während sie dem am Hang des Hügels errichteten Gebäude zuliefen. Seine Bauweise war einfach, aber Finnegan hatte gebeten, es auf Pfähle zu stellen, um Besuche von wilden oder Haustieren zu verhindern, von denen es auf der Insel wimmelte. In L-Form errichtet, enthielt es zunächst einen Saal mit dreißig Liegestätten und einen kleineren, der für Wöchnerinnen bestimmt war und von Désirée beaufsichtigt wurde, bei der Finnegan eine Begabung zur Hebamme entdeckt hatte. An der Nahtstelle beider Flügel befanden sich der Behandlungsraum, das Kabinett des Doktors und ein kleiner Raum, der als Apotheke diente. Hell und von untadeliger Sauberkeit, war dieses kleine Hospital Tournemines und Finnegans Stolz.

Das Schauspiel, das sich dort bot, war völlig unerwartet. Unter dem gewitterträchtigen Blick Finnegans, der an seinen Fingernägeln kaute, hatte ein Mönch, einer der Fratres des Hospitals der Charité auf dem Cap, fünf junge, lachend ihre schönen Zähne fletschenden Negerinnen aufstellen lassen und untersuchte eine nach der anderen, ihre Bäuche beklopfend und sogar mit hochgelehrter Miene ein Ohr daran haltend, was dem Arzt beträchtlich auf die Nerven zu gehen schien.

«Was soll das heißen? Was macht Ihr da, Pater?» fragte Gilles nicht allzu liebenswürdig. «Warum betastet Ihr diese jungen Frauen?»

Der Bruder war ein schon bejahrter Mann mit harten Zügen, grauem Haar und grauem Bart, übrigens ziemlich schmuddelig wirkend.

«Ich begrüße Euch, Monsieur de Tournemine, aber ich bitte Euch, mich meiner Pflicht nachkommen zu lassen, wie das Gesetz der Kirche es verlangt.»

«Mir ist nicht bekannt, was das Gesetz der Kirche bei mir zu tun hat», sagte Tournemine, immer noch schroff, «aber ich wäre Euch dankbar, wenn Ihr mich zunächst wissen ließet, wer Ihr seid?»

«Ich bin Bruder Ignace, einer der Ärzte des Hospitals der Charité.

Man hat uns berichtet, daß bei Euch großer Mißbrauch auf dem Gebiet der sexuellen Beziehungen getrieben wird, und daß der Anstand nicht immer gewahrt bleibt. Diese Frauen sind schwanger, nicht wahr?»

«Ich habe nie das Gegenteil behauptet, aber ich verstehe immer noch nicht, inwieweit das die Leute von der Charité angeht?» platzte Finnegan heraus. «Auf allen Plantagen, auf denen Männer und Frauen zusammen arbeiten, gibt es Geburten. Das ist ein Segen für den Herrn und für die schwarzen Familien, die sich vermehren. Und ich würde gern wissen...» Gilles legte eine beschwichtigend gemeinte Hand auf den Arm des Arztes, der sich bedenklich aufzuregen begann.

«Beruhige dich, Liam! Bruder Ignace wird sich ein Vergnügen daraus machen, uns dieses kleine Geheimnis zu erzählen. Nun, Bruder, ich höre. Was beabsichtigt Ihr zu tun?»

«Ihr gebt zu, daß diese Frauen schwanger sind?»

«Natürlich, außerdem kann man es sehen.»

«So bitte ich Euch, sie zu meinem Fahrzeug zu führen. Ich bringe sie ins Hospital.»

«Wirklich? Und warum, wenn ich bitten darf?»

«Damit sie dort ihre Niederkunft erwarten. Ich weiß genausogut wie Ihr, daß es auf allen Plantagen schwangere Frauen gibt. Fragt sich nur, von wem? Diese Frauen haben mir gesagt, daß sie nicht verheiratet sind.»

«In der Tat. Noch nicht. Was ändert das?»

«Was das ändert?»

Bruder Ignaces Stimme bekam einen rauhen, bemitleidenden, vage verächtlichen Ton.

«Ihr seid noch nicht sehr lange hier, Monsieur, sonst wüßtet Ihr, daß jede schwarze Frau, die überführt ist, Beziehungen zu einem Weißen gehabt zu haben und dessen Frucht trägt, von der Kirche in Beschlag genommen wird und für sie arbeiten muß.»

«Das ist möglich. Aber warum sollten diese Frauen Mulatten in die Welt setzen?»

«Aber... weil Ihr oder die anderen Weißen, die hier wohnen, sie sehr wohl geschwängert haben könnten.»

«Ich?»

Gilles mußte gewaltig an sich halten, um den Mönch nicht bei seiner staubigen Kutte zu packen und rauszuwerfen.

«Wenn diese Frauen durch einen Weißen schwanger wären, können es nicht die Meinigen sein. Ich bin erst seit drei Monaten hier, mit meinem Freund Pierre Gauthier und Doktor Finnegan. Aber alle sind länger als drei Monate schwanger. Die Erzeuger könnten in der Tat der Sieur Legros oder einige seiner Männer sein, aber ihren Angaben zufolge ist das nicht so...»

«Seid Ihr ganz sicher? Auf dem Cap sagt man, daß Euch wenig Frauen widerstehen, Monsieur de Tournemine, und daß farbiges Fleisch Euch nicht abstößt. Gleich am Tag Eurer Ankunft hat man Euch in die Sänfte einer Mestizin steigen sehen.»

«Man hat mich gesehen? Tatsächlich? Ich hätte nie gedacht, daß das Cap so die Augen auf mich gerichtet hat. Jetzt, Bruder Ignace, wünsche ich, daß diese Unterhaltung endet. Wir haben hier zu arbeiten und keine Zeit mit unnützem Gerede zu verlieren...»

«Ich stelle das nicht in Abrede, aber ich nehme die Frauen mit.»

«Das kommt nicht in Frage.»

«Das Gesetz der Kirche...»

«Das Gesetz der Kirche? Daß ich nicht lache!» fiel Finnegan ein. «Diese guten Apostel verschaffen sich auf diese Weise unentgeltliche Sklaven... Laßt sie nicht gewähren, Gilles. Er hat kein Recht.»

«Ihr habt den Doktor gehört, Bruder Ignace?» sagte Gilles kalt. «Ich füge dem, was ich gesagt habe, nichts hinzu. Diese Frauen sind mein Eigentum, und die bleiben hier. Aber wenn die Kirche zusätzliche Diener braucht, gestattet mir, Euch diese Spende anzubieten, die Euch erlauben wird, auf dem nächsten Markt zwei oder drei Sklaven zu kaufen. Ein Schiff ist gestern abend vollbeladen von der Goldküste hier eingetroffen.»

Er hatte ein paar Goldstücke aus seinem Geldbeutel genommen und bot sie mit ausgestreckter Hand an. Unter dem Gestrüpp der Augenbrauen leuchtete der Blick des Bruders auf. Er zögerte einen Moment, zweifellos hin- und hergerissen zwischen seinem Wunsch nach Würde und seiner Geldgier. Die letztere ging mit ihm durch. Seine Hand raffte wie eine Kralle die Goldstücke, die unter dem fleckigen Tuch seiner Kutte verschwanden.

«Ich nehme das als einen Vorschuß auf den Gottespfennig an. Es hindert jedoch nicht, daß die Frauen...»

«Hierbleiben! Ich habe es Euch schon gesagt. Ich werde die Ehre haben, Bruder Ignace, Euch zu Eurem Fuhrwerk zurückzugeleiten. Ihr habt zweifellos noch andere Plantagen zu besuchen, denn ich wage nicht zu hoffen, daß Ihr den langen Weg allein für ‹Haute-Savane› zurückgelegt habt?»

«Dennoch ist es so, denn Euer Treiben ist Monseigneur, dem Herrn Bischof, oder doch wenigstens seinem Koadjutor mitgeteilt worden, denn Monseigneur...»

«... verläßt Frankreich kaum», fiel Finnegan spöttisch ein.

«Man kann nicht gerade sagen, daß wir hier in puncto Geistlichkeit verwöhnt wären. Seitdem die Jesuiten vertrieben wurden, haben wir fast nur noch Pack.»

«Laß mich reden!» unterbrach Gilles. «Ihr habt gesagt, Bruder, daß man auf uns aufmerksam gemacht hat? Wer, zum Beispiel? Ich würde es gern wissen. Und was ist dieses in den Augen der Kirche so verdächtige ‹Treiben›?»

Die grauen Augenbrauen des Mönchs zogen sich zusammen, als versuche er, den Lauf einer Waffe zu richten.

«Man findet Eure Ankunft und Eure Besitznahme dieses Landes so kurz nach der Abreise des jungen Ferronnet alles in allem genommen etwas seltsam, noch seltsamer dessen plötzliche Abreise nach dem... angeblichen Tod seiner Eltern.»

«Dem angeblichen Tod? Was versteht Ihr darunter?»

«Ein seltsames Gerücht ist bis zum Bischofspalast gedrungen. Der alte Herr wäre nicht wirklich tot. Man hätte ihn entführt und festgehalten, damit sein Sohn erben und seinen großen Geldhunger stillen könne.»

Gilles spürte die Wut in sich aufsteigen und zwang sich, nichts davon merken zu lassen, da er wußte, wie gefährlich eine Explosion auf so unterminiertem Gelände sein konnte.

«Angenommen, dies träfe zu, wie könnte mich etwas angehen, was sich vor meiner Ankunft abgespielt hat?»

«Wie? Aber... das scheint doch offensichtlich. Wenn der alte Herr noch lebt – und gewisse Leute behaupten, ihn erkannt zu haben, als er wie ein Sklave in einem öden Winkel des Gros Morne arbeitete –, ist der Verkauf durch seinen Sohn an Euch ungültig. Er muß zweifellos vor einem Elternmord zurückgeschreckt sein, aber er hat nichtsdestoweniger schändlich Hand an seinen Vater gelegt, um ihn zu bestehlen, und Ihr, sein langjähriger Freund, seid zweifellos sein Komplize. Ihr seid hergekommen, um die Früchte des Verbrechens zu ernten, und ohne Zweifel auch, um die Überwachung des unglücklichen Alten zu gewährleisten.»

Trotz seiner guten Vorsätze wollte Gilles sich auf diesen Mann stürzen, der es wagte, ihn solcher Verbrechen zu bezichtigen. Finnegan war es, der ihn zurückhielt, obwohl man an der Blässe seines

Gesichts und dem mörderischen Blitzen seiner grünen Augen erraten konnte, daß auch er große Mühe hatte, das Sieden seines irischen Bluts zu beschwichtigen.

«Bevor man anklagt, informiert man sich, Bruder Ignace! Geboren in der Bretagne, Offizier der Leibgarde Seiner Majestät des Königs Ludwig, sechzehnter des Namens, hat Monsieur de Tournemine niemals Gelegenheit gehabt, Jacques de Ferronnet vor ihrem Zusammentreffen, das im Frühjahr in New York stattfand, kennenzulernen...»

«Was weiß man? Dagegen weiß jedermann, daß er auf dieser Seite des Atlantiks für diesen gottlosen Aufstand der englischen Kolonien gegen ihren rechtmäßigen Herrn gekämpft hat...»

«Das ist nicht stichhaltig!» unterbrach Gilles, dem Liams Dazwischentreten geholfen hatte, sich wieder zu fassen. «Wir hatten in der Armee Monsieur de Rochambeaus andere Dinge zu tun, als uns mit Privatangelegenheiten von Santo Domingo zu befassen. Jetzt erklärt mir doch eins, heiliger Mann: Wie kommt es, daß Ihr, obwohl Ihr so gut unterrichtet seid, gewartet habt, bis ich mich hier eingerichtet habe, um Eure lügenhaften Anklagen vorzubringen? Warum seid Ihr nicht gekommen, sobald Ihr informiert wart, um den Sieur Legros zu befragen, der zur Zeit gesucht wird und für seine Verbrechen praktisch schon zum Tode verurteilt ist? Mir hat man gesagt, daß Monsieur de Ferronnet sein Opfer gewesen sei, ebenso dessen Frau, und wenn sein Sohn geflohen ist, denn ist er in der Tat geflohen, dann allein, um am Leben zu bleiben. Ich bin selbst angegriffen worden, kaum daß ich an Land gegangen war...»

«Die Farbe der Dinge und der Ereignisse hängt einzig und allein von dem Licht ab, in das man sie stellt, Monsieur de Tournemine. Es ist leicht, einen abwesenden, vielleicht schon toten Mann anzuklagen. Die Kirche ihrerseits hat sich nie über ihn beklagen müssen. Ihr hat er sich immer als ein gehorsamer Sohn erwiesen, und...»

«...und zweifellos als ein großzügiger. Sagt mir, Bruder Ignace, hättet Ihr Eure Anklagen gegen mich vorgebracht, wenn ich Euch gestattet hätte, meine Sklaven mitzunehmen?»

«Ich hätte sie vielleicht hinausgeschoben in Anbetracht dessen, daß Ihr Euern guten Willen bewiesen hättet. Ich stelle mit Betrübnis fest, daß es nicht so ist, und daß Ihr schon ganz und gar dem verabscheuungswürdigen Geist angehört, der Verstocktheit, die allgemein in diesem Land herrscht. Ich werde jetzt gehen und gestehe Euch einige Tage der Besinnung zu. Wenn Ihr ausgeglichener geworden seid, wenn Ihr Euch entschließt, Euch der Kirche und ihrem unfehlbaren Urteil zu unterwerfen, könnt Ihr es uns wissen lassen... in einer Woche zum Beispiel. Andernfalls...»

«Mich der Kirche unterwerfen, heißt das, Euch selbst die schwangeren Frauen meiner Plantage zu bringen?»

«Als erstes. Danach dem Herrn Koadjutor jede mögliche Aufklärung über die seltsame Art erteilen, wie Ihr Besitzer von ‹Haute-Savane› geworden seid, und schließlich der Kirche die Freiheit lassen, auf Eurem Land zu handeln, wie es ihr beliebt...»

«...und alles zu nehmen, was ihr gefällt? Ich verstehe! Also gut! Rechnet nicht damit, Bruder Ignace. Ich habe das Recht und mein Gewissen auf meiner Seite, und ich beuge mich nicht unter Euer Joch. Gleich morgen sehe ich den Gouverneur...»

Das Lächeln des Geistlichen enthüllte Zähne von erstaunlicher Stärke für einen schon älteren Mann. Weiß und fest, schienen sie geschaffen, was auch immer zu zerbeißen.

«Der Herr Gouverneur verläßt uns, Ihr wißt das wohl, und da sein Nachfolger noch nicht eingetroffen ist, werden wir ein Interim haben. Was den Generalintendanten angeht, erlauben seine Vollmachten ihm nicht, sich der Kirche entgegenzustellen. Erhofft also keine Unterstützung von dieser Seite.»

«Hören wir auf damit!» knurrte Finnegan. «Monsieur de Tournemine hat Euch gesagt, daß er nicht Folge leisten wird. Ihr seid am Zug! Was werdet Ihr tun? ‹Haute-Savane› im Sturm nehmen?»

«Die Waffen der Kirche geben kein Feuer von sich. Es wird leicht sein, den wirklichen... oder angenommenen Tod Monsieur de Ferronnets nachzuweisen: Es wird genügen, sein Grab zu öffnen. Ich werde mühelos die Genehmigung dazu erhalten. Ich grüße Euch, Messieurs. Das sind schöne neue Gebäude, scheint mir?» fügte er in ganz anderem Ton hinzu und blickte um sich. «Das ist Euer Gebiet, Doktor Finnegan, wenn ich recht verstanden habe? Was macht Ihr dort? Rum destillieren?»

«Er rettet dort Menschenleben... die all jener Unglücklichen, die Euer kostbarer Legros zu Märtyrern gemacht hat. Dieser würdige Sohn der Kirche war nichts als ein Sklaventreiber, und Ihr müßt außerordentlich schwerhörig sein, wenn Ihr noch Illusionen über sein Benehmen habt. Die Schwarzen...»

«Sind Söhne Chams, und ihr Los ist so, wie Gott es gewollt hat. Jeder weiß, daß sie alle Satan anbeten, dem sie nachts in verruchten

Orgien opfern. Man wird sehen müssen, wie es hier damit bestellt ist.»

Diesmal war Gilles' Geduld am Ende. Bruder Ignace bei seinem mageren Arm packend, zog er ihn vielleicht ein wenig schneller, als er gewollt hatte, dem auf der Straße vor dem neuen Portal wartenden Fuhrwerk zu. Er hatte diesen Zugang bauen lassen, damit die Wirtschaftsgebäude direkt und ohne am Wohnhaus vorbeigehen zu müssen, erreicht werden konnten.

«Genug jetzt! Geht! Und wenn Ihr wiederkommt, gebt gut acht, was Ihr tut. Gott weiß, daß ich sein demütiger und treuer Diener bin... aber ich werde nicht einen Augenblick zögern, Christen Eurer Art mit der Waffe in der Hand zu bekämpfen.»

«Ein Soldat Gottes weicht niemals einer Gefahr oder einer Drohung. Ihr werdet das schnell merken, Monsieur de Tournemine. Im Augenblick erschwert Ihr nur Euern Fall. Bis bald...»

Zu Finnegan und Pongo ins Behandlungszimmer zurückgekehrt, wo der Arzt dabei war, die Brandwunde, die sich eine Wäscherin beim Bügeln zugezogen hatte, mit Balsam zu bestreichen, zitterte Gilles noch vor Wut. Es gelang ihm, sich zurückzuhalten, bis Liam den Verband gemacht und seine junge Patientin mit einem freundlichen Klaps auf die Hinterbacken fortgeschickt hatte, aber sobald die Kleine mit einem Schwung ihres gestreiften Rocks verschwunden war, explodierte er:

«Was für eine Sorte Priester können diese Leute sein, die ihre Gelüste unter einem heiligen Gewand verstecken?»

Finnegan hob die Schultern.

«Männer, nichts weiter. Ich hielt dich nicht für naiv genug, noch immer zu glauben, daß eine Soutane zwangsläufig ein Zeichen von Heiligkeit ist. Die Gelüste wechseln mit der hierarchischen Stellung, und mancher Fürst der Kirche träumt von Macht und Prunk, während ein Barmherziger Bruder sich damit begnügt, Sklaven zu suchen, die für ihn die Arbeit machen.»

«Und doch gibt's wahre Gottesmänner. Einen wenigstens kenne ich», rief Gilles ungestüm und dachte an seinen Paten, den Rektor von Hennebont. «Männer, die reich und adlig geboren sind, verzichteten auf alles im Dienst der Armen und behielten nur das Notwendigste.»

«Ich weiß. Ich bin auch welchen begegnet... aber hier noch nicht. Allerdings kenne ich nicht die ganze Insel. Was wirst du jetzt tun? Die Drohung ist ernst.»

«Willst du mir wie Maublanc wieder diese verrückte Geschichte von aus ihren Gräbern gestohlenen und künstlich ins Leben zurückgebrachten Toten erzählen? Ich kann mir nicht helfen, ich kann's nicht glauben.»

«Man muß es glauben. Und bevor es zu spät ist.»

«Was nennst du zu spät?»

«Bevor dieser Ignace und seine Mitbrüder dich zwingen, Ferronnets Grab zu öffnen. Nimm nur einen Augenblick an, daß das Grab des alten Herrn leer ist, und du hast alle Aussicht, ins Gefängnis zu kommen, und bis zum Ende der Untersuchung werden deine Güter beschlagnahmt.»

«Aber jeder kann eine Leiche stehlen.»

«Ich weiß. Trotzdem muß man hingehen und nachsehen. Du bist Bretone, und ich kann mir vorstellen, was du bei dem Gedanken, ein Grab zu öffnen, empfindest, denn ich bin Ire. Aber wir müssen es tun.»

Gilles sah seinen Freund einen Augenblick lang an. Keine Spur von Ironie in seinen grasgrünen Augen. Finnegan war todernst. Dann wandte er einen Blick auf Pongo zu und sah, daß auch ihm nicht zum Lachen zumute war.

«Was denkst du darüber?» fragte er.

«Doktor haben recht. Um so mehr, da nicht wissen...»

«Na, gut», seufzte Gilles. «Wir gehen heute nacht, alle drei, und laßt uns den Himmel bitten, daß uns niemand sieht, denn ich gäbe wahrhaftig nicht viel für unsere Haut, wenn man uns auf frischer Tat dabei ertappte. Jetzt lasse ich euch arbeiten und gehe zum Haus. Hast du Judith heute morgen gesehen?»

«Ja, sie ist zum Meer geritten. Man wird sie vor heute abend nicht wiedersehen, und wenn du einem Arzt gestattest, sich zu äußern, sage ich, daß ich dieses große Bedürfnis nach Einsamkeit bei einer so jungen und schönen Frau nicht sehr liebe. Es ist nicht gut.»

Gilles hob die Schultern.

«Sie ist nicht allein: Sie hat das Meer, dem sie eines Abends für mich entstiegen ist. Judith ist eine seltsame Frau, weißt du. Bei ihr sitzt die Wildheit noch an der Oberfläche der Haut, und ich weiß nicht, wie tief sie geht. Es ist besser, man läßt ihr ihre Freiheit. Zumal Moses sie überwacht, ohne daß sie es merkt.»

«Er hat nicht nur das zu tun. Heute morgen ist er zum Beispiel zu den Hütten am Morne gegangen, wo es einen Zwist zwischen zwei Arbeitern zu schlichten gab.»

«Sei nicht so pessimistisch und laß sie auf ihre Art leben. Übrigens, ich habe dich nicht nach Anna Gauthier gefragt. Wie geht es ihr?»

«Besser. Eine üble Verdauungsstörung, die beinahe eine Vergiftung geworden wäre. Ich habe ihr geraten, vorsichtiger zu sein. Alles, was wie Salat aussieht, ist hier nicht zwangsläufig welcher...»

Ferronnets Grab lag an der Grenze des Parks von «Haute-Savane» in dem Teil, der sich zum ersten Ausläufer des Morne hinaufzog. Es war eine kleine, im Barockstil gehaltene Kapelle inmitten einer Lichtung, die durch ein Eisengitter verschlossen war. Nachdem er von seiner Plantage Besitz ergriffen hatte, hatte Gilles sie besucht und Auftrag gegeben, die Lichtung und die Kapelle in angemessenem Zustand zu halten. An jenem Tag war ihm der kleine, schon von üppiger Vegetation überwucherte Tempel trotz des strömenden Regens friedlich und charmant vorgekommen.

In dieser schönen Herbstnacht, die trotz der Jahreszeit weich und hell war, erschien es ihm nicht so, während er in Liam Finnegans und Pongos Begleitung geräuschlos den zur Kapelle führenden Pfad hinanstieg. Es war das zweite Mal, daß er im Begriff war, sich an der Grabstätte eines Toten zu vergreifen, und wenn das erste Mal auch segensreich gewesen war, vermutete er diesmal Böses und fühlte sich unbehaglich. Damals, in der Abtei von Saint-Aubin-des-Bois, hatte er ja nur an die Verzierungen einer Grabstätte, nicht an das Grab selbst gerührt, und der bloße Gedanke, daß er in Kürze den Schlaf eines armen unbekannten Toten würde stören müssen, ließ ihm das Blut gerinnen.

Es war etwas nach elf Uhr, als die drei Männer unter dem Vorwand, ein paar Plünderer überraschen zu wollen, das Haus verlassen hatten, ein Vorwand, der ihnen erlaubte, Waffen mitzunehmen. Aber sie hatten noch einen Umweg über die Werkzeugkammer gemacht, um gewisse Utensilien mitzunehmen, mit denen sich Pongo beladen hatte. Eine gelöschte Laterne hing an Finnegans Arm. Man würde sie später anzünden, wenn man im Innern war, denn zur gegenwärtigen Stunde genügte der Mond, um den Weg zu beleuchten, den die drei Männer schweigend und in ihre Gedanken versunken zurücklegten.

Das Gitter der Kapelle, das man geölt und neu angestrichen hatte, ließ sich mühelos mit dem Schlüssel öffnen, den Gilles mitgebracht hatte. Einer nach dem anderen drangen sie in das nur mit einem steinernen Altar und zwei Betschemeln möblierte kleine Heiligtum ein, von dem aus eine schmale Steintreppe in die Tiefe führte. Finnegan stellte seine Laterne auf den Boden, öffnete sie, schlug sein Feuerzeug und entzündete sie, dann begann er, die Treppe hinunterzusteigen, gefolgt von den anderen, denen er leuchtete.

Nur wenige Stufen, an deren Ende die nächtlichen Besucher sich in dem eigentlichen Gewölbe befanden: einer ziemlich langen und schmalen Gruft, an deren beiden Seiten schwere, graugrüne Kupfersärge in Nischen aufgereiht waren, überragt von glanzlosen silbernen Kreuzen und graviert mit den Wappen derer, die hier lagen.

«Vier Generationen von Ferronnets ruhen hier», flüsterte Finnegan, unwillkürlich seine Stimme dämpfend. «Man braucht nur nach dem neuesten Sarg zu suchen.»

«Das ist der da», sagte Gilles, der die Gruft sorgfältig gemustert hatte, und wies auf den langen Kasten, der sich der Treppe am nächsten befand.

«Nicht leicht sein, Kasten öffnen ohne Spuren», murmelte Pongo, der mit vorsichtigem Finger über den gravierten Deckel fuhr.

«Leichter, als du denkst», sagte Finnegan. «Der Deckel wird nur von zinnernen Lötstellen gehalten, die man mit etwas Sorgfalt aufspringen lassen und danach wieder ersetzen können sollte. Ich habe das Notwendigste zur Hand...»

Dem Sack entnahm er eine Schere, einen schweren Holzhammer, und begann mit großer Sorgfalt den oberen Teil des Sargs zu lösen, nachdem er zuvor auf einem mitgebrachten Kocher die scharfe Spitze der Schere erhitzt hatte. Es war dennoch eine große Anstrengung. Trotz der im Gewölbe herrschenden feuchten Kühle schwitzte der Ire dicke Tropfen, und erst nach einer halben Stunde geduldiger Arbeit öffnete sich der Schrein, der die Überreste Monsieur de Ferronnets enthalten sollte.

Aber statt des in elegante Seide gehüllten Leichnams eines alten Mannes der guten kreolischen Gesellschaft fand man in dem mit blauen Taftkissen versehenen Sarg nur ein in Leinenfetzen gewickeltes Stück Baumstamm.

Während mehrerer Minuten betrachteten die drei Männer betroffen das seltsame Spektakel.

«Es ist genau, wie ich befürchtete», seufzte Finnegan und wischte sich mit dem Arm den Schweiß von der Stirn. «Man hat ihn geraubt. Mein armer Freund», fügte er hinzu, zu Gilles gewandt, «ich fürchte, wir werden es schwer haben, uns da ohne Schaden herauszuziehen... es sei denn, wir fänden den flüchtigen Leichnam. Wir werden den Gros Morne mit feinem Kamm durchkämmen müssen.»

Tournemine hob die Schultern. Er hatte sich auf die letzte Stufe der Treppe fallen lassen und durchwälzte mit beiden Händen sein dichtes blondes Haar, zwischen Wut und Verzweiflung hin- und hergerissen.

«Hör zu, Finnegan! Du schenkst diesen Albernheiten doch keinen Glauben! Man hat Monsieur de Ferronnets Leiche gestohlen, um mich in eine schlechte Lage zu bringen, und man muß ihn woanders begraben haben. Unglücklicherweise kann man nicht in der ganzen Region die Erde umgraben.»

«Warum», warf Pongo ein, «nicht toten alten Mann suchen und an seine Stelle legen? Muß möglich sein in schlechten Vierteln von Hafen?»

«Das wäre tatsächlich eine Lösung», sagte Finnegan, «und mein Freund Tsing-Tcha würde sicherlich für uns finden, was wir brauchen, aber uns fehlt ein Doppelgänger des Toten, und der ist nicht leicht zu finden. Monsieur de Ferronnet hatte auf der linken Wange einen großen Leberfleck, und sein Profil war ziemlich eigenartig.»

«Die natürliche Verwesung könnte die Unterschiede erklären», sagte Tournemine, der sich schon an diese Hoffnung klammerte, doch Finnegan schüttelte den Kopf.

«Das wird nicht gehen. Bruder Ignace hat sich seiner Sache zu sicher gezeigt. Er muß gut unterrichtet sein, ohne Zweifel durch Legros selbst, oder besser noch durch Olympe, seine teuflische Geliebte. Du weigerst dich, an die Existenz von Zombies zu glauben, Gilles, und du hast unrecht. Ich, ein Arzt, ein Aufgeklärter, weiß, daß es sie gibt, und ich fürchte eins: daß diese verdammten Priester sehr gut wissen, was aus unserem Verstorbenen geworden ist. Nimm an, wir tun das, was Pongo vorschlägt, wir besorgen einen Leichnam, was ich durchaus arrangieren könnte, aber was, wenn an dem Tage, an dem diese Aasgeier kommen, um den Sarg zu öffnen, sie den echten Ferronnet mitbringen? Wir ständen schön da.»

«In diesem Fall», erklärte Gilles entmutigt, «kann man nichts mehr tun… es sei denn, Maublanc zu unterrichten, daß ich ‹Haute-Savane› verkaufe, und mit Kind und Kegel abreise. Der ‹Falke› ist in Frankreich, aber La Vallée wird sicher Mittel finden, uns wenigstens nach Cuba zu bringen.»

«Das bedeutete, daß du dich schuldig bekennst. Genau das wünschen sich deine Feinde.»

«Was also tun?»

Ruhig schloß Finnegan den Sargdeckel, unterließ es jedoch, ihn wieder zuzulöten. Das war im Augenblick unnötig.

«Geh mit deinem Problem zu Célina! Sie ist mächtig, mußt du wissen. Mindestens so mächtig wie Olympe, denn es gibt keinen Schwarzen im ganzen Norden, der sie nicht achtet und verehrt. Wenn irgend jemand Ferronnet wiederfinden kann, dann ist sie es.»

«Sei's! Laßt uns zu ihr gehen. Aber ich frage mich, ob ich nicht im Begriff bin, wahnsinnig zu werden...»

«Wenn du zehn Jahre hier verbracht hast, wirst du dessen sicher sein, oder du hast dieses Gefühl völlig vergessen... Machen wir Schluß damit.»

Zehn Minuten später schloß Gilles das Gitter wieder zu und atmete mit Genuß die frische Nachtluft, die ihm himmlisch rein erschien nach dem Geruch von Schimmel und den dumpfen Ausdünstungen geschmolzenen Zinns. Wie köstlich kam ihm der von Finnegan in einer Kürbisflasche mitgebrachte Rum vor! Erlöst von den Trugbildern, die dieses Grab, dieser leere Sarg in ihm hatten aufsteigen lassen, fand er sich glücklich mit beiden Beinen wieder auf der Erde Gottes, unter dem Himmel Gottes, des Gottes, dem allein die Macht der Auferstehung gehörte.

«Es ist unmöglich!» murmelte er endlich. «Es gibt eine vernünftige Erklärung. Kein Mensch, kein Zauberer, und sei er noch so mächtig, hat die Macht, einen Toten, einen wirklich Toten, wieder zum Leben zu erwecken. Wie kommt es, daß es einem so gelehrten Mann wie dir nicht gelungen ist, eine Antwort auf diese Frage zu finden?»

Finnegan hob die Schultern.

«Ich bin nicht gelehrt. Ich bin nur ein Handwerker des Skalpells, und, glaube mir, ich habe versucht zu verstehen. Ich glaube wie du, daß es vielleicht eine Erklärung gibt, aber bis heute hat sie noch niemand gefunden. Gehen wir zu Célina.»

«Um diese Zeit? Sie wird schlafen, und wenn man sie weckt, weckt man das ganze Dienstbotenquartier.»

«Célina ist eine alte Frau, die nicht viel schläft. Dafür weiß sie die Zeit, die die anderen dem Schlaf widmen, sehr gut zu gebrauchen.»

Das ferne Dröhnen einer Kalbfelltrommel schnitt ihm das Wort ab. Bei der Erinnerung an das, was diesen unheimlichen Schlägen gefolgt war, als er sie zuletzt gehört hatte, spürte Gilles, wie ihm die Haare zu Berge standen. Würde er einen neuen Aufstand zu gewärtigen haben? Seine beiden Gefährten waren stehengeblieben und horchten ebenfalls. Diesmal kam das Geräusch nicht aus dem Gebiet von «Haute-Savane», an dessen Grenze sie sich befanden, sondern aus den wilden Schluchten des Gebirges. Das war zwar auch nicht beruhigender, und Finnegan brummte:

«Ich werde mich nie an diese verdammten Trommeln gewöhnen. Was bringt uns das nun wieder?»

«Nichts», sagte Pongo ruhig. «Trommeln sagen, Augenblick gekommen für tanzen zu Ehren von Schlangengott Damballa.»

«Wie?» sagte Gilles und sah den Indianer erstaunt an. «Du verstehst jetzt die Sprache der Trommeln?»

Pongos Lächeln entblößte seine mächtigen Hasenzähne.

«Gewiß! Von Moses lernen... Leicht!»

Wie Finnegan vorausgesagt hatte, schlief Célina nicht. Die drei Männer waren am Ende des zum Wohnhaus führenden Weges angelangt, als sie ihr begegneten. Von den zwei kleinen Mädchen begleitet, die Gilles die Kerzen vor der «Mamaloï» hatte heraustragen sehen, kam sie ihnen, gestützt auf ihren Schlangenstock, in ihrem eindrucksvollen roten Gewand mit ihrem Federkopfschmuck entgegen. Allem Anschein nach begab sie sich zu der Versammlung, zu der die Trommeln gerufen hatten.

Als sie den Herrn erscheinen sah, zeigte sie keinerlei Erschrekken, keinerlei Überraschung. Sie blieb einfach stehen, Gilles wußte bereits, daß in dieser merkwürdigen Frau zwei unterschiedliche Persönlichkeiten wohnten, und daß die geschickte, naschhafte, fröhliche Köchin seines Hauses nur die Verkleidung einer seltsamen, geheimnisvollen und starken, im Grunde gutartigen Macht war, und daß ihr bisweilen eine einzigartige Gabe von Hellseherei innewohnte.

Da er sie in ihrem Priesterinnengewand antraf, grüßte er sie ehrerbietig, gefolgt von den beiden anderen.

«Wir suchen dich, Célina. Wir brauchen dich und deine große Macht, denn seit der Mitte dieses Tages sind wir alle in großer Gefahr. Dieses Haus», sagte er und wies auf die hohen blauen Dächer des Wohnhauses, die sanft im Mondlicht schimmerten, «dieses Land, wo mittlerweile niemand mehr leidet, und unsere Leben selbst sind in Gefahr. Eine Gefahr, die abzuwenden vielleicht du allein die Macht hast.»

«Du bist ein guter Herr, und du weißt, daß du auf Célina zählen kannst. Sprich!»

«Heute morgen ist ein Mann gekommen, ein Geistlicher vom Hospital der Charité...»

Rasch berichtete er, was sich zwischen ihm und Bruder Ignace zugetragen hatte, dann von dem frevelhaften Besuch gemeinsam mit Finnegan und Pongo von Ferronnets Grab und der seltsamen Entdeckung, die sie dort gemacht hatten.

Célina schüttelte den federgeschmückten Kopf, aber ihr dunkles Gesicht blieb so unbeweglich, so starr wie Basalt. Mit dem Ende ihres Stocks zeichnete sie mechanisch Figuren in den Sand der Allee und verharrte schweigend.

«Du scheinst nicht überrascht?» fragte Tournemine. «Was hast du zu sagen?»

«Nichts. Ich vermute, daß der Herr aus dem Grab geraubt worden ist, aber ich konnte nichts tun. Außerdem war ich nicht sicher, und dann mußte ich mich retten. Olympe ist mächtig, gefährlich wie eine Klapperschlange, aber niemand wäre auf den Gedanken gekommen, daß sie es wagen würde, sich am Leichnam eines großen Weißen zu vergreifen. Die Schwarzen, die fürchten, daß man die Leichen derer fortnimmt, die sie lieben, bewachen die Gräber drei oder vier Tage, bis die Verwesung begonnen hat, denn danach kann man keine Zeremonie mehr machen... Aber Madame wußte das alles nicht. Sie hätte den oder diejenige auspeitschen lassen, der ihr geraten hätte, das Grab des Herrn zu bewachen.»

«Scheintot oder wirklich tot, wir müssen Monsieur de Ferronnet innerhalb von acht Tagen wiederfinden. Glaubst du, das ist möglich?»

Célinas große, schokoladenfarbene Augen musterten ihren jungen Herrn mit von Mitleid erfüllter Traurigkeit.

«Wenn die Götter mit dir sind, ist alles möglich, und du wirst den Netzen des Bösen entkommen. Laß mich jetzt meinen Weg gehen. Ich werde sie darum bitten.»

«Und wenn sie nicht mit mir sind?»

«Du mußt den deinen bitten und dich der Macht deiner Menschenwaffen anvertrauen. Aber verzweifle nicht. Wir werden alle auf deiner Seite kämpfen, denn es gibt keinen Schwarzen hier, der dir nicht dankbar dafür ist, daß du verstanden hast, daß auch er ein Mensch ist, und ihm erlaubst, wie ein Mensch zu leben.»

In der Ferne begann das sanfte Dröhnen der Trommeln von neuem.

«Man ruft mich», sagte Célina. «Geh in Frieden und schlafe. Ich werde dort drüben sagen, was hier vorgeht. Der Gros Morne wird Loch für Loch, Blatt für Blatt, Schlucht für Schlucht durchsucht werden, und wenn die Götter wollen, wird der alte Herr in seinem Grab sein, wenn die, die deinen Tod wollen, kommen, um dich zu verderben.»

Mit einer letzten Handbewegung, die seltsamerweise an einen Segen erinnerte, setzte die Priesterin in der roten, opferblutfarbenen Robe ihren Weg fort, gefolgt von ihren beiden Begleiterinnen, die artig im Gras sitzend gewartet hatten, bis sie zu Ende gesprochen hatte.

Die drei Männer sahen mit einer Mischung aus Achtung und Hoffnung ihre eindrucksvolle Gestalt unter dem Blätterdach der Bäume auf dem ansteigenden Weg verschwinden, der in den Himmel zu führen schien und sich in der Nacht verlor. Am nächsten Morgen fand ein Holzhauer der Plantage Guillotin quer über einem Weg Célinas Leiche, ermordet. Man hatte ihr ihren schönen Federkopfschmuck entwendet, und ihr rotes Gewand war zerfetzt. Die beiden jungen Begleiterinnen waren verschwunden.

13. Kapitel

Ein Gespenst am hellichten Tage

Trotz der Sonne, der Blumen, des zärtlichen Gurrens der Turteltauben und des schwirrenden Flugs der Kolibris, die sich glitzernd wie Juwelen vom tiefen Grün der Pflanzen und Bäume abhoben, sank Célinas Tod wie ein bleierner Mantel über «Haute-Savane». Er war für Gilles wie die erdrückende Last eines Fluchs, denn mit der «Mamaloï» schwand seine sicherste Hoffnung – die einzige vielleicht –, rechtzeitig die sich im Dunkeln vorbereitenden diabolischen Machenschaften zu vereiteln, durch die ihm der schöne Besitz entrissen werden sollte, der auf seltsamen Schicksalswegen an ihn gefallen war und den er lange für ein Geschenk des Himmels gehalten hatte. Jetzt begann er sich zu fragen, ob diese rosigen Mauern, die er so liebte, in Wirklichkeit nicht die lächelndste, tödlichste aller Fallen waren.

Da er wußte, daß die Frauen seines Hauses empfindsam und auf die Seltsamkeiten dieses unbekannten Landes schlecht vorbereitet waren, hatte er ihnen die Drohung des Bruders Ignace verheimlicht und hätte auch gern Célinas Tod als Folge eines Unfalls erscheinen lassen. Doch als Moses und Charlot den in eine dicke Decke gehüllten, ausgebluteten Körper auf einer Bahre zurückgebracht hatten, gefolgt von Pongo und ihm, hatten sie bei den Unterkünften des Hauptpersonals eine Gruppe von etwa fünfzig Landarbeitern vorgefunden, die sie unter Führung eines ihrer Vorarbeiter, eines großen Yoloff namens François Bongo, erwartete.

Offensichtlich hatte die Nachricht mit der Schnelligkeit eines Lauffeuers auf der Plantage die Runde gemacht. Gilles war verärgert darüber, zeigte es jedoch nicht. Der stumme Schmerz dieser braven Leute war ergreifend wie auch ihr Zorn, der sich, wohlverstanden, nicht gegen ihn, sondern gegen den oder die mysteriösen Mörder einer Frau wandte, die viele der Schwarzen auf der ganzen

Insel wie eine Heilige verehrten. Es war François Bongo, der die Gefühle seiner Gefährten übersetzte:

«Wir finden Mörder! Wir töten ohne Pardon! Du uns nicht hindern!» fügte er, zu Tournemine gewandt, in einem Ton hinzu, in dem eine Drohung mitschwang.

«Mein Wort darauf, daß ich euch nicht daran hindern werde! Ich liebte Célina. Ich schulde ihr das Leben, und ich will, daß ihr Mörder bestraft wird. Je eher, desto besser. Aber vorher müssen wir ihr die Ehre erweisen, die sie verdient. Bongo, du wirst zu den Hütten am Morne Rouge gehen und sagen, daß morgen, dem Tag ihrer Beerdigung, niemand arbeiten wird und daß ihr diese Nacht die Leiche nach Euren Wünschen bewachen könnt. Moses wird das alles regeln. Ihr könnt jetzt mit den Vorbereitungen beginnen.»

Sie dankten ihm mit einstimmigem Gemurmel und formierten sich sodann hinter der Bahre zu einem Zug, um Célina in den Hof zwischen dem Wohnhaus und den Küchen zu geleiten, wo sie auf einer Art Katafalk aus Zweigen, Blättern und Blumen während der Nacht ruhen würde.

Gilles befahl, das Grab in der kleinen Lichtung vorzubereiten, in der sich auch das Grab der Ferronnets befand, denn es schien ihm passend, daß die treue Célina neben ihrer einstigen Herrschaft lag. Vier mit Schaufeln und Hacken bewaffnete Männer brachen auf, aber sie waren kaum verschwunden, als Désirée an der Tür des Arbeitskabinetts klopfte, in das Gilles sich zurückgezogen hatte, um zu versuchen, in der Folge der Katastrophen, die über sie hereinbrachen, klar zu sehen. Die ehemalige Dienerin Simon Legros' kam, um ihn zu bitten, das Grab nach der Beerdigung während mehrerer Nächte bewachen zu lassen, damit die Leiche derer, die eine große Priesterin gewesen war, nicht gestohlen würde.

Gilles zuckte überdrüssig die Schultern. Er hatte es satt, von diesen aus ihren Särgen gezerrten Leichen zu hören, sie sich in freier Luft ergingen.

«Célina ist durch einen furchtbaren Schlag mit einer Machete getötet worden», sagte er. «Der Kopf wurde fast von ihrem Körper getrennt, und sie ist völlig ausgeblutet. Sie ist ebenso jenseits jeder Möglichkeit trügerischer Auferstehung, als wenn ihr Körper sich bereits zersetzte. Noch endgültiger vielleicht.»

«Du hast in diesem Punkt recht», sagte Désirée, «aber du weißt nicht alles. Die, die Célina getötet haben, werden sie gewiß nicht in Frieden lassen. Sie werden ihr Grab verletzen, werden ihre Leiche fortschleppen, um sie in kleine Stücke zu schneiden zur Bereitung von Tränken und Zaubermitteln, die um so furchtbarer sind, weil sie mächtig war. Sie, die so groß war, darf nicht den schmutzigen Geschichten der Schwarzen Magie dienen.»

Während er Désirée zuhörte, überraschte sich Gilles bei dem Gedanken, daß es zwischen ansonsten durch Welten getrennten Religionen seltsame Ähnlichkeiten gab. Désirée fürchtete, daß der Leichnam der Woodoo-Priesterin zerstückelt würde... genau wie die Christen heilige Leichen zerstückelten, um aus ihnen Reliquien zu machen. Doch mit dem an sich selbst gerichteten Vorwurf, sich von den merkwürdigen Gebräuchen und der quasi heidnischen Atmosphäre Santo Domingos einspinnen zu lassen, schüttelte er solche Ideen ab.

«Es wird gemacht, wie du es wünschst», sagte er. «Célinas Grab wird bewacht werden. Ich selbst werde an der Bewachung teilnehmen, doch unter einer Bedingung: Die Wächter müssen versteckt sein, und außer dir wird niemand erfahren, daß es dort Wächter gibt. Nur unter dieser Bedingung willige ich ein... Frage mich nicht, warum, und sieh zu, daß du deinen Mund hältst.»

Das große schwarze Mädchen verneigte sich.

«Ich werde nichts sagen, Herr! Es genügt mir zu wissen, daß du selbst wachen wirst, denn ich glaube dich zu verstehen: Du hoffst, die in der Falle zu fangen, die Célina getötet haben.»

«Genau...»

Es war wirklich die Idee, die ihm gekommen war, und diese Idee gab ihm Mut und Vertrauen in die Zukunft zurück. Wenn es gelang, sich des Mörders zu bemächtigen, gelang es vielleicht auch, über ihn bis zu Legros und seiner infernalischen Olympe vorzudringen, denn er war überzeugt, daß alle Schläge, die auf ihn niederprasselten, von diesem Schurken kamen. Um so schlimmer für den oder die, die ihm in die Hände fallen würden. Ohne jeden Gewissensbiß würde er ihn Pongo überlassen, um ein Geständnis zu erhalten.

Mit der Aussicht auf eine direkte Aktion kehrten die Lust am Kampf, das Verlangen, sich bis zum letzten zu verteidigen, wieder zurück. Selbst wenn er «Haute-Savane» in einen befestigten Platz verwandeln müßte, ließ er sich nicht, von wem auch immer, Priester oder Dämon, von dort verjagen. Um keinen Preis! Und nach und nach skizzierte sich ein Schlachtplan in seinem Geist.

Als erstes waren die Frauen des Hauses in Sicherheit zu bringen, dann mußte man trotz allem sehen, ob es nicht möglich wäre, die

Hilfe der bestehenden Autoritäten zu erlangen. Urd während sich Célinas Leichenbegängnis ordnete, schrieb er einen Brief an Gérald de La Vallée, in dem er ihn fragte, ob er nicht nur Judith und ihre Kammerjungfer für einige Tage bei sich aufnehmen könne, sondern auch die Damen Gauthier. Ohne im übrigen auch nur einen Moment an der Antwort zu zweifeln, da die La Vallée die gastfreundlichsten Leute der Welt waren und ihr Haus «Trois Rivières» wenigstens vier Familien hätte aufnehmen können. Das Ehepaar lebte jedoch momentan allein in ihm, da die beiden Söhne abwesend waren, der eine auf einer Europatour, während der andere in die Pagenschule des Großen Marstalls eingetreten war, um in Versailles eine zugleich mondäne und turbulente Karriere zu beginnen, wie sie bei den Herren Pagen die Regel war.

Sobald der Brief, wie es sich gehörte, mit Sand bestreut, versiegelt und schließlich im Pistolenhalfter Cupidons auf dem Wege nach «Trois Rivières» war, sattelte Gilles selbst Merlin und ritt zum Cap.

Als er dort eintraf, dröhnte noch der Abfahrtssalut für das Achtzig-Kanonen-Schiff, das unter seiner gesamten Leinwand und mit allen im Wind flatternden farbfrohen Wimpeln der großen Beflaggung der dunkelblauen Linie des Horizonts zuglitt. Monsieur de La Luzerne fuhr davon, um seine Bestallung als Marineminister entgegenzunehmen. Der Hafen vergaß ihn schon und hatte seinen Betrieb im Geratter der zweirädrigen Karren, die ständig zwischen den Schiffen am Quai und den Lagerhäusern hin und her pendelten, wo die Preise der Waren und die Listen der Ladungen angeschlagen wurden, wieder aufgenommen.

An das Treiben gewöhnt, durchquerte Gilles die bunte, lärmende Menge, ohne sie sonderlich zu beachten, und erreichte das Gebäude der Intendantur, wo er keine Mühe hatte, eine Audienz zu erlangen, da die offiziellen Persönlichkeiten in Santo Domingo sehr viel zugänglicher waren als ihre Kollegen in der Metropole.

Wie ein reicher Pflanzer in weißes, tadellos gebügeltes Leinen gekleidet, eine locker geknotete schwarze Krawatte um den Kragen seines Hemdes aus feinem Batist, empfing Monsieur de Barbé-Marbois Tournemine in dem nach englischer Mode mahagonigetäfelten großen Raum, der ihm als Büro diente. Ein Bücherschrank, ein großer Tisch, auf dem Akten in perfekter Ordnung aufgehäuft lagen, eine große Weltkarte und einige Gravüren von Schiffen bildeten mit der königlichen Flagge und einigen Sesseln die Einrichtung. In einer Ecke druselte ein Negerjunge in Griffweite der Seile des bei dieser milden Hitze überflüssigen Windfächers, dessen leinenbespannte Schwinge einen Teil des Plafonds einnahm.

«Was kann ich für Euch tun, Monsieur de Tournemine?» fragte der Generalintendant höflich, eine Tabaksdose anbietend, die Gilles nicht weniger höflich ablehnte.

Er war niemals imstande gewesen, eine Prise zu nehmen, ohne zu niesen, und begriff das Vergnügen nicht, das diese Übung verschaffen sollte. Es war nicht der Augenblick, sich lächerlich zu machen.

Bedächtig, ruhig berichtete er von dem Besuch des Bruders Ignace und seiner Drohung, das Grab des früheren Eigentümers von «Haute-Savane» öffnen zu lassen, ohne freilich weder die Tatsache zu erwähnen, daß er dieses Grab schon selbst geöffnet und nur einen in ein Leinentuch gewickelten Baumstamm gefunden hatte, noch die Ermordung Célinas. Der Tod einer Sklavin war für den Generalintendanten uninteressant.

Dieser hörte seinem Besucher in der diesem vertrauten gleichmütigen Haltung zu, aber an einem gewissen Kniff im Winkel seines Mundes, am langsamen Spiel seiner Finger um ein silbernes Papiermesser erriet Gilles, daß ihm das, was er hörte, nicht angenehm war.

Als Gilles schwieg, ließ Barbé-Marbois, sichtlich überlegend, einen Moment der Stille verstreichen. Dann hob er jäh die Lider, schoß dem Besucher einen Blick zu, was gleichfalls zu seiner Gewohnheit gehörte, und seufzte:

«Ich sehe nichts besonders Beunruhigendes darin, Monsieur. Auguste de Ferronnet ist tot, und sein Tod ist in aller Form registriert. Es gibt weder einen Grund, daran zu zweifeln, daß er nicht in seinem Grabe liegen könnte, noch an der Gültigkeit der Papiere seines Notars. Laßt also Bruder Ignace nur machen. Er ist ein einfacher Mann und neigt vielleicht ein wenig zu sehr dazu, sein Ohr phantastischen Mären zu leihen, von denen es auf dieser Insel wimmelt. Ihr werdet danach beruhigt sein.»

«Aber ich lasse nicht zu, Herr Generalintendant, daß man eines giftigen Geschwätzes wegen auf solche Weise den Frieden der Toten stört!» rief Gilles nicht ohne Heuchelei. «Ich bin Bretone und aus einem Land, in dem man solche Praktiken nicht zuläßt!»

«Ich bin Lothringer, Monsieur, und aus einem Land, wo man sie ebensowenig zuläßt, aber in dieser Angelegenheit kann ich nichts für Euch tun. Die Kirche macht hier nicht viel Lärm. Es ist besser, sie in Ruhe zu lassen, wenn sie sich ein wenig manifestiert. Überdies habe ich keinerlei Macht über sie. Nur der Gouverneur könnte vielleicht intervenieren, aber er ist bereits auf dem Meer. Außerdem zweifle ich, ob er bereit gewesen wäre, sich in diese Affäre zu mischen. Wie alle Minoritäten wacht die Kirche eifersüchtig über ihre Würde.»

«Ich sehe nicht, was ihre Würde durch das Öffnen dieses Grabes gewinnen kann. Dagegen sehe ich sehr gut, was ihre Börse dabei gewinnen würde, falls man zum Beispiel Monsieur de Ferronnets Leiche entführt hätte. Dieser Legros, der nirgends zu finden ist, hat sicherlich nicht darauf verzichtet, sich meine Ländereien anzueignen.»

«Aber! Aber! Fabuliert nicht! Welche Macht könnte ein verfolgter und zum Tode verurteilter Mann hier noch haben?»

«Sehr mäßig verfolgt. Was die Verurteilung angeht, fiele sie von selbst in sich zusammen, wenn ich in eine so üble Affäre wie die, deren man mich anklagt, hineingezogen werden könnte. Ich bin einer der wichtigsten Pflanzer von Santo Domingo, und ich glaube, in ‹Haute-Savane› gute Arbeit geleistet zu haben. Zudem treibe ich keinen Schleichhandel. Ich hoffte, daß der Repräsentant der Regierung und selbst der Rat des Cap mir helfen könnten, und wäre es nur durch Solidarität.»

Barbé-Marbois verließ seinen Sessel und lehnte sich, seinem Besucher näher, an seinen Schreibtisch.

«Ich will offen sein, Monsieur de Tournemine, und brutal. So ernst die Euch bedrängenden Sorgen auch sein mögen, von der Solidarität Eurer Kollegen habt Ihr nichts zu erwarten. Man wirft Euch hier viele Dinge vor.»

«Ich wüßte nicht, was man mir vorwerfen könnte. Ich unterhalte ausgezeichnete Beziehungen zu den anderen Pflanzern...»

«So scheint es zweifellos. Aber – und ich nehme da nur Monsieur de La Vallée aus, der Euch, glaube ich, aufrichtige Freundschaft entgegenbringt – man wirft Euch allgemein Eure allzu... revolutionären Methoden vor. Man weiß auf den Plantagen, daß Ihr keinen einzigen wirklichen Sklaven mehr habt, nur Freigelassene, und daß Ihr nur welche kauft, um ihnen den gleichen Status zu geben. Man sagt, daß Ihr das Metier verderbt, daß Ihr ein schlimmes Beispiel bietet. Schließlich würfe man Euch am liebsten vor, keinen Schleichhandel zu betreiben, wie es die meisten anderen übrigens tun.»

«Wie?» rief Gilles verblüfft. «Man wirft mir das vor, das Gesetz zu respektieren, und Ihr seid es, der mir das sagt?»

«Es spricht hier nicht der Generalintendant, und ich schildere

Euch nur die Situation. Man findet es merkwürdig, daß ein ehemaliger Teilnehmer am amerikanischen Krieg nicht darauf brennt, mit seinen einstigen Waffenbrüdern Handel zu treiben, und da man sich Eurer glanzvollen Ankunft in der Uniform der Leibgarde Seiner Majestät erinnert, zieht man ganz leise daraus den Schluß, daß Ihr – gestattet mir das Wort, aber es ist das einzige hier passende, so brutal es auch sein mag – ein Spion von Versailles sein könntet.»

Tournemines Gesicht rötete sich in einer Aufwallung von Zorn.

«Ich? Ein Spion? Wer wagt das zu sagen?»

«Nun... fast alle außer La Vallée, der viel Mühe hat, glaubt mir, Euch im Rat zu verteidigen», erwiderte der Generalintendant gelassen. «Aber beruhigt Euch! Persönlich glaube ich nichts davon, und ich bitte, Euch nicht auf den nächstbesten Pflanzer zu stürzen und ihn zum Duell zu fordern. Man fragt sich schon, was dieser unglückliche Rendières Euch hat antun können, daß Ihr ihn um eine Hand brachtet.»

«Er hatte meine Frau beleidigt. Genügt das nicht als Grund?» fragte Tournemine steif.

«Nun, ja. Ihr habt eine zu hübsche Frau, mein armer Freund. Die Männer neiden sie Euch, die Frauen sind eifersüchtig auf sie. All das arrangiert nichts, und ich kenne viele, die zuerst diskret, dann zögernd applaudieren würden, wenn es gelänge, Euch zu verjagen... oder Schlimmeres noch vielleicht. Sobald die Schwarzen Euch vergöttern, habt Ihr kaum noch Chancen, Freund der Weißen zu sein. Seid Ihr bei Hof gut angeschrieben?»

«Sehr gut. Der König wie die Königin haben mir große Beweise ihres Schutzes gegeben.»

«Und Monsieur de Vaudreuil? Er ist hier geboren. Ihr wißt es. Er trägt einen der großen Namen der Kolonie. Wenn er Euer Freund wäre, könnte es Euch helfen.»

Gilles sah im Geiste im eleganten Rahmen der Umgebung der Königin den anmaßenden, aufsässigen Kreolen vor sich, der einer der liebsten Freunde der Souveränin war und sein Stadthaus für die erste Vorstellung der noch verbotenen ‹*Hochzeit des Figaro*› zur Verfügung gestellt hatte.

«Wir sind nicht intim», sagte er, «aber wir kennen uns und haben gemeinsame Freunde», fügte er in Gedanken an Marie-Antoinette wie an Beaumarchais hinzu.

«Ich werde es wissen lassen. Es könnte Euch dienlich sein und dazu beitragen, daß man Euch mit weniger Mißtrauen begegnet.

Doch nun, Chevalier, lasse ich Euch gehen... mit aufrichtigem Bedauern, nicht mehr tun zu können.»

«Ihr habt mich über meine wirkliche Lage aufgeklärt, Herr Generalintendant. Ein wertvoller Dienst, für den ich Euch danke...»

Wertvoll war der Dienst zweifellos, der Eindruck, den er hinterließ, jedoch abscheulich. Beim Verlassen der Generalintendantur sah Gilles die Dinge in einem ganz andern Licht als dem, in dem er sie bei seiner Ankunft gesehen hatte. Während er im edlen Schritt Merlins die Stadt durchquerte, um die Straße zu seiner Plantage einzuschlagen, glaubte er, aus den Grüßen, die man ihm zurief oder die den seinen antworteten, Mißtrauen, Mißgunst, zuweilen gar Verachtung herauszuhören. Nur die Frauen lächelten ihm wie immer zu, aber der verdächtige Glanz in den Blicken einiger von ihnen gefiel ihm nicht, denn diesen Glanz hatte er zuweilen bei anderen angesichts von zum Tode Verurteilten auf dem Weg zum Schafott beobachtet. Ein Spion! Man hielt ihn für einen Spion! Das Wort fraß an seinem Stolz, weckte ohnmächtige Wut in ihm. Nur zu gern hätte er alle die zum Duell gefordert, die das von ihm zu denken wagten...

Vor der Kathedrale hielt er an, trat ein. Die Frühmessen waren gelesen, die Kirche war leer. Nur zwei oder drei kniende Frauen beteten vor den Büscheln brennender Kerzen zu Füßen der Heiligenstatuen. Keine achtete auf ihn. Sie mußten ihre eigenen Sorgen haben, denn über zwei der halb von Schleiern verhüllten Gesichter konnte er Tränen rinnen sehen.

Sie ihren Gebeten überlassend, trat er geradewegs zu dem Seitenaltar, auf dem das rote Licht des Heiligen Sakramentes glühte, beugte ein Knie und rief Gott an:

«Herr», sagte er, «ich bin gekommen, um im voraus Eure Gnade zu erbitten, denn ich werde die bekämpfen, die Euch auf dieser Erde repräsentieren. Gut oder böse, das ist nicht mein Problem. Ihr habt mir ‹Haute-Savane› gegeben. Das ist mein Haus, und ich liebe es, wie ich all die Unglücklichen liebe, die ich mit Eurer Hilfe ihrem schwarzen Elend, ihren Leiden entreißen konnte. Ich bin gekommen, um Euch zu sagen, daß ich sie nicht in eine Knechtschaft schlimmer als zuvor zurückfallen lassen werde, denn sie würde einer Zeit der Hoffnung folgen. Ich werde mich, ich werde sie, wenn nötig, mit den Waffen verteidigen. Und wenn ich so handele, hoffe ich, Euren Plänen für meine Familie und mich nachzukommen. Wenn nicht, vergebt mir!»

Es war kaum ein Gebet. Eher eine ultimative Aufforderung, deren der Sohn Marie-Jeanne Goëlos ein paar Jahre zuvor gewiß nicht fähig gewesen wäre. Doch als Gilles die Kirche verließ, fühlte er sich durch seinen eigenen Entschluß und die innere Gewißheit gestärkt, recht zu haben gegen beschränkte Priester von der Art des Bruder Ignace und gegen diese Gesellschaft der Ausbeutung des Menschen durch den Menschen unter dem leichtfertigen Vorwand eines Unterschieds der Hautfarbe. Warum ließ Gott, wenn er rote, gelbe und schwarze Menschen geschaffen hatte, allein die Weißen das Dasein aller anderen vergiften? Mit welchem Recht maßten sich diese die Befugnis an zu befehlen, daß dieser oder jener ihm auf Knien zu dienen habe? Und wie war es möglich, daß die Leute, die, ihm begegnend, in Kutschen oder zu Pferd zu ihren schönen, in traumhaften Gärten verborgenen Häusern heimkehrten, erlesen gekleidet, schmuckbeladen und versehen mit allem, was die Natur oder menschliche Arbeit ihnen an Köstlichem und Raffiniertem bieten konnte, wie war es möglich, daß diese Leute nicht begriffen, daß sie auf einem Vulkan tanzten und daß ihre Tage gezählt waren? Sie waren nur eine Handvoll: dreißigtausend einer halben Million schwitzender Schwarzer in ihrem Elend, ihrem Haß und ihrem Rachedurst gegenüber. Eines Tages käme es irgendwo zu einer Explosion, und das wäre das Ende einer Welt.

Seinen Hut abnehmend, strich sich Gilles mit einer Hand, die ihm eisig schien, über die feuchte Stirn. Verursacht vielleicht durch die Erinnerung an die kürzlich in Legros' Haus verbrachte Nacht, hatte er die erschreckende Vision schwarzer Horden gehabt, die plündernd, brennend, vergewaltigend über jene schönen Häuser, jene reichen Plantagen herfielen. Er hatte das Blut durch mörderische Machetenklingen abgeschlagener Köpfe fließen sehen, hatte die Flammen der Brände knistern hören... Vielleicht konnte all das noch vermieden werden, aber dazu wäre es nötig gewesen, daß sich die reichen Pflanzer des Rats, statt sich gegen ihn zu wenden, ihr eigenes Verhalten überdächten und ehrlich danach suchten, wie sich allzu großes Elend neben allzu großem Reichtum beheben ließe. Aber er wußte, daß niemand auf ihn hören würde, wenn er versuchte, sich Gehör zu verschaffen.

Als er das Eingangsportal seines Besitzes erreichte, hob Gilles den Blick zu den steinernen Löwen, die die Pfeiler krönten. Er würde ihnen Krallen geben, würde sie Flammen speien lassen müssen, denn selbst wenn er es mit der ganzen Insel aufzunehmen hätte, war Tournemine fest entschlossen, hier Herr zu bleiben...

Es war schon spät. Es war die Stunde, in der die Arbeiter von den Feldern zurückkehrten. Die Sonne sank zum Horizont, das intensive Blau des fernen Meeres vergoldend. Von allen Pfaden stiegen die Stimmen seiner Schwarzen auf, singend, wie sie es spontan gelernt hatten, seitdem ihr Schicksal sich gewandelt hatte. An diesem Abend war ihr Gesang von Trauer geprägt, weil Célina gestorben war und man sie morgen zu Grabe tragen würde, doch es war keine Klage. Durch den für europäische Ohren ungewohnten Rhythmus klang auch die Beruhigung über das Ende der Arbeit und das Nahen der Ruhezeit in der Familie und im eigenen Haus, so klein es auch sei. Einen Moment seine Sorgen vergessend, lächelte Gilles. Dieser Gesang war ohne Zweifel die Antwort der Gottheit. Nie mehr dürfte es wieder ein Schluchzen, ein Schrei des Leides oder ein Ruf zur Revolte werden. Er mußte noch lange erklingen, auch dann und ebenso friedlich, wenn man ihn selbst zu Grabe trüge.

Die Stunde des Soupers war nahe. Im Hause hatten die kleinen Dienerinnen schon die Tafel gedeckt und trugen brennende Lampen umher. Gilles sprang, vier Stufen auf einmal nehmend, die Treppe hinauf. Zum Umkleiden war eben noch Zeit, und Zébulon erwartete ihn schon im Badekabinett bei der mit kaltem Wasser gefüllten kleinen Kupferwanne, wo sein Herr sich allabendlich des Tagesstaubs entledigte. Schon plätschernd, pflegte er sich dabei die Entspannung einer Zigarre und eines gut geeisten Glases Punsch mit Zimt zu gönnen.

An diesem Abend blieb ihm nur eben die Zeit, sich zu waschen, saubere Kleidung anzuziehen und den Brief zu lesen, den ihm Zébulon auf einem kleinen silbernen Tablett reichte. Wie er sich's gedacht hatte, waren die La Vallée mit Freuden bereit, die Bewohner von «Haute-Savane» aufzunehmen, und Gérald kündigte seinen Besuch für den nächsten Tag an: Er selbst würde die Damen nach «Trois Rivières» bringen. Doch zwischen den Zeilen las Gilles heraus, daß er vor Neugier brannte.

Den Brief in die Tasche schiebend, ging er in den Salon hinunter, wo ihn Judith mit Finnegan erwartete. Wenn er sich nicht in Stimmung fühlte, den Abend in Gesellschaft einer Flasche Rum zu verbringen, nahm der Arzt seine Abendmahlzeit im Hause ein. Er erwies sich dabei als beredter und belesener Tischgenosse, dessen Gesellschaft sehr angenehm war.

Man setzte sich schweigend zu Tisch. Die Atmosphäre war seltsam an diesem Abend. Das stille Haus war eingehüllt in die Trauer der Gesänge, die unablässig vom Aufbahrungsort Célinas hereindrangen. Im Innern bewegten sich die kleinen Dienerinnen geräuschlos auf ihren nackten Füßen, von Charlot überwacht, der ausnahmsweise seiner Würde vergaß und hin und wieder eine Träne fortwischte.

Vor sich, jenseits des Bündels der schon brennenden Kerzen, obwohl die Nacht noch nicht völlig gesunken war, sah Gilles das blasse Gesicht seiner Frau, die kaum die gereichten Speisen berührte. Ganz gegen ihre Gewohnheit hatte sie sich an diesem Tage nicht zu ihrem Bootsschuppen begeben. Célinas Tod hatte den üblichen Tagesablauf im Hause durcheinandergebracht, und Judith hatte wie selbstverständlich ihre Pflichten übernommen und für die Ordnung der Dinge gesorgt. An diesem Abend trug sie ein schlichtes Kleid aus leichtem dunkelgrünen Taft und als einzigen Schmuck an einem schmalen schwarzen Samtband unmittelbar am Hals ein goldenes Kreuz. Ihr prachtvolles Haar war zurückgestrichen und zu einem großen, strengen Knoten verflochten, der der Grazie ihres langen Halses und der perfekten Struktur ihres Gesichts volle Gerechtigkeit widerfahren ließ. Sie wirkte erstaunlich zart und jung.

Das Schweigen wurde bedrückend. Sie wurde sich dessen bewußt, und als die Dienstboten die fast unberührte Suppe hinausgetragen hatten, richtete sie auf die beiden Männer den ruhigen Blick ihrer großen dunklen Augen.

«Ich denke, Coralie wäre die, die sich am besten dazu eignete, den Platz unserer armen Célina einzunehmen», sagte sie leise. «Was meint Ihr dazu? Sie arbeitete schon lange mit ihr.»

Die Frage war an Gilles gerichtet, der sich zu einem Lächeln zwang.

«Die Angelegenheiten des Hauses gehören Euch, meine Liebe. Aber wenn Ihr schon nach meiner Meinung fragt, glaube ich, daß Ihr richtig gewählt habt.»

Das Schweigen war gebrochen, Finnegan nahm den Stafettenstab auf.

«Du bist am Cap gewesen?» fragte er, Charlot sein Glas reichend, das er nie lange leer ließ.

«Ja. Ich habe den Generalintendanten aufgesucht. Die Situation ist nicht gerade glänzend. Von dieser Seite haben wir keine Hilfe zu erwarten. Ich habe heute eine harte Lektion erhalten. Es scheint, daß man in der Kolonie in mir einen... einen Spion von Versailles sieht und daß meine Methoden keine Zustimmung finden.»

Zwischen dem gebräunten Leder ihrer Lider gestatteten sich Finnegans grüne Pupillen ein heiteres Aufleuchten.

«Verwundert dich das? Wenn du das hören wolltest, hätte ich's dir genausogut sagen können, und dir wäre der Weg zum Generalintendanten erspart geblieben. Natürlich können dich die Pflanzer hier nicht schätzen. Du tadelst die Sklaverei, und sie leben von ihr. Doch wie ich den Marquis de Barbé-Marbois kenne, hat er seine Ohnmacht sicherlich übertrieben.»

«Glaubst du?»

«Ich bin davon überzeugt. Gewiß, die Insel ist ein paar Tage des Gouverneurs beraubt, aber wenn er nicht fürchtet, dem Rat zu mißfallen, hätte er dir Verstärkung geschickt. Nur ist er eben ein Mann, der es nicht schätzt, sich naß zu machen, schon gar nicht für einen Revolutionär.»

Leicht die Stirn kräuselnd, war Judith dem Gespräch der Männer mit der halb beunruhigten, halb neugierigen Miene eines, der nicht auf dem laufenden ist, gefolgt.

«Wie wär's, wenn Ihr mir sagtet, wovon die Rede ist, Messieurs? Ich finde Euch heute abend recht rätselhaft. Sollte uns ein weiteres Drama drohen?»

Zugleich seinen Teller und seinen Stuhl zurückstoßend, erhob sich Gilles, um die Fenster zu schließen. Auf die Dauer gingen ihm diese Grabgesänge auf die Nerven; sie schienen ihm im voraus seinem eigenen Leichenbegängnis zu gelten.

«Erklär's ihr», sagte er nüchtern, sich an Finnegan wendend. In wenigen Worten informierte der Arzt Judith über das, was sich seit dem Vortag ereignet hatte, und über die ernstliche Bedrohung, die nun ihren Schatten über die Plantage warf. Judith hatte scheinbar sehr ruhig zugehört. Ihre schmale, nur mit dem Ehering geschmückte Hand verriet allein im wie versehentlichen Spiel mit einem Brotkügelchen leichtes Fieber. Als Finnegan geendet hatte, wandte sie sich ihrem Gatten zu.

«Was werdet Ihr tun?» fragte sie mit immer noch ruhiger Stimme.

«Mich verteidigen. Vor allem aber Euch in Sicherheit bringen. Ich habe hier einen Brief unseres Freundes La Vallée. Er wird Euch mit Eurer Kammerjungfer und den Damen Gauthier morgen abholen und nach ‹Trois Rivières› bringen, wo Denyse Euch erwartet. Ihr werdet dort bleiben, bis die Dinge wieder in Ordnung sind.»

«Und wenn sie sich nicht wieder ordnen?»

«Dafür gibt's keinen Grund. Ich habe Leute bei mir und bin

Manns genug, um mich zu verteidigen. Wogegen übrigens? Gegen eine Handvoll mehr oder weniger qualifizierter Priester, die die Absicht haben, mich in Anklage zu versetzen? Es wird mich keine Mühe kosten, sie zu verjagen.»

«Dann gibt es auch keinen Grund für mich fortzugehen. Aber vielleicht denkt Ihr, ohne es auszusprechen, daß diese Priester auf die Idee kommen könnten, den Schutz der Truppe zu fordern. Das geschieht, wenn man einen Mann in Ketten legen will, den man gefährlich weiß.»

«Ob ich so denke oder nicht, ist unwichtig. Ich will nicht, daß Ihr auch nur im geringsten gefährdet seid. Ihr werdet morgen aufbrechen... mit Fanchon, Anna Gauthier und...»

«Und Eurer teuren Madalen? Wie denn? Glaubt Ihr etwa, daß ich mich von Eurer Fürsorglichkeit täuschen ließe? Vor allem sie wollt Ihr doch in Sicherheit bringen, aber da Ihr so tun müßt, und wäre es auch nur für die Leute, als ob Ihr zuerst an Eure Gattin dächtet, habt Ihr beschlossen, uns alle im Chor zu expedieren. Nun, zählt nicht auf mich!»

Auch sie hatte sich erhoben. Den roten Kopf hochmütig aufgereckt über der vor Erregung pochenden Brust, hielt sie ihrem Gatten stand.

«Seid nicht töricht, Judith! Ihr habt zuviel Phantasie. Es ist ganz normal, daß ich die Frauen meines Hauses schonen will. Was würde aus Euch, wenn man mich verhaftet?»

«Die Frauen des Hauses? Warum dann nicht die schwarzen ebenso wie die weißen? Was wird auch aus ihnen, wenn man Euch verhaftet? Man wird sie zur Sklavenversteigerung schicken, wo sie von neuem verkauft werden. Nein, Gilles, bringt Madame Gauthier und ihre Tochter in Sicherheit, auch Fanchon; ich willige ein, denn sie ist nicht mutig. Schließlich sind es die Frauen derselben Sorte. Ich jedenfalls bleibe!»

«Es kommt nicht in Frage, Judith. Ich wünsche, daß Ihr geht.»

Sie kehrte ihm schon den Rücken, wandte sich in ihrer königlichen Haltung zur Tür, von ihrem weiten grünen Rock wie von einer Schleppe gefolgt, doch bevor sie die Schwelle erreichte, drehte sie sich um.

«Daß Ihr Eure Mätresse schützen wollt, was wäre natürlicher, mein Freund! Ich hingegen bin nur Eure Frau, aber ich beabsichtige, es bis zum Ende zu sein. Es wird Euch nicht gelingen, mich fortzuschicken, denn ich bin keine Madalen Gauthier. Ich bin Judith de

Tournemine de La Hunaudaye, ich bin die Herrin von ‹Haute-Savane›, und ich liebe diese Erde ebenso wie Ihr. Vielleicht wird man mich in ein paar Tagen in ihr begraben, aber beim Andenken meines Vaters, man wird mich nicht dazu bringen, sie zu verlassen!»

Sie ging hinaus, und die hastig von Charlot, der sich mit gleichsam anbetendem Respekt vor ihr verneigte, aufgerissene Tür fiel hinter ihr ins Schloß. Die beiden Männer blieben allein angesichts der gedeckten, nun verlassenen Tafel. Gilles fühlte, daß der Blick des Iren beharrlich auf ihm ruhte, konnte sich jedoch nicht entschließen, ihm zu begegnen. Die Hände auf dem Rücken gefaltet, ging er langsam auf dem Parkett auf und ab, das unter den roten Hacken seiner Schuhe ächzte. Einen Moment blieb er am Tisch stehen, griff nach einer kristallenen Karaffe und füllte ein Glas mit Burgunder, das er in einem Zug leerte. In diesem Moment vernahm er, was er erwartete.

«Ist sie wirklich deine Mätresse?» fragte Finnegans unpersönliche Stimme.

Gilles zuckte die Schultern.

«Nein. Auf meine Ehre, ich schwör's! Madalen ist... die Reinheit und Unschuld selbst. Man muß schon Judith sein, um sich vorzustellen...»

«Vorstellen was? Warum sollte sie sich nicht das Schlimmste vorstellen, wenn sie sieht, wie ihr Mann sich von ihr abwendet und sich um eine andere kümmert? Denn du liebst sie, nicht wahr? Eine verliebte Frau täuscht sich nicht in solchen Dingen.»

«Verliebt? Seit langem glaube ich nicht mehr an Judiths Liebe.»

«Weil du ein rücksichtsloser Dummkopf bist. Oder weil's dir so in den Kram paßt...»

Finnegans Stimme war scharf wie ein Peitschenknall explodiert. Durch seine Heftigkeit überrascht, wandte Gilles sich um, sah ihn an.

«Du bist verrückt», sagte er.

«Glaubst du? Zur Sache: Du hast meine Frage nicht beantwortet. Liebst du Madalen?»

Ein kurzes Schweigen, dann:

«Ja.»

«Und sie? Liebt sie dich auch?»

«Ich glaube, ja.»

«Ah!»

Charlot war diskret hinausgegangen, und Finnegan öffnete sich selbst die Tür, die laut hinter ihm zufiel. Gilles hörte das leiser werdende Geräusch seiner Stiefel auf den Steinplatten des Vestibüls. Dann war nichts mehr zu vernehmen als der gedämpfte Klagegesang der Trauernden. Gilles war allein, mehr als er es je gewesen war, einem scheußlichen Gefühl von Bedrückung ausgeliefert. War es möglich, im Verlauf weniger Worte einen Freund zu verlieren, der ihm lieb geworden war? Gleich darauf zog ihn der Galopp eines Pferdes zu dem auf den Vorplatz des Hauses gehenden Fenster, und er sah eben noch Finnegan, bevor er einen Moment später mit verhängten Zügeln in dem von den großen Eichen der Allee gebildeten dunklen Tunnel verschwand. Er war fort. Auch er verließ ihn, kehrte zweifellos zu seiner Trinkerei und in den Schmutz des Hafens zurück.

Unfähig, die Einsamkeit des großen, luxuriösen Raums mit seinen silbernen Leuchtern und dem Geglitzer seines Kristalls länger zu ertragen, trat er gleichfalls hinaus, zögerte einen Moment am Fuß der Treppe, gequält von der Lust, zu Judith zu gehen, und wäre es auch nur, um sich durch ihre Unterwerfung unter sein Verlangen zu beweisen, daß er noch immer der Herr war. Doch er ahnte, daß er an diesem Abend ihre Tür würde einschlagen müssen, damit sie einwilligte, ihn zu empfangen. Und selbst dann...

Ratloser, als er zugeben wollte, betrat er den hinteren Hof, wo im tanzenden Licht der Fackeln eine schwarze Menge den Leichnam Célinas bewachte. Er ruhte auf seinem Katafalk aus blühenden Zweigen, in ein ganz neues, schönes rotes Gewand gehüllt und mit einem Diadem aus schwarzem und roten Federn geschmückt. Ein dicker Kranz von Blumen verbarg die schreckliche Wunde, die ehrfürchtige Hände so gut es ging genäht hatten. Vor ihr stehende Körbe enthielten Früchte, gedörrte Fische und Biskuits, die sich am Ende der Nacht die, die dort wachten, teilen würden. In einem Winkel beaufsichtigte Coralie einen über einem Reisigfeuer stehenden gewaltigen Kessel. Und rund um die Tote Männer in ihrem besten Zeug, weißgekleidete Mädchen, die leise im sanften Rhythmus einer von den langen schwarzen Händen Cupidons geschlagenen Trommel sangen. Einige begannen zu tanzen.

Mit verschränkten Armen an einem Tulpenbaum lehnend, sah auch Pongo zu. Als Gilles sich zu ihm gesellte, wandte er kaum den Kopf, lächelte jedoch, etwas Seltenes bei diesem sonst immer gleichmütigen Mann.

«Sie machen schönes Fest für alte Célina. Bei uns auch machen

Fest, wenn großer Häuptling in ewige Wälder geht, weil großer Häuptling gehen zu großer Freude und großer Macht.»

Es war sehr selten, daß Pongo von seinem indianischen Stamm sprach, der ihn zum Tode verurteilt und in den Fluß geworfen hatte, eine Behandlung, die er ihm scheinbar nicht nachtrug. Er mußte sehr bewegt sein.

«Sie werden noch morgen feiern. Ich habe Moses gesagt, er solle nach der Beerdigung ein wenig Rum verteilen.»

In neutralem Ton fuhr er fort:

«Ich glaube, du wirst dich jetzt allein ums Hospital kümmern müssen. Finnegan ist fort.»

«Pongo wissen. Er sehr unglücklich. Großer Liebesschmerz um Mädchen mit Mondhaar. Sie nicht lieben ihn, lieben dich.»

«Woher weißt du? Hat er's dir gesagt?»

«Nein, aber Pongo haben Augen zu sehen. Und dann Finnegan sprechen allein vorhin, während sattelt Pferd. Dich nicht quälen, er zurückkommen.»

«Ich glaube nicht. Er wird nicht zurückkommen.»

«Doch. Er guter Arzt, und guter Arzt nie verlassen Kranke.»

Gilles zuckte die Schultern.

«Das Hospital ist jetzt fast leer. Du kannst allein gut damit fertig werden.»

«Wichtigster Kranker nicht im Hospital.»

«Was willst du damit sagen?»

«Du krank! Krank von böse Liebe. Große Unglücke können kommen von böse Liebe. Medizinmann es wissen. Darum Pongo sagen, er kommen zurück.»

Doch der folgende Tag verstrich, ohne daß Finnegan wieder erschien.

Célinas Leichenbegängnis war eine schöne Sache, über die man noch lange in der Region sprach. Um seinen Fall der Kirche gegenüber nicht zu verschlimmern, wie auch um der Bestätigung seiner eigenen Überzeugungen willen hatte Gilles den Abbé Le Goff holen lassen, der mehr oder weniger als Pfarrer von Port-Margot amtierte und auch die kleine Kapelle am Limbé betreute. Gelegentlich seiner Ankunft hatte er ihm ein großzügiges Geschenk gemacht und einen stämmigen Maulesel hinzugefügt, der es dem braven Mann erlaubte, sich leichter von Ort zu Ort zu bewegen und eben auch den Dienst in der Kapelle zu versehen, was ihn zu einer Art Hauskaplan der Plantage machte.

Der Abbé Le Goff war stocktaub, erfüllte deshalb jedoch nicht weniger seine priesterlichen Pflichten mit großer Genauigkeit, zumindest wenn ihn die Gicht, diese Plage der großen Esser und Trinker, in Ruhe ließ. Er war ein schon bejahrter Mann, den die Berufung spät ereilt hatte, denn er hatte sich viel auf den Meeren und zwischen den Inseln herumgetrieben, auch ein wenig Pirat gespielt, bevor er von einer göttlichen Gnade berührt worden war, die ihm ein friedliches und behagliches Alter sicherte. Er war auch ein freundlicher Mann, doch so auf seine Ruhe bedacht, daß der Versuch, ihn als Helfer gegen seine Amtsbrüder von Cap Français zu gewinnen, unnütz gewesen wäre. Übrigens hätte er sicherlich auch nichts gehört...

Da die verstorbene «Mamaloï» nur getauft war, begnügte sich der Abbé damit, die Leiche einzusegnen und zu beweihräuchern, dann kehrte er um ein Goldstück reicher zu seinen Beschäftigungen zurück und überließ es den Leuten der Plantage, das Leichenbegängnis nach ihrem Geschmack zu begehen. Und so wurde Célina mit Gesängen und Tänzen der Erde übergeben, das Gesicht noch unbedeckt, getragen von vier kräftigen Schwarzen, gefolgt von Gilles, den Seinen und allen Sklaven, zu denen sich völlig Unbekannte gesellten, Gläubige zweifellos, wenn es nach ihren reichlich fließenden Tränen und der Inbrunst, mit der sie sangen, ging.

Wie sie zuvor den Leichnam bewacht hatten, bewachten die Schwarzen nun die Nacht hindurch das Grab, tranken Rum, schmausten dazu, und am Morgen kehrte jeder zu seiner Arbeit zurück.

Dieser Tag, der dritte der von Bruder Ignace gewährten Frist, schien Gilles ebenso unerfreulich wie endlos. Finnegan war nicht wieder erschienen, und die Hoffnung, ihn je wiederzusehen, verminderte sich von Stunde zu Stunde. Stumm, eingeschlossen in mißbilligendes Schweigen, ging Judith ihren Pflichten als Hausherrin nach, belehrte die dicke Coralie über Dinge, die sie noch nicht wissen konnte, und brachte mit ihren Mägden Ordnung in die Wäscheschränke. Bei den Mahlzeiten richtete sie an ihren Gatten kein Wort, und wenn es geschah, daß er zu ihr sprach, antwortete sie nicht und ließ ihn die gelassene Grazie ihrer Gesten bewundern, ohne auch nur durch eine Andeutung zu verraten, daß sie sich seiner Anwesenheit bewußt war.

Wie sie entschieden hatte, war Gérald de La Vallée wieder allein aufgebrochen, heimlich erleichtert vielleicht, nichts mit dem zu tun zu haben, was in «Haute-Savane» geschehen würde, aber nicht ohne Gilles eindringlich zu raten, alle Hilfsmittel der Diplomatie zu nutzen, bevor er es zu Gewalttätigkeiten kommen ließe.

«Schenkt diesem raubgierigen Gesindel doch ein paar Sklaven. Ihr seid reich genug, und glaubt mir, der Frieden hat keinen Preis.»

«Ich täte es gern, wenn ich glaubte, um diesen Preis den Frieden erkaufen zu können, aber ich fürchte, daß man sich schon nicht mehr damit begnügt. Sie wollen jetzt den ganzen Besitz.»

«Dann helfe Euch Gott! Wenn Ihr mich braucht, wißt Ihr, wo Ihr mich findet!»

Als die Nacht von neuem über die Hügel des Limbé hereinbrach, verspürte Gilles etwas wie Erleichterung bei dem Gedanken, endlich vielleicht etwas tun zu können, statt sich nur den Kopf auf der Suche nach einem wirksamen Verteidigungsmittel zu zermartern. Mit wahrhaft wilder Freude griff er zu den Waffen und wandte sich, nur von Pongo und Moses begleitet, der Lichtung zu, in der Célina ruhte. Wenn ihr Mörder auch nur den geringsten Versuch gegen ihr Grab wagte, würde er es mit seinem Leben bezahlen. Er würde keine Gnade walten lassen.

Es war ungefähr halb elf, als Gilles, Pongo und Moses das Grab der Ferronnets erreichten. Die Nacht war ausnahmsweise dunkel dank schwerer Wolken, die ein gegen Ende des Tages ausgebrochener Sturm über den Himmel gejagt hatte. Lautlos wie eine Katze kletterte Moses auf einen der hohen Bäume am Rande der Lichtung, während Gilles das Gitter öffnete, Pongo passieren ließ und es wieder schloß. Niemand sagte ein Wort, und kein Geräusch hatte ihr Kommen verraten.

Mit einem wahren Luxus an Vorsichtsmaßnahmen richteten sich die beiden Männer für eine Wartezeit ein, die vielleicht lange dauern... und vielleicht vergeblich sein würde. Aber von ihrem Beobachtungsposten aus hatten sie volle Sicht auf Célinas Grab, das dank dem Hügel aus weißen Steinen, der es bezeichnete, selbst in dieser dunklen Nacht deutlich erkennbar war.

Die Zeit verstrich. Moses war in seinem Baum völlig verschwunden. Die Atmosphäre im Innern des kleinen Tempels war drückend trotz des in die Nacht geöffneten Gitters, das ein wenig Luft einließ. Von Kindheit an, an langes, strikt regungsloses Lauern gewöhnt, schien Pongo sich in eine Statue verwandelt zu haben, doch Gilles spürte, wie Schlaf ihn überkam. Wer konnte sagen, ob die Totengräber diese Nacht... oder überhaupt kommen würden? Schließlich konnte Désirée sich täuschen.

Er wollte Pongo seine Überlegungen mitteilen, als dieser seine Aufmerksamkeit auf sich zog:

«Pst...pst...»

Mit dem Finger wies er auf drei sich nähernde Gestalten, die aus dem Schutz der Bäume aufgetaucht waren, eine in ein helles Gewand gewickelt, das sie wie ein Gespenst aussehen ließ, die beiden anderen waren Schwarze, die fast nackt sein mußten, um besser mit der Nacht zu verschmelzen. Diese beiden trugen außer Macheten eine Hacke und eine Schaufel.

Sie steuerten geradewegs auf Célinas Grab zu. Während die helle Gestalt stehend wartete, machten sich die beiden Männer daran, die das Grab bedeckenden Steine herunterzunehmen. Schon hatte sich unter Gilles' Hand das Gitter geräuschlos wieder geöffnet, und die beiden Männer krochen langsam, ganz langsam durchs Gras...

Die auf der Lichtung herrschende totale Stille mußte die Grabräuber beruhigt haben, denn plötzlich leuchtete eine Blendlaterne auf und wurde auf die Erde gestellt. Dieses plötzlich aufgetauchte Licht diente als Signal. Mit gleicher Wucht fielen Gilles und Pongo über die beiden Männer her, Schwarze mit imposanten Muskelpaketen, während Moses von seinem Baum herabsprang und sich der weißen Gestalt bemächtigte – die sich als eine Frau erwies und bereits zu fliehen suchte. Mit Hilfe der Überraschung wurden die beiden Schwarzen rasch überwältigt, aber Moses fand sich trotz seiner Stärke in einen harten Kampf gegen ein Geschöpf verwickelt, das sich mit der Geschmeidigkeit und nervösen Kraft eines Panthers wehrte. Pongo bei den halb betäubten Männern lassend, lief Gilles mit der Laterne hinzu, um ihm beizuspringen.

«Halt sie fest!» schrie er. «Ich will ihr Gesicht sehen!»

Die Frau stieß einen Schmerzenslaut aus, da Moses ihr eben den Arm bis zur Grenze des Erträglichen verdrehte, und Gilles, der die Laterne hob, unterdrückte einen überraschten Ausruf: Er hatte die schöne Mulattin vor sich, die ihn am Tage seiner Ankunft in ihrer Sänfte empfangen hatte.

Trotz der Wut, die ihre Züge entstellte, war sie an ihren bernsteinfarbenen Augen, der dreieckigen Form ihres Wildkatzengesichts und dem wahren Wald gekräuselten Haars, das während ihres Kampfes mit Moses dem bändigenden Kopftuch entschlüpft war, klar zu erkennen.

Die gelben Augen loderten ihm so haßerfüllt entgegen, daß Gilles den unbehaglichen Eindruck hatte, einer Klapperschlange gegen überzustehen. Doch er hatte nicht einmal Zeit, ihr auch nur die kleinste Frage zu stellen. Die Frau spie ihm ins Gesicht, dann wandte sie den Kopf und biß mit ihren scharfen Zähnen so wild in Moses' Hand, daß das Blut spritzte. Moses brüllte auf, löste instinktiv seine Umklammerung. Die Frau glitt aus seinen Armen, entriß ihm ihr weißes, mit phantastischen schwarzen Figuren bemaltes Gewand und floh rasch wie eine Gazelle zum Saum des Waldes, in dem sie verschwand. Obwohl Gilles und Moses sie verfolgten, waren sie nicht imstande, sie wiederzufinden. Wütend und enttäuscht kehrten sie zu Pongo zurück.

Während des kurzen Wegs zog Gilles sein Hemd aus und zerriß es, um Moses' blutende Hand zu verbinden. Die Frau war nicht nur geschmeidig wie ein Panther gewesen, sie hatte auch dessen Zähne besessen.

«Schafft die da zurück», sagte Gilles, auf die Schwarzen weisend, die allmählich wieder zum Bewußtsein kamen. «Ich glaube nicht, daß die Frau diese Nacht noch etwas versuchen wird, aber wir werden trotzdem einen Wächter schicken.»

Moses lud sich einen der beiden Männer, der sich nicht auf den Beinen halten konnte, auf die Schulter, während Gilles den anderen mit einer Pistole vor sich her trieb. Aber an den beiden Gefangenen war nichts Heldisches, und es war nicht schwer, von ihnen die Bestätigung dessen zu erhalten, was Gilles ohnehin erraten zu haben glaubte: Die schöne Wilde war keine andere als Olympe, Legros' gefährliche Mätresse.

Dagegen erwies es sich als unmöglich, irgend etwas über das Versteck des ehemaligen Verwalters zu erfahren. Die beiden Gefangenen waren entlaufene Sklaven und gehörten zur Bande des einarmigen Macandal, für den die schöne Olympe etwas übrig hatte, und auf den sie dafür zählen konnte, wenn sie einmal Hilfe brauchte. Ihre Helfer bei diesem Abenteuer wußten, daß sie ein Haus am Cap besaß (das sie übrigens seit der Revolte nicht mehr betreten hatte), aber sonst nichts... Gilles schwankte, wie er sich im Falle dieser beiden verhalten solle, aber schließlich war es kein Verbrechen, nachts Steine von einem Grab zu entfernen, und sie schworen weinend, daß sie an der Ermordung der «Mamaloï» in keiner Weise beteiligt waren. Olympe war es, die mit einem Streich der Machete, die sie geschickt zu handhaben wußte, die alte Frau halb enthauptet hatte. Nach kurzer Beratung mit Pongo und Moses ließ er sie ohne Vorbehalt frei.

«Geht und sagt den anderen, daß der Herr von ‹Haute-Savane› euch in Händen hatte und daß er euch die Freiheit zurückgab. Aber dient nicht mehr dieser Olympe.»

Sie machten sich sang- und klanglos aus dem Staub. Einer von ihnen kehrte jedoch plötzlich zurück, nahm Gilles' Hand, legte sie auf seine Stirn und lief von neuem fort, von Moses nachdenklichem Blick gefolgt.

«Wir haben vielleicht recht gehabt... oder vielleicht auch nicht», sagte der Riese, «aber ich glaube, daß sie die Wahrheit sagten.»

Mählich versanken «Haute-Savane» mit seinen Bewohnern in einer Angst, sie sich nach und nach mit dem Unvermeidlichen abfand. Es gab kein Mittel, das leere Grab zu füllen oder seinen eigentlichen Insassen wiederzufinden. Alle warteten, jeder auf seine Weise, daß die Schicksalsstunde schlug. Gilles überwachte wie immer die Angelegenheiten der Plantage. Judith kam mit neuem Eifer ihren Pflichten des Hauses nach, unternahm jeden Morgen nur noch einen kurzen Spazierritt und suchte nicht einmal mehr ihren Bootsschuppen auf. Moses beaufsichtigte die Arbeiter, denn es war die Zeit der Feldbestellung, und überall auf der Plantage öffneten die Pflüge die reiche schwarze Erde, zogen die tiefen Wellentäler, aus denen, Überfluß schenkend, bald die nächsten Ernten sprießen würden. Pongo widmete sich völlig dem Hospital und versuchte, nicht ohne Bedauern seinen schönen Garten vernachlässigend, den verschwundenen Arzt zu ersetzen. Seine jungen Gehilfen bemühten sich, wiederum ihn so gut es ging zu ersetzen, und erledigten seine Anordnungen mit rührendem guten Willen. Was die Familie Gauthier anging, war sie mit Ausnahme Pierres, der sich speziell um die von Gilles für die Bedürfnisse der Plantage eingerichtete kleine Farm kümmerte, in Unkenntnis der auf der Plantage lastenden Drohung gehalten worden. Der ein wenig engen Frömmigkeit Madalens und ihrer Mutter wegen hatte Gilles es vorgezogen, sie von seinem Konflikt mit der Kirche nichts wissen zu lassen.

Sie alle erfüllten ihre Aufgaben, als ob da nichts wäre, einzig dem Dienst an «Haute-Savane» verpflichtet, und Tournemine, der seinen bretonischen Fatalismus wiederfand, nahm sich vor, auf einen Gott der Gerechtigkeit und Billigkeit zu bauen, der ihm schon aus der Klemme heraushelfen würde. Er hoffte nur, daß er ihm im rechten Moment die notwendigen Worte und Gesten diktierte.

Der letzte Abend kam, und nie zuvor war ein Abend köstlicher gewesen. In der Veranda sitzend, ein Glas Punsch in der Hand, sah

Gilles mit einer Art Angst die große rote Sonnenscheibe in einen Ozean versinken, der schmelzendem Golde ähnelte, und er wünschte von ganzem Herzen, daß sie niemals wieder erschiene, falls ihre morgentlichen Strahlen die Ruinen seiner Bemühungen und Hoffnungen erhellen sollten. Hinter der großen Kaktuswand ließen sich Bruchstücke von Liedern, Noten einer Melodie und zuweilen das schrille Lachen der mit ihren Maultieren von den Feldern heimkehrenden Neger vernehmen. Im Innern des Hauses waren es die ernste Stimme Charlots, der sein Bataillon kleiner Dienerinnen ausschalt, die dabei waren, die Tafel zu decken, und das leise Klirren von Silberzeug und Kristall. Was bliebe von alledem morgen?

Mit einem Seufzer leerte Gilles sein Glas, stand auf und streckte sich. Es war nicht der Moment, sich deprimierenden Gedanken zu überlassen, sondern im Gegenteil der, sich auf den Kampf vorzubereiten. Er war schon dabei, ins Haus zu gehen, als das eilige Hämmern von Hufen, die Glöckchen eines Maultier-Paars und Räderrollen ihn draußen festhielten: Ein mit Möbeln beladener Karren kam die Eichenallee herauf. Zwei Männer saßen auf dem Bock.

Doch schon lief Gilles dem unmöglichen Umzugsfahrwerk, das da kam, entgegen. Der Mann, der mit fester Hand die Zügel hielt, war Liam Finnegan. Neben ihm thronte überaus würdig ein kleiner Chinese mit weißem Kinnbärtchen in nachtblauem Seidengewand, die Hände in dessen weiten Ärmeln verborgen.

Der Herr von «Haute-Savane» war so glücklich, daß er den Iren förmlich von seinem Sitz riß und umarmte.

«Du bist zurückgekehrt! Gott sei gelobt!»

«Ich habe Hunger», sagte Finnegan nüchtern, «und ich habe noch mehr Durst. Das ist mein ehrenwerter Freund Monsieur Tsing-Tcha, der für heute abend dein armseliges Haus mit seiner Gegenwart beehren wird. Du solltest Charlot veranlassen zwei Gedecke mehr aufzulegen.»

Doch der Befehl erwies sich als überflüssig. Auch der Majordomus hatte die Ankömmlinge gesehen und rief von der Freitreppe:

«Ihr dinieren mit uns, Doktor?»

«Ja, Charlot. Und dieser Gentleman ebenfalls.»

«Was ist mit all diesen Möbeln?» erkundigte sich Gilles. «Hast du eine Erbschaft gemacht?» Oder hast du eine Auktion geplündert?»

«Meinem Logis fehlt es an Möbeln», sagte der Ire ernst. «Mein Freund Tsing-Tcha hat mir einige recht solide verschafft. Vor allem diese große Truhe, die mir zur Unterbringung meiner Instrumente sehr nützlich sein wird», fügte er hinzu, auf einen langen, mit Blumen und Vögeln in Perlmutter eingelegten Kasten aus Ebenholz weisend, dessen Ende unter einem Tisch und einem Stapel von Stühlen herausragte.

«Ich werde den Karren hinter die Küchen fahren, damit er nicht stört. Morgen werden wir ihn entladen.»

Neugierig gemacht durch die so jähe Leidenschaft eines Zugvogels für bürgerliche Installierung, unterließ Gilles weitere Fragen und begnügte sich damit, den alten Chinesen mit jener raffinierten Versailler Höflichkeit zu begrüßen, die fast ebenso kompliziert, wenn auch weniger blumig als die des Himmlischen Reiches war.

Judith empfing Monsieur Tsing-Tcha mit der Grazie, die sie in allen Dingen entfaltete. Die perfekte Erziehung, die Madame de La Bourdonnaye ihr einst im Kloster Notre-Dame de la Joie hatte angedeihen lassen, erlaubte ihr, ebenso und ohne auch nur eine Braue zu heben einen Prinzen des Heiligen Römischen Reiches oder einen chinesischen Apotheker zu empfangen, der nach Opium, Weihrauch und Gewürznelken duftete. Doch in Finnegans Fall und ihm zu Ehren ließ sie jede Förmlichkeit beiseite und der Freundschaft freien Lauf.

«Endlich seid Ihr wieder da!» rief sie und ging ihm mit ausgestreckten Händen rasch entgegen. «Ihr stellt Euch nicht vor, lieber Doktor, wie wir Euch vermißt haben! Ich glaubte wie Gilles, Ihr hättet uns vergessen.»

Finnegan nahm ihre Hände und legte sein freudig gerötetes Gesicht hinein.

«Wie könnte man Euch vergessen, wenn man Euch einmal gesehen hat, Madame? Ich hatte ganz einfach bei Monsieur Tsing-Tcha zu tun, und ich bitte Euch, mir zu verzeihen, wenn ich Euch Besorgnis verursacht habe. Aber ich werde nicht sagen, daß ich's bedauere, denn Ihr habt mir eben eine große Freude gemacht.»

«Dann wollen wir alles vergessen und zu Tisch gehen. Ich kenne Eure Sitten nicht, Monsieur», wandte sie sich an den Chinesen, der sie bewundernd betrachtete, «aber bei uns will es der Brauch, daß der wichtigste Gast der Hausherrin die Hand reicht, um sie zur Tafel zu geleiten. Gebt Ihr mir die Eure?»

«Sehr unwürdig ich bin solchen Glücks», stieß Tsing-Tcha hervor und vollführte eine Reihe zeremoniöser Verneigungen. «Meine gewöhnliche Hand in der aus Perlmutter und Elfenbein der Göttin der Sonne? Ich könnte nicht.»

Dabei brachte er ein Taschentuch aus leichter blauer Seide aus seinem Ärmel zum Vorschein und bedeckte mit ihm seine Hand, bevor er sie der jungen Frau bot, worauf sie sich zur Tafel in Bewegung setzten. Gilles und Finnegan folgten dem sehr ungleichen Paar, denn Judith überragte ihren Gast um einen guten Kopf.

«Ich wußte nicht», flüsterte Gilles, «daß die Chinesen soviel Respekt vor europäischen Damen empfinden. Die Idee dieses seidenen Taschentuchs ist hübsch...»

«Sie ist vor allem bequem, wenn man eine himmlische Epidermis nicht durch Berührung einer fremden Teufelin beschmutzen will», raunte der Ire halb im Scherz, halb im Ernst zurück.

Es war spät, und alles im Haus schlief schon, als Gilles, Finnegan, Pongo, Moses und Tsing-Tcha die Unterkunft des Iren verließen, in der sie unter dem Vorwand, einen fabulösen Whisky probieren zu wollen, den der Arzt vom Cap mitgebracht habe, den Rest des Abends verbracht hatten. Ohne mehr Geräusch zu verursachen als eine Schar Katzen, begaben sie sich zu dem Möbelkarren, zogen die Ebenholztruhe heraus, die ohne Schwierigkeit unter dem kunstvoll geschichteten Aufbau von Tisch und Stühlen hervorglitt. Die Truhe wurde geöffnet, man hob einen langen, schweren, in schwarzen Stoff gehüllten Gegenstand heraus, den Moses sich auf den Rücken lud, während die Truhe ihren Platz wieder einnahm. Noch immer mucksmäuschenstill schlug der kleine Zug sodann den zur Lichtung und zum Grab der Ferronnets führenden Hohlweg ein.

Eine Stunde später drückte Gilles die Gitterpforte des Grabs wieder zu. Der schwere Sarg umschloß nun die Leiche eines ein paar Tage zuvor bei einem Wirtshausstreit erschlagenen alten holländischen Seemanns, die Monsieur Tsing-Tcha diskret hatte beiseite schaffen lassen können, wie es zuweilen geschah, wenn er seine chemischen Experimente fortzuführen wünschte. Auf Bitten Finnegans und dessen Anweisungen folgend hatte er sich damit begnügt, sie gewissen Veränderungen zu unterwerfen, die es durchaus möglich machten, sie für die schon halb mumifizierte Leiche eines seit einem guten Jahr beerdigten Mannes zu halten. So war auch der berühmte Weinfleck, das Muttermal, auf der linken Wange dank des normalerweise beim Tätowieren von Matrosen angewendeten Verfahrens geschickt imitiert worden. Man hatte die Leiche in einen seidenen

Anzug gesteckt, ähnlich denen, an die der Ire sich noch erinnerte, hatte sie mit einer weißen, übrigens gebührend mitgenommenen Perücke versehen, wofür man natürlich auch bei der Kleidung gesorgt hatte, und hatte die Sorgfalt sogar so weit getrieben, den Ringfinger des Pseudo-Ferronnet mit einem Siegelring zu schmücken, in den sein Wappen eingraviert war.

Bevor sie den Deckel schlossen, hatte Finnegan lange das Resultat chinesischen Fleißes betrachtet.

«Glaubst du, daß es funktionieren wird?» hatte Gilles geraunt.

«Ich hoffe es sehr. Für mich, der den alten Herrn gekannt hat, ist es absolut erstaunlich. Ihr seid ein großer Künstler, Messire Tsing-Tcha.»

Der Chinese verneigte sich sichtlich entzückt mit dem breiten Lächeln einer von Beifall überschütteten Primadonna.

«Danke außerordentlich. Armseliger und ungeschickter Mensch kann sich selbst übertreffen und zum Meisterwerk aufschwingen, wenn er gebührend angeregt wird. Für den unwürdigen Tsing-Tcha gibt es keine bessere Anregung als das Gold, diese irdische Form der Sonne, und sein Freund mit den grasfarbenen Augen hat ihm einiges versprochen, wenn es gelänge.»

«Ich werde sein Versprechen halten, sobald wir ins Haus zurückgekehrt sind. Danach werde ich Euch zum Cap zurückbringen lassen. Es ist besser, daß meine Besucher Euch hier nicht finden.»

«Die Weisheit spricht durch Euren Mund, edler Herr.»

Bevor sie das Grab verließen, gaben sich Pongo und Finnegan einer Art umgekehrten Hausputz hin. Mit Hilfe von großen Mengen Staub mühten sie sich, alle Spuren kürzlicher Besuche der kleinen Krypta zu beseitigen. Doch plötzlich hielt Pongo inne und wies auf die neuen Lötstellen.

«Das zu sehr glänzen! Was tun?»

Tsing-Tcha kicherte.

«Sehr einfach. Kaufleute von chinesischen Kuriositäten sehr gut wissen, wie man allen Sachen großes Alter gibt.»

Aus dem kleinen, samtenen Sack, den er mitgebracht und dem er schon alles Notwendige zur Verwandlung des falschen Ferronnet entnommen hatte, zog der alte Chinese ein Fläschchen und strich mit Hilfe eines Pinsels etwas von dem Inhalt auf die glänzenden Stellen, die augenblicklich stumpf wurden und sich sogar mit einem leichten weißlichen Belag schmückten, wie man ihn auf älteren Sarkophagen sah.

In diesem Punkt nun völlig beruhigt, verließen die nächtlichen Besucher das Grab, in dessen Umkreis Pongo noch mit beblätterten Zweigen über das Gras fuhr, um auch hier die Spuren ihrer Schritte zu verwischen.

Sobald der Chinese gebührend entlohnt und unter Moses umsichtigem Schutz zum Cap aufgebrochen war, kehrten Gilles und Finnegan ins Logis des Arztes zurück, um die Wkiskyflasche völlig zu leeren. Keiner von beiden fühlte sich müde, da ihre Angst schon den bloßen Gedanken, sich in ein Zimmer zu begeben und auf einem Bett auszustrecken, verjagte.

«Warum hast du mir neulich abend nicht gesagt, was du tun wolltest?» fragte Tournemine. «Wir anderen hätten uns weniger Sorgen gemacht.»

«Einfach, weil ich's noch nicht wußte. Ich bin fortgeritten und wollte nicht zurückkehren, aber als ich bei Tsing-Tcha ankam, sah ich diesen toten alten Burschen auf seinem Tisch, bereit für seine Experimente, und angesichts einer vagen Ähnlichkeit mit dem alten Ferronnet kam mir die Idee, daß er uns dienen könnte.»

«Sonst... wärst du nicht zurückgekommen?»

«Nein. Ich hätte mich darauf beschränkt, dich aus dem Gefängnis zu holen, wenn sie den schlechten Geschmack gehabt hätten, dich einzusperren.»

Gilles zuckte die Schultern und sah in sein leeres Glas, als hoffe er, es sich von selbst wieder füllen zu sehen.

«Ich verstehe. Dabei glaubte ich, du seist mein Freund.»

«Ich habe keinen Moment aufgehört, es zu sein, und weil ich es bleiben wollte, wählte ich die Flucht. Es ist nie gut, wenn sich das Lächeln einer Frau zwischen zwei Männer stiehlt. So eng verbunden sie auch sein mögen, es endet immer damit, daß sie sich hassen. Zumal ich dich in diesem Fall nicht begreife. Judith ist so schön! Ich glaube, ich habe nie eine schönere, begehrenswertere Frau gesehen.»

«Die Antwort liegt in deiner Frage. Du hast hundertmal recht, aber warum bist du dann nicht in sie verliebt, sondern in Madalen?»

Ein Schweigen entstand, das der Schrei eines Nachtvogels und das Stöhnen eines alptraumgeplagten Kranken im Hospital für Momente unterbrachen.

«Was wirst du tun... danach?» fragte Gilles.

«Ich weiß es nicht. Aus was wird dieses ‹danach› übrigens bestehen? Wenn morgen alles gutgeht, glaube ich, daß ich trotzdem bleiben werde. Es ist schwer, darauf zu verzichten, die Frau, die man liebt, zu sehen, nur zu sehen. Gerade du mußt es doch wissen», fügte er mit unbewußter Bitterkeit hinzu, die Gilles nicht entging.

Er zog es vor, das Thema zu wechseln. Das Terrain wurde zu heiß für ihn.

«Glaubst du wirklich, daß unsere ‹Maskerade› gelingen wird? Hast du mir nicht erst kürzlich gesagt, daß die Priester allzu gut unterrichtet wären... daß sie vielleicht sogar den echten Ferronnet in Händen hielten?»

«Ich weiß. Aber es ist doch wenig wahrscheinlich. Wenn Legros und seine Hexe sich den Körper geholt haben, tot oder im Zustand der Katalepsie – was letzteres bei einiger Überlegung den Fall der Zombies recht gut erklären würde, denn man muß sie sehr schnell aus dem Grab entfernen –, wären sie gewiß nicht so dumm gewesen, sie Leuten so bornierten Geistes in die Hände zu spielen. Sie hätten damit selbst das Holz für ihren Scheiterhaufen gestapelt. Nein, Bruder Ignace hat vermutlich erfahren, daß das Grab nur noch einen Baumstamm enthält, mehr nicht! Oh! Und überhaupt, an dem Punkt, an dem wir stehen, müssen wir das Risiko eben auf uns nehmen.»

Um seine Überzeugung nachdrücklich zu unterstreichen, trank er den letzten Schluck Whisky gleich aus der Flasche und warf sie danach in eine Ecke. Da in diesem Moment, den Morgen kündend, in der Ferne ein Hahn zu krähen begann, trat er in die Veranda hinaus, um die Sonne dieses ungewissen Tages aufgehen zu sehen.

Es war fast Mittag, als, von einer Milizschwadron umringt, eine amarantfarbene, mit schmalen goldenen Streifen geschmückte Karosse in die Eichenallee einfuhr und in einer Wolke roten Staubes vor der großen Freitreppe anhielt, wo Gilles und Judith warteten. Das junge Paar kam die wenigen Stufen herab, und Gilles öffnete selbst den Schlag, während Judith wie vor einem Fürsten der Kirche niederkniete. Diese kleine Schmeichelei hatte ihre Wirkung. Der Abbé Collin d'Agret war nur der Koadjutor des Bischofs von Santo Domingo, und er widmete dieser sehr schönen, jungen Frau einen beifälligen Blick, die, streng in schwarzen Taft gekleidet, ihr Haar mit einem schwarzen Spitzenschleier bedeckt trug wie zu einer päpstlichen Audienz und nicht zögerte, sich in den Staub zu knien, um einen unmöglich zu verweigernden Segen zu empfangen. Dafür war der Blick, mit dem er die hohe Gestalt des Herrn von «Haute-

Savane» umfing, viel weniger freundlich, und Tournemine erriet, daß er da einen Feind besaß, der fest entschlossen war, nur mit seinem Pfund Fleisch zurückzukehren.

Gontran Collin d'Agret war ein dicker, weichlicher Mann, was ihn schlanken, muskulösen Männern gegenüber nicht gerade nachsichtig stimmte. Von einer großen, arroganten Nase abgesehen, waren alle Züge seines Gesichts feminin: ein kleines, molliges Kinn, ein runder Schmollmund, feine, sorgfältig gezupfte Brauen, eine zarte, sichtlich mit beträchtlichem Aufwand in Salben gepflegte und eifersüchtig vor der Sonne bewahrte Haut. So hatte der Besucher kaum seinen in schwarzer Seide mit Goldspangen steckenden Fuß auf die Erde gesetzt, als auch schon der hinten neben dem Kutscher sitzende Diener mit einem großen Sonnenschirm hinzusprang, um seinen Herrn vor einer Sonne zu schützen, die zu dieser Jahreszeit alles andere als mörderisch war.

Aus der Karosse steigend, bot der Koadjutor seine mit einem prachtvollen Ring aus Perlen und Amethysten gezierte rundliche Hand Judiths Lippen, forderte sie auf, sich zu erheben, lehnte jedoch ihre Einladung ab, am Tisch Platz zu nehmen, um sich zu stärken und zu erfrischen.

«Wir sind hier, meine Tochter, um eine ernste Pflicht zu erfüllen und volles Licht in die Anklagen zu bringen, die auf diesem Hause lasten. Wir werden uns nicht an Eure Tafel setzen, solange wir nicht Gerechtigkeit geübt haben werden.»

Sein gieriger Blick, der die Schatten der Veranda durchforschte, widerlegte seine Worte und verriet sein Bedauern, aber hinter seiner Seide kamen das graue Leinen und der ebenso graue Bart des Bruders Ignace zum Vorschein, dem die Ehre zuteil geworden war, den Koadjutor in seiner Karosse zu begleiten.

Die klare Stimme Judiths erhob sich.

«Was für Anklagen es auch sein mögen, die auf uns lasten», sagte sie, «ich nehme Gott zum Zeugen ihrer Unwahrheit. Kein Haus ist seinem Gesetz treuer als das unsere, und ich hoffe von ganzem Herzen, daß Euer Ehrwürden in seiner heiligen Klarsichtigkeit sich sehr schnell davon überzeugen und danach ruhigen Herzens ein wenig Erholung unter einem unschuldigen Dach gönnen wird. Das ihm bestimmte Diner wird durch Warten nichts verlieren.»

Collin d'Agret konnte einen Seufzer nicht unterdrücken.

«Gott hört Euch, meine Tochter, Gott hört Euch! Gehen wir also, Monsieur de Tournemine, zeigt uns den Weg, der zu jenem Grab führt, das im Namen des Herrn zu verletzen wir die grausame Pflicht haben. Euren Arm, Bruder Ignace.»

Doch Gilles mischte sich ein.

«Der Weg dorthin führt bergauf. Ich fürchte, er wird für die Schuhe Euer Ehrwürden ein wenig schwierig sein...»

Der Ablauf dieser kleinen Komödie war zuvor genau geregelt worden. Ein bloßes Schnipsen der Finger ließ eine reizende, durch gestickte Musselinvorhänge geschlossene und von vier athletischen Schwarzen getragene Mahagoni-Sänfte erscheinen, auf deren Kissen sich Seine Ehrwürden mit einem Seufzer der Erleichterung, doch ohne die geringste Dankesäußerung ausstreckte. Bruder Ignace mußte den Weg zu Fuß zurücklegen, da die Sänfte nur einen Platz bot.

Der kleine Zug setzte sich in Marsch. Gilles, Judith, Finnegan und Pierre Gauthier folgten der Sänfte, deren Vorhänge leise in der vom Meer kommenden Brise flatterten. Der erstere ertappte sich bei dem Gedanken, daß es so aussah, als trügen sie ihren Besucher zu Grabe, behielt jedoch seinen Eindruck für sich. Die hölzernen Gesichter der bis an die Zähne bewaffneten Soldaten, die den Zug beschlossen, gefielen ihm nicht. Als sie auf die Lichtung hinaustraten, erwartete sie eine Überraschung. In einem dunklen Halbkreis um das Mausoleum standen alle männlichen Arbeiter seiner Plantage in ihren besten Kleidern aufgereiht, die Arme über der Brust verschränkt, tiefes Schweigen bewahrend. Ihre Hände waren leer, aber an ihren Gürteln hingen die Erntemesser in ihren Hüllen aus rohem Leder, und Moses stand gigantisch und majestätisch vor der Gitterpforte des Grabs, wie um den Zugang zu verwehren. Und Gilles, von einer Woge tiefer Freude erfüllt, begriff, daß diese Männer seinetwegen hier waren, um sich, falls nötig, mit ihren Macheten und schutzlosen Leibern den Musketen der Milizsoldaten entgegenzustellen und zu verhindern, daß die Aasgeier sich mit ihren Klauen dessen bemächtigten, was nun ihr gemeinsames Werk war. Er begriff, daß er diese Schlacht gewonnen hatte und daß die Schwarzen, denen er wieder zu ihrem Stolz als Menschen verholfen hatte, in dieser entscheidenden Minute gekommen waren, um ihm ihren Dank abzustatten.

Der von dichten Wimpern verdeckte braune Blick des Koadjutors überflog die dichtgedrängten Reihen.

«Was wollen diese Sklaven?» fragte er in einem Ton, in dem Mißtrauen schwang.

«Nur Euer Ehrwürden Respekt erweisen», antwortete Gilles schmeichlerisch. «Sie hoffen, daß Ihr ihnen Euren Segen gebt... wie übrigens auch mir, sobald Ihr das garstige Werk getan habt, zu dem Euch meine Feinde zwingen.»

Auf ein Zeichen von Moses lösten sich zwei mit dem für die Öffnung des Kupfersarges nötigen Werkzeug ausgerüstete Männer aus den Reihen. Gilles öffnete das Gitter und trat dann beiseite, um die Arbeiter und die beiden Priester passieren zu lassen, während Judith sich auf die Knie ins Gras sinken ließ und zu beten begann. Gilles blieb mit verschränkten Armen wartend neben ihr stehen. Finnegan war dem Koadjutor ins Innere des Grabs gefolgt.

Die Minuten, die nun verstrichen, schienen Gilles eine Ewigkeit zu dauern. Seine Phantasie spiegelte ihm all das vor, was sich in der kleinen Krypta ereignen konnte, die er so gut kannte, und unter seinem Spitzenjabot schlug sein Herz erregt.

Plötzlich hob Judith ihr erblassendes Gesicht zu ihm. Ihre Nasenflügel zuckten.

«Mein Gott... was für ein schrecklicher Geruch!»

Wirklich drang aus dem schmalen Luftschacht, in dessen Nähe die junge Frau kniete, scheußlicher Gestank. Gilles bückte sich rasch, nahm sie, die einer Ohnmacht nahe schien, in die Arme und trug sie beiseite. Im selben Moment erschien auch der Koadjutor wieder, auf einer Seite von Bruder Ignace, auf der anderen von Finnegan gestützt, in dessen grünen Augen nur mühsam unterdrückte Heiterkeit glitzerte. In seinen zitternden Händen hielt Collin d'Agret ein parfümiertes Taschentuch, das er, gleichfalls sichtlich am Rande einer Ohnmacht, an seine Nase preßte.

Judith, die wieder ganz zu sich gekommen war, Pierres Obhut überlassend, lief Gilles hinzu.

«Ist Euer Ehrwürden nicht wohl?»

Während Finnegan ihn mit mütterlicher Fürsorglichkeit wieder in die Sänfte bettete, hob der Koadjutor halb die Lider über flatternden Augen.

«Laßt... laßt mich zu Euch zurückbringen, Monsieur de Tournemine. Ich... ich bedarf dringend einer Stärkung. Welch schreckliche Angelegenheit!»

«Wenn Euer Ehrwürden geruht hätte, auf mich zu hören, hätte sie sich diesen furchtbaren Augenblick erspart. Ich war fest davon überzeugt, daß Monsieur de Ferronnet in seinem Grabe läge.»

«Ihr... Ihr hattet recht. Bruder Ignace», fügte er an die Adresse des Mönchs hinzu, der mit gesenkten Augen, die Hände in seinen Ärmeln, sichtlich an der Enttäuschung schluckte, «seht in Zukunft zu, uns solche Prüfungen nicht mehr zuzumuten. Süßer Jesus, welch Grauen! Dieser abscheuliche Geruch klebt mir an der Haut...»

Während die schwarzen Träger die Sänfte auf ihre Schultern hißten und, von Bruder Ignace gefolgt, fast im Laufschritt den Weg zum Haus einschlugen, befragte Gilles Finnegan, der heroisch ein schallendes Gelächter unterdrückt hatte:

«Würdest du mir erklären...?»

«Es gibt nichts zu erklären, es sei denn, daß Tsing-Tcha wirklich das Gold verdient hat, das du ihm gabst. Unmittelbar bevor wir neulich den Deckel schlossen, hat er eine in einer Tasche des Anzugs versteckte kleine Schweinsblase zum Platzen gebracht, die ein Stückchen in Fäulnis übergegangenes Fleisch enthielt. Diese Kleinigkeit hat den Koadjutor und diese Ratte Ignace davon abgebracht, sich zu lange über die Leiche zu beugen.»

Zu bewegt, um zu sprechen, drückte Gilles nur mit aller Kraft den Arm seines Freundes. Ein Gefühl der Befreiung erstickte ihn fast durch seine Heftigkeit. Mit einem Schlage war der dunkle Nebelschleier, der über seinem Haus und den Seinen lag, zerrissen.

«Ich denke, eine gute Mahlzeit und ein interessantes Geschenk werden die Niederlage unserer Gegner vollenden und den Koadjutor endgültig mit mir versöhnen», murmelte er endlich.

«Daran ist nicht zu zweifeln, aber beeilen wir uns mit der Rückkehr. Du mußt zur Stelle sein, um ihn beim Verlassen der Sänfte zu empfangen. Der gute Mann hält schrecklich auf äußere Formen.»

Die von ihrem leichten Unwohlsein völlig wiederhergestellte Judith zwischen sich nehmend, machten sich die beiden Männer auf den Weg zum Haus, quer über ein Brachfeld, um vor der Sänfte einzutreffen, die sie auch kurz vor dem Ziel überholten.

Ein seltsames Schauspiel erwartete sie: Auf dem liebevoll von Pongo und seinen Helfern gepflegten Rasen rund um das große Bassin war eine Gruppe von fünf oder sechs Männern in Lumpen mit Hacken und Schaufeln dabei, Löcher zu graben. Der Anblick dieser Männer entriß Finnegan einen dumpfen, unartikulierten Schrei. Fünf dieser Männer, erkannte Gilles, waren Schwarze, aber der sechste, ein alter Mann, war unbestreitbar weiß... und ein großes Muttermal zog sich über eine seiner Wangen.

«Guter Gott!» ächzte Finnegan. «Zombies! Wer hat sie hergebracht?»

Sein entsetzter Blick glitt zur Ecke des Hauses, wo jeden Moment die Sänfte erscheinen mußte. Dem Koadjutor und vor allem Bruder Ignace konnten diese Gespenster aus Fleisch und Blut nicht entgehen, unter ihnen dieser Weiße, dessen Gegenwart das Todesurteil für Tournemine, das Ende von «Haute-Savane» bedeutete. Dann kehrte der Blick zu seinem Freund zurück.

«Du bist verloren», sagte er, «und wir mit dir. Nur der, der die Zombies hergeführt hat, kann sie wieder fortbringen... oder einer dieser verdammten Woodoo-Priester.»

Doch Gilles hörte ihn nicht. Er lief schon auf diese Eindringlinge einer neuen Gattung zu, die, unempfindlich für das, was um sie herum vorging, mit automatischen Bewegungen ihr Zerstörungswerk fortsetzten. Bei ihnen angelangt, versuchte er, sie fortzuziehen, packte den Arm des Alten mit dem Muttermal und hätte fast vor Entsetzen aufgeschrien, als dessen toter Blick, ähnlich dem steinernen Blick einer Statue, sich ihm zuwandte, ohne ihn offenbar zu sehen. Dann stießen ihn die Zombies mit einem dumpfen Knurren zurück.

Völlig kopflos, war er nahe daran zu schlagen, seine Kraft gegen diese Unglücklichen einzusetzen, als er hinter sich eine atemlose Stimme vernahm: «Entferne dich, Herr... Ich glaube, ich weiß, was zu tun ist. Célina hatte mir gesagt...»

Es war Désirée, die ihm schweißbedeckt zu Hilfe kam. Sie hatte von der Terrasse des Hospitals aus gesehen, was auf dem Rasen geschah, und war atemlos hergelaufen. Mit festem Griff packte sie die Hand des Alten, murmelte einige unverständliche Worte, dann machte sie eine Geste, die ein wenig einer Spannung ähnelte. Der Zombie ließ darauf seine Hacke fallen, wandte ihr sein erstarrtes Gesicht zu, über das glücklicherweise seine langen Haare fielen, und ließ sich folgsam zu dem Kakteenzaun führen. Die anderen ließen gleichfalls ihr Werkzeug fallen und folgten.

Das Herz klopfte schwer in Gilles' Brust. Er schloß einen Moment die Augen, während er sich mit dem Ärmel seines Rocks über die schweißnasse Stirn fuhr. Zum erstenmal in seinem Leben hatte er Angst gehabt, wirkliche Angst, jene aus den Eingeweiden steigende Angst, die jede vernünftige Erwägung unmöglich macht und Panik erzeugt. Einen Moment hatte er sogar geglaubt, ohnmächtig zu werden... wie eine Frau.

Als er die Augen wieder öffnete, verschwanden Désirée und ihre Zombies in Richtung der Wirtschaftsgebäude und des Hospitals, und die wenigen Augenblicke zuvor an der Hausecke aufgetauchte

Sänfte hielt vor der Freitreppe an. Seine Kraft zusammenraffend, lief Gilles hinüber und kam eben zurecht, um dem Koadjutor beim Aussteigen zu helfen.

«Ich bin wie zerschlagen», vertraute ihm dieser an, «welch schauderhafte Erfahrung, mein lieber Freund.»

«Wir werden versuchen, sie Euch vergessen zu lassen, Euer Ehrwürden», erwiderte Gilles, der mit Vergnügen das «mein lieber Freund» vernommen hatte. «Mein Haus und meine Diener sind Euch zu Diensten.»

«Was waren das für übel aussehende Leute, die ich da eben gesehen habe?» fiel Bruder Ignace scharf ein. «Für eine Plantage, auf der, wie man sagt, die Sklaven sorglich gehegt und verhätschelt werden, schienen sie mir reichlich zerlumpt.»

«Darum waren es auch keine Sklaven, sondern Unglückliche, die Doktor Finnegan in sehr schlechtem Zustand aufgelesen hat. Er bemüht sich, sie zu pflegen, aber sie sind fast völlig verrückt.»

«Wirklich? Ich würde sie gern sehen. Im Hospital der Charité pflegen wir auch Geisteskranke.»

«Indem Ihr sie ankettet und ohne Nahrung laßt?» unterbrach Finnegan. «Ich ziehe meine Methoden vor. Und überdies...»

«Und überdies ist es jetzt genug», machte der Koadjutor, den das Wort «Nahrung» auf Ideen gebracht hatte, dem Gespräch ein Ende. «Ihr habt uns alle für heute genug geplagt, Bruder Ignace. Nachdem Ihr schon die Toten gestört habt, weigere ich mich, Euch auch noch die Verrückten stören zu sehen... Monsieur de Tournemine, ich bin sehr hungrig und glaube, daß ein gut gekühlter Punsch mir jetzt äußerst wohltun würde. Es sei denn, ein wenig Wein aus Frankreich, falls Ihr dergleichen habt...»

«Ich habe, Euer Ehrwürden, ich habe! Und ich glaube, daß Ihr mit mir zufrieden sein werdet!»

Großartig anzusehen in weißer Perücke und brandneuer Livree, erschien Charlot in der Veranda.

«Monseigneur ist serviert!» dröhnte er mit voller Stimme.

Die großartige Betitelung versöhnte Collin d'Agret endgültig mit dem neuen Herrn von «Haute-Savane». Dessen Arm nehmend, stützte er sich hingegeben darauf.

«Ausgezeichnet! Stärken wir uns also. Ich habe große Eile, nähere Bekanntschaft mit Euch zu machen, mein lieber Freund!»

Sobald der Koadjutor und Bruder Ignace die Rückfahrt angetreten hatten, der eine mit einem königlichen Geschenk, der andere mit einem beträchtlichen Almosen, machten sich Gilles und Finnegan auf den Weg zu Désirée. Sie hatte ihre Zombies in einem der ungenutzten Räume des Hospitals eingeschlossen, und sie warteten dort, reglos auf dem Boden sitzend wie Statuen aus grauem Fleisch. Ihr Anblick weckte bei Gilles wieder das Grauen, das ihn vor kurzem fast in Panik gestürzt hatte. Das Schlimmste waren diese steinernen Blicke, diese toten Augen, die das Dunkel des Grabes gekannt hatten. Seinen Ekel überwindend, berührte er die Schulter des Weißen, jenes Mannes, von dem er jetzt wußte, daß er ein Pflanzer wie er gewesen war, reich und mächtig, Herr dieser Erde von «Haute-Savane», die er so liebte, bevor er in die Gewalt einer dämonischen Kreatur geraten war. Doch der Alte rührte sich nicht.

Indessen untersuchte Finnegan die sechs Männer mit professioneller Gründlichkeit, richtete sich jedoch schließlich entmutigt auf.

«Ich begreife es nicht. Der Organismus dieser Männer wirkt fast normal, trotzdem sind sie nicht mehr als Maschinen ohne Gedanken und ohne Willen. Ein bloßer kataleptischer Zustand erklärt das nicht.»

«Was sollen wir mit ihnen tun?» murmelte Gilles. «Wenn dieser alte Mann wirklich Monsieur de Ferronnet ist, müßte ich ihm seinen Besitz, sein Haus zurückgeben.»

«Nein», fiel Désirée voller Grauen und Ekel ein. «Er ist nicht mehr der alte Herr. Er ist nur ein Zombie, den man der Erde zurückgeben muß».

«Aber das ist unmöglich! Dieser Mann ist nicht tot, und wir haben nicht das Recht, ihn zu töten, nur um ihn loszuwerden. Was können wir also tun?» Trotz ihres Muts und des sanften Friedens dieser Dämmerstunde überlief Désirée ein Schauer. Sie zog das Kattuntuch, das sie um die Schultern trug, fester zusammen.

«Célina hat mir gesagt, wenn man einem Zombie Salz gibt, kehrt er von selbst in sein Grab zurück und stirbt dort endgültig. Aber... ich wage es nicht. Ich hab Angst, Herr! Mir wär's lieber, wenn man diese... Sachen zu Prudent führte.»

«Wer ist Prudent?»

«Ein Freund Célinas, ein mächtiger ‹Papaloï›, der am Morne Rouge nach Plaisance zu haust. Zu ihm hatte sie sich geflüchtet. Ich kenne den Weg, aber verlange nicht von mir, mit denen da nachts allein in die Berge zu gehen.»

«Niemand wird dergleichen von dir verlangen, Désirée», rief Gilles. «Du hast schon soviel getan! Ohne dich verlöre ich alles, vielleicht gar das Leben. Du kannst fordern, was du willst: deine Freiheit zuerst und dann...»

Sie unterbrach ihn mit einer Geste.

«Nichts! Ich bin glücklich hier. Eine Sache nur: Bring mir den Kopf Simon Legros'. Das wird das schönste Geschenk der Welt sein.»

Die Wildheit des Tons befremdete Gilles, doch er ließ sich nichts merken. Désirée mußte sehr gelitten haben, als sie dem Verwalter der Plantage diente, um solche Belohnung zu fordern.

«Ich werde alles tun, um dich zufriedenzustellen. Und was diese da betrifft – erklär mir den Weg. Ich werde sie führen.»

«Nein», mischte Finnegan sich ein. «Es ist besser, wenn Pongo und ich es tun. Falls dich zufällig jemand in Begleitung dieser Art Burschen sieht, könnte alles vergebens gewesen sein. Und außerdem gebe ich zu, daß Neugier mich treibt. Ich möchte sehen, was dieser Papaloï tut.»

«In diesem Fall», sagte Désirée, «werde ich mit Euch gehen. Der alte Prudent kennt mich, aber Euch kennt er nicht.»

Eine halbe Stunde später sah Gilles dem von Pongo gelenkten Karren nach, der die sechs lebendigen Toten fortbrachte. Als die Nacht das Gefährt verschlungen hatte, war ihm, als habe man ihm ein gewichtiges Stück Felsen von der Brust genommen. Die nächtliche Luft erschien ihm reiner, der Ruch der von den Pflügen aufgeworfenen Erde kräftiger, die Sterne glänzten heller. Nach diesem Untertauchen in die trüben Gewässer der schwärzesten Magie, nach einem Blick durch die halbgeöffnete Tür zur Hölle, fühlte er sich zugleich wie zerschlagen vor Müdigkeit und wundersam lebendig, wunderbar frei unter dem Himmel eines Gottes, der gesiegt hatte über die Mächte der Finsternis...

Als er ins Haus zurückkehrte, sah er Judith. Blaß und besorgt, in einen weiten Frisiermantel aus weißem Batist gehüllt, der sie wie ein Phantom aussehen ließ, das Haar locker auf ihre Schultern fallend, erwartete sie ihn am oberen Ende der Treppe, einen Leuchter in der Hand, ähnlich einem im Dunkeln wachenden Hausgeist.

Er stieg zu diesem Licht hinauf wie ans Tageslicht nach einem langen, unterirdischen Weg. «Komm», murmelte er, seine Arme um ihre duftende Zartheit schließend. «Komm! Alles ist zu Ende... Wir haben unser Recht auf das Leben gewonnen.»

Doch die Anspannung all dieser Tage war zu stark für die junge Frau gewesen, und es war eine ohnmächtige Judith, die er in ihr Zimmer trug.

14. Kapitel

Tod einer weißen Stute

Schräg auf einer der Luken des grauen Schieferdachs seines Hauses sitzend, ein Fernrohr genau vor sein rechtes Auge gehoben, prüfte Gilles die Umgebung von «Haute-Savane», hauptsächlich jedoch das bewaldete Terrain, das sich, höher als die Friedhofslichtung, den Hang des Morne hinaufzog.

Dieses Terrain gehörte der Regierung, die nichts damit anfing, und Gilles hatte vor, es zu kaufen. Er wünschte seinen Besitz zu vergrößern und dem Rat Gérald de La Vallées zu folgen, der ihm vorschlug, Kaffee zu pflanzen. Nach Meinung des Herrn von «Trois Rivières» war der Kaffee für Santo Domingo die Ware der Zukunft, obwohl er von den Königen des Zuckerrohrs und Indigos noch als minderes Erzeugnis angesehen wurde. Die höher gelegenen Böden der Insel brachten große Kaffeebohnen hervor – von schönem, hellem Braun nach dem Rösten –, die einen subtilen Duft ausströmten, und Gilles dachte, daß es gut sein mußte, sie auf diesem günstig gelegenen Terrain anzupflanzen. Doch wenn er sich auf diese Art Kultur werfen wollte, mußte er schnell handeln und den Kauf so rasch wie möglich in die Wege leiten. Man mußte mit vier Jahren rechnen, bevor die jungen Pflanzen Früchte trugen, und bevor man pflanzen konnte, mußte man den Boden erschließen.

Diese Perspektive ließ den Herrn von «Haute-Savane» lächeln. Er liebte sein Metier als Pflanzer mehr und mehr, und nun, da die große Gefahr, die die Plantage bedroht hatte, allmählich Vergangenheit wurde – ungefähr zwei Monate war es her –, widmete er sich ihm mit wahrer Leidenschaft, jeden Morgen von neuen Plänen übersprudelnd.

So hatte er beschlossen, den Anbau des Indigos aufzugeben, der seiner Meinung nach weniger und weniger Anreiz bot. Es gab viele Indigofabriken in Santo Domingo, und der französische Markt, offiziell der einzige für die Pflanzer, war gesättigt. Die Kultur des Tabaks, die an den Ufern des Roanoke zu praktizieren er gehofft hatte, war dagegen vielversprechend, und wenn der zur Zeit zum Kielholen in der Werft befindliche «Falke» wieder auslaufen könnte, wollte er zur benachbarten Insel Cuba segeln, um sich dort die Pflanzen zu verschaffen, die den Indigo ersetzen sollten. Bis diese neuen Kulturen Erträge abwürfen, würde man die Baumwoll-Anpflanzungen ausdehnen, die sich als ausgezeichnete Verdienstquellen erwiesen und für die sich Pierre Gauthier ganz besonders interessierte.

An die karge bretonische Erde gewöhnt, versetzte ihn die erstaunliche Fruchtbarkeit dieses Bodens am Ende der Welt in höchste Verwunderung. Er hatte sich in das Land verliebt... und vielleicht auch in eine seiner Bewohnerinnen, die reizende Marie Vernet, Tochter eines Seilers in Port-Margot. Und Gilles wußte schon, daß er vielleicht ein Stück seines Baumwoll-Landes amputieren würde, damit Pierre seine eigene Plantage hätte. Ein Grund mehr, um sich nach anderen Richtungen zu vergrößern.

Es war früh, und Gilles liebte diese Stunde vor allen anderen. Von Zeit zu Zeit stieg er wie an diesem Morgen auf das Dach seines Hauses, um zu sehen, wie die ersten, noch rosigen Strahlen der Sonne sich über die Weite seines Landes verbreiteten. Danach stieg er zum ersten Frühstück hinunter, dessen Düfte nach frischem Brot, Kaffee und Eiern auf Schinken bereits das Treppenhaus füllten und bis hinauf zu ihm drangen. Meistens nahm er es allein ein. Judith nahm wenig zu sich – einen Schluck Kaffee und ein paar Früchte –, bevor sie zu ihrem täglichen Spazierritt aufbrach, den sie sehr früh absolvierte, um ihre Zeit danach den hausfraulichen Pflichten widmen zu können, wenigstens denen, die in ihre Kompetenz fielen: den Anweisungen für die Menus, Entscheidungen über notwendige Einkäufe, Überwachung der Instandhaltung und der Lebensmittel, notwendige Hilfe für die Bedürftigen der Umgebung und so weiter. Es war auch die Stunde, in der Madalen zur Messe ging, meistens allein, denn trotz Finnegans Bemühungen besserte sich Annas Gesundheit nicht. Pierres und Madalens Mutter schien durch ein inneres Leiden unterminiert, das sie aufrieb und das vielleicht die Krankheit des Landes war. Gilles hatte den Verdacht, daß Anna Santo Domingo nicht liebte und sich nach La Hunaudaye zurücksehnte, aber das war nur eine Hypothese: Diese schweigsame Frau gab nie etwas von sich preis. Dort, wo es ihren Kindern gut ging, mußte auch sie sich wohlfühlen.

Seit seiner Entdeckung von Finnegans Liebe hatte Gilles trotz der Verlockung, die diese einsamen Gänge zur Kapelle am Limbé für ihn bedeuteten, nie mehr versucht, sich dem jungen Mädchen allein zu nähern. Er wußte, daß sich der Arzt trotz ihrer Freundschaft nicht hindern konnte, ihn unauffällig zu beobachten, und er fürchtete, sein Verlangen nach Madalen, wenn er sich mit ihr allein befände, nicht mehr im Zaum halten zu können. Es war eine Art Hunger, den die vergehende Zeit nur noch schmerzhafter machte und den die bei Judith verbrachten Stunden nicht dämpften.

Vergeblich hatte er sich bemüht, seine Liebe ins Geistige abzudrängen: Madalen war ein Engel an Reinheit, und man rührte nicht an einem Engel an Reinheit; man betete ihn auf Knien an. Unglücklicherweise hatte dieser Engel jedoch lichtes, seidiges Haar, eine Pfirsichhaut, feste, provozierende Brüste und Hüften, deren sanftes Wiegen Gilles zu Gedanken an Vergewaltigung verführte. Des Morgens zuweilen schämte er sich beim Erwachen der Träume, zu denen sie ihn inspirierte. Der Engel wurde in ihnen zu einer nackten Bacchantin, die sich wollüstig unter seinen Liebkosungen wand und sich offen, schamlos und großartig seiner Umarmung bot... Also mied er Madalen und zwang sich, so wenig wie möglich an sie zu denken, denn sie repräsentierte für ihn eine ständige Versuchung und ein unlösbares Problem zugleich. Er hatte schon daran gedacht, daß er vielleicht besser daran täte, sie mit ihrer Mutter nach Frankreich zurückzuschicken, denn es fiel ihm schwer, sich vorzustellen, sein ganzes Dasein neben diesem köstlichen Folterinstrument zu verbringen. Fern von ihr würde er sie schließlich vergessen, aber wie konnte er von Pierre verlangen, getrennt von den beiden Frauen zu leben, die er am meisten auf der Welt liebte? Und in Wahrheit versagte ihm auch das Herz bei der Vorstellung, Madalen abreisen zu sehen...

Der Duft des warmen Kaffees wurde immer dringlicher, und Gilles wollte eben sein Fernrohr zusammenschieben, als sich die elegante Silhouette seiner Frau auf ihrer Stute Viviane in dem kleinen, runden Ausguck abzeichnete. Das Bild lohnte das Betrachten, denn Judith war eine exzellente Reiterin, und ihre schlanke, vom weißen Fell des Pferdes und dem intensiven Grün der Vegetation sich abhebende, rotgolden gekrönte Gestalt konnte das anspruchsvollste Auge entzücken. In schöner Einheit trabten Pferd und Frau den zur Kapelle am Limbé und weiter nach Port-Margot führenden Weg hinunter.

Und plötzlich kam es zum Drama. Im selben Moment, in dem Madalen und ihr Esel unter dem grünen Laubbogen der großen Eukalyptusbäume erschien, bäumte die Stute sich auf, ging scheuend durch und galoppierte direkt auf das Mädchen zu, mit den wütenden Hufen eine dichte rote Staubwolke hinter sich aufwirbelnd.

Mit einem Schreckensschrei ließ Gilles sein Fernrohr fallen, stürzte die Treppe hinunter und aus dem Haus. Gerade kehrte Cupidon mit Merlin zurück, den er um die Indigofelder geführt hatte. Er sah sich von seinem Herrn buchstäblich beiseite gestoßen, die Zügel wurden ihm aus den Händen gerissen, dann sprang sein Herr auf den Rücken des nicht einmal gesattelten Pferdes und trieb es, wütend seine Flanken mit den Hacken bearbeitend, in die Allee.

Der Ort des Dramas war schnell erreicht. Dort, wo er sie im Staub hatte verschwinden sehen, lag Madalen ein paar Schritte von ihrem Esel entfernt, der auf die friedlichste Weise der Welt das Gras der Böschung abweidete. Judith und ihre Stute waren verschwunden. Im Staub waren nur die Spuren der Hufe zu sehen.

Vom Pferd springend, lief Gilles zu dem jungen Mädchen, dessen Stirn blutete, und riß sie in seine Arme. Sie war sehr bleich, aber sie atmete noch schwach. Verstört sah er sich nach Beistand um, einem Helfer, gewahrte einen Negerjungen, einen der Schüler Pongos, der, mit einem kleinen Messer bewaffnet, unter den Bäumen Kräuter sammelte, und rief ihn an:

«P'tit Jeannot!»

Der Junge kam angelaufen, und seine Augen rundeten sich angesichts des jungen Mädchens mit der blutenden Stirn.

«Was geschehen? Demoiselle tot?»

«Nein, sie ist nicht tot, aber sie kann sterben. Lauf zum Hospital! Bring mir den Doktor Finnegan her! Du kennst doch den Doktor Finnegan?»

«Ja, Missié. P'tit Jeannot kennen Doktor. Sehr freundlich, Doktor.»

«Dann lauf schnell! Die Demoiselle ist sehr krank.»

Seine Kräuterernte zurücklassend, schoß der Junge wie eine Gewehrkugel davon, während Gilles verzweifelt versuchte, Madalens Lebensgeister zu wecken. Mit seinem in einen der Bewässerungsgräben des benachbarten Baumwollfeldes getauchten Taschentuch wischte er das Blut fort, betupfte die verletzte Stirn. Die blassen, kalten Lippen mühte er sich durch Küsse zu erwärmen, deren er sich, schwankend zwischen Kummer und Wut, nicht enthalten konnte. Er hatte ja gesehen, mit eigenen Augen gesehen, wie Judith ihre Stute gegen das junge Mädchen getrieben hatte. Sie hatte sie töten wollen... hatte sie vielleicht getötet. Wenn Madalen stürbe, würde, das schwor er sich, auch Judith sterben. Er würde sie mit eigenen Händen töten, diese gemeine Mörderin, die schon seine alte Rozenn umgebracht hatte und nur deshalb von ihm nicht bestraft worden war, wie sie es verdiente, weil ihr Körper ihn vieles vergessen ließ.

Halb kniend, das junge Mädchen in seinen Armen, versuchte er, abwechselnd ihre Hände und ihr Gesicht zu erwärmen. In dieser Stellung fand ihn der herbeieilende Finnegan und warf ihm einen Blick ohne Zärtlichkeit zu.

«Seltsame Art, einen Verletzten zu behandeln», grollte er bissig. «Konntest du sie nicht auf dein Pferd setzen und sie zurückbringen, statt sie da im Staub liegen zu lassen und mir diesen Jungen zu schikken?»

«Ich habe nicht überlegt. Ich war kopflos... Ich flehe dich an, sag mir, daß sie nicht sterben wird!»

«Was ist passiert?»

«Judith war es.»

«Judith?»

«Ja... Ich war auf der Luke des Speichers, ich habe alles gesehen. Sie hat Viviane gegen Madalen getrieben, die auf ihrem Esel von der Kapelle kam. Sie hat sie niedergeritten und ist dann verschwunden.»

Neben dem Mädchen kniend, betastete Finnegan ihren Kopf mit äußerster Behutsamkeit, untersuchte die Wunde, die nach und nach zu bluten aufhörte, fühlte den Puls und zog schließlich ein kleines Fläschchen mit Ammoniaksalz aus seiner Tasche.

«Warum hätte sie das getan?» fragte er endlich.

«Warum? Aber weil sie sie haßt... weil sie weiß, daß ich sie liebe, und um sich ihrer zu entledigen, wie sie sich schon meiner alten Amme entledigt hat. Sie ist eine Wahnsinnige, eine Mörderin, und ich...»

«Genug!»

Gilles verstummte jäh, dann stieß er verdutzt hervor:

«Was hast du gesagt?»

«Daß du schweigen sollst. Ich habe schon viele Eseleien in meinem Leben gehört, aber eine so große nie! Judith eine Mörderin? Wer soll dir das glauben?»

«Ich sage dir, ich hab es gesehen, hörst du? Ich habe gesehen, wie sie Viviane gegen Madalen und ihren Esel trieb und ich sage dir, daß sie sie töten wollte!»

«Merkwürdige Art, jemanden umzubringen. Die Stute muß Angst bekommen haben, ist vielleicht auf eine Schlange getreten, und das hast du von deiner Luke aus sicher nicht gesehen. Zudem hat sie sie nicht getötet. Da, sie kommt wieder zu sich. Man wird sie nach Hause bringen. Bevor ich hierherlief, habe ich eine Bahre angefordert.»

«Wenn sie sie nicht getötet hat, dann nur, weil Gott sie daran hinderte! Übrigens ist sie nach ihrer Tat geflohen. Sie wußte nicht, daß ich sie sah, dieses Weibsbild...»

Jäh sich aufrichtend, packte Finnegan Gilles am Kragen seines Rocks und zog ihn dicht vor sein von Zorn gerötetes Gesicht.

«Du hast es gesehen, he? Du hast Judiths Stute durchgehen sehen- ...weil das aus dem einen oder anderen Grunde geschehen ist! Nur paßt es dir, daß sie angeblich hat töten wollen, weil das dein Gewissen beruhigt, wenn du Madalen unter dem Vorwand, sie wiederbeleben zu wollen küßt. Und Judith ist nicht da, he? Und dir kommt nicht einmal die Idee, daß deine Frau, von ihrem durchgegangenen Pferd abgeworfen, in diesem Moment vielleicht irgendwo mit zerschmettertem Schädel liegen könnte. Falls das nicht etwa auch in deinen Kram paßt.»

«Du wagst es?»

«Ja, ich wage. Und ich werde noch ganz anderes wagen...»

«Es ist nutzlos, Liam. Ihr werdet ihn nicht überzeugen.»

Die Stimme, die sich hören ließ, war die Judiths selbst. Die junge Frau war leicht hinkend unter den Eukalyptusbäumen erschienen. Sie war staubbedeckt, und unter dem halb abgerissenen Ärmel ihres Reitkleides war ihre verletzte, blutende Schulter zu sehen. Sie schien sich nur mit Mühe aufrecht zu halten, und Gilles loslassend, stürzte Finnegan zu ihr, um sie zu stützen.

«Judith! Ihr seid verletzt... Wo ist Eure Stute?»

Mit ihrem unverletzten Arm wies die junge Frau auf den grünen Tunnel, während Tränen über ihre Wangen liefen und rote Spuren hinterließen.

«Ein Stück weiter... mit gebrochenem Kreuz. Sie hat sich von einem Felsen gestürzt. Sie war toll geworden, und ich konnte mein Leben nur dadurch retten, daß ich mich noch rechtzeitig aus dem Sattel fallen ließ. Arme Viviane! Ich... ich liebte sie, wißt Ihr?»

«Wie ist es passiert?» fragte Gilles, trotz allem ein wenig verlegen. «Lag eine Schlange im Wege?»

Judiths schwarzer Blick umfing ihn mit namenloser Verachtung.

«Ich habe keine Schlange gesehen. Und wißt Ihr nicht besser als jeder andere hier, wie die Dinge geschehen sind? Ich wollte – Ihr habt es selbst gesagt – diese dumme Gans töten! Geht also zu ihr. Ich höre sie winseln. Sie verlangt nach Euch... Und um mich braucht Ihr Euch nicht mehr zu kümmern. Ich überlasse Euch den Platz. Ich überlasse Euch Eurer bäuerlichen Liebe.»

«Judith», sagte Finnegan, «Ihr müßt behandelt werden. Ich werde Euch nach Hause bringen lassen. Ich muß diesen Arm sehen, und Ihr haltet Euch kaum noch aufrecht.»

«Ich werde mich bis dahin schon aufrecht halten, mein lieber Doktor, wenn Ihr so gut sein wollt, mich weiter zu stützen. Ihr gedenkt doch wohl nicht, mich neben dieses Mädchen auf die Bahre zu legen?»

Während man Madalen forttrug, die wieder zu Bewußtsein gekommen war, kehrte Judith auf Liam Finnegans Arm gestützt und ohne ihrem Gatten, der nicht wußte, was er von alldem halten sollte, einen Blick zu schenken, zum Haus zurück. Gilles erinnerte sich dessen, was er gesehen hatte, genau. Konnte dies alles nicht eine geschickte Inszenierung gewesen sein? Konnte Judith sich nicht sehr gut selbst verletzt haben, nachdem sie ihre Stute angetrieben hatte?

Nachdenklich bestieg er sein Pferd, bemerkte Pongo, der, von dem doppelten Unfall verständigt, den Hang heruntergelaufen kam, und ritt ihm entgegen. Nachdem er ihm das Geschehen kurz erklärt hatte, reichte er ihm die Hand.

«Sitz hinten auf», sagte er. «Sehen wir uns nach der Stute um.»

Wie von Judith berichtet, hatte in der Tat ein Sturz von drei Metern Viviane das Leben gekostet. Der Anblick des schönen toten Tiers preßte Gilles' Herz zusammen, und er ließ Pongo es untersuchen.

«Schau nach, ob du irgend etwas siehst, was es zum Durchgehen veranlaßt haben könnte: die Spur von Dornen vielleicht», noch immer an der Idee der Schuld seiner Frau festhaltend. Pongos Untersuchung war schnell beendet. Nach wenigen Minuten trat er zu Gilles in den Schatten der hohen Fichte.

«Nun?»

«Keine Spuren, nichts... aber sonderbare Wunde an einem Ohr. Sieht aus wie Wunde von Kugel.»

«Von einer Kugel? Aber ich hab das Pferd durchgehen sehen und nicht den kleinsten Schuß gehört.»

Der Indianer überlegte einen Moment, dann:

«Du kannst sagen, wo Pferd war, als durchgehen?»

«Ja... direkt vor der Gruppe der Fächerpalmen am Ende von Pierres Garten.»

Ein Zeichen verriet, daß Pongo orientiert war.

«Wir zum Haus», sagte er nur.

Madalen war nicht ernstlich verletzt, wie ein kühl zurückhaltender Finnegan Gilles ein wenig später erklärte. Von der durchgehenden Stute gerammt, hatte ihr Esel sie abgeworfen, wobei sie sich am knorrigen Stamm einer Kokospalme gehörig geschlagen habe. Sie habe sich natürlich sehr geängstigt, aber nach ein, zwei Tagen Ruhe wäre es gewiß überstanden, allenfalls würde sie an der Stirn eine kleine Narbe behalten.

«Und Judith?» fragte Gilles.

Finnegan warf ihm einen finsteren Blick zu.

«Schön, daß du daran denkst! An ihrer Schulter ist nichts oder nur wenig, aber sie hat sich eine Rippe gebrochen, und ich sehe nicht recht, wie sie das absichtlich hätte tun können», fügte er, Tournemines Überlegungen zuvorkommend, hinzu. «Zudem ist ihre Stute tot, und darunter leidet sie mehr als unter ihren Verletzungen.»

«Ich versteh's nicht. Ich verstehe es nicht mehr.»

«Warum? Weil das, was man dir sagt, nicht zu dem paßt, was du das Zeugnis deiner Augen nennst... oder was du dir einbildest? Ich sage dir jedenfalls, daß Judith nichts mit diesem Unfall zu tun hat, der eher ihr als Madalen das Leben hätte kosten können.»

«Du hast zweifellos recht, aber Judith ist zu vielem fähig! Du weißt nichts oder fast nichts von dem, was unser Leben gewesen ist, seitdem wir uns kennen. Sie ist eine seltsame, leidenschaftliche und verschlossene Frau mit gefährdetem Gleichgewicht.»

«Wer wäre es nicht, wenn er lebendig begraben gewesen ist?» erwiderte der Arzt, der wenigstens diese schreckliche Episode aus dem Leben der jungen Frau kannte. «Und du schonst sie nicht gerade...»

«Ich glaube nicht, daß ihr das was ausmacht. Und außerdem – wenn sie heute nichts versucht hat, bleibt der Tod Rozenns.»

«Du hast vorhin schon darauf angespielt. Was ist das für eine Geschichte?»

Mit wenigen Sätzen zeichnete Gilles für Finnegan nach, was im

Morgengrauen eines Frühlingstages am Ufer des Harlem River vorgegangen war und wie die Judith belastenden Beweise sich nach und nach in seinem Geist gesammelt hatten. Finnegan hörte ihm zu, ohne etwas zu äußern, doch als er alles gesagt hatte, betrachtete er seinen Freund mit einer Art Mitleid, die diesem höchst unbehaglich war.

«Eine Schleuder?» sagte er. «Und du hast dir ernstlich Judith mit einer Schleuder vorgestellt?»

«Warum nicht? Sie ist wie ein Wildling mit Jungen aufgezogen worden, die wirklich Wilde waren. Fast alle Jungen, die die bretonische, normannische oder pikardische Heide durchstreifen, wissen sich einer Schleuder zu bedienen.»

«Und warum nicht die Mädchen? In der Tat, warum nicht die Tochter eines armen Bauern in Aubervilliers, die ebenso zum Schutz der mageren väterlichen Ernte wie zur Bereicherung des Familienmenus gelernt haben könnte, Vögel zu jagen?»

«Was willst du damit sagen?»

«Daß ich eines Morgens vor gar nicht langer Zeit von Port-Margot zurückkam, wo ich die Frau eines Fischers entbunden hatte, und dabei die Kammerjungfer deiner Frau bemerkte, die sich damit amüsierte, Kokosnüsse regnen zu lassen... mittels einer Schleuder. Mir ist nicht wichtig vorgekommen, was ich für unschuldigen Zeitvertreib hielt, aber nun meine ich, daß dieser unschuldige Zeitvertreib durch deine Geschichte in ein merkwürdiges Licht gerät.»

Pongos Eintritt schnitt ihm das Wort ab. In seiner Hand hielt der Indianer zwei kleine, scharfkantige Steine, die er Gilles reichte.

«Das gefunden neben umgestürztem Baum hinter Hecke. Jemand auf Baumstamm gestiegen und Stein geworfen. Wunde Ohr Stute durch Stein, nicht Kugel.»

Gilles war bleich geworden. Mechanisch schloß er seine Finger um die Steine, die er einen Moment betrachtet hatte. Fanchon! Fanchon war die Mörderin Rozenns! Fanchon war es, die vor kurzem versucht hatte, Judith und Madalen zugleich umzubringen! Die Entdeckung war bitter, denn die Gewissensbisse kamen hinzu, so lange eine Unschuldige angeklagt zu haben, der er nach dem Abenteuer der «Folie Richelieu» alle denkbaren Sünden zugetraut hatte.

Finnegans bittere Stimme durchbrach das Schweigen.

«Ist es so schwer zuzugeben, daß man sich getäuscht hat?» Sein Blick glitt von dem Iren zu dem Indianer, dann entschloß er sich.

«Kommt mit mir!» sagte er.

Auf einem Liegestuhl vor dem offenen Feuer ihres Zimmers ausgestreckt, sah Judith in die leicht vernebelte Ferne über dem indigofarbenen Meer. Trotz der Beschwörungen des Arztes hatte sie sich geweigert, ihr Bett aufzusuchen, um sich nicht kränker zu fühlen, als sie war. Zudem atmete sie leichter auf diesem Liegestuhl, auf dem sie nicht völlig flach zu liegen brauchte. Seitdem Finnegan ihr einen festen Verband angelegt hatte, schmerzte die gebrochene Rippe weniger, und der Riß an der Schulter, mit einem dämpfenden Balsam behandelt, brannte kaum noch, aber sie lauschte deshalb nicht weniger in sich hinein, ängstlich auf das kleinste Anzeichen von Unwohlsein achtend. Es war schon ein Glück, daß der Schock des schweren Sturzes, der hinter ihr lag, nicht eine unmittelbare Blutung ausgelöst hatte, die ihre ganz neue Hoffnung auf einen Erben für «Haute-Savane» zunichte gemacht hätte.

Dieses Kind sollte ihre geheime Waffe gegen diese Madalen sein, die ihr, wie sie fürchtete, Gilles entreißen könnte, eine Waffe, von der nur sie und Finnegan wußten, dem sie strikt verboten hatte, zu ihrem Gatten davon zu sprechen, eine Waffe, derer sie sich nur bedienen wollte, wenn sonst wirklich nichts mehr half, denn mit ihrer gleichsam animalischen Sensibilität spürte sie, daß eine Krise nahte, daß irgend etwas geschehen würde. Gilles sprach zuweilen im Traum, und Judith wußte recht gut, daß er sein ganzes Leben nicht zwischen zwei Frauen würde verbringen können, von denen eine, die, die er sicherlich am stärksten begehrte, sich ihm auf Gott weiß was wartend ständig verweigerte. Zweifellos würde er seine legitime Frau verstoßen, um aus der anderen Madame de Tournemine zu machen. Judith gab nicht viel auf die menschliche Natur.

Niemals hatte sie jemanden so gehaßt, wie sie Madalen haßte. Und vor allem hatte sie Angst vor ihr. Was machte dieses so vor ihrer Tür einquartierte Mädchen, versunken in eine verblüffende Frömmigkeit, praktisch wie eine Nonne lebend und die Blicke der jungen Männer meidend, die sich ihr näherten und von denen mehr als einer sie zu heiraten wünschte? Pierre Menard, zum Beispiel, der Zweite des «Falken», oder Louis Lefranc, der junge «Kommandeur» von «Trois Rivières», von dem Denyse de La Vallée ihr gesagt hatte, daß er Madalen liebe. Schließlich auch Liam Finnegan, dessen Geheimnis Judiths scharfem Blick nicht lange verborgen geblieben war. Aber nein, die schöne Bretonin wollte keinen. Der, den sie wollte, war Gilles selbst, Gilles und der herrliche Besitz, der ihm gehörte, und sie blieb da, eine blonde Spinne, weich eingebettet in ihr Gewebe, darauf wartend, daß der verliebte Hunger ihn mit Leib und Besitz hineinlocken würde.

Vielleicht war sie vom Gelingen nicht mehr allzu entfernt. Als sie sich vorhin den roten Sandweg entlanggeschleppt hatte, war Judith Zeugin geworden, wie Gilles das ohnmächtige junge Mädchen an sich gepreßt, ihre Hände, ihr Gesicht, ihre Lippen geküßt hatte. Wenn das Unglück wollte, daß sie jetzt die Frucht verlor, der sie sich schon mit soviel Zärtlichkeit verbunden fühlte, wußte Judith, daß sie besiegt wäre und alles würde verlassen müssen, was sie liebte: dieses Haus, das ihr so teuer geworden war, weil sie in ihm das Heim sah, von dem sie seit ihrer elenden Kindheit immer geträumt hatte, diesen Mann, den ein Anfall geistiger Verwirrung für einen Moment aus ihrem Herzen entfernt und der sich seiner nun von neuem und stärker als je zuvor bemächtigt hatte.

Fanchon, die, Wäsche einordnend, schweigend im Zimmer auf und ab ging, hatte ihr ein weiches, weites Hauskleid aus feiner weißer Wolle übergestreift und sie auf die weichsten Kissen gebettet, doch Judith fühlte sich in dieser Minute seltsam ihrem Körper fern. Ihr Geist schweifte durch die sonnigen Tiefen des Gartens und versuchte, durch die sänftigende Pracht seines Grüns die Ruhe wiederzufinden, die sie brauchte.

Es war ihr fast gelungen, als ein gebieterischer Finger an ihre Tür klopfte, die ohne eine Antwort abzuwarten, geöffnet wurde. Gilles, der von Finnegan gefolgt auf der Schwelle erschien, ließ ihr nicht einmal zu einer Geste des Protestes Zeit. Der eisige Blick des jungen Mannes verhielt nicht bei ihr, sondern glitt weiter zu Fanchon, die herzulief, um sie am Betreten des Raums zu hindern, wie ihr befohlen worden war.

«Entschuldige, Judith», sagte er, «aber ich komme, um Gericht zu halten. Sagt uns, Fanchon, wo Ihr Eure Schleuder verwahrt, jene Schleuder, mit der Ihr Rozenn getötet und heute Eure Herrin zu töten versucht habt, von Mademoiselle Gauthier nicht zu reden.»

Judiths empörter Protestschrei erstickte in ihrer Kehle angesichts der grünlichen Blässe des Gesichts ihrer Kammerjungfer, als sei ein jäher Stoß Galle unter ihre Haut gedrungen.

«Eine Schleuder? Ich?» fragte Fanchon, dem Blick ihres Herrn scheinbar ungerührt und nicht ohne Unverschämtheit standhaltend. «Was ist das für ein Märchen?»

«Es ist kein Märchen, und Ihr wißt es sehr gut. Zwecklos, weiter zu leugnen, denn beim Andenken meiner alten Rozenn, die Ihr unbarmherzig umgebracht habt, schwöre ich Euch, daß Ihr gestehen… und dafür zahlen werdet!»

«Seid Ihr verrückt?» lehnte Judith sich auf. «Wie könnt Ihr anklagen ohne jeden Beweis?»

«Hier Beweis!»

Auch Pongo war ins Zimmer getreten, eine Schleuder in der Hand, die er auf Judiths Liegestuhl legte.

«Gefunden in Zimmer Fanchon, in Mantel.»

Vor diesem so unschuldig wirkenden Instrument, das dennoch den Tod geben konnte, wich die junge Frau voller Abscheu zurück. Es war tatsächlich ein Beweis, der sie in dem Mädchen, das sie geschätzt und verteidigt hatte und das sie sich ergeben glaubte, eine hassende Rivalin entdecken ließ.

Ihr müder Blick wandte sich ab, kehrte zu den Kronen der Bäume, zu den blauen Fernen des Meers zurück.

«Nehmt das wieder an Euch, Pongo. Und bringt auch diese Frau fort.»

Doch Fanchon hatte die durch Pongos Erscheinen mit der Mordwaffe entstandene Ablenkung genutzt und war entwischt. Das Geräusch ihrer sich überstürzenden Schritte hallte noch im Treppenhaus nach.

«Lauf, Pongo! Fang sie ein! Und sperr sie unter guter Bewachung in ihre Kammer.»

Der Indianer schoß wie ein Pfeil davon.

«Was wirst du mit ihr tun?» fragte Finnegan, der sich Judith genähert hatte und sich ihres Handgelenks bemächtigte, da sie ihm plötzlich sehr bleich schien.

«Ich werde sie zum Cap zurückschaffen lassen und dort auf ein nach Louisiana bestimmtes Schiff. Da drüben wird sie ihresgleichen finden, Mädchen von schlimmem Lebenswandel, die man dorthin deportiert. Monsieur de Vincent, der neue Gouverneur, wird sich ihrer annehmen. Sie verdient dreimal den Tod, aber ich sehe mich hier nicht zum Richter und Henker werden.»

Plötzlich wandte Judith sich ihm zu.

«Ihr habt kein Recht dazu. Laßt sie einschiffen, gut, aber nach Frankreich und ohne Fesseln. Wenn Ihr, als wir den Ozean überquerten, diese Unglückliche nicht in Euer Bett genommen hättet, hätte sie sich vielleicht nie in Euch verliebt und wäre jedenfalls nie auf die Idee zu dem Versuch gekommen, die Euch umgebenden Frauen zu beseitigen, um ihren Platz einzunehmen.»

«Die mich umgebenden Frauen zu beseitigen? Ihren Platz einzunehmen? Habt Ihr überlegt, was Ihr da sagt? Das Mädchen müßte verrückt geworden sein!»

«Warum? In diesen Ländern, wo jede Mulattin dank ihrer Schönheit hoffen kann, zu einem Vermögen zu kommen, wo Dienerinnen sich zuweilen in Herrinnen verwandeln, auf dieser Erde der Freiheit und Gleichheit, als die Amerika sich sieht, warum sollte da ein hübsches Mädchen sich nicht einbilden, Eure Frau zu werden? Solange Ihr nicht in unser Leben getreten seid, hat Fanchon mir ergeben gedient. Ihr seid es, der eine Mörderin aus ihr gemacht hat, und wenn Ihr meine ganze Meinung hören wollt, dann seid Ihr der Hauptschuldige. Also laßt sie ungehindert in ihre Heimat zurückkehren!»

In der Überzeugung, daß es an der Zeit sei, die beiden Ehegatten allein zu lassen, legte Finnegan Judiths Hand sanft zurück und vollzog einen stummen Rückzug zur Tür, die er hinter sich schloß.

«Obwohl sie die umgebracht hat, die mir so teuer wie eine Mutter war, wird geschehen, was Ihr wünscht, Judith. Ich kann's Euch nicht verweigern. Ich habe nicht einmal das Recht dazu nach dem unermeßlichen Unrecht, das ich Euch zugefügt habe.»

«Unrecht? Welches Unrecht? Daß Ihr glaubtet, ich hätte dieses Mädchen töten wollen? Ah, richtig, ich habe Euch auch vorhin zu Finnegan sagen hören, daß ich die arme, alte Rozenn umgebracht hätte. Das war neu für mich.»

«Versteht mich, Judith! Fanchon hatte alles getan, was sie konnte, um meinen Verdacht auf Euch zu lenken. Pongo hatte an der Stelle, wo sie mit ihrer Schleuder lauerte, ein Stückchen Spitze von einem Eurer Unterröcke gefunden.»

Sie stieß ein kleines, traurig-bitteres Gelächter aus.

«Und aus diesem Stückchen Spitze habt Ihr geschlossen, daß ich eine alte Frau kalt umbringen könnte, die mich sicherlich nicht liebte, die mir aber nichts getan hatte, eine Frau aus meiner Heimat?» fragte sie mit einem schmerzlichen Stolz, der Gilles mit Scham erfüllte. «Konntet Ihr mich so hassen, so verachten?»

«Glaubt es nicht, ich bitte Euch!»

«Warum auch nicht? Hatte ich Euch nicht durch diesen Irrsinn, der sich meiner bemächtigt und mich in eine Existenz getrieben hatte, die meinen Vater vor Schande getötet hätte, wenn er sie sich nur hätte vorstellen können, jeden Grund gegeben, mich zu verachten? Ich war nicht mehr ich selbst, glaube ich. Bin ich es überhaupt, seitdem Graf Cagliostro mir die Ehre erwies, mich als Assistentin zu nehmen? Es gibt Momente, in denen ich es nicht mehr weiß.»

«Judith, Ihr tut Euch weh! Ich bitte Euch, laßt...»

Doch sie hörte ihn nicht. Den Blick von neuem im blauen Horizont verloren, fuhr sie fort:

«Warum nahmt Ihr mich mit, Gilles, wenn Ihr mich nicht mehr liebtet? Warum habt Ihr mich nicht meinem Elend, meinem Irrsinn überlassen? Ihr wärt frei, denn ich glaubte unsere Ehe null und nichtig!»

«Aber sie war es nicht. Vor Gott, vor meinem Gewissen seid Ihr noch immer meine Frau und werdet es weiter sein...»

«Bis daß der Tod uns scheide? Ich weiß, ich weiß... Verlaßt mich jetzt, ich bitte Euch, ich muß allein sein.»

Er schwankte einen Moment, ob er sich ihr nähern, ob er die von Finnegan freigegebene Hand ergreifen sollte, aber er wagte es nicht.

«Werdet Ihr mir meinen ungerechten Verdacht und alles, was er Euch antat, verzeihen?»

Unter dem weichen, weißen Gewebe ihres Gewandes verriet ein schwaches Schulterzucken ihren Überdruß.

«Ich fühle keinen Zorn mehr gegen Euch, wenn es das ist, was Ihr hören wollt. Ich empfinde nur Trauer, an der Ihr nicht teilhabt. Laßt mich allein, ich bitte Euch!»

Er gehorchte sofort, verließ das Zimmer auf Zehenspitzen. Er sah auf Judiths abgewandtem Gesicht nicht die Tränen, die sie nicht mehr zurückhalten konnte.

Im Gegensatz zu dem, was man hätte annehmen können, war es Pongo zu seiner Entrüstung nicht gelungen, Fanchon zu erwischen. Das unerklärliche Verschwinden der jungen Frau, die außerhalb des Hauses keine Spur hinterlassen und die niemand gesehen hatte, empfand er als einen Schlag gegen seine Kunst als Fährtenleser und sein Geschick als Jäger. Fanchon schien sich im Vestibül von «Haute-Savane» in Luft aufgelöst zu haben, und erst am folgenden Tag entdeckte Pongo, nachdem er Haus und Garten verbissen durchstöbert hatte, in einem der Keller einen schmalen, hinter Reisigbündeln versteckten Gang, der in eine kleine Höhle am Hang des Hügels mündete. Neugierig wie eine Katze, mußte Judiths Kammerjungfer viel im Haus herumgeschnüffelt und ihre Entdeckung für sich behalten haben.

«Überlassen wir sie ihrem Schicksal», sagte Gilles, als der Indianer ihm das Ergebnis seiner Nachforschungen berichtete, «aber stopf diesen Kellergang zu. Ich liebe es nicht zu wissen, daß ein geheimer Weg bis ins Haus führt. Legros kann ihn nicht kennen, sonst hätte er solchen Trumpf bestimmt schon genutzt.»

«Er nicht mehr sich zeigen. Vielleicht fort? Oder verzichtet?»

«Das würde mich wundern. Diese Sorte Mann verzichtet nicht. Gewiß, seit zwei Monaten hat er nichts gegen uns unternommen, aber glaub mir, das will nicht besagen, daß er sich endlich entschlossen hat, uns in Ruhe zu lassen. Ich möchte vielmehr annehmen, daß er was anderes vorbereitet...»

«Vielleicht tot?» schlug Pongo so offensichtlich hoffnungsvoll vor, daß Gilles in Gelächter ausbrach.

«Dir wär's sicher lieb und mir auch! Und vielleicht hast du recht. Es kommt vor, daß sich ein Bandit in seiner eigenen Falle fängt, und auf jeden Fall dürfte er nicht nur Freunde haben.»

Doch Simon Legros war nicht tot...

15. Kapitel

Eine Höhle auf der Schildkröteninsel

«Meine Mutter ist tot, und Madalen ist entführt worden...» Das Gesicht kreideweiß unter einem Wust unordentlichen blonden Haars, schwer auf seinen Stock gestützt, war Pierre Gauthier sichtlich kaum noch imstande, sich auf den Beinen zu halten.

Seinen Stuhl polternd zurückstoßend, lief Gilles zu dem jungen Mann, stützte ihn und führte ihn langsam zu einem Sessel, in dem er ihn sich setzen ließ. Es war höchste Zeit: Pierres Beine trugen ihn nicht mehr und knickten unter ihm ein, während sich seine Augen zu verdrehen begannen.

«Charlot! Branntwein!» rief der Chevalier.

Doch schon war Judith von der Tafel aufgesprungen, an dem sie Gilles gegenüber eben die Abendmahlzeit beendete, hatte ein Glas mit altem Cognac gefüllt und brachte es ihrem Mann. Dabei stellte sie nicht ohne Kummer fest, daß er fast ebenso bleich war wie Pierre. Aber sie sagte nichts. Zu zweit gelang es ihnen, dem verzweifelten Burschen ein paar Tropfen des edlen Getränks einzuflößen, und ein wenig Farbe kehrte in die blassen Wangen zurück. Eine Sekunde später öffnete er die Augen.

«Gebt ihm noch ein wenig Cognac», rief Judith, die sich bemühte, die eisigen Hände des jungen Mannes zwischen den ihren zu erwärmen.

Diesmal leerte Pierre von selbst das Glas. Ein langer Schauer überlief ihn wie ein elektrischer Stromstoß.

«Es geht schon besser», sagte er endlich. «Dank, Madame... Ich... ich bin untröstlich, Euch zu belästigen.»

«Redet keine Dummheiten! Was ist geschehen?»

«Ich weiß es nicht genau. Ich hatte mich heute abend in Port-Margot im Gespräch mit Monsieur Vernet verspätet, der mich zum Souper dabehalten wollte, aber ich hatte abgelehnt: Ich wollte nicht, daß meine Mutter und meine Schwester sich beunruhigten, und ich war ohnehin schon zu spät. Und bei der Rückkehr sah ich's dann... Oh, Monsieur Gilles, das Haus ist in völliger Unordnung, als hätte ein Kampf stattgefunden. Meine Mutter liegt erschlagen am Fuß des Bettes. Sie hat offenbar Madalen verteidigen wollen...»

«Aber woher weißt du, daß sie entführt worden ist?»

«Das lag auf dem Tisch.»

Pierre zog ein gefaltetes Stück Papier aus der Tasche und reichte es Gilles.

«Ich hab das Mädchen, Tournemine», las dieser. «Spür mir nicht nach, wenn du nicht willst, daß ich sie meinen Männern ausliefere. Ich werde dich wissen lassen, wo und wie du sie lebend zurückkriegen könntest.»

Unterzeichnet war es Simon Legros.

Eine rote Wolke glitt vor Gilles' Augen vorüber. Wütend knüllte er das unverschämte Billet zusammen und wollte es wegwerfen, als Judith es ihm aus der Hand nahm.

«Gebt her!» sagte sie nur. Und als sie die wenigen Zeilen überflogen hatte: «Was werdet Ihr tun?»

«Was soll ich schon tun?» brüllte er. «Nichts! Ich kann nichts tun! Dieser Schurke hat nicht nur eine Frau praktisch unter meinem Dach getötet, er hat auch eine andere entführt, und jetzt bin auch ich seiner Willkür ausgeliefert, weil sonst...»

«Ich begreife», murmelte Judith, «daß diese Vorstellung Euch unerträglich ist, aber man kann vielleicht trotzdem irgend etwas tun.»

«Was? Wollt Ihr mir sagen, was? Wenn ich meine Leute auf seine Spur hetze, wird er...»

«Richtig. Deshalb geht's auch nicht darum, ‹Eure Leute zu hetzen›, wie Ihr sagt, sondern darum, einen einzigen zu hetzen. Gott hat Euch die Chance gegeben, einen Mann in Euren Diensten zu haben, der in den verzwicktesten Fährten wie in einem offenen Buch liest, einen Mann, der überall gehen kann, ohne das Gras niederzutreten oder Blätter zu knicken, einen Mann, der sich unsichtbar und unhörbar machen kann. Ihr habt Pongo, und Ihr wagt zu sagen, daß Ihr nicht wißt, was Ihr tun sollt? Wo ist der Falke und seine Gerissenheit im Hinterhaltskrieg geblieben?»

Gilles starrte seine Frau an, als sähe er sie zum erstenmal, fast erschlagen durch ihre jähe Leidenschaftlichkeit.

«Ihr? Ihr seid es, die mir das sagt? Ihr sorgt Euch also um das Schicksal dieses armen Kindes?»

«Ich sorge mich vor allem um ‹Haute-Savane›. Versteht Ihr nicht, was die Erpressung dieses Legros' bedeutet? Erratet Ihr nicht, welchen Preis Ihr werdet zahlen müssen, wenn Ihr sie lebend... und intakt zurückerhalten wollt? Nur Pongos Geschicklichkeit kann uns retten. Worauf wartet Ihr also?»

«Ihr habt recht... hundertmal, tausendmal recht! Pongo!»

Und aus vollem Hals den Namen des Indianers brüllend, lief er aus dem Haus, Pierre allein bei Judith lassend.

«Madame», sagte der junge Mann beunruhigt, «Ihr wollt doch nicht etwa sagen, daß dieser Legros es wagen würde, im Tausch gegen das Leben meiner Schwester die Plantage zu fordern?»

«Zwecklos, sich etwas vorzumachen, mein armer Pierre. Ganz sicher ist es das. Die Plantage ist das Ziel aller Bemühungen dieses Mannes gewesen, seitdem wir hier sind. Aber es hat auch keinen Sinn, uns zu quälen. Madalen hat nichts zu fürchten, solange Legros seine Forderungen nicht geäußert und mein Mann sie nicht abgelehnt hat... was er übrigens gewiß nicht täte. Wir müssen ihn durch Schnelligkeit überrumpeln, und dank Pongo ist es möglich, glaubt mir... Ihr werdet heute nacht hierbleiben. Ich werde ein Zimmer für Euch vorbereiten lassen.»

«Nein, ich danke Euch. Ich will die Leiche meiner Mutter nicht alleinlassen.»

«In einem verwüsteten Haus? Nein, Pierre. Ich werde mit Désirée und einigen Dienerinnen zu Euch gehen. Wir werden Eure arme Mutter hierherbringen, und ich verspreche Euch, daß sie alle Sorgfalt, alle die Ehren erhalten wird, die bei uns Leuten der Bretagne Tradition sind. Wir werden in der Bibliothek die ‹weiße Kapelle› herrichten.»

Die Erinnerung an die alten Bräuche ihrer gemeinsamen Heimat ließ Tränen in Pierres noch trockene Augen steigen. Mit nur wenigen Worten hatte Judith die soziale Kluft fortgewischt und zwischen ihr und dem jungen Mann eine Gemeinsamkeit geschaffen, an deren Existenz er nie geglaubt hätte. Sie hatte gesagt «bei uns Leuten der Bretagne», und es war fast so, als hätte mit der Stimme der einstigen Judith de Saint-Mélaine die alte Erde der Ahnen, die seit der Morgendämmerung der Welt ihr granitenes Maul auf die grauen Wellen des Ozeans öffnete, in diese tropische Insel gebissen, um ihre Macht und Überlegenheit zu bekräftigen.

Stumm nahm er die Hand der jungen Frau, legte einen Moment sein feuchtes Gesicht hinein.

«Dové d'ho pennigo en ti», instinktiv vor dieser Frau, die sich eben zu seiner Schwester aus dem Blut erklärt hatte, die Sprache der Heimat findend. «Er wird nicht erlauben, daß es der Preis für die Rettung meiner Schwester ist.»

Eine Stunde später, während Judith drei Wände der Bibliothek mit weißen Laken bespannen ließ, verschwand Pongo mit einer Blendlaterne, einem langen Messer und dem in seinem Gürtel stekkenden Tomahawk bewaffnet in der Nacht, nachdem er das verwüstete Haus gründlich nach Spuren durchsucht hatte. Er hatte das weiße Leinen des Pflanzers mit seinem indianischen Wildleder und seinen Mokassins vertauscht, in denen er sich lautlos wie eine Katze bewegte.

In der Nacht wurde Anna Gauthier in ihrem schönsten, mit Samtstreifen und Goldstickereien am Mieder geschmückten Kleid und einer Spitzenhaube, die ihre Kopfverletzung verdeckte, auf einem Paradebett aufgebahrt, vor dem ein guter Teil des im Haus vorhandenen Kerzenvorrats angezündet wurde.

Finnegan betrachtete die starre Gestalt dieser Frau, deren ganzes Leben nur Schweigen und Gehorsam gewesen war und über die Judith nun Jasminblüten streute, und schüttelte besorgt den Kopf.

«Ihr solltet gleich den Läufer zum Abbé Le Goff schicken», sagte er. «Er muß morgen früh kommen, damit die Beerdigung schnellstens vorgenommen werden kann.»

«Schon? Warum solche Eile?»

«Die Nacht ist warm, und der morgige Tag wird noch wärmer sein. Aus der Wunde ist fast kein Blut geflossen. In ein paar Stunden wird das Gesicht schwarz werden... vom Geruch, der bald schwer zu ertragen sein wird, ganz zu schweigen.»

«Man kann sie in Abwesenheit ihrer Tochter nicht beerdigen», protestierte Gilles, der in diesem Moment eintrat und Finnegans Worte gehört hatte.

Der ruhige Blick des Arztes wandte sich ihm zu.

«Wir wissen nicht, wann ihre Tochter zurückkehren wird, aber ich kann dir versichern, daß der Anblick dieses Leichnams morgen abend sehr unerfreulich sein wird.»

«Ich werde alles Nötige tun, Liam», fiel Judith ein. «Ich schicke Cupidon sofort zum Abbé. Dann werde ich Pierre alles erklären.»

«Bemüht Euch nicht», sagte Gilles seufzend. «Es ist an mir, dies zu tun.»

Und er machte sich auf die Suche nach dem jungen Mann, von der

Notwendigkeit, ihn zu treffen, ebenso getrieben wie von dem Wunsch, diesen Raum zu fliehen, den er liebte und in dem sich nun der Tod für eine gewisse Zeit einquartiert hatte. Auch den undeutbaren Blick Judiths zu fliehen, dem er nicht ohne Unbehagen begegnen konnte. Er wußte nicht, was auf dem Grunde dieser beiden großen schwarzen Seen war. Waren es zurückgehaltene Tränen, die sie so glänzen ließen? Und drückten sie, wenn sie sich ihm zuwandten, Zorn, Mitleid oder unermeßliche Gleichgültigkeit aus?

Aber wie konnte er hoffen, die geheimen Gefühle seiner Frau zu erraten, wenn er unfähig war, sich selbst zu analysieren? Wenn er sich die so blonde, sanfte, so zarte Madalen den brutalen Händen dieses Legros' ausgeliefert vorstellte, war ihm, als müsse er verrückt werden. Seine Phantasie zeigte ihm so widerwärtige Bilder, daß er hätte schreien können, ganz allein in der Nacht wie ein kranker Wolf. Es mußte eine Möglichkeit geben, sie zu retten, sie diesem Mann zu entreißen, bevor er sich genommen hätte, worum er nicht einmal auf Knien zu bitten wagte. Er mußte es tun, wenn er noch jemals Schlaf finden wollte...

Doch Judiths Worte fielen ihm wieder ein, niederschmetternd wie die Prophezeiungen Kassandras. Würde er wirklich «Haute-Savane», seinen geliebten Besitz, diesem Schurken überlassen müssen, der vor keinem Verbrechen zurückgeschreckt war? «Haute-Savane» und die dreihundert Arbeiter, die ihm seinen Reichtum gaben und deren Leben es erhielt? Es war nicht möglich! Er konnte nicht zulassen, daß Legros mit seinem Arsenal von Henkern, Peitschen, Folterinstrumenten jeder Art zurückkehrte, daß er wieder einen Menschenfleisch zerfressenden Manzanillabaum pflanzte, daß er Frieden und Freiheit aus diesem seiner natürlichen Anmut zurückgegebenen Erdwinkel verjagte, um von neuem Terror, Gewalt und Haß zu bringen. Doch wenn Pongo in seiner Mission versagte, wenn er nicht rechtzeitig wiederkäme, so daß Gilles mit den Seinen die Bestie aus ihrem Bau räuchern könnte, mußte es unweigerlich dazu kommen: dieses Land auszuliefern, dieses Haus, das er mehr liebte als sich selbst, oder Madalen sterben zu lassen, nachdem man sie den schlimmsten Beschmutzungen unterworfen hatte. Auch das könnte er nicht zulassen. Was also tun?

Er bemühte sich, wieder zu Klarheit zu finden. Pongo war die Geschicklichkeit selbst. Er war nie bei einer Mission gescheitert. Warum sollte es also zum erstenmal und wenn so viele wichtige Dinge auf dem Spiele standen mit einem Mißerfolg enden?

Doch die Stunden verstrichen, ohne Pongo zurückzubringen. Der Tag brach an, erhellte die Welt. Anna Gauthier wurde nach einer vom Abbé Le Goff im großen Salon von «Haute-Savane» gelesenen Messe zu Grabe getragen, gefolgt von ihrem Sohn, den Judith und Gilles begleiteten, doch der Weg blieb verlassen. Jedenfalls bis zu der dem Sonnenuntergang vorangehenden Stunde. Leider jedoch war es nicht der Indianer, der die Stufen der Freitreppe heraufkam, von deren oberster aus Gilles unermüdlich die Einfahrt beobachtete, es war der Maringouin.

Enttäuscht und wütend über sein Erscheinen, verlor Gilles im ersten Moment die Beherrschung. Den Mann an seiner Weste pakkend, hob er ihn hoch, bis er sein Maulwurfsgesicht unmittelbar vor Augen hatte.

«Wie kannst du es wagen, hier wieder zu erscheinen, du Schuft?» knurrte er. «Wie kannst du es wagen, mir bis in mein Haus hinein zu trotzen?»

«He, Señor! Laßt mich los! Was für ein Benehmen! Es wird die Angelegenheit der hübschen Kleinen bestimmt nicht fördern, wenn Ihr mich erwürgt! Ich... ich komme als Botschafter.»

Ekel brachte Gilles' Zorn im Nu zum Schwinden. Er öffnete die Hände und ließ den Mann über die Fliesen der Veranda rollen.

«Du ein Botschafter? Dann sprich! Was hast du mir zu sagen?»

Der Maringouin entblößte seine verdorbenen Zähne in einem spöttischen Lächeln, aber seine granitfarbenen Augen wurden noch härter, wenn das überhaupt möglich war.

«Daß es der Demoiselle gut geht, daß bei uns schon alle verliebt in sie sind... und daß Monsieur Legros ungeduldig darauf wartet, daß Ihr ihm die Ehre eines Besuchs erweist. Er erwartet Euch.»

«Er erwartet mich? Wirklich? Und wo?»

«Wohin ich die Ehre haben werde, Euch zu führen, Señor, ohne Waffen und mit verbundenen Augen, wenn nötig.»

«Haltet Ihr mich für ein Kind? Ich soll Euch folgen ohne Waffen, blind? Und zu welchem Zweck? Wer wird Euren Patron hindern, mich umzubringen, wenn ich an diesem mysteriösen Ort angelangt bin, denn im Grunde ist es mein Tod, den er will, und danach der seiner Gefangenen.»

Der Maringouin kratzte sich leicht verlegen den Kopf.

«Man darf die Dinge nicht so nehmen, Señor. Monsieur Legros hat keineswegs die Absicht, Euch zu töten. Er weiß sehr gut, daß ihn das teuer zu stehen käme. Und dann nützt es auch seinen Geschäften nicht. Was er will, ist, ein vernünftiges Arrangement mit Euch zu treffen, offizielle Papiere unterzeichnen...»

«Und sich meinen Besitz aneignen, nicht wahr?»

«Davon weiß ich nichts. Auf Ehre! Er hat mir keine Konfidenzen gemacht. Er hat mir nur gesagt, wenn Ihr bis Sonnenaufgang nicht da seid, wird das Mädchen sterben... nachdem sie ein bißchen vergewaltigt worden ist, natürlich, weil sie ein bißchen schön ist.»

Hinter Gilles erhob sich Judiths angsterfüllte Stimme.

«Ihr werdet doch nicht gehen, Gilles! Werft diesen Mann hinaus... oder, nein, bringt ihn zum Sprechen. Zwingt ihn, Euch zu sagen, wo sich dieser Schurke Legros versteckt!»

Judiths Erscheinen schien José Calvès in höchstes Erstaunen zu versetzen.

«Bei der Madonna! Ist das Eure Frau?»

«Ja. Warum?»

Die Augen auf die stolze Gestalt der jungen Frau geheftet, zuckte der Mann die Schultern.

«Und in die andere seid Ihr verliebt? Ihr müßt verrückt sein.»

«Mischt Euch in Dinge, die Euch angehen! Wer hat Euch gesagt, daß ich...?»

«Daß Ihr für die schöne Blonde was übrig habt? Eine Kleine, auch nicht schlecht übrigens, die unsere Olympe irgendwo am Ufer des Salée-Flusses gefunden und zu uns gebracht hat. Aber ich frag mich, ob sie recht hatte. Besser wär's gewesen, Madame zu entführen...»

«Schweigt!» unterbrach Gilles ihn wütend. «Erlaßt uns Eure Überlegungen! Ich werde Euch in einigen Momenten folgen.»

«Nein! Ich flehe Euch an!» rief Judith. «Ihr werdet doch solche Narrheit nicht begehen! Ich weiß, daß Ihr sie liebt! Aber denkt daran, daß es nicht nur sie gibt, daß eine Welt von Euch abhängt!»

Er ging zu ihr, nahm sanft ihre beiden Hände und küßte sie rasch.

«Ich muß gehen, meine Liebe. Aber ich bitte Euch zu glauben, daß es nicht nur Madalens wegen geschieht. Ich würde für jede unschuldige Frau das gleiche tun... vielleicht sogar für jene hinterhältige Fanchon, die uns verraten hat, nachdem sie versuchte, Euch zu töten. Wenn wir unser Wohlergehen mit ihrem Blut bezahlten, könnten wir keinen Frieden mehr finden. Sagt Cupidon, er soll mir ein Pferd satteln, irgendeins, ausgenommen Merlin.»

Von ihren Gefühlen überwältigt, wandte sie sich ab, verbarg einen Moment ihr Gesicht zwischen ihren Händen, dann löste sie sie abrupt, hob den Kopf in einem jähen Aufflackern verzweifelten

Stolzes und lief, ihre Röcke zusammenraffend, hinaus, um den Stallknecht zu suchen.

Als sie verschwunden war, winkte Gilles Charlot zu sich, der am Eingang des Salons stand. Von seinen beunruhigt rollenden großen Augen war deutlich der Haß abzulesen, den ihm der Maringouin einflößte, und obwohl seine Haltung die eines guten Dieners war, schien er jeden Moment bereit, sich auf den einstigen Kommandeur Legros' zu stürzen. Während er sich näherte, wich der Maringouin instinktiv ein paar Schritte zurück, ohne ihn aus den Augen zu lassen. Seine Hand tastete schon nach dem Messer in seinem Gürtel.

Sein Verhalten entlockte Tournemine ein verächtliches Lächeln. Ruhig zog er einen versiegelten Brief aus seiner Tasche und übergab ihn Charlot.

«Händige ihn Doktor Finnegan aus! Es sind meine Befehle für den immer möglichen Fall, daß ich nicht lebend zurückkehre. Sag ihm, ich zählte auf ihn, daß meine Instruktionen genau befolgt würden, und dann sag ihm Adieu von mir. Du findest ihn im Hospital, wo er eben Léon Bambou behandelt, der mit der Hand in die Auskörnmaschine geraten ist.»

«Ihr wiederkommen, Missié? Ihr wiederkommen, nicht wahr?»

«Ich hoffe es, Charlot, aber man muß jede Möglichkeit voraussehen. Achte gut auf deine Herrin.»

«Ich schwören!» Dann vermochte er seinen Zorn nicht mehr zu zügeln, fuhr zu Calvès herum: «Und du, dreckiger Mulatte, du können sagen diesem Banditen Legros, wenn er wagt, hier eines Tages sein gemeines Gesicht zu zeigen, oder wenn der Herr nicht wiederkommt, wir dreihundert sind, die ihn erwarten, und wir Waffen haben und ihm lebendig Haut abziehen! Dir auch!»

«Gut, gut! Gib Ruhe! Man wird's ihm sagen. Überflüssig, sich in solchen Zustand zu versetzen.»

Bewegt drückte Gilles seinem Majordomus die Hand, dann trat er, da Cupidon eben mit einem Pferd am Zügel vor der Freitreppe erschien, ebenfalls mit Tränen in den Augen, zu ihm hinaus und schwang sich in den Sattel.

«Nun, ich erwarte Euch!» rief er schroff, während José Calvès sich an der Balustrade der Veranda entlangschob, um die Treppe zu erreichen, ohne allzusehr in Charlots Nähe zu geraten.

Doch ganz gelang es ihm nicht, ungeschoren davonzukommen: Durch einen meisterlichen Fußtritt in den Hintern in Schwung versetzt, verließ er Tournemines Haus und kehrte zu seinem Reittier zurück, das er an den Stamm einer Palme gebunden hatte.

Die Sonne war bereits untergegangen. Die rasch einbrechende tropische Nacht sank wie ein dunkler Vorhang, aber ein letzter Abglanz des Tages lag noch auf der rosigen Fassade «Haute-Savanes». Bevor er unter das dichte Laubdach der hundertjährigen Eichen tauchte, drehte Gilles sich im Sattel um, um einen letzten Blick auf sein Haus zu werfen. Es war ein Abschied. Er wußte, daß er nicht zurückkehren, daß er sterben würde, und daß Madalen mit ihm stürbe, denn er würde nie die zweifellos von Legros vorbereiteten Dokumente unterzeichnen, die ihn legal um seinen Besitz bringen sollten... selbst nicht, um die Frau, die er liebte, zu retten. Niemals, gegen welches Wechselgeld auch immer, würde er dem Henker das Land wieder überlassen, das ihm gehörte, und schon gar nicht die Männer und Frauen, die sein Wesentlichstes waren.

Da Pongo nicht zurückgekommen war, mußte etwas schiefgegangen sein, und im gleichen Maße, in dem die Stunden dieses Tages verstrichen, hatte sich der Entschluß in ihm gefestigt, sich zu Legros zu begeben und von ihm töten zu lassen. Es war die einzige Art, «Haute-Savane» zu retten, das Judith und Finnegan weiterführen würden. Er wußte, daß die junge Frau imstande wäre, sein Werk fortzusetzen, wenn er nicht mehr lebte. Madalen würde er zuvor mit eigener Hand zu töten versuchen, um ihr die Folter zu ersparen, die zweifellos zu Legros' Arsenal gehörte. Und falls ihm Zeit bliebe, würde er dann versuchen, sich selbst umzubringen, denn wenn auch scheinbar waffenlos, verbarg er in seinem Stiefel die schmale Klinge eines von Finnegans Skalpellen. Während er sich auf den bevorstehenden Besuch vorbereitete, hatte sein Freund ihm dazu geraten.

Der Ritt dauerte länger als zwei Stunden, denn der schwierige Weg erlaubte nur selten Galopp und endete in einer kleinen Bucht nahe der Landspitze von Icague, wo der Fluß der Bananenbäume mündete. Ein mit sechs Ruderern bemanntes und einem lateinischen Segel ausgerüstetes Boot erwartete sie, und Gilles wurde endgültig klar, daß Legros auf der Schildkröteninsel Zuflucht gesucht hatte, dem mit Höhlen und geheimen Verstecken gespickten einstigen Schlupfwinkel der Piraten, wo er sicher sein konnte, daß höchstens ein Verrückter versuchen würde, ihn zu vertreiben.

Er begriff auch, daß es niemandem gelingen würde, ihn zu retten, sprang aber trotzdem ohne das leiseste Zögern ins Boot, das die Männer in die Flußströmung zurückstießen.

Im Heck neben dem Maringouin sitzend, der ihn mit der besorgten Gier eines seinen Schatz nicht aus den Augen lassenden Geizhalses bewachte, sah Gilles, wie die Matrosen sich ins Boot schwangen, dann das Segel hißten. Das Meer war ruhig, kaum von einer leichten Brise bewegt, die alle Düfte der tagsüber von der Sonne erwärmten Erde mitbrachte. Der Himmel, von tiefem Blau, war wie ein Strom von Sternen, und er überraschte sich bei dem Gedanken, daß man sich keine schönere Nacht zum Verlassen des Lebens vorstellen könnte.

«Kann ich rauchen?» fragte er plötzlich.

«Warum nicht? Ihr habt die Hände frei, nicht wahr?»

«Ja. Was übrigens ziemlich unerwartet ist.»

«Warum? Wir brauchen Euch nicht zu fesseln. Wir sind sieben, Ihr seid allein. Und zudem seid Ihr nicht unser Gefangener. Ihr kommt nur, um mit unserem Chef Geschäfte zu besprechen. Kleine Nuance.»

«Glaubt mir, daß ich sie zu schätzen weiß.»

Seine treue Pfeife aus feinem Ton aus der Tasche ziehend, stopfte Gilles sie sorgfältig, erlaubte dem entschieden zu kleinen Aufmerksamkeiten neigenden Maringouin, sie anzuzünden, tat einige wollüstige Züge, die ihm nie besser erschienen waren, und fragte sodann fast zerstreut:

«Dieses Mädchen, das Olympe in den Wäldern gefunden hat…»

«Die Fanchon?»

«Ja. Was habt Ihr mit ihr gemacht? Ich vermute, ihr habt sie zu Legros mitgenommen.»

«Natürlich. Olympe kannte sie schon, weil sie ihr mal gewahrsagt hatte. Als sie sie fand, war ihr gleich klar, daß es eine gute Sache für uns wäre, und hat sie zu uns gebracht.»

«Wo sie sich jetzt befindet, wie ich annehme.»

«Mein Gott, nein! Wo sie sich nicht mehr befindet.»

«Was habt ihr also mit ihr gemacht?»

«Was sollten wir schon mit ihr machen? Wir haben sie umgebracht. Nachdem sie uns zum Haus des blonden Mädchens geführt hatte, konnte sie uns nichts mehr nützen. Ja, sie konnte uns gefährlich werden, wenn sie etwa Lust verspürt hätte, zu ihren alten Herren zurückzukehren. Sie war mächtig verschossen in Euch… und sie kannte den Weg zum Versteck Legros'. Jetzt dürfte sie irgendwo im Schilf des Bananenbaum-Flusses zu faulen anfangen. Bei uns wird nie etwas dem Zufall überlassen.»

«Ich seh's», sagte Gilles, mühsam seinen Abscheu unterdrükkend.

Das Grauen ihres selbstgewählten Geschicks tilgte seinen Groll gegen das unglückliche Mädchen und weckte Mitleid in ihm. Sie hatte allzu hochfliegende Träume geträumt und sie teuer bezahlt. Es war nun eine Angelegenheit zwischen Gott und ihr. Er selbst konnte ihr nur noch verzeihen. Judith hatte nicht ganz unrecht, wenn sie ihn anklagte, die erste Ursache der Verranntheit Fanchons zu sein.

Vom günstigen Wind getrieben, kam das Boot gut voran, und bald zeichnete sich der östlichste Zipfel der Schildkröteninsel, der Hundekopf, deutlich vor dem besternten Himmel ab.

«Zeit, daß ich Euch die Augen verbinde, Monsieur le Chevalier», erklärte José Calvès und löste das schmutzige Tuch, das er um den Hals geknüpft trug.

«Wenn es Euch nichts ausmacht, wäre mir das hier lieber», sagte Gilles, sein eigenes Tuch anbietend, das der andere sorgsam musterte, um sich zu überzeugen, daß es kein Loch aufwies.

«Ich will es gerne drunterbinden, aber das andere binde ich drüber. Euer Lappen kommt mir doch ein bißchen durchsichtig vor.»

«Wie ihr wollt...»

Die mit Kokospalmen und dichter tropischer Vegetation bewachsene Insel, deren von Felswänden getragener runder Rücken sich wie der riesige Panzer einer Schildkröte aus dem Karibischen Meer hob, verschwand hinter der doppelten Augenbinde. Unter anderen Umständen, dachte Gilles, wäre der Besuch dieser legendären Insel ein Vergnügen gewesen, auf der die Geister der großen französischen und spanischen Piraten noch die wenigen verbliebenen Tavernen am Hafen von Basse-Terre heimsuchen mußten. Wie es hieß, hatte er einst acht nebeneinanderliegende Linienschiffe aufnehmen können, und die Kanonen seines Forts waren den Herren Engländern von Jamaika äußerst lästig gewesen. Er wußte, daß dort noch eine Handvoll Soldaten für den König in Garnison lag, es aber vorzog, von dem, was sich an den Küsten oder im Innern abspielen mochte, nichts zu erfahren, um sich ihr friedliches Dasein zu erhalten. Und der eingeschlagenen Richtung zufolge war es auch nicht Basse-Terre, wohin man ihn brachte.

Bald darauf schurrte der Boden des Boots über Geröll. Von einem der Matrosen unterstützt, half der Maringouin Gilles über den Bootsrand auf einen sandig-weichen Strand. Der einstige Kommandeur nahm seinen Arm.

«Laßt Euch führen.»

Nach wenigen Schritten machte der Sand der steinigen Härte eines Weges und bald darauf einem weicheren, mit Blättern und Gras gepolsterten Boden Platz. Die größere Frische und die seine Nase umwehenden Düfte von Sandelholz, Zitronenbäumen und Farnkraut machten Gilles klar, daß sie durch Waldschatten gingen. Der Gesang einer Nachtigall, ironischer Kontrapunkt zu den schweren Schritten der ihn eskortierenden Männer, stieg, von leisem Blätterrascheln begleitet, in die Nacht und verstummte.

Der Weg schien ihm merkwürdig launenhaft. Er stieg an, fiel wieder ab und wand sich so stark, daß Gilles sich fragte, ob man ihn nicht mehrmals dieselbe Strecke zurücklegen ließ. Plötzlich jedoch ging es einen steilen, spürbar felsigen Pfad hinunter, ein Ruch nach verbranntem Holz und geröstetem Fleisch schlug ihm entgegen, der sich im gleichen Maße verstärkte, in dem der Weg von neuem weniger steil und sandiger wurde. Durch die doppelte Augenbinde gewahrte Gilles den Schein eines Feuers, dessen Wärme ihm ins Gesicht sprang. «Da ist er», hörte er den Maringouin. «Er ist mit uns gekommen, ohne Geschichten zu machen.»

«Er hat auch gut daran getan», grunzte eine tiefe Stimme. «Nimm ihm die Binde ab und verschwinde! Ich bezahle dich später.»

Von einer nervös nach seiner Schläfe tastenden Hand abgenommen, verließ die Binde Gilles' Augen. Auf der anderen Seite des Feuers stehend, dessen Rauch durch eine in die hohe Wölbung der Höhle gebrochenen Öffnung abzog, musterte ihn ein Mann.

Neben einem mit Papierbündeln, einem Weinkrug und silbernen Bechern beladenen Tisch aus vergoldetem Holz aufgepflanzt, wirkte Simon Legros auf Gilles wie der Prototyp eines Sklaventreibers, ein Mann, dessen Neigungen sich von den staubigen Stiefeln bis zum schweiß- und weinfleckigen Hemd ablesen ließen; dunklere Spuren rührten vielleicht von getrocknetem Blut. Die mit goldenen Nägeln verzierte Reitpeitsche am Gürtel, die beiden langläufigen Pistolen – eine unter jeder Achsel – waren fast überflüssig: Das Bild war komplett, und das schwere, halb vom Bart verschlungene Gesicht wirkte nur wie ein zusätzliches Detail.

Tournemine hielt dem harten Blick unter schwarzen, buschigen Brauen stand, der ihn unverwandt fixierte, und wartete stumm.

«Erfreut, daß Ihr meine Einladung angenommen habt, Chevalier!» begann Legros frech in einem Ton, als wende er sich an einen

Gleichgestellten. «Ich hoffte seit langem auf eine solche Begegnung.»

«Es lag nur an Euch, daß sie nicht früher stattfand, Simon Legros. Ich gestehe, daß auch ich nicht böse bin, Euch zu begegnen. Es gibt zwischen uns eine Rechnung, die nicht aufhört zu wachsen... und ich habe unerledigte Rechnungen nie geschätzt.»

«Das ist eine Sprache, die mir gefällt. Ich bekenne übrigens, daß auch Ihr mir gut gefallt, Chevalier, was mich als ersten überrascht. Unter anderen Umständen hätte ich mich gern Eurer Dienste versichert.»

«Ich kann Euch Euer Kompliment nicht zurückgeben. Selbst wenn Ihr nicht all das getan hättet, was Euch vorzuwerfen ich berechtigt bin, hätte ich Euch niemals in meinem Dienst behalten, denn Ihr gehört zu der Sorte Menschen, die ich am meisten verabscheue: den Folterknechten.»

«Wärt Ihr überrascht, wenn ich Euch verrate, daß Eure Meinung mir gleichgültig ist? Aber lassen wir jetzt die Begrüßungshöflichkeiten. Ein Glas spanischen Weins gefällig?»

«Sicherlich nicht. Ich trinke nur mit meinen Freunden. Und machen wir endlich ein Ende. Ihr habt Mademoiselle Gauthier entführt, und ich bin gekommen, um über ihre Freilassung zu verhandeln. Was wollt Ihr, um sie mir zurückzugeben?»

Legros goß Wein in einen Becher und trank ihn in kleinen Schlukken, während seine dunklen Augen über den blitzenden Rand hinweg den Besucher belauerten.

«Was ich will?» fragte er endlich. «Ich will, daß Ihr mir ‹Haute-Savane› zurückerstattet. Nicht mehr... aber auch nicht weniger.»

«Nein.»

Die buschigen Brauen hoben sich, dann setzte sich Legros halb auf eine Ecke des Tischs und griff, sich vorbeugend, nach einem großen Papier, das seine Augen zu überfliegen begannen.

«Mir scheint, Ihr habt nicht recht verstanden. Euch bleibt keine Wahl, Monsieur de Tournemine: Entweder gebt Ihr mir ‹Haute-Savane›... oder verkauft es mir vielmehr, denn ich werde es Euch bezahlen. Ihr seht, daß ich ehrlich bin. Ich biete Euch dafür... sagen wir zehntausend Livres. Mehr kann ich nicht tun, es sind meine ganzen Ersparnisse. Entweder verkauft Ihr mir's also, oder ich töte das Mädchen.»

«Und Ihr glaubt, daß ich auf solchen Handel eingehen werde? Dann hört mir gut zu, Monsieur Legros: Ich bin nicht gekommen, um Mademoiselle Gauthier gegen meinen Besitz einzutauschen. Ich bin gekommen, sie gegen mein Leben einzutauschen. Tötet mich und laßt sie frei.»

Diesmal hoben sich Legros' Brauen maßlos.

«Und was meint Ihr, was ich mit Eurem Leben anfangen soll? Euer Tod wird mir ‹Haute-Savane› nicht legal übereignen. Gewiß, seines wichtigsten natürlichen Verteidigers beraubt, würde es mir zweifellos leichter in die Hände fallen.»

«Seid dessen nicht so sicher. ‹Haute-Savane› braucht nicht einmal meinen Schutz, denn es gibt dort keine Sklaven mehr. Es wird also von nun an von fast dreihundert bewaffneten Männern verteidigt werden, die recht gut wissen, daß sie mit ihm zugleich ihr Leben und ihre Freiheit verteidigen würden.»

«Armer Narr! Ich hätte keine Mühe, Hilfe bei den anderen Pflanzern zu finden, die in Euch einen gefährlichen Verrückten sehen... und vielleicht sogar bei den Regierungstruppen. Doch das wäre ein schwerer Zeitverlust, und mir liegt daran, vor der guten Meeresjahreszeit einige Veränderungen vorzunehmen.»

«Veränderungen? Welcher Art?»

«Interessiert Euch das? Nun, mein Lieber, ich gedenke, mich auf den Sklavenhandel in großem Stil zu werfen. Ich werde den größten Teil der Anpflanzungen beseitigen, um große Einfriedungen anzulegen, in denen die im Rohzustand aus Afrika eingeführten Sklaven dressiert, trainiert und für jede Art Arbeit erzogen werden, von der Plackerei auf den Baumwollfeldern bis zur Hausarbeit. Danach werden sie zu hohen Preisen nach Louisiana und in die Südstaaten der Vereinigten Staaten verkauft. Ihr seht, daß ich Großes plane, aber Ihr könnt mir glauben, auch mein Gewinn wird entsprechend sein. Werdet Ihr also unterschreiben?»

«Niemals! Um keinen Preis.»

«Wirklich? Nun, wir werden sehen. Kommt doch ein wenig hier herüber.»

Mechanisch folgte Gilles seiner Aufforderung. Den Hintergrund der im übrigen ziemlich komfortabel eingerichteten Höhle verbarg ein Vorhang, den Legros nun mit einem einzigen Ruck beiseite zog, einen Einblick eröffnend, der Gilles' Kehle dörrte und ihm das Blut heiß ins Gesicht trieb: Durch eine mit dem eisernen Ring um ihren Fußknöchel verbundene Kette an die Mauer gefesselt, kauerte Madalen auf einer Matratze, nur von ihrem gelösten blonden Haar verhüllt. Im Schneidersitz neben ihr teilte Olympe in einem Gewand aus barbarischem rot-schwarzen Seidenstoff mit Goldstickerei einen Haufen weißer Kiesel mittels eines Stäbchens in mehrere gleichmäßig kleine Häufchen.

Gilles' plötzliches Erscheinen entriß dem jungen Mädchen einen Schrei. Sie rollte sich flach auf den Bauch, ihr Gesicht verzweifelt zwischen ihren Armen bergend. Olympe beschränkte sich auf ein liebenswürdiges Lächeln.

«Willkommen, Monsieur le Chevalier. Kommt Ihr schon, um uns Eure hübsche Mätresse wieder zu nehmen? Unsere Männer werden betrübt sein, denn sie gefällt ihnen sehr.»

«Ich glaube, sie werden sie bald mehr aus der Nähe bewundern können», ließ Legros sich vernehmen.

Er bückte sich, nahm eine Art Klöppel vom Boden und schlug mit ihm auf einen am Felsen hängenden Gong, der die Höhle mit starken, klingenden Schwingungen füllte.

Augenblicklich erschienen an die zwanzig Männer, von denen einige gleich über Gilles herfielen, die überraschte Benommenheit nutzend, in die der Anblick der enthüllten Schönheit ihn versetzt hatte, von der er schon so lange träumte. Er reagierte erst, als es zu spät war, wehrte sich wie ein Rasender, um seine Freiheit wiederzuerlangen, doch so groß seine Kraft auch war, gegen ihre Zahl vermochte er nicht anzukämpfen. Einen Moment später stellten sie ihn mit auf dem Rücken gefesselten Armen wie ein Bündel neben Legros.

«Da Ihr kein Geschäft mit mir abschließen wollt», sagte der mit einem wölfischen Grinsen, «werde ich also dieses schöne Kind töten. Aber es wird ziemlich lange zum Sterben brauchen, so daß Ihr noch Zeit habt, reiflich zu überlegen.»

«Schuft!» Was werdet Ihr mit ihr tun? Sie ist ein unschuldiges Kind!»

«Ein unschuldiges Kind? Mit diesen appetitlichen Brüsten, diesen runden Hinterbacken? Aber so geht doch! Ihr verdientet nicht Euren Ruf, wenn Ihr nicht schon davon gekostet hättet. Jetzt ist es an der Zeit, zu teilen. Ihr seid doch für Gleichheit, wie ich weiß. Hört mir also gut zu: Ich habe für dieses schöne Kind eine ... zumindest in den Anfängen ... ziemlich angenehme Art gewählt, dieses Leben zu verlassen. Ich werde sie vor Euch meinen Männern ausliefern ... allen meinen Männern, und das so oft, wie sie es wünschen. Und falls das noch nicht genügt, Euch zu überzeugen, wird ein Esel ihnen folgen. Danach wird sie vielleicht in nicht mehr sehr gutem Zustand sein. Nun, fangen wir an?»

«Ihr könnt so etwas nicht tun! Tötet mich, und machen wir Schluß!»

«Euch eines solchen Spektakels berauben? Nie im Leben! ... Vorwärts! Dreht das Mädchen um und bindet es fest!»

Die Höhle füllte sich mit den Schreien der unglücklichen Madalen. Von Olympe unterstützt, drehten zwei Männer sie auf der Matratze um, im Schein der in eisernen Ringen steckenden Fackeln die ganze Anmut ihres Körpers preisgebend, die perlschimmernde Haut des Leibes über einem Dreieck goldenen Mooses, die rosig gekrönten Brüste, die zarten Schenkel, die brutale Hände auseinanderzerrten.

Nun mischte Olympe sich ein.

«Warte!» sagte sie. «Laß das arme Mädchen wenigstens ein bißchen Vergnügen dabei finden.»

Sie hob Madalens Kopf, flößte ihr den Inhalt eines goldenen Bechers ein, den sie danach wie etwas Unwichtiges beiseite warf, und machte sich daran, ihre geschickten Finger über den Körper des jungen Mädchens gleiten zu lassen, dessen Schreie nach und nach verstummten und erregtem, leisem Stöhnen wichen. Maßlos verblüfft sah Gilles, wie die reine, die prüde Madalen sich schnurrend wie eine heiße Katze unter den streichelnden Fingern der Hexe wand, die sich unversehens erhob.

«Sie ist soweit! Der erste wird willkommen sein. Wem kommt die Ehre zu?»

«An Lust fehlt's mir nicht, aber ich bin im Geschäft mit Monsieur. Wie steht's, Chevalier, überlaßt Ihr mir die Plantage? Sagt nur ein Wort, und Ihr seid es, der die von Olympe geweckten guten Dispositionen nutzen wird. Seht doch, wie gut die kleine Wachtel bei Appetit ist!»

Niemand hielt Madalen jetzt mehr fest. Wimmernd, mit schwimmenden Augen, umklammerte sie ihre Brüste, während ihr Becken sich im Verlangen nach Erfüllung unablässig hin und her bewegte. Krank vor Gier und ohnmächtiger Wut zugleich, schloß Gilles die Augen, um wieder ein wenig Vernunft in sich zu finden, denn er fühlte sich am Rande des Irrsinns. Wie lange würde er noch widerstehen? Und warum widerstehen? Hilfe war nicht zu erwarten, und er hatte nicht mal mehr die Möglichkeit, das Skalpell aus seinem Stiefel zu ziehen, das sie durch ihren Tod vor Schlimmerem gerettet hätte.

«Vorwärts, der Maringouin! Ich geb sie dir als erstem. Du hast es verdient.»

Gilles' Augen öffneten sich wieder. Er sah, wie José Calvès sich buchstäblich auf Madalen stürzte und in sie drang, doch bevor er selbst noch hätte protestieren können, verwandelte sich das lustvolle Röcheln des Mannes in ein Schmerzensgeheul. Von irgendwoher abgeschnellt, hatte sich ein indianischer Pfeil in seinen Rükken gebohrt.

Den Kopf wendend, gewahrte Gilles Pongo auf einem Felsen nahe dem Eingang, schon dabei, seine Waffe zu einem neuen Schuß zu richten, während durch den Eingang eine von François Bongo geführte, mit Macheten bewaffnete Schar Schwarzer quoll. Mit einem einzigen Streich säbelte der große Yoloff einem der Männer, die sich ihm in den Weg stellten, den Kopf vom Rumpf, einen roten Geiser öffnend.

Pongos zweiter Pfeil traf Olympes Kehle, während Legros unter einer mit mörderischen Klingen gespickten schwarzen Woge verschwand, bevor er noch eine seiner Pistolen hatte ziehen können.

«Bindet mich los!» brüllte Gilles, der sich mit aller Kraft seiner Fesseln zu entledigen suchte. «Bindet mich endlich los!»

Bongos Machete befreite ihn im Nu, und im nächsten Moment stürzte er sich in die schwarze Flut, die über Legros zusammengeschlagen war.

«Laßt ihn mir! Ich will ihn töten! Laßt ihn mir!»

Doch als die einstigen Sklaven, die er so hatte leiden lassen, auseinanderwichen, war Legros nur noch eine blutende Masse, der François mit einem Hieb seiner schrecklichen Waffe den Kopf abschlug.

«Für Désirée!» sagte er nur, während er seine Trophäe in einem Sack verschwinden ließ.

Sich umwendend, sah Gilles sich Pongo gegenüber, der ihn, seinen sonstigen sagenhaften Gleichmut vergessend, lachend und weinend zugleich umarmte.

«Glücklich sein, weil rechtzeitig gekommen!»

«Pongo! Mein alter Pongo! Ich glaubte dich tot! Wie hast du es fertiggebracht, alle hierher zu bringen? Wie hast du das Versteck gefunden?»

«Leicht! Viel Glück auch. Pongo folgen Spur von Mördern Dame Gauthiers bis Bananenbaumfluß und finden dort Mädchen Fanchon noch nicht ganz tot. Versuchen ihr helfen... leider unmöglich. Brauchen lange zu sterben, aber mir sagen Weg bis Höhle...»

Nachdem er Fanchon pietätvoll begraben hatte, war er nach «Haute-Savane» zurückgekehrt. Auf dem Wege hatte er, hinter einem Gebüsch versteckt, den Maringouin mit Gilles vorbeireiten sehen, es jedoch unterlassen, Legros' Boten zu töten, weil er begriff, daß es Narrheit gewesen wäre. Statt dessen war er zum Wohnhaus zurückgestürzt, wo er, von Finnegan unterstützt, die Männer der Plantage versammelt hatte. Alle hatten sich spontan um die Ehre gerissen, gegen Legros zu kämpfen. Sodann war Pongo an der Spitze seiner Truppe nach Port-Margot aufgebrochen, wo er ohne Mühe drei Schiffe für seine Leute gefunden hatte.

«Rest leicht! Wir Posten niedergeschlagen und Legros überfallen, wie du sehen.»

Niemals hatte Gilles das Kaninchengesicht des Indianers von einer solchen Freude, solchem Stolz überstrahlt gesehen. Er preßte ihn voller Dankbarkeit an sich.

«Du hast mich gerettet, Pongo! Du hast ‹Haute-Savane› und alle seine Bewohner gerettet! Du hast Madalen gerettet...»

Erstaunt wurde ihm bewußt, daß das Fieber des Kampfes und der Befreiung seine Aufmerksamkeit von dem jungen Mädchen abgelenkt hatte. Sie lag noch immer halb bewußtlos auf ihrer Matratze. Die Schwarzen, die einen Kreis um sie bildeten, hatten sich darauf beschränkt, sie von dem Maringouin zu befreien, hatten sie jedoch nicht zu berühren gewagt.

Sich über sie neigend, sah Gilles, daß ein wenig Blut ihre Schenkel befleckte; Calvès' rohe Attacke hatte sie defloriert. Eine Art Draperie aus Seide gewahrend, die auf dem Boden lag, hüllte er den Körper des jungen Mädchens sanft ein, nachdem er sie von ihrer Kette gelöst hatte, und schickte sich an, sie in seine Arme zu nehmen, um sie hinauszutragen, doch Pongo hinderte ihn daran.

«Nein. Laß ruhen. Nacht noch nicht zu Ende und Meer unruhig. Wir fahren bei Tag zurück.»

«Ich soll sie hier lassen? Unter all diesen Leichen?» protestierte Gilles, mit dem Kinn auf die den Boden der Höhle bedeckenden Toten weisend.

«Wir schaffen fort und vergraben. Du hierbleiben, dich ausruhen und auf sie aufpassen. Sie sehr viel Angst...»

«Du hast recht. Ich bin wie erschlagen vor Müdigkeit. Danke, Pongo.»

Der Indianer entfernte sich mit der Andeutung eines Lächelns, das Gilles ein wenig seltsam erschien, aber er wußte, wenn Pongo einen Hintergedanken hatte, war jeder Versuch, ihn hervorzulokken, sinnlos. Und außerdem war er wirklich hundemüde.

Während die Männer die Leichen Legros', Olympes und des Restes der Bande ins Freie schleppten, setzte er sich auf den Rand der Matratze, auf der Madalen lag, um sie zu betrachten, während sie schlief. Vor kurzem hatte sie ihm vage zugelächelt, dann die Augen geschlossen; nun schien sie eingeschlafen zu sein.

Damit sie ruhiger schlafen könne, erhob er sich, trat die Reste des Feuers aus, löschte fast alle Fackeln bis auf eine, kehrte dann auf seinen Platz zurück, seine Augen mit dem Anblick dieses nun ganz entspannten hübschen Gesichts füllend, und bemühte sich, die Erinnerung an den sinnlich erregten Körper zu verjagen, den er kurz zuvor wie in einem Alptraum gesehen hatte.

Eine Hand des jungen Mädchens lag, die geöffnete Handfläche nach oben gekehrt, neben ihm wie eine rosige Muschel auf einem Strand, so anziehend, daß er der Verlockung nicht widerstand, sie leise zu ergreifen. Er drückte sie nicht, begnügte sich damit, sie wie etwas Zerbrechliches vorsichtig zu halten, doch plötzlich bemerkte er, daß Madalens helle Augen weit geöffnet und auf ihn gerichtet waren. Er beugte sich leicht vor.

«Ruht Euch aus, Madalen», murmelte er. «Ihr habt es nötig. Ihr müßt ein wenig schlafen. Der Heimweg ist lang.»

Sie antwortete nicht, lächelte nur, während ihre Finger sich sanft zwischen die des jungen Mannes schoben. Sie stützte sich auf einen Ellbogen hoch, das flachsfarbene Haar an einer Seite des Kopfes herabfließen lassend, dann richtete sie sich langsam kniend auf der Matratze auf. Das Seidenzeug, das sie bedeckt hatte, glitt dabei von ihr ab. Mit ihrer freien Hand streichelte sie Gilles' Wange, dessen Herz in rasendem Rhythmus zu schlagen begann.

«Du bist schön! So schön, mein Liebster, und ich liebe dich so sehr! Du hast einmal gesagt, daß du mich liebtest. Liebst du mich noch immer?»

Sie sprach wie im Traum, mit gedämpfter, verschleierter Stimme. Tränen rollten über ihre Wangen, feuchteten ihre zärtlichen Lippen, die sie schon den seinen näherte. Gilles brauchte nur die Hand auszustrecken, um seidige Haut, runde, glatte Schultern, Brüste zu berühren, die sich diesmal nicht verweigerten, sondern sich bereitwillig seinen Liebkosungen boten.

«Ob ich dich liebe? Du fragst, ob ich dich liebe? Madalen... ich bin verrückt nach dir!»

«Dann liebe mich, nimm mich! Dieser Mann hat mich beschmutzt... reinige mich!»

«Aber du wolltest meine Liebe nicht... du empfandest Abscheu vor ihr.»

«Jetzt nicht mehr! Ich kämpfe zu lange gegen mich selbst. Komm, Gilles, komm!»

Sie ließ sich wieder auf die Matratze sinken, zog ihn an sich mit der ganzen Zärtlichkeit ihrer um seinen Hals geschlungenen Arme. Er ließ es wie im Rausch mit sich geschehen. Diese neue, nackte, glühende Madalen war die seiner heimlichen Träume. Sie war zu ihm gekommen, wie er es sich immer gewünscht hatte, und er wies den unerfreulichen Gedanken weit von sich, daß vielleicht Olympes infernalischer Trank etwas mit dieser jähen sinnlichen Entfesselung einer Fast-Jungfrau zu tun haben könnte. Sie rief ihn mit ihrem ganzen Körper, und er bemächtigte sich seiner mit wilder Freude. Als Pongos Hand ihn wachrüttelte, fand er Madalen nicht mehr neben sich.

«Wo ist sie?»

Der Indianer wies mit dem Kopf zum Eingang der Höhle. «Draußen. Sie warten. Wir bereit zu fahren.»

Sie war tatsächlich da, von Kopf bis Fuß wieder in ihrer Kleidung, die sie in einem Winkel der Höhle gefunden hatte. Die Arme über der Brust verschränkt, das nur locker gebundene blonde Haar vom Morgenwind leicht zerwühlt, sah sie den Männern zu, die eben die letzten Schaufeln Erde auf die zugeschütteten neuen Gräber häuften, und wandte sich kaum um, als Gilles zu ihr trat.

«Habt Ihr gut geschlafen?» fragte sie.

Doch als er sie um die Taille nehmen wollte, um ihr einen Kuß auf den Hals zu drücken, entzog sie sich ihm.

«Ich bitte Euch. Wir sind nicht allein.»

«Wir werden immer allein sein, Madalen, immer. Es gibt niemand mehr auf der Welt als dich und mich.»

«Ihr wißt sehr gut, daß es nicht so ist. Es ist jetzt Zeit, aufzubrechen.»

«Wie Ihr möchtet.»

Durch ihre seltsame Kühle verletzt, löste er sich von ihr, suchte Pongo.

«Hast du irgend etwas für Madalen vorbereitet? Eine Bahre, eine provisorische Sänfte?»

«Warum? Meer sein da, ganz nah hinter kleines Wald...»

In der Tat war der blaue Ozean ganz nah, und Gilles begriff, daß seine Vermutung zutraf, man habe, als man ihn hergebracht hatte, absichtlich einen längeren und komplizierteren Weg gewählt. Nach kurzem Gang durch ein Wäldchen von Pampelmusen-, Zitronen- und Eukalyptusbäumen traten sie auf einen schwarzen Sandstrand hinaus, auf dem drei große Segelboote lagen, die die Schwarzen eben ins Wasser zurückschoben.

Pongo führte Gilles und Madalen zum kleinsten der Boote und half dem Mädchen an Bord. Doch bevor sie sich im Schutz des Dollbords niederließ, fragte sie:

«Wohin fahren wir?»

«Aber... wohin wollten wir schon fahren? Zum Haus natürlich. Wir kehren heim.»

Bestürzung füllte jäh die blauen Augen, als sähen sie eine Schrekkensvision, und Madalen begann zu zittern.

«Nein! Nein, ich bitte Euch!» rief sie. «Bringt mich nicht dorthin! Ich will nicht zurück... ich will diesen schrecklichen Ort nicht wiedersehen!»

«Diesen schrecklichen Ort? ‹Haute-Savane›?» stieß Gilles empört hervor.

«Ja. Diesen abscheulichen Ort! Meine Mutter ist tot, Pierre wird bald eine Familie gründen. Er braucht mich nicht mehr. Ich will nicht zu Eurer Frau zurück.»

«Seid vernünftig, Madalen. Wohin könnte ich Euch bringen, wenn nicht zu mir... zu Euch, da Ihr Euer Haus dort habt?»

«Nein, es ist nicht mein Haus. Bringt mich woanders hin... zum Cap. Ja, zum Cap! Dort wird mir wohler sein.»

«Was also tun?» fragte Pongo, der sah, daß Gilles in seiner Bedrängnis keine rechte Antwort wußte.

Der junge Mann überlegte einen Moment, dann zuckte er die Schultern.

«Sag François, er soll die Männer zur Plantage zurückschaffen, behalte nur, was du für das Boot hier brauchst, und bringe uns zum Cap. Nach allem, was Madalen widerfahren ist, nach der Ermordung ihrer Mutter vor ihren Augen, ist es normal, daß sie keine Lust hat, sofort die Plantage wiederzusehen.»

«Du auch kommen?»

«Ja. Ich werde sie Thisbé und Justin anvertrauen, die für sie sorgen werden, dann kehren wir zum Haus zurück.»

Während er sprach, begann eine Idee in seinem Kopf Gestalt anzunehmen. Nach dem, was zwischen ihnen geschehen war, war es in der Tat nicht mehr möglich, daß Madalen weiterhin mit Judith unter demselben Dach zusammenlebte, und er warf sich vor, nicht genug Taktgefühl besessen und schon früher daran gedacht zu haben. Dieses bezaubernde Kind hatte von sich aus die Lösung gefunden, denn wie er hatte auch sie gewiß keine Lust, so schnell auf ihre neue Liebe zu verzichten. Er würde sie nie nach «Haute-Savane» zurückbringen. Er würde am Cap selbst oder in seiner Umgebung ein hübsches Haus für sie kaufen, das er mit Liebe einrichten würde, und in das er so oft wie möglich käme, um sich ausgiebig an der Schönheit seiner Geliebten zu berauschen. In der Erwartung, daß Judith vielleicht in eine Trennung einwilligte, die ihm erlauben würde, seine Liebesaffäre mit Madalen offiziell anerkennen zu lassen.

Dieser Plan erschien ihm so verführerisch, daß er mit einem strahlenden Lächeln neben dem jungen Mädchen Platz nahm.

«Seid beruhigt, Liebste. Wir fahren zum Cap.»

Das Boot glitt in die Wellen und nahm, das Segel vom frischen Morgenwind gebläht, Kurs nach Osten, während die beiden anderen sich der Küste näherten...

Während Gilles Madalen vor dem hübschen Haus am Cours Villeverd beim Aussteigen aus einem Mietwagen half, küßte er ihre Hand und erklärte:

«Hier also werdet Ihr von nun an wohnen, meine Süße. Dieses Haus ist das Eure, solange es Euch gefällt. Ihr könnt hier die schlimmen Tage vergessen, und niemand wird kommen und Euch belästigen... nicht einmal ich, wenn Ihr es so wünscht», fügte er in zärtlichem Ton hinzu, der offensichtlich einen Protest erwartete, ihm jedoch nur einen eisigen Blick Pongos einbrachte.

Madalen ihrerseits sah ihn überrascht an.

«Hier allein wohnen, ich? O nein, Gilles das will ich nicht! Ich könnte nie...»

Er zog sie unter die von Blüten überwucherte Veranda, dorthin, wo sich nur das Fenster eines kleinen Salons öffnete, wo niemand sie sehen konnte. Er nahm sie in seine Arme, küßte sie voller Leidenschaft.

«Du wirst wohnen, wo du willst, Geliebte... Wenn du dieses Haus nicht willst, wirst du ein anderes bekommen.»

Sie ließ sich küssen, und er spürte sogar, daß sie in seinen Armen zitterte, während sich ihre Lippen mit einer seltsamen Furchtsamkeit endlich seinem Kuß öffneten. Es war, als gäbe sie sich nach einem langen Kampf besiegt.

«Versteht mich», murmelte sie, sich endlich lösend. «Ich will hier nicht bleiben, aber wenn ich das sage, spreche ich nicht von diesem Haus. Ich spreche von diesem ganzen Land. Ich liebe es nicht. Ich habe es nie geliebt. Ich möchte in meine Heimat, in die Bretagne zurück.»

«In die Bretagne?»

Verblüfft löste sich Gilles von dem jungen Mädchen, trat zurück.

«Du willst mich schon verlassen? So weit fortgehen? ... Ich glaubte, du liebst mich!»

«Aber ich liebe Euch ja! O ja, ich liebe Euch, aber ich würde sterben, bliebe ich hier! Ich flehe Euch an, laßt mich nach Frankreich zurückreisen! Hier könnte ich niemals glücklich sein. Ich habe Euch vor kurzem sagen hören, der ‹Falke› habe die Werft verlassen und sei zum Auslaufen bereit. Vertraut mich Kapitän Malavoine an und ...»

Jäh riß er sie wieder in seine Arme, hob sie hoch, trug sie laufend durchs Haus, die Treppe hinauf, stieß mit dem Fuß die Tür ihres Zimmers auf und legte seine süße Last aufs Bett.

«Nein, Liebste, du wirst nicht ohne mich reisen. Ich vertraue dich niemand an, nur mir selbst. Ich liebe dich, ich liebe dich, ich liebe dich! Du hast recht: Gehen wir beide mit dem ‹Falken› fort. Als ich ‹Haute-Savane› verließ, war ich überzeugt, daß ich mit dir sterben würde, und hinterließ Finnegan alle nötigen Instruktionen. Die Plantage kann ohne mich bestehen, wie sie es täte, wenn ich tot wäre. Wir werden zusammen nach Frankreich zurückkehren ... Tage und Tage wir beide allein zwischen Meer und Himmel. Oh, ich werde dich lieben, ja, ich werde dich lieben, wie dich niemand je lieben wird! Ich werde mich von meiner Frau trennen, werde dich heiraten ... du wirst mir gehören, ganz mir, für immer ...»

Während er sprach, bedeckte er sie mit Küssen, öffnete ihr Kleid, löste die Bänder ihrer Unterröcke, riß ihr das Hemd herunter, um sich an diesem süßen Körper zu ergötzen, der sich schon nicht mehr verteidigte, von derselben Woge glühenden Verlangens überwältigt ...

Spät in der Nacht verließ er leise das verwüstete Bett, schlüpfte in einen Morgenrock und stieg nach einem zärtlichen Blick auf die vom Schein der Nachtlampe rosig überhauchte blonde Gestalt zwischen den Baldachinvorhängen in den kleinen Raum hinunter, der ihm als Arbeitskabinett diente, wenn er zum Cap kam, setzte sich an den Schreibtisch, nahm ein Blatt Papier, eine neue Feder, überlegte einen Moment und begann zu schreiben:

«Adieu, Judith, ich gehe fort… Gott hat erlaubt, daß ich Madalen vor einem abscheulichen Schicksal retten konnte, und angesichts des Todes entdeckte ich, daß ich ohne sie nicht mehr leben könnte. Ich bringe sie nach Frankreich, wo ich an ihrer Seite bleiben werde, solange sie mich will. Vergebt mir den gewiß nur leichten Schmerz, wie ich glaube, den ich Euch zufüge. ‹Haute-Savane›, das ich Euch überlasse, und das Ihr mehr liebt, als Ihr mich je geliebt habt, wird Euch trösten. Ihr werdet von nun an seine Herrin sein, frei von allen Gefahren und Ängsten, und ich hoffe, daß Ihr dort glücklich sein werdet, glücklicher, als Ihr es je gewesen seid und je mit dem hättet sein können, der trotz allem oft an Euch und die wundervollen Stunden denken wird, die er Euch verdankt. Gott möge Euch schützen! – Gilles de Tournemine.»

Gilles las den beendeten Brief sorgfältig noch einmal, korrigierte eine Kleinigkeit, bestreute ihn mit Sand, faltete ihn und verschloß ihn mit Hilfe seines Siegelrings. Dann stieg er noch einmal nach oben, um sich rasch anzuziehen, und machte sich auf die Suche nach Pongo, der, einer kürzlich in «Haute-Savane» angenommenen Gewohnheit folgend, in der Veranda auf einer Bank aus Rohrgeflecht schlief.

«Sobald es Tag geworden ist», sagte er, «wirst du zum Haus zurückkehren und Judith diesen Brief übergeben.»

Wie fast allen Indianern war Pongo die Fähigkeit eigen, ohne Übergang aus dem Schlaf zu klarem Bewußtsein zu erwachen. Die Stirn runzelnd, musterte er das weiße, rotgefleckte Rechteck voller Argwohn.

«Was sagen in Brief?» erkundigte er sich in mißtrauischem Ton. «Warum so eilig? Wohin du gehen um diese Zeit?»

«Zum Hafen. Ich will Kapitän Malavoine sagen, daß er in kurzem mit Madalen und mir nach Frankreich auslaufen wird.»

«Was? Pongo falsch verstehen?»

«Nein. Du hast sehr gut verstanden. Ich gehe fort, Pongo, und nehme sie mit. Sie will hier nicht mehr leben, und ich will nicht mehr leben ohne sie. Sie ist für mich…»

Er verstummte vor dem Ausdruck von Zorn und Verachtung, der plötzlich das gebräunte Gesicht des Indianers prägte. Er hatte den

Eindruck, als sähe ihn Pongo zum erstenmal, und als gefiele ihm durchaus nicht, was er sähe.

«Sie ist Weibchen, auf das du Lust haben!» knurrte er. «Lange schon Pongo wissen das. Das auch Grund, warum er dich mit Mädchen in Höhle allein gelassen. Pongo hoffen, du von Narrheit geheilt, wenn Verlangen gestillt.»

«Das ist es nicht, Pongo. Ich liebe sie!»

«Nein! Du nicht lieben! Du nur wollen mit ihr schlafen, aber du nicht lieben, weil du lieben ‹Feuerblume›, deine Frau... einzige Frau dir würdig! Einzig würdige Gefährtin für Krieger! Dieses Mädchen, blaß wie Mond und kalt wie er, nicht fähig, wirklich zu lieben. Sie bald bedauern, dir Liebe gegeben zu haben.»

Die Hände auf die Schultern des Gefährten seiner Abenteuer legend, versuchte Gilles, ihn zu beschwichtigen.

«Du kannst nicht verstehen, Pongo. Das Herz des Mannes...»

«Herz des Mannes überall gleich! Begierden des Mannes auch überall gleich! Du verrückt, weil verlassen Haus, Diener, schwarze und weiße, Freund Finnegan, Frau schön wie Göttin... und Pongo dazu! Alles wegen Mädchen aus weißem Käse!»

«Ich verlasse dich nicht, Pongo. Sobald ich in Frankreich bin, werde ich dich wissen lassen, wo du mich wieder treffen kannst.»

«Nein, niemals! Wenn du fortgehen, du Pongo nie mehr wiedersehen!»

Und den Brief aus Gilles Händen reißend, schwang sich Pongo über das Geländer der Veranda und wandte sich sodann mit großen Schritten dem Stall zu. Doch auf der Schwelle drehte er sich um, schrie mit seltsam rauher Stimme in die Nacht:

«Du wollen wirklich, Pongo bringen Brief?»

«Ja... Es muß sein!»

«Dann Adieu! Pongo vorziehen dienen großer Dame als verächtlichem Mann!»

Als der Galopp seines Pferdes auf der gehärteten Erde des Cours Villeverd verklang, hallte er noch schwer in Gilles' Herzen nach, das ihn mehr schmerzte, als er zugeben wollte. Seit vielen Jahren hatte Pongo so großen Raum in ihm eingenommen, daß er sein Verschwinden wie einen grausamen Riß empfand, Vorboten einer Leere, die er allein durch Madalens Liebe würde ertragen können. Einen Moment schloß er die Augen und versuchte mit allen Kräften, das Gesicht derer zu beschwören, die er liebte, um das andere, das zugleich wütende und schmerzvolle seines alten Freundes zu vergessen. Er mußte wirklich lieben, da er so viele Dinge opferte: seine geliebte Plantage, sein schönes Haus, seinen treuen Gefährten, eine Frau wie Judith… und auch sein Pferd, seinen schönen Merlin, den er beim Abenteuer der Schildkröteninsel nicht hatte aufs Spiel setzen wollen und der ihn nun vergeblich im Stall unter den Palmen erwarten würde. Aber auch sie würde ihm soviel Liebe geben…

Sich schüttelnd wie ein Ochse, der sich der Fliegen erwehrt, suchte er diese immer wiederkehrenden deprimierenden Gedanken loszuwerden, die ihn daran hindern wollten, diese so ersehnte Liebe zu leben. So erreichte er auch den Stall, sattelte ein Pferd und ritt zum Hafen, wo er seine Instruktionen einem sprachlosen Malavoine erteilte, der außer einem wiederholten «Tja, dann… na ja», nichts zu erwidern fand.

«Um welche Zeit setzt Ihr die Segel?» schloß Gilles.

«Tja… um zehn Uhr, bei einsetzender Flut, aber…»

«Ausgezeichnet. Wir werden da sein! Laßt meine Kabine vorbereiten und eine zweite… für eine Dame. Bis nachher!»

Und Gilles machte sich schleunigst wieder auf den Weg zu Madalen und dem, was er für sein Glück hielt. Die Sonne hob sich über das Cap und entfesselte im Hafen schon die bunte, wirre Geschäftigkeit, die bis zum Einbruch der Nacht anhalten würde.

Er hoffte, die junge Frau kaum erwacht vorzufinden, beim Verlassen des Betts, träge sich dehnend und im Spiegel die dunklen Schatten um ihre schönen Augen betrachtend. Doch er fand sie stehend inmitten des großen Salons, streng frisiert, fertig angezogen in einem Kleid und einem Umhang, die Thisbé ihr verschafft hatte. Ein kleiner Reisesack stand neben ihr auf dem Boden. Sie wirkte wie eine Dienerin, die ihre Entlassung erwartet.

Er starrte sie verständnislos an.

«Aber… was machst du da? Warum hast du dich so angezogen? Was soll das bedeuten?»

«Daß ich fortgehe.»

«Daß du… Hör zu, mein Herz, soll das ein Scherz sein? Natürlich gehen wir beide zusammen. Ich komme eben vom Hafen, wo Kapitän Malavoine uns erwartet.»

«Nein. Ich habe gesagt, daß ich fortgehe, und das ist genau das, was ich sagen wollte: Ich gehe… und ich gehe allein.»

Er wollte sich ihr nähern, doch sie stieß ihn mit einer Art Abscheu zurück, die ihn verletzte.

«Komm nicht näher!»

«Ich bitte dich, Madalen. Erklär mir's. Warum stößt du mich zurück? Wir waren uns einig, wie mir scheint. Wir lieben uns und...»

«Nein. Wir waren uns nicht einig. Ich war wahnsinnig, glaube ich. Diese Frau... diese Olympe hat mich etwas Teuflisches trinken lassen, das mich in eine andere verwandelt hat... eine andere, vor der mich schaudert!»

«Schaudert? Weil du mich geliebt und mir erlaubt hast, dich zu lieben? Bist du toll geworden?»

«Ja, ich bin's gewesen, aber Gott sei Dank, ich bin es nicht mehr. Und ich hatte doch genug gegen mich selbst gekämpft, hatte den Gott der Gerechtigkeit angefleht, diese verfluchte Liebe aus meinem Herzen zu reißen, diese Liebe, die mich nachts neben der Kammer, in der meine arme Mutter schlief, wie im Fieberwahn delirieren ließ! Diese Tochter des Teufels hat all das für eine Zeit aus den Tiefen meines Seins heraufgerissen, aber ich bin jetzt aus dem Rausch erwacht, und ich richte mich und empfinde Abscheu vor mir!»

«Das ist lächerlich! Was für eine Art Liebe ist denn die deine, Madalen Gauthier? Wer hat dir beigebracht, so die Freuden des Herzens zu fliehen, die die des Körpers verherrlichen? Du seist erwacht, sagst du? Dann sieh um dich! Sieh, wie schön die Erde ist, sieh die Natur. Sie ist nur Liebe. Sieh mich an, der dich liebt... der alles für dich verläßt!»

Verblüfft empfing Gilles den doppelten eisigen Strahl eines verächtlichen Blicks.

«Ich habe Euch um nichts gebeten», sagte sie kalt, «es sei denn, mir Platz zu machen und mich gehen zu lassen.»

«Aber wohin willst du?»

«An Bord des ‹Falken›, denn Kapitän Malavoine wird mich gern mitnehmen. Einmal in der Bretagne, werde ich Gott bitten, indem ich ihm mein Leben weihe, mir die abschleuliche Sünde des Fleisches zu verzeihen, die Ihr mich habt begehen lassen.»

«Das Kloster? Du willst ins Kloster gehen?»

Sie hob stolz den Kopf und fixierte ihn mit einem fanatisch funkelnden Blick.

«Wenn man mich will, ja! Ich werde mich zu den Benediktinerinnen von Locmaria bringen lassen. Dort werde ich büßen, solange mir ein Hauch Leben bleibt, werde jene wahnwitzigen Momente sühnen, in denen ich, vom Teufel getrieben, mit Euch Ehebruch beging, in denen ich mich in Schlamm und Wollust wälzte und noch schändliches Vergnügen dabei empfand.»

Durch ihre unerwartete Heftigkeit wie erschlagen, ließ Gilles sich mit wild klopfendem Herzen in einen Sessel sinken und schloß die Augen. Was er eben gehört hatte, ließ aus fernen Kindheitstagen all das wiederauferstehen, was er bei einer Mutter gelitten hatte, die wie Madalen überzeugt war, daß Liebe nur Schande und Sünde sei, einer Mutter, die sich gleichfalls eines Abends den Zärtlichkeiten eines Mannes hingegeben hatte, der sie zu verführen wußte, und die, nachdem sie Mutter geworden war, ihre Schuld nicht nur unablässig selbst gebüßt, sondern auch das Kind, das sie gebar, hatte büßen lassen. Wieder sah er das blasse, vom weißen Leinen ihrer Haube umschlossene Gesicht Marie-Jeanne Goëlos vor sich, hörte ihre scharfe Stimme, die ihn mit Verwünschungen überhäufte, weil er nur ein Bastard war.

«Ich habe nicht Mutter werden wollen. Man hat es mir aufgezwungen. Kein Sträfling liebt seine Kette.»

Das hatte sie gesagt! Wie eine Beschimpfung hatte sie ihm den Bericht ihrer kurzen Liebschaft ins Gesicht geschleudert und daß sie, da sie nur einen Fluch in ihr sah, nur daran gedacht habe, sie durch Gebet und Verzicht auf die Welt zu sühnen. Ja, er sah Marie-Jeanne Goëlo, seine Mutter, nur zu deutlich vor sich... seine Mutter, die ihn für tot hielt und erleichterten Herzens für ihn betete, und das eben in jenem Kloster der Benediktinerinnen von Locmaria, dem strengsten der ganzen Bretagne, in dem auch Madalen sich einschließen wollte.

«Warum», stöhnte er schmerzlich, «warum umkleidet Gott so harte, so verschlossene Seelen mit soviel Schönheit? Ich bitte dich, Madalen, hör mir noch einmal zu! Es muß...»

Doch da er keinen Laut hörte, öffnete er die Augen, sah den Salon leer und die Tür offen. Madalen war gegangen...

Wieviel Zeit blieb er so in diesem Sessel, mit leerem Kopf, die Augen schwer von Tränen, die zu weinen er sich erbittert weigerte? Lange zweifellos. Er sah nichts mehr, spürte nur noch einen bitteren Geschmack im Mund und die Lust, so zu bleiben, in Stein verwandelt, bis zum Ende der Zeiten. Er litt nicht einmal mehr, wie er nicht ohne Überraschung feststellte, allenfalls an jenem unbestimmten Schmerz, den man nach dem Platzen eines Geschwürs zurückbehält, das einen lange gequält hat.

Endlich raffte er sich auf, reckte sich, bis die Knochen knackten, in dem sonderbaren Gefühl, aus einem bösen Traum herauszutreten oder vielleicht von den Grenzen des Wahns zurückzukehren.

Thisbé, die sich im Türrahmen zeigte, warf er einen unsicheren Blick zu.

«Was ist, Thisbé?»

«Ist spät schon. Will der Herr nicht essen?»

«Essen? Nein, aber ich hätte gern Kaffee, Thisbé. Sehr starken und sehr duftenden Kaffee, wie du ihn so gut zu machen weißt.»

Die Weiße ihres Lächelns erhellte das zarte schwarze Gesicht. «Sofort, Herr! Gibt nichts Besseres als einen guten Kaffee, zu trösten traurige Herzen.»

Glühheiß trank er das duftende Gebräu, das Thisbé mit Rum flambiert und nach der Mode von Nouvelle-Orléans mit Zimt und Orangenschalen hatte kochen lassen. Über das grüne Laub des Gartens hinweg suchte sein Blick das Meer. Dort draußen passierte der «Falke», alle Segel gehißt, eben die erste Durchfahrt und entführte die verrückteste Liebe, die je sein Herz berührt hatte. Sie hinterließ in ihm eine vergiftete Spur, die er schnellstens löschen mußte. Mit einer Art Wut kehrte er dem Meer den Rücken zu, trank den Rest Kaffee, riß einen blühenden Jasminzweig herab und preßte die Blüten an seine Nase. Die Düfte der Erde, ihre tiefe Kraft, mußten all die Hexenkünste überwinden können. Und ganz tief im Innern seines Selbst begann etwas zu keimen, was sich fast wie Erleichterung ausnahm. Vielleicht war es jetzt an der Zeit, zum Haus zurückzukehren.

Der Gedanke an «Haute-Savane», das ihm nur einige Stunden zuvor so wenig bedeutet hatte, durchdrang seinen Geist, erhellte ihn. Dort war die Wahrheit, dort war die Pflicht, dort war vielleicht das Glück! Und dann... war dort Pongo, der glücklich sein würde, ihn wiederzusehen. Und es war im Galopp, daß er den Weg einschlug, der ihn zu sich zurückführte...

Aber es war nicht Pongo, dem er als erstem begegnete. Es war Finnegan, der hinter dem Kakteenvorhang hervortrat und jäh stehenblieb, nicht einmal darauf bedacht, den Kummer zu verbergen, den seine Züge verrieten. Im Glauben, die, die er liebte, sei mit seinem Freund fortgegangen, hatte der Unglückliche alle Qualen der Hölle erdulden müssen. Doch Gilles sah auch, daß seine Augen, eben noch stumpfen grünen Kieseln ähnlich, wieder zu glänzen begannen.

«Da bist du ja!» rief der Ire, unfähig, andere Worte zu finden. «Da bist du ja!» Und erst nach einem Moment: «Also bist du nicht fortgegangen?»

«Nein. Doch sie, sie ist schon fern. Es ist besser für uns alle, glaube mir... vor allem für sie. Madalen will nicht auf der Erde leben.»

«Glaubst du?»

«Ich bin dessen sicher! Bedauere nichts. Keiner von uns interessiert sie: Sie hat das Beste für sich gewählt.»

«Was?»

«Gott! Kapitän Malavoine bringt sie in ein bretonisches Kloster.»

«Ah!»

Gleich einer vertrockneten Pflanze, die ein Regenguß befeuchtet, schien Finnegan wieder aufzuleben. Daß kein Mann Madalen besitzen durfte, würde ihn über ihren Verlust hinwegtrösten, und Gilles schwor sich, daß er niemals, unter keinen Umständen, von dem erfahren würde, was sich in der Höhle der Schildkröteninsel und im Zimmer am Cap ereignet hatte.

Da er wußte, daß das britische Blut seines Freundes keine Rührseligkeit erlaubte, lenkte er schnell ab, um die Gefühle, die sich in ihnen regten, gar nicht erst aufkommen zu lassen. «Wo ist Judith?» fragte er. «Ich muß sie sofort sehen. Ich habe ihr viel zu sagen, für Vieles Verzeihung zu erbitten.»

«Ich weiß es nicht. Seit Pongos Rückkehr hat sie sich bei sich eingeschlossen und verboten, sie unter welchem Vorwand auch immer zu stören. Ich glaube, sie ist sehr unglücklich, Gilles.»

Der war schon dabei, die Freitreppe hinaufzustürmen, als Charlot riesig und strahlend in der Tür erschien.

«Willkommen, Herr!» rief er. «Madame Judith fort mit Pferd vor einer Stunde! Mir hat gesagt, sie will gehen zu Schuppen von Boot.»

«Zu Pferd?» fragte Gilles. «Auf welchem Pferd?»

«Eurem Pferd, Missié Gilles: schöne Merlin!»

Finnegan begann mit außerordentlicher Geläufigkeit zu fluchen.

«Sie ist fortgeritten? Noch dazu auf Merlin? In ihrem Zustand?»

«Wenn ihre gebrochene Rippe sie nicht mehr schmerzt», begann Gilles in der Annahme, daß es das sei, worauf der Arzt anspiele, aber Finnegan starrte ihn mit konzentrierter Wut an.

«Was für ein verdammter Esel du bist! Als ob sich's darum handelte! Sie ist schwanger!»

Das Wort traf Gilles wie eine Ohrfeige.

«Schwanger?» wiederholte er verblüfft.

«Ja... schwanger! Sie erwartet ein Baby, wenn du andere Worte vorziehst, und wenn du mich fragst, von wem, schlage ich dir die

Nase platt! Sie wollte nicht, daß du es erfährst, weil sie immer hoffte, daß du ohne das zu ihr zurückkommen würdest. Vorwärts jetzt! Ein Pferd, Cupidon, ein Pferd! Wir müssen sie einholen.»

«Was fürchtest du?» fragte Gilles, der blaß geworden war. «Einen neuen Sturz?»

«Nein. Die Verzweiflung.»

Er lief den Ställen zu, aber schon schoß Gilles, sein Pferd wütend zu einem Höllentempo antreibend, wie eine Kanonenkugel davon. Nach dem Anflug von Glück durch die Kunde von dem zu erwartenden Kind krallte sich nun Angst, entsetzliche Angst in seine Eingeweide. War es denn möglich? Würde Judith Derartiges tun? Konnte sie ihn so lieben, daß sie sich umbringen wollte und damit auch sein Kind?

Etwas Salziges feuchtete ihm die Lippen, und er begriff, daß es Tränen waren. Zweige schlugen ihm ins Gesicht, während er, den Weg abschneidend, quer durch Wald und Schluchten jagte, um Zeit zu gewinnen, schneller ans Ziel zu kommen... schneller, schneller! Schneller noch!

Unzusammenhängende Fetzen fast vergessener Gebete kehrten ins Gedächtnis des auf rasender Treibjagd nach dem Tode begriffenen Jägers zurück. Die Erde der Pfade, das Gras der Hügelhänge flogen unter den Hufen seines Pferdes dahin. Erst als er den langen, gewundenen Abstieg erreichte, der zu der von Kokospalmen umstandenen kleinen Bucht führte, gewahrte er Judith. In einem weiten weißen Kleid stand sie am Ufer des Meers, den Rücken der Insel zugewandt, vor sich die blaue Unendlichkeit, von der ihre weiße Gestalt sich abhob.

In den Steigbügeln sich aufrichtend, rief Gilles sie so laut er konnte:

«Judith! Judith!»

Aber es war noch zu weit, und der Wind stand gegen ihn. Sie hörte ihn nicht. Er sah, wie sie das leichte Kleid von ihren Schultern gleiten ließ und langsam ins Meer schritt. Einen Schritt, dann ein zweiter... Kleine Wellen umspülten ihre feinen Knöchel, ihre Knie, dann ihre Schenkel... Von einer schrecklichen Vorahnung gepackt, trieb Gilles sein Pferd zu noch schnellerem Tempo an, ohne die schlanke, golden schimmernde Gestalt aus den Augen zu lassen, die, immer kleiner werdend, weiter hinausschritt. Dann sah er sie nicht mehr. Sie war ins Wasser getaucht.

Als er in einem Wirbelsturm von Sand auf den Strand hinausgaloppierte, war sie schon weit. Ihre schlanken Arme peitschten die Oberfläche des Wassers, und ihr Haar breitete sich hinter ihr auf dem Meer wie ein Tupfen rotleuchtenden Wasserglanzes. Sie schwamm in die offene Weite hinaus. Bald wäre sie jenseits jeder möglichen Umkehr.

Seinen Anzug, die Stiefel herunterreißend, warf sich Gilles ins Wasser und begann, wie ein Rasender zu schwimmen. Und mit einem Schlage schwang die Sanduhr herum...

Das blaue Meer, die Insel am Ende der Welt, sie verschwanden für den jungen Mann. Er war fünfzehn Jahre alt, war ein kleiner bäuerlicher Bastard, der am Ufer des Blavet angelte und den Booten zusah, die zum abendlichen Fischfang ausliefen. Und da war ein Boot, hinter dem, auf dem Wasser sich breitend, rotgoldenes Haar leuchtete...

Es war nicht möglich, daß all das verschwand, vernichtet durch seine eigene Dummheit, seine eigene Verblendung. Nichts hatte sich ereignet, weder Krieg noch Glückszufälle noch große Abenteuer! Er war nicht der Chevalier de Tournemine, und Judith, die Judith seiner fünfzehn Jahre, war noch immer die kleine Sirene der Flußmündung, die sich so freudig im Wärmsten seines Herzens festgebissen hatte.

Um zu sehen, wo sie sich befand, hob er sich wie ein Tümmler aus dem Wasser, sah sie an die dreißig Schwimmstöße vor sich. Sie schwamm noch immer. Da rief er sie mit all seiner Kraft, all seiner Verzweiflung.

«Judith! Judith! Ich bitte dich! Halt an! Warte auf mich!»

Ein schwacher Schrei antwortete ihm, während er ihr folgte. Doch als er von neuem mit dem Blick nach ihr suchte, war da nichts mehr...

Schwimmend, daß ihm das Herz zu bersten drohte, steigerte er seine Schnelligkeit und betete inbrünstig darum, die durchsichtige Tiefe des Wassers durchforschend, noch zur rechten Zeit zu kommen. Und plötzlich sah er sie vor sich, langsam wie ein Seegrashalm in den blauen Abgrund hinabgleitend. Sie versank...

Mit einem freudigen Laut, der ihn Wasser schlucken ließ, tauchte er, packte sie, hob sie mit seinen müden Armen über die Oberfläche zur reinen Luft, zum Leben. Aber sie reagierte nicht mehr... und der Strand schien ihm unversehens so fern, so fern... Mit dem Gewicht von Judiths Körper belastet, könnte er ihn nie erreichen.

Gewiß, er würde es versuchen, doch Gott allein entschied darüber, ob ihm die zusätzliche Kraft gewährt würde, die ihm erlaubte, ans Ziel zu gelangen.

Die junge Frau mit einem Arm haltend, begann er auf dem Rükken zu schwimmen, um ihren Kopf über Wasser halten zu können, und sprach leise zu ihr, als ob sie ihn zu hören vermöchte, sprach auch zu dem Kind, von dessen so naher Gegenwart unter der schützenden Haut der Mutter er wußte, jenem Kind, das nur leben wollte und sie beschwor, ihm zu helfen und es ans Ufer zu bringen.

Wie er sie liebte, die beiden, in dieser Minute, in der der Tod sie ihm vielleicht entreißen würde, zusammen mit seinem eigenen Leben.

Finnegans Stimme drang zu ihm wie durch eine dicke Watteschicht.

«Halte aus! Ich komme!»

Er wandte sich um, gewahrte im glitzernden Sonnenlicht den Bug eines Bootes, das sich ihm näherte, und begriff, daß Gott ihn erhört hatte, daß er noch ein Recht auf Leben besaß und daß das herrliche «Haute-Savane» endlich ein wirkliches Heim werden würde, jenes unmögliche Paradies eines kleinen Bauernjungen mit traurigen Augen, der eines Abends in der untergehenden Sonne seinen Traum aus den Fluten des Blavet gefischt hatte...